浙江文化研究工程成果文庫
浙江文獻集成

浙江文叢

陳亮集

〔上册〕

〔南宋〕陳亮 著
鄧廣銘 點校

浙江古籍出版社

圖書在版編目（CIP）數據

陳亮集 / (南宋) 陳亮著 ; 鄧廣銘點校. -- 杭州 : 浙江古籍出版社, 2024. 10. -- (浙江文叢). -- ISBN 978-7-5540-3131-5

Ⅰ. I214.422

中國國家版本館CIP數據核字第2024BA4811號

浙江文叢

陳亮集

（全二册）

〔南宋〕陳　亮 著　鄧廣銘 點校

出版發行　浙江古籍出版社

（杭州市環城北路177號　郵編：310006）

網　　址　http://zjgj.zjcbcm.com

責任編輯　徐　立

封面設計　吴思璐

責任校對　葉静超

責任印務　樓浩凱

照　　排　浙江大千時代文化傳媒有限公司

印　　刷　浙江新華數碼印務有限公司

開　　本　710 mm × 1000 mm　1/16

印　　張　49　　插頁　4

字　　數　476千

版　　次　2024年10月第1版

印　　次　2024年10月第1次印刷

書　　號　ISBN 978-7-5540-3131-5

定　　價　340.00圓（精裝）

如發現印裝質量問題，請與本社市場營銷部聯繫調换。

ISBN 978-7-5540-3131-5

陳亮像（明嘉靖史朝富刻本《龍川先生文集》）

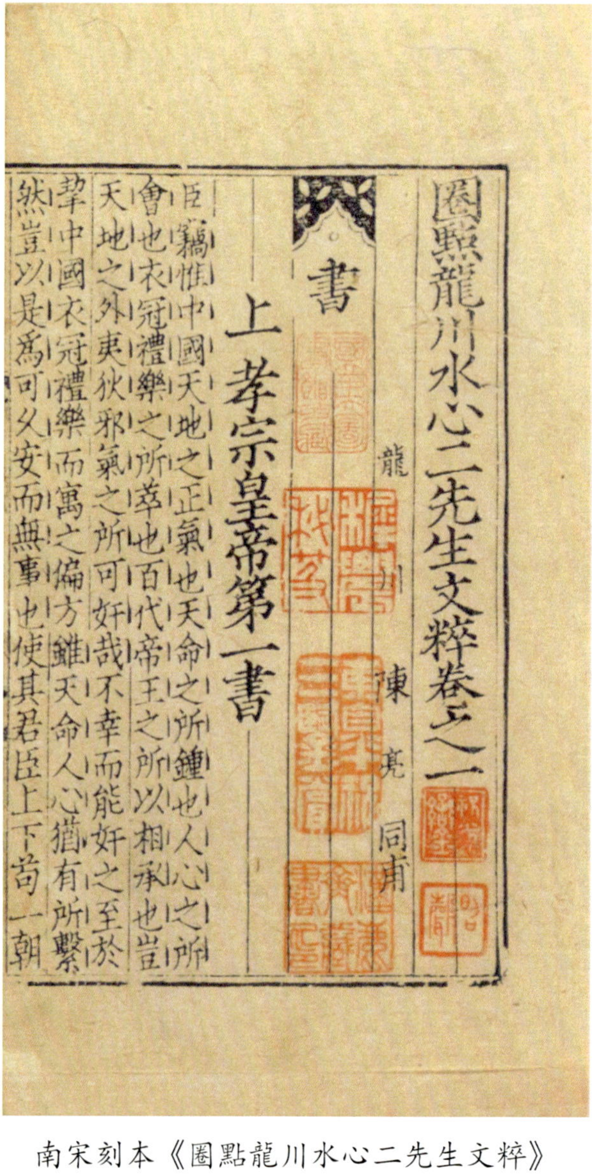

圈點龍川水心二先生文粹卷之一

龍川　陳亮　同甫

書

上孝宗皇帝第一書

臣竊惟中國天地之正氣也天命之所鍾也人心之所會也衣冠禮樂之所萃也百代帝王之所以相承也豈天地之外夷狄邪氣之所可奸哉不幸而能奸之至於挈中國衣冠禮樂而寓之偏方雖天命人心猶有所繫然豈以是爲可久安而無事也使其君臣上下苟一朝

南宋刻本《圈點龍川水心二先生文粹》

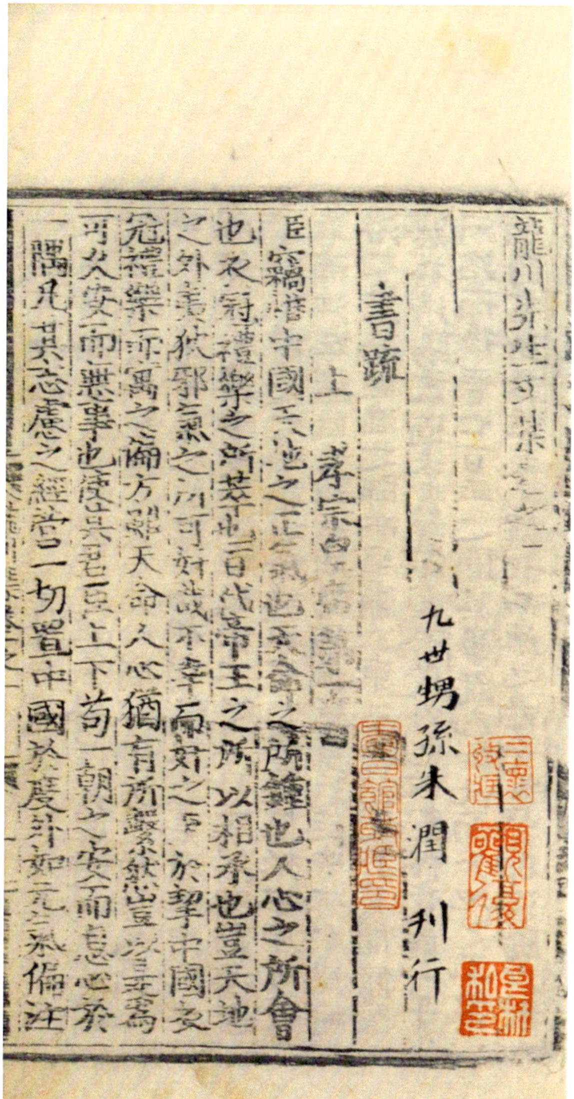

明成化朱潤刻本《龍川先生文集》

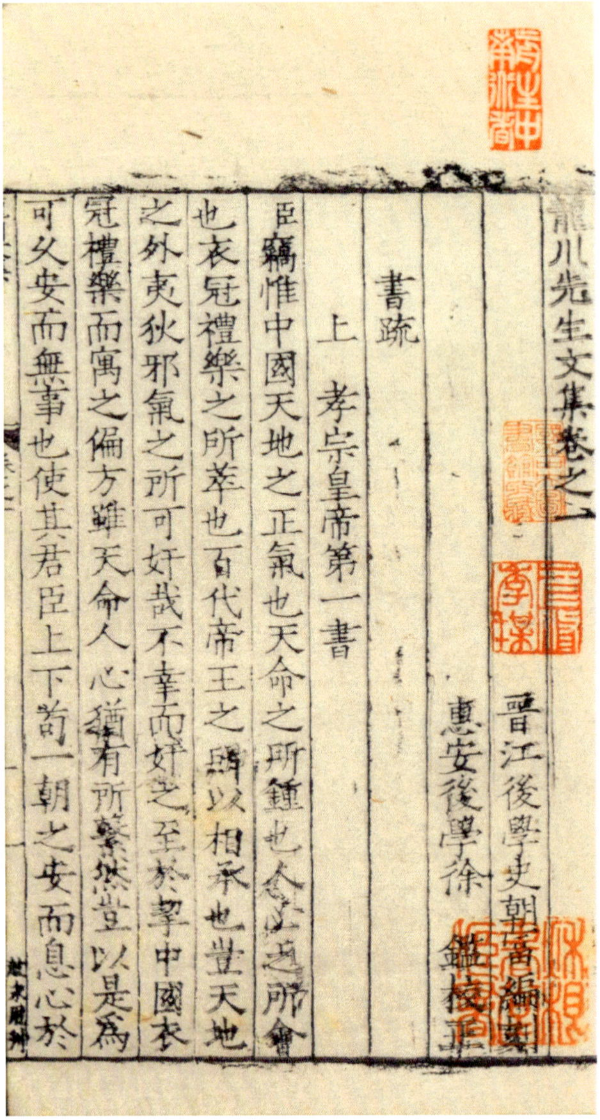

龍川先生文集卷之一

晉江後學史朝富編輯

惠安後學徐　鑑校正

書疏

上　孝宗皇帝第一書

臣竊惟中國天地之正氣也天命之所鍾也人心之所會也衣冠禮樂之所萃也百代帝王之所以相承也豈天地之外夷狄邪氣之所可奸哉不幸而奸之至於挈中國衣冠禮樂而寓之偏方雖天命人心猶有所繫然豈以是爲可久安而無事也使其君臣上下苟一朝之安而息心於

明嘉靖史朝富刻本《龍川先生文集》

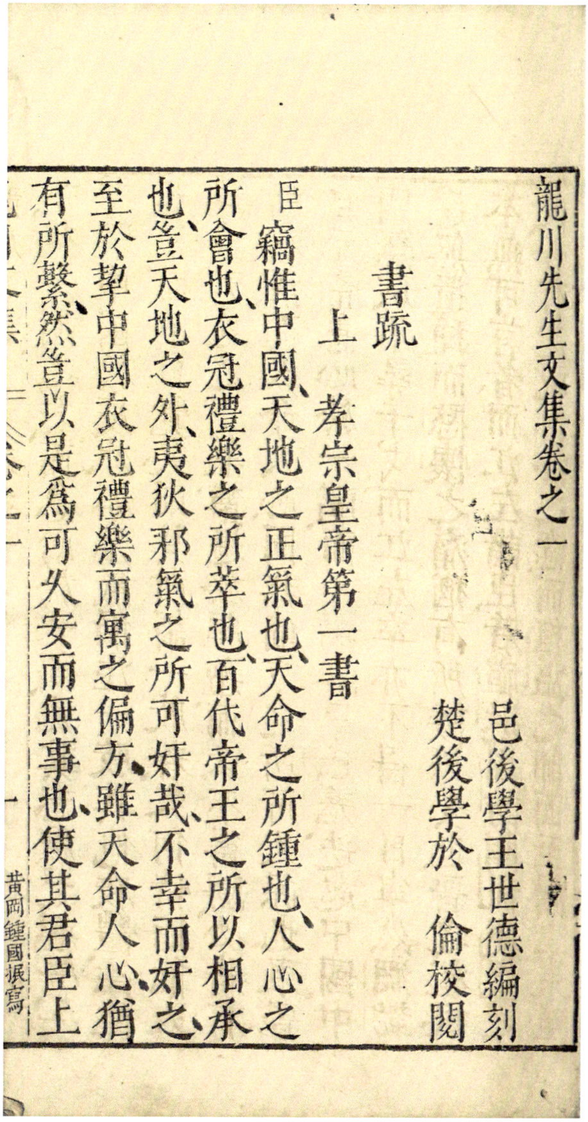

龍川先生文集卷之一
邑後學王世德編刻
楚後學於　倫校閱
書疏
上孝宗皇帝第一書
臣竊惟中國、天地之正氣也、天命之所鍾也、人心之
所會也、衣冠禮樂之所萃也、百代帝王之所以相承
也、豈天地之外、夷狄邪氣之所可奸哉、不幸而奸之、
至於挈中國衣冠禮樂而寓之偏方、雖天命人心、猶
有所繫、然豈以是爲可久安而無事也、使其君臣上
龍川文集　卷之一　一
黃岡鍾國振寫

明萬曆王世德刻本《龍川先生文集》

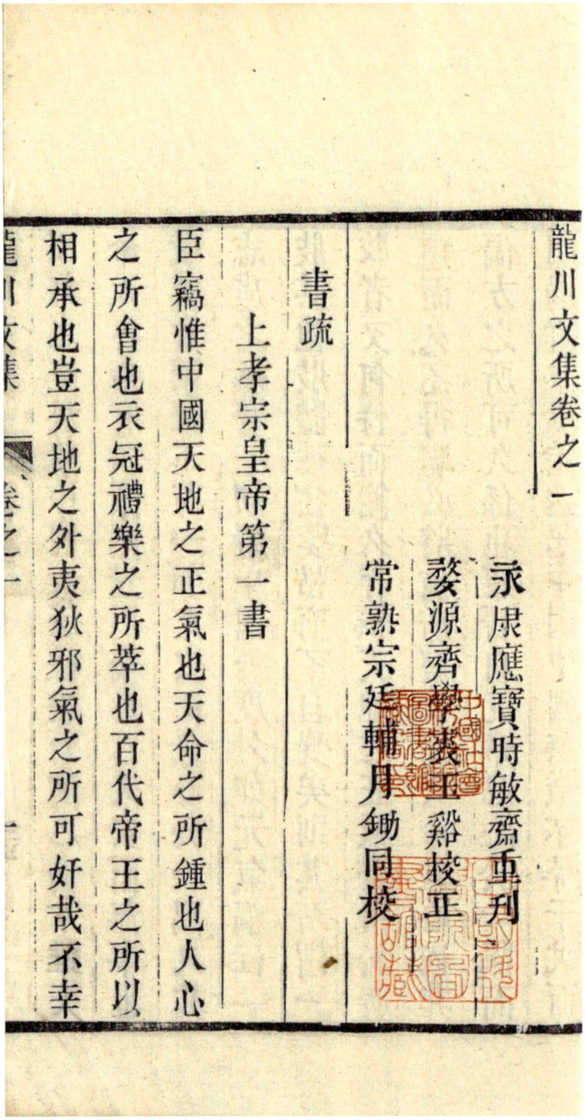
龍川文集卷之一

永康應寶時敏齋重刊

婺源齊學裘玉谿校正

常熟宗廷輔月鋤同校

書疏

上孝宗皇帝第一書

臣竊惟中國天地之正氣也天命之所鍾也人心之所會也衣冠禮樂之所萃也百代帝王之所以相承也豈天地之外夷狄邪氣之所可奸哉不幸

龍川文集　卷之一　一

清同治應寶時刻本《龍川文集》

浙江省文化研究工程指導委員會

主　任　易煉紅

副主任　劉　捷　彭佳學　邱啓文　趙　承
　　　　　胡　偉　任少波

成　員　高浩杰　朱衛江　梁　群　來穎杰
　　　　　陳柳裕　杜旭亮　陳春雷　尹學群
　　　　　吴偉斌　陳廣勝　王四清　郭華巍
　　　　　盛世豪　程爲民　高世名　蔡袁强
　　　　　蔣雲良　陳　浩　陳　偉　温　暖
　　　　　朱重烈　高　屹　何中偉　李躍旗
　　　　　吴舜澤

浙江文化研究工程成果文庫總序

習近平

有人將文化比作一條來自老祖宗而又流向未來的河，這是説文化的傳統，通過縱向傳承和横向傳遞，生生不息地影響和引領着人們的生存與發展；有人説文化是人類的思想、智慧、信仰、情感和生活的載體、方式和方法，這是將文化作爲人們代代相傳的生活方式的整體。我們説，文化爲群體生活提供規範、方式與環境，文化通過傳承爲社會進步發揮基礎作用，文化會促進或制約經濟乃至整個社會的發展。文化的力量，已經深深熔鑄在民族的生命力、創造力和凝聚力之中。

在人類文化演化的進程中，各種文化都在其内部生成衆多的元素、層次與類型，由此決定了文化的多樣性與複雜性。

中國文化的博大精深，來源於其内部生成的多姿多彩；中國文化的歷久彌新，取決於其變遷過程中各種元素、層次、類型在内容和結構上通過碰撞、解構、融合而産生的革故鼎新的强大動力。

中國土地廣袤、疆域遼闊，不同區域間因自然環境、經濟環境、社會環境等諸多方面的差異，建構了不同的區域文化。區域文化如同百川歸海，共同匯聚成中國文化的大傳統，這種大傳統如同春風化雨，滲透於各種區域文化之中。在這個過程中，區域文化如同清溪山泉潺潺不息，在中國文化的共同價值取向下，以自己的獨特個性支撑着、引領着本地經濟社會的發展。

從區域文化入手，對一地文化的歷史與現狀展開全面、系統、扎實、有序的研究，一方面可以藉此梳理和弘揚當地的歷史傳統和文化資源，繁榮和豐富當代的先進文化建設活動，規劃和指導未來的文化發展藍圖，增强文化軟實力，爲全面建設小康社會、加快推進社會主義現代化提供思想保證、精神動力、智力支持和輿論力量；另一方面，這也是深入瞭解中國文化、研究中國文化、發展中國文化、創新中國文化的重要途徑之一。如今，區域文化研究日益受到各地重視，成爲我國文化研究走向深入的一個重要標誌。我們今天實施浙江文化研究工程，其目的和意義也在於此。

千百年來，浙江人民積澱和傳承了一個底蘊深厚的文化傳統。這種文化傳統的獨特性，正在於它令人驚歎的富於創造力的智慧和力量。

浙江文化中富於創造力的基因，早早地出現在其歷史的源頭。在浙江新石器時代最爲著名的跨湖橋、河姆渡、馬家浜和良渚的考古文化中，浙江先民們都以不同凡響的作爲，在中華民族的文明之源留下了創造和進步的印記。

浙江人民在與時俱進的歷史軌跡上一路走來，秉承富於創造力的文化傳統，這深深地融匯在一代代浙江人民的血液中，體現在浙江人民的行爲上，也在浙江歷史上衆多傑出人物身上得到充分展示。從大禹的因勢利導、敬業治水，到勾踐的卧薪嚐膽、勵精圖治；從錢氏的保境安民、納土歸宋，到胡則的爲官一任、造福一方；從岳飛、于謙的精忠報國、清白一生，到方孝孺、張蒼水的剛正不阿、以身殉國；從沈括的博學多識、精研深究，到竺可楨的科學救國、求是一生；無論是陳亮、葉適的經世致用，還是黄宗羲的工商皆本；無論是王充、王陽明的批判、自覺，還是龔自珍、蔡元培的開明、開放，等等，都展示了浙江深厚的文化底蘊，凝聚了浙江人民求真務實的創造精神。

代代相傳的文化創造的作爲和精神，從觀念、態度、行爲方式和價值取向上，孕育、形成和發展了淵源有自的浙江地域文化傳統和與時俱進的浙江文化精神，她滋育着浙江的生命力、催生着浙江的凝聚力、激發着浙江的創造力、培植着浙江的競争力，激勵着浙江人民永不自滿、永不停息，在各個不同的歷史時期不斷地超越自我、創業奮進。

悠久深厚、意韻豐富的浙江文化傳統，是歷史賜予我們的寶貴財富，也是我們開拓未來的豐富資源和不竭動力。黨的十六大以來推進浙江新發展的實踐，使我們越來越深刻地認識到，與國家實施改革開放大政方針相伴隨的浙江經濟社會持續快速健康發展的深層原因，就在於浙江深厚的文化底蘊和文化傳統與當今時代精神的有機結合，就在於發展先進生産力與發展先進文化的有機結合。今後一個時期浙江能否在全面建設小康社會、加快社會主義現代化建設進程中繼續走在前列，很大程度上取決於我們對文化力量的深刻認識、對發展先進文化的高度自覺和對加快建設文化大省的工作力度。我們應該看到，文化的力量最終可以轉化爲物質的力量，文化的軟實力最終可以轉化爲經濟的硬實力。文化要素是綜合競争力的核心要素，文化資源是經濟社會發展的重要資源，文化素質是領導者和勞動者的首要素質。因此，研究浙江文化的歷史與現狀，增强文化軟實力，爲浙江的現代化建設服務，是浙江人民的共同事業，也是浙江各級黨委、政府的重要使命和責任。

二〇〇五年七月召開的中共浙江省委十一届八次全會，作出《關於加快建設文化大省的決定》，提出要從增强先進文化凝聚力、解放和發展生産力、增强社會公共服務能力入手，大力實施文明素質工程、文化精品工程、文化研究工程、文化保護工程、文化産業促進工程、文化陣地工程、文化傳播工程、文化人才工程等『八項工程』，實施科教興國和人才强國戰略，加快建設教育、科技、衛生、體育等『四個强省』。作爲文化建設『八項工程』之一的文化研究工程，其任務就是系統研究浙江文化的歷史成就和當代發展，深入挖掘浙江文化底藴、研究浙江現象、總結浙江經驗、指導浙江未來的發展。

浙江文化研究工程將重點研究『今、古、人、文』四個方面，即圍繞浙江當代發展問題研究、浙江歷史文化專題研究、浙江名人研究、浙江歷史文獻整理四大板塊，開展系統研究，出版系列叢書。在研究内容上，深入挖掘浙江文化底藴，系統梳理和分析浙江歷史文化的内部結構、變化規律和地域特色，堅持和發展浙江精神；研究浙江文化與其他地域文化的異同，釐清浙江文化在中國文化中的地位和相互影響的關係；圍繞浙江生動的當代實踐，深入解讀浙江現象，總結浙江經驗，指導浙江發展。在研究力量上，通過課題組織、出版資助、重點研究基地建設、加强省内外大院名校合作、整合各地各部門力量等途徑，形成上下聯動、學界互動的整體合力。在成果運用上，注重研究成果的學術價值和應用價值，充分發揮其認識世界、傳承文明、創新理論、諮政育人、服務社會的重要作用。

我們希望通過實施浙江文化研究工程，努力用浙江歷史教育浙江人民、用浙江文化薰陶浙江人民、用浙江精神鼓舞浙江人民、用浙江經驗引領浙江人民，進一步激發浙江人民的無窮智慧和偉大創造能力，推動浙江實現又快又好發展。

今天，我們踏着來自歷史的河流，受着一方百姓的期許，理應負起使命，至誠奉獻，讓我們的文化綿延不絕，讓我們的創造生生不息。

二〇〇六年五月三十日於杭州

浙江文化研究工程成果文庫序言

易煉紅

國風浩蕩、文脈不絶，錢江潮涌、奔騰不息。浙江是中國古代文明的發祥地之一，是中國革命紅船啓航的地方。從萬年上山、五千年良渚到千年宋韻、百年紅船，歷史文化的風骨神韻、革命精神的剛健激越與現代文明的繁榮興盛，在這裏交相輝映、融爲一體，浙江成爲了揭示中華文明起源的『一把鑰匙』，展現偉大民族精神的『一方重鎮』。

習近平總書記在浙江工作期間作出『八八戰略』這一省域發展全面規劃和頂層設計，把加快建設文化大省作爲『八八戰略』的重要内容，親自推動實施文化建設『八項工程』，構築起了浙江文化建設的『四梁八柱』，推動浙江從文化大省向文化强省跨越發展，率先找到了一條放大人文優勢、推進省域現代化先行的科學路徑。習近平總書記還親自倡導設立『文化研究工程』並擔任指導委員會主任，親自定方向、出題目、提要求、作總序，彰顯了深沉的文化情懷和强烈的歷史擔當。這些年來，浙江始終牢記習近平總書記殷殷囑托，以守護『文獻大邦』、賡續文化根脈的高度自覺，持續推進浙江文化研究工程，接續描繪更加雄渾壯闊、精美絶倫的浙江文化畫卷。堅持激發精神動力，圍繞『今、古、人、文』四大板塊，系統梳理浙江歷史的傳承脈絡，挖掘浙江文化的深厚底藴，研究浙江現象、總結浙江經驗、豐富浙江精神，實施『「八八戰略」理論與實踐研究』等專題，爲浙江幹在實處、走在前列、勇立潮頭提供源源不斷的價值引導力、文化凝聚力、精神推動力。堅持打造精品力作，目前一期、二期工程已經完結，三期工程正在進行中，出版學術著作超過一千七百部，推出了『中國歷代繪畫大系』等一大批有重大影響的成果，持續擦亮陽明文化、和合文化、宋韻文化等金名片，豐富了中華文化寶庫。堅持礪煉精兵强將，鍛造了一支老中青梯次配備、傳承有序、學養深厚的哲學社會科學人才隊伍，培養了一批高水平學科帶頭人，爲擦亮新時代浙江學術品牌提供了堅實智力人才支撑。

文化是民族的靈魂，是維繫國家統一和民族團結的精神紐帶，是民族生命力、創造力和凝聚力的集中體現。在以中國式現代化全面推進强國建設、民族復興偉業的新征程上，習近平文化思想在堅持『兩個結合』中，以『體用貫通、明體達用』的鮮明特質，茹古涵今明大道、博大精深言大義、萃菁取華集大成，鮮明提出我們黨在新時代新的文化使命，推動中華文脈綿延繁盛、中華文明歷久彌新，推動全黨全國各族人民文化自信明顯增强、精神面貌更加奮發昂揚。特别是今年九月，習近平總書記親臨浙江考察，賦予我們『中國式現代化的先行者』的新定位和『奮力譜寫中國式現代化浙江新篇章』的新使命，提出『在建設中華民族現代文明上積極探索』的重要要求，進一步明確了浙江文化建設的時代方位和發展定位。

文明薪火在我們手中傳承，自信力量在我們心中升騰。縱深推進文化研究工程，持續打造一批反映時代特徵、體現浙江特色的精品佳作和扛鼎力作，是浙江學習貫徹習近平文化思想想和習近平總書記考察浙江重要講話精神的題中之義，也是浙江一張藍圖繪到底、積極探索闖新路、守正創新强擔當的具體行動。我們將在加快建設高水平文化强省、奮力打造新時代文化高地中，以文化研究工程爲牽引抓手，深耕浙江文化沃土、厚植浙江創新活力，爲創造屬於我們這個時代的新文化貢獻浙江力量。要在循迹溯源中打造鑄魂工程，充分發揮習近平新時代中國特色社會主義思想重要萌發地的資源優勢，深入研究闡釋『八八戰略』的理論意義、實踐意義和時代價值，助力夯實堅定擁護『兩個確立』、堅決做到『兩個維護』的思想根基。要在賡續厚積中打造傳世工程，深入系統梳理浙江文脈的歷史淵源、發展脈絡和基本走向，扎實做好保護傳承利用工作，持續推動優秀傳統文化創造性轉化、創新性發展，讓悠久深厚的文化傳統、源頭活水暢流於當代浙江文化建設實踐。要在開放融通中打造品牌工程，進一步凝煉提升『浙學』品牌，放大杭州亞運會亞殘運會、世界互聯網大會烏鎮峰會、良渚論壇等溢出效應，以更有影響力感染力傳播力的文化標識，展示『詩畫江南、活力浙江』的獨特韻味和萬千氣象。要在引領風尚中打造育德工程，秉持浙江文化精神中蘊含的澄懷觀道、現實關切的審美情操，加快培育現代文明素養，讓陽光的、美好的、高尚的思想和行爲在浙江大地化風成俗、蔚然成風。

我們堅信，文化研究工程的縱深推進，必將更好傳承悠久深厚、意蘊豐富的浙江文化傳統，進一步弘揚特色鮮明、與時俱進的浙江文化精神，不斷滋育浙江的生命力、催生浙江的凝聚力、激發浙江的創造力、培植浙江的競争力，真正讓文化成爲中國式現代化浙江新篇章中最富魅力、最吸引人、最具辨識度的閃亮標識，在鑄就社會主義文化新輝煌中展現浙江擔當，爲建設中華民族現代文明作出浙江貢獻！

二〇二三年十二月

陳亮集增訂本出版説明

一、生活在十二世紀後半期的陳亮，是一個奇特强毅的英俊豪傑人物。論事功，他是没有的，因爲他一生夢寐以求的建功立業的機會，只有在他五十一歲狀元及第之後，纔有了獲得的可能，却不幸就在次年之春，正當他準備赴建康軍簽判任所供職之際，竟因病喪生了。然而從思想史的角度着眼，他所提出的一些政治改革主張，對金的積極進取主張，通過與朱熹關於王霸義利的争辯而闡發的一些樸素的唯物主義論點，却都是在我們的文化史和思想史上極爲突出，因而也就都應當占有重要的地位。

二、葉適在《陳同甫王道甫墓誌銘》中曾説：『今同甫書具在，芒彩爛然，透出紙外，學士争誦惟恐後。』但從南宋末年以至元明清三朝，程朱一派的理學家的思想和著述，在政治上和社會上都占了絶對優勢，獨樹一幟於理學之外，並敢於對理學宗師朱熹争辯不休的陳亮及其著作，自然不可能再繼續受到學術界和思想界的應有的重視，以致在他身後，由他兒子陳沆所編成，稍遲由婺州州學刻印的四十卷本的文集和四卷本的外集（即詞集），因無人肯爲之重印或重刻，到明中葉，已經成爲極罕見極難得的本子了。

三、明朝成化年間（一四六五——一四八七），永康縣的朱潤和朱海二人，就他們所能見到的殘缺不全的《龍川文集》和《外集》，加以收輯，併合改編成一個三十卷本，刻印行世。朱氏兄弟這次刻印使一部已殘破到幾將失傳的文籍又得到流布，這當然要算對陳亮立了大功；然而當重刻此書之際，在書的前後，他們不但没有寫一篇序跋文字，説明當時這部書的殘缺情況以及他們收輯拼合的過程，在校勘方面他們也没有認真進行，以致脱漏錯訛之處甚多。而尤其荒謬的是：爲求阿附當時崇尚程朱理學的流俗之見，竟將陳亮的文章肆意竄改，不惜厚誣陳亮，貽害讀者。而它又成爲其後明清諸刻本所共同遵奉的一個祖本，謬種流傳，迄今未已。對此，我們便不能不給予深切譴責了。

四、一九八三年春，由美國友人田浩教授協助，我得到了一部《圈點龍川水心二先生文粹》的影印本，取與明成化刻本稍加比勘，成化本(和據它翻刻的由明嘉靖至清同治諸刻本)中的校勘疏失和有意竄亂之處，便一一顯露出來。而這部《文粹》，雖然只是一個選本，其《龍川文粹》諸卷中，却還有爲成化刻本所未收録的一些篇章，其中且有陳亮極爲重要的文章。因此，我便決定把從明成化以來流行至今的三十卷本的《龍川文集》重行校訂和增補。雖還無法恢復陳沆原編本的本來面目，但在篇卷上總可得到部分的補充，而由朱潤、朱海二人所造成的訛脱和竄亂，也都可以得所訂正。

五、《龍川水心二先生文粹》應是在陳亮、葉適都已下世，在二人的文集都已刻印行世之後編選成書的，最早不能早於宋理宗的中晚年。但此書的最前面刻有建安人饒輝的一篇序文，所署作年爲嘉定五年壬申（一二一二），這是大有問題的。因爲，一則當時葉適還健在，陳亮的文集雖已編定却尚未刊行；二則在這篇序文當中，並無一字一句涉及陳、葉二人的行事或文章，而只是空洞地説了一些『然則先生之文是當以道言，未易以文言也』、『先生之文蓋自其涵養醖藉中發之，而非可以外求也』等等不着邊際的話。可知這篇序文決非爲陳、葉二人的《文粹》而作，其刻印在《文粹》的卷首，必然是屬於張冠李戴的，則文後所署作年自然也與《文粹》刻印的年份毫不相干了。又查陳振孫的《直齋書録解題》中並未著録《文粹》，所以我説《文粹》的刻印不得早於宋理宗的中晚年。書中凡遇宋朝皇帝名字皆避諱，凡遇『國朝』、『祖宗』及『陛下』等字樣也均提行或空格（雖然也間有破例和不嚴格處），因而又知它的刻印行世，最晚也不應晚於度宗之時。總之，它必是一個南宋刻本。

六、我現在把這本書取名爲《陳亮集》增訂本，是表明，我是在明成化刻三十卷本《龍川文集》的基礎上，又依據《龍川水心二先生文粹》和《永樂大典》殘卷等書作了一些增補和校訂工作的。事實上，凡見收於《文粹》當中的陳亮文，我是一律以《文粹》爲底本的。這樣，成化本中的一些訛誤、脱漏，特别是經由朱潤、朱海二人所肆意竄亂篡改諸處，就不必特意加以糾正而都得以恢復原面貌了。陳亮文中因避宋帝名諱而换用代字之處，成化本和後刻諸本也有遞加改易者，今也一律照用《文粹》舊文而不加改易。凡成化本某卷所收文章與《文粹》某卷全相同，而排列順序互相參差者，亦均改從《文粹》序列。其爲成化本所未收而爲今次增入者，則爲《文粹》中之《策問》三卷、《漢論》五卷、《任子宫觀牒試之弊》及《人法》兩文，和《永樂大典》殘卷中的《代妻父祭弟茂恭》、《代妻祭弟何少嘉》兩文。成化本卷十五之末原收有《後杜應氏家譜序》一篇，文中有『登宋咸淳中解榜，官至廣東廉訪司副』語，明係元人之作，今予删除。另外，凡《文粹》未收之文，則儘量依從成化刻本。這是因爲，後來諸刻本雖有對成化本遞加改正之處，然大都無稽無據，肆意而爲。對此等改易文字自須慎重將事，故凡非理據確鑿者，均一仍成化刻本之舊。

七、從《文粹》輯來的《策問》三卷、《漢論》五卷，作於何年，不易考知。我很懷疑，《漢論》可能就是葉氏所提及的《陳子課藁》的一部分，是在陳亮授徒講學期内向學生提出的一些歷史問題，爲學生撰寫的一些示範文字。《文粹》中各卷所涵内容分量，大都與成化本的内涵相同，《策問》在其中分作三卷、《漢論》在其中分作五卷，故今次增補於此本之中，亦均仍其舊貫，編次於與之相應的門類之後。增補後之陳文雖亦分編爲三十八卷，然其總量必不等同於陳沆所編四十卷本中之三十八卷。

八、陳沆把其父陳亮的詞編爲《外集》四卷，明成化刻本則併合於文集之内，所收詞共僅三十首。嗣經清代道光、同治諸刻本及一九七四年中華書局標點本《陳亮集》逐次加以增補，共得詞七十四首。這次收録時，又把各詞與原出處進行了一次校勘。各詞的先後順序，則是依照姜書閣《龍川詞箋注》排比的（只有個别的一兩首稍有改變），因爲這本《箋注》，對於凡有作年可考的各詞都按年編次了。又因爲陳沆原是編爲《外集》的，我這次便也把全部詩詞作爲最後的一卷。

九、從清道光中陳玻刻本以來，直到一九七四年中華書局印行之標點本，都相繼附入了陳亮友人的一些與陳亮文章有關涉的作品，例如朱熹與陳亮辨析王霸義利的一些書信等，我這次也大都分別附録在陳亮的原文或原信之後，而且也都與原書做了一番校勘。全集後的附録文字凡已爲應刻本删除者，今亦照删。然却没有照應刻本收録吕祖謙寫與陳亮的所有書信，而是把李幼武所編寫的《陳亮言行録》的全文增收附入了。

十、爲求易於明悉《龍川水心二先生文粹》一書之如何可貴，明成化刻本竄改諸處之如何鹵莽滅裂，以及對《陳集》進行增補訂正之有何意義，特將拙作《陳龍川文集版本考》列置卷首。敬祈讀者不要以『本末倒置』見責爲幸。

鄧廣銘

一九八四年八月八日

寫於北京大學歷史系

編者附記：

《陳亮集》增訂本一九八七年於中華書局出版後，鄧廣銘先生對其中部分文字（包括版本考訂與原文）做過訂補校正。二〇〇五年，河北教育出版社《鄧廣銘全集》依先生校補者重排。今在其基礎上復做校訂。

陳龍川文集版本考

鄧廣銘

一、陳沆編定、嘉定間刊行的龍川文集四十卷及外集四卷本

葉適的《水心文集》當中有一篇《龍川文集序》，其所叙述《龍川集》最初的編輯經過爲：

同甫文字行於世者，《酌古論》、《陳子課稾》、《上皇帝四書》，最著者也。子沆聚他作爲四十卷，以授予。……

予最鄙且鈍，同甫微言十不能解一二，猶以爲可教者。病眊十年，耗忘盡矣。今其遺文大抵斑斑具焉，覽者詳之而已。

陳亮死於紹熙五年（一一九四），葉適的序文寫於嘉泰四年甲子（一二〇四）的春季，則陳沆爲其父所編的四十卷本《文集》，至晚在嘉泰三年便已完成。

在《水心文集》中還有一篇《書龍川集後》，其中又談到了《龍川文集》刻印的事：

余既爲同甫序《龍川文》，而太守丘侯真長（按，即丘壽雋）刻於州學，教授侯君敞、推官趙君崇岳皆佐其役、費。同甫雖以上一人賜第，不及至官而卒，於是二十年矣。遺稾未輯，愈久將墜。……

根據這篇《書後》的開頭兩句，知丘真長刻於州學的《龍川集》，必即是陳沆所編的那個四十卷本。而據『同甫不及至官而卒，於是二十年矣』兩句推算，知《文集》之刻成又較其編定恰恰遲了十年，則當爲嘉定七年（一二一四），或其稍前稍後的事。只是下面的『遺藁未輯，愈久將墜』二句，有些難以理解：既然四十卷本的《文集》已經編定、刻成，怎麼還説『遺藁未輯，愈久將墜』呢？若説不是指此四十卷本而言，然則又何所指呢？

南宋末年陳振孫的《直齋書録解題》卷十所著録的，則在《龍川集》四十卷之外，還有《外集》四卷，其下所附《解題》的全文是：

> 永康陳亮同父撰。少入太學，嘗三上孝廟書，召詣政事堂。宰相無宏度，迄報罷。後以免舉爲癸丑進士第一，未禄而卒。所上書論本朝治體本末源流，一時諸賢未之及也。亮才甚高而學駁，其與朱晦菴往返書所謂金銀銅鐵混爲一器者可見矣。平生不能詩，《外集》皆長短句，極不工，而自負以爲經綸之意具在是，尤不可曉也。葉適未遇時，亮獨先識之。後爲《集序》及《跋》，皆含譏誚，識者以爲議。

這段《解題》後來被馬端臨一字不改地抄入《文獻通考》的《經籍考》中。而元末所修《宋史·藝文志》中，也同樣作《陳亮集》四十卷，《外集》詞四卷。

據上引諸條記載，可以證知，從南宋末年到元朝末年，世上所流傳的《陳亮文集》，一直還只是由陳沆編定、由葉適作《序》、由丘真長刊行的那一個四十卷本。

二、南宋末年刊行的圈點《龍川水心二先生文粹》

此書分前後二集，共四十一卷。陳、葉二人的文章參互錯出於其間：前集卷一至卷三爲陳亮文，卷四、卷五爲葉適文，卷六至卷八爲陳亮文，卷九至卷十六爲葉適文，卷十七至卷二十爲陳亮文；後集卷一至卷七爲陳亮文，卷八爲葉適文，卷九至卷十六爲陳亮文，卷十七、十八爲葉適文，卷十九至卷二十一爲陳亮文。現在只將收録陳文各卷之目録列後。

前集卷一至三，爲陳亮《上孝宗皇帝第一書》、《第二書》、《第三書》，及《戊申再上孝宗皇帝書》。

卷六爲《高士傳序》、《忠臣傳序》、《義士傳序》、《謀臣傳序》、《辯士傳序》、《英豪録序》、《中興遺傳序》、《二列女傳》。

卷七爲《答朱元晦書》（一至五）。

卷八爲《三國紀年》：《三國紀年序》，《魏武帝贊》，《魏文帝贊》，《魏明帝贊》，《齊王、高貴鄉公、常道鄉公、陳留王贊》，《荀彧贊》，《荀攸贊》，《賈詡、程昱、郭嘉、董昭贊》，《鍾繇、華歆、王朗贊》，《陳登、田疇贊》，《崔琰、毛玠贊》，《袁涣贊》，《劉曄、蔣濟、劉放、孫資贊》，《夏侯玄、李豐、張緝贊》，《王淩、令狐愚、毌丘儉、諸葛誕贊》，《嵇康、阮籍贊》，《司馬懿、司馬昭、司馬師贊》。《漢昭烈皇帝贊》，《漢後主贊》，《諸葛亮贊》，《龐統、法正贊》，《關羽贊》。《吴武烈皇帝、長沙桓王贊》，《吴大皇帝贊》，《會稽王、景皇帝、歸命侯贊》，《張昭、周瑜贊》。《建安七子贊》孔融、陳琳、王粲、徐幹、陳瑀、應瑒、劉楨。《曹植贊》附録，《諸葛亮》附録，《鄧禹、耿弇》附録，《吕東萊書》附録。

卷十七至卷二十爲《酌古論》：《酌古論序》，《光武》，《曹公》，《孫權》，《劉備》。《孔明》上，《孔明》下，《吕蒙》，《鄧艾》，《羊祜》。《苻堅》，《韓信》，《薛公》，《鄧禹》，《馬援》。《崔浩》，《李靖》，《封常清》，《馬燧》，《李愬》，《桑維翰》。

後集卷一至卷三，《策》：《廷對》，《問答上》凡十二道，《問答下》凡十二道。

卷四，《策》：《任子宫觀牒試之弊》，《人法》，《子房、賈生、孔明、魏證何以學異端》，《蕭、曹、丙、魏、房、杜、姚、宋何以獨名於漢唐》。

卷五，《策》：《國子》，《銓選資格》，《變文格》，《傳注》，《度量權衡》，《江河淮汴》，《四弊》，《制舉》。

卷六，《論》：《中興五論序》，《中興論》，《論開誠之道》，《論執要之道》，《論勵臣之道》，《論正體之道》。

卷七，《論》：《謝安比王導》，《王珪確論如何》，《揚雄度越諸子》，《勉彊行道大有功》。

卷九至卷十三，《漢論》。

卷十四至卷十六，《策問》凡四十一道。

卷十九，《語、孟、六經發題》。

卷二十，《序》：《書歐陽公文粹後》，《類次文中子引》，《書類次文中子後》，《書文中子附録後》，《伊洛正源書序》，《春秋比事序》，《書林勳本政書後》，《跋朱晦菴送寫照郭秀才序》。

卷二十一，《序》：《送丘秀州序》，《三七叔祖主高安簿序》，《諸生赴補序》，《〔別〕吴恭父知縣序》，《徐子才赴富陽序》，《陳童子序》。

這部《龍川水心二先生文粹》，每半葉十二行，行二十一字，不但宋代各皇帝的本名及嫌名一律避諱（但也間有不嚴格處），凡遇『本朝』、『祖宗』一類字樣亦一律空一格或提行，知其爲南宋刻本；葉適卒於宋寧宗嘉定十六年（一二二三），其《文集》之編定刊行當爲理宗即位以後事。《文粹》之編刊自當更在其後，或當在理宗在位之後期，亦即十三世紀的四十或五十年代内。

在《文粹》的書名標題之後和前後集各卷目録之前的牌子上，刻有如下四行文字：

> 二先生文，精練雄偉，工文家所快覩。是
> 編又出名公選校，壹是粹作，篇加圈
> 點，辭意明粲。本齋得之，不欲私閟，綉梓
> 公傳，與天下識者共讀，伏幸精鑒。

在這裏，既不著選校者的姓名，也未説明刊行於何年月，這反映出：此書實爲書肆中人自行編

刻的一個選本而已。而在《文粹》卷首的扉葉之後，却還冠有饒輝的一篇《序文》，《序文》的開首處已經殘闕，現僅保存了如下一大段：

（上闕）汪洋閎肆，挽回天地之大全，剖抉聖賢之底藴，蓋將使天下之人，徹藩籬而趨堂奥，豈不爲吾道大助。然則先生之文，是當以道言，未易以文言也。其視昌黎公起八代之衰，濟天下之溺，殆未必多愧。而今之士大夫翕然歆慕之，且未聞有怪之者，則今日文章之盛又非唐世所可並言矣。雖然，先生之文，蓋自其涵養醞藉中發之，而非可以外求也。故其措辭立意，無非洞然，貫穿經傳，錯綜子史，雖諄諄百千萬言，無一窒礙。學者有志於斯文，又當知在此而不在彼也。不然，捧心效施，折巾慕郭，則連篇摛月露，積案寫風雲，竟何補於吾文之萬一耶！予故卒言之，而不敢憚於僭。時嘉定壬申孟秋，建安饒輝晦伯序。

這段文章，和刊於目録之前的牌子上那四行文字全然不相應合。而且，它忽而言道，忽而説文，撲朔迷離，真可謂不知所云。然而有一點却極爲明確：這是爲某一位『先生』的文集而作的，而斷非爲《龍川水心二先生文粹》而作的序言。其刻印在《文粹》的書首，必然是張冠李戴了的（雖然也可能是書肆中人有意這樣做的），實際上是與陳、葉二人毫不相干的。既然如此，則文後所署『嘉定壬申孟秋』諸字，也必然與《文粹》之刊行年月全無關係。

但是，據美國友人田浩教授見告，原燕京大學教授洪煨蓮氏，晚年曾在美國見到此書，他對於饒輝的這篇《序文》不但深信不疑，而且還斷言：既然這部《文粹》之編刻較早於《龍川文集》，則凡爲《文粹》所有而爲《龍川文集》所不收者，如《策問》三卷，如《漢論》五卷，如《任子宮觀牒試之弊》及《人法》諸篇，必皆是當時被陳沆、葉適等人所有意棄擲的。我認爲，洪氏如果真有這樣一段議論，其錯誤是很顯然的。因爲：第一，明清兩代通行的三十卷本《龍川文集》，已不是陳沆所編、葉適作序的那個四十卷本的原貌，而是已經短闕了十卷文字；第二，雖是如此，三十卷本大部分的篇卷序列，總還保存了四十卷本的一些影象。《文粹》中對陳亮文的編次和分類，既與三十卷本（也就是與四十卷本）《龍川文集》大致從同，這決不會是出於偶合，因而只能説明，《文粹》中的陳亮文是從四十卷本《龍川文集》選來的。四十卷本《龍川文集》，是陳沆在嘉泰三年（一二〇三）編成，丘壽雋於嘉定七年（一二一四）前後刊行的。既然如此，《文粹》怎能在嘉定五年壬申（一二一二）就已刻印了呢？更何況葉適之死及其《文集》之刊行更在許多年後，安得在嘉定五年先已把葉文選入《文粹》中呢？

《文粹》的印本爲數可能不多，流傳因而較少。明英宗正統後期（十五世紀四十年代）處州推官黎諒在收輯編刻《葉水心文集》時，在他所訪求到的『遺本』中有名叫《文粹》的一種，想必就是這部《龍川水心二先生文粹》。但在明憲宗成化年間（十五世紀的七八十年代），永康的朱潤、朱海收輯編刻《陳龍川文集》時，却只是訪求到一部或幾部斷爛殘闕的陳沆所編四十卷本《文集》與四卷本《外集》，而不曾見到這部《文粹》。在此以後，這部《文粹》竟也不曾爲任何一個翻刻《龍川文集》的人所見及，因而就一律以成化年間所刻印的三十卷本爲祖本，再也不能在它以外有所補充或訂正。而到清人編輯《四庫全書》時，在《龍川文集》的《提要》末尾也只有莫可奈何地説道：

葉適《序》謂《亮集》凡四十卷，今是集僅存三十卷，蓋流傳既久，已多佚闕，非復當時之舊帙。以世所行者祇有此本，故仍其卷目著之於録焉。

三、明成化年間永康龍川書院刊行的三十卷本

陳沆編輯的那個四十卷本《文集》和《外集》四卷（詞），到明憲宗成化年間（一四六五——一四八七），傳本大概已經極爲稀少，僅存的幾個傳本大概也都已殘闕不全，很難再拼凑成完整的四十四卷本的原面目了。於時陳亮的故鄉永康縣有名叫朱海、朱潤的兄弟二人，自稱是陳亮的九世甥孫，他們家的資財甲於其鄉，便捐資重新修建了一所龍川書院，並以修書院所餘資財，把殘闕不全的《龍川集》與《外集》加以收輯拼合，凑成三十卷，刊布於世。

三十卷本《龍川文集》的最初刻本中，前後並無一處載明其刊行年代，之所以知其爲明代成化年間所刊行者，乃是經由晚清宗廷輔根據《永康縣志》所載龍川書院修建年代推考出來的。宗廷輔在其《致應寶時書》中有云：

承示《龍川》一集，竊嘗反覆讀之，知書賈之所謂宋版，實則明成化間所刊之書院版

也。按《永康縣志》載，『龍川書院在龍窟山小崆峒，明成化間里人朱彥宗建』，則成化以前並無書院可知。今集首卷末行題『龍川書院朱彥霖捐貲刊行』。疑〔《縣志》之〕『宗』乃『霖』字之譌。又每卷第三行稱『九世甥孫朱潤刊行』，以字義核之，疑彥霖即潤之字，當取霖雨潤物也。……惟〔每卷〕第二行均經鏟去，而第七卷及第十六卷尚有『明邑後學汪海輯補』八字，彷佛可認，則輯者汪海，刻者朱潤，字畫較然。（按此『汪』字亦當爲『朱』字，蓋以印刷模糊而被誤認爲『汪』字。）

宗廷輔的這段考證文章寫得有理有據，因而他的論斷也是很有説服力的。只是他以爲『朱彥宗』爲『朱彥霖』之誤却没有説對。今查《龍窟朱氏宗譜》所載《朱彥宗行狀》，知彥宗名海，乃彥霖名潤者之胞兄。《行狀》且明言彥宗『又捐餘積重刊《龍川文集》并新其書院』。但這個三十卷本的初次刊行是在明憲宗成化年間，是確鑿無疑的。現今北京圖書館所收藏的一部，正是這一版本。其各卷第二行被鏟版之情況，亦與宗氏信中所説完全相合。

陳沆所編《文集》四十卷、《外集》四卷，很可能只在南宋嘉定年間刻印過一次，其後未再重刻重印過，在流傳了二百六七十年之後，在朱潤、朱海等人再也找不到比較完整的本子了，便只好因陋就簡地把它編輯刻印出來。於是在這個三十卷本裏面，葉適在《書後》中所提及的《春秋屬辭》和《陳子課藁》等著述便一概未被收録。《外集》四卷之詞，雖已羼入其中，而所收僅三十闋，最多想亦不過陳沆原編數目三分之一，究竟是出於有意的節選，還是因舊本殘闕致然，殊不可知。所以，他們儘管改稱《詞選》，而編刻《宋六十名家詞》的毛晉，因不明原委，以爲這就是陳沆原編的面目，遂在《龍川詞補遺》後作了一段跋語説：

余正喜同甫不作妖語媚語，偶閲《中興詞選》，得《水龍吟》以後七闋，亦未能超然。但無一調合本集者。或云贋作。蓋花菴與同甫俱南渡後人，何至誤謬若此，或花菴專選綺豔一種，而同甫子沆（原誤作沉，今改正）所編本集，特表阿翁磊落骨幹，故若出二手。況本集云《詞選》，則知同甫之詞不止於三十闋，即補此花菴所選，亦安得云全豹耶！

（《四庫總目》中之《龍川詞提要》實即脱胎毛晉此《跋》而敷衍成篇者。）

根據毛晉此《跋》還可推知，在朱氏兄弟所刊行的三十卷本《龍川文集》的卷首，從最初就不曾冠以序文，叙述其輯録、改編與覆刻的經過，而此後也再無人發現過陳沆原編的本子，遂都誤以成化刻本就是南宋刻本的原樣，以致毛晉對於集中之只收詞三十闋，便斷言是因陳沆『特表阿翁磊落骨幹』之故了。

成化本所收録的文章儘管很不完備，而在它既經刊布之後，陳沆所編四十卷本與《外集》四卷，似已絶迹於天壤之間，以致如前所説，其後所有刊刻《龍川集》的，全只是奉成化本爲祖本，没有任何一個刻本，能够超出三十卷的範圍而多收任何一篇文章的。以致後來又因此而發生了一些糾葛。比如：

宋末元初的王應麟，所見《龍川文集》必是陳沆所編四十卷本，故在其所著《困學紀聞》卷十七，就有一條説道：

『天下不可以無此人，亦不可以無此書，而後足以當君子之論。』又曰：『天下大勢之所趨，天地鬼神不能易，而易之者人也！』此龍川科舉之文，列於古之作者而無愧。

清初的何焯，所見《龍川集》只是三十卷本，而王應麟所引録的『天下大勢之所趨』諸句，却又不見於三十卷本之内，於是他就在《困學紀聞》的這一條下作出幾句附注説：

今本《龍川集》無此文。惟《上孝宗第三書》有『天下大勢之所趨，非人力之所能移也』二句，下云：『臣之所以爲大臣論者如此。』同甫方以有爲望孝宗，不應作此語，此必爲俗本所節删也。當以厚齋所引，補而正之。

到同治八年（一八六九），永康應寶時刻本的最後所附校勘人宗廷輔致應寶時第二信中則又説道：

『天下不可以無此人』數語，王伯厚明言『龍川科舉之文』，何義門疑即《上孝宗皇帝第三書》佚語，固未必然，然寥寥數言，不成片段。

何焯所説的『今本《龍川集》無此文』者，本是專指『天下大勢之所趨』諸語，這幾句話確實是不見於三十卷本的《龍川集》中的，但王應麟既已明説『此龍川科舉之文』，而何焯竟又認爲此乃俗本對《上孝宗皇帝第三書》進行『節删』所造成的，這當然是不對的。然『天下不可以無此人』數語，則明是陳亮寫在《揚雄度越諸子》一文中的話，此文在明成化以來的《龍川文集》的各刻本中無不收録，何焯所説『今本《龍川集》無此文』者當不包括這段文字在内，而宗廷輔在糾正何焯的錯誤時，却把『天下不可以無此人』數語也作爲不見於『今本《龍川集》』的一段文字，這却不免失之粗疏了。

實際上，『天下大勢之所趨』云云一文，迄今尚完整地保存在《文粹後集》卷四之中，那就是題爲《人法》的一篇。王應麟所譽爲『列於古之作者而無愧』的那幾句，正是《人法》一文開頭的幾句。全文現已補收於這次增訂的《文集》中，這裏自不須再加引録；但此文内容的重要性，却應當於此稍加闡述。

宋朝的家法之一，是『不任官而任吏，不任人而任法』。其所以『不任官而任吏』，就是因爲，既然製定了繁密的條法，只須有一個熟悉這些條法的『吏』照章辦事就可以了，襲故蹈常是最穩妥的，而貪功喜事則是會出風險的。所要求於吏的既然只是奉行文書，那也就無須乎區别他們的智愚賢否和才不才了。所以，實際上，『不任官而任吏』，既是『不任人而任法』的一個先行條件，倒過來也可説它是『不任人而任法』的一種具體體現。然而陳亮認爲，這是當時一切時弊的最大根源之所在，所以他在此文的後半部分，推論到『取士、任官』和『治兵、理財』等問題時，以爲專任條法的結果，取士則不貴於得人，任官則不責以行政的實效，治兵則不以制敵爲專務，理財則不以『寬民』爲原則，以致『天下之弊』『相尋於無窮』。這裏所表述的，全是陳亮蓄之有素的一些意見，也是當時浙東學派中人大都具有的共同認識。而『天下大勢之所趨』二句，據吳子良《林下偶談》卷三《陳龍川省試》條所載，乃陳亮紹熙四年（一一九三）省試第三場策文的起句，這與王應麟所説『此龍川科舉之文』一語也正相符。

收入《文粹》後集的文章，爲從明成化以來各種刻本的《龍川文集》所失收的，尚有論述《任子宫觀牒試之弊》一文、《策問》三卷和《漢論》五卷，其中也頗有一些精闢的論述。例如，在《策問》當中，就有對其所持王霸義利的論點加以闡發之處，可以同他寫與朱熹的書信互相印證。這些文章却從來不見有人提及其中的片言隻語。現既都已收入這部《文集》當中，於此均不再加以摘述。

此外，也還有已被收入於成化本《龍川文集》當中，而其中文字的訛闕頗多，必取《文粹》加以校勘補正，而後文義方完者。略舉兩例於下：

例一，《文粹》前集卷二所載陳亮《上孝宗皇帝第二書》中有一段文字云：

> 孔子傷宗周之無主，痛人道之將絶，而作《春秋》。其書天王之義嚴矣：書其出入之地者，示天王之不可置中國於度外也；書其有所求者，明天王之不可失其柄也。

其見於成化本《龍川文集》中的此文此段，却把『書其出入之地者，示天王之不可置中國於度外也』兩句完全漏掉了。

例二，成化本《龍川文集》卷二十，載有陳亮於淳熙十一年甲辰（一一八四）秋間致朱熹一書，在其中的『孟子終日言仁義，而與公孫丑論一段勇如此之詳』兩句之上，有『夫人之所以與天地』八字，語意不完，明有脱文。自清道光年間義烏陳坡刻本至同治年間應寶時刻本，均稱據《朱子全集》，於『夫人之所以與天地』八字之下，補入『並立爲三者，以其有是氣也』十一字，今據《文粹》前集卷七所載此書，知此八字之下所漏掉的，乃是如下二十字：

並立而爲三者，仁智勇之達德具於一身而無遺也。

以上諸情況之所以發生，自必皆因南宋刻印的四十卷本《龍川集》雖已經歷了二百六七十年的漫長時間，其間却没有人把它再重刻重印，世間所有流傳的南宋印本，全已殘闕不全，故朱潤、朱海二人也只好因陋就簡，守闕抱殘，其莫可奈何的苦衷自也可以體諒。然而，在這類性質的問題之外，却還有朱潤、朱海對陳亮原著妄加篡改的許多處所，只求阿附流俗，既不惜厚誣古人，更不惜貽害來者，這却是令人頗難容忍的了。以下，就把這類事實加以揭發，以戳穿其所作的騙局：

一、當陳亮撰寫《酌古論》和《三國紀年》時候，他是依照司馬光在《資治通鑑》中的處理辦法而以曹魏爲正統的。在《三國紀年》當中，首先是對魏的君臣的《贊》，其次是對漢昭烈帝、漢後主以及諸葛亮、龐統、法正、關羽的《贊》，最後爲對吴的君臣的《贊》（見第二節所列《文粹》前集卷八目録）。而在《酌古論》中，則在光武之下，便先之以《曹公》，繼之以《孫權》，最後才是《劉備》（見第二節所列《文粹》前集卷十七目録）。到明代的成化年間，朱潤、朱海重刻《龍川文集》時，朱熹的以蜀漢爲正統的《通鑑綱目》行世已久，相應於朱熹在學術界所享有的地位，以蜀漢爲正統的觀點也在一般讀書人中間占了優勢。因此，朱氏兄弟便把《酌古論》中的劉備改作先主，並將這段文字移居曹公之前；更把《三國紀年》原來的序列大爲變換了一番，把蜀漢君臣移在最前，而把曹魏君臣降居第二位。不但竄亂了陳亮的《序文》，而且把陳沆原編附於《三國紀年》之後的吕祖謙的一封書信，也加以竄亂。他們竟似自負能隻手遮盡天下人耳目，認爲在他們以後，不但不會有人看到《三國紀年》的原面目，且也不會有人看到吕祖謙的《文集》和他的這封書信了！狂妄出於無知，他們二人的這種行爲正提供了很好的證據。世有『明人刻書而書亡』之説，雖不免過甚其詞，從上舉例證看來，却也不是無因而發的。

二、在十二世紀後半的南宋國境内，自命得先聖不傳之絶學的程、朱派的理學家們，在政治上雖還不曾居於操權得勢的地位，在學術界和思想界，却占有相對的優勢。可是，出生在當時浙東地區的一些學者，却並不依傍這些理學家的門户。陳亮更是一個特立獨行之士：他在淳熙五年（一一七八）寫給宋孝宗的一封奏章中，就曾譴責當時那些『自以爲得正心誠意之學』和『低頭拱手以談性命』的儒生爲『風痹不知痛癢之人』，然同時他也承認，儒家乃是孔子弟子子游、子夏等人建立的一個學派，而且是先秦各學派中聲勢較大的一個學派。他認爲一個『醇儒』還算不得一個完人（即『成人』）。這就是陳亮對儒家所持的真實態度。所以，説陳亮『尊儒』當然不對，説陳亮『反儒』也同樣並不妥當。陳亮的這種見地，在他的《上孝宗皇帝第三書》中表述爲如下一段文字：

故本朝以儒立國，而儒道之振獨優於前代。今天下之士爛熟委靡，誠可厭惡，正在主上與二三大臣反其道以教之，作其氣以養之，使臨事不至乏才，隨才皆足有用，則立國之規模不至戾藝祖皇帝之本旨，而東西馳騁以定禍亂，不必專用武臣也。前漢以軍吏立國，而用儒輒敗人事。要之，人各有家法，未易輕動，惟在變而通之耳。（見《文粹》前集卷二）

這段文字的意義原極分明：是把北宋的治術與前漢治術作對比的。他認爲，宋初重用儒家人物，故儒家所倡導的倫理道德大行於世，使得北宋初年的統治也大沾其光；然也產生了流弊，那就是：天下之士皆委靡不振，文弱不堪，一旦遭遇變故，皆不足爲用。而當前漢建立政權之初，則是依靠蕭何、曹參那樣的刀筆吏，甚至一些文化水平更低的人成事的，其間雖也有像酈食其那樣的儒生向劉邦建議封六國之後，然經張良借箸以籌，力言不可，劉邦乃恍然大悟，駡酈食其說：『豎儒幾敗乃公事！』陳亮所說的『而用儒輒敗人事』，即指上述一事而言。下文『要之，人各有家法』諸句，是對於上文的總結，意謂宋有宋的家法，漢有漢的家法，宋的家法奉行已久，流弊已生，雖不應輕易變革，但稍加修改却是應當的。

在朱潤、朱海的頭腦當中，大概只有一個尊儒的觀點，也許根本就不知道劉邦斥責酈生的那段故實，看到『用儒輒敗人事』一句覺得十分刺眼，還可能認爲此話出自陳亮之口也很不光彩，便鹵莽滅裂地加以篡改，把這句話改爲『用儒以致太平』。所改雖僅四字，意義却大不相同。原文是說：宋朝以儒立國，所以曾出現過『儒道之盛優於前代』的情況；前漢以軍吏立國，對儒生的意見一直不肯採納，因而在前漢前期的七八十年内，是不曾依靠儒術以爲治的。把『輒敗人事』改爲『以致太平』，豈不等於説，北宋與前漢所奉行的雖是兩種截然不同的『家法』，却能殊途同歸，獲致了全然相同的效果了嗎？　更何况，前漢到武帝統治期内，雖曾有董仲舒的『罷黜百家，獨尊儒術』的建議，但到武帝之曾孫漢宣帝告誡其子漢元帝時，却還説『漢家自有制度，本以霸王道雜之』，正説明前漢並不是『用儒以致太平』的。因而這四個字的篡改，竟把陳亮弄成一個毫無歷史常識的人了。　此外，當陳亮與朱熹進行王霸義利之辨時，在其致朱熹書信中曾説道：

漢唐之君，本領非不洪大開廓，故能以其國與天地並立，而人物賴以生存。

這就是説，漢唐的『家法』雖都不奉行儒道，然而也都能立國久長。　這與『用儒輒敗人事』的論點正是相互貫通的，若把『輒敗人事』四字篡改爲『以致太平』，則是陳亮的議論，前後相隔僅僅數年，却竟判若兩人了。

在清代後期，在宗廷輔把三十卷《龍川文集》的初刻本考定爲成化年間的刻本之前，書肆中人爲了謀利之故，在後來重印時把書版中原有的『捐貲刊行』者和『補輯』者的姓名都鏟削掉，冒充宋元刻本欺世。　儘管當時也頗有不受其欺的，然而對其刊行年代及刊行者，却也不能確知。　故同治戊辰（一八六八）永康縣的胡鳳丹在其《重刊龍川文集序》中，雖有『其後裔故明時吾邑陳某嘗刊行於世』之説，而生於同時同縣的應寶時則爲書賈的謊言所欺，把一部成化刻本的《龍川集》作爲宋版而送於宗廷輔，這纔使得宗廷輔進行了一番研討，而作出了本節開頭處所引録的，他在寫給應寶時信中的那一正確判斷。

但是，緊接在前所引録的宗廷輔信中那段文字之後，宗氏又説道：

卷末附録《書院記》，必是兩公所作，詳著創建之由。卷首亦當有序，申明覆刻之故。第以版式差近宋、元，不知何時流入坊肆，奸黠書賈惡其害己，遂并刊去之以售其僞，此事之瞭然者也。

我最初也認爲宗廷輔的這一論斷，確實是『此事之瞭然者也』的，但經過與其他書籍再三核對的結果，我又覺得這論斷是並不那麼『瞭然』的了。因爲，我在前面已經根據毛晋爲《龍川詞補遺》所寫的跋語，推斷成化間所刊行的三十卷本，其卷首必不曾冠有朱氏兄弟叙述覆刻經過的序文；而在毛晋的《龍川詞跋》當中，也有『據葉水心序其集，云四十卷，今行本止三十卷，想尚多佚遺』諸語，這也足以證明，在成化本的卷首並無序文交代其改四十卷爲三十卷之故，因而毛晋也只能説『想尚多佚遺』，而不能明瞭其『尚多佚遺』的原因所在。毛晋上距成化本刻成之日僅逾百年，『奸黠書賈惡其害己，遂并刊去之以售其僞』的事是不應發生在這一時期内的。

在成化本刊行三十多年之後，即在明世宗嘉靖年間（一五二二—一五六六），又有一個晋江史朝富編刻、惠安徐鑑校正的《龍川文集》。這個本子雖寫明是由史朝富編刻的，然而我取成化本與它核對一過，發現它實乃完全依照成化本重刻的，在『編』的方面並無任何加工之處。比如說：

一、把全書分爲三十卷，二者是一致的；

二、各卷文字的編次序列，二者是一致的；

三、凡遇宋帝及『國朝』字樣皆空一格，二者是一致的；

四、對避宋諱諸處，間或有所改正（例如把齊威公還原爲齊桓公），而未加改正之處也還有很多，這在二者間也是完全一樣的。

五、成化本中對於《三國紀年》、《酌古論》、《上孝宗皇帝第三書》所肆意篡改和脱漏錯訛的一些字句，嘉靖本也全都未予改正。

這也足可證明，嘉靖本實只是成化本的一個翻刻本，刻工雖較成化本稍勝，却也更增加了一些脱漏和錯訛。（但在原第二十五卷今改入第三十三卷中之《祭徐子宜内子文》之末與《祭薛象先内子文》之題目下，嘉靖本均有較成化本多出的十數字，似是另據别本增補者。此在宗廷輔的《札記》中已謂『殊不可解』，我現在也仍是不得其解，因全書内僅僅有此三十四字之增益也。）而在此以外，我還注意到以下兩個問題：

一、嘉靖本雖標明由史朝富編刻，而其卷首也並没有序文説明其編輯原委。這反映出：它所依據的成化本，原即不曾冠有『申明覆刻之故』的序言，致使史朝富既不能照刻舊序，也無所依據而另成新篇。這就可以反證，宗廷輔的『卷首亦當有序』的推斷是並不符實的。

二、在成化本卷首的目録之末，還有一目叫『附録』，其下列有六篇文章目録：

答陳龍川先生書　　又書

祭龍川陳狀元文　　陳同父王道父墓誌銘

龍川書院記　　龍川書院詩

然而這六篇文章却全都有目無文。嘉靖本的目録之末也同樣附録了這六篇文題，而全書也同樣到卷三十爲止，『附録』的六文也都有目無文。由嘉靖之初上溯至成化之末，相距不過三十年，即使成化本不刻於成化之末，嘉靖本不刻於嘉靖之初，其間相去也不過五十年左右。倘若果真有『奸黠書賈』鏟削書版以冒充宋元刻本，其事更斷然不會發生在這一時期之內。這就又可反證，在成化刻本的初印本中，其所附録的六文，包括《龍川書院記》與詩在内，自始即有目無文，而並非如宗廷輔所説，是在『流入坊肆』之後，被『奸黠書賈』把朱潤、朱海的姓名與他們所作的《記》和詩一同『刊去』了的。

四、明嘉靖至清同治期内諸刻本

一、明嘉靖年間福建史朝富刻本——這一刻本的梗概，除已見前節所述外，於此還可再補説幾句：一是，這個刻本的刻工雖較成化本稍好一些，成化本中的明顯的錯字，也間有被改正了的，但因轉寫與翻刻而添加出來的一些脱漏和訛誤之處，却也實在不少。甚至有將成化本中的整行文字全部漏掉之處。此在宗廷輔致應寶時第二書（見本書附録）中均已一一揭出，兹不贅舉。

二、明萬曆丙辰（一六一六），黄州知州永康王世德刻二十六卷本——這一刻本的卷首爲瞿九思、於倫、郭士望三人的《序文》，書後有王世德的《跋》。其所以爲二十六卷，乃是把三十卷本中之二十二至二十五各卷《祭文》概加删除，把祝文與哀詞另編爲二十二卷，把原二十六至三十卷改爲二十三至二十六卷。其各卷中之文章編次則與成化、嘉靖兩本全同。故亦是直接或間接出自成化本者。

三、明崇禎六年（一六三三）鄒質士刻於杭州的三十卷本——在這一刻本卷首鄒質士的《序文》中，並未談到其所據底本爲何者，然事實却極明顯：若非成化本，即必爲嘉靖本也。

四、清康熙四十八年（一七〇九）永康陳氏重刻三十卷本——這一刻本的卷首，首爲永康知縣姬肇燕《序》，其次爲轉載崇禎刻本中之鄒質士《序》，則其爲依據崇禎本重刻，當無可疑。

五、清道光二十九年（一八四九）義烏繡湖陳坡刻三十卷本——陳坡自稱是遷居義烏繡湖的陳亮第四子陳焕的後裔，他爲這個刻本寫了一篇《跋》，略述其刻書始末。然而也只是説從朱熹和吕祖謙的《文集》中增補了二人寫與陳氏的書信各若干封，並説在刻書前曾覓得三種舊刻本爲底本，以得於金華者所刻最工，而舛訛處『皆仍其舊』，却没有説明他所得到的究竟是哪三個刻本。根據書後所附《考異》看來，其中必有明嘉靖中的那一刻本，蓋即其『得於金華，所刻最工』之一種也。陳坡雖也自稱『與派孫新奏略爲訂正』，而據《考異》所云，則實有如宗廷輔《與應寶時書》中所説，有因成化本之誤刻，『讀不可通，因改而益訛者』。而爲了不去觸犯清統治者的忌諱，陳亮的文句横遭陳坡和陳新奏二人之删削竄改者，幾乎隨處可見。現僅舉卷一《上孝宗皇帝第一書》中被删改諸處以見一斑：

一、鬱遏於腥羶而久不得騁——删去『於腥羶』三字。

二、而孔子獨以爲三綱既絶，則人道遂爲禽獸夷狄——删去『禽獸』二字。

三、河洛腥羶，而天地之正氣抑鬱而不得泄——此諸句全删。

四、『皇天無親』至『皆知其爲甚可畏也』——此諸句全删。

五、未嘗與虜通和也——改作『南北未嘗通和也』。

據以上所舉述的事例，可以得出一個結論：陳坡的繡湖刻本，既有有意的删改，也有無意的脱漏和訛誤，不論與前乎它或後乎它的諸刻本相較，它都得算是一個最壞的本子。

這個刻本在三十卷的後面還有《補遺》一目，目中所收爲：王應麟《困學紀聞》二則；《法深無善治》、《畏羞於君子》二文，均輯自《百子金丹》者；另有《梅詩》一首，則自《金華詩録》採入者。

在《補遺》之後，陳坡還從朱熹的《文集》和《經濟文衡》中摘出其與陳亮『問答文十餘篇，爲增刻附後』，而名之曰《附録》。

六、清同治七年（一八六八）永康胡鳳丹刻三十卷本——這個本子的最後附有監利王柏心的一篇《跋》，《跋》中説：『柏心家有二藏本，一爲明刻，一爲清朝道光時刻。乃取授都轉（即胡鳳丹），合二本校之，字畫舛誤，悉爲刊定。遂繕寫重刻。』而在全書的卷首，在葉適的《龍川文集序》之下，即爲明崇禎癸酉錢塘鄒質士的《刻龍川先生全集小引》。因知其所謂『明本』蓋即崇禎年間之刻本，而『道光本』則即繡湖陳坡刻本也。

這個刻本的三十卷之後，爲胡鳳丹的《辨譌考異》二卷，其最後爲《附録》兩卷：頭一卷是從道光刻本照鈔來的朱熹與陳亮辨論王霸義利的書信，第二卷則是胡鳳丹又從葉適的《文集》中補鈔了《祭陳同甫文》、《陳同甫王道甫墓誌銘》、《書龍川集後》三文，和《題陳同甫抱膝齋》詩二首。

七、清同治八年（一八六九）常熟宗廷輔校勘、永康應寶時刻三十卷本——明成化年間所刻的三十卷本《龍川文集》，大概印數也很有限，所以，從清初康熙年間的刻本直到同治七年胡鳳丹的刻本，全都没有用它作底本，在這幾個刻本的《考異》或《校記》當中，也從無一處提到它。但就在同治的六七年内，應寶時從書肆中買到一部號稱宋元刻本的三十卷本《龍川文集》，交宗廷輔去看，宗廷輔以種種理由斷定其爲明成化年間的刻本，同時却也斷定它是宋刻之後現尚傳世的一個最早的刻本。遂即以它爲主，參之以嘉靖、崇禎、道光、同治諸刻本，寫成一篇《龍川文集札記》，訂譌補闕，多所是正。應寶時即據以刊印。

宗廷輔對於明成化、嘉靖、崇禎、清道光、同治諸刻本進行了認真的比勘，他所得的結論是，成化本因『摹印之久，雖刓弊已甚』，然而其中却還是『實有可證他本之譌者』。他從嘉靖本中找出了許多訛誤，甚至有三數處『俱全行脱去』的情况，這更使他感覺到：『使非成化本尚在，烏從證之？』然而對於道光本中陳坡的《考異》，同治本中胡鳳丹的《辨譌考異》，他也並不全部加以否定，而認爲他們是『得失參半』的。所以他所作的《龍川文集札記》，就『一以成化元本爲主，參之以諸本，鄙見所及亦附存一二，皆注明於下方』。而這也就是應刻本所一一依從照辦的。因此，可以説，應寶時的這一刻本，確實是集中了成化以來諸刻本之所長，而又儘量避免了諸本互相沿襲的一些失誤。

宗廷輔的《龍川文集札記》，是一篇極有功力的校勘記，其中有一些頗爲精彩的條目。今略舉數條於下：

（一）在《上光宗皇帝鑒成箴》（《龍川集》卷十）的『誤我豐年』句下〔一〕，《札記》云：

『誤』原誤『悟』，今正。按集中字以聲諧而誤者，若悟誤、常嘗、宜疑、尉慰、與於、軍君、帥率、番翻、猶由尤、固故顧、服伏覆之類；以形似而誤者，若少小、且其、因固、還遠、運連、辨辯、擔檐、彊疆、生主王、講構諱之類，幾乎連篇皆是。今悉改正。偶舉一二，以見其凡。

(二)在《三國紀年序》(《龍川集》卷十二)下,《札記》云:

按:先生撰《序》時,《朱子綱目》尚未出,仍首魏、次蜀、次吴。《序》當云:『魏氏之代漢也,得其幾而不以其道,變之大者也。先主君臣惓惓漢事之心庸可没乎? 孫氏倔强江左,自爲一時之雄。於是乎魏不足以正天下矣。陳壽之《志》何取焉! 魏貴代漢,吾以法紀之。魏之條章法度,晋乘之以有天下,於是乎有《書》;其詔若疏也有《志》,其臣若子也有《傳》。不關事幾世變之大者不載,一人之善惡不足載也。蜀實有紀,其體如傳。條章不爲書也,詔疏不爲志也,志曰《蜀略》,悲其君臣之志也。吴與蜀同,彼是不嫌同體也。志曰《吴略》,著其自立也。吴蜀合而附之《魏書》,天下不可無正也。魏終不足以正天下,於是爲《三國紀年》終焉。』而昭烈以下五《贊》,亦當繫《司馬懿》條後。明朱汪二君恐其與朱子帝蜀宗旨不合,逕移易其文以就之,並塗抹東萊之文以證之,而『合漢魏吴而附之』之句終不可通。

宗廷輔改寫的這段《序》文,雖還間有與陳亮原作歧異之處,基本上已經符合了。

(三)在《祭李從仲母夫人文》(卷二十五)的『豈龜趺之足徵』句下,《札記》云:

『徵』元作『正』。按:宋人忌諱繁多,元本删削殆盡,然亦憖有存者。故景弇、耿弇,魏證、魏徵,往往錯出。今悉仍其舊,示慎也。惟此篇之『足正』及《何少嘉墓誌銘》之『是惡證也』之『證』,易於誤讀,悉改從『徵』。

從明朝的成化年間，到清朝的同治年間，即從十五世紀的六十年代到十九世紀的六十年代，其間已整整間隔了四百年，宗廷輔能在極少憑藉的情况之下，對於從明成化到清同治年間幾次刻印的《龍川文集》中所存在的許多問題，作出了大部分論證諦當的訂正，這確實是很不容易的。

此外，陳亮的文章，對包括女真人在内的北方少數民族，多稱之爲『虜』，這在明代諸刻本中當然均未加改動，而在清代後期諸刻本中，則因避滿族統治者的忌諱，便一律把『虜』字改换爲别的字樣了。例如，在《上孝宗皇帝第一書》中，把『東晋百年之間未嘗與虜通和』句改爲『東晋百年之間南北未嘗通和』，把『昔者虜人草居野處』改爲『昔者金人草居野處』。這類竄改，在應刻本中也都依照宗廷輔的校訂而一一恢復了成化本的原樣。這也是宗廷輔的一大勞績。

然而，畢竟還是因爲宗廷輔能够參考到的書籍太少，即不但成化年間重刻《龍川文集》時所據宋刻殘本不可得見，就連選録陳亮文章較多的幾種書籍，例如南宋末年人編印的《龍川水心二先生文粹》、明永樂中黄淮、楊士奇編輯的《歷代名臣奏議》，他也全未見到。甚至與陳亮交往較多的一些人物的著作或有關記載，他能參考到的也極爲有限。在這樣局限之下，宗廷輔的《札記》及其寫與應寶時的信中所論述的，自然也不免有些不够確切恰當之處。因此，前所舉述的《上孝宗皇帝第三書》中改『用儒輒敗人事』爲『用儒以致太平』的事固爲他所無法察覺；而在他既經察覺到成化本對《三國紀年》的竄改之後，却不能聯想到《酌古論》的《曹公》、《孫權》、《劉備》諸條也遭受到了朱海、朱潤的同樣竄亂。

再則，陳亮的文章當中，有針對當時的某一現實問題而發的詞句，也有照用宋人的習慣用語之處，也有他本人喜歡用的特殊字詞。這些，在後代人雖多已不再沿用，不再習見，甚至還可能感到不易理解，然而，在當時或屬於約定俗成，或屬於指切特殊時弊，在不能確證其爲誤謬之時，自不宜貿貿然加以改動。然而，在應寶時的刻本當中，對這類不應改而竟予改動了的，却也並非少見。例如：

一、《戊申再上孝宗皇帝書》中有『陛下即位之初，喜怒哀樂，是非好惡……雷動風行，天下方如草之偃，惟其或失之太快，故書生得拘文執法以議其後』一段話，其中字句，在《文粹》和成化刻本中完全相同。其『惟其或失之太快』一語，正是和上面的『雷動風行』句相呼應的。所謂『失之太快』，與辛棄疾乾道年間寫給虞允文的《九議》中所說『論戰者欲明日而亟鬭』的語意正相同。陳坡刻本改『太快』爲『太怯』，宗廷輔也以『太快』爲誤，而依陳坡刻本改爲『太怯』。這不但與當時史實相背戾，且使陳亮這段文字的前後語意也很不通順了。

二、《中興五論序》及《中興論》以及《論開誠之道》等文中，有『惟陛下……留神財幸』，『惟陛下財幸』等語，此在《文粹》及成化本中俱相同，蓋宋人本多以『財』、『裁』爲互文而通用，而宗廷輔却沿用陳坡之説，以爲都是錯别字而一律改作『裁察』。

三、《中興論》的《論執要之道》篇中，有『臣願陛下……專委任以幸天下』句，《酌古論》的《曹公》篇中有『脩明庶政，以幸天下』句，《孫權》篇中有『宜爲盟主以幸天下』句，對策《銓選資格》篇中有『神宗皇帝思立法度以幸天下』句，《與王季海丞相書》中有『以幸斯世』句。這其中的『以幸』二字應作如何理解，似乎也難以確説；但在這幾篇文字（其實還不只這幾篇）中既全都用此二字，而在《文粹》及明成化、嘉靖、萬曆、崇禎以至清康熙諸刻本又全無不同，則其並非錯别字當可斷言。然而同治七年的胡鳳丹刻本却把其中的『幸』字一律改作『宰』字，而應寶時刻本也一律依胡本照改。實則『幸』未必誤，『宰』未必正，遝行改易，殊嫌冒失。

四、《酌古論》的《崔浩》篇中，有『窮其巢穴，人或死戰，或因險以要我，或設伏以待我，其害殆未可以一二既』諸語，其最後的『既』字，《文粹》與成化刻本從同，蓋作『盡』字解，並非誤字，而宗廷輔《札記》乃改作『計』字，文義雖亦可通，終不如不改爲宜。

五、陳亮《與吴益恭安撫書》中有『伯恭規模宏闊，非復往時之比，欽夫、元晦已朗在下風矣』諸句，宗廷輔《札記》以爲『朗』係誤字，改作『願在下風』，所改雖僅一字，其句意却已變爲：張栻（欽夫）、朱熹（元晦）都已對吕祖謙的學行甘拜下風，自愧弗及了。當時何嘗有這樣的事？而且，陳亮在《謝鄭侍郎啓》中，其對鄭汝諧的稱贊，就有『彌綸妙手，經濟長才，古道今時，合爲全體，正人端士，朗在下風』諸語；在《與王季海丞相書》中，也有『丞相今日……邊陲之急慢，糧草之虚實，兵卒之强弱，城壁之堅脆，歷然在目，朗然在心』諸語。據此可以證知，陳亮所用的『朗』或『朗然』，都是『明顯』的意思，而决不是由於傳寫、傳刻而産生的錯字。是則把『朗在下風』改爲『願在下風』，顯然是不恰當的。（但是，這裏却還存在着另一個問題：宋真宗在制造所謂『天書』的前後，還爲其趙姓皇室制造了一個『聖祖』，爲之取名爲『玄朗』。從此以後，『玄』字『朗』字便全須避諱，甚至連原已取名爲楊延朗的人也因此而中途改名楊延昭。陳亮的文章中凡遇『玄』字必改爲『元』或其他的字，何以對於『朗』字竟再三使用而不稍避忌呢？這是一個令人十分費解的問題。）

六、陳亮的《元寶觀重建大殿記》中有『旁觀多陳氏，其詳雖不可考，宜其爲元寶不可知孫子』諸句；《書林勳本政書後》中，有『今勳欲舉天下而用一律以齊之，無乃非聖人寬洪廣大之意乎，宜亦非民之所甚便也』諸句，這兩文中的兩個『宜』字，宗廷輔都改作『疑』字，亦均非是。

儘管有上述的諸種失誤，但在清代的幾個刻本當中，却應以這個宗校應刻的《龍川文集》爲最好的刻本了。

這個刻本還從《全芳備祖》中補輯了陳亮的詩一首、詞十五首，作爲《補遺》一卷。

這個刻本删掉了陳坡刻本中所附入的録自《百子金丹》中的《法深無善治》兩文（因其全

無證據可以證明爲陳亮所作），也删掉了其所附録的《困學紀聞》中的三條以及何義門的《按語》；而把朱熹爲《辨論王霸義利》而寫與陳亮的書信十六首、吕祖謙寫與陳亮的書信三十三封一併附於卷末。

五、一九七四年中華書局印行的標點本《陳亮集》

中華書局於一九七四年印行的標點本《陳亮集》，是以清同治七年胡鳳丹的刻本作爲底本，而又與明成化刻本和清同治八年應刻宗校本作了一番校讐工作的。不論在標點和校讐方面，全都做得不够細緻，故既有疏漏，也多錯誤。但這個本子還從一些書册中補入了陳亮本人的若干首詩詞以及後代人有關陳亮的一些論述，與清道光年間陳坡的刻本相較，倒應算是差勝一籌的一個印本。

注

〔一〕編者按，『誤我豐年』爲《龍川文集》卷十《耘齋銘》語，《札記》誤繫於《上光宗皇帝鑒成箴》下。

目録

陳亮集卷之十五……（一八六）

陳亮集卷之十六……（一九七）

陳亮集卷之二十四……（二九二）

陳亮集卷之二十五……（三〇六）

陳亮集卷之二十六……………………（三二一）

陳亮集卷之二十七……（三四二）

陳亮集卷之二十八……（三六九）

陳亮集卷之二十九……（四一八）

陳亮集卷之三十…………（四四五）

陳亮集卷之三十一…………（四五八）

陳亮集卷之三十三……（四八六）

詞 ……………………………（五六五）

附録一……（六〇二）

陳亮集卷之一

按：本卷書疏四篇，第一篇原載《龍川水心二先生文粹》前集卷一，第二、三篇載前集卷二，第四篇載前集卷三。明成化刻本均在卷一，今從之。

書疏

上孝宗皇帝第一書

臣竊惟：中國，天地之正氣也，天命之所鍾也，人心之所會也，衣冠禮樂之所萃也，百代帝王之所以相承也，豈天地之外夷狄邪氣之所可奸哉！不幸而能奸之，至於挈中國衣冠禮樂而寓之偏方，雖天命人心猶有所繫，然豈以是爲可久安而無事也？使其君臣上下苟一朝之安而息心於一隅，凡其志慮之所經營，一切置中國於度外，如元氣偏注一肢，其他肢體往往萎枯而不自覺矣，則其所謂一肢者，又何恃而能久存哉？天地之正氣，鬱遏於腥羶而久不得騁，必將有所發泄，而天命人心固非偏方之所可久繫也。

東晋自元帝息心於一隅，而胡、羯、鮮卑、氐、羌迭起中國，中國無歲不尋干戈，而江左卒亦不得一日寧。然淵、勒遂無遺種，而愍、懷之痛猶有所諉以自安也。晉之植根，本無可言者，而江左諸臣若祖逖、周訪、陶侃、庾翼之徒，皆有虎視河洛之意。而元温[一]之師西至灞上，東至枋頭，又於其間修陵寢於洛陽，蓋猶未盡置中國於度外也。故劉裕竟能一平河洛，而後晉亡。百年之間，其事既已如此，而天地之正氣，固將有所發泄矣。元魏起而承之，孝文遂定都洛陽，以修中國之衣冠禮樂；而江左衣冠禮樂之舊，非復天命人心之所繫矣。是以一天下者，卒在西北而不在東南，天人之際，豈不甚可畏哉！一日之苟安，數百年之大禍也！

恭惟我國家二百年太平之基，三代之所無也；二聖北狩之痛，漢唐之所未有也。堂堂中國，而蠢爾醜虜安坐而據之，以二帝三王之所都，而爲五十年犬羊之淵藪，國家之耻不得雪，臣子之憤不得伸，天地之正氣不得而發泄也。方南渡之初，君臣上下痛心疾首，誓不與虜俱生，卒能以奔敗之餘而勝百戰之虜。及秦檜倡邪議以沮之，忠臣義士斥死南方，而天下之氣惰矣。三十年之餘，雖西北流寓皆抱孫長息於東南，而君父之大讎，一切不復關念，自非逆亮送死淮南，亦不知兵戈之爲何事也。况望其憤中國之腥羶，而相率北向以發一矢哉！丙午、丁未之變，距今尚以爲遠；而靖康皇帝之禍，蓋陛下即位之前一年也。獨陛下奮不自顧，志在滅虜，而天下之人，安然如無事時，方口議腹非，以陛下爲喜功名而不恤後患，雖陛下亦不能以崇高之勢而獨勝之。隱忍以至于今，又十有七年矣。

昔者春秋之時，君臣父子相戕殺之禍，舉一世皆安之。而孔子獨以爲三綱既絶，則人道遂爲禽獸夷狄，皇皇奔走，義不能以一朝安。然卒於無所寓，而發其志於《春秋》之書，猶能以懼亂臣賊子。今者舉一世而忘君父之大讎，此豈人道之所可安乎？使學者知學孔子，當進陛下以有爲，決不沮陛下以苟安也。

南師之不出，於今幾年矣，河洛腥羶，而天地之正氣抑鬱而不得泄。豈以堂堂中國而五十年之間無一豪傑之能自奮哉？其勢必有時而發泄矣。苟國家不能起而承之，必將有承之者矣。不可恃衣冠禮樂之舊，祖宗積累之深，以爲天命人心可以安坐而久繫也。『皇天無親，惟德是輔；民心無常，惟惠之懷。』自三代聖人皆知其爲甚可畏也。

春秋之末，齊、晉、秦、楚皆衰，諸侯往往困於陪臣而不自振。當此之時，雖如魯衛之邦，苟能舉大義以正諸侯，則天下可以一指麾而定也。孔子惓惓斯世，而卒莫能用。吴越起於蠻夷之小邦，而舉兵以臨齊晉，如履無人之地，遂伯諸侯。黄池之會，孔子之所甚痛也。天地之氣發泄於蠻夷之小邦，可以明中國之無人矣。王通有言：『夷狄之德，黎民懷之，三才其捨諸。』此今世儒者之所未講也。

今醜虜之植根既久，不可以一舉而遂滅；國家之大勢未張，不可以一朝而大舉。而人情皆便於通和者，勸陛下積財養兵以待時也。臣以爲，通和者所以成上下之苟安，而爲妄庸兩售之地，宜其爲人情之所甚便也。自和好之成，十有餘年，凡今日之指畫方略者，他日將用之以坐籌也；今日之擊毬射鵰者，他日將用之以決勝也。府庫充滿，無非財也；介胄鮮明，無非兵也。使兵端一開，則其迹敗矣。何者？人才以用而見其能否，安坐而能者不足恃也；兵食以用而見其盈虚，安坐而盈者不足恃也。而朝廷方幸一旦之無事，庸愚齷齪之人，皆得以守格令，行文書，以奉陛下之使令，而陛下亦幸其易制而無他也。徒使度外之士，擯棄而不得騁，日月蹉跎而老將至矣。臣故曰：通和者所以成上下之苟安，而爲妄庸兩售之地也。

東晉百年之間，未嘗與虜通和也，故其臣東西馳騁，而多可用之才。今和好一不通，而朝野之論常如虜兵之在境，惟恐其不得和也，雖陛下亦不得而不和矣。昔者虜人草居野處，往來無常，能使人不知所備，而兵無日不可出也。今也城郭宫室，政教號令，一切不異於中國；點兵聚糧，文移往返，動涉歲月；一方有警，三邊騷動。此豈能歲出師以擾我乎？是固不知勢者之論也。然使朝野常如虜兵之在境，乃國家之福，而英雄所用以争天下之機也。執事者胡爲速和以惰其心乎？

晉楚之戰於邲也，欒書以爲：『楚自克庸以來，其君無日不討國人而訓之于民生之不易，禍至之無日，戒懼之不可以怠；在軍，無日不討軍實而申儆之于勝之不可保，紂之百克而卒無後。』晉楚之弭兵於宋也，子罕以爲：『兵所以威不軌而昭文德也，聖人以興，亂人以廢。廢興存亡，昏明之術，皆兵之由也，而求去之，是以誣道蔽諸侯也。』夫人心之不可惰，兵之不可廢，故雖成康之太平，猶有所謂『四征不庭』、『張皇六師』者。此李沆之所以深不願真宗皇帝之與虜和親也。況南北角立之時，而廢兵以惰人心，使之安於忘君父之大讎，而置中國於度外，徒以便妄庸之人，則執事者之失策亦甚矣。陛下何不明大義而慨然與虜絶也！貶損乘輿，却御正殿，痛自克責，誓必復讎，以勵群臣，以振天下之氣，以動中原之心。雖未出兵，而人心不敢惰矣；東西馳騁，而人才出矣；盈虚相補，而兵食見矣；狂妄之辭不攻而自息，懦庸之夫不却而自退縮矣；當有度外之士起，而惟陛下之所欲用矣。是雲合響應之勢，而非可安坐而致也。臣請爲陛下陳國家立國之本末，而開今日大有爲之略；論天下形勢之消長，而決今日大有爲之機。伏惟陛下試幸聽之。

唐自肅、代以後，上失其柄，而藩鎮自相雄長，擅其土地人民，用其甲兵財賦，官爵惟其所命，而人才亦各盡心於其所事，卒以成君弱臣强、正統數易之禍。藝祖皇帝一興，而四方次第平定，藩鎮拱手以趨約束。使列郡各得自達於京師，以京官權知，三年一易。財歸於漕司，而兵各歸於郡，朝廷以一紙下郡國，如臂之使指，無有留難，自管庫微職，必命於朝廷，而天下之勢一矣。故京師嘗宿重兵以爲固，而郡國亦各有禁軍，無非天子所以自守其地也。兵皆天子之兵，財皆天子之財，官皆天子之官，民皆天子之民，綱紀總攝，法令明備，郡縣不得以一事自專也。士以尺度而取，官以資格而進，不求度外之奇才，不慕絶世之雋功。天子蚤夜憂勤於其上，以禮義廉耻嬰士大夫之心，以仁義公恕厚斯民之生，舉天下皆由於規矩準繩之中，而二百年太平之基從此而立。

然夷狄遂得以猖狂恣睢，與中國抗衡，儼然爲南北兩朝，而頭目手足混然無别。微澶淵一戰，則中國之勢浸微，根本雖厚而不可立矣。故慶曆增幣之事，富弼以爲朝廷之大耻，而終身不敢自論其勞。蓋夷狄征令，是主上之操也；天子供貢，是臣下之禮也。夷狄之所以卒勝中國者，其積有漸也。立國之初，其勢固必至此。故我祖宗常嚴廟堂而尊大臣，寬郡縣而重守令；於文法之内未嘗折困天下之富商巨室，於格律之外有以容奬天下之英偉奇傑；皆所以助立國之勢，而爲不虞之備也。慶曆諸臣亦嘗憤中國之勢不振矣。而其大要，則使群臣争進其説，更法易令，而廟堂輕矣；嚴按察之權，邀功生事，而郡縣又輕矣。豈惟於立國之勢無所助，又從而朘削之。雖微章得象、陳執中以排沮其事，亦安得而不自沮哉！獨其破去舊例，以不次用人，而勸農桑，務寬大，爲有合於因革之宜，而其大要已非矣。此所以不能洗夷狄平視中國之耻，而卒發神宗皇帝之大憤也。王安石以正法度之説，首合聖意。而其實則欲籍天下之兵盡歸於朝廷，别行教閲以爲强也；括郡縣之利盡入於朝廷，别行封椿以爲富也。青苗之政，惟恐富民之不困也；均輸之法，惟恐商賈之不折也。罪無大小，動輒興獄，而士大夫緘口畏事矣；西北兩邊，至使内臣經畫，而豪傑耻於爲役矣。徒使神宗皇帝見兵財之數既多，鋭然南征北伐，卒乖聖意，而天下之勢實未嘗振也。彼蓋不知朝廷立國之勢，正患文爲之太密，事權之太分，郡縣太輕於下[一]而委瑣不足恃，兵財太關於上而重遲不易舉。祖宗惟用前四者以助其勢，而安石竭之不遺餘力。不知立國之本末者，真不足以謀國也。元祐、紹聖，一反一覆，而卒爲夷狄侵侮之資，尚何望其振中國以威夷狄哉？

南渡以來，大抵遵祖宗之舊，雖微有因革增損，不足爲輕重有無。如趙鼎諸臣，固已不究變通之理；而況秦檜盡取而沮毁之，忍耻事讎，飾太平於一隅以爲欺，其罪可勝誅哉！陛下憤王業之屈於一隅，勵志復讎，而不免籍天下之兵以爲强，括郡縣之利以爲富。加惠百姓，而富人無五年之積；不重征税，而大商無巨萬之藏。國勢日以困竭。臣恐尺籍之兵，府庫之財，不足以支一旦之用也。陛下早朝宴罷，以冀中興日月之功，而以繩墨取人，以文法莅事。聖斷裁制中外，而大臣充位；胥吏坐行條令，而百司逃責；人才日以闒茸，臣恐程文之士，資格之官，不足以當度外之用也。藝祖皇帝經畫天下之大略，太宗皇帝已不能盡用，臣不敢盡具之紙墨。今其遺意，豈無望於陛下也？陛下苟推原其意而行之，可以開社稷數百年之基，而況於復故物乎？不然，維持之具既窮，臣恐祖宗之積累亦不足恃也。陛下試幸令臣畢陳於前，則今日大有爲之略必知所處矣。

夫吴、蜀天地之偏氣也，錢塘又吴之一隅也。當唐之衰，而錢鏐以閭巷之雄起王其地，自以不能獨立，常朝事中國以爲重。及我宋受命，俶以其家入京師而自獻其土。故錢塘終始五代被兵最少，而二百年之間，人物日以繁盛，遂甲於東南。及建炎、紹興之間，爲六飛所駐之地。當時論者固已疑其不足以張形勢而事恢復矣。秦檜又從而備百司庶府以講禮樂於其中，其風俗固已華靡；士大夫又從而治園囿臺榭以樂其生於干戈之餘，上下宴安，而錢塘爲樂國矣。一隙之地本不足以容萬乘，而鎮壓且五十年，山川之氣蓋亦發泄而無餘矣。故穀粟桑麻絲枲之利歲耗於一歲，禽獸魚鼈草木之生日微於一日，而上下不以爲異也。公卿將相大抵多江、浙、閩、蜀之人，而人才亦日以凡下；場屋之士以十萬數，而文墨小異已足以稱雄於其間矣。陛下據錢塘已耗之氣，用閩、浙日衰之士，而欲鼓東南習安脆弱之衆北向以争中原，臣是以知其難也。

荆襄之地，在春秋時，楚用以虎視齊晋，而齊晋不能屈也；及戰國之際，獨能與秦争帝。其後三百餘年，而光武起於南陽，同時共事，往往多南陽故人。又二百餘年，遂爲三國交據之地。諸葛亮由此起輔先主，荆楚之士從之如雲，而漢氏賴以復存於蜀。周瑜、魯肅、吕蒙、陸遜、陸抗、鄧艾、羊祜，皆以其地顯名。又百餘年，而晋氏南渡，荆雍常雄於東南，而東南往往倚以爲强，梁竟以此代齊。及其氣發泄無餘，而隋唐以來遂爲偏方下州；五代之際，高氏獨常臣事諸國。本朝二百年之間，降爲荒落之邦，北連許汝，民居稀少，土産庳薄，人才之能通姓名於上國者，如晨星之相望。况至於建炎、紹興之際，群盗出没於其間，而被禍尤極。以迄于今，雖南北分畫交據，往往又置於不足用，民食無所從出，而兵不可由此而進。議者或以爲憂，而不知其勢之足用也。其地雖要爲偏方，然未有偏方之氣五六百年而不發泄者。况其東通吴會，西連巴蜀，南極湖湘，北控關洛，左右伸縮，皆足爲進取之機。今誠能開墾其地，洗濯其人，以發泄其氣而用之，使足以接關洛之氣，則可以争衡於中國矣。是亦形勢消長之常數也。陛下慨然移都建業，百司庶府，皆從草創，軍國之儀，皆從簡略。又作行宫於武昌，以示不敢寧居之意。常以江淮之師爲虜人侵軼之備，而精擇一人之沈鷙有謀、開豁無他者，委以荆襄之任，寬其文法，聽其廢置，撫摩振厲於三數年之間，則國家之勢成矣。至於相時弛張以就形勢者，有非書之所能盡載也。

石晉失盧龍一道，以成開運之禍，蓋丙午、丁未歲也。明年，藝祖皇帝始從郭太祖征伐，卒以平定天下。其後契丹以甲辰敗於澶淵，而丁未、戊申之間，真宗皇帝東封西祀以告太平，蓋本朝極盛之時也。又六十年而神宗皇帝實以丁未歲即位，國家之事於是一變矣。又六十年而丙午、丁未，遂爲靖康之禍。天獨啓陛下於是年，而又啓陛下以北向復讎之志。今者去丙午、丁未，近在十年間爾，天道六十年一變，陛下可不有以應其變乎？此誠今日大有爲之機，不可苟安以玩歲月也。

臣不佞，自少有驅馳四方之志，常欲求天下豪傑之士而與之論今日之大計。蓋嘗數至行都，而人物如林，其論皆不足以起人意，臣是以知陛下大有爲之志孤矣。辛卯、壬辰之間，始退而窮天地造化之初，考古今沿革之變，以推極皇帝王伯之道，而得漢、魏、晉、唐長短之由，天人之際，昭昭然可察而知也。始悟今世之儒士自以爲得正心誠意之學者，皆風痺不知痛癢之人也。舉一世安于君父之讎，而方低頭拱手以談性命，不知何者謂之性命乎？陛下接之而不任以事，臣於是服陛下之仁。又悟今世之才臣自以爲得富國强兵之術者，皆狂惑以肆叫呼之人也。不以暇時講究立國之本末，而方揚眉伸氣以論富强，不知何者謂之富强乎？陛下察之而不敢盡用，臣於是服陛下之明。陛下厲志復讎，足以對天命；篤於仁愛，足以結民心；而又仁明足以臨照群臣一偏之論：此百代之英主也。今乃驅委庸人，籠絡小儒，以遷延大有爲之歲月，臣不勝憤悱，是以忘其賤而獻其愚。陛下誠令臣畢陳於前，豈惟臣區區之願，將天地之神，祖宗之靈，實與聞之。干冒天威，罪當萬死。

校勘記

〔一〕即桓温，以避宋欽宗諱，故作「元温」。

〔二〕「於下」二字原脱，據《宋史·陳亮傳》及明成化本補。

上孝宗皇帝第二書

臣嘗嘆西周之末，犬戎之禍，蓋天地之大變，國家之深耻，臣子之至痛也。平王東遷以來，使其痛内切於心，必將因臣子之憤，藉晋鄭之勢，以告哀於天下之諸侯，以大義責其興師以奬王室，其不至者，天下共誅之，則可以掃蕩犬戎，洗國家之耻而舒臣子之憤矣。然後正紀綱，修法度，親魯衛以和柔中國，命齊晋爲方伯，以糾合天下之諸侯，文武之迹可尋，東周之業可興也。今乃即安於洛邑，雖周民賴以粗安，宗祀賴以不絶，然使其臣子忘君父之大讎，而置天下之諸侯於度外，周之名號雖存，而其實則眇然一列國耳。當平王在位之時，世之君子尚意其猶有待也，及待之四十九年，而士君子之望亦衰矣。天子之命令不足以制諸侯，則其互相吞滅，蓋其勢之所必至也。天下不明於復讎之義，則其君臣父子相賊殺，習以爲常而不之怪也。

孔子傷宗周之無主，痛人道之將絶，而作《春秋》。其書天王之義嚴矣：書其出入之地者，示天王不可置中國於度外也；書其有所求者，明天王之不可失其柄也。其書討賊之義嚴矣：賊不討不書葬者，明一國之無臣子也；一人討賊而以衆書者，示夫人之皆可得而討也。天子既不能以保天下之民，而一國各自有其民。其君之有志於民而閔雨者必書，無志於民而不閔雨者必書，土功必書，饑饉必書。孔子之心，未嘗不庶幾天下之民一日之獲瘳也。是君道之大端，而聖人望天下與來世者，可謂深切著明矣。

臣恭惟皇帝陛下厲志復讎，不肯即安於一隅，是有大功於社稷也，而天下之經生學士講先王之道者，反不足以明陛下之心；陛下篤意恤民，每遇水旱，憂見顔色，是有大德於天下也，而天下之才臣智士趨當世之務者，又不足以明陛下之義。論恢復則曰修德待時，論富强則曰節用愛人，論治則曰正心，論事則曰守法。君以從諫務學爲美，臣以識心見性爲賢。論安言計，動引聖人，舉一世謂之正論，而經生學士合爲一辭以摩切陛下者也。夫豈知安一隅之地則不足以承天命，忘君父之讎則不足以立人道？民窮兵疲而事不可已者，不可以常理論；消息盈虛而與時偕行者，不可以常法拘。爲天下之正論而不足以明天下之大義，宜其取輕於陛下也。論恢復則曰精間諜、結豪望，論富强則曰廣招募、括隱漏，論治則曰立志，論事則曰從權。君以駕馭籠絡爲明，臣以奮勵驅馳爲最。察事見情，自許豪傑，舉一世謂之奇論，而才臣智士合爲一辭以撼動陛下者也。夫豈知坐錢塘浮侈之隅以圖中原，則非其地；用東南習安之衆以行進取，則非其人。財止於府庫，則不足以通天下之有無；兵止於尺籍，則不足以兼天下之勇智〔二〕。爲天下之奇論而無取於辦天下之大計，此所以取疑於陛下者也。

三光五嶽之氣分，而人才之高者止於如此。經生學士既揆之以大義而取輕，才臣智士又權之以大計而取疑，陛下始不知所仗而有獨運四海之意矣。故左右親信之臣又得以窺意嚮而效忠款，陛下喜其頤指如意，而士大夫亦喜其有言之易達也。是以附會之風浸長，而陛下之大權移矣。尋常無過之人，安然坐廟堂而奉使令，陛下幸其易制無他，而天下之人亦幸其苟安而無事也。是以遷延之計遂行，而陛下大有爲之志乖矣。

陛下勵志復讎，有大功於社稷；篤意恤民，有大德於天下。而卒不免籠絡小儒，驅委庸人，以遷延大有爲之歲月。此臣之所以不勝忠憤，而齋沐裁書，擇今者丁巳而獻之闕下；願得望見顏色，陳國家立國之本末而開大有爲之略，論天下形勢之消長而決大有爲之機，務合於藝祖皇帝經畫天下之本旨；然八日待命而未有聞焉。夫匹夫匹婦不獲自盡，民主罔與成厥功。使天下之言者越月踰時而後得報，在安平無事之時猶且不可；今者當陛下大有爲之際，陳天下之大義，獻天下之大計，而八日不得命焉，臣恐天下之豪傑得以測陛下之意向，而雲合響應之勢不得而成矣。陛下積財養兵，志在滅虜，而不免與之通和以俟時，固已不足以動天下之心矣。故既和而聚財，人反以爲厲民；既和而練兵，人反以爲動衆；舉足造事，皆足以致人之疑。議者惟其不明大義以示之，而後大計不可得而立也。苟又無意於臣之言，則天下愈不知所向矣。

張浚始終任事，竟無一功可論；而天下之童兒婦女不謀同辭，皆以爲社稷之臣。彼其誓不與虜俱生，百敗而不折者，誠有以合於天人之心也。秦檜專權二十餘年，東南賴以無事；而天下之童兒婦女不謀同辭，皆以爲國之賊。彼其忘君父之讎而置中國於度外者，其違天人之心亦甚矣。陛下將以辨天下之大計，而大義未足以震動天下，亦執事者之所當蚤正而預計也。臣區區之心皆已具之前書，惟陛下財幸。

校勘記

〔一〕『智』字原作『怯』，據《言行外録》改。

上孝宗皇帝第三書

臣竊惟藝祖皇帝經畫天下之大略，蓋將上承周、漢之治。太宗皇帝一切律之於規矩準繩之内，以立百五六十年太平之基。至於今日，而不思所以變而通之，則維持之具窮矣。舉江、浙、閩、廣之士，亡慮十四五萬數，蜀不與焉，而齷齪拘攣，日甚於一日。選人之在銓者，殆以萬計，而僥倖之源未有窮已。財用之入倍於承平之時，而費於養兵者十之九，兵不足用而民日以困。非必道微俗薄而至此也，蓋本朝維持之具，二百年之餘，其勢固必至此，藝祖皇帝固已逆知之矣。使天下安平無事，猶將望陛下變而通之。而况版輿之地半入於夷狄，國家之耻未雪，臣子之痛未伸。天錫陛下以非常之智勇，而又啓陛下以北向復讎之意，乃欲因今之勢而有爲焉，此所以十有七年之間，聖慮愈勞而取效愈遠也。群臣既不足以望清光，而草茅賤士不勝憂國之心，私以爲陛下春秋五十有二，經天下之事變爲已多，閲天下之義理爲已熟，舉足造事，必不傷國家之大體，扣囊底之智，猶足以辦此醜虜。六十以往，顧將望一日之安，而亦何忍遺患於後人乎！

臣以爲拘攣齷齪之中，其勢當有卓然自奮於草茅而開悟聖聰者。臣不自量其力之不足，而切有志焉，是以具〔二〕國家社稷之大計，質之天地鬼神而獻之闕下；陛下亦卓然拔之群言之中，特命大臣察其所欲言之意。臣妄意國家維持之具，至今日而窮，而藝祖皇帝經畫天下之大指，猶可恃以長久，苟推原其意而變通之，則恢復不足爲矣。然而變通之道有三：有可以遷延數十年之策，有可以爲百五六十年之計，有可以復開數百年之基。事勢昭然而效見殊絶，非陛下聰明度越百代，決不能一二以聽之。臣不敢泄之大臣之前，而大臣拱手稱旨以問，臣亦姑取其大體之可言者三事以答之，而草茅亦不自知其開口觸諱也。

其一曰：二聖北狩之痛，蓋國家之大耻，而天下之公憤也。五十年之餘，雖天下之氣銷鑠頹惰，不復知讎耻之當念，正在主上與二三大臣振作其氣以泄其憤，使人人如報私讎。此《春秋》書『衛人殺州吁』之意也。若衹與一二臣爲密，是以天下之公憤而私自爲計，恐不足以感動天人之心，恢復之事亦恐茫然未知攸濟耳。

其二曰：國家之規模，使天下奉規矩準繩以從事。群臣救過之不給，而何暇展布四體以求濟度外之功哉！故其勢必至於委靡而不振。五代之際，兵財之柄倒持於下，藝祖皇帝束之於上以定禍亂。後世不原其意，束之不已，故郡縣空虛而本末俱弱。今不變其勢而求恢復，雖一旦得精兵數十萬，得財數萬萬計，而恢復之期愈遠，就使虜人盡舉河南之地以還我，亦恐不能守耳。

其三曰：藝祖皇帝用天下之士人以易武臣之任事者，而五代之亂不崇朝而定。故本朝以儒立國，而儒道之振獨優於前代。今天下之士爛熟委靡，誠可厭惡，正在主上與二三大臣反其道以教之，作其氣以養之，使臨事不至乏才，隨才皆足有用。則立國之規模不至戾藝祖皇帝之本旨，而東西馳騁以定禍亂，不必專在武臣也。前漢以軍吏立國，而用儒輒敗人事。要之人各有家法，未易輕動，惟在變而通之耳。天下大勢之所趨，非人力之所能移也。

臣之所以爲大臣論者，其大略如此。而所謂數十年之策，百五六十年之計，數百年之基，與夫恢復之形勢，事大體重，苟未決之聖心，則不可泄之大臣之前也。故止陳其大略之可言者三事以答之，二三大臣已相顧駭然，而臣亦皇恐而退。踈遠草茅，寧復有路以望清光乎！馬周，一時瑣瑣之才也。太宗喜其爲常何陳事，召使面對，未至之間，使者連數輩趣之。使有能爲太宗開禮樂法度者，其召之當不容喘矣。陛下聰明邁越太宗，而拔臣於群言混淆之中，孤立以行一意，卒不免泯默而止，其罪在臣之蹤跡不明，有以誤陛下也。

臣本太學諸生，自憂制以來，退而讀書者六七年矣。雖蚤夜以求皇帝王伯之略，而科舉之文不合於程度不止也。去年一發其狂論於小試之間，滿學之士口語紛然，至騰謗以動朝路，數月而未已。而爲之學官者，迄今進退未有據也。臣自是始棄學校而決歸耕之計矣。旋復自念：數年之間，所學云何？而陛下之心，臣獨又知之。苟徒恤一世之謗，而不爲陛下一陳國家社稷之大計，將得罪於天地之神與藝祖皇帝在天之靈而不可解，是故昧於一來。舊名已在學校之籍，於法不得以上書言事。使臣有一毫攫取爵禄之心，以臣所習科舉之文更一二試，而考官又平心以考之，則亦隨例得之矣。何忍假數百年社稷之大計，以爲一日之僥倖，而徒以累陛下哉！

世固有却萬鍾之禄而不受者，亦有争一錢以至於相殺者，人情相去之遠，何啻於十百千萬也！而臣欲持空言以自明，亦淺矣。然審察十日而不得自便之命，臣將無以自見於山林之士，徒以傷陛下招致天下豪傑之道。臣今更待罪三日而後渡江，誓將終老田畝以弭群論，以報陛下拔臣言於衆中之恩。故昧死拜書，以辭於闕下。臣闔門數十口，去行都無四百里，當席藁私室，以聽雷霆之誅。干冒天威，罪當萬死。

校勘記

〔一〕『具』原作『其』，據明成化本改。

戊申再上孝宗皇帝書

臣聞有非常之人，然後可以建非常之功。求非常之功而用常才、出常計、舉常事以應之者，不待智者而後知其不濟也。前史有言：『非常之元，黎民懼焉。』古之英豪豈樂於驚世駭俗哉？蓋不有以新天下之耳目，易斯民之志慮，則吾之所求亦泛泛焉而已耳。

皇天全付予有家，而半没於夷狄，此君天下者之所當恥也。《春秋》許九世復讎，而再世則不問，此爲人後嗣者之所當憤也。中國，聖賢之所建置，而悉淪於左衽，此英雄豪傑之所當同以爲病也。秦檜以和誤國二十餘年，而天下之氣索然而無餘矣。陛下慨然有削平宇内之志，又二十餘年而天下之士始知所向。其有功德於宗廟社稷者，非臣區區之所能誦説其萬一也。高宗皇帝春秋既高，陛下不欲大舉以驚動慈顔，抑心俯首以致色養，聖孝之盛，書册之所未有也。今者高宗皇帝既已祔廟，天下之英雄豪傑皆仰首以觀陛下之舉動，陛下其忍使二十年間所以作天下之氣者，一旦而復索然乎！

天下不可以坐取也，兵不可以常勝也，驅馳運動又非年高德尊者之所宜也。東宫居曰監國，行曰撫軍。陛下近者以宅憂之故，特命東宫以監國。天下之論，皆以爲事有是非可否，而父子之際至難言也。東宫聰明睿知，而四十之年不必試以事也。故東宫不敢安而陛下亦知其難矣。陛下何不於此時命東宫爲撫軍大將軍，歲巡建業，使之兼統諸司，盡護諸將，置長史司馬以專其勞；而陛下於宅憂之餘，運用人才，均調天下，以應無窮之變。此肅宗所以命廣平王之故事也。兵雖未出，而聖意振動，天下之英雄豪傑靡然知所向矣。天下知所向，則吾之馳驅運動亦有所憑藉矣。臣請爲陛下論天下之形勢，而後知江南之不必憂，和議之不必守，虜人之不足畏，而書生之論不足憑也。

臣聞吴會者，晋人以爲不可都，而錢鏐據之以抗四鄰，蓋自毗陵而外不能有也。其地南有浙江，西有崇山峻嶺，東北則有重湖沮洳，而松江、震澤横亘其前。雖有戎馬百萬，何所用之？此錢鏐所恃以爲安，而國家六十年都之而無外憂者也。獨海道可以徑達吴會；而海道之險，吴兒習舟楫者之所畏，虜人能以輕師而徑至乎？破人家國而止可用其輕師乎？書生以爲江南不易保者，是真兒女子之論也。

臣嘗疑書册不足憑，故嘗一到京口、建鄴，登高四望，深識天地設險之意，而古今之論爲未盡也。京口連岡三面，而大江横陳，江傍極目千里，其勢大略如虎之出穴，而非若穴之藏虎也。昔人以爲京口酒可飲，兵可用，而北府之兵爲天下雄。蓋其地勢當然，而人善用之耳。臣雖不到采石，其地與京口股肱建鄴，必有據險臨前之勢，而非止於斬斬自守者也。天豈使南方自限於一江之表，而不使與中國通而爲一哉？江傍極目千里，固將使謀夫勇士得以展布四體，以與中國争衡者也。韓世忠頓兵八萬於山陽，如老羆之當道，而淮東賴以安寢，此守淮東之要法也。天下有變，則長驅而用之耳。若一一欲塹而守之，分兵而據之，出奇設險，如兔之護窟，勢分力弱，反以成戎馬長驅之勢耳。是以二十年間，紛紛獻策以勞聖慮，而卒無一成，雖成亦不足恃者，不知所以用淮東之勢者也。而書生便以爲長淮不易守者，是亦問道於盲之類耳。

自晋之永嘉，以迄於隋之開皇，其在南則定建鄴爲都，更六姓，而天下分裂者三百餘年。南師之謀北者不知其幾，北師之謀南者蓋亦有數，而南北通和之時則絶無而僅有。未聞有如今日之岌岌然以北方爲可畏，以南方爲可憂，一日不和則君臣上下朝不能以謀夕也。罪在於書生之不識形勢，併與夫逆順曲直而忘之耳。

高宗皇帝於虜有父兄之仇，生不能以報之，則死必有望於子孫，何忍以升遐之哀告諸仇哉！遺留報謝，三使繼遣，金帛寶貨，千兩連發。而虜人僅以一使如臨小邦。聞諸道路，哀祭之辭寂聊簡慢。義士仁人，痛切心骨，豈以陛下之聖明智勇而能忍之乎？意者執事之臣憂思萬端，有以誤陛下也。南方之紅女積尺寸之功於機杼，歲以輸虜人，固已不勝其痛矣。金寶之出於山澤者有限，而輸諸虜人者無窮，十數年後，豈不遂就盡哉？陛下何不翻然思首足之倒置，尋即位之初心，大泄而一用之，以與天下更始乎？未聞以數千里之地而畏人者也。劉淵、石勒、石虎、苻堅，皆夷虜之雄，曾不能以終其世，而阿骨打之興於今近八十年，中原塗炭又六十年矣。父子相夷之禍，具在眼中，而方畏其爲南方之患，豈不誤哉！

陛下倘以大義爲當正，撫軍之言爲可行，則當先經理建鄴，而後使臨之。今之建鄴，非昔之建鄴也。臣嘗登石頭鍾阜而望今城，直在沙嘴之傍耳。鍾阜之支隴隱隱而下，今行宫據其平處以臨城市，城之前則逼山而斗絶焉。此必後世之讀山經而相宅者之所定，江南李氏之所爲，非有據高臨下以乘王氣而用之之意也。本朝以至仁平天下，不恃險以爲固，而與天下共守之，故因而不廢耳。臣嘗問〔一〕之鍾阜之僧，亦能言臺城在鍾阜之側，大司馬門適當在今馬軍新營之傍耳。其地據高臨下，東環平岡以爲固，西城石頭以爲重，帶元武湖〔二〕以爲險，擁秦淮、清溪以爲阻，是以王氣可乘，而運動如意。若如今城，則費侯景數日之力耳。曹彬之登長干，兀术之上雨花臺，皆俯瞰城市，雖一飛鳥不能逃也。臣又嘗問之守臣，以爲今城不必改作，若上有北方之志，則此直寄路焉耳。臣疑其言雖大，而實未切也。據其地而命將出師以謀中國，不使之乘王氣而有爲，雖省目前經營之勞，烏知其異日不垂得而復失哉？縱今歲未爲北舉之謀，而爲經理建鄴之計，以震動天下而與虜絶，陛下即位之初志亦庶幾於少伸矣。

第非常之事非可與常人謀也。陛下即位之初，喜怒哀樂，是非好惡，皦然如日月之在天。雷動風行，天下方如草之偃。惟其或失之太快，故書生得拘文執法以議其後。而其真有志者，私自奮勵以求稱聖意之所在，則陛下或未之知也。陛下見天下之士皆不足以望清光，而書生拘文執法之説往往有驗，而聖意亦少衰矣。故大事必集議，除授必資格；才者以跅弛而棄，不才者以平穩而用；正言以迂闊而廢，巽言以軟美而入；奇論指爲横議，庸論謂有典則。陛下以雄心英略，委曲上下於其間，機會在前而不敢爲翻然之喜，隱忍事仇而不敢奮赫斯之怒。朝得一才士，而暮以當路不便而逐；心知爲庸人，而外以人言不至而留。泯其喜怒哀樂，雜其是非好惡，而用依違以爲仁，戒喻以爲義，牢籠以爲禮，關防以爲智。陛下聰明自天，英武蓋世，而何事出此哉？天下非有豪猾不可制之姦，虜人非有方興未艾之勢，而何必用此哉？

夫喜怒哀樂愛惡，人主之所以鼓動天下而用之之具也。而皇極之所謂無作者，不使加私意於其間耳。豈欲如老、莊所謂槁木死灰，與天下爲嬰兒，而後爲至治之極哉！陛下二十七年之間，遵養時晦，示天下以樂其有親，而天下歸其孝；行三年之喪，一誠〔三〕不變，示天下以哀而從禮，而天下服其義。陛下以一身之哀樂而鼓天下以從之，其驗如影響矣。乙巳、丙午之間，虜人非無變故，而陛下不獨不形諸喜，而亦不泄諸機密之臣；近者非常之變，虜人略於奉慰，而陛下不獨不形諸怒，而亦不窗其簡慢之文。陛下不以喜示天下，而天下惡知機會之可乘？陛下不以怒示天下，而天下惡知讎敵之不可安？棄其喜怒以動天下之機，而欲事功之自成，是閉目而欲行也。小臣之得對，陛下有卓然知其才者；外臣之奉公，陛下有隱然念其忠者。而已用者旋去，既去者無路以自進，是陛下不得而示天下以愛也。大臣之弄權，陛下既知其有塞路者，議臣之多私，陛下既知其有罔我者，而去之惟恐傷其意，發之惟恐其悵恨而不滿，是陛下不得而示天下以惡也。陛下翻然思即位之初心，豈知其今日至此乎？臣猶爲陛下悵念於既往，而天生英雄，豈使其終老於不濟乎？長江大河，一瀉千里，苟得非常之人以共之，則電掃六合，非難致之事也。

本朝以儒道治天下，以格律守天下，而天下之人知經義之爲常程，科舉之爲正路，法不得自議其私，人不得自用其智，而二百年之太平由此其出也。至於艱難變故之際，書生之智，知議論之當正而不知事功之爲何物，知節義之當守而不知形勢之爲何用，宛轉於文法之中，而無一人能自拔者。陛下雖欲得非常之人以共斯世，而天下其誰肯信乎？臣於戊戌之春正月丁巳，嘗極論宗廟社稷大計，陛下亦慨然有感於其言，而卒不得一望清光，以布露其區區之誠。非廷臣之盡皆見惡，亦其勢然耳。臣今者非以其言之小驗而再冒萬死以自陳，實以宗廟社稷之大計不得不決於斯時也。陛下用其喜怒哀樂愛惡之權以鼓動天下，使如臣者，得借方寸之地以終前書之所言，而附寸名於竹帛之間，不使鄧禹笑人寂寂。而陛下得以發其雄心英略，以與四海才臣智士共之。天生英雄，殆不偶然，而帝王自有真，非區區小智所可附會也。干冒天威，罪當萬死。

校勘記

〔一〕『問』原誤『聞』，據明成化本改。

〔二〕『元武湖』即玄武湖，因避宋之『聖祖』趙玄朗諱，故作『元武湖』。

〔三〕『誠』原作『成』，據明成化本改。

陳亮集卷之二

中興論

按：本卷所載《中興論》，原載《龍川水心二先生文粹》後集卷六。

中興五論序

臣聞治國有大體，謀敵有大略。立大體而後紀綱正，定大略而後機變行，此不易之道也。仰惟陛下以睿聖神武之資，充碩大光明之學，留神政事，勵志恢復，罔敢自暇自逸。而大欲未遂，大業未濟，意者大體之未立而大略之未定歟？

臣嘗爲陛下有憂於此矣。嘗欲輸肝膽，效情愫，上書於北闕之下。又念世俗道薄，獻言之人，動必有覬，心雖不然，跡或近似，相師成風，誰能不疑？既已疑矣，安能察其言而明其心？此臣之所大懼而卒以自沮也。今年春，隨試禮部，僥倖一中，庶幾俯伏殿陛，畢寫區區之忠以徹天聽。有司以爲不肖，竟從黜落，不得進望清光以遂昔願，索手東歸，杜門求志。因以爲功名之在人，猶在己也；懷愚負計，而不以裨上之萬一，是忿世也；有君如此而忠言之不進，是匿情也；已無他心而防人之疑，是自信不篤也。故書其《中興論》一千八百餘言，大體大略，於斯見矣。并論開誠、執要、勵臣、正體之道，合五篇，上干天聽。惟陛下寬其萬死，不以爲草茅之言而留神財幸。是天下社稷之福也，於臣何有！

中興論

臣竊惟海内塗炭，四十餘載矣。赤子嗷嗷無告，不可以不拯；國家憑陵之耻，不可以不雪；陵寢不可以不還；輿地不可以不復。此三尺童子之所共知，曩獨畏其强耳。韓信有言：『能反其道，其强易弱。』況今虜酋庸懦，政令日弛，捨戎狄鞍馬之長，而從事中州浮靡之習，君臣之間，日趨怠惰。自古夷狄之强，未有四五十年而無變者，稽之天時，揆之人事，當不遠矣。不於此時早爲之圖，縱有他變，何以乘之？萬一虜人懲創，更立令主；不然，豪傑並起，業歸他姓，則南北之患方始。又況南渡已久，中原父老日以殂謝，生長於戎，豈知有我？昔宋文帝欲取河南故地，魏太武以爲『我自生髮未燥即知河南是我境土，安得爲南朝故地』，故文帝既得而復失之。河北諸鎮，終唐之世以奉賊爲忠義，狃於其習而時被其恩，力與上國爲敵而不自知其爲逆。過此以往而不能恢復，則中原之民烏知我之爲誰！縱有倍力，功未必半。以俚俗諭之，父祖質産於人，子孫不能繼贖，更數十年，時事一變，皆自陳於官，認爲故産，吾安得言質而復取之？則今日之事，可得而更緩乎！

陛下以神武之資，憂勤側席，慨然有平一天下之志，固已不惑於群議矣。然猶患人心之不同，天時之未順，賢者私憂而姦者竊笑，是何也？不思所以反其道故也。誠反其道，則政化行，政化行則人心同，人心同則天時〔一〕順。天不遠人，人不自反耳。今宜清中書之務以立大計，重六卿之權以總大綱；任賢使能以清官曹，尊老慈幼以厚風俗；減進士以列選能之科，革任子以崇薦舉之實；多置臺諫以肅朝綱，精擇監司以清郡邑；簡法重令以澄其源，崇禮立制以齊其習；立綱目以節浮費，示先務以斥虛文；嚴政條以核名實，懲吏奸以明賞罰；時簡外郡之卒以充禁旅之數，調度總司之贏以佐軍旅之儲。擇守令以滋户口，户口繁而財自阜；揀將佐以立軍政，軍政明而兵自强。置大帥以總邊陲，委之專而邊陲之利自興；任文武以分邊郡，付之久而邊郡之守自固。右武事以振國家之勢，來敢言以作天下之氣；精間諜以得虜人之情，據形勢以動中原之心。不出數月，紀綱自定；比及兩稔，内外自實，人心自同，天時自順。有所不往，一往而民自歸。何者？耳同聽而心同服。有所不動，一動而敵自鬬。何者？形同趨而勢同利。中興之功，可蹻足而須也。

夫攻守之道，必有奇變：形之而敵必從，衝之而敵莫救，禁之而敵不敢動，乖之而敵不知所如往。故我常專而敵常分，敵有窮而我常無窮也。夫奇變之道，雖本乎人謀，而常因乎地形。一縱一横，或長或短，緩急之相形，盈虛之相傾，此人謀之所措而奇變之所寓也。今東西彌亘綿數千里，如長蛇之横道。地形適等，無所參錯，攻守之道，無他奇變。今朝廷鑒守江之弊，大城兩淮，慮非不深也，能保吾城之卒守乎？故不若爲術以乖其所之。至論進取之道，必先東舉齊，西舉秦，則大河之南，長淮以北，固吾腹中物。齊、秦誠天下之兩臂也，奈虜人以爲天設之險而固守之乎！故必有批亢擣虛，形格勢禁之道。

竊〔二〕嘗觀天下之大勢矣。襄漢者，敵人之所緩，今日之所當有事也。控引京洛，側睨淮蔡；包括荆楚，襟帶吴蜀。沃野千里，可耕可守；地形四通，可左可右。今誠命一重臣，德望素著、謀謨明審者，鎮撫荆襄，輯和軍民，開布大信，不争小利，謹擇守宰，省刑薄斂，進城要險，大建屯田。荆楚奇才劍客自昔稱雄，徐行召募以實軍籍；民俗剽悍，聽於農隙時講武藝。襄陽既爲重鎮，而均、隨、信陽及光、黄，一切用藝祖委任邊將之法，給以州兵而更使自募，與以州賦而縱其自用，使之養士足以得死力，用間足以得敵情。兵雖少而衆建其助，官雖輕而重假其權，列城相援，比鄰相和；養鋭以伺，觸機而發。一旦狂虜玩故習常，來犯江淮，則荆襄之帥率諸軍進討，襲有唐、鄧諸州，見兵於潁、蔡之間，示必截其後。因命諸州轉城進築，如三受降城法，依吴軍故城爲蔡州，使唐、鄧相距各二百里，並桐柏山以爲固。揚兵擣壘，增陂深塹，招集土豪，千家一堡，興雜耕之利，爲久駐之基。敵來則嬰城固守，出奇制變；敵去則列城相應，首尾如一。精間探，明斥堠，諸軍進屯光、黄、安、隨、襄、郢之間，前爲諸州之援，後依屯田之利。朝廷徙都建鄴，築行宫於武昌，大駕時一巡幸。虜知吾意在京洛，則京、洛、陳、許、汝、鄭之備當日增，而東西之勢分矣；東西之勢分，則齊秦之間可乘矣。四川之帥親率大軍以持鳳翔之虜，別命驍將出祁山以截隴右，偏將由子午以窺長安，金、房、開、達之師入武關以鎮三輔，則秦地可謀矣。命山東之歸正者往説豪傑，陰爲內應，舟師由海道以擣其脊。彼方支吾奔走，而大軍兩道並進以揕〔三〕其胸，則齊地可謀矣。吾雖示形於唐、鄧、上蔡而不再謀進，坐爲東西形援，勢如猨臂，彼將愈疑吾之有意京洛，特持重以示不進，則京洛之備愈專，而吾必得志於齊秦矣。撫定齊秦，則京洛將安往哉！此所謂批亢擣虚，形格勢禁之道也。就使吾未爲東西之舉，彼必不敢離京洛而輕犯江淮，亦可謂乖其所之也。又使其合力以壓唐、蔡，則淮西之師起而禁其東，金、房、開、達之師起而禁其西，變化形敵，多方牽制，而權始在我矣。然荆襄之師，必得純意於國家而無貪功生事之心者，而後付之。平居無事，則欲開布誠信以攻敵心；一旦進取，則欲見便擇利而止，以禁敵勢；東西之師有功，則欲制馭諸將，持重不進，以分敵形。此非陸抗、羊祜之徒，孰能爲之？

夫伐國，大事也。昔人以爲譬拔小兒之齒，必以漸摇撼之，一拔得齒，必且損兒。今欲竭東南之力，成大舉之勢，臣恐進取未必得志，得地未必能守。邂逅不如意，則吾之根本撼矣。此豈謀國萬全之道？臣故曰：攻守之間，必有奇變。

臣謏人也，何足以明天下之大計！姑疏愚慮之崖略，曰《中興論》，唯陛下裁幸！

校勘記

〔一〕『時』原作『理』，據明成化本改，以此下有『天時自順』句也。

〔二〕『竊』原作『切』，據明成化本改。

〔三〕『揕』原作『戡』，據明成化本改。

論開誠之道

臣嘗觀自古大有爲之君，慷慨果敢而示之以必爲之意，明白洞達而開之以無隱之誠。故天下雄偉英豪之士，聲從響應，雲蒸霧集，争以其所長自效而不敢萌欺罔之心，截然各職其職而不敢生不滿之念。故所欲而獲，所爲而成，而卓乎其不可及也。仰惟陛下英睿神武，出於天縱，嗣承大統，于今八年，天下咸知其爲真英主矣。而所欲未獲，所爲未成，雖臣亦爲陛下疑之也。夫慷慨果敢，陛下固示之以必爲之意矣，而天下之氣索然而不吾應，或者明白洞達、開之以無隱之誠者容有未至乎？

夫任人之道，非必每事疑之而後非無隱之誠也。心知其不足任，而姑使之以充吾位；使之既久，而姑遷之以慰其心。身尊位大，而大責或不必任；職親地密，而密議或不得聞。聽其言，與之以位而不責其實；責其實，迫之以目前而不待其成。陛下自度任人之際，頗有近於此者乎？如或近之，則非所謂明白洞達、開之以無隱之誠也。故天下懦庸委瑣之人，得以自容而無嫌；而狂斐妄誕之流，得以肆言而無忌。中實無能而外爲欺罔，位實非稱而意輒不滿。平居則何官不可爲，緩急則何人不退縮！是宜陛下當宁而嘆天下人才無一之可用，而謂書生誠不足以有爲，則非陛下之過也，天下之士有以致之耳。雖然，何世不生才，何才不資世！天下雄偉英豪之士，未嘗不延頸待用，而每視人主之心爲如何。使人主虛心以待之，推誠以用之，雖不必高爵重禄而可使之死，况於其中之計謀乎！人主而有矜天下之心，則雖高爵重禄日陳於前，而雄偉英豪之士有窮餓而死爾，義有所不屑於此也。夫天下之可以爵位誘者，皆非所謂雄偉英豪之士也。陛下勿以其可以爵位誘，奴使而婢呼之。天下固有雄偉英豪之士，懼陛下誠心之不至而未來也。

臣願陛下虛懷易慮，開心見誠，疑則勿用，用則勿疑。與其位，勿奪其職；任其事，勿間其言。大臣必使之當大責，邇臣必使之與密議。才不堪此，不以其易制而姑留；才止於此，不以其久次而姑遷。言必責其實，實必要其成。君臣之間，相與如一體，明白洞達，豁然無隱，而猶不得雄偉英豪之士以共濟大業，則陛下可以斥天下之士而不與之共斯世矣。不然，臣恐孤陛下必爲之心，沮天下願爲之志，兩相求而不相值也。以陛下英睿神武之資，視古之賢主，無所不及而有過之者，而其效乃爾。此臣所以區區愛君之心不能自已，而輒獻其愚忠，惟陛下財幸！

論執要之道

臣竊惟陛下自踐祚以來，親事法宮之中，明見萬里之外，發一政，用一人，無非出於獨斷，下至朝廷之小臣、郡縣之瑣政，一切上勞聖慮。雖陛下聰明天縱，不憚勞苦，而臣竊以爲人主之職本在於辨邪正，專委任，明政之大體，總權之大綱。而屑屑焉一事之必親，臣恐天下有以妄議陛下之好詳也。

自祖宗以來，軍國大事，三省議定，面奏獲旨。差除，即以熟狀進入，獲可，始下中書造命，門下審讀。有未當者，在中書則舍人封繳之，在門下則給事封駁之，始過尚書奉行。有未當者，侍從論思之，臺諫劾舉之。此所以立政之大體，總權之大綱，端拱於上而天下自治，用此道也。今朝廷有一政事而多出於御批，有一委任而多出於特旨。使政事而皆善，委任而皆當，固足以彰陛下之聖德，而猶不免好詳之名；萬一不然，而徒使宰輔之避事者得用以藉口。此臣愛君之心所不能以自已也。臣願陛下操其要於上，而分其詳於下。凡一政事，一委任，必使三省審議取旨，不降御批，不出特旨，一切用祖宗上下相維之法。使權固在我，不蹈曩日專權之患；而怨有所歸，無代大臣受怨之失。此臣所以爲陛下願之也。

臣聞之故老言，仁宗朝，有勸仁宗以收攬權柄，凡事皆從中出，勿令人臣弄威福。仁宗曰：『卿言固善。然措置天下事，正不欲專從朕出。若自朕出，皆是則可，有一不然，難以遽改。不若付之公議，令宰相行之。行之而天下不以爲便，則臺諫公言其失，改之爲易。』大哉王言！此百世人主之所當法，而况於聖子神孫乎！

史之稱光武曰：『明謹政體，總攬權綱。』政體者，政之大體也；權綱者，權之大綱也。臣願陛下立政之大體，總權之大綱，辨邪正，專委任以幸天下，得操要之實而鑒好詳之弊，則天下雄偉英豪之士，必有能奮然出力以辦今日之事者矣。臣不勝大願。

論勵臣之道

臣聞上下同心，君臣戮力者，事無不濟；上下相蒙，君臣異志者，功無不隳。春秋之時，晋伐楚，三舍[一]不止。大夫請擊之，莊王曰：『先君之時，晋不伐楚。及孤之身而晋伐楚，是寡人之過也。如何其辱諸大夫也！』大夫曰：『先君之時，晋不伐楚。及臣之身而晋伐楚，是臣之罪也。請擊之。』莊王俛泣而起拜。晋師聞而夜還。越王求成於吴而歸，抱柱而哭，承之以嘯。群臣聞之曰：『君王何愁心之甚也！夫復讎謀敵，非君王之獨憂，乃臣下之急務也。』其後越父兄請報耻，越王曰：『昔者我辱也，非二三子之罪也。寡人何敢勞國人以塞吾讎！』父兄曰：『四封之内，盡吾君子；子報父讎，誰敢不力！』越王卒用以滅吴。區區楚越有臣如此，而謂堂堂大國反無君憂臣辱、君辱臣死之義乎！

今陛下慨念國家之耻，勵復讎之志，夙夜爲謀，相時伺隙。而群臣邈焉不知所急，毛舉細事以亂大謀；甚者僥倖苟且，習以成風。陛下數降詔以切責之，厲天威以臨之，而養安如故，無趨事赴功之念、復讎報耻之心。豈群臣樂於負陛下哉？特玩故習常，勢流於此而不自知也。

臣願陛下慨然興懷，不御正殿，減膳徹樂，夕惕若厲，立群臣而語之曰：『朕承太上皇帝付託之重，念國家之深耻，志在復讎，八年于兹，若涉淵冰，未知攸濟。而群臣玩故養安，無肯戮力。是朕不明不德，不足以承大寶，圖大業，其何顔以臨於王公士民之上，況敢即安以自取辱？』群臣震懼，頓首請罪，然後徐諭之曰：『朕固未敢即安，群臣猶以朕可與有爲，其各共厥職，勉趨厥事。上率其下，下勉其上，自度其力之不逮者，無尸厥官，朕將明賞罰以厲其後。由今以往，群臣咸爲朕思所以畏天愛民、求賢發政、富國强兵、復讎謀敵之道。無以小事塞責，無以小謀亂大，相與熟講惟新之政，使内外有序，則朕即安之日。』陛下惕然側席，圖濟大業，而群臣不能惕然承意，竭力以報其上，是人而禽獸者也，誅之殺之，何所不可！誠使上下同心，君臣戮力，則何事之不濟哉！

校勘記

〔一〕『舍』原誤『合』，明成化本亦作『合』，今據劉向《新序·雜事四》改。

論正體之道

臣聞君以仁爲體，臣以忠爲體。偏覆包含，如天地之大，仁也；公家之事，知無不爲，忠也。故君行恩而臣行令。慶曆間，杜衍輔政，遇有内降，輒封還之。仁宗以杜衍不可告之而止者，又多於所封還。治平初，任守忠離間兩宫，韓琦乘間開悟上心，斥之遠方，仍放謝辭，即日押出國門。君當其善，臣當其怨，君臣之體也。澶淵之役，自寇準而下，均欲追戰。章聖皇帝獨惻然許和。及其議歲幣也，章聖不欲深較，而準戒曹利用以不得過三十萬。天聖初，契丹借兵伐高麗，明肅太后微許其使，吕夷簡堅以爲不可而塞之。其後劉六符來求割地，夷簡召至殿廬，以言折之。君任其美，臣任其責，君臣之體也。

今則不然。陛下鋭意於有爲，不顧浮議；而群臣持禄固位，多務收恩。陛下慨然立計，不屈醜虜；而群臣動欲隨順，圖塞谿壑。使陛下孤立以主大計，群臣安坐而竊美名，是尚爲得君臣之體乎？臣願陛下總攬大柄，端己責成，畏天愛民，以德自護；明詔大臣，使當大任，不憚小怨，不辭大艱。使天下戴陛下之恩而嚴大臣之執守，敵人服陛下之德而憚大臣之忠果，則何事之不濟，何功之不成！此祖宗養人心以行德義，正君臣之體而爲百世不易之家法也。故願陛下仰法祖宗，而大臣以寇準、吕夷簡、杜衍、韓琦爲法，天下有不足爲者矣。

此己丑歲余所上之論也。距今能幾時，發故篋讀之，已如隔世。追思十八九歲時，慨然有經略四方之志。酒酣，語及陳元龍、周公瑾事，則抵掌叫呼以爲樂。間關世途，毁譽率過其實，雖或悔恨，而胸中耿耿者終未下臍也。一日，讀楊龜山《語録》，謂『人住得然後可以有爲。才智之士，非有學力，却住不得』。不覺恍然自失。然猶上此論，無所遇，而杜門之計始決，於是首尾蓋十年矣。虚氣之不易平也如此。《孟子》曰：『詭遇而得禽，雖若丘陵弗爲。』自視其幾矣。又曰：『五穀者，種之美者也；苟爲不熟，不如荑稗。』豈不爲大憂乎？引筆識之，掩卷兀坐者良久。壬辰重午前二日書。

陳亮集卷之三

按：本卷所載《問答》凡六道，原載《文粹》後集卷二。

問　答上

三代以仁義取天下，本於救斯民，而非以位爲樂也。齊威〔一〕挾尊周以自私，敗商周之常經，而開争奪篡弑之禍，其流既慘矣。秦合天下以奉一人，恣其所欲爲；陳涉因斯民之不忍，徒手大呼，而劉、項藉之以起。沛公號爲寬大長者，三章之約足以動天下而入其心，宜本於爲民而起矣。方其窮時，縱觀秦皇帝，嘆曰：『大丈夫當如此！』其意豈出於爲民耶！天下既定，周防曲慮，如一家私物，此豈三代公天下之法耶？唐太宗與劉文靖之謀似矣；與其父謀所以免禍，而迫脅以從之，何其舛也！尊隋之舉，代王之立，殆若濯泥於水，而明白洞達之事，僅能以九錫歸諸有司耳。其所以守之者，又密於漢，則其義豈足自附於三代乎？然而國祚之久長，斯民之愛戴，曾不減於夏商，何也？民不可欺，則其取守之道必有可言者矣。

昔者生民之初，類聚群分，各相君長。其尤能者，則相率而聽命焉，曰皇曰帝。蓋其才能德義足以爲一代之君師，聽命者不之焉則不厭也。世改而德衰，則又相率以聽命於才能德義之特出者。天生一世之人，必有出乎一世之上者以主之，豈得以世次而長有天下哉！以至於堯，而天下之情僞日起，國家之法度亦略備矣。君臣有定位，聽命有常所，非天下之人所得而自制也。朱、均之不肖，非如桀、紂之足以亡天下，而堯以爲非天下之賢聖，不宜在此位，豈以法度定天下之心而私諸不肖之子哉！取舜、禹於無所聞知之人而歷試以事，以與天下共之，然後舉而加諸天下之上。彼其心固以天下爲公，而其道終不可常也。禹以爲苟未得非常之人，則立與子之法以定天下之心；子孫之不能皆賢，則有德者一起而定之，不必其在我，固無損於天下之公也。湯以爲天下既已聽命於一家，而吾之子孫不擇其可者與之，而使不肖者或得以自肆於民上，則非所以仁天下也；故或世或及，惟其賢而已。不幸而與之不當其人，則天下之公議，終不以私之吾家也。武王、周公合天下之諸侯，使之小大相承，而方伯實總之以聽命於天子。天子不能以一人之私而制天下也，故定立嫡之法以塞覬覦争奪之門，而君臣之定分屹然如天地之不可干矣。此豈一世之故哉！

秦以智力兼天下而君之，不師古始，而欲傳之萬世，使天下皆疾視其上，翻然欲奪而取之，勢力一去，則田野小夫皆有南面稱孤之心。競智角力，卒無有及沛公者，而其德義又真足以君天下，故劉氏得以制天下之命。使劉氏不有以大異乎天下之姓氏，則君臣之分猶可干，而三代之統緒未可繼也。周防曲慮，豈其將以私天下哉，定于一而已。曹孟德一有私天下之心，而天下爲之分裂者十餘世。及李氏之興，則猶劉氏之舊也。彼其崛〔二〕起之初，眇然一亭長耳；其盛者不過一少年子弟；安知天下之大慮，而勃然有以拯民於塗炭之心？三章之約，非蕭何之所能教；而定天下之亂，又豈劉文靖之所能發哉？彼其初心未有以異於湯武也，而其臣凡下，無以輔相之，雖或急於天位，隨事變遷，而終不失其初救民之心，則大功大德固已暴著於天下矣。

孔孟以天下之賢聖而適當春秋戰國之亂，卒不得行其道以拯民於塗炭者，無其位也。《易》曰：『天地之大德曰生，聖人之大寶曰位。』又曰：『垂象著明莫大乎日月，崇高莫大乎富貴。』苟誠其人而欲得其位者，其心猶可察也。使漢唐之義不足以接三代之統緒，而謂三四百年之基業可以智力而扶持者，皆後世儒者之論也。世儒之論不破，則聖人之道無時而明，天下之亂無時而息矣。悲夫！

漢高帝起布衣以争天下，及大業既成，而父兄故無恙也。然尊之封之，皆有所感而後發，而或者猶置餘忿於其間。唐之太宗既已一切委命於父兄矣，己未、庚申之變，豈人道之所可安乎？舜之於瞽、象，周公之於管、蔡，夫必有其道矣。豈聖人之事不可復見於後世，而天下冒冒然以强弱小大相爲雄長，而彼善於此者亦可以一天下而歸之正乎？人道之不滅者幾希矣！精微委曲之際，處其所不可處以待聖人之復起者，固不可以無論也。

匹夫不階尺土而有天下，此天地之大變，而古今之所無也。彼豈有熟講素定之規模，而其臣相與把手以奮起草莽之間，又豈嘗學古以從事哉？仁義禮樂，先王所以維持天下之具，既已一切盡廢，而利害緩急迫乎其前，則裂土定封無所愛惜。至於著在人心不可泯滅者，或有感而後發，或因以泄其餘忿，亦其勢然耳。嗟夫！此豈可謂非天哉？

自黄初以來，陵夷四百餘載，夷狄異類迭起以主中國，而民生常覬一日之安寧於非所當事之人。人道失其統紀，而天地幾於不立矣。此非有超世邁往拔出之英豪，安能掃地以求更新乎？太原之義旗一指，而天下靡然知所向矣。高祖以父而主之可也，建成獨可以常法嗣之乎？據非所當得，而又疾其當得者若不能以終日，此非天誅之則人殺之耳。天未嘗不假手於人，是以太宗抽矢喋血，忍於同氣，犯天下不義之名而不恤。彼其心以爲是天實爲之，而非吾過也。天人之厭亂久矣，豈其使建成、元吉得稔其惡以自肆於民上哉！人心蔽於自見，而天命不知所歸，是治亂安危之大幾也。

昔者周公蓋憂此矣。孺子離繦褓寧幾時，而武王疾且病。周公懼其事之不可繼也，至誠委命於天，欲以身代武王之死，武王得以延數年之命，而孺子可輔以立。他日管、蔡之誅，爲天下誅之耳。要以使天命即於人心所可安之地；不然，則吾心豈能盡白於天下，而何以爲後世訓乎？天命之所在，若決江河，故『檀車煌煌，牧野洋洋』，雖聖人不敢以疑貳之心而承之也。顧其所以先爲之地者至矣，人欲謀我，而我亦謀之，是以亂易亂也，而其地安在哉？雖其決於承天命以脱民於塗炭，有足自解者，而終不即於人心之所安，至今論者猶不安之。嗟夫！此又可以盡歸之天哉？

三老董公以仁義遮説漢高帝，而三軍始爲義帝縞素，項氏不復能自直於天下。名義之不可負蓋如此。儒者正名之説，雖起於管仲之尊周，而自漢以來，則以此舉爲明驗矣。然人爲萬物之靈，而仁義智數〔三〕蓋不可以雜而行也。不出於高帝之誠心，而欲以欺天下，則名義乃自外來乎？故三軍縞素本足以納侮而不足以形敵，然劉、項同受命於義帝，坐視同列之賊其君而不問，則舉世皆不復知所謂人道矣。是三軍縞素而大義始明，高帝定天下之機，無乃真在於此乎？合内外而論之，宜必有以處此者。

晋奚齊義不足以君國，聖人書以爲君之子；而卓子則書君者，里克君之也。秦以夷狄之智兼天下，其亡楚尤爲無道，蓋天下欲共亡之久矣。况當天下潰亂之時，蓋不必用懷王以從民望也。項氏君之，而諸公皆禀命焉，則其君之者非一人矣。利其爲名則君之，不利其實則害之，自立自廢，各從其私，是君臣無定位，而以强弱爲輕重；率天下之人如驅群羊，是非可否惟吾之所欲爲，而人亦不得裂去也，其輕天下亦甚矣。董公者，發天下之公憤，而借高帝之力以扶人道於既絶者也。揭項氏之不義於天下，使天下皆欲援弓而射之，雖微高帝猶不可以自立。蓋董公之遮説，幾於孔子沐浴之請；而高帝之義，吾不知其何心也。故孫權之自立，非義也；

使魏氏不得自正於天下，則人道不至於盡廢，雖聖人不得而明權之非義也。

三代之初，必以封先聖之後爲急；而論功行封，猶待其定也。至周則大封同姓於其間，爲國五十有三，而猶未以爲慊。武王、周公固非以天下爲己私者，天之立君，豈爲姬姓而設乎？漢興，患異姓之强大，而大封同姓以鎮之，其道蓋本諸此矣。七國同時舉事，黥彭之患，不如是之併也。誅鋤剗削，至於分裂以各王其子弟，同姓湮微，而后族之禍又成矣。聖人之立法，本以公天下，而非以避禍亂。心有親踈，則禍福倚伏於無窮，雖聖智不得而防也。周漢之法，豈世變之窮而至此乎？合天下而君之，疏遠之人何負於國家，而周以宗强，此果何道乎？不然，則漢諉之周，而周公其衰矣。

昔孔子論三代之損益可知，蓋自堯之親睦九族，積而至於周之大封同姓五十有三國者，亦其損益之可知者也。然其義遂窮而不可繼。故《春秋》之諸侯以其子弟爲卿者，聖人皆以弟書之，獨於季友之來歸，不繫以親，而書曰季子。蓋其賢者則與衆共之；其不賢者，聖人以爲有國者之私其親，而其義不通於天下也。此豈非參酌四代之制，以爲萬世通行之法哉！

漢高帝與諸公共起草莽以帝天下，天下平定，諸公各已南面稱孤，帝猶疑其不可盡信也，分王子弟以據其衝，而庶孽與其不肖者一切不問，庶幾以爲可自附於周家親親之義。而不知權勢既成，雖親者亦不可保，其可保者，惟其賢也。不思天下之公義，而用其謀國之私心，是非利害徇於目前，而使前後相矯，卒不得其正，禍亂相尋於無窮。不獨漢氏爲可憫，而魏、晉、宋、齊不能以是一日爲安者，蓋親疏之義不明也。出其子弟之賢者，以與天下共之；其不賢者，養以國家之私。使親賢參錯，而禍福治亂一付之天下之公，而吾無容心焉。聖人之作《春秋》以待後聖者，蓋如此。

項羽喑嗚叱咤，千人皆廢，而能恭敬愛人，自屈於禮節之士，其仁與勇可謂兼之矣。至於賞不妄與，豈不足自附於『惟衣裳在笥』之義邪？漢高帝乃饒爵邑以來天下之頑鈍嗜利亡耻者，開國承家之初，而顧以小人先之，卒用是以勝羽，羽之目當不瞑矣。使天下有疑於儒者之道，其不自高帝始耶？

方三代之衰，聞諸侯脩德以興矣，未聞崛起草野而皆有南面稱孤之心也。當草昧之時，欲以禮義律之，智勇齊之，而不能與天下共其利，則其勢必分裂四出而不可收拾矣。匹夫並起而争，此非先王之常勢也。高帝能用是以合其勢，而不能用是以一日爲安。蓋其初不能參用項氏之所長，以消伏異時黨與摇動之心。此正陳平之所預見而深憂。而『開國承家，小人勿用』之義，何嘗一日而廢哉！蓋田横之未去，郡國豪姓之未徙，四老人者伏於商山而不可招致，高帝雖死而目不瞑也。異姓諸侯王之憂，特衆人之所共憂耳。《易》曰：『天造草昧，宜建侯而不寧。』聖人其知之矣。

周、召、毛、畢，實佐文武以有天下。成康既没，王朝之公卿往往皆諸公之子孫族屬也。比閭族黨之賢，脩身飭行以自見於斯世者非一人。其卓然者，豈不可與諸公之子孫族屬共執國政哉！然而位終不得過大夫。人才之特起，不幸而非世家，則不得以任公卿之位，此果何法也？《春秋》譏世卿，而人才之特起者終無一人得附見於册書。雖聖人之法，亦不免隨世而立歟？漢高帝〔四〕與蕭、曹諸公共起而亡秦，天下既定，非嘗更當時之事者，不以任公卿也。賈生特起之才，天子明知之而不得用，非獨絳、灌之專其寵利也。然公孫洪〔五〕自海瀕而登宰相，則天下自此多事矣。唐太宗雖以房杜爲宗臣，而天下之賢者始雜取而用之，然其後遂無世臣之可倚。更任迭用，雖賢君亦不克其終，豈君臣之際無終始之義，則其勢必至此邪？然合天下而君之，而獨私於共事之臣，宜非聖人之公道。而周漢之法，果可爲通行之法乎？

君臣，天地之大義也。君臣不克其終，則大義廢而人道闕矣。此豈苟然之故哉！方天地設位之初，類聚群分，以戴其尤能者爲之君長，奉其能者爲之輔相。彼所謂后王君公，皆天下之人推而出之，而非其自相尊異，以據乎人民之上也。

及法度既成，而君臣有定位。舜命夔以典樂教胄子，蓋欲其君臣相與世守之，以達天地之大義。三代既以世次而有天下，其相與肇造人紀而維持其國家者，亦欲其代脩祖父之業而君臣相保，與國無窮；使天下之人有所觀仰愛戴，而不敢窺伺其間以覬幸國柄，橫生意見，紊亂綱紀；使天地大義有所廢闕，而厭故喜新，敗亡相尋而不悟也。惟其子孫族屬舉不足以當賢者之選，而後廣求天下之賢聖，以庶幾於一遇，而中接墜業，不敢有加焉，如高宗之於傅説是也。此豈君臣之常法哉！

孔子之作《春秋》，其於三代之道或增或損，或從或違，必取其與世宜者舉而措之，而不必徇其舊典。然於君臣之大義，未之有改也。其譏世卿，蓋譏其不擇世臣之賢者而用之，甚者遂使世其官，而人人輕視其上，皆有掩而取之之心。其勢必至於君臣之不相保，故惓惓於一世之賢者，悉使之附見於册書。如蔡季、紀季、楚屈元〔六〕、齊高子、魯季友、叔肹、宋子哀之徒，往往非公族則其世家之舊也。使皆得若人而用之，則何厭於世臣，而欲求天下特起之賢於不可知之際哉！

至於死生恩禮之厚，而適遭變故，或不以其道終，則正色書之，而無間於曹莒之小國，所以究極天地之大義，而明示之後世者也。故孟子以爲故國必有世臣，至於不得已而後使卑踰尊，疏踰戚，然猶必取其國人皆曰賢者。由此言之，豈樂於君臣之不相保，而新故相易以求快一時之耳目哉！戰國朝暮反覆之禍，蓋起於君臣之不相保也。

漢高帝以匹夫而有天下，視平時之等夷無非可疑之人，故其臣不自保其首領，而天地之大義不復明矣。然猶不使後生新學得以參乎其間也。唐太宗則參而用之，更一世而盡忘其舊，甚者朝爲君臣而暮爲路人。故以勢相臨，而不復以恩相保，緩急無一人之足依，而方顧望草萊之賢者以爲己用，豈不殆哉！

惟我本朝，於天下之賢者必使之揚歷中外，養其資望，而後至於大用。故其人往往足以重人之國家，而子孫習識其本末源流，家世守之，至於一二百年而不替。嗚呼！是天地之大義，而非君臣之私恩也。天下不能皆特起之賢，則超舉顯擢豈可率以爲常乎？朝暮不相保，則是棄爵位於草萊，大義廢而天下離矣。

校勘記

〔一〕『齊威』即齊桓，因避宋欽宗諱，以『威』代『桓』。

〔二〕『崛』原作『掘』，據明成化本改。

〔三〕『數』原作『敵』，據明成化本改。

〔四〕『帝』原作『宗』，據明成化本改。

〔五〕『公孫洪』即公孫弘，宋太祖之父名弘殷，故用『洪』代『弘』。

〔六〕『屈元』即屈完，以避宋欽宗『嫌名』，故以『元』代『完』。

陳亮集卷之四

按：本卷所載《問答》凡六道，原載《文粹》後集卷三。

問答下

義利之分，孟子辨之詳矣。而賞以勸善，刑以懲惡，聖人所以御天下之大權者，猶未離於利乎？有所利而爲善，有所畏而不爲惡，則其入人也亦淺矣。堯舜之治天下，不賞而民勸，不怒而民威。故罪疑惟輕，功疑惟重。豈亦知其效入人之淺乎？然臯陶之陳謨，以典禮賞罰同出於天，而非有輕重之別也。苟無所事乎其用，則賞罰亦自外來耳，安在其爲天乎？三代之用賞罰，大概猶法唐虞，而記禮者載其先後之用甚詳，又以爲至周而窮。豈世變之極，而賞罰之用始重乎？抑其出於天，而三代始賴其用也？《春秋》聖人經世之志，而獨以代天子之賞罰，則聖人起而治天下，必不能以易此矣，亦何怪於漢宣帝之專恃賞罰以爲治乎？『惟辟作福，惟辟作威』，《洛書》之所明載，而儒者終以爲治天下者不取必於賞罰，亦知夫勸懲之效淺也。謂賞罰不取必於勸懲，則無以御天下；謂其爲懲勸而設，則賞罰亦利耳。利者，人道之末也，則臯陶之所謂天者豈誣乎？

『耳之於聲也，目之於色也，鼻之於臭也，口之於味也，四肢之於安佚也，性也，有命焉。』出於性，則人之所同欲也；委於命，則必有制之者而不可違也。富貴尊榮，則耳目口鼻之與肢體皆得其欲；危亡困辱則反是。故天下不得自徇其欲也，一切惟君長之爲聽。君長非能自制其柄也，因其欲惡而爲之節而已。叙五典，秩五禮，以與天下共之。其能行之者，則富貴尊榮之所集也；其違之者，則危亡困辱之所并也。君制其權，謂之賞罰；人受其報，謂之勸懲。使爲善者得其所同欲，豈以利而誘之哉；爲惡者受其所同惡，豈以威而懼之哉？得其性而有以自勉，失其性而有以自戒。此典禮刑賞所以同出於天，而車服刀鋸非人君之所自爲也。天下以其欲惡而聽之人君，人君乃以其喜怒之私而制天下，則是以刑賞爲吾所自有，縱横顛倒而天下皆莫吾違。善惡易位，而人失其性，猶欲執區區之名位以自尊，而不知天下非名位之所可制也。孔子之作《春秋》，公賞罰以復人性而已。後世之用賞罰，執爲己有以驅天下之人而已。非賞罰入人之淺，而用之者其效淺也。故私喜怒者，亡國之賞罰也；公欲惡者，王者之賞罰也。外賞罰以求君道者，迂儒之論也；執賞罰以驅天下者，霸者之術也。

肉刑之興，説者以爲起於苗民，而堯參取而用之。『報虐以威』，蓋將以戒小人，而非出於聖人之本心也。故舜多爲之塗以出民於刑，祇以施諸怙終者；而穆王之訓刑爲尤詳。然則雖聖人欲去之久矣，安在其爲孝文姑息之仁也？而世儒之道古者，必以爲井田、封建、肉刑皆聖人之大經大法，不可廢也。治天下而不用肉刑，徒以啓小人犯法之心耳。故曰：肉刑之刑，刑也。漢魏之際，往往數議復之而不果，以至於本朝，而刑輕于三代矣。法家者流以仁恕爲本，惟學道之君子始惓惓於肉刑焉，何其用心之相反也？推之天理，驗之人事，而要諸古今之變，究其所從始，極其所由終，必有至當之説。

昔者聖人别人類於禽獸之中，而去其争奪戕殺之患。蓋必執生殺之權，而後謂之刑政也。則肉刑固已草具，而未有其法耳。苗民始多爲戕人之具以淫用之。堯懼其爲世訓也，故取而次第品節之，使必若苗民者然後罹此刑耳。故曰：『報虐以威。』舜又多爲之法以出之，而夏於贖刑爲尤詳。商人執刑罰以督姦，傷肌膚以懲惡，蓋嚴其所當用者耳。夫既多爲之塗以出之，而不嚴其所當用者，是教人以輕犯法也，豈聖人制刑之本意哉！文武尤謹於庶獄，而成康措而不用至於四十餘年。穆王耄荒，而訓刑以詰四方，使知刑者聖人愛民之具，而非以戕民也。漢興，承秦之餘烈，先王之法度盡廢，而肉刑塊然獨存。文帝感一女子之言而慨然除之，於是可與語變通之道矣。

井田封建，自黄帝以來，極十數聖人之思慮，所以維持而奉行之者，惟恐其一事之不詳而一目之不精也。至於肉刑，則多爲之塗以出之，惟恐其或用耳，豈可同日而語哉！聖人之恐其一事之不詳而一目之不精者，今既盡廢而不可復舉矣，獨惓惓於聖人之恐其或用者。縱使可用，無乃顛倒其序乎？使民有耻，則今法足矣；民不賴生，雖日用肉刑，猶爲無法也。禮節民心，樂和民聲，政以行之，刑以防之。四達而不悖，則王道成矣。吾聞諸聖人者如此。

酈食其教高祖以示諸侯制勢之形。方天下未定之際，形勢固不可以授之人，蓋懼其自伐也。天下已定，固當以天下爲家，以四塞爲形勢。而蕭何方惓惓於壯宮室，婁敬方勸據秦地以臨制天下，何其狹也！高帝寬仁愛人，念天下洶洶數歲，本不敢輕用其力；豁達大度，欲示天下以至公，而庶幾於周家之義。然卒爲宗臣所移猶可也，而竟移於羈臣之説，何哉？豈三代公天下之道，後世真不可復行乎？抑人心多自疑，而其流遂如此也？不然，則在德不在險，是真書生之談耳。

萬物皆備於我，而一人之身，百工之所爲具。天下豈有身外之事，而性外之物哉？百骸九竅具而爲人，然而不可以赤立也，必有衣焉以衣之，則衣非外物也；必有食焉以食之，則食非外物也；衣食足矣，然而不可以露處也，必有室廬以居之，則室廬非外物也；必有門户藩籬以衛之，則門户藩籬非外物也。至是宜可以已矣。然而非高明爽塏之地，則不可以久也；非弓矢刀刃之防，則不可以安也。若是者，皆非外物也。有一不具，則人道爲有闕，是舉吾身而棄之也。然而高卑小大，則各有分也；可否難易，則各有力也。徇其侈心而忘其分，不度其力，無財而欲以爲悦，不得而欲以爲悦，使天下冒冒焉惟美好之是趨，惟争奪之是務，以至於喪其身而不悔。然後從而告之曰：『身與心内也，夫物皆外也。徇外而忘内，不若樂其内而不顧乎其外也。』是教人以反本，而非本末具舉之論也。

二帝三王未嘗不擇形勢而居之，而周公於宮室之制，閎大端麗，欲用以爲萬世之法。夫豈以形勢爲德之輔，而宮室爲德之華哉？此帝王所以備人道，而與天下爲公也。蕭何、婁敬蓋亦知天下之勢而已，而未知聖人本末具舉之道，故使論者猶有疑焉。且諺有之：『衣則成人，水則成田。』此豈有内外輕重之異哉？世儒之論所未及也。

帝王之號名殊，而其道一也。然學者知稱堯、舜、禹、湯、文、武，而名號與謚終不可得而别。以堯、舜、禹爲名，則〔二〕文、武獨以謚舉，可乎？通以爲號，則『咨爾舜、禹』者，必非號也。湯之子孫，以『甲』、『庚』、『丙』、『壬』爲號，則『湯』不得以謂之謚，然而所謂『予小子履』者，則湯既有其名矣。後世之言謚法者，遂次堯、舜、禹、湯於其中，夫豈其然乎？文、武之子孫各以謚顯，而善惡一付之天下之公論，雖孝子慈孫不得加私意於其間也。《春秋》之公侯伯子男，其卒葬例以『公』書，又何所貴於聖人之筆削乎？亦無怪後世之孝子慈孫因得以致其隱惡之義也。聖人酌古今而裁之中道，必有俟百世而不惑者。自風氣初開，人極肇建，於是有君臣上下之分，而爲之號以尊異之，未有名字之爲别，而文物之可觀也。及其久也，有號而後有名，有名而後有字，有字而後有諱，有諱而後有謚。上則追王其先祖先公，下則施及其文子文孫，旁則庇其本支族屬，推其婣連親黨，隆於朋友，不遺故舊，以廣親親之道於天下，然後爲忠厚之極，人道之至文，此周家所以獨備於三代也。

孔子作《春秋》，既已品節而盡用之矣。然名之曰『幽』、『厲』，而國惡不諱，無以致君父之敬；列爵各從其實，而直情徑行，無以盡臣子之心。故《春秋》兼隱惡之義，從尊君之文，而人文於是大備，後世無以復加矣。過是以往，則人心無窮，不可以盡徇；而天下至衆，不可以文欺也。故堯、舜、禹、湯循而至於周道之文也。《春秋》之義，百世以俟聖人而不惑者也。後世之欲行恩義於《春秋》之外者，徇人心而欺天下者也。

吕不韋市子楚以爲奇貨，此戰國策士朝暮反覆之謀，君子之所不道。而漢文立未數月，乃脩代來功，宋昌既封侯，而六人者皆官至九卿。宣帝惓惓舊恩，至侯五人而未止也。天之立君，本爲斯人計，猶不以逸豫其君之身。顧何有於平時自結於其君，以覬非望者乎？將相大臣以天下之義迎立代王，猶逡巡而不敢進。既已立矣，夜拜宋昌爲衛將軍，領南北軍，而張武實行殿中，將相大臣今猶未足信耶？昔者王代而今爲天下主，必自代來者而後足信，何其示天下以狹耶！貪天之功以爲己力，宋文帝能忍於徐羨之、傅亮、謝晦，而王華、王曇首之徒自是而用事焉。使後世反覆多詐之人常覬天下之有變，以幸一日之富貴，其必自宋昌始矣。漢高帝用其私心於豐沛，而生長之地亦有異恩焉，是納吾身於一邑，而教天下以僥倖，豈所以爲天下主哉！南陽之恩雖少殺，而此義卒不可廢。人主一時之私恩，又可爲萬世之常法乎？裁恩義而中持衡焉，使開國承家者有所據以爲常行之道，揆之以《春秋》之義，則必有以處此矣。

晋文公在外十九年，從亡者非一，而三士稱焉。及其反國也，郤縠實當國政，狐偃、趙衰蓋始爲卿，而賈佗、臼季之徒未有列也。郤縠死，先軫以下軍之佐代之，當時以爲上德，則從亡之勞不論矣。顛頡就誅，魏犨幾不免，而介之推不及禄。榮辱可否，與衆同之，幸不幸一歸諸命，不以親疏厚薄爲等降也。

《易》曰：『君子知柔知剛，知微知彰，萬夫之望。』自古聖賢之舉事，與夫後世英雄豪傑，必寄腹心於同起共事之人者，彼其察事見情常先乎衆人，非以其爲故舊而特親之也。至於左右親暱，詎肯以得國有天下而任之以政哉！富厚安榮，不欲以天下國家而儉其素所親耳。《春秋》之義，所以重君臣恩義之始終而不及其私者，固所以防人心之流也。

文帝裁絳侯以大義，而卒不任宋昌、張武以國政，彼其輕重淺深必有以知之矣。丙吉之端簡厚重，雖微舊故，是可不任之以政乎！宣帝忍於霍光，而惓惓於五人者，非但親疏有以蔽之，而權利所在，固争之端而怨之府也。周公謂魯公曰：『君子不施其親，不使大臣怨乎不以，故舊無大故則不棄也，無求備於一人。』此聖人所以裁恩義而中持衡者，其諸《春秋》之所不廢歟！豐、沛、南陽，以生長之地而霑異恩，雨露之所被，日月之所照，近而易入者常先得之。此亦天下之公義，而厚薄之殊絶則爲私心耳。

夫人心之正，萬世之常法也。苟其不役於喜怒哀樂愛惡之私，則曲折萬變而周道常如砥也。唐太宗惓惓於天策學士，而秦府舊人則與東宫、齊府均其用捨，蓋亦庶幾於恩義之平矣。嗚呼！安得皇極之主而共叙之哉！

聖人以常典衛中國，以封疆限夷狄，明其不可參也。然民命之所在，不當以夷狄、中國爲别，故兼愛之説興而通和之義行。甚者至欲以女妻之，冀以舅甥之恩而獲一日之安。彼惟不習於禮義也，故謂之夷狄，而可以人倫而縻之乎？暗哉婁敬之智也！一日作俑，而其流至於不可勝言矣。然合中國而君之，既不能却夷狄於塞外，又不能忍一日之辱，坐視民生之塗炭而莫之救，是誠何心哉？此齊景公所以涕出而女於吴也。孟子之所不敢廢，則婁敬豈得爲過乎？略其事而取其心，雖宋虢之息民，聖人不得正色而誅之也。有中國必有夷狄。待夷狄之常道莫詳於周，而其變則備於《春秋》矣。方舜禹之時，蠻夷猾夏，則命士以明刑而已。至湯有來享來王之事，而未有其禮也。周公相成王，朝諸侯於明堂，而列四夷於四門之外；分天下爲五服，而以周索、戎索辨其疆，蓋不使之參於中國也。宣王伐玁狁，至太原而止，而蠻荆使之來威而已。此周道之所以中興也。幽王之亂，而中國、夷狄混而爲一矣。其後楚始僭王，以夷狄之道横行於中國；吴越奮自南方，以與晋楚争伯，而晋楚不能抗。此商周而上夷狄未有之禍也。聖人有憂焉而作《春秋》，其所以致夷夏之辨亦難矣。

戎狄之種類不一，而雜出於中華，以致其猾夏之禍。聖人一切以周道治之，而不使參中國之事也。諸侯與之會盟則譏之，伯主窮追遠討則黜之，要使各安其疆則止矣。至於吳楚，則非周道之所能盡治也。方其始之僭竊也，固已斥而棄之於夷狄矣。及其能從中國之會盟，則人之；能行聘禮，則爵之；能正中國所不能正之罪，能討中國所不能討之敵，則酌輕重以許之。及其行詐謀，用狄道，則斥而棄之如故也。然而竊伯可也，分伯可也，專伯則不可；人可也，子可也，公侯則不可；而況於僭王乎！是聖人於中國、夷狄混然無辨之中而致其辨，則所以立人道、扶皇極以待後世也。吳楚之禍極矣，聖人豈不知後世必有夷狄之尤猾者，踵其轍以抗衡於中國？庶幾《春秋》之義尚可覆而行也。

漢之匈奴，唐之回鶻、吐蕃，本朝之契丹，豈可以待夷狄之常道而待之，徒曰不可參於中國而已乎！彼固越疆而來參，竊中國之文以自尊異，逞夷狄之威以自飛揚矣。然而妻之以女則不可，藉其力以平中國則不可。蓋懼夷狄、中國之無辨也。漢唐之已事可以鑒矣。本朝去是二禍，而歲以金繒奉之，不復至於交兵，則既享其福矣。獨使之並帝，則漢唐之所未有也。專中國之禍，豈一朝一夕之故哉！是皆當時之廷臣不講《春秋》之過也。

今中原既變於夷狄矣，明中國之道，掃地以求更新，可也。使民生宛轉於狄道而無有已時，則何所貴於人乎？故揚雄之言曰：『五政之所加，七賦之所養，中於天地者爲中國。』王通之言曰：『天地之中非他也，人也。』蓋『人能洪道，非道洪人』〔二〕。

校勘記

〔一〕「則」原作「湯」，據明成化本改。

〔二〕此二句見《論語·衛靈公篇》，「洪」原均作「弘」，以避諱宋太祖之父名弘殷，故改作「洪」。

陳亮集卷之五

按：本卷所載《酌古論》五篇，原載《文粹》前集卷十七。

酌古論

酌古論序

文武之道一也，後世始歧而爲二：文士專鉛槧，武夫事劍楯。彼此相笑，求以相勝。天下無事則文士勝，有事則武夫勝。各有所長，時有所用，豈二者卒不可合耶？吾以謂文非鉛槧也，必有處事之才；武非劍楯也，必有料敵之智。才智所在，一焉而已，凡後世所謂文武者，特其名也。

吾鄙人也，劍楯之事，非其所習；鉛槧之業，又非所長；獨好伯王大略、兵機利害，頗有若自得於心者。故能於前史間竊窺英雄之所未及，與夫既已及之而前人未能別白者，乃從而論著之；使得失較然，可以觀，可以法，可以戒，大則興王，小則臨敵，皆可以酌乎此也。命之曰《酌古論》。

光武

自古中興之盛，無出於光武矣：奮寡而擊衆，舉弱而覆强，起身徒步之中，甫十餘年大業以濟，算計見效，光乎周宣。此雖天命，抑亦人謀也。何則？有一定之略，然後有一定之功，略者不可以倉卒制，而功者不可以僥倖成也。略以倉卒制，其略不可久；功以僥倖成，其功不可繼。犯此二患，雖運奇奮鬬，所當者破，而旋得旋失，將以濟中興，難矣。

人有常言：『光武料敵明，遇敵勇，豁達大度，善御諸將，其中興也固宜。』吾則曰：此特光武中興之一術也。使其中興止在於此，則是其功有時而窮也。西都之末，莽盗神器，群雄並起，相與圖之。光武因思漢之民，舉大義之師，發迹昆陽，遂破尋邑，百戰以有天下。彼其取亂誅暴，或先或後，未嘗無一定之略也。何以明之？光武自昆陽之勝，持節河北，鎮慰郡縣，破王郎，擊銅馬，收復故地。凡所以經營河北而取河内，爲之根本也。河北平，河内服，自常情觀之，當此之時，更始闇弱，可以西取關輔，疾據其地，俯首東瞰，以制天下。光武乃身徇燕趙，止命鄧禹乘釁西征。此其意豈以燕趙爲可急，而關輔爲可後哉？吾嘗籌之，關輔雖形勝之地，而隗囂在隴西，公孫述據巴蜀，赤眉群盗蠭起山東。囂、述猶虎狼之據穴也，以物以阻其穴，則彼不敢騁；不然，將何所憚！赤眉猶長蛇之螫草也，以物以肆其螫，則其毒無餘；不然，將何所不至！光武之末取關輔者，所以阻囂、述之穴，而肆赤眉之螫也。故且身徇燕趙，使之速定，則自河以北，民心已一，而吾之根本固矣。及赤眉破長安，志滿氣溢，兵鋒已挫，而鄧禹得乘釁以并關中，馮異繼之，遂破赤眉，而長安平，洛陽固，而耿弇且定齊矣。當此之時，天下略平，囂、述雖有覬覦之心而不得復騁。光武定都洛陽，命將討囂平述，而天下遂一矣。此其有一定之略，而後有一定之功也。

使燕趙未平而光武西取關輔，則遂與囂、述爲敵，而赤眉無所騁其鋒矣。與囂、述爲敵，則欲徇燕趙而彼乘其虛；赤眉無所騁其鋒，則已服郡縣而或罹其毒。是燕趙未可以卒平，關輔未可以卒守，河北河内未可以卒保，而天下紛紛，將何時而一也？雖料敵明，遇敵勇，豁達大度，善御諸將，顧亦何用哉？吾以是知中興之君，略之不定，而僥倖於或成，則我欲東而盜據其西，我欲前而敵隨其後，智謀勇鬪，無一可者。今夫道路之人，僥倖而得千金，得之於此，則必失之於彼。何者？千金不可以常僥倖也。千金之子則不然：致之有術，取之有方，成之有次第，不終年而其富百倍。此光武所以爲中興也。

唐肅宗起兵靈武，不能先圖范陽而急取關中，卒使盜據其穴，不能盡取，而河北裂爲藩鎮。終唐之世爲大患者，皆藩鎮也。此無他，不能立一定之略，則不能成一定之功，中興之不終，宜哉！吾以是知光武之果不可及也。

且吾又聞自古服群叛、驅英豪者，無如漢高帝。而光武之行事，有高帝之所未能爲者二焉。光武降銅馬，封其渠帥，降者未安，將有他變，此何異於沙上之謀乎？光武勒使歸營，單騎按行，示以赤心，而降者悉服，不必封雍齒而後諸將安也。馮異鎮關中，人或言其威權太重，恐有異志，此何異於蕭何之事乎？光武不信言者，而以其章示異，異惶恐稱謝，復賜詔慰諭，信任愈篤，不必繫諸獄而後明其無他也。且使後世人君用此術以成功者多矣。吾始讀高帝之書，至此，未嘗不竊疑其計之過，而未有所處，及得光武二術，則欣然而笑曰：天下之事，未嘗無奇術，而人不能發之。光武發高帝之所未能爲，而中興之功遠過古人者，雖天命，抑人謀也。

曹公

善圖天下者無堅敵。豈敵之皆不足破哉？得其術而已矣。夫運奇謀，出奇兵，決機於兩陣之間，世之所謂術也。此其爲術，猶有所窮。而審敵情，料敵勢，觀天下之利害，識進取之緩急，彼可以先，此可以後，次第收之，而無一不酬其意，而後可與言術矣。故得其術則雖事變日異，沛然應之，而天下可指揮而定，漢高帝是也；失其術則雖紛紛戰争，進退無據，而卒不免敗亡之患者，項籍是也。至於得術之一二而遺其三四，則得此失彼，雖能雄强於一時，卒不能混天下於一統，此曹公之所爲，而有志之士所深惜也。

公奮身徒步之中，舉義兵，破黄巾，走奉暹，輔帝室，深據根本，號令諸將。於是降張繡，擒吕布，斃袁氏，破烏元〔一〕，兵鋒所加，敵人授首。蓋舉無遺策，而北方略平矣。其爲患者，荆州二劉、江東孫氏，張魯擅漢，劉璋據蜀，而關西諸將紛紛不一，此其取之不可以無術也。

夫所謂術者，當審敵之强弱難易而爲之先後。以勢度之，璋、魯弱而易，其勢在所先；孫、劉强而難，其勢在所後。夫荆州至近，表又寖弱，而有劉備在焉，故不若留之，以恣備之所欲爲，而并魯取璋以孤其勢。然則欲引兵西向，而關中諸將適當其前，則如之何？蓋嘗考之，關西諸將皆不足畏，所可憚者，惟一馬超，而公制之非其術，此所以卒爲邊患，而反爲璋、魯之藩蔽也。方騰、遂不叶，求還京畿，此其勢易服矣。騰之家屬盡還宿衛，而獨留超，所謂養虎自遺患也。公之意，豈非以其嘗辟之不就，今雖召之而彼未必肯至耶？此亦不思之甚也。且超之所以不就者，以父子俱在關西，未欲獨至，而又辟之甚輕，不肯屑就也。及騰既歸宿衛，公於此時能以前將軍召之，待以厚禮，示以赤心，命統鋭卒，常以自隨，又使超弟若休若鐵者領騰部曲，而超之果敢喜立功名，曷爲不就？超既就，則關西諸將舉無足道。及熙、尚既平，厲兵西向，風諭諸將，使來合勢，則韓遂等必不敢叛；縱叛，破之易耳。然後并兵自陳倉出散關，運奇奮擊以討張魯，則魯可平，漢中可有。復於此時合張魯之資，乘漢中之勢，整兵臨蜀，則劉璋震恐不能爲計，欲召劉備而無所及，備雖至而亦不能禦。何者？備非素拊蜀，蜀人方懾吾之威，必不肯信備而拒守。上下異論而不能爲用，璋、備異志而潛相疑，其勢必不足以敵我。況荆州用武之國，備必不釋以與人而徑入蜀，則璋不得不降也。

璋降蜀平，分慰郡縣，命夏侯淵、張郃守之，而公親自還鄴，整兵向荆，使許洛之兵衝其膺，蜀漢之兵搗其脊，而絶吴之糧援，則荆州破，劉備蹙。然後大會諸將，合享士卒，傳檄江東，責貢之不入；命荆州之兵出江陵，蜀漢之兵出巴峽，合攻其上流；一軍出廣陵，一軍出皖城，合攻其下流；使之奔命不暇。而公親率精兵數萬，直抵武昌，則雖有智者不能爲吴謀矣。周瑜、魯肅雖千百輩，何害也？江東既平，天下一統，分封諸將，撫慰士卒，乃退就臣列，光輔漢帝，招賢禮士，脩明庶政，以幸天下，雖西伯之功，不能遠過。如其不然，亦不害爲能一天下也。彼荀彧智謀百出，而不足以知天下之大計，徒見荆州四達，英雄之所必争，而巴蜀險阻，非圖天下之所急；及熙、尚平，遂教之南征荆州，責貢之不入。而不知大略之士常留所必争者以餌敵，而從事乎不足急者以鼚之也。

孫權嘗告劉備，以巴漢爲曹公耳目〔二〕，規圖益州，得之則荆州危。而廖立亦言，先主不先定漢中，而與吴人争南三郡，三郡既失，幾亡漢中。則孫劉之所争，蓋亦可以見矣。蓋蜀漢者，天下之右臂也；江東者，天下之左臂也。安有人斷其右臂，而左臂能全乎？不知斷其一臂而從其中以衝之，則兩臂俱奮矣。此曹公所以南失荆，西失蜀，而孫劉争雄，天下分裂。蓋其失止於留馬超，取荆州，而患之不可支卒至於此。故夫取天下之大計，不可以不先定也。

且夫曹公未平徐州而先平兖州，未擊袁紹而先擊劉備，破張、吕而後圖二袁，蓋亦得術之一二。然公巧於戰鬭而不能盡知天下之大計，故至此而失，亦卒無有以告之者，悲夫！

校勘記

〔一〕『烏元』即烏桓，因避宋欽宗諱，故代以『元』。

〔二〕『目』原作『自』，據明成化本改。

孫權

天下之事，最爲難應者，百萬之衆卒然臨之，而群情有不測之憂；坐觀其來而望風請命，則懼至於失吾之大計；起而欲拒之，則又懼力之不足而反爲大患。唯英雄之君，爲能出身以當之，而其氣不慴。觀其勢，審其人，隨其事變而沛然應之，切中機會而未嘗有失。此固非僥倖於或成而畏謹者之所能爲也。故吾欲拒之，則以至寡當至衆，而吾能保其必勝；而不拒之，則啗以甘言，濟以深謀，而彼必不敢動。二者之所爲不同，而均於有成效。

昔者漢高帝之據關，嘗欲納項籍矣；而孫權之據江東，則舉兵而拒曹公。事變不同，應之亦異。何以言之？項籍劫諸侯之兵，西向入秦，所當者破，勝氣百倍，此其勢固不可拒也；而籍之爲人，勇而無謀，氣雖行，然而有不忍之心，可下以言，則亦何必拒之哉？曹公并荆州之衆，東向俱下，而輕騎兼進，千里趍利，復與吴争長於舟楫之間，此其勢易拒也；而公之爲人，智而多詐，其言甘，其心忍，一罹其手，莫之能救，則雖欲不拒，不可得已。觀其勢，審其人，而後可以當大變也。當時之人，乃教高祖拒，而勸孫權降，可謂兩失機矣。

方帝封秦府庫，還軍灞上，其計善矣；一惑其説，遽命拒關，鴻門之役，微項伯幾殆。使帝能因籍之來，開關延之，身往見籍，再拜賀救趙之功，作而曰：『秦爲亡道，英豪並起。章邯舉全國之師，出關擊之，驅滅群雄，如獵狐兔。當此之時，邯以爲天下易與耳。渡河擊趙，偃然不顧。將軍整數萬之衆，趣救鉅鹿，焚棄輜重，身先士卒，叱咤風生，震呼響應。將軍有死之心，士卒無生之氣。人百其勇，秦軍大潰。諸侯觀之，心戰膽栗，始知將軍爲真英雄，膝行而前，莫敢仰視。敢賀。』又再拜謝所以破秦，作而曰：『臣與將軍戮力攻秦。將軍渡河救趙，大破秦軍，秦之良將勁卒盡於鉅鹿，臣得引兵略地，通行無累，乘虛入關，遂降子嬰。憑藉威靈，得展尺寸。不然，臣何以至此？敢謝。』又再拜請分王之約，作而曰：『臣自入關，秋毫無所取，籍吏民，封府庫，還軍灞上，以待將軍。將軍存亡定危，救敗繼絶，於天下功最多，宜爲盟主，以幸天下，裂土行封，加惠於諸侯。將軍世居大楚，身爲霸王，臣願得如約居關中，與諸侯比肩錯壤，臣事大楚，世爲西〔一〕藩，異者擊之。非臣之私，實將軍之大義。敢請。』彼籍素不忍，可啗以言，吾曲意推之，則必欣然而受，固不背吾關中之約矣。吾得王關中，然後收英雄之士，合義從之衆，厲兵南向，則全蜀可談笑而取；抗旌北首，則兩河可指麾而定。席捲燕趙，電掃齊魯，據形勢之雄，懾項籍之氣，然後三面並進以攻之，則彼將拱手就縛。亦何至於屢戰屢敗，重殘天下之民哉？張子房號爲知天下之大計者，見其距關，不能預爲之謀，事迫而僅能解之。此豈其慮有所不及耶？抑知之而不敢告耶？然幸而謝過之後，籍猶使之王巴蜀，得乘釁而取關中，而争天下。苟王之於燕趙若齊魯之間，則大失機矣，天下豈遽爲漢有哉？此其成特出於幸也。

若夫孫權，蓋亦不惑於流議矣。審操可拒，卒置衆説而斷用周瑜，使與劉備協力，期必拒之，遂破孟德，開拓荆州。非惟免虎口，而且有大功。此其臨大變而不懾，豈幸也哉？權既不懾於孟德，而魏文繼立，始曲意事之。啗以甘言，效其珍物，有求則從，惟恐少拂其意，欲待其驕而乘其變，其謀深矣。不幸而司馬仲達在魏，而其謀卒不獲騁。此則遇時之不幸，而非權之罪也。

夫高帝之英雄，非權之所能髣髴；而帝之成實出於幸，權之不成實出於不幸。故夫天下之事，未可以成敗而定論也。

校勘記

〔一〕『西』原作『東』，據明成化本改。

劉　備

英雄之主所爲置私忿而未嘗求復者，非以私忿之不當復，而義有大於私忿者也。當理而後進，審勢而後動，有所不爲，爲無不成，是以英雄之主常無敵於天下。

夫劉備之荆州，孫權假之也。權不假之，其曲在權；備不復之，其曲在備。備既得益州，權遣使請荆，備不以復，而天下皆不直備矣。權一舉而襲破三郡，再舉而遂梟關羽。何者？師直爲壯也。然備之於羽，義則君臣，恩猶父子。羽既就戮，備不勝忿，遂大舉以求復其讎。而不知魏者國家之深讎，非特一關羽之比；吴者一家之私忿，猶有唇齒之援也。此吾所謂義有大於私忿者，如斯而已矣。備既舉兵，權遣使求和，而盛怒不許，是怒敵也；兵向西界，平地立營而無他奇變，是輕敵也。怒敵者危，輕敵者敗，備之喪師，有自來矣。

且吾又聞之，用兵之道，有攻法，有守法，此兵之常也；以攻爲守，以守爲攻，此兵之變也。攻專用攻法，守專用守法，其敗也固宜。然守專用攻法，攻專用守法，亦焉得而不敗哉？備之攻吴，可謂專用守法矣。備自秭歸列立數十屯，亘七百里，將以攻人而計出於此，雖曹丕之庸猶得而笑之，而備不知避者，豈其果闇於用兵耶？備之意，欲示拙以誘吴師，待其貪利，一舉蕩之，而不知陸遜之持重，可以速壓，而不可以巧勝也。形之而彼不從，予之而彼不取，固將制奇合變，求爲不可敗而全軍以返；迺難於舉動，計不復生，此固遜之所輕爲也。夫善用兵者，常避敵之所輕，而出敵之所忌，是以進而不可禦。何者？敵氣沮而吾志得也。

且夷陵者，荆州之咽喉也。得夷陵，則荆州可有。使備能遣黄權率水軍以爲先驅，順流而下，掩其未備，而備率步兵分進，疾趨夷陵，扇動諸蠻，招誘大姓，按兵而不動，命水軍急攻之，臨機設變，奮力死鬬。彼方枝梧未暇，而吾率步兵乘高而進，聲東而擊西，形此而出彼，乘卒初鋭而用之，彼亦疲於奔命矣。如其能隨機拒守，則駐軍而相持，固壘而不懈，多張疑兵，斷絶險要，而實未嘗分。迺密遣一辯士間行至魏，以金幣結其貴倖，自謂有謀，求見魏主。魏主知，必召之。既入見，則泛論天下之事。語及吴蜀，然後徐言曰：『臣嘗私賀陛下，竊笑陛下，已而又私喜陛下。』彼必問曰：『何以賀朕？』則對曰：『武皇帝所以不能併吞吴蜀者，非力不足而智不逮，以吴有長江之阻，蜀有崇山之險，而又相爲脣齒之援也。今天相魏，兩雄相鬬，以資陛下進取之機，此臣所以賀陛下。』曰：『何以笑朕？』則曰：『臣聞敵人開闔，必亟入之。今陛下不亟圖進取，而猥信吴人之和。彼急則和，緩則去矣。投機之會，間不容髮。此臣所以笑陛下。』曰：『何以喜朕？』則曰：『陛下天資神武，聖斷易回，苟見其利，罔有不從。此臣所以喜陛下。』彼必曰：『計將安出？』則曰：『蜀地僻險，未易卒圖，不若遣夏侯尚、曹仁出信陵，賈逵、滿寵出東關，或出皖城，或出廣陵，東西彌亘，直造長江，因蜀之勢，大舉攻吴。吴亡則蜀失援，然後徐舉而圖蜀，天下可一也。議者必曰：「兩虎方鬬，當收卞莊子之功。」臣以爲莊子之術，可以刺野走之虎，若夫阻穴之虎，則當及其方鬬而急刺其一。待其鬬已，則孱者猶能阻穴，尚何收功之有哉？吴蜀阻穴之虎也。臣恐既解之後，勝者張勢，敗者阻險，桀驁不遜，以拒陛下。陛下雖憤怒，無所逞其鋒矣。機不可失，願陛下熟慮之也。』彼曹丕素貪功，而劉曄亦嘗言此。丕既得聞此計，必深以爲然而大舉攻吴。吴力不能兩拒，固將棄夷陵而與我和，以并力拒魏。是吾不戰而得夷陵也。夷陵得，則荆州可圖矣。不知出此，而怒敵取危，輕敵取敗，誰謂劉備爲識大計也？故夫以私忿興師，而又怒之、又輕之者，可屢爲哉！

陳亮集卷之六

按：本卷所載《酌古論》五篇，原載《文粹》前集卷十八。

酌古論

孔明上

英雄之士，能爲智者之所不能爲，則其未及爲者，蓋不可以常理論矣。騏驥之馬，足如奔風，升高不軒，履濕不濡，度山越塹，瞬息千里。而適值一馬，蓋亦能然，則雖有此駿，而不足以勝之也。於是駕以輕車，鳴以和鸞，步驟中度，緩急中節，鏘鏘乎道路之間，能行千里而能不行，雖無一時之駿，而久則有萬全之功，何者？吾乖其所能而出其所不能，可以扼其喉而奪之氣也。且譎詐無方，術略橫出，智者之能也；去詭詐而示之以大義，置術略而臨之以正兵，此英雄之事，而智者之所不能爲矣。

故夫譎詐者，司馬仲達之所長也。使孔明而出於此，則是以智攻智，以勇擊勇，而勝負之數未可判。孰若以正而攻智，以義而擊勇？此孔明之志也，而何敢以求近效哉！故仲達以姦，孔明以忠；仲達以私，孔明以公；仲達以殘，孔明以仁；仲達以詐，孔明以信。兵未至而仲達之氣已沮矣。八陣列於前，四頭八尾，觸處爲首。進無速奔，退無遽走；突兵不能觸其膺，奇兵不能繚其背，伏兵不能衝其脇，追兵不能襲其後；諜間無所窺，詐謀無所用；當之則破，觸之則靡。鋒未交而仲達之能已乖矣。

夫仲達出奇制勝，變化如神，天下莫不憚之。雖孫權亦以爲可憚，而仲達亦自負其能也。孔明以步卒十餘萬，西行千里，行行然求與之戰，而仲達以勁騎三十萬，僅能自守，來不敢敵，去不敢追。賈詡等嘗逼之戰矣，兵交即敗，不敢復出，姑以待弊爲名，而其爲計者，不過日夕望其死而無他術也。彼豈孔明敵哉！論者以孔明制戎爲長，奇謀爲短；雖知者亦止以爲知其短而不用。吾獨謂其能爲而能不爲，將以乖仲達之所能，而出其所不能也。故吾嘗論孔明而無死，則仲達敗，關中平，魏可舉，吴可并，禮樂可興。請遂言之。

夫仲達以所能要其君，壓其同列而誇其國人。今斂重兵而自守，姑曰『待其弊』。然孔明始試其兵，或以饑退，晚年雜耕渭濱，爲久駐之基，木牛流馬日運而至，則其弊不可待矣。遲之一二年，仲達將何辭哉？不戰則君疑之，同列議之，國人輕之，其身不安，其英氣無所騁，固不免於戰；戰則敗耳，敗則魏人破膽，郡縣響震。引兵略地，關中可有。分尉居民，彰明漢德，然後舉兵而臨關東，勢如破竹，所攻者下。關東平，則諭以信義，燕趙可指麾而定矣。至五六年而魏明即世，齊王踐位，上下相疑，蕭牆釁起。引兵合進，可以一舉而覆其巢穴，俘其君臣，分定州縣，安集流亡。魏既舉，則吴人膽破矣。況權之末年猜疑益甚，果於殺戮，雖陸遜不能自明；至十年而遜没，其後步隲、朱然、全琮之徒，復相繼云亡，權之勇決之氣亦已就衰，適庶分争，内不能制。於是使蜀漢之師順流而下，荆襄之師乘勢而進，一軍出夏口，一軍出皖城，一軍出廣陵，吴之群臣無亮敵也，攻城略地，孰能禦之？盡一年之力，而吴可舉。江東既平，天下既一，偃武修文，彰善癉惡，崇教化，移風俗。數年之間，天下略治。然後興典禮，修正樂，斯民復見太平之盛矣。

且孔明之治蜀，王者之治也。治者，實也；禮樂者，文也。焉有爲其實而不能爲其文者乎？人能捐千金之璧而不能辭遜者，天下未之有，吾固知其必能興禮樂也。不幸而天不相蜀，孔明早喪，天下猶未能一，而況禮樂乎！使後世妄儒得各肆所見以議孔明者，天也，非人之所能爲也。

孔　明下

孔明，伊周之徒也。而論之者多異説，以其適時之難而處英雄之不幸也。夫衆人皆進而我獨退，雍容草廬，三顧後起。挺身托孤，不放不攝，而人無間言；權偪人主而上不疑，勢傾群臣而下不忌，厲精治蜀，風化肅然。『宥過無大，刑故無小』，帝者之政也；『以佚道使人，雖勞不怨，以生道殺人，雖死不怨殺者』，王者之事也。孔明皆優爲之，信其爲伊周之徒也。而論者乃謂其自比管樂，委身偏方，特霸者之臣爾。是何足與論孔子之仕魯與自比老彭哉？甚者至以爲非仲達敵，此無異於兒童之見也。彼豈非以仲達之言而信之耶？而不知其言皆譎也。仲達不能逞其譎於孔明，故常伺孔明之開闔，妄爲大言以譎其下。論者特未之察耳。

始孔明出祁山，仲達出兵拒之，聞孔明將芟上邽之麥，卷甲疾行，晨夜往赴。孔明糧乏已退，仲達譎言曰：『吾倍道疲勞，此曉兵者之所貪也。亮不敢據渭水，此易與耳。』夫軍無見糧而轉軍與戰，縱能勝之，後何以繼？此少辨事機者之所必不爲也。仲達心知其然，外爲大言以譎其下耳。已而孔明出斜谷，仲達又率兵拒之。知孔明兵未逼渭，引軍而濟，背水爲壘。孔明移軍且至，仲達譎言曰：『亮若勇者，當出武功，依山而陣。若西上五丈原，諸軍無事矣。』夫敵人之兵已在死地，而率衆直進，求與之戰，此亦少辨事機者之所不爲也。仲達知其必不出此，姑誑爲此言以妄表其怯，而示吾之能料，且〔一〕以少安其三軍之心也。故孔明持節制之師，不用權譎，不貪小利，彼則曰：『亮志大而不見機，多謀而少決，好兵而無權。』凡此者，皆伺孔明之開闔，妄爲大言以譎其下，此豈其真情哉？

夫善觀人之真情者，不於敵存之時，而於敵亡之後。孔明之存也，仲達之言則然。及其歿也，仲達按行其營壘，斂衽而嘆曰：『天下奇才也！』彼見其規矩法度出於其所不能爲，恍然自失，不覺其言之發也。可以觀其真情矣。論者不此之信，而信其譎，豈非復爲仲達所譎哉？

唐李靖，談兵之雄者也。吾嘗讀其《問對》之書，見其述孔明兵制之妙，曲折備至，而曾不一齒仲達。彼曉兵者，固有以窺之矣。書生之論，曷爲其不然也！孔明距今且千載矣，未有能諒其心者。吾憤孔明之不幸，故備論之，使世以成敗論人物者其少戒也夫。

校勘記

〔一〕『且』原作『日』，據明成化本改。

吕　蒙

成天下之大功者，有天下之深謀者也。制天下之深謀者，志天下者也。夫以天下之大，而存乎吾之志，則除天下之患，安天下之民，皆吾之責也。其深謀遠慮，必使天下定於一而後已。雖未一之，而其志顧豈一日忘之哉！

漢高帝之失職而西也，天下之人以爲將遂不振，而高帝欲東之志囂乎其未已，故燒絶棧道，使項籍意不復西，而後乘間以定三秦。既又引兵出武關，使籍兵亟南，而復乘間以平諸國。漢日廣，籍日蹙，卒能并之而一天下。此其志之大，謀之深，而功亦如之也。孫權克仗先烈，雄據江東，舉賢任能，厲兵秣馬，以伺中國之變，若將有所爲矣。然吾觀其命吕蒙之取荆州，未嘗不嘆其志之不大，謀之不深，而知其無取天下之略也。

夫關羽好勇而無謀，恃氣而驕功，此其勢甚易譎也，胡爲乎汲汲然而欲取之？使其攻破樊襄陽，然後徐圖之，則漢沔以南皆吾地爾。是則羽之破二城者，吴之利也。然而不遂破之者，吴不能爲之聲援也。方其擒于禁，梟龐德，操意甚難之，議徙都以避其鋭。而司馬仲達説操勸權躡其後，其議遂寢。夫徙都之議至下也，守邊之士恃操以爲無恐，使操徙都渡河，則士氣索然不振，淮泗以南可襲而取矣。是則操之徙都者，吴之利也。然而不遂徙之者，吴許其躡羽之後也。此豈非其志之不大，謀之不深歟？

故吾嘗論之，方操勸權以躡羽後，權當顯告之曰：『關將軍以律行師，爲漢家除殘掃穢。孤以同盟，義當戮力，此言何爲至於我哉！』誠如是，則操不知所以爲禦，而勢必至於徙都。羽行行然無東顧之憂，得畢力以攻樊襄陽矣。一徐晃豈能遽當之哉！操既徙都，權因自攻皖城，命一將攻廣陵，而合吞淮泗之地。羽一破樊襄陽，蒙因率兵以襲三郡，乘其弊而進擊之，而盡收漢沔之地。東據淮泗，西據漢沔，土地日闢，形勢日張。如此而後可以虎視中原，蠶食青徐也。此則取天下之大略，而權之君臣曾不足以知之。彼其志止於取荆州以固江東，凡蚤夜之所以爲謀者，襲關羽而已，何暇爲天下慮哉！魯肅曰：『帝王之興，必有驅除，羽不足忌。』吾竊以斯言爲有志，而權乃笑之，信其不能有所爲矣。

嗚呼！使周公瑾而在，其智必及乎此矣。吾觀其決謀以破曹操，拓荆州，因欲進取巴蜀，結援於馬超以斷操之右臂，而還據襄陽以蹙之，此非識大略者不能爲也。使斯人不死，當爲操之大患，不幸其志未遂而天奪之矣。孫權之稱號也，顧群臣曰：『周公瑾不在，孤不帝矣。』彼亦知吕蒙之徒止足以保據一方，而天下之奇才必也公瑾乎！

鄧艾

自古英偉之士，乘時而出佐其君，其所以摧陷堅敵，開拓疆土，使聲威功烈暴白于天下者，未有不本於謀者也。蓋其平居暇日，規模術略定於胸中者久矣，一旦遇事而發之，如坐千仞而轉圓石，其勇決之勢殆有不可禦者。故其用力也易，而其收功也大，非徑行無謀，僥倖以求勝也。故夫僥倖以求勝者，幸而成則爲福，不幸而不成則爲禍，禍福之間相去不能以寸。此君子之論所以無取於斯也。

然其間有實出於謀而其迹若幸，有實出於幸而其迹若謀者，雖君子不能無惑。何者？疑似易乘也。元温〔一〕之伐蜀也，師次笮橋，李勢悉衆出戰，龔護戰没，衆懼欲退，而鼓吏誤鳴，遂進破之。此其迹若幸也。然温之謀蜀，審其必破，然後進兵而伐之。使鼓吏不誤鳴，則温豈將遂退耶？故吾謂温見客主殊勢，而勢又決死於一戰，不若遂因恐懼，姑命退軍以懈其心，乘其懈而擊之，結陣而前，可以大勝。此曹操之所以破張魯也。謀未及施而鼓吏誤鳴，士卒勇鬭，一舉蕩之。天下之人見其功而不見其謀，皆曰：『笮橋之勝，幸也。』

謝元〔二〕之禦秦也，師次淝水，苻堅拒岸而軍。元使人請堅麾衆少退，而堅衆相蹂，遂進敗之。此其迹若幸也。然元之拒秦，審其可敗，然後進兵而禦之。使堅退軍整齊，則元豈將遂已耶？故吾謂元見衆寡不敵，而堅又求奮於一舉，不若請其退軍，進兵求戰，佯敗反走，俟其半濟而擊之，挫其前鋒，可以得志。此韓信之所以破龍且也。謀未及騁而堅衆相蹂，因引精鋭，一戰覆之。天下之人見其功而不見其謀，皆曰：『淝水之勝，亦幸也。』

夫所謂幸也者，嘗試之而偶得之也。不幸而或不然，則不能有所處矣。彼二人之所以爲謀者如此其久也，制勝之術如此其深也。雖勝之似偶然，使其不然，亦不害其爲勝，何名爲幸哉？然史氏不能少發之，而二子之志掩抑不伸，非有智者，孰能辨之？

鄧艾攻蜀，自陰平道無人之地數百里，冒險歷艱，無所不至。艾則裹氈推轉而下，將士懸崖魚貫而進，卒破諸葛瞻，降劉禪。天下之人皆以艾爲能冒險謀勝也。吾嘗論之，使瞻能拒束馬之險，則艾將不戰而自沮；禪忍數日不降，則艾將束手而就縛。彼艾特以僥倖而成也，何足道哉！宋武帝伐慕容超，引兵直度大峴，卒能破之。彼策超必不能拒故也。艾能策瞻必不能拒乎？唐太宗既破宗〔三〕羅睺，以二十騎直造薛仁杲城下，卒能降之。彼策仁杲必出降故也。艾能策禪必降乎？艾皆不能素策之，而率兵徑進，豈非幸其或成哉？自古幸而成功者多矣，死而論定，未有如鄧艾之欺於後世者也。

校勘記

〔一〕『元温』即桓温。

〔二〕『謝元』即謝玄，以避『聖祖』名，故用『元』代『玄』。

〔三〕『宗』原作『宋』，明成化本亦作『宋』，誤，據《新唐書》卷八十六改。

羊祜

攻必克而守必固者，天下之奇才也。世之言兵者，孰不曰『我能攻，我能守』，而以當堅敵，則不能盡如所言者，此其才必有所格也。夫敵守而我攻之，此非善攻也。敵攻而我守之，此非善守也。善攻者，攻敵之所不守，動於九天之上，人莫得而禦也。善守者，守敵之所不攻，藏於九地之下，人莫得而窺也。故以攻則克，以守則固，天下後世又從而服之，曰奇才。反是，則人容有議之者矣。

昔者羊祜，蓋一時之良將也。脩德行義以傾孫皓之政，推誠示信以懷吴人之心。財之不傷，兵之不耗，而民爲之安，此所謂國之輔、民之司命也。然而攻守之間容有未善者，豈其才之有所格歟？且祜之守襄陽也，晉委之以謀吴，責之以安邊，而祜亦以此自任也。使攻而不皆克，守而不皆固，則猶有戾於其所自任矣。

兵法曰：『敵人開闔，必亟入之。』西陵者，吴之要害，晉欲之而不可得者也。步闡以之而降，所謂時之一至而不可失之機也。祜當親率襄陽之兵而急趨其前，命徐嗣率巴東水軍而急趨其左，晨夜往赴，與之合勢，扼險以待吴師。至則乘高而擊之，破之必矣。如使抗軍先至，而吾急攻之於外，闡乘之於内，表裏受敵，焉得而不敗哉！抗敗則西陵可得，得西陵則誘動群蠻，而江陵可圖矣。如此而後可以謂之善攻也。不知出此，乃頓兵不進，而抗兵已圍西陵矣。止命楊肇往救之，而身攻江陵者，彼豈以爲攻其所必救耶？而江陵堅固，非抗之所必救也。已而肇敗闡擒，而祜卒無功，抑何戾於攻敵所不守之義哉！

兵法曰：『形人而我無形。』襄陽者，祜所鎮守，而吴人所不敢窺者也。而江夏、益陽，乃敵意吾不守，吾意敵不攻之地也。祜當遣一能將，率精兵數千往戍之。偃旗仆鼓，常若無人。敵以爲無備而來肆侵掠，則設覆以待之，誘進而擊之；去則因險以要之，乘怠而破之。此出其不意，雖少猶可以覆衆也。覆其一，則後雖無兵，而敵亦不敢窺矣。如此而後可以謂之善守也。不知出此，迺屯聚不分，而吴之兵得掠江夏矣。雖曰地遠而不及救，而始不設備者，彼豈以爲地有所不守耶？而江夏切邊，非祜之所當不守也！已而朝廷詰之，而徒能肆辯以對，抑何戾於守敵所不攻之義哉！此則攻守之間容有未善，而人得以議之也。雖伐吴之策如見敵人之心腹而處置之，使杜預、王濬資以成功，亦吴之無人而後能爲是也。使陸抗尚無恙，祜豈能有所成耶？吾故曰：祜特一時之良將，而非所謂天下之奇才也。

嗟夫！權譎之事固君子之所羞爲，而亦兵家之所不廢也。如使不欲以權譎而攻西陵，則不若明告吴君曰：『據城而叛，非忠臣也。納叛得城，吾將焉用！君其亟守之。』此則足以彰大信於天下矣。又使不欲以權譎而守江夏，則不若明告吴將曰：『各守爾土，無相窺也。備不可襲，多殺奚爲！公其圖之。』此則足以推赤心於鄰國矣。誠如是，攻守不事權譎，而庶幾於王者之舉。苟爲不然，而猶惡乎權譎，使功喪而名虧，則亦智者之所不爲也。

陳亮集卷之七

酌古論

按：本卷所載《酌古論》五篇，原載《文粹》前集卷十九。

苻堅

智者之所以保其國者，無他，善量彼己之勢而已矣。彼有釁，吾亦有釁，智者不舉也。吾無釁，彼亦無釁，智者不伐也。至於彼無釁而吾有釁，則兢兢自全，猶懼其不保，而何敢議人乎！苻堅者，好大而自忘其醜，貪功而不顧其後者也。以有釁攻無釁，雖婦人孺子，末工賤隸，皆知其不可；而堅決爲之，則安得而不亡哉！

始堅以黠虜之雄，舉三國如拉朽，自以爲無敵於天下，侈心一動，遽欲移師而吞晉。晉雖弱，中國也；秦雖强，夷狄也。自古夷狄之人，豈有能盡吞中國者哉？率百萬之師，東向而俱下，謂可以傳呼而定矣；謝元以數萬應之。百萬，至衆也；數萬，至寡也。以至寡當至衆，堅輕之不以屑意，將横截於岸而盡勦之。而晉之數萬，自知非敵，士致其謀，人奮其勇，一以當百，百以當萬。堅雖有百萬之師，焉得而不敗！故嘗謂謝元提孤軍以當秦，蓋亦識用兵之法也。

然師次淝水，勝負未判，元使人請堅麾兵少退，以決一戰。堅命麾退，自相蹂踐，晉人乘之，因以大敗。世遂以爲秦自敗而晉偶勝，非元之善，堅之不善也；使其不退，則勝負未可知也；使其分爲十道，偕發並至，則可以勝歸也。吾嘗籌之，此二説者，常見其敗，未見其勝。夫堅之事，勝亦亡，敗亦亡，蓋不足論；而世猶惜其可以勝而不知用之，則吾不可以無論也。故爲之説曰：許退者，晉之不幸也；不分者，又晉之人不幸也。

夫夾水而陳，一衆一寡，寡者未敢前，衆者不肯還。晉苟退軍三十里，示堅以怯，堅必輕之，卷甲疾行，趨兵急渡，食不暇飽，糧不及賫。而吾先以兩道伏兵張左右翼，乘其未陣，整兵向之：麾其東，鼓其西；正兵當其前，伏兵衝其腹，奇兵躡其後，三面夾擊，奮力鏖戰，此陷虎法也。虎之見人，常欲吞之，而人先設陷穽，然後脱身反走，虎必來奔，趨於陷穽，執戈臨之，殺之必矣。使堅而不退，則晉之計將出於此，而百萬之師一敗塗地，天下之人將以爲謀略不世出矣。不幸而不然，則人遂以晉爲偶勝。故曰：許退者，晉之不幸也。

夫率百萬之衆分爲十道，求以攻人，必其兵皆精鋭，將皆智勇，君明臣忠，内外無釁，始可以勝。今堅發諸州公私馬，十丁一兵，其精鋭何在？諸將雖衆，人自爲志，可倚信者，惟一苻融，其智勇何有？君肆其驕，臣獻其諛。弱卒數萬留守關中，而根本空虛；鮮卑、羌、羯攢聚如林，而蕭牆釁起。晉苟待其既分，詔諸道堅壁清野，至勿與戰。命元冲〔二〕、謝元等提精兵數萬抵襄陽，設奇逆擊，破其一軍；而自均至金，入武關，趍長安，倍道兼行，出其不意，擣其空虛，慰撫居民，秋毫不犯。耆老感思晉德，得見官軍，欣然相告，簞食來迎，不出旬月，關中舉定。則秦之諸道之兵，强者不顧而自立，弱者不戰而自潰，而蜀必孤。使關中之兵衝其膺，荆楚之兵擣其脇，而蜀定矣。此斷蛇法也。蛇出其穴，横身於路，求以噬人。吾從其中而斷之，徑塞其穴，使之首尾不相救，欲進不能，欲退不可，雖有餘毒，將自斃矣。使堅而分爲十道，則晉之計又將出於此，而坐關東瞰以制天下。百里之内，牛酒日至，大饗士卒，傳檄河洛，則中原之地可復，百年之讎可雪矣。不幸而不然，則元雖乘勝直抵黎陽，而不得關中，守之不固，所取之地卒役於賊。故曰：不分者，又晉之大不幸也。

此二策者，天下之勝策也。顧元雖未足以盡知之，而堅決無勝理也。世言王猛之將終也，叮嚀告戒，謂晉不可伐。彼亦知勢之不可，雖制奇合變而亦無所用歟！

校勘記

〔一〕『元沖』即桓沖，以避宋欽宗諱，故以『元』代之。

韓　信

英雄之士，常以多算勝少算，而未嘗幸人之無算也。敵人無算，凡天下之有算者類能勝之，豈惟英雄哉！故夫以英雄之才而臨無算之敵，俛首而取之，曾不足以鬬其思慮，而奇謀至計無所自發，此非英雄之所幸爲也。至若敵人去己不遠，籌算時出，其勢足以迫我，吾居其間，隨機而應之，窘之而愈知，費之而愈新，愈出愈奇，而沛然常若有餘，天下始知英雄之爲不可當矣。且夫天下必有好〔一〕强不可制之敵，而後天使英雄之士出佐其君，以制天下之變，以息天下之爭。使敵無算則進，少有算則逡巡而不敢前，則是勝負之數未可判，而天下之患未可息也。是何足以辱英雄之名哉！天之所生，必不如是也。

夫項氏之患，蚩尤以來所未有也。故韓信出佐高祖而劫制之。彼其所以謀項氏者，可謂盡矣。不以其兵與之角，而欲先下諸國以孤其勢，故一舉而定三秦，再舉而虜魏豹，三舉而擒夏説，迺欲引兵遂下井陘。李左車説趙將陳餘曰：『韓信乘勝遠鬬，其鋒不可當。趙地阻險，願足下假臣奇兵三萬人，從間道絶其輜重，足下深溝高壘勿與戰，信必成擒矣。』餘不能用，信迺一舉而破趙。世之議者皆曰：『使左車之策遂行，則信必不敢下井陘，下則必爲所擒矣。』嗟夫！此何待信之薄哉！信而非英雄則可，若英雄也，則計必不出此矣。且趙不破則燕不服，燕不服則齊未可平，齊未可平則劉、項之權未有所分也。信之用兵，古今一人而已。今屈於左車之計而不能決劉、項之雌雄，斯亦何取於信哉！故吾謂左車之策行，則信亦下井陘，趙亦破，餘亦擒，左車亦就縛。請遂籌之。

夫善用兵者，不内人於死地。今餘兵當其前，左車之兵絶其後，進退不可，可謂死地矣。

内人於死地，而求人之不出奇謀，智者固如是乎？ 且信之精兵已詣滎陽，而所存者皆非素拊循之兵也。 持是兵而與人戰，猶將自置之死地以決死鬬；而況敵内吾於死地，吾何憚而不敢入哉！ 吾以是知信之必下也。

余嘗言，信兵雖號數萬，其實不過數千。 則知餘兵雖號二十萬，其實不過十萬也。 今分三萬以與左車，則餘所統者不過六七萬耳。 吾既下井陘，因留數千人扼險以爲後拒，以防左車之奇兵。 迺引兵壓趙壘而陣，彼必不肯戰；迺命挑鬬，彼又不肯戰；迺使辱之，彼必又不肯戰。何者？ 左車亦嘗教之也。 遲之一二日，密遣數千人間往伏險，戒之曰：『望趙軍出而逐我，即起據其壁，擊其背。』處分既定，乃使人巡軍大呼曰：『賊兵斷後，不如急歸。』乃引兵而反。 彼必謂吾計已窮，士氣已沮，而又知左車奇兵實已斷後，欲使吾腹背受敵，始可全勝。 此雖智者亦必舉兵逐我，而況餘貪得忘失之心囂然其未已乎！ 彼既舉軍逐我，勢將相迫。 迺鼓譟反兵而戰，兵在死地，人人死鬬，而吾之伏兵又起，據其壁，擊其背。 彼腹背俱受敵，反不知所以爲禦者矣，餘固可以一舉而擒也。 餘既擒，則左車三萬之兵可以傳呼而潰矣。 孰謂左車之計果能沮信之兵乎！ 且夫斷後之兵，古之智將固嘗以是而勝也。 然其勝常出於敵人之不意。 今左車之計未行而信已覘知之，此雖有天下之至計，猶得預爲之備，而況左車之計乎！ 且善謀者，鬼神不能窺。 使敵人得窺之，則不得爲善謀矣。 推此言之，左車之計可知矣。

雖然，是計也，雖非天下之至計，亦一時之良策也。 惟信爲能可以當之，他人則愕然不敢進矣。計左車之爲人，亦足以爲軍中之謀主，信欲就之以決疑，所以虚心委己而問之，豈真以爲嚮者之計足以擒我哉？司馬遷、班固不達兵機，以爲信然，迺記於傳曰：『廣武君策不用，信使人間視知之，乃敢引兵遂下。』從遷、固之言，則信特幸人之無算者爾，彼豈知廣武君之策用而信亦不敢下兵哉？此殆可與曉機者道也。昔者曹操伐張繡，而劉表斷其後，操隨機應之，卒敗繡、表。夫繡不下於餘，表不下於左車，而操之用兵，特信之流亞也。以信之流亞猶能敗繡、表，信獨不能破餘、左車乎？從是觀之，則吾之説有不妄者矣。

校勘記

〔一〕『好』原作『奸』，據明成化本改。

薛　公

所貴乎謀夫策士者，爲其能審料敵情以釋人君之憂也。夫人各有心，對面相語，莫能相測。敵人遠在數千里，而欲察其情，揣其計之所出，此非智者不能爲也。方敵人勃然而起，人君四顧惶惑，茫然未知所措，有一人焉奮身而出言之，設爲定計，使中敵人之所爲，曉然如目見其事而言之者，使人君得先爲之規畫處置，而嚮者之憂一旦釋然，此謀夫策士所以爲〔一〕可貴也。然而人君賞之，天下推之，後世又從而信伏之，畏其審料〔二〕之明而不敢議其言之當否，故言雖或過，而亦無復有辨之者矣。

昔者黥布之背漢也，高帝深憂之。薛公爲三策以料布，而謂布必出於下策，已而果然。此其智蓋出人數等矣。然以吾觀之，薛公謂『布出下策則漢無事』，信矣。至言『出上策則山東非漢有，出中策則勝負未可知』，其言不亦過乎！吾之意則曰：布出下策則不足敗，出中策亦敗，出上策亦敗。何以言之？古之所謂英雄者，非以其耀智勇，據形勢，如斯而已也。此二者，特英雄之末事；而仗大義以從天人之望者，乃英雄之所由起也。苟天命人心已有所歸，而吾乃攘袂而起於干戈紛擾之後，用下背上，舉逆犯順，其名曰盜。雖欲耀智勇，據形勢，而借英雄之資，其能濟乎？故凡薛公之上中二策，皆英雄之資也。英雄用之則可，布用之則所以速其亡耳。請遂籌之。

上策曰：『東取吳，西取楚，并齊與魯，傳檄燕趙，固守其所。』夫吳在布後，楚在布左，以力服之，則誠易也；復竭力以并齊魯，則其力疲矣。而民心附漢，未必爲其用也。力取者猶然，而欲傳檄燕趙，能保其必降乎？縱使其迫於勢而降，而民心抑又可知矣。漢苟遣一信臣若周勃之徒，持節往慰諭之，則燕趙必復爲漢用。因命勃率趙燕之兵以收齊魯，而帝親率關、隴、韓、魏之兵以與布角，布力已疲，一舉必敗。布敗則吳楚可不戰而復也。吾以是籌之，布出上策亦敗也。

中策曰：『東取吳，西取楚，并韓與魏，據敖倉之粟，塞成皋之口。』夫韓魏，天下之中也。

關隴在其西，齊魯在其東，燕趙在其北。得韓魏而未得齊、魯、燕、趙，雖欲據敖倉，塞成皋，顧亦何用哉？漢苟遣一二能將若曹、滕之徒，率燕、趙、齊、魯之兵合擊其背，彼必反兵自救。帝因以關、隴、蜀、漢之兵而夾擊之，則布必走，布走而韓魏平矣。帝於是乘勝引兵，急與布角，則布何足敗哉！吾以是籌之，布出中策亦敗也。

薛公者，明於料敵，而不明於上下之分、逆順之理。故以英雄之資，設爲布之三策，而不自知其言之過也。

或曰：『司馬懿之料公孫淵，石勒之料劉曜，于謹之料蕭繹，果何如哉？』曰：懿以棄城預走爲淵之上計，謹以席捲渡江爲繹之上計，皆所以明其甚不足畏也。不足畏之敵，彼料之既得矣，雖勿論可也。至勒之策曜，則有足言者矣：曜圍洛陽，勒將往救，因料之曰：『曜盛兵成皋關，上計也。阻洛水，其次也。坐守洛陽者，成擒也。』夫率兵以攻人，頓於堅城之下，數月不能拔，士氣已沮；一旦強援奄至，不能扼險以拒之，則腹背受敵，不敗何待？成皋關，天下之大險也。使曜能留萬人以圍洛陽，而身率勁兵以扼成皋，則勒必不敢進，進則乘高而擊之，勝之必矣。勒既不獲進，則洛陽失援，曜因得優游而坐取之，此所以爲上計也。若其阻洛水，則勒亦未能進，然而勒可設爲疑兵而潛兵以渡，曜能應之則勝，不能則敗。此所以爲中計也。故吾嘗謂：曜出上計則洛陽非勒有，出中計則勝負未可知。施之布，則薛公之言過矣。

校勘記

〔一〕『爲』原作『服』，據明成化本改。

〔二〕『料』原作『科』，據明成化本改。

鄧禹

善用兵者，識用不用之宜，而後能以全争於天下矣。夫戰久勝則兵不可用，敵已懼則兵不必用。不可用而用之則挫，不必用而用之則勞。勞且挫，則敵人反得乘其弊而覆之，上損國家之靈，下虧一身之名。一跌之後，前功盡棄，其爲患也可勝道哉！是故智者戒之也。

昔者韓信之用兵也，一舉而定三秦，再舉而虜魏豹，三舉而擒夏説，四舉而梟成安君。出奇制勝，變化如神。兵鋒所加，敵人授首。蓋舉無遺策，而天下皆知其不可當也。然當此之時，戰雖勝而兵已疲矣，兵雖疲而敵已懼矣。故兵雖不可用，亦不必用也。聲恐而氣喝之，固足以勝。是以廣武君告以傳檄下燕，然後舉兵臨齊，信從其説，卒以成功。然吾以爲廣武君雖不言，信之計亦將出於此矣。何者？勢當然也。夫强弩之末，不能穿魯縞，勢不可用也。傷弓之鳥，可以虚弦下，勢不必用也。不可用，不必用，智者固將不用矣。今信之勢，何以異此？其所以區區咨計於廣武君者，蓋大功垂成，不敢不謹也。不然，則安能百舉百全而未嘗小衄歟！

鄧禹起身徒步，杖策軍門，一見光武，遂論霸王大略，陳天下之大計，此其胸中固有大過人者矣。連兵西討，所當者破，既定河東，復平關中，威聲響震，敵人破膽。諸將勸禹乘勝徑攻長安，而禹定計欲待其斃。光武迫之使急進兵，赤眉西走，遂拔長安。已而糧運不繼，降者離散，赤眉還兵，長安復失。威名大損，功卒不成。論者皆以爲禹之計則然，而光武實迫之使敗者。吾獨以爲不然。斯民塗炭，皇皇無告，奮力拯之，惟恐不及。而況吾勝而彼沮，不進兵將何待也？使其既據長安，大張勝氣，分慰居民，合饗士卒，使辯士以尺書風諭威德，則赤眉延岑可指麾而定矣。此韓信破趙之勢也。不知出此，迺舉弊兵而與延岑合戰，敗於藍田，可以止矣，且憤其功之不成，復收餘卒求與賊戰，糧運日乏，屢戰屢敗，豈非禹之才略有所不及，而亦無謀士以傳檄之説告之耶？吾觀禹之失，而後知識用不用之宜者蓋亦難矣。

嗟夫！禹之失亦有自來矣。禹令馮愔、宗歆等守栒邑，二人争權相攻，愔殺歆而反擊禹，禹懵然無所措，求計於光武，賴黄防而僅能得其首。愔、歆，偏裨也，始不能防之，終不能制之，敵人固有以窺我矣。使其能御愔、歆而不至於相攻，則栒邑不摇；栒邑不摇則敵人不能窺，而糧運必不乏；敵人不能窺，則餘黨不戰而自服；糧運既不乏，則居民降附者日衆，長安之功，固不在馮異而在禹矣。以此觀之，禹實有以取之，而光武何罪哉？語曰：『行百里者，半於九十。』故夫古之智者，嘗盡心於垂成之際也。

馬援

用兵之道，不可以常律論也。履險者，兵家之危事，智將常用之而勝，他將常以之而敗。勝非險也，以有術勝也；敗非不險也，以無術敗也。勝敗在人而不在險，唯險而後可以見人之能否也。且不探虎穴，安得虎子？冒大險而後能立奇功。險之不冒，雖曰有功，吾未見其奇也。故夫智者不惡夫履險，而惡乎無術。多方以誤之，此兵家之至術也。聲東而擊西，形此而出彼，雖在坦地猶然，而況於險乎！險者人所易拒也，吾欲出此而明以告之，則敵一分兵拒險，而吾固將不戰而自沮矣。乃若智者之制事也，聲其所必意，形其所必趍，而忽焉乘險而進，則敵人驚沮而不知其所從來，智者不及謀，勇者不及鬭。一舉而敗其黨與，覆其巢穴，而後可以爲不世之奇功也。

昔者馬援率景舒〔一〕進擊武陵溪蠻，軍次下雋，其道有二：一曰壺頭，一曰充。壺頭則路近而水險，充則塗夷而運遠。舒欲從充，將以正合也；援欲從壺頭，將以奇勝也。故援力言之：『棄日費糧，不如徑進搤其喉咽。』帝遂捨舒而從援。援既進兵，賊乘高守隘，欲前不可，欲退不能。已而暑甚，士卒多疫，卒不戰而自敗。

嗟夫！若援者，可謂不明乎履險之術矣。吾以謂當聲言從充，縱其降口，使歸以告。多張疑兵，鳴鼓鼙，盛旗幟，若從充進。賊必悉衆出拒，吾密遣輕兵乘舟急進，徑自壺頭以掩其無備，出其不意，則賊氣喪膽沮，不知所以爲禦者矣，五溪諸蠻可以一戰而擒也。不知出此，而明明履險，其敗也固宜。然援則失矣，而議者方以景舒之計爲得，是所謂見牛而未見羊也。故從援則必敗，從舒則未必勝。從吾之計，則發必中，攻必克。是以韓信之擊魏豹也，盛兵臨晉，而伏兵從夏陽襲安邑，卒以擒豹。曹公之攻馬超也，盛兵潼關，而潛兵渡蒲阪、取西河，卒以破超。此則兵家之妙術，而非吾臆説也。惜乎援之不出於此！

始援謀隗囂於掌握之間，擊諸羌於指顧之頃，破交趾，平嶠南，出奇制勝，前無堅敵，不可謂非一時之傑也。然至此而失，豈其終老而智耄耶？光武嘗言：『伏波論兵，與我意合。』每有所謀，未嘗不用。援上此議而光武從之，光武必以爲可勝矣；已而援敗，復重加罪。始不能料其不可而遽從之，終不能少貸其法而重責之，嗚呼，光武亦不得爲無罪也！

校勘記

〔一〕『景舒』即耿舒，以避宋太宗『嫌名』，故用『景』代之。

陳亮集卷之八

按：本卷所載《酌古論》六篇，原載《文粹》前集卷二十。

酌古論

崔浩

古之所謂英豪之士者，必有過人之智。兩軍對壘，臨機料之，曲折備之，此未足爲智也。天下有奇智者，運籌於掌握之間，制勝於千里之外，其始若甚茫然，而其終無一不如其言者，此其諳歷者甚熟，而所見者甚遠也。故始而定計也，人咸以爲誕；已而成功也，人咸以爲神。徐而究之，則非誕非神，而悉出於人情，顧人弗之察耳。

夫崔浩之佐魏，料敵制勝，變化無窮。此其智之不可敵，雖子房無以遠過也。而其料柔然尤爲奇中。方太武將議出征，衆皆難之，浩肆辯詰之力遂其行，且告人曰：『必克。但恐諸將瑣瑣，前後顧慮，致不能盡舉耳。』已而果然。使浩臨機料之，可也。而能先事料之者，此果何術哉？

吾嘗論之，古之善料敵者，必曰：『攻其所不戒，擊其所不備。』柔然去魏數千里，恃其絶遠，守備必懈。吾卒然以兵臨之，所謂迅雷不及掩耳，震電不及瞑目，彼將望風失措矣。此浩所以決知其克也。然夷狄之人，貪而無親，輕而不整，勝不相遜，敗不相救，一夫先奔，萬夫爭潰，此其習俗然也。魏師乘勝而進，勢若風雨，所至奔散，鳥竄獸伏，各逃其死。柔然計窮氣沮，數日之間，衆未及聚，謀未及生，徬徨四顧，而莫知所以爲禦。使連兵急進，以勢迫之，此雖犯天下之至危，而可以得志。然是舉也，唯明者爲能必之，唯斷者爲能行之。不明則利害顯然而不見，不斷則可否猶豫而不決。夫投機之會，間不容髮，有是二者，而何能投機哉！太武之用兵，動顧萬全。而其將若長孫翰、劉潔、古弼之徒，雖不爲無謀，而皆不能用權以求勝。故機會在前而或失之者有矣。此浩之所爲深憂也。是以先事料之，言如有形，庶臨機之際，或因吾言而能有所決，則舉一國猶搗〔一〕虚耳。其功可勝道哉！太武卒失其機，使貽後悔。彼非不知勢之可進，而自顧進軍數千里，窮其巢穴，人或死戰，或因險以要我，或設伏以待我，其害殆未可以一二既，不若全軍而止，他非所憂。此則太武與諸將之意也。而不知事固有隨機立權者，烏可以瑣瑣顧慮哉！故夫浩之所料，雖曰奇中，要之皆出於人情，而太武失之耳。

唐太宗伐薛仁杲，既破宗〔二〕羅睺於淺水原，遂以二千〔三〕騎進逼城下，仁杲遑遽出降，蓋以權術迫之也。太宗亦嘗謂諸將言之。太宗之智，則浩之故智也。或用或不用，成敗之所以不同歟。嗟夫，此英豪之權術，前人祕之，而吾獨論之者，吾恐後世之以浩爲神也。

校勘記

〔一〕『搗』，《文粹》、明成化本皆作『揭』，據上下文意改。

〔二〕『宗』，《文粹》、明成化本皆作『宋』，據《新唐书》卷八十六改。

〔三〕『以二千』原作『二十』，據明成化本改。

李　靖

兵有正有奇，善審敵者然後識奇正之用：敵堅則用正，敵脆則用奇，正以挫之，奇以掩之，均勝之道也。夫計里而行，尅日而戰，正也，非吾之所謂正；依險而伏，乘間而起，奇也，非吾之所謂奇。奇正之説，存乎兵制而已矣。正兵，節制之兵也；奇兵，簡捷之兵也。節制之兵，其法繁，其行密：隅落鈎連，曲折相對；進無速奔，退無遽走；前者鬬，後者治力；後者進，前者更休；一以當十，十以當百；詐者不能襲，勇者不能突；當之則破，觸之則摧。此所謂正兵，而以挫堅敵也。簡捷之兵，其法略，其行疎：號令簡一，表裏洞貫；進如飇風，退如疾雷；地險峻則魚貫而前，道迂曲則雁行而進；以一擊百，以百擊萬；間者不及知，能者不及拒；望之則恐，遇之則潰。此所謂奇兵，而以掩脆敵也。然而奇兵以簡捷寓節制，非廢節制也；正兵以節制存簡捷，非棄簡捷也。唯善治戎者爲能制之，唯天下奇才爲能用之。

昔者李靖蓋天下之奇才也。平突厥以奇兵，而太宗問何以討高麗，則欲用正兵。此其意曉然可見矣。頡利之敵，脆敵也，奇兵以臨之，使之不及拒；蘇文之敵，堅敵也，正兵以臨之，則彼無所用其能矣。故吾嘗謂諸葛孔明所用之兵無非正，靖所用之兵無非奇。其亦以時之所遇有難易，而敵之所當有堅脆歟。請遂言之。

東都之末，英雄之都會也。大者争雄，小者固守。孔明於是以正兵臨之。南收孟獲，七縱七擒；西攻祁山，三郡響應。一戰而梟王雙，再出而走郭淮。兵退木門，張郃追之，交鋒而斃；師次渭南，司馬懿拒之，卒不敢決戰。其陣堂堂，其旗正正，此非正兵不能然也。隋室之季，太宗獨雄之時也。大者僅能自守，小者至不能有立。靖於是以奇兵臨之。要險設伏而梟冉肇則〔一〕，乘水傅壘而破蕭銑；輕兵至丹陽而公祏擒，勁騎襲定襄而頡利走。出其不意，掩其無備，此非奇兵不能爲也。然靖亦嘗一用正兵矣：提師西征，決策深入，大戰數十，卒破吐谷渾，此豈非正兵歟？將以是平高麗，而不幸疾亟矣。故吾嘗謂自漢以來，識奇正之用者，孔明與靖而已。然非深曉兵〔二〕機者，孰肯以吾言爲信哉？

嗟夫，奇兵之效捷，正兵之效迂。孔明非不欲用奇也，而時之難，敵之堅，勢有所不可者。彼郭淮、司馬懿之徒，未嘗無詐謀也，使吾以奇兵乘之，彼亦將設詐以覆我矣。故孔明特挫之以正兵，欲收功於數年之後，而不幸早喪。論者見其功之不成，遂以爲不用奇之罪，是所謂不能盡人之詞而欲斷其曲直也。悲夫！

校勘記

〔一〕『則』字，《文粹》、明成化本無，據《新唐書·李靖傳》補。

〔二〕『兵』字，《文粹》、明成化本無，據《酌古論序》『獨好伯王大略兵機利害』句增。

封常清

輕敵者，用兵之大患也。古之善用兵者，士卒雖精，兵革雖鋭，其勢雖足以扼敵人之喉而蹈敵人之膺，而未嘗敢輕也。設奇以破之，伺隙而取之，曲折謀慮，常若有不可當者，而後能以全勝於天下。使夫士卒未練，兵革未利，群情震蕩而勢不足以當敵，則彼固不敢輕矣。輕之而敗，非敵敗之，自敗之也。用兵而先之以自敗，可謂善用乎？

昔者開元之盛，民不知兵、士不知戰者二十餘年，一旦羯胡竊發，乘其間而執其機，蓋逆兵一舉而河北諸郡悉爲賊有矣。當此之時，雖韓、白復出，豈能當其鋒哉！而封常清欲挑馬箠渡河以取賊首，志則鋭矣，不幾於大言以輕敵乎？及下令募兵，所得者皆市井庸保，可聚而不可用。常清率之進守河陽，斷橋以抗賊，賊軍一至，舉兵挫之；已而大至，力不能拒，屢戰屢北，遂失河〔一〕陝。此則常清有以取之也。

且善用兵者，因其勢而順導之。賊鋒方鋭，而吾勢蓋弱而未振也。處此之道，當因其弱而柔之，斂兵不應，嬰城固守，以挫其鋭，而後可圖也。故吾以謂：河陽之橋可斷而不必斷也，賊之前軍可挫而不必挫也;使之自恃以爲獨强,行行然長驅而進,自斃其鋒,而吾以全軍制其後,必勝之道也。

夫河陽、陝郡、潼關者,關中之三咽喉也,是足以守矣。方常清受命討賊,進兵河陽,滎王、高仙芝之兵次其後,爲常清計者,宜告之曰:『高將軍守陝郡,滎王守潼關,厲兵秣馬,各固其地。』而常清則築却月城以守河陽,訓練士卒,儲積糧糗,浚溝固壘,清野以待之。賊軍至則斂兵不應,設攻具則隨機拒守。懈則擊之,退則躡之,食則掩之,夜則襲之。其餘應變之道,隨機處置,不及旬月,而賊兵固斃矣。顔杲卿、真卿起河北,郭子儀、李光弼起朔方,已没郡縣悉爲國守,而賊之巢窟且危矣。彼欲進不可,欲退不能,徬徨無所,而固將成禽。使其不顧而進攻陝郡,則吾以兵徐躡其後;彼反兵拒吾,而陝郡之兵又起擊其背矣。腹背受敵,焉得而不敗?又使其率兵而遽退,則吾檄召陝郡之兵,共進追之,俟其及河,半濟而後擊之,雖有勇者,不能爲賊禦矣。

凡此者,皆因弱成强而萬全之計也。不知出此,以不教之兵,當方鋭之賊,以及于敗。既敗,而後告仙芝以賊鋭甚,難與争鋒。嗚呼常清,何見之晚也!常清敗而仙芝退守潼關,明皇併戮之,易以哥舒翰。翰嚴兵拒關,賊不獲進,而羸兵誘我,以冀復出。明皇不察,亟令進兵,翰執之益堅,而明皇督之益甚,不得已,涕泣而後出。翰明知此賊爲誘我矣,固當因險設奇,勵士決戰,庶可以一勝;翰乃不然,見其兵寡則易之,行伍無列則笑之,反入其計而不悟。官軍一潰，潼關失守，而長安陷矣。始常清以輕敵而失河陽，仙芝遂失陝郡。翰復以輕賊而失潼關，使三咽喉絶而宗社幾危，賊黨益熾，俯數載而僅勦之。常清之罪，其尤也。

夫善用兵者，敵衰則一舉而乘之，敵鋭則示弱以挫之。此兵之常勢也。常清號爲知兵者，而欲一舉以乘鋭賊，則亦何取於知兵者哉！

校勘記

〔一〕『河』原作『阿』，據明成化本改。

馬燧

昔之善攻人者，使敵不得合，雖合而有以破之，則攻必克矣。夫攻者，事之末、患之端也，智者不得已而後爲之，使久而不克，則敵將有乘其弊而起者，此其爲患殆未可以一二言也。然而智者善因危而設奇，扼要害，張形勢，以破敵人之交，一舉而兩斃之，使聲威功烈傑出乎諸將之右。此則天下後世將企仰之不暇，而何敢訾議哉！

昔者馬燧之鎮河東也，策田悦之必反，請濟師以討之。出奇制勝，奮鬬無前，雖淄、青、常、冀合兵救之，燧破之如反掌耳〔二〕。燧能窘田悦於孤窮之中，此其智勇固有大過人者矣。然力能得悦，而不遂取之，使得嬰城固守。悦不足道也，而魏爲可惜。魏據河北，蔽捍諸鎮，唇齒相固，牢不可破，桀驁不遜，以抗朝廷。凡師出而輒無功者，魏不破也。魏破則諸鎮不足平矣。當燧之時，所謂一致之機也。燧乃失之，使朱滔、王武俊得乘間來救，王師十萬，一戰而北，燧殊無一謀以禦之，豈其智至此而窮耶？

蓋嘗籌之：悦屢敗之餘，氣喪膽沮，衆不能陣，謀不復生，旬日之間可坐而破也。滔、俊雖合兵以救，不過三萬五千耳，然滔性多疑，易以勢恐；武俊匹夫之勇耳，可一戰而擒也。以燧之才，而無養寇自資之心，顧此三盜亦何足滅哉！

且當此之時，以兵隸燧者，凡四將也。使燧能留李芃以圍危窘之悦，其勢固足以破之矣。而身率步兵，去魏百里，據便地爲壁，以拒滔、俊之兵，兵至則堅壁不戰，挫其初鋭之鋒，別命李抱真率昭義之兵，自洛下邢，以指燕薊；李晟率神策之兵，自博下貝，以擣冀土。復命張孝忠、康日知厲兵秣馬，以助其勢。彼若能者則反兵自救，不能則遲疑不去。二者必處一乎此矣。使其反兵自救，則抱真與晟衝其膺，燧又起而擣其背，腹背受敵，不敗何待！若其遲疑不去，則抱真等得優游以覆其巢穴，而燧堅壁以待其自斃。彼其欲前不能，欲退不可，徬徨無所，而坐成擒。滔、俊擒則悦不攻而自破矣，悦破則三鎮席捲而平矣，三鎮平則淄、青之膽破矣。命一辯士持天子之詔往諭之，彼安得不束手聽命哉！夫然後分置牧宰，慰養居民，使郡縣之權悉統於朝廷，則朱泚、李希烈亦無自而萌其姦矣。由此觀之，燧之罪豈止於失田悦哉！

昔者唐太宗伐王世充，久之不下，而竇建德率兵救之。太宗留萬人以圍世充，身率勁兵以據虎牢，扼建德之喉，使不得進。迺命宇文士及率騎經賊陣之西，馳而南，引而東，以動其衆，乘其陣亂，縱騎夾擊之，遂擒建德而下世充。自洛以東，際河之北，一旦而盡平之。此可謂善破敵人之交者矣。

嗟夫！以燧之才，而不思伐交之術，乃復請濟師，使李懷光盡統神策之兵以往，卒以驕衆失律，而盜且乘間起於蕭牆矣。遂使李氏不見中州之大定，而諸鎮世爲不討之賊。燧之罪可勝誅哉！唐史臣曰：『燧，賢者也，天下以爲可責，故責之。』嗚呼，吾之意其亦由是也哉！

校勘記

〔一〕自『如反掌耳』至篇末，《文粹》全闕，兹據明成化本補入。

李　愬

天下之事，衆人之所不敢爲者，有一人焉奮身而出爲之，必有術以處乎此矣。虎者，人之所共畏而不敢肆者也，而善養虎者狎而玩之，如未始有可畏者。此豈病狂也哉？蓋其力足以制之，而又能去其爪牙，啗以肉餌，使之甘心焉，故雖驅而用之，而垂耳下首，卒不敢動。何者？有術以縻其心也。

夫將者，天下之所難御者也，御之必以術，而况於降將乎！彼其心之不可測，孰敢信用之哉？古之人蓋亦有度其可用而用之者矣，然亦未嘗專倚之以成功。獨李愬用三降將以擒吳元濟，當時之人皆〔一〕謂其不可，而愬獨以爲可，遂决意用之，卒能如其意之所逆料。不知者以爲幸，知之者以爲神，乃若愬則有術以處乎此也。

何以言之？敵人之將，無故而降者，此未可信也，恐其謀也；至於勢窮力屈而後就縛者，蓋可保其無謀矣。且此數子者，亦一時之傑也，不幸而事逆，猶竭忠以報之；使其獲背逆事順，則其忠報之心當如何哉？而又愬之才智足以驅之，豁達足以容之，愬復能待以厚禮，示以赤誠，言笑無間，洞見肺腑，此南霽雲所以眷眷於張巡而不肯去也。數子者固已甘爲愬役矣。

雖然，李愬未足以縻其心也。如丁士良之擒吳秀琳，秀琳之擒李祐，其忠款固可見矣，獨李祐未有以縻其心，而又欲專倚之以謀蔡，則其術不可不盡也。故方其得祐也，諸將皆請殺之，愬不聽，待之愈厚，會霖雨不止，將吏洶然以爲不殺祐之罰，愬力不能勝，迺表諸朝，且言：『必殺祐，無與共誅蔡者。』詔釋還之，卒賴其用。

夫將者，三軍之綱紀也。生殺予奪，皆禀其令。故雖天子之詔猶或不受，而亦何畏於將吏之言乎！使將吏必欲殺祐，不過以色辭拒之，如囂囂不止，則又從而戮之，彼固不敢有辭矣，何至表諸朝而後用之哉！吾於此識愬之心矣。其心曰：『吾之待祐者如此其厚也，全祐者如此其至也。將吏囂然不已，吾力不能獨勝，復泣涕而送諸朝，表言其必不可殺。此雖父母之所以生全祐者，不過如是也。』祐安得不竭其死力以報之哉！雖啗以高爵，脇以白刃，固不肯棄愬而就賊矣。故其始也，愬雖待之無間，未使之佩劍統兵也；及朝廷還之，乃使佩刀出入帳下，統六院鋭士，而襲蔡之謀始定。愬之心蓋可見矣。吾以是知古之英豪所以臨事機者，未嘗無術，特其不以語人，而人亦莫之識也。

昔韓信背楚歸漢，高帝用之，無以異於楚也，及滕公言之，上亦未之奇，使其憤怒而出亡，然後命蕭何往追之；何力言其可用，乃以爲大將。夫以一將之亡而丞相自追之，人主驟用之，信之身固甘爲漢役矣。其後漢之所以定天下者，皆信之力，而蒯通、武涉之説不得而間，即其效也。論者乃以爲何之追信，高帝不知也；不然，何以反疑何之亡乎？曾不知高帝失何，如失左右手，然遲之一二日而不問者，何也？帝之心固可見矣。

嗟夫！古之人所以御降將者，其術如此。苟不思其術而欲遽用之，其不爲所陷者幾希矣。

校勘記

〔一〕自篇題至『時之人皆』，《文粹》全闕，兹據明成化本補入。

桑維翰

以中國定中國，以夷狄攻夷狄，古之道也。借夷狄以平中國，此天下之末策，生民之大患。

而究其本原，乃出於明君賢臣者，蓋其事變迫於前，不得已而爲之，姑以權一時之宜，未暇爲天下後世慮也。然其積也既深，其來也既遠，膠於見聞，而爲之益厲，一旦潰亂四出，雖出於百營而莫之能救，是非可嘆也歟！故吾嘗推原其事，蓋肇於唐高祖，成於郭子儀，而極於桑維翰。或難於創業而資爲聲援，或急於中興而用爲輔翼，或迫於拒命而倚爲先驅，皆所以權宜濟變，而速一時之功，雖能快中心之所欲，而後世之被其患蓋有不可勝道者，此所謂慮不及遠也。

且昔者漢高帝嘗創業矣：倡義草莽，無置錐之地，雖糾合徒衆以破强秦，而百戰百敗，危窘於項籍者數矣；然高帝之氣曾不少懾，合罷敝之卒，據形勢，收英雄，卒困項籍而亡之，未嘗資夷狄之聲援也。隋煬之暴，徧流於天下。天下之人，皆苦其刑而厭其穢德，惟恐其不速亡也。苟能反其道，雖徒手可以亡之，而況太原之衆乎！及夫資夷狄之聲援者，唐高祖之罪也。

漢光武嘗中興矣：起自徒步，無素合之衆。雖奮力鼓勇以破尋邑，而群盜蠭起，幾見蹙於河北之盜矣；然光武之心未始或懈，因思漢之民，運籌略，驅諸將，卒舉群盜而平之，未嘗用夷狄之輔翼也。安史之惡彰聞於天下，天下之人皆欲食其肉而寢處其皮，未嘗一日忘之也。苟能順其勢，雖尺箠可以夷之，而況靈武之衆乎！故夫用夷狄之輔翼者，是郭子儀之罪也。

至於拒命者，雖忠臣義士之所必不爲，而古之人蓋亦有因時而爲之者，孫權是也。曹公乘舉荆之勢，率八十萬之衆，直造長江，挾天子之令，以責其貢之不入，此其大勢未易與敵也；權壯勇敢爲，遽命周瑜往禦之，運奇奮巧，大敗其衆，雖遏其敵，不能遂兼天下而常以江東之衆與中國抗衡，非有待乎夷狄爲之先驅也。潞王以非姓而繼大統，淫穢暴虐，天下所明知也。張敬達以庸瑣之才，統兵以攻石敬瑭，其勢未足以直曹操之萬一也，爲維翰計者，當一舉太原之衆，運奇奮巧以破敬達，迺急下太行，抵懷孟，塞虎牢，示天下以形勢，檄諸鎮而犄角，則區區之唐亦何足滅哉！此則磊磊落落，千載一時之功也，何至於北面夷狄，請救以示弱哉！北面猶可也，復割盧龍以遺之，使夷狄有輕中國之心，長驅徑入，習以爲常。原情定罪，維翰可勝誅哉！

故自漢以來，夷狄之犯邊者蓋亦有之矣，西不過雁門、定襄，東不過漁陽、上谷，未有長驅深入者也。自唐始有之。故雖太宗盛時，頡利之兵直次渭水，其後徑犯長安者代不絶也。蓋自唐高祖而降，急於有功，求其爲援，使之得騁志於中州。彼其樂中州之繁華而謂其易與也。故常心吞而氣蹙之，是以長驅深入無所顧憚，使中州之人世被犬狼之毒，至於今猶未已也。

或曰：『五胡亂華，自晋有之，豈惟唐哉？』曰：五胡亂華，胡之在中原者也。越塞而犯中原者，唐始有之。吾惡中原之亂於夷狄，故推原三人之罪如此。然此三人者，特欲速一時之功，亦不知禍患之至於此極。使其誠知之，則彼亦安肯爲之哉？由是觀之，舉大事者果不可以欲速成也。

余於是時蓋年十八九矣，而胸中多事已如此，宜其不易平也。政使得如其志，後將何以繼之？獨曹公一論，爲之反復數過。

陳亮集卷之九

按：本卷所載《謝安比王導》等論四篇，原載《文粹》後集卷七。

論

謝安比王導

善觀大臣者，常觀諸其國而不觀諸其身。晉有天下，不二世而爲江東，德之在人者尚淺也。而更成百年之業，有王導焉，立之於其先；有謝安焉，扶之於其後。端静寛簡，均能爲一國之輕重有無者，故當時有謝安比王導之論。請因史臣所載而申之。

方劉、石交亂中原，晉之藩鎮相繼覆没，人心雖未忘晉，非有英豪絶世之才，不能駐足於北方也。勢之所在，豈人力之所能强哉！故王導輔元帝，立基建業，以遥爲北方應援。當是時，元帝名論尤輕，導能重之；諸名勝未附〔一〕，導能致之。法令寛簡，庶事草創。宫室不脩，軍國之儀不備，示若不安於此者；以揚州爲京畿，穀帛所資皆出焉；以荆州爲重鎮，甲兵所聚盡在焉。故江左之勢遂强。舉大綱於其上，而二千石守長往往得以自行其意；將帥之有功者，人不窮才之不羈者，族望之盛者，民之豪强者，與夫户口之能自隱匿者，又皆得以自舒於其下。姦以爲明，不苛法以爲嚴。中更敦、峻之變，及若將相異同疑間之論，導俛仰廢興存亡之間，因事就功，而江東卒賴以定，魁然社稷之臣也。獨祖逖經營河南，有功緒矣，導蓋若任其自存自没者，豈以江左甫定，未遑遠略乎？君父之痛，不可以一朝安也，是以周訪、陶侃有志而不遂，庾亮、庾翼、褚裒大舉而自沮，造端於其初者無以開其後也。

其後亘温〔一〕藉平蜀之勢，威震一時，挈兵入關，三輔震動。當是時，南師不出蓋四十餘年矣。有如徑指長安，則豪傑響應，西北郡縣誰非效功之人？雖有智者，不能爲苻健、苻雄計矣。温一心以爲有鴻鵠將至，故氣不足以决之而進退失據，此固王猛之所不屑就也，晋於是無中州之望矣。而温方專制朝廷，幾於改物。謝安高卧東山，負蒼生之望，晚始從温辟，卒與王坦之、彪之周旋上下，扶持王室，使逆謀遂緩，而温自斃。及安輔政，晋之變故數矣。如人之一身，元氣未實而奇疾繼作，此固非永年之道也。乘其小定而求快焉，則遂亡矣。故安一切以大體彌縫之，號令無所變更，而任用不分彼此。后戚入則輔政，出則方伯，晋之制也。王藴固辭，則以義强授之，使上下無不滿之心，而他時無任用過正之禍；亘氏布列内外，一朝失職，政之蠹也，以石民、石虔爲荆江，使其無窺窬之心，而異時無意外生憂之慮。苻堅之舉，可以無晋矣，而泰然如平時；淮淝之功壯矣，而微賞之不受。君臣之恩意已不可保，顧方經略中原，惟恐不及。晋之爲晋，蓋可知矣。有以壯其勢，則來者尚有所憑藉，而一身之不暇恤也。及亘氏竟以失職成禍，而劉裕卒藉手以起，竟能爲晉一平河洛，司馬氏既亡而復存者猶二十餘載。微安之壯其勢，宜不及此。

導與安相望於數十年間，其端静寬簡，彌縫輔贊，如出一人，江左百年之業實賴焉。其亦庶幾於古之所謂大臣歟！置其立國之功，而取其立身之一節以較之，非所以論大臣也。故吾極論江左之興亡，而二人之相配較然矣。

校勘記

〔一〕『附』，明成化本作『輔』。

〔二〕『亘温』即桓温。前文有改『桓』爲『元』者，此又改作『亘』，蓋陳氏前後各文所用避諱體例不一致。

王珪確論如何

人才之在天下，固樂乎人君之盡其用，而尤樂乎同列之知其心。夫士之懷才以自見於世，常慮夫人君之不我用。君既知而用之矣，同列之人相與娼其長而媒孽其短，周旋四顧，無與共此樂者，其何以泰然於進退之際哉！此自古乘時有爲之士，而猶懷不盡之嘆，以公論常不出於同列故也。房元齡〔一〕、李靖、温彦博、戴胄、魏證〔二〕、王珪，其於唐室之興，太宗固已無所不盡其用矣。而諸公亦奮然並見其才，而無相娼之意，雖至於廷論之際，辨其所長，如數白黑，則諸公豈不各以自慰哉！王珪確論如何，於是始有可論者。

夫寵利所在，至可畏也；功名之際，至難居也。君臣上下相與共樂之，而無異同疑間之論，則爲可願耳。漢高帝所藉以取天下者，固非一人之力，而蕭何、韓信、張良蓋傑然於其間。天下既定而不免於疑，於是張良以神仙自脱，蕭何以謹畏自保。韓信以蓋世之功，進退無以自明，蕭何能知之於未用之先，而卒不能保其非叛，方且借信以爲保身之術。然則人才之獲盡其用，乃一身之至憂也，則亦何樂於功名寵利之際哉！故李泌極論李晟、馬燧於德宗之前，而二臣爲之感泣。使泌如張延賞，則晟方欲死而不可論；至於此，則同列之公論，豈不甚可樂哉！吾之所長既已暴白於天下，而猶眷眷於同列之公論，固非沾沾自喜之爲也。蓋同體共事之人，其論易以不公，而人主之聽易以入。此自古之所通患，而其來非一日矣。

唐太宗之興也，房元齡相得於艱難之中，謀謨帷幄以定大業；温彦博蓋嘗掌其機事，而李靖亦既有功於南方矣。其後天下平定，元齡相與興仆起僵，而唐之紀綱法度燦然爲之一新；彦博於出納之間，蓋亦具盡其勞；而征伐之責，靖實專之。及魏證、王珪以讎臣入備諫諍之列，而戴胄亦自小官進用，遂以平天下之法。其先後新故之不同，亦已甚矣。太宗並舉而大用之，以究盡其才；而諸公亦展布四體以自效，不復知先後新故之爲嫌也。一日，太宗以王珪善人物，使之庭論諸公之才，而珪一二辨數，皆足以盡其長而中其心。彼其同心以濟天下之事，至是可以釋然而自慰矣。宜其不謀同辭，而皆以爲確論也。不然，因諸公已成之業而論之，此何足以爲知人而諸公樂之至此哉！故曰：人才之在天下，固樂乎人君之盡其用，而尤樂乎同列之知其心。嗟夫！珪之論可謂公，而其心蓋亦甚平矣。珪與證均爲諍臣，而忠直剴切，大略亦相當也。人情每蔽於自知，而珪獨察其有耻君不及堯舜之心，而自處於激濁揚清之任，辨析毫釐，而明於自知，則其論安得而不公！吾以是知其心之甚平也。

雖然，房元齡視諸公最爲舊故，而唐業之成亦勞矣。以漢高帝之多疑，蓋終其身不敢捨蕭何而他有所用也。太宗方奮然有運天下豪傑之心，使新進迭用事，而元齡泰然居之，不以進退自嫌。故諸公得以盡其才，而卒無紛亂法度之憂。夫迭用新進而不害於國家之大體，此蕭何、曹參之所難，而珪之論所未及也。豈元齡固樂諸公之並己，而非珪之所可察乎？此元齡所以爲宗臣也。

校勘記

〔一〕『房元齡』即房玄齡，以避『聖祖』玄朗諱，故用『元』代『玄』。
〔二〕『魏證』即魏徵，以避宋仁宗『嫌名』，故用『證』代『徵』。

揚雄度越諸子

天下不知其幾人也，古今不知其幾書也。人物有細大高下，書有淺深醇疵，所未暇論也。

要之，天下不可以無此人，亦不可以無此書，而後足以當君子之論。

伏羲氏始畫八卦，假象以明理。更數聖人，設爻立象，推義陳詞，以發揮《易》象，使之光明盛大而不可掩，而後天下之開物成務者宗焉，言術數者宗焉，著書立言者宗焉。孔孟蓋發揮之大者也。揚雄氏猶懼天下之人不足以通知其變，故因天地自然之數，覃思幽眇，著爲《太元》〔一〕，以闡物理無窮之妙，天道人事之極。天下之人知其爲數而已，而烏知其窮理之精一至於此哉！《法言》特其衍爾，宜乎世人之莫知也。元譚〔二〕稱其度越諸子，班固取以贊之，則亦不可不極論其故。

自昔聖賢之生於世也，豈以一身之故而求以自見於斯世哉！適會其時，而人道之不可少者，待吾而後具，則其責不可得而辭。進而經世，退而著書，亦惟所遇而已矣。六經，待孔子而具者也；七篇之書，待孟子而具者也；荀卿子之書出，而後儒者之事業始發揮於世。彼其時之不可以無此人也，亦不可以無此書也。豈若諸子之譊譊然誦其所聞，而求以自見哉！賈生之一書，仲舒之三策，司馬子長之記歷代，劉更生之傳五行，其切於世用而不悖於聖人，固已或異於諸子矣。蓋晚而後揚雄出焉。

雄之書，非擬聖而作也。《元》之似《易》也，《法言》之似《論語》也，是其迹之病也，而非其用心之本然也。不病其迹而推其用心，則《元》有功於《易》者也，非《易》之贅也。有太極而後有陰陽，故《易》以陰陽而明理；有陰陽而後有五行，故《洪範》以五行而明治道。陰陽五行之變，可窮而不可盡也，而學者猶有遺思焉。則雄之因數明理也，是其時之不可已，而事之不得不然者也。起於冬至而環一歲，以應事物之方來而未已，是其時之可見者也；始於一而終於八十一，以錯綜無窮之算，是其數之可知者也；從三方之算而九之，并晝於夜，爲二百四十有三日，三分其方而以一爲三州，三分其州而以一爲三部，三分其部而以一爲三家，以該括天地之變，是其事之可究者也。其時之可見如此，其數之可知者如此，其事之可究者又如此，而雄爲首、爲表、爲贊、爲測，深入黄泉，高出蒼天，大含元氣，纖入無倫，文義繁衍，枝葉扶疏。雖一時、一日、一分、一算之間，莫不有至賾之理，無窮之用，開啟思慮，發揮事業，通此心於天地萬物，而錯綜闔闢無不自我，性命道德之理乃於時日分數而盡得之，此豈爲《太初曆》者之所能知哉！此其爲書必待雄而後具者也。

天下而未明乎《元》也，則時日分數之理無往而能得其用，將何以應事物之變而通天地之心？是雄之書雖人道之所不可少，而猶有待於後之君子也。當時之不知可也，後世之不知亦可也。元譚知之可也，班固知之亦可也。天下而可以無此書，則雄實病之；天下果不可以無此書，則千載之下，雄之心猶一日也。《法言》之書，所以講論古今，掇拾人物，以旁通其義者也。《元》尚不知，雖知《法言》，猶不知也。因數以明理，是雄之所以自通於聖人者也，安得而不度越諸子哉！世無皇極之君以大其用，又無道德之望以發越其旨，則元譚之言亦姑以致其意而已，豈敢自謂有補於雄哉！

嗚呼，天地萬物之理未嘗不昭然也。更聖越賢，苟可以互明其理者無所不用其極，而天下之人猶未盡賴其用，則諸子之譊譊真可謂候蟲之自鳴自止者也。故曰：天下不可以無此人，亦不可以無此書，而後足以當君子之論。

校勘記

〔一〕『《太元》』即《太玄》，以避『聖祖』玄朗諱，故改用『元』。

〔二〕『元譚』即桓譚，以避宋欽宗諱，故改用『元』。

勉彊行道大有功

天下豈有道外之事哉？而人心之危不可一息而不操也。不操其心，而從容乎聲、色、貨、利之境，以泛應乎一日萬幾之繁，而責事之不效，亦可謂失其本矣。此儒者之所甚懼也。

夫道，非出於形氣之表，而常行於事物之間者也。人主以一身而據崇高之勢，其於聲、色、貨、利，必用吾力焉，而不敢安也；其於一日萬幾，必盡吾心焉，而不敢忽也。惟理之徇，惟是之從，以求盡天下賢者之心，遂一世人物之生，其功非不大，而不假於外求，天下固無道外之事也。不恃吾天資之高，而勉彊於其所當行而已。漢武帝好大喜功，而董仲舒言之曰：『勉彊行道大有功。』可謂責難於君者矣。請試申之。

昔者堯、舜、禹、湯、文、武汲汲，仲尼皇皇。彼皆大聖人也，安行利行，何所不可，又復何求於天地之間而若此其切哉？蓋人心之危，道心之微，出此入彼，間不容髮，是不可一息而但已也。夫喜、怒、哀、樂、愛、惡（欲之）〔二〕，所以受形於天地而被色而生者也，六者得其正則爲道，失其正則爲欲。而況人君居得致之位，操可致之勢，目與物接，心與事俱，其所以取吾之喜、怒、哀、樂、愛、惡者不一端也，安能保事事物物之得其正哉？一息不操則其心放矣。放而不知求，則惟聖罔念之勢也。夫道豈有他物哉？喜、怒、哀、樂、愛、惡得其正而已。行道豈有他事哉？審喜、怒、哀、樂、愛、惡之端而已。不敢以一息而不用吾力，不盡吾心，則彊勉之實也。賢者在位，能者在職，而無一民之不安，無一物之不養，則大有功之驗也。天祐下民而作之君，豈使之自縱其欲哉？雖聖人不敢不念，固其理也。

武帝雄材大略，傑視前古，其天資非不高也；上嘉唐虞，下樂商周，其立志非不大也。念典禮之漂墜，傷六經之散落，其意亦非止於求功夷狄以快吾心而已，固將求功於聖人之典，以與三代比隆，而爲不世出之主也。而不知喜、怒、哀、樂、愛、惡一失其正，則天下之盛舉皆一人之欲心也，而去道遠矣，有功亦止於美觀耳。堯舜之『都』、『俞』，堯舜之喜也，一喜而天下之賢智悉用矣；湯武之《誥》、《誓》，湯武之怒也，一怒而天下之暴亂悉除矣。此其所以爲行道之功也。經典之悉上送官，非武帝之私喜也，用爲私喜，則真僞混淆，徒爲虛文耳；夷狄之侵侮漢家，非武帝之私怒也，用爲私怒，則人不聊生，徒爲世戒耳。使武帝知彊勉行道，以正用之，則表章而聖人之道明，必非爲虚文也；誅討而夷、夏之勢定，必不爲世戒也。其功豈可勝計哉！武帝奮其雄材大略，而從容於聲、色、貨、利之境，以泛應乎一日萬幾之繁，而不知警懼焉，何往而非患也！

説者以爲：武帝好大喜功，而不知彊勉學問、正心誠意以從事乎形器之表，溥博淵泉而後出之，故仲舒欲以淵源正大之理而易其膠膠擾擾之心，如枘鑿之不相入，此武帝所以終棄之諸侯也。

夫淵源正大之理，不於事物而達之，則孔孟之學真迂闊矣，非時君不用之罪也。齊宣王之好色、好貨、好勇，皆害道之事也，孟子乃欲進而擴充之：好色人心之所同，達之於民無怨曠，則彊勉行道以達其同心，而好色必不至於溺，而非道之害也；好貨人心之所同，而達之於民無凍餒，則彊勉行道以達其同心，而好貨必不至於陷，而非道之害也；人誰不好勇，而獨患其不大耳。人心之所無，雖孟子亦不能以順而誘之也。不忍一牛之心，孟子欲其擴充之，以至於五十之食肉，六十之衣帛，八口之無飢，而謂之王道。孟子之言王道，豈爲不切於事情？梁惠王問利國，未爲戾於道也；移民移粟，未爲無意於民也；孟子皆不然之，而力以仁義爲言。蓋計較利害，非本心之所宜有，其極可以至於忘親後君，而無可達於事物之理，非好貨好色之比，而況不忍一牛之心乎！聖賢之所謂道，非後世之所謂道也。爲人上者，知聲、色、貨、利之易溺而一日萬幾之可畏，彊勉於其所當行，則庶幾仲舒之意矣。夫天下豈有道外之事哉！

校勘記

〔一〕《文粹》及明成化本等俱有『欲之』二字，據此下『六者』云云二句，故知『欲之』二字乃衍文。

陳亮集卷之十

按：本卷所載《六經發題》、《語孟發題》原載《文粹》後集卷十九。箴、銘、贊諸作，俱爲《文粹》所不收。

六經發題

易（闕）

書

昔者聖人以道揆古今之變，取其概於道者百篇，而垂萬世之訓。其文理密察，本末具舉，蓋有待於後之君子。而經生分篇析句之學，其何足以知此哉！亮也何人，而敢議此？蓋將與諸君共學焉。夫盈宇宙者無非物，日用之間無非事。古之帝王獨明於事物之故，發言立政，順民之心，因時之宜，處其常而不惰，遇其變而天下安之。今載之《書》者皆是也。要之，文理密察之功用，至於堯而後無慊諸聖人之心。是以斷諸《堯典》而無疑。由是言之，删《書》者非聖人之意也，天下之公也。

詩

道之在天下，平施於日用之間，得其性情之正者，彼固有以知之矣。當先王時，天下之人，其發乎情，止乎禮義，蓋有不知其然而然者。先王既遠，民情之流也久矣，而其所謂平施於日用之間者，與生俱生，固不可得而離也。是以既流之情，易發之言，而天下亦不自知其何若，而聖人於其間有取焉。抑不獨先王之澤也，聖人之於《詩》，固將使天下復性情之正，而得其平施於日用之間者。乃區區於章句訓詁之末，豈聖人之心也哉！孔子曰：『興於《詩》。』章句、訓詁亦足以興乎？願比諸君求其所以興者。

周禮

《周禮》一書，先王之遺制具在，吾夫子蓋嘆其郁郁之文，而知天地之功莫備於此，後有聖人，不能加毫末於此矣。世儒之論以爲：治至於周公而術已窮，窮則不可以復，繼周之後必爲秦，吾夫子蓋逆知之而不言也。

嗚呼！果其窮也，則周公之志荒矣。自伏羲、神農、黄帝以來，順風氣之宜而因時制法，凡所以爲人道立極，而非有私天下之心也。蓋至於周公，集百聖之大成，文理密察，纍纍乎如貫珠，井井乎如畫棋局，曲而當，盡而不污，無復一毫之間，而人道備矣。人道備，則足以周天下之理，而通天下之變。變通之理具在，周公之道蓋至此而與天地同流，而憂其窮哉？夫周家之制既定，而上下維持至於八百餘年，諸侯既已擅立，周之王徒擁其虚器，蕞然立於諸侯之上，諸侯皆相顧而莫之或廢。彼獨何畏而未忍哉？豈非周公之制有以維持其不忍之心，雖顛倒錯亂而猶未亡也？當是之時，周雖自絶於天，有能變通周公之制而行之，天下不必周，而周公之術蓋未始窮也。

秦徒見其得天下之難，以爲周公之制蓋非其所便，併與夫僅存者而盡棄之。而不知周家之制既盡，而秦亦亡矣。人道廢，則其君豈能獨存哉！始夫子之言曰：『其或繼周者，雖百世可知也。』蓋以爲後之王者必因周而損益焉，自是變通，至於百世而不窮，而豈知其至此極也！漢高帝崛起草莽而得天下，知天下厭秦之苛，思有息肩之所，故其君臣相與因陋就簡，存寬大之意，而爲漢家之制，民亦以是安之。而漢祚靈長，絶而復續者，幾與夏商等。自是功利苟且之政習以爲常，先王不易之制棄而不講，人極之不亡者幾希矣。此有志之士所以抱遺書而興百世之嘆，反覆推究，而冀其復見天地之大全也。

然自秦火之餘，此書已非其全，而駁亂不經之言，蓋如黑白之不相入，尚可考而知也。雖然，文武之政布在方册，其人存則其政舉。自周之衰以迄於今，蓋千五百餘年矣，天獨未厭於斯乎？故將與諸君參考同異以有待焉。

禮記

禮者，天則也。禮儀三百，威儀三千，周[一]旋上下，曲折備具，此非聖人之所能爲也。《禮記》一書，或雜出於漢儒之手。今取《曲禮》若《内則》、《少儀》諸篇，群而讀之，其所載不過日用飲食、洒掃應對之事要，聖人之極致安在？然讀之使人心愜意滿，雖欲以意增減而輒不合。返觀吾一日之間，悚然有隱於中，是孰使之然哉？今而後知三百三千之儀，無非吾心之所流通也。心不至焉，而禮亦去之。盡吾之心，則動容周旋無往而不中矣。故世之謂繁文末節，聖人之所以窮神知化者也。

夫禮者，學之實地也。由敬而後可以學禮，學禮而後有所據依。三百三千而一毫之不盡，皆敬之不至，而吾心之不盡也。一毫之不盡，則其運用變化之際必有肆而不約者矣。由此言之，禮者，天則也，果非聖人之所能爲也。

校勘記

〔一〕『周』原作『其』，據明成化本改。

春秋

聖人之於天下也，未嘗作也，而有述焉。近世儒者有言：『述之者，天也；作之者，人也。』

《詩》、《書》、《禮》、《樂》，吾夫子之所以述也。至於《春秋》，其文則魯史之舊，其詳則天子諸侯之行事，其義則天子之所以奉若天道者，而孔子何作焉？孟子之所謂作者，猶曰『整齊其文』云耳。世儒遂以爲《春秋》孔子所自作，筆則筆，削則削，雖游、夏不能贊一辭於其間，言其義聖人之所獨得也。信斯言也，則《春秋》其孔氏之書乎？夫《春秋》，天子之事也，聖人以匹夫而與天子之事，此王法之所當正也，不能自逃於王法而能正人乎？亂臣賊子其有辭矣。

夫賞，天命；罰，天討也。天子，奉天而行者也，賞罰而一毫不得其當，是慢天也。慢而至於顛倒錯亂，則天道滅矣；滅天道，則爲自絶於天。夫子，周之民也。傷周之自絶於天，而不忍文武之業遂墜於地也，取魯史之舊文，因天子諸侯之行事而一正之。賞不違乎天命，罰不違乎天討，猶曰：此周天子之所以奉乎天者也。或去天稱王，或宰以名見，猶曰：此周天子之所以自贖乎天者也。天之道不亡，則周不爲自絶於天；周不爲自絶於天，則天下猶有王也。天下有王，而亂臣賊子安得不懼乎？然則《春秋》者，周天子之書也，而夫子何與焉。

或曰：『《春秋》而繫之以魯，何也？』曰：天下有王，凡諸侯之國之所記載，獨非天子之事乎？而況魯，周之宗國，其事可得而詳也。夫子曰：『如有用我者，吾其爲東周乎！』此夫子之志，《春秋》之所由作也。是以盡事物之情，達時措之宜，正以等之，恕以通之，直而行之，曲而暢之。其名是也，其實非也，則文與而實不與；其心然也，其事異也，則誅其事而達其心。微顯闡幽，謹嚴寬裕，如天之稱物平施，如陰陽之並行不悖。文、武、周公之政所以曲當乎人心者也，而謂《春秋》孔子之所自作，宜非亮之所敢知也。《春秋》所書，無往而非天。學者以人而視《春秋》，而謂有得於聖人之意者，非也。故將與諸君以天下之公而觀之，毋以一人之私而觀之，辭達而義暢，庶乎可以窺天道之全也。

語孟發題

論語

《論語》一書，無非下學之事也。學者求其上達之説而不得，則取其言之若微妙者玩而索之；意生見長，又從而爲之辭曰：『此精也，彼特其粗耳。』嗚呼！此其所以終身讀之而墮於榛莽之中，而猶自謂其有得也。夫道之在天下，無本末，無内外。聖人之言，烏有舉其一而遺其一者乎！舉其一而遺其一，則是聖人猶與道爲二也。

然則《論語》之書，若之何而讀之？曰：用明於内，汲汲於下學，而求其心之所同然者。功深力到，則他日之上達，無非今日之下學也。於是而讀《論語》之書，必知通體而好之矣。亮於此書，固終身之所願學者，方將與諸君商搉其所向而戒塗焉。

孟子

昔先儒有言：『公則一，私則萬殊。』人心不同，如其面焉，此私心也。嗚呼，私心一萌，而吾不知其所終窮矣。

先王之時，禮達分定，而心有所止。故天下之人各識其本心，親其親而親人之親，子其子而子人之子，其本心未嘗不同也。周道衰而王澤竭，利害興而人心動，計較作於中，思慮營於外，其始將計其便安，而其終至於争奪誅殺，毒流四海而未已。孟子生於是時，憫天下之至此極，謂其流不可勝救，惟人心一正，則各循其本，而天下定矣。況其勢已窮而將變，變而通之，何啻反掌之易。孟子知其理之甚速，而時君方以爲迂，吾是以知非斯道之難行，而人心之難正也。

故善觀孟子之書者，當知其主於正人心；而求正人心之説者，當知其嚴義利之辨於毫釐之際。嘗試與諸君共之。

箴銘贊

上光宗皇帝鑒成箴

五閏失馭，僞主僭竊，綱常絲棼，宇縣瓜裂。干戈日尋，湯沸火熱，元元憔悴，無所存活。

藝祖勃興，天爲民設，受命之日，兵刃不血。痛茲版圖，尚爾割截，丙夜不安，往就普說。獨立門外，衝冒風雪，謀定戈指，莫我敢遏。首征揚州，重進誅亟；旋征澤潞，李筠就殺。復掩湖南，保權力屈；爰取荊南，繼沖悚懾。一鼓孟昶，蜀城斯拔；徂征嶺南，劉鋹面縛。馳使江南，李煜踧踖；傳檄吳越，錢俶納國。十餘年間，憂虜危慄，頭若蓬葆，雨沐風櫛。東征西伐，天下始一，解兵脩貢，降王在列。施絁袴麻鞵，緣布衣褐，訓練六軍，法度陛級。太宗繼之，乾乾夕惕。親征河東，督勵士卒，人百其勇，城無全堞。下詔寬赦，繼元乃伏；收復漳泉，洪進屏息。真宗嗣之，二祖是法。契丹來寇，人心業業。決意親征，俯從準策。親御鞍馬，躬秉黃鉞。白旄一麾，王師奮發。我氣既盈，虜氣斯竭。稽首請和，干戈載戢。譬以禍福，實賴臣弼。於皇仁祖，善繼善述。未幾元昊，在西復悖。謀臣勇將，連年討伐。邊民既困，國用亦乏。厥後智高，忽爾猖獗。南嶺東西，擾擾數月。以時討平，狄青之力。靖康之難，言之汗浹！二帝北巡，狼窠熊窟。沙漠萬里，風霜冽冽，胡塵撲面，驚弦慘骨。國祚若旒，孰任其責？賴有高宗，克紹前烈。匆遽渡江，心膽欲折。皇天降監，風濤安帖。所至成市，暫都於浙。顔亮凶猘，震撼六合。投箠采石，意謂無越。幸而倒戈，自取夷滅。壽皇履位，求賢如渴。崇事高宗，孝心尤切。二十八載，終始無缺。高宗上僊，哀號哽咽。四方來覲，其容慘怛。王業艱難，坦然明白。

今王嗣位，祖宗是則。無湎于酒，無沈于色：色能荒人之心，酒能敗人之德。以宰相爲腹心，以臺諫爲耳目；以將帥爲爪牙，以尚書爲喉舌。登崇俊良，斥退姦枿。勿謂天高，常若對越；勿謂民弱，實關治忽；勿俾禍起於蕭牆，勿使患生於倉卒；勿私賞以格公議，勿私刑以虧國律；勿侮老成之人，勿貴無益之物；勿妄費生靈之財，勿妄興土木之役；勿謂嚬笑之微而莫我知，勿謂號令之嚴而莫我逆。盡孝乃明主之治，論相乃人主之職。聖言不可侮，人心不可咈。傾耳乎公卿之言，游心乎帝王之術。勿謂和議已成而不慮乎遠圖；勿謂大位已得而不恤乎小失。當效禹王，寸陰是惜；當效文王，日昃不食。勿效夏桀，瑶臺瓊室；勿效商紂，斮涉剖直。如履薄冰，深虞没溺；如馭六馬，切虞奔軼。勿謂微過，當絶芽蘖；勿謂小患，當窒孔穴。左右前後，當用賢哲。王惟戒兹，民罔不悦。草茅作箴，敢告司闕。

耘齋銘爲剡中任氏兄弟作。

人生而静，動則有遷。非物使之，人心則然。耳目鼻口，實動之權。聖踐而聖，賢治而賢。槁木不生，死灰不然。甚活者人，鳶魚天淵。敬而無失，奉以周旋。喜怒哀樂，又何惡焉。士之於學，農之於田，朝斯夕斯，舍是奚安！去其害苗，則心之偏。耘之又耘，嘉種易捐。不計其收，懼其不虔；不虔不力，誤我豐年。工貴其久，業貴其專。凡爾君子，相與勉旃。

力齋銘爲何晦之作。

厥初生民，必完其力。力完於心，乃見天則。形顧分之，與物交役。若忘若遺，弗覺弗克。語汝力乎，明以内飭。惡也則臭，善如好色。下學之功，舉用其極。此顔子所以欲罷不能，而樊遲所以先難而後獲也。

妥齋銘〔一〕

往則俱往，來則俱來。義苟精矣，動静必偕。心之廣矣，亦可懼哉！天下雖大，吾安厥齋。

〔附〕妥齋銘　薛季宣

妥齋，陳同甫作而居之，薛季宣隸而銘之。銘曰：

有天有淵，飛躍鳶魚；妥之安之，生民保居。天之産民，罔不大安；有妥之安，皇唐有焉。循物之安，妥用不集；非安惟安，摇摇岌岌。妥乎妥乎，大安不欹。有懷者居，安其豈而。子有精廬，齋居以妥；妥其安哉，神天將子可。

〔附〕答陳同甫書

薛季宣

某自戊子入都，得左右之文於景望四三哥之舍。於四三哥、王樞使聞賓從之學業氣志，每以未及識面、聆謦欬之音爲歉。及趨召，道宛陵，四三哥寄朋友書二：其一左右，一君舉也。洎訪舊知於學，則聞二陳之名籍甚京師。旋沐從者訪臨，獲親名理之益，從知名下之無虛士，諺非虛語，私以得與從遊爲喜。已辱開懷傾寫，臨途要無可道。然而別不及面，寧無惘惘。被教（按：今陳亮集中已遺失此書），敬審即日冬序正寒，温侍有相，尊候萬福。學官秋試，遂遺賢者，士大夫不能無恨。得失有命，時運故應然耶！鄉使舉無留才，則何以爲造化。但在我本無患得之意，未始低頭就之，則吾同甫之失，較之君舉之得，亦復何愧！沖天驚人之軒奮，豈有遲速間哉！

體用之誨，備認高旨。某何足知此，然不敢以不敏而罷。夫道之不可邇，未遽以體用論。見之時措，體用疑若可識。卒之何者爲體，何者爲用？即以徒善徒法爲體用之別，體用固如是耶？上形下形，曰道曰器，道無形埒，舍器將安適哉？且道非器可名，然不遠物，則常存乎形器之内。昧者離器於道，以爲非道遺之，非但不能知器，亦不知道矣。下學上達，惟天知之。知天而後可以得天之知，決非學異端、遺形器者之求之見；禮儀威儀待夫人而後行耳。苟不至德，誰能知味？日用自知之謂，其切當矣乎！曾子曰且三省其身，吾曹安可輒廢檢察？且『不識不知，順帝之則』者，古人事業。學不至此，恐至道之不凝。此事自得，則當深知，殆未可以言言之也。以同甫天資之高，檢察之至，信如有見，必能自隱諸心。如曰未然，則凡平日上論古人，下觀當世，舉而措之於事者，無非小知諛聞之累，未可認以爲實。弟於事物之上，習於心無適莫，則將天理自見。持之以久，會當知之。《洪範》『無黨無偏』，《大學》『不得其正』，真萬病之鍼石，獨無意於斯乎？某非曰能之，冀共事斯語耳。

葬議甚韙。近過伯恭不遇，尚須續報。誌銘，某豈敢，何故舍四三哥？發潛德之幽光，某愧焉多矣。

妥齋銘文，本欲相名，如周公之與君奭。君舉以爲：君奭，王事；表德，朋友之誼也；名近師道，有所不可。不然，何惜一换？試更思之。

某碌碌素餐，强顔留處，於朝家亡毫髮補，未能決去爲愧。同甫望以世道，譬如覓金於窶者，何不知我之深邪！輪對當在來春。只等一見後，求外補州縣，差可及物，尸素欲何爲哉！不足爲人言之，恐欲知何所向爾。

校勘記

〔一〕陳亮以妥齋名其居，曾請吕東萊及薛季宣爲之作銘。《東萊集》中《與同甫書》曾及此事，謂『有暇乃可下筆』，今其集中無有，則似迄未作銘。《浪語集》有《妥齋銘》，附録於後。又卷二十三有《答陳同甫書》，亦及此事，並談學術，亦附之。

朱晦庵畫像贊

體備陽剛之純，氣含喜怒之正。睟面盎背，吾不知其何樂；端居深念，吾不知其何病。置之釣臺捺不住，寫之雲臺捉不定。天下之生久矣，以聽上帝之正令。

辛稼軒畫像贊

眼光有稜，足以照映一世之豪；背胛有負，足以荷載四國之重。出其豪末，翻然震動。不知鬚鬢之既班，庶幾膽力之無恐。呼而來，麾而去，無所逃天地之間；撓弗濁，澄弗清，豈自爲將相之種！故曰：真鼠枉用，真虎可以不用。而用也者，所以爲天寵也。

自 贊

其服甚野，其貌亦古。倚天而號，提劍而舞。惟禀性之至愚，故與人而多忤。歎朱紫之未服，謾丹青而描取。遠觀之一似陳亮，近視之一似同甫。未論似與不似，且説當今之世，孰是人中之龍，文中之虎？

陳亮集卷之十一

按：本卷所載《廷對》，原載《文粹》後集卷一，其餘四文，原載《文粹》後集卷四。

策

廷　對

朕以凉菲，承壽皇付託之重，夙夜祗翼，思所以遵慈謨、蹈明憲者甚切至也。臨政五年于兹，而治不加進，澤不加廣，豈教化之實未著，而號令之意未孚耶？士大夫，風俗之倡也，朕所以勸勵其志者不爲不勤，而媮惰之習猶未盡革；獄，民之大命也，朕所以選任其官者不爲不謹，而冤濫之敝或未盡除。意者狃於常情則難變，玩於虚文則弗畏乎？且帝者之世，賢和於朝，物和於野，俗固美矣，然讒説殄行，迺以爲慮；畫衣冠，異章服，而民不犯，刑既措矣，然怙終賊刑，必使加審；何也？得非薰陶訓厲自有旨歟！今欲爲士者精白承德而趨向一於正，爲民者遷善遠罪而訟訴歸於平；名賓於實而是非不能文其僞，私滅於公而愛惡莫可容其情；節儉正直之誼興行於庶位，哀矜審克之惠周浹於四方，果何道以臻此？子大夫待問久矣，咸造在庭，其爲朕稽古今之宜，推治化之本，凡可以同風俗、清刑罰、成泰和之效者，悉意而條陳之，朕將親覽。

臣對：臣聞人主以厚處其身，而未嘗以薄待天下之人，故人皆可以爲堯舜。而昔人謂其以己而觀之者，天地之性本同也。夫天祐下民，而作之君，作之師：禮樂刑政，所以董正天下而君之也；仁義孝悌，所以率先天下而爲之師也。二者交脩而並用，則人心有正而無邪，民命有直而無枉，治亂安危之所由以分也。堯、舜、三代之治所以獨出於前古者，君道、師道無一之或闕也。後世之所謂明君賢主，於君道容有未盡，而師道則遂廢矣。夫天下之事，孰有大於人心之與民命者乎？而其要則在夫一人之心也。人心無所一，民命無所措，而欲論古今沿革之宜，究兵財出入之數，以求盡治亂安危之變，是無其地而求種藝之必生也，天下安有是理哉！

臣恭惟皇帝陛下，謙恭求治，常若不及，深念夫人心之不易正，而民命之未易生全也，進臣等布衣於廷，而賜以聖問曰：『朕以凉菲，承壽皇付託之重，夙夜祗翼，思所以遵慈謨、蹈明憲者甚切至也。』臣竊嘆陛下之於壽皇，蒞政二十有八年之間，寧有一政一事之不在聖懷，而問安視寢之餘，所以察辭而觀色，因此而得彼者，其端甚衆，亦既得其機要而見諸施行矣。豈徒一月四朝而以爲京邑之美觀也哉！而聖問又曰：『臨政五年于兹，而治不加進，澤不加廣，豈教化之實未著，而號令之意未孚耶？』臣於是知陛下求治若不及之心，如天之運而不已也。臣聞禹立三年，百姓以仁遂焉。推其本原，則曰克儉克勤，不自滿假而已。今時和歲豐，邊鄙不聳，亦幾古之所謂小康者。陛下猶察其治之不加進，澤之不加廣，而欲求其所謂教化之實、號令之意者，蓋深知人心之未易正，民命之未易生全也。臣請爲陛下誦君道、師道，以副陛下求治不已之心焉。

夫所謂教化之實，則不可以頰舌而動之矣，仁義孝悌以盡人君之所謂師道可也。所謂號令之意，則不可以權力而驅之矣，禮樂刑政以盡人君之所謂君道可也。

夫天下之學不能以相一，而一道德以同風俗者，乃五皇極之事也。極曰皇，而皇居五者，非九五之位則不能以建極也。以大公至正之道而察天下之不協于極、不罹于咎者，悉比而同之，此豈一人之私意小智乎！無偏無黨，無反無側，以會天下於有極而已。吾夫子列四科，而則德行於言語、政事、文學者，天下之長俱得而自進於極也。然而德行先之者，天下之學固由是以出也。《周官》之儒以道得民，師以賢得民，亦以當得民之二條耳。而二十年來，道德性命之學一興，而文章、政事幾於盡廢，其説既偏，而有志之士蓋嘗患苦之矣。十年之間，群起而沮抑之，未能止其偏，去其僞，而天下之賢者先廢而不用，旁觀者亦爲之發憤以昌言，則人心何由而正乎？臣願陛下明師道以臨天下，仁義孝悌交發而示之。盡收天下之人才，長短小大，各見諸用，德行、言語、政事、文學，無一之或廢，而德行常居其先，蕩蕩乎與天下共由於斯道，則聖問所謂『士大夫，風俗之倡也，朕所以勸勵其志者不爲不勤，而媮惰猶未盡革』，殆將不足憂矣。若使以皇極爲名，而取其媮惰者而用之，以陰消天下之賢者，則風俗日以媮，而天下之事去矣。

夫天下之情不能以自盡，而執八柄以馭臣民者，乃六三德之事也。强弱異勢，而隨時弛張者，人主所以獨運陶鈞而退藏於密者也。用玉食不可同之勢，而察威福之有害於家、凶於國者，悉取而執之，此豈臣下之所得而褻用乎！沈潛剛克，高明柔克，以期刑法之適平而已。吾夫子爲魯司寇，民有犯孝道者，不忍置諸刑，其説以爲教之不至則未庸以殺；而少正卯則七日而誅之，蓋動摇吾民，不可一朝居也。《周官》之刑平國用中典，蓋不欲自爲輕重耳。而二三十年來，罪至死者，不問其情而皆附法以讞，往往多至於幸生，其事既偏，而平心之人皆不以爲然矣。數年以來，典刑之官遂以殺爲能，雖可生者亦傅以死，而廟堂或以爲公而盡從之。使奏讞之典反以濟一時之私意，而民命何從而全乎？臣願陛下盡君道以幸天下，禮樂刑政並出而用之。凡天下奏讞之事，長案碎款，盡使上諸刑寺，其情之疑輕者駁就寬典，至其無可出而後就極刑，皆據案以折之，不得自爲輕重。則聖問所謂『獄，民之大命也，朕所以選任其官者不爲不謹，而寃濫之數或未盡除』，殆將不足憂矣。若使以福威在己而欲一日盡去其寃濫，人之私意固不可信，而吾能自保其無私乎？不如付之有司之猶有準繩也。

聖問又曰：『意者狃於常情則難變，玩於虚文則弗畏乎？』臣以爲人主以厚處其身，而未嘗以薄待天下之人，安有吾身之既至而天下之終不可化者乎？臣願陛下明師道、君道以先之而已。此所謂教化之實、號令之意者也。

臣伏讀聖策曰：『且帝者之世，賢和於朝，物和於野，俗固美矣，然讒説殄行，迺以爲慮。』臣有以見陛下深知人心之未易正也。昔者堯舜以師道臨天下，苟可以教之者無所不用其至矣，而説之横入於人心者，謂之讒説；行之高出於人心者，謂之殄行。人心之危，説有以横入之，則受矣；行有以高出之，則伏矣。此所謂震驚，而堯舜之所憂也。故必有納言之官，使王命、民言交出迭入，而得以同歸於道，而天下之學一矣。及周之衰，天下之學争起肆出，不能相下，而向之所謂讒説殄行者，一變而爲鄉原，務以浸潤於人心，自納於流俗。天下之學既不能以相一，而其勢不屈而自歸。孔孟蓋深畏之，以其非復堯舜之時所嘗有也。願陛下畏鄉原甚於堯舜之畏讒説殄行，則人心之正有日矣。

臣伏讀聖策曰：『畫衣冠，異章服，而民不犯，刑既措矣，然怙終賊刑，必使加審。何也？』臣有以見陛下深知民命之未易生全也。方堯舜以君道幸天下，禹平水土，稷降播種，民固已樂其有生矣，而皋陶明刑以示之，塞其不可由之塗，使得優游於契之教、伯夷之禮。天下之人皆知禹、夷、稷、契之功，而皋陶之所以入於人心者，隱然而不可誣也。後世之爲天下者，刑一事而已矣。寬簡之勝於微密也，温厚之勝於嚴厲也，其功皆可言，而皋陶不言之功則既廢矣。夫鞭作官刑，朴作教刑，金作贖刑，眚災肆赦，怙終賊刑。官刑既如彼，教刑又如此，情之輕者釋以財，情之誤者釋以令。凡可出者悉皆出之矣，其所謂怙終賊刑者，蓋其不可出者也，天下之當刑者能幾人？後世之輕刑未有如堯舜之世者也。願陛下考堯舜之所以輕刑之由，則民命之全可必矣。

而聖策又曰∶『得非薰陶訓厲，自有旨歟！』臣之所以反復爲陛下言之者，苟盡師道，則薰陶在其中∶苟盡君道，則訓厲不足言矣。堯舜之所以治天下者，豈能出乎道之外哉？仁義孝悌，禮樂刑政，皆其物也。

臣伏讀聖策曰∶『今欲爲士者精白承德而趨向一於正，爲民者遷善遠罪而訟訴歸於平。』臣有以見陛下之未嘗以薄待天下之人也，彼亦何忍以異類自爲哉！

而聖策又曰∶『名賓於實而是非不能文其僞，私滅於公而愛惡莫可容其情。』則聖意不免於小疑矣。然而天下之學貴乎正，天下之情貴乎平，其終固未嘗不歸於厚也。夫今日之患，正在夫名實是非之未辨，公私愛惡之未明，其極至於君子小人之分猶未定也。伊尹論『有言逆于汝心，必求諸道∶有言遜于汝志，必求諸非道』，其說近矣，而漢之谷永，其言未嘗不逆∶唐之李泌，其言未嘗不順∶則人心庸有定乎？孟子論國人皆曰賢，必察見其賢而後用之∶國人皆曰可殺，必察見其可殺而後殺之。其說密於伊尹矣，然爲人上者何從而得國人之論也？凡今之進言於陛下之前者，孰不自以爲是、而自以爲公哉？陛下亦嘗察輿論之曰賢者而用之矣，然而人之分量有限，其心未能盡平也，未能舉無私也。小人乘間而肆言以爲公，力詆以爲直，陛下亦不能不惑之矣，遂欲兩存之以爲平，薰蕕決無同器之理也。名實是非當日以淆，而公私愛惡未知所定，何望夫風俗之正而刑罰之清哉？陛下見其賢而用之，舉動之小偏，則勿行而已耳。君臣固當相與如一體也，何至存肆讒之人以恐懼其心志，而徊徨其進退哉！陛下苟能明辨名實是非之所在，公私愛惡之所歸，則治亂安危於是乎分，而天下之大計略定矣。風俗固不期而正，刑罰固不期而清也。清白承德，遷善遠罪，直其細耳。

而聖策又曰：『節儉正直之誼興行於庶位，哀矜審克之惠周浹於四方，果何道以臻此？』其要在於辨名實是非之所在，公私愛惡之所歸。其道則以厚處其身，而未嘗以薄待天下之人而已。陛下三載一策多士，宜若以踵故事也，宜若以爲文具也，草茅亦以故事視之，以文具應之，過此一節，則異時高爵重祿，陛下不得而靳之矣。陛下圖其名，而草茅取其實，此豈國家之所便哉？正人心以立國本，活民命以壽國脈，二帝三王之所急先務也。陛下用以策士，則既不鄙夷之矣，於其末又復策臣等曰：『子大夫待問久矣，咸造在廷，其爲朕稽古今之宜，推治化之本，凡可以同風俗、清刑罰、成泰和之效者，悉意而條陳之，朕將親覽。』臣有以見陛下必欲正人心、全民命，以盡君師之道，而自達於二帝三王之治而後已。顧臣何人，豈足以奉大對。臣竊觀陛下以厚處其身，而未嘗薄待天下之人，既得正人心、全民命之本矣，而猶欲臣稽古今之宜，推治化之本。夫以厚處身之道，豈有窮哉？使天下無一人之有疑焉可也。

陛下之聖孝，雖曾、閔不過，而定省之小奪於事，則人得以疑之矣；陛下之即日如故，而疑者不愧其望陛下之以厚自處爲無已也。陛下之英斷自天，不借左右以辭色，而廢置予奪之不常，則人得以疑之矣；陛下之終無所假，而疑者亦不愧其望陛下之以厚自處爲無已也。『雲上於天，需，君子以飲食宴樂。』而九五之需于飲食者，待時以有爲，當於此乎需也，豈以陛下之聖明而有樂乎此哉？然而人心不能無疑也。『明兩作離，大人以繼明照四方。』而六五之出涕沱若，戚嗟若，兩明相照，撫心自失，而不敢以敵體也。豈以陛下之英武而肯鬱鬱於此哉？然而人心不能無疑也。臣願聖孝日加於一日，英斷事踰於一事，奮精明於宴安之間，起心志於謙抑之際，使天下無一人之有疑，而陛下終爲壽皇繼志而述事。則古今之宜，莫便於此；治化之本，莫越於此。同風俗以正人心，清刑罰而全民命，而明效大驗，可以爲萬世無窮之法，其本則止於厚處其身而已。《詩》不云乎：『維天之命，於穆不已，文王之德之純。』而子思亦曰：『純亦不已。』夫以厚處其身，豈有窮哉！臣昧死謹〔一〕上愚對。

校勘記

〔一〕『謹』原本無，據明成化本補。

任子宫觀牒試之弊

古者不恃法以爲治，懼天下之以法求我也；後世立法以聽人之自取，懼天下之相與爲私也。慶賞刑威，聖人所以奔走天下之具，《周官》所謂八柄馭群臣者，其操縱闔闢，無不自我，豈嘗立爲定法，以聽人之自取哉？天下而有定法，則各執其成以要其上，如持券取償，患法之不合，而不患吾之無以堪此也；，患求之未遂，而不患人之不以爲然也；，則天子之八柄亦褻矣。然人之私意無窮，而吾之立法亦未已，一人抑之，一人開之，抑之一説也，開之又一説也，互相是非而法亦不知所定矣。此其病不在法也，亦不在人也，病在夫立法以聽人之自取，而天下皆得執法以要其上也。

夫任子所以象賢也，非使夫公卿大夫得以私其子若孫也，曷爲立法以聽人之自取邪？法可以聽人之自取，則子孫甥姪之念，誰獨無之？遺一人焉，則雖死而目不瞑也，何暇論其賢不肖哉！賢不肖所不暇論，則象賢之義安在？而任子所以爲私恩耳！國家患官之冗，而後思所以抑之，法雖行而人不服，抑之未幾而復開之矣。立法以聽人之自取，而又立法以禁之，固所以起人之争也。反其象賢之義，而操縱與奪之權一歸于上，則法行而人服矣。

宫觀所以均逸而優老也，非使士大夫得以自便其私也，曷爲立法以聽人之自取耶？法可以聽人之自取，則便文自營之念，誰獨無之？一日家食，則雖妻孥亦笑其無能也，何暇論理之是非哉！是非所不暇論，則均逸優老之義安在？而宫觀所以爲私恩耳。國家患財之耗，而後思所以抑之，法雖行而人不厭，抑之未幾而復開之矣。立法以聽人之自取，而又立法以禁之，固所以起人之僥倖也。反其均逸優老之義，而操縱與奪之權一歸于上，則法行而人服矣。

至於取士之道，所以敬天之所付，而求盡天下之才也，非誘之以爵禄，而使之顛倒於是非榮辱之塗而不自知也。今也鄉舉里選，則使之自爲保狀、家狀，以求試於有司，棘闈鎖閉如防寇盜，封彌謄録如擲雉盧，一日之長，偶中有司選掄，雖屠沽不得不與，是果何法也？而又人無定數，而州有定額，人多額少，則僥倖求試之心，誰獨無之？而况開其塗而受其來哉！法網雖密，而竊貫冒親不以爲疑者，固其勢之所必至也。將以盡天下之才，而立法以聽其自取，天下方顛倒於是非榮辱之塗，豈一綱一目之所可得而禁哉！壞天下之才，其原不起於牒試也。不思先王取士之大旨，而較今世尋常之法，則其弊未有底止，而法之在天下，其爲可嘆者不獨此三事也。

藝祖之初，法令寬簡，取士任子、磨勘考績、年勞陞轉，皆未有一定之法，而天下之人盡心畢力以事其上，上之人視其勞佚、能否而爲之黜陟、進退，而不必盡拘於一定之法。故上易知而下易使，明白洞達以開千百年無窮之基。自景德、祥符以來，天下廓廓無事，天子登封泰山，禮百神，公卿大夫，從容法服，列侍左右，千乘萬騎，擁衛於其旁；父老百姓，歡欣鼓舞於其外；嘉與海内同此大慶，而横恩四出矣。取士任子之法非復其舊，其後景祐有牒試之制，熙寧有宫觀之員，恩意日隆，法網日密，而天下亦不勝其多故。雖太平之餘，不可以開國舊事爲例，而立法以聽人之自取，使之各執成法以要其上，則其流爲甚可畏也。天下方争論法以求精密，而愚獨以爲當使法令寬簡，而予奪榮辱之權一歸於上。其説若甚迂矣。《易》所謂『化而裁之存乎變，推而行之存乎通』者，非隨世立法者之所能知也。盍亦反其本而求之？

人法

天下大勢之所趨，天地鬼神不能易，而易之者人也。自有天地，而人立乎其中矣。人道立而天下不可以無法矣。人心之多私，而以法爲公，此天下之大勢所以日趨於法而不可禦也。聖人論《易》之法象而歸之變通，論變通而歸之人，未有偏而不舉之處也。故三代未嘗不立法，而無任法之弊；三代未嘗不用人，而無任人之失；未嘗不以人行法，而無所謂人法並行之説。

自秦壞天地之大經，而天下之變始開矣。漢，任人者也；唐，人法並行者也；本朝，任法者也。天下之大勢一趨於法，而欲一切反之於任人，此雖天地鬼神不能易，而人固亦不能易矣。任人任法，與夫人法並行之外，又將何所出以正天地之常經耶？雖有聖智，安得而不病其難也！然嘗思之：法固不可無，而人亦不可少。聞以人行法矣，未聞使法之自行也。立法於此，而非人不行，此天下之正法也。法一立而人主以用人爲己憂，兢兢然懼任官之非其人而法不能行也，故上當其憂而下任其責，天下所以常治而無亂也。病無其人而一委於法，此一時之私心也，法一詳而人君以用非其人爲未害，纖悉委曲，條目備具，彼固不能盡出吾法之外也，故上無近憂而下不任責，天下之事所以常可虞也。故有以人行法之法，有使法自行之法。

今日之法可謂密矣：舉天下一聽於法，而賢智不得以展布四體，姦宄亦不得以自肆其所欲爲，其得失亦略相當矣。然法令之密，而天下既已久行而習安之，一旦患賢智之不得以展布四體，而思不恃法以爲治，吾恐姦宄得以肆其所欲爲，而其憂反甚於今日也。然而任天下大勢之所趨，而聽其所至之如何，則無所責於人矣。人主所以當天下之責者安在？而大臣所以同國家之憂者又何爲乎？故任法者本朝之規模也，易其規模，則非後嗣子孫之所當出也，盍亦於法而思之，則變通之道不可緩也。法當以人而行，不當使法之自行。今任法之弊，弊在於使法之自行耳。儻能於其使法自行之意而變通之，則條目微密，得無有可簡者乎？關防回互，得無有可去者乎？大概以法爲定，以人行之，而盡去其使法自行之意，上合天理，下達人心，二百年變通之策也。法者公理也，使法自行者私心也，恃公理而不恃使法自行之私心，則他日必有變通而至於不窮者，孰謂任人任法與夫人法並行之外，而他無其道乎？天下大勢之所趨，苟得其人，可以不動聲色而易也。

夫取士任官之法，未有密於今日者也。然藝祖立法之初，糊名、謄録未盡用，與其他所以防禁之嚴未盡舉，而進士高第多爲時名臣；磨勘、年勞未盡立，與其所以陞轉之格未盡定，而當官任職皆有以自見。蓋取士貴得人，任官貴責效，立法以公而以人行法，未嘗敢曰無其人而法亦可行也。其後防人之多私而法日密，無其人而欲法之自行。蓋取士任官不勝其條目之多，而人愈苟且，豈非欲法自行之心有以取之乎！

治兵理財之法，亦未有密於今日者也。然藝祖立法之初，兵大較以嚴階級、慣馳驅爲本，而苛碎之禁尚多闊略，使人得以自奮；財大較以裕根本、謹廢置爲先，而隱漏之方尚多遺餘，使人得以取辦。蓋治兵貴制敵，理財貴寬民，立法以公而以人行法，亦未嘗敢曰無其人而法亦可行也。其後防人之多私而法日密，無其人而欲法之自行。蓋治兵理財不勝其條目之細，則事權愈輕，豈非欲法自行之心有以取之乎！

今儒者之論則曰：『古者不恃法以爲治。』而大臣之主畫，議臣之申明，則曰：『某法未盡也，某令未舉也，事爲之防不可不底其極也，人各有心不可不致其防也。』其説便於今而不合於古，儒者合於古而不便於今。所以上貽有國者之憂，而勤明執事之下問。而愚之説則曰：天下不可以無法也，法必待人而後行者也，多爲之法以求詳於天下，使萬一無其人，而吾法亦可行者，此其心之發既出於私，而天下之弊所以相尋於無窮也。使立法者得是説而變通之，豈惟弊源之瘳有日，而三代立法之意，藝祖立法之初，當自今日而明矣。《詩》不云乎：『無念爾祖，聿修厥德。』『惟其有之，是以似之。』愚不勝惓惓。

子房賈生孔明魏證何以學異端

異端之學，何所從起乎？起於上古之闊略，而成於春秋戰國之君子傷周制之過詳，憂世變之難救，各以己見而求聖人之道，得其一説，附之古而崛起於今者也。老莊爲黄帝之道，許行爲神農之言，墨氏祖於禹，而申韓又祖於《道德》。其初豈自以爲異端之學哉？原始要終而卒背於聖人之道，故名曰異端，而不可學也。

夫豪傑之士雖無文王猶興。天資既高，目力自異，得一書而讀之，其穎脱獨見之地不能逃，而背戾之所亦不能以惑我也。得其穎脱而不惑乎背戾，一旦出而見於設施，如兔之脱，如鶻之擊，成天下之駿功而莫能禦之者，此豈有得於異端之學哉？其説有以觸吾之機耳。使聖人之道未散，而六經之學尚明，極其天資、目力之所至，伏而讀其書，以與一世共之，當掩後世之名臣而奪之氣，而與三代之賢比隆矣。子房、孔明蓋庶幾乎此者也。賈生不得自盡於漢，而魏證有以自見於唐，亦惟其所遭耳。

子房爲高帝謀臣，從容一發，動中機會，而嘗超然於事物之外，此豈圯下兵法之所有哉？孔明苟全於危世，不求聞達，三顧後起，而惓惓漢事，每以天人之際爲難知，管樂功利之學，蓋未能造此室也。天資之高，目力之異，卓然有會於胸中，必有因而發耳。賈生於漢道初成之際，經營講畫，不遺餘慮，推而達之於仁義禮樂，無所不可，申韓之書，直發其經世之志耳。魏證於太宗求治如不及之時，從容論議，有過必救，有善必達，雖禮樂之未暇，而治體蓋亦略盡，縱横之學，直發其遇合之機耳。豪傑之士，天資之高，目力之異，未可以一書而律之也。嗟夫，使聖人之道未散，六經之學尚明，而皆得以馳騁於孔氏之門，由、賜、游、夏不足進也。

昔者聖人歷觀上古之書，商周之典禮，斷自唐虞以下，訖於周，嘆其前之不足爲法，而傷其後之不可復知，所以塞異端之原，而使其流之無以復開也。而春秋戰國之君子，卒取唐虞以上不足存之説以馳騖於世，則孔子之慮誠遠矣。然而《詩》、《書》、執《禮》，乃孔子之所雅言，曰與群弟子共之者，而《易》、《春秋》不與焉，何以發豪傑不群之志哉！子路以爲『有民人焉，有社稷焉，何必讀書，然後爲學』，則深排而力斥之，以爲非教人之常也。宜其律天下豪傑於規矩準繩之中，而乃上許管仲以一正天下之仁，下許顏子以四代之禮樂，是殆其他未有以當孔氏之心耳。賈生、魏證可也，吾是以三嘆於子房、孔明焉。

蕭曹丙魏房杜姚宋何以獨名於漢唐

『五百年必有王者興，其間必有名世者。』聖賢之生亦有定理，而君臣相遭亦有定數乎？夫是以知天人之難合也。蓋至於吾夫子，有扶天下之道，有正四代禮樂之志，而時君方鶩於功利，有道不合，有志不遭，而徒能嘆鳳鳥之不至，周公之不復夢見，而定理之不應，定數之不驗。孟子所以復嘆其未有疏於此時，而傷其數之過。知天下息肩之日尚遠，而聖賢相遭之期猶未也。時日愈疏，世變愈下，使其相遭，則君非昔者之君，臣非昔者之臣，徒以當方來之數，而無復三代之盛矣。孟子之嘆，蓋嘆此也。

自漢而言之，則蕭、曹之遇高祖，丙、魏之遇宣帝，蓋可謂漢家遇合之盛矣。自唐而言之，則房、杜之遇太宗，姚、宋之遇明皇，亦可謂唐家遇合之盛矣。其一時君臣之遇合，足以扶斯世而蘇生民，貽謀方來而光映前古；其所謀謨成就，後世皆莫之先也。而卒有愧於三代，豈其期運不接，源流不繼，而天人之際至難合歟？何治道之遂踈闊也！

周室之衰，以迄于秦，天下之亂極矣。斯民不知有生之爲樂，而急於一日之安也。高祖君臣獨知之，三章之約以與天下更始，禁綱踈闊，使當時之人闊步高談，無危懼之心。雖禮文多闕，而德在生民矣。曹參以清净而繼『畫一』之歌，此其君臣遇合之盛，無一念之不在斯民也。魏相之奉天時，行故事，丙吉之不務苛碎，不求快意，以供奉宣帝寬大之政，亦不負君臣之遇合矣。唐承隋舊，其去隋文安平之日未遠，天下不能無望於紀綱制度之舉而致治之隆也。太宗君臣獨知之，興仆植僵，以六典正官，以進士取人，以租庸調任民，以府衛立兵。雖禮樂未講，而天下之廢略舉矣。房、杜謀斷相先，而卒與共濟斯美。此其君臣遇合之盛，亦無一念之不在斯民也。姚崇之遇事立斷，宋璟之守正不阿，以共成明皇開元之治，亦不負君臣之遇合矣。

自漢唐以來，雖聖人不作，而賢豪接踵於世，有如賈生之通達國體，董生之淵源王道，欲揭其君於三代之隆，其君亦既知之，而卒於不遇；而第五倫、李固之徒，亦班班自見於東都，而無復君臣遇合之盛，亦可爲漢家天時人事之嘆矣。有如陸贄之論諫仁義，李泌之惓惓古制，欲使其君爲不世出之主，其君亦嘗用之，而終於不盡；而杜黄裳、裴度之徒，亦各〔二〕有以自見於世，而無復君臣遇合之盛，亦可爲唐家天時人事之歎矣。夫君臣之相遭，蓋天人之相合，而一代之盛際也，此豈可常之事哉！盍於《易》否泰之象而玩之乎？

校勘記

〔一〕『各』原作『合』，據明成化本改。

陳亮集卷之十二

按：本卷所載《國子》等策八篇，原載《文粹》後集卷五。

策

國子

國家之本末源流，大臣之所講畫而士大夫之所共守也；公卿大夫之本末源流，子弟之所習聞而建官設學之所教詔也。夫天下之賢才，豈固不若公卿大夫之子弟哉？國中之學不以及天下之士者，國家之本末源流非可以人人而告語之也。

集天下之士而會之京師，非所以養其重厚質實之意也。以天下之學養天下之士，爲之規矩準繩，命有司而賓興之，豈將以銷天下豪傑之心；天下而有豪傑特立之士，卓然不待教詔而知國家之本末源流者，彼固不能自揜於賓興之際矣。猶將養其望實以待天下之既孚，然後舉而加諸上位，先王之所以處天下之士，固已無負矣。而公卿大夫之子弟，近在王朝之左右者，吾既尊禮其父兄，而衆庶共見矣。其子弟猶吾之子弟也，使之共處而教之：大司樂與其屬以樂而和平其心，是成德達材〔二〕之道也；師氏，天子之所以長善而救失者，則又以中失之事而語國之子弟。其於國家之本末源流，固已如身嘗而親歷之矣。故其適子往往可以繼世爲卿，而諸子之官又集其庶子而教之以道德，肅之以戒令，平居則考其藝能，緩急則部以軍法。凡在王朝之左右者，無非可用之才也。教其子弟而吾自用之，非若漢法待其父兄任以爲郎也。雖重嫡以節其餘，又豈能禁其異時不舉任之哉！

東漢之置五經師以教四姓小侯，唐分四學以官品而教其子弟，蓋亦足以加惠於公卿士大夫矣。教養之無法，而時變之易移，終亦不免假四方游士以爲盛也。東漢之衰，不足道矣；而唐之盛時已如此，奈之何其變之不亟哉！

本朝監學之法，雖參以天下之士，而於國子加厚矣。蓋愛禮存羊，以有待也。吕汲公號爲傑然有識之士，不知舉先王教養國子之法，而欲於階官加『左』、『右』二字以勉勵之，不究其本而齊其末，徒以啓後來之紛紛也。今朝廷之選用，固已無間於文武若奏補矣，因其父兄之所在，冀其自學而任使之，而教學之法闕然不聞。故雖不學而從政者，舉世安之而不以爲異，尚烏望其習熟國家之本末源流哉！

然國子猶置博士、正録，則其文之一二猶存也。今以場屋一時之弊，將使國子若待補者試之别頭，則其文從此盡廢矣，况未能復其實，而忍棄其文乎！上方以山林之士不能習知國家之本末，徒爲紛紛以亂人聽，而有意於國之子弟。於斯時也，而舉先王教養國子之法，奚患不行？況其一二之遺文，豈可以其一時之弊而遂廢之哉！

士大夫之囑託其子弟，太祖皇帝之所以警陶穀者，尚可覆也，何至倉卒變法而類若亡具乎！集天下之士而養之京師，非良法也；人情之既安者，未可改也；太學之加厚於國子，猶美意也；天理之不可無者，獨可輕變乎！草茅之論，不敢以私而害公，執事不可以公而自嫌於私也，其爲今日卒言之。

校勘記

〔一〕『材』，《文粹》及明成化本俱誤作『財』，今據《孟子》『成德達材』之語改。

銓選資格

有察舉而後有銓選，有銓選而後有資格。天下之變日趨而下，而天下之法日趨於詳也。方漢魏之察舉也，豈以銓選爲可行哉！察舉之不免於私，則亦嚴其課試之法而已矣。課試之有法，而其變未已，由是而加詳焉，則銓選之歸於吏部，固其勢之所必至也。及隋唐之銓選也，豈以資格爲可用哉！銓選之不免於弊，則亦謹其注授之時而已矣。注授之有時，而其變未已，由是而加詳焉，則銓曹之有資格，亦其勢之所必至也。

然銓選既行，而人往往以察舉爲無用之虛名。今人浸不如古，故銓選猶不堪其弊，而欲慕無用之虚名以求合於古，而冀得人之盛，是導之使爲私耳。向也爲漢魏之良法，而今爲虚名，銓選有定制，則其説豈易入乎！然魏元同、沈既濟之徒，思救銓選之弊，則惓惓於郡縣之察舉，奏疏論之，以幸一旦之可復。天下方病銓選之不定而將趨於資格，亦何有於察舉哉！論雖不行，而識者高之，蓋天下之變可回而不可徇也。

及資格既用，而人往往以銓選爲難守之弊法。今人浸不如古，故資格不能以盡防，而欲舉難守之弊法以漸復前代，而謂古道之有望，是開之使無法耳。向也爲隋唐之盛典，而今爲弊法，資格有定守，則其説豈易入乎！然慶曆間，范、富諸公思救磨勘、薦舉之弊，欲去舊例，以不次用人，而案百吏之惰。天下方病資格之未詳而將趨於成例，亦何有於銓選哉！事雖隨廢，而論者惜之，亦以天下之變可回而不可徇也。

然則銓曹資格之弊，自慶曆以來固已患之矣。其後熙寧間，神宗皇帝思立法度以幸天下，按《唐六典》而大正天下之官。其徇名責實，固已光乎祖宗，而元祐諸臣之所不敢輕動也。然其資格尚仍祖宗之舊而加詳焉。及夫徇名責實之意既衰，而資格之弊如故。凡其大臣之所講畫，議臣之所論奏，往往因弊變法，而未必盡究其立法之初意，法愈詳而弊愈極。積而至於今日，而銓曹資格之法，其弊不可勝言矣。此所以上勤聖天子宵旰之慮，而執事亦將進諸生而教之也。

夫人情不易盡，而法之不足恃也久矣。然上下之間每以法爲恃者，樂其有準繩也。以名譽取人，人或以虛誕應之，而薦舉直以文移爲據耳，天下寧困於薦舉，而終以爲名譽之風不可長者，所恃在法也。以績效取人，人或以浮僞應之，而年勞直以日月爲功耳，天下寧困於年勞，而終以爲績效之實不可信者，所恃在法也。天下方以法爲恃，而欲委法以任人，此雖堯舜不能一日而移天下之心也。將一意而求之於法，則今日之法亦詳矣。聖上徇名責實，常以清光照臨群下，留意民事，尤以郡縣爲重，而其弊猶若此。則人情果不易盡，而法果不足恃矣。

方慶曆、嘉祐，世之名士常患法之不變也；及熙寧、元豐之際，則又以變法爲患。雖如兩蘇兄弟之習於論事，亦不過勇果於嘉祐之制策，而持重於熙寧之奏議，轉手之間而兩論立焉，雖自以爲善事兩朝，將使其君何所執以爲據依哉？獨張安道始終以藝祖舊事爲言，不以兩朝而易其心。使人主能講求其立法之初意，則必因時而知所處矣。

藝祖承五代藩鎮之禍，能使之拱手以趨約束，故列郡以京官權知，三年一易；財歸於漕司；兵各歸於郡；而士自一命以上，雖郡縣筦庫之微職，必命於朝廷；而天下之勢始一矣。此其圖回天下之大略，而非專恃資格以爲重也。當是時，宰相得以進退百官，而吏部尚以身言書判爲試，則猶仍銓選之舊也。取人猶採名望而薦舉任用，磨勘遷轉猶未有定法，凡欲使天下之勢在我而已。故朝廷尊嚴，大臣鎮重；而天下之士不以進取爲能，不以利口爲賢。歷三朝而士之善論時政是非利害者，百不一二也，豈不盛哉！

今吏部之資格日繁，而銓選之爲虛文久矣。廟堂方以資格從事，下人輕上爵，小臣與大計。則其徇私苟求，浮僞偷惰之風，不當尚求之法也。愚不敏，不敢輒論時政，顧方居今而思藝祖，當資格之時而謂銓選之可復，亦徒以謝明問而已。

變文格

古人重變法，而變文猶非變法所當先也。天下之士，豈不欲自爲文哉？舉天下之文而皆指其不然，則人各有心，未必以吾言爲然也。然不然之言交發並至，而論者始紛紛矣。紛紛之論既興，則一人之力決不能以勝衆多之口，此古人所以重變法，而尤重於變文也。然則文之弊終不可變乎？均是變也，審所先後而已矣。

夫文弊之極，自古豈有踰於五代之際哉？卑陋萎弱，其可厭甚矣。藝祖一興，而恢廓磊落，不事文墨，以振起天下之士氣；而科舉之文，一切聽其所自爲，有司以一時尺度律而取之，未嘗變其格也。其後柳仲塗以當世大儒，從事古學，卒不能麾天下以從己；及楊大年、劉子儀因其格而加以瑰奇精巧，則天下靡然從之，謂之崑體。穆脩、張景專以古文相高，而不爲駢儷之語，則亦不過與蘇子美兄弟唱和於寂寞之濱而已。故天聖間，朝廷蓋知厭之，而天下之士亦終未能從也。

其後歐陽公與尹師魯之徒，古學既盛，祖宗之涵養天下，至是蓋七八十年矣。故慶曆間，天子慨然下詔書，風厲學者以近古，天下之士亦翕然丕變以稱上意。於是胡翼之、孫復、石介以經術來居太學，而李泰伯、梅堯臣輩又以文墨議論游泳於其中，而士始得師矣。當是時，學校未有課試之法也，士之來者，至接屋以居而不倦，太學之盛蓋極於此矣。乘士氣方奮之際，雖取三代兩漢之文，立爲科舉取士之格，奚患其不從？此則變文之時也。藝祖固已逆知其如此矣。然當時諸公，變其體而不變其格，出入乎文史而不本之以經術。學校課士之法又往往失之太略，此王文公所以得乘間而行其説於熙寧也。經術造士之意非不美，而新學、《字説》何爲者哉！學校課試之法非不善，而月書、季考何爲者哉！當是時，士之通於經術者，神宗作成之功，而非盡出於法也。及司馬温公起相元祐，盡復祖宗之故，而不能參以熙寧經術造士之意，取其學校課試之大略，徒取快於一時而已。則夫士之工於詞章者，皆祖宗涵養之餘，而非必盡出於法也。紹聖、元符以後，號爲紹述熙、豐，亦非復其舊矣。士皆膚淺於經而爛熟於文，其間可勝道哉！

中興以來，參以詩賦經術，以涵養天下之士氣，又立太學以聳動四方之觀聽，故士之有文章者、德行者、深於經理者、明於古今者，莫不各得以自奮，蓋亦可謂盛矣。然心志既舒則易以縱弛，議論無擇則易以浮淺，凡其弊有如明問所云者，固其勢之所必至也。議者思所以變之，其意非不美矣；而其事則藝祖之所難，而嘉祐之所未及也。

夫三年課試之文，四方場屋之所係，此豈可以一朝而變乎！然學校之士，於經則敢爲異説而不疑，於文則肆爲浮論而不顧其源，漸不可長。此則長貳之責，而主文衡者當示以好惡，而不在法也。昔慶曆有胡翼之學法，熙寧有王文公學法，元祐有程正叔學法。今當請諸朝廷，參取而用之，不專於月書、季考，以作成太學之士，以爲四方之表儀，則祖宗之舊可以漸復，豈必遽變其文格以驚動之哉！古人重變法，而尤重於變文，則必有深意矣。不識執事以爲如何？

傳註

昔者孔子適周而觀禮，上世帝王之書，蓋亦無所不睹矣。包羲氏、神農氏、黃帝氏始開天地而建人極，其大者固已爲百王之所不可廢，而風俗之尚朴、法度之尚簡也，故其書不可存而存其大者，《易》所載十三卦聖人是也。而《易》之書則天地古今之變備矣。帝堯始因時立制，可以爲萬世法程，而百王之綱理世變者，自是而愈詳，故裁而爲《書》，三代損益之變，後世聖人將有考焉。而夏商之書，杞、宋特不足證，於是始定《周禮》。又參考周家風俗之盛衰，與其列國離合之變，删而爲《詩》。其於周可謂詳矣。又取累聖之所以宣天地之和者，列爲《樂書》。而又傷春秋之變，遂不可爲也。齊威、晉文之伯，首變三代之故，而天地之大經從此廢矣。聖人之所以通百代之變者，一切著之《春秋》。六經作而天人之際其始終可考矣。此聖人之志也，而王仲淹實知之。九師三傳，齊、韓、毛、鄭、大戴、小戴與夫伏生、孔安國之徒，其於六經之文，窮年累歲，不遺餘力矣；師友相傳，考訂是非，不任胸臆矣；而聖人作經之大旨，則非數子之所能知也。天下而未有豪傑特起之士，則世之言經者豈能出數子之外哉？出數子之外者，任胸臆而侮聖言者也。彼其説之有源流也，歷盛衰之變也，合前後之智也，於聖人之大者猶有遺也。納天下之學者於規矩之内，吾未見其捨注疏而遽能使其心術之有所止也。

當漢唐之盛時，學者皆重厚質實，而不爲浮躁儇淺之行，彼其源流有自來矣。祖宗之初，不以文字卑陋爲當變，而以人心無所底止爲可憂，故天下之士惟知誦先儒之説以爲據依，而不自知其文之陋也，是以重厚質實之風往往或過於漢唐盛時。其後景祐、慶曆之間，歐陽公首變五代卑陋之文，奮然有獨抱遺經以究終始之意，終不敢捨先儒之説，而猶惓惓於《正義》。蓋其源流未遠也。嘉祐以後，文日盛而此風少衰矣。極而至於熙、豐之尚同，猶〔一〕未若今日之放意肆志以侮玩聖言也。聖人作經之大旨，非豪傑特立之士不能知，而纖悉曲折之際，則註疏亦詳矣，何所見而忽略其源流而不論乎！無怪乎人心之日偷，而風俗之日薄也。然考之三朝，未嘗立法也，而天下之學者知以註疏爲重，則人心之向背顧上之人如何耳。

夫取果於未熟，與取之於既熟，相去旬日之間，而其味遠矣。將以厚天下學者之心術，而先啓其紛紛，則又執事之所當慮也。可與樂成，難與慮始，此豈忠厚者之論乎？盍亦思所以先之？

校勘記

〔一〕『猶』原作『尤』，據明成化本改。

度量權衡

昔伏羲氏始畫八卦，因象以明理，雖天地之正數，而未嘗以語人也。制器者尚其象，而豈數之云乎？象一示而數存乎其間矣。當是時，風氣未開，人物尚朴，觀象之妙蓋不必推數而後知也。故言數者歸之律曆之學。而更閱群聖，皆以觀象爲窮天地之蘊。雖孔氏既知之矣，而不以爲常言也。

漢至建元、元狩〔一〕之間，而數家之學始盛。其説以爲數始於一，成於三，三而積之得八十一，而黄鍾之律生焉。度，起於黄鍾之長者也；量，起於黄鍾之龠者也；權，起於黄鍾之重者也。演而爲曆，推而尚象，合而爲《春秋》三統四時，列而爲皇極三德五事，以五乘十，而爲大衍之數。道，數之宗也，而道據其一，所以别道於數也。數，固四者之宗也。而列而爲五，所以偶數於器也。苟非道以主之，則天下之數何能生生而不窮，天下之器何能分别而爲用！言數而不知道者，真星官曆翁之學耳。寸極於九，以爲黄鍾之管；三微成著，以别度之分；上三下二，以示量之狀；忖爲十八，以極權之數。是皆數也，而有理焉。數可演而理亦可闡也，洛下閎諸人推其數，揚子雲獨因其數而闡其理。顔師古之釋，釋其數耳。不明其理而釋其數，庸詎知其數之果不悖乎？學者當於《太元》而求之。先儒以爲五十有五乃天地之正數，陰無一，陽無十，陰縮陽贏，或乘或除，以盡數之變。故極天兩地而倚數，是非數之正，而所以盡其變也。律生而爲度量權衡，制器以盡天下之變，是豈可以常法而論其相生相成之義乎？姑以謝明問而已。

校勘記

〔一〕『狩』原作『符』，據明成化本改。

江河淮汴

自鴻荒以至於堯，天下之水未有所歸也，故洪水之患特甚，堯獨有憂之。當是時，天下之善治水者，未有過於鯀者也。四嶽舉之，堯不敢以其方命圮族而置之〔一〕。昔者三載嘗考績矣，其導一水，築一渠〔二〕，蓋亦未嘗不得其便利也。惟其不能以公天下之心觀天下之大勢，合天下之水而相其所趨，故雖有一水一渠之功，而三載之間會衆流以課之，則終於無成而已。故曰：『鯀堙洪水，汩陳其五行。』及禹以公天下之心而觀天下之大勢，合天下之水而相其所趨，水之大者莫如河，使天下之水有所歸，而河亦安流而入於海。其導河之功力爲不少矣，大要行其所無事也，故歷三代而河不爲患。自齊威公利河之地以居民而强其國，而河始失其故道矣。禹於滎澤之下，嘗引河流以注東南而通淮泗，蓋其肢脈猶未盛也。自秦決浚儀以灌大梁而并天下，而河汴始分流矣。漢承齊秦之後，而受河之患爲尤劇。蓋必有禹之遺智，而後可以治當時之水。然其議臣之講求，若東流、北流之説，賈生、韓生之論，雖或足以爲一時之便利，揆之古義，是皆『汩陳其五行』者也，烏足以動天而回河乎？及永平之間，河流既塞，始築汴渠，而又修浚儀渠焉。其後隋大業中，大開通濟之渠，而河汴達於淮泗者始安流而無礙。是以東南轉輸相繼而上。

本朝都陳留，而宿重兵以爲固，其資東南之粟者不知其幾千萬石，故置發運使以漕之，而浚渠之功爲不細矣。故本朝受河之患，無以異於漢；而受汴渠之利，則自漢以來未之有也。豈水無常勢，而亦因時以爲利害乎？今汴渠已塞矣，異時版圖之復，其言河者，豈可復以往事論？其亦以公天下之心而觀天下之大勢，合天下之水以相其所趨，則必有以處之矣。

校勘記

〔一〕自『而置之』至『築一渠』凡十八字，《文粹》全脱，據明成化本補入。

四　弊

古者官民一家也，農商一事也。上下相恤，有無相通，民病則求之官，國病則資諸民。商藉農而立，農賴商而行，求以相補，而非求以相病，則良法美意何嘗一日不行於天下哉！《周官》以司稼出斂法，旅師頒興積，廩人數邦用，合方通財利。此其事甚切而其職甚微，所宜曲爲之防；而周家則一切付之，使得以行其意而舉其職，展布四體，通其有無，官民農商，各安其所而樂其生，夫是以爲至治之極，而非徒恃法以爲防也。後世官與民不復相知，農與商不復相資以爲用，求以自利，而不恤其相病。故官常以民爲難治，民常以官爲厲己；農商盻盻相視，以虞其龍斷而已。利之所在，何往而不可爲哉！故朝廷立法日以密，而士大夫論其利害日以詳，然終無補於事者，上下不復相恤也。

嗟夫，此其來豈一日之積哉！郡縣困匱，而其弊日又甚矣：租入加耗之無算，義倉支移之不時；利和糴之贏，取力勝之利。法禁非不嚴，論議非不切，而郡縣恬若不聞，而行之若當然者，天下之官豈無一人有志於民哉？聖天子宵旰仄席，憂勤於上，夫亦何忍爲此，而郡縣之用，賴此僅足枝梧。夫使官兵一切不論，而獨存大信於斯民，自大賢猶或難之，而況其官民農商盻盻相視之時乎！夫亦正其本而已矣。郡縣略就從容，而後示以官民相恤之義，不待夫事爲之法，而猶可濟也。不然，則上有其意，下無其實，回環四顧，網如凝脂，終於相蒙，而又何尤焉！

雖然，善言弊事者，未有詳於今世者也。而治道之不知，時變之不究，其説雖若可聽，其事雖若可行，原始要終，而卒歸於無用。譬如枝撑弊屋，而不救於一日之摧，不獨於四者之弊爲然也。財利之本源，法制之根柢，增損盈虚之變，先後參酌之宜，講究而推行之，使天下之財日以裕，郡縣之用日以足，則區區四弊，一郡官之責耳，何足以煩議臣之講論推究，與夫朝廷之文書約束，而明問復以下詢哉？

張文定公以爲，祥符以來，萬事隳弛，務爲姑息，漸失祖宗之舊。取士、任子、磨勘、遷補之法既壞，而任將、養兵皆非舊律。國用既窘，而政出一切，大商姦民乘時射利，而茶、鹽、香、礬之法亂矣。其後神宗皇帝獨留意於租賦之入、郡縣之藏，而常平、義倉之法尤爲詳備。元符以後，支移借用，不復舊典，而神宗之法又壞矣。渡江以來，於財計之遠者大者猶有遺恨，士大夫置而不考，而獨四弊之足言乎！方將從執事問其本末而未暇也。

制　舉

設科以取士，而制舉所以待非常之才也。夫决科之士滿天下，豈必皆常才，而非常之士亦或在其中矣。獨制舉得以擅其名者，豈古之賢君，其待天下之士如是其薄哉？彼其以一身臨王公士民之上，其於天下之故，常懼其有闕也，自公卿等而下之，以至於郡縣之小官，科目之一士，莫不各得以其言自通；然猶懼其有懷之不盡也，故設爲制舉以詔山林朴直之士，使之極言當世之故，而期之以非常之才。彼其受是名也，宜可以自異於等夷，則亦將盡吐其藴，凡天下之所不敢言者，一切爲吾君言之，以報其非常之知焉。然後人主可以盡聞其所不聞，恐懼脩省，以無負天下之望。則古之賢君爲是設科以待非常之才者，其求言之意可謂切矣，豈徒爲是區别而已哉！

五季之際，天下乏才甚矣。藝祖一興，而設制科以待來者，至使草澤得以自舉，而不中第者，猶命之以官。以藝祖之規模恢廓，固非飾法度以事美觀，誠得夫古者設制科之本意，而求言之心不勝其汲汲也。雖當時才智之士，其所見不能有補於聖明，歷太宗、真宗而涵養天下之日既久，及天聖間，仁宗再復制科，而富、韓公首應焉。其後異人輩出，仁宗既用以自輔，而其餘者猶爲三代子孫之用。及熙寧之初，孔文仲、吕陶猶能極論新法，以伸天下敢言之氣。雖制科卒以此罷，藝祖之規模宏廓，其所庇賴後人多矣，而仁宗實當其盛時也。元祐既復之，而紹聖以後又罷之。及上皇中興，首設制舉以行藝祖之志，而士病於記問，莫有應者。肆我主上，切於求言而略於記問，士始奮然以應上之求。其於國家之大略，當世之大計，人之所不敢言而上之虛佇以待者，固將無所不聞矣。而執事方以董仲舒、劉蕡所對之緩急，而論者皆有遺憾發於問目，豈將酌其中以警夫非常之士邪！

夫言之難也久矣。要之，以其君爲心，則其言之緩急無不當於時也。漢武帝，英明願治之主也，負其雄才大略，欲挈還三代之盛，而漢家制度之變亦其時矣。仲舒以爲漢雜伯道以維持未安之天下，天下既安而教化猶未純也，勸帝以更化，而更革之際豈可任意而爲之哉？天人相與之際甚可畏，故緩其言，使武帝舒徐容與，因天下所同欲而更其所當先者，豈敢以一毫奮厲之氣而激武帝之雄心哉！仲舒之言雖緩而實切於時者，以武帝爲心也，夫豈計其合不合哉？異時固已甘心於膠西矣。唐文宗，恭儉少決之主也，乘主威不振之後，欲有所爲而輒復畏縮，而北司之患至是蓋亦極矣。蕡以爲肅宗、代宗、德宗失柄於北司，元和之痛，臣子不可一朝安也。勸帝聲其罪而討之，而斷决之際，豈可以陰謀而自陷於不直哉？社稷之大計非小故，故蕡急其言，使文宗奮厲果敢，因天下所同欲而易致如反手，豈敢徐步拯溺以待文宗之自悟哉！蕡之言雖急而實審於時者，以文宗爲心也，夫豈計其第不第哉！彼其見黜固宜矣，而恨文宗之不一見也。論者病仲舒之不切，而咎蕡之疏直，是殆未知其心耳。夫當世之務亦多矣，必其以君爲心，然後其言之緩急當於時；言之緩急當於時，而後不負於國家非常之求哉。

陳亮集卷之十三

按：本卷所載策問十九篇，原載《文粹》後集卷十四。

策問

問人才

一世之才自足一世之用，堯舜、三代之時，何其人才之多也！自漢以來，世往往以乏才爲病，豈天地之生才遽不若古哉？堯舜之書略矣，彼成周之所以養士者若是其詳，則夏、商而上不能易是道也。養之不於平時，而倉卒欲望其用，豈不難哉！

主上鋭意以圖恢復，寤寐英賢，而郡縣之間區區辦職者甚少，而況於度外之士哉！此所以當宁興嘆，而群臣踧踖不足以望清光，而計效尚如此也。今將以三代養士之説爲獻，則合抱之木，夫豈旦夕之所可封植？欲求之山林藪澤之間，不次而用之，則伊尹、太公不可得，而衒石爲玉，往往皆是。或曰：『天降時雨，山川出雲。』今三歲大比，與夫當郊任子，及其他隸仕籍者不知其幾人，而銓曹常不勝其應；甚者雖賢良方正之科，舍法久虚之選，亦既有人矣，何爲不足以致雨也？上意所向如此，而人才之不應，此其所甚可疑者。無乃養之有經久之法，而倉卒之求抑別有道乎？不然，則度外之士可以意氣得，而不可以科目求也。今日之迫亦甚矣，一世之才自足一世之用，其説定如何邪？

問治天下

治天下之患，其目固不勝其繁也，而大概可得而言矣。庶官之奔競，人士之冒進，豪民之兼并，游民之蠶食，工商之乘時射利，自漢以來，雖有盛時，其患固已如此；而明君賢相，求所以處之者無所不用其至矣，而議者之獻説蓋不勝其多也。然而足以計尺寸之效，而終不足以致天下之大治，豈是數者之梗吾治，終不可得而去邪？堯舜、三代之際，其民固淳，而後世不可復望邪？不然，則帝王盛時，其患常不至者，處之固有道也？今日之患極矣，顧何以寬聖上之憂者？請原是數者之情，而陳可行之法，毋徒曰『必古而後可』。

問古者子弟從父兄

先儒有言：『古者子弟從父兄，後世父兄從子弟。』當漢之初，高祖之下沛，以書諭沛父兄；入關之所急者，諭秦父兄耳。自今觀之，一室之間，若十人之聚，遇事則紛然爲論，父兄之力常不能以得之子弟，此何景？〔一〕而世之論治者乃不及焉，何也？漢獨近古，而其風猶如此，則三代從可知矣。其何道以致之？率其子弟以從上之令，正今日之所甚急者。

校勘記

〔一〕此處疑有脱誤。

問老成新進之士

老成之人，足以坐鎮國家。雖有才智新進之士，不能以一日使天下信。自三代以來，必以黄髮爲貴而世臣是用者，其思之審矣。孟子以爲故國必有世臣，必不得已而使卑踰尊、疏踰戚，則察國人皆曰賢者而後用之，固亦必求其足以自信於一國者，不然終不敢用也。漢興，公卿多用軍吏，以賈生之才智，猶疑其紛亂國家而不用，爲天下者，其體固應如是邪？雖然，創業之初，及國家再造之際，安得世臣而用之？倉皇急卒，雖天下皆曰賢者，固亦不暇待也。光武中興，所與謀者鄧禹，禹才年二十三爾，而置相必曰侯霸、伏湛，霸與湛豈必天下皆曰賢而後用之乎？豈創業之初，再造之際，其用人固難以一道律也？唐憲宗時最號多士，更任迭用，各有成功，中興非一士之力也。及裴度閲歷四世，爲國重臣，穆、敬之際，其施爲可睹矣。然則世臣固未足深倚，而偏試天下才智之士，誠亦未爲失也。三代之事遠矣，孟子之言真迂闊不切於事情邪？此雖識者所不得而不疑也。

問科舉

『天下有道則庶人不議』，而堯舜之時有進善之旌、誹謗之木，自大夫士以達於庶人工瞽，皆得以其情自通。豈其求之者如此其至，而後庶人不得而議之邪？夫下情不通，禍敗隨至，然使天下之人爭務論説利害以撼時政，亦非有國之福也。

祖宗之制，使天下皆得以書言事，其所以通下情者至矣。六科之設，使之與論時政，名曰進策，將以考覽其才也。天下之士，無故而出其私意，自爲論著，是果何道乎？天子間歲一集禮部所貢之士而親策焉，名曰御試，將以考求得失也。然所在群試，有司私策之，人士公議之，是果何法乎？以爲通下情邪，則天子固不得而盡聞也；以爲養敢言之氣邪，則狂言徒亂人聽，而乘時者或得以肆其阿諛也。夫法制一定，子孫世守之，小弊則爲之損益，大弊則度德順時，一易而定矣。紛紛而爭言之，擾擾而迭易之，上下汩亂，不知所守，此豈爲國久長之道邪！事之紛紛，固自夫二者始矣。思所以革之，則下情不通，明聖在上，決不出此；因之而不革，則論説利害以撼時政，其弊未知底止。是將安出而可？

問漢儒

漢儒最爲近古，好專門名家，其學往往溺於災異，不足以自通於聖人。去古寧幾日，其弊固已如此邪？今世之士，游心六藝，不拘先儒之説，必欲自求聖人之意，而尊師重道、深識有守之習，曾不足以自厠於專門者之後。論説人事，諱言災祥，以爲天道遠，人道邇，讖緯之書不足信，而畏天憂變、上下叶心之風，獨衰於言災異之時。以今較古，則漢儒之不足以自通於聖人者，乃其所以爲近古也。士風日薄，志意不定，伊欲倣漢而爲之法，其何道以自通於聖人？

問漢唐及今日法制

仁義法制，帝王之所以維持天下之具也。賈生之言曰：『仁義，人主之芒刃；法制，人主之斧斤。』是豈真知仁義法制者哉！三代之所以爲仁義者，井田、封建，其大法也。秦舉先王之法而盡棄之，不二十載而社稷爲墟。漢高帝與群雄並起而争天下，天下既定，異姓而王者八國，故大封同姓以鎮之。末年異姓浸少，而同姓日以强大，所賴通侯諸將參錯其間，而郡縣往往秉其阸塞地利。景武之間，同姓既微，而通侯之子孫絶滅殆盡，獨郡縣之權無恙也。漢法日密，而權浸以輕矣。中外殫微而姦邪生心，爲天下者，果可無大法以維持之邪？中興悉監前弊，併宰相之權而收之，政不任下，事歸臺閣，先王之大法日泯，而享國之長不減前漢，何也？

唐興，在民則有口分、永業之田，在官則有租、庸、調之法，爲之刺史、都督以統之，而府兵之法常足以制天下之變。府兵既廢爲彍騎，則立節度於外以捍邊陲。及節度之兵既强，而天下之權在藩鎮。雖爲唐家之患無虚日，其間庸君暗主往往絶而復續，蓋亦藩鎮角立於天下，而其勢未易以亡也。藩鎮天下之弊法，唐亡猶賴以不速，法庸可少邪？

五代之際，藩鎮之禍極矣。藝祖一興而四方次第平，藩鎮拱手以趍約束。藝祖因得以盡收其權，使列郡各得自達於京師，以京官權知，三年一易，財歸於漕司，而兵各歸於郡。朝廷以一紙下郡國，如臂之使指，無有留難，自管庫微職必命於朝廷，而天下之勢一矣。積而至於今日，而郡縣之權日輕，雖有賢守令，舉足造事，一不當豪民之意，摇手往往足以撼動之；而朝廷科條日密，更易不定，吏民不相習知，舉天下郡縣而皆可以撼動。是何以尊朝廷而壯國勢哉？今廟堂如逵路，侯王如富室，兵民無制，文武相伺，所賴以維持天下者，往往按之古而不合。願與諸君講求其故，以待上之採擇。

問三代選士任官

天生斯民而立之君，君不能以自治，則定卿大夫之任，分職授政，擇天下之士以共之，因其才之優劣而任職之高下。故凡三代選士任官之法，皆人主之所自爲謀也。當此之時，士知自修而已，而論薦乃有司之事；官知自守而已，而遷進乃人主之恩。故雖終身陋巷，而老於一官，皆安之若素，而不以爲異也。

今世之士相與爲家狀、保狀以求試於有司，而爲官者相與具歷官之日月以自注於銓部。夫天下之官，乃使之自求之而自注之邪？既使之自求之，苟可以得之者宜其無不爲也；既使之自注之，苟可以利焉者宜其無不欲也。至於官高禄厚者，得以澤及父祖而任子弟以官，天子所以加惠天下之士大夫也，乃亦使之陳乞而後得之。夫『嘑爾而與之，行道之人不受；蹴爾而與之，乞人不屑也』。忍而不乞，則人得以議其不爲父祖屈矣；乞之，則父祖乃爲我而當其屈，使夫『行己有耻』者其何以爲心邪？百年之間，上下相習，恬不爲怪，此亦講道揆於上者所宜動心也。願聞其説，以裨廟堂之末議。

問兩漢用相

漢興，公卿多用軍吏，執持法度，終始一律。武帝好儒雅，公孫洪始自海瀕而登宰相，人主得以肆其所欲爲，而天下弊矣。宣帝起於閭閻，具知民間疾苦，即位尤留意民事，常嚴二千石之選，公卿闕則選諸所表以次用之，而黄霸等爲相，功名大抵減治郡時。豈宰相固有大體，非良吏之所能盡知邪？朱博治郡，文學儒吏時有奏記，則曰：『太守漢吏，奉三尺律令以從事耳，亡奈生所言聖人道何也。且持此道歸，堯舜君出，爲陳説之。』爲天下而相博等，其視治道爲何等事？不幸而國家有變，欲其伏節死義，難矣。然則漢法二千石高第爲御史大夫，任職者爲丞相，是果不可易之良法邪？光武中興，獨卓茂以密令爲太傅，自是之後，宰相多用儒雅，功名往往非前漢比。較其得失，其將孰從乎？

問成周漢唐今日王宫之宿衛

王者以一身而立於王公士民之上，居則有從，出入則有衛，常使賢士大夫得以參乎其間，不徒使之分列官寮，以壯朝廷、以維郡國而已也。然則接賢士大夫之時少，接婦人宦寺之時多，及至後世始有此論耳。成周之衛王宫者，皆公卿、大夫、士之適子庶子，而侍御、僕從無非天下之賢士大夫也。漢有光禄勳、中郎將、衛尉、司馬以衛王宫，有郎以執戟殿下，六郡良家子選給羽林、期門，而醫、商賈、百工不得與，其嚴也蓋如此。又有中大夫、諫議大夫，多至數十人，以備左右論議，非一時名士不在此選。唐有左右監門衛上將軍、中郎將以掌宿衛，而補親衛、勳衛、翊衛者皆五品以上之子若孫也。乘輿所在，必有文詞、經學之士，下至卜醫伎術之流，皆直於翰林别院，以備宴見。雖其間不能無失，而成周遺制猶或可考。今宫殿諸門，往往領以宦寺，侍衛三司雖參乎其間，而環列左右者皆武夫力士也。此豈能盡知君臣之分，識禮義而輸忠力者哉？九重之内不時宴見者，非婦人女子則其私昵之臣，使天子閑暇之時，講切古今以緝熙其光明者，將誰使責之？最其甚者，王宫之政，雖天子之宰不得而與聞，此豈所以維持變故而内外若一之道哉？願從諸君參考成周、漢、唐之遺制，以嚴王宫之政令。此治道之所從出，而九重之所樂聞也。

問建宗室以屏王室

古者帝王之有天下也，親賢並建，以屏王室，此天下之至公大義，而非人君之私恩也。成周之制備矣，漢、唐盛時猶不廢也。我祖宗謙以涖下，不欲私其支庶，以與天下士大夫較其技能於職業之間，故雖賢者亦無以自見。神宗皇帝始權恩義之輕重，出而與天下共之，用舍進退，一與士齒，而藩屏王室之義未盡如古。中更變故，議者往往以爲大闕。今將衆建諸侯，使親疏相錯，如成周之制，則患其未可卒復；將出其近屬，裂地而王之，如西漢之初，則又患他日之不可收也；將如唐制，使之出爲都督、刺史，入爲九卿、尚書，或使皇子遥統兵柄以威天下，則出入不常，虚名無實，而維城之勢又將安在？嘗試參古今之制，酌恩義之中，使可以藩屏王室，而不至於貽天下患，不徒將以禆廟論之末，亦因以觀諸君之大慮焉。

問掌陰陽四時之職

至治之時，陰陽不失其序，鳥獸草木不失其性，所以感通天地者在君德之所致，而達諸政令者大略猶可見也。三代而上，羲和之官固其所甚急者。漢高帝猶知令謁者四人各職一時，而魏相則欲選通知經術者爲之。自漢之東，太史讀四時之令，以迄于唐，猶不廢也。雖其道不可盡律以古，而愛禮存羊之義，是庸可少哉！其考古今之變，取其宜於時而可行，驗於經而不悖者，使古道一復而來者有稽焉。

問官之長貳不相統一

古者自朝廷以及于百司庶府，與夫郡國之間、軍旅之内，莫不有長、有貳、有屬，有所臨之人，等級有差，不相侵亂。而爲之長者，必思所以通其下之情；爲之下者，盡心畢力以協輔其上，不敢廢其命而害其成。總而一之，等而上之，以達於天子，而天下治。

今也不然：一司之長，建其名以立乎其上，而丞貳得以分其權，僚屬得以留其令，胥吏舞文以參之，奸民挾法以議之，凡其所臨者，皆得以伸其意之所欲言。他日事有害成，則其責獨歸諸其長耳。夫其不相統一如此，則亦何所用乎其長哉？然一司之事悉歸於其長，而其屬舉不得而與焉，則權有所擅，而他日之患未知底止；誠使各得以伸其意之所欲言，則視其長如等夷，有言而莫孚，有爲而莫應，平居不能相事，緩急豈能相死？自爲紛紛而莫之或濟，此豈可長守而不變邪？將使等級不亂，而上下之情常相通，其何道以處此？

問漢豪民商賈之積蓄

問：井田之法行，民無甚富甚貧之患。阡陌既開，而豪民武斷鄉曲，以財力相君，富商大賈操其奇贏，動輒鉅萬，甚者以貨自厠於士大夫之後。此言治者之通患，而抑兼并、困商賈之說，舉世言之而莫得其要也。夫民田既已無制，穀不能以皆積；兵民既分，力不能以自衛；緩急指呼號召，則强宗豪族猶足以庇其鄉井；而富商大賈出其所有，亦足以應朝廷倉卒之須。此漢之所以徙五姓關中，與利田宅，而郡國豪傑貲千萬若百萬者，皆徙於茂陵、雲陵之間也。

今所在豪民，穀無五年之積，鏹無鉅萬之藏，而商賈之能操其奇贏者，蓋已如晨星之相望，而平民日以困，貨財日以削，卒有水旱，已無足依，而況於軍旅乎！無乃古制之未復，則貧富之不齊當亦聽其自爾乎？成周有安富之法，自當時固已如此乎？嘗試相與陳其通於古而宜於今者。

問貪吏

古者諸侯不言多少，大夫不言有無，而一命之士必使之禄足以代其耕，亦其上下交相成以至此也。今之爲官者，往往或以賄聞：居則争利於平民，而郡縣不能禁也；出入則争利於商賈，而關、津不能誰何也。一旦事達於九重，甚至於貶黜黥笞而不以爲耻。此豈古之人皆廉，而後世之貪吏獨不可化哉？制度之不立，而恃刑以爲禁，可殺可辱，而謀利之心終不可奪也。況今天下之官□□多，而待次者常五六年，甚者或八九年，彼其以官爲家，苟可以伸其意則無不爲矣。試考古而爲之制，以定其謀利之心，毋徒曰『躬化』而已也。夫古之躬化者，何嘗不達之政乎！

問古者兵民爲一後世兵民分

問：古者兵民爲一，後世兵民分矣，然漢、唐盛時，兵猶出於民也。本朝承五代之餘烈，募天下游手强悍之夫以爲兵而刺涅之，聚之京師而分之於邊陲，使良民相與盡力於南畝，出賦租以衣食之，民生不見去鄉井、離妻子之患，而游手强悍之夫，亦得以自奮其武勇而以功名自見。自當時諸公巨人，往往皆以爲便，而世世守之，遂爲不易之法。獨嘗怪成周之時，使家出兵一人，而餘夫爲羨卒，至於起兵、起徒雖有定數，役之雖有定日，而田與追胥則竭作，是無一夫得以苟免者。自今觀之，先王雖未嘗虐用其民，而必使其民自勞苦如此，豈兵民交相養之道，先王之智不足以知之，而仁不足以行之乎？是固甚可疑者。然養兵至於今日，使諸公巨人而見其弊，將亦争言其不便矣。以東南之地，歲入倍於承平之時，而費於養兵者十之九，然敵至猶以爲兵少，或曰『未能使人人皆可用也』。今邊境屯駐之兵固直隸御前，而諸州禁軍亦既遞閲於行都矣。顧平居無事，已困於養兵；緩急不足恃，而况於持久乎？願與諸君論兵民分合之利害，而原累朝之所以得，陳今日之所以失，依諸古而爲制兵之法，或者廟論其將有取焉。

問理財

問：三代以什一取民而上下足。雖漢之盛時，山澤之藏歸諸少府，而大農之用猶不可勝計也。今郡縣無遺財，諸司無寬用，民無留藏，地無餘竇，利自一孔以上皆入於官矣，而大農猶以匱告。使蕭何、劉晏而生於今，財於何而可理？地半於承平之時，而歲入倍之，財於何而可生？養兵之外，百官有司之奉，郊祀賓客之費，不能以十之一，財於何而可節？上無横斂而民已困，歲無水旱而財已竭，邊境晏然無虞，而盻盻焉若不能以終日。凡後世之所以治財者不可復言矣，無乃三代制財之法猶有宜於今者乎？行之而不駭於民，不損於用，宜有司之所欲聞也。

問農田水利

問：田不可以十日而無水，故溝洫立焉；民不可以五日而無食，故委積具焉。水旱之備，宜先王之所不敢廢也。自阡陌既開，後世不復制民之産矣，是二者猶知爲民慮之，如今之常平是也。溝洫川澮之法不可卒復，朝廷雖屢興水利，而不能使田皆有水。户口無定制，民力無定籍，吏民不相習知，而姦胥豪右梗乎其間，朝廷雖常軫水旱之憂，詔發倉廩以賑之，而不能使民皆有食。諸君生長田里，習於其事，考古驗今，要使實利及民而惠足以爲政，其亦有可講習乎？

問科舉之弊

問：人爲萬物之靈，而才智之士又人之最靈者也，先王所以順天地之紀而立人之政者，取其最靈者以治之而已。方堯舜之時，萬邦黎獻，共惟帝臣，而『敷納以言，明庶以功』，則薦士蓋出於諸侯也。周監於二代，而有鄉舉里選之法，其殆開端於夏而創法於商乎？周之末造，天下之游士矯首於諸侯之庭，與之亢禮而執其□。當秦之强，諸侯惟恐一客之失也。漢興，薦士復出於郡國，其後課試之法嚴矣。九品中正，特出於陳羣一時之論，遂爲魏晋以來不易之法。及其衰也，而科舉創端於隋矣。方唐之盛時，科舉得人爲尤盛，天下并趨於華，而人才日以浮。自當時好名之士，若楊綰、鄭覃之徒，非不甚厭苦之，而力不足以奪一世之好，蓋争之於其衡者固難爲功也。

本朝承唐之餘烈，故取士一以科舉。藝祖之初，蓋猶欲聽有司之行其意，而嚴賞罰以臨之，其後一付於法矣。然惟恐其法之不密也，二百年之間，於今爲尤密。才智之士，老死於山林，而不敢以爲有司之不公，蓋亦可謂至矣。而士之骫骳爛熟亦莫甚於今，何哉？夫一切取必於虚文，其勢固必至此。方其盛時，名公巨卿又往往由此而出，則以爲非法之弊而時之弊也。然鄉舉里選，上下千餘年間耳，漢法固已不能存於魏，而九品中正蓋不能以四百年也，科舉之法獨六百餘年而未弊乎？通其變使民不倦，抑亦有道乎？法不可變，而其意亦有當變者乎？天地之運不能以不極，待其極弊大壞而爲之法，無乃非仁智之用心乎？不然，則士之骩骳爛熟，其將何道以起之乎？聖上有中原之志，而人才不應其手，蓋亦甚厭苦之矣，故願與諸君論之。

陳亮集卷之十四

按：本卷所載策問八篇，原載《文粹》後集卷十五。

策問

問學校之法

問：三代立學於天下，皆所以明人倫也；禮、樂、射、御、書、數，所以廣其心而久於其道也。自漢以來，其間治亂不常，往往以學校爲國之先務，未嘗有得一日之安而不從事焉，蓋亦可謂盛矣。而本朝之學法爲尤詳。顧有所甚疑者：群天下之士，擇其尤者而養之太學，而郡縣又自有學，乃獨汲汲於一日課試之文。夫以終歲之學，而爲一日之計，其心安得而厚，其材安得而成乎？三代之學不可及，而漢唐盛時，雖專門誦説，猶將以講論經理；出入文史，猶將以考求治亂。豈若今之獵取一二華言巧語，綴緝成文而爲欺罔有司之具乎？或以『言揚自三代所不能廢，則科舉課試之文誠有所不得已也』。立天下之學而教以此，此豈所以承天意而發越民之情性乎？學校本非所以爲課試計，宜若可以一朝而頓變，顧安所取而爲之法乎？三代、漢、唐之法，其亦有可增損而用之乎？祖宗立法之意，其亦有當承者乎？願從諸君考其源流而酌其所當行者。

問武舉

問：自《詩》、《易》所稱，曰武夫，曰武人，而後知古之人及無事時，其智力未嘗不足以自衛。自漢以來，當其盛時，天下之士群起而赴功名之會，往往其氣足以自振，及天下既平，而文事浸以興，舉一世日競於浮華而不知反，不有盜賊横行之憂，必有夷狄亂華之禍，其效見常如此者非一日也。今中原半爲夷狄，而國家之大耻未洒，此天下之義不能以一日安者。顧獨恬然如平時：爲士者論安言計，動引聖人；居官者宴安江沱，無復遠略；而農民、工商又皆自謀之不暇。聖上慨然有北向之志，作之而不應，鼓之而不動，是天下皆無人心，而崇高之勢亦無如之何也。然則厭棄文士，崇獎武夫，本不爲過，而數年以來，武舉之程文，武人之威儀進退，武官之議論詞氣，往往更浮於進士，是徒變其名而不能以變其實〔一〕，不惟無補於大計，而其憂有甚於前日矣。夫天下之勢，古今之變，增損盈虚之理，宜必有至當之説。

校勘記

〔一〕編者按，『變其名』至《問知人官人之法》『三代兩漢之法其亦』，整理者所據影印本原脱，今據《文粹》

後集卷十五補入。

問知人官人之法

問：帝堯以天縱聰明而知人之聖載之《堯典》，當是時，知人未有法也。及皋陶陳九德之謨，而知人之法立矣。舜命九官，濟濟相遜，卒得其最賢者而任之，當是時，官人未有法也。及有夏之告其后以三宅，而官人之法立矣。成湯以三宅三俊爲丕式於商邑，而四方諸侯亦率是丕式以從事焉。成周六官各率其屬，而司會、大府、内宰、大司樂、大史、内史、職方、行人之官又自有屬，其選用之法蓋總於其僚之長而聽命於具僚。天子獨察三宅三俊於其上，常伯與牧者其長也，常任與事其貳也，準人者其攷也，天下不知其幾官而莫切於三宅，而又有三俊以備其一日之缺，則庶官安得而不正？推之四方以爲諸侯官人之法，則天下安得而不治乎？今而後知九德之與三宅實知人官人之要法也。

漢法，丞相、御史得以選用天下之官，而郡國之僚聽其自用，其爲法甚簡而卒不能貽之異代。自魏晋以選舉歸之吏部，其後又總之録尚書，而郡國之察舉如故也。齊隋并郡國之權而收之，故當時識者論小大之官悉由吏部，纖芥之迹皆屬考功，固已仰成於令史矣。唐興，分文武兩部，而尚書爲中銓，侍郎爲東西銓，舉天下一聽於三銓，則數人之耳目手足安足以盡天下之才？私意一行則不復有法矣。宇文融之十銓，裴光庭之資格，固其勢之所必至也。當是時，取人猶兼採名望，而藩鎮猶得以自辟攝，則猶未盡委於法也。

本朝始一切委於法矣。蓋自五代天子將相之位殆如傳舍，則束之規矩準繩，藝祖所以與時偕行也。天下方賴以休息，而習於人之耳目者，百年之間未可以輕動，累聖所以遵守成憲也。然行之既久，天下之官常聽命於資格而仰成於吏，雖有豪傑拔出之材，往往困於束縛；而貪鄙庸懦之夫，執其資格如計券取償，雖良有司不得而奪，彼亦且以爲分内之物也，則天子之八柄亦褻矣。今將取而正之，變通之理何先？增損之宜何在？何道而可以盡天下之利而不驚動其視聽？何修而可以承祖宗之意而不破壞其源流？三代兩漢之法，其亦有可參用者乎？魏、晋、隋、唐議臣之論，其亦有可兼採者乎？其熟之復之，以爲經久之策。

問任官之法

古者官以授德，事以使能，禄以報勞，地以賞功，斯四者天地之常經，帝王之大法，同出異用而不可雜者也。當是時，四十而仕，七十而歸，流品不分而自清，奔競不禁而自止。凡後世之所患苦，而明君賢相隨處而隨弊者，獨不煩當時之慮。蓋立制之初固如此也。自秦盡掃先王之典，而立爲一切之制，漢方明簡易以隨時宜：官以禄爲差，而爲上者無以自別於軍吏；爵以級爲等，而有貲者得以自附於武功。其後雖更易不常，而混淆愈甚。魏、晋、南、北大略可睹矣。唐興，官有定品，職有常司，又有勳官之格，其制蓋亦稍近於古。自當時固已有員外、檢校、試、攝、判、知之名，則安得而不混淆哉！ 秦之遺波餘毒，歷百世而未嘗不在也。

本朝之制，大抵尚循唐舊，蓋六世而天下病之。 神宗皇帝大正文武之官以幸天下，可以爲一代之良法矣，循至今日，則有可論者：階官，則陞改於薦削而叙進於年勞；列職，則平進於資格而躐用於堂除；禄，則視其品之崇庳而隨所涖之厚薄；地，則立五等之虚封而爲郊祀之常典；文武之貼職，則又以均出入之勞而不必其真有功也；至於功勞之大小，一切以官賞之，蓋雖天子之師傅不能以靳於立功之武夫。 此尚可久而不變乎？ 薦舉、磨勘之弊，若之何而可革？ 資格、堂除之法，若之何而可久？ 漢之增秩，可倣而行乎？ 唐之勳官，可復而用乎？ 今將姑從祖宗之初乎？ 其當漸復三代之舊乎？ 增損盈虚，與時偕行，其必有可論者矣。

問任子之法

漢諸侯既以嫡子襲爵，而二千石九卿得任其子弟爲郎以備宿衛，察其茂廉而後出補令丞，繼世象賢之道□於如此，宜不爲過。 自王吉諸人猶以爲不可，何哉？ 然□魏晋□後，其流日開，積而至於唐，而任子之法詳且密矣。 □當□□□□□而未睹其害之極也。 蓋至於□□□□□□□極□□藝祖之初，其於齋郎進馬之法最爲□□固□慮其□□□□□可遏者，其後任子之法日濫，雖□廉□□□之臣，能律其身，而不能律他人之私恩，能嚴其法，而□□嚴後日之積漸，蓋舉世常患苦之，然同蹈一轍而不自知也。

蓋嘗以其情察之，而驗之成周之法，則猶有可論者：夫三公九卿既已爲天子所尊禮矣，乃使其子不得與於仕籍，而無以自别於白丁，無以自厠於巖穴之寒士，此人情之所决不可安者，蓋天理如此，而非其私恩也。然使公卿子弟不學而官使之，則害政之大者，故成周教國子之法詳矣：大司樂、樂師、大胥、師氏、保氏分掌其法，而餘子又使諸子之官掌之，使之講聞道德之訓，習熟朝廷之事。其大者既已繼世，而小者猶出而用之，蓋有過於巖穴之材也；其材之不成者，猶得以食其世禄；則公卿大夫没首無憾，此其所以爲天地之經也。今不思所以教國子之法，而欲裁其奏補之數，嚴其入仕之格，蓋兩失之矣。然則成周之法亦可參酌而行乎？不然，兩漢之法猶可復也？諸君相與參其宜而論之。

問古今財用出入之變

冢宰以道詔王者也，而《周官》食貨實繫焉。《易》曰：『何以守位曰仁，何以聚人曰財。』仁者天下之公理，而財者天下之大命也。王心一失其正，則財無定所，用無常節，而天下病矣。此豈有司之事邪！漢以大司農治財，而天子自爲私奉養則屬之少府，其後事變多故，大農之用卒煩廟堂之慮，制之不以其素，則亦倉卒取辦而已。周公之慮夫豈不遠！及唐，以宰相領鹽鐵度支，論者乃以爲失職，是又何邪？

本朝以三司使領天下之財，使之得以自辟其屬，權任亞於二府。及神宗皇帝大正天下之官，而財歸於户部，卒無以自别於有司，平時固已不可爲，而况於天下多故乎？比者以宰相制國用，宜有以重户部，而南庫何爲者邪？夫户部天下之財也，内庫天子之財也，南庫又宰相所領之財也，以制國用之權而不能合其二以爲一，顧分而爲三，則户部愈不可爲矣。户部之財分之諸司，其利源固已不一，徒欲取贏於郡縣，顧安所從出哉？不能者敲榜笞箠，與民爲仇；其能者則妙斡巧取，與吏爲市。官僚聚首，非財不論；追胥駢肩，非財不急。民生嗷嗷，而富人無五年之積，大商無巨萬之藏，此豈一日之故哉！自經總制起科，而郡縣無餘贏矣；自經總制立額，而郡縣鑿空取辦矣；自宗子、退卒及歸正、歸明之衣食於縣官不可勝計，而郡縣岌岌然不能以朝夕矣。然户部亦方困於經總制之不及額也。今將一舉而去之，則户部何所倚辦？置而不論，則前逋未償而後欠隨積，官可罷，吏可殺，而錢不可足也。今誠使大臣之制國用者，得以與知内庫出入之數，而併南庫於户部，罷諸司之可省者，以一財用之源，然後大觸郡縣經總制之逋，而去其額三分之一，以其一起發，以其一别立庫藏之郡，大郡若干，小郡若干，而後藏之縣，皆以丞貳掌之，使郡縣不憂倉卒之變，則豈不愈於藏之行都乎？顧所慮者，何階而使君臣開心而定經制？何道而使上下協力以寬用度？内外輕重何爲而適平？出入斂散何由而無弊？古何所考，而今何以示後？所貴乎學者，以其明古今之變而已。其詳陳之〔一〕。

校勘記

〔一〕編者按，『其詳陳之』至《問常平義倉之法》『皆有常禁故常』，整理者所據影印本原脱，今據《文粹》後集卷十五補入。

問常平義倉之法

問：井法既廢，而斂散之權兼并用以乘時而射利，賙救之法兼并用以謀息而取盈。魏之平糴、漢之常平，所以制斂散之權於公上也；隋之社倉、唐之義倉，所以公賙救之法於天下也。及其衰也，常平可以牟出入之利，義倉可以應緩急之須。取兼并之法而自用之，則亦無怪乎人心之不和，而水旱之隨至也。

本朝舉天下之力以養兵，而慮實惠不及於民，常平、義倉之法累聖未嘗不以爲急。及神宗皇帝立爲定制，專置一司以掌之，分隸户部右曹，不使參之經用，郡縣則屬之丞貳，移用、擅發，皆有常禁。故常平義倉之積盈天下，斯民有所恃賴，盜賊無以生心，此固神宗所以爲萬世根本之慮也；其後從事於西北而用度之不給，固已不免時發而用之；渡江以來，諸司郡縣又皆不免貸用，而常平之法幾於廢矣。今諸郡之所積無幾，而縣則所至窮空，卒有水旱，則賑救一仰於兼并之家，國家至不愛官爵以誘之，而乘時欺罔者不敢窮其詐而不與也。廢常平之法，而以名器假人，則謀國亦疏矣。今誠使常平使者括其見存之數：某州某縣常平若干，義倉若干，諸司之借用若干，郡縣之移用若干，可督則督之，可已則已之。使錢足以具糴本，米足以支緩急，前日之罪，一切勿問，復修常平一司之法，縣有餘積而後積之郡，繼自今擅發、移用之罪，不以赦降、去官原減，則水旱之憂不至煩廟堂之慮矣。然上下如何而相維？法令如何而經久？新陳如何而相因？斂散如何而無弊？豐歉以何爲定？多少以何爲則？及時專發則易以無制，聽命而行則易以失時。儒者之論，一曰根本，二曰根本，其曲爲根本計。

問榷酤之利病

問：酒者先王所以供祭祀也，麴糵之毒，足以亂志喪德，夏之羲和，商之頑民，由此其故也。故祭祀之外，百穀既成之後，爲酒以介眉壽；服賈孝養之餘，用酒以慶遠歸。此人情之所不可免者。其他酣飲則有禁，群飲則有殺，糜五穀以腐腸胃，保民者豈不爲其終身之地哉？漢家有時節賜酺之法，以與斯民共樂於無事。其後武帝苦於用度不給，而榷酤之禁行矣。曹操、石勒猶知弛其禁，而禁人之飲，如使上下交征微利於其間，則其術亦窮矣。

本朝重私飲之禁，而在官則或税或榷，隨其風俗之便，固不專與斯民争利也。而軍興以來，户部始仰榷酤之利以補其乏，蚤夜收所以取贏者，而後争利之風熾矣。鄉必有坊，民與民爲市，猶不勝其苦也。而户部贍軍、激賞之庫棋布於郡縣，此何爲者哉？漕司有庫，州有庫，經總制司有庫，官吏旁午，名曰趁辦，而去來無常人，收支無定籍，所得蓋不足以償其費，而民之破家械繫者相屬也。上下交征微利，則何以保斯民而樂其生哉？夫穀者，民之大命，而田畝之間種秫相望，樂歲之穀如棄物，而秫不以豐凶而常售，其價至或倍蓰於穀，上之人方幸榷酤之利，奈何熟視而不爲之法乎！今將先罷户部、諸司、州郡之庫以風動之，一切聽民自賣，顧何以嚴私酤之法？何以重群飲之禁？何以使民生不嗜於酒？何以使田畝不壞於秫？將使於保民之間而獲其利焉，則必有道也。

問兵農分合

三代之時，民生足以自衣食，而力足以自衛，五人之中，必有智過五人者，等而上之，以至倍蓰、什百、千萬而無筭。先王爲之農官，次第以處之，使用其智力以養其所隸之人，故智愚各得其所，而上下各安其業。無事皆良農，有事皆精兵，而將校又皆有常人，此兵農合一所以爲天地之常經也。井法壞而兵猶出於民，則業民猶有常法，恤民猶有實惠。及兵民既分，則民知奉租税而已，兵知執干戈而已，無事則民偷而兵惰，有事則民窮而兵驕。上之人又方計田畝以賦於民，業民之法不暇論也。舉天下之力不足以養兵，則恤民又安有實惠乎？

夫農者衣食之源也，鄉閭之豪，田連阡陌，而佃之無定人，租苟收矣，去來不問也，吾負苟償矣，死生非吾所恤也。隨其智力之大小，割人以自奉，役人以自安，而縣官之法不得而與奪。民生度不足以自衣食，則其强有力者去而屠牛刲豕，以圖一朝之快，甚遂什百爲群，私鬻茶鹽，跳踉於山谷之間，而公家之人不得而誰何。惟其智力無所復之，而後俯首於田畆，雨耕暑耘，終歲勤動，而一飽之不繼也。兵之坐食於縣官者：弱者供賤役，壯者爲輿夫，巧者奉末作以事其上，猾者百計自免而安坐以嬉，其智力足用者則偃蹇不可復使，雖有百萬之衆，懼不足用也。今兼并爲農患，而國用困於兵，兵又不足賴，不幸有水旱之變，一夫疾呼，則閒民之强有力者跳踉以從之，謀國者不是之憂何哉？今誠使鄉閭之豪自分其田而定其屬户，爲之相收相養之法，則民其有瘳乎！括在官之田，命鄉擇閒民之强有力者分給之，爲之追胥簡教之法，則郡縣其無慮乎！揀諸郡厢、禁、土軍以實禁衛，使與民兵相增減，則國用其可少寬乎！有其意而無其法，有其法而無經久之道，則言之而不聽也，陳之而不行也。願從諸君講之。

問道釋巫妖教之害

問：祀禮廢而道家依天神以行其道矣，饗禮廢而釋氏依人鬼以行其教矣，祭禮廢而巫氏依地示以行其法矣。三禮盡廢，而天下困於道、釋、巫，而爲妖教者又得以乘間而行其説矣：神示鬼物舉不足信，用吾之説，則疾病不憂，饑寒無患；貴賤貧富本無差等，用吾之説，則上下如一，天地適平。是以人心不約而盡同，緩急不告而相救，雖刀鋸加頸而不顧者，彼其説誠足以生死無憾也。故道、釋、巫之教公行於天下，而妖教私入於人心。平居無事，則民生盡廢於道、釋、巫之教；一旦有變，則國家受妖民之禍。顧欲恃區區之法以制之，是豈足以禁其心哉？坐待其變之成而已矣。

今郡縣之間，其徒黨往往有因事而發露者，蓋大者不啻數萬，小者亦或數千，此豈小故，而置之不論乎？誠於斯時制民之産，使主客有相依之道，貧富有相收之法，疾病有常醫，死喪有常度，室廬器用有常制，吉凶嫁娶有常時，士農工商有常人，山川鬼神有常祀，道釋土木之工有常禁，游手末作之夫有常役，大經一定，則妖教之變可以坐消，而道、釋、巫之教不至爲已甚之害。顧所憂者，愚民難與慮始，君子憚於改作。何道可以宜於今？何法可以參於古？大綱若何而正？節目若何而立？其將制之於禮乎？抑將麗之於法乎？併帝堯所以『絶地天通、罔有降格』，吾夫子所謂『務民之義、敬鬼神而遠之』者，陳于篇。

陳亮集卷之十五

按：本卷所載策問七篇，原載《文粹》後集卷十六。

策問

問歸正歸明人

『普天之下，莫非王土，率土之濱，莫非王臣。』今中原半爲夷狄，此豈一日可安之事乎！上下有不安之心，則父兄子弟聞風而心動，慕義而來王，固欲策功名以自見於故國也。故往者兵動之初，歸正歸明之人，駢肩累足，至不可計。朝廷既已拔其尤者而惟才是用矣，而勇力智慮足以自效於行間者，乃以疇昔一日之變，分之州縣而衣食之。夫善惡不常，不獨來歸之人爲然，而兵久不用，或者不堪安坐而思變乎？不策而用之，而更拘縻之，豈惟坐費縣官之財，大乖中原之望，而思際風雲以效尺寸者，愈將有所不堪矣。

天下之事，以至公之心處之，則異類可合也；苟曲爲防慮，則東南之民獨不在所憂乎！今誠使江、淮、荆、襄復置大使以經略邊事，盡取諸郡歸正歸明之人，置之麾下而雜用之，簡其智勇，旌其技能，别其高下，聽其去留，居者有以爲業，行者有以爲資，開心見誠，使各奮其所能，各得其所便，豁達明白之風，可以復動中原之心矣。然一旦而驟起之，則驚憂易以生；先事而告論之，則思慮易以不一。旋取而用之，則何時當辦？因事而處之，則何策當出？敢以煩諸君之遠慮。

問古今治道治法

問：自黄帝、堯、舜垂衣裳而天下治，而治道於是乎始立，更夏、商、周而忠、質、文之用始備。儒者之言治，不能易於此矣。孔氏修之爲經，以待後世之有考也。大學之道，治國平天下必本於正心誠意，而子思之論爲天下國家其經有九，若既多事矣，然而卒曰『篤恭而天下平』，又何其簡也。孟子言王道，本之以農桑，而雞豚狗彘之微，材木魚鼈之用，往往無所不及；至於言經界、穀禄，其事爲尤詳。治道之難若此，而其極卒歸於『修身而天下平』，『人人親其親、長其長而天下平』耳。豈聖人之道，修諸身、達諸法制，二者並行而不相悖歟？老聃氏以清净爲治道之真，而莊周申明其説，則以爲九變而後王道可言，亦無怪乎儒者之多事也。秦以刑名齊天下，漢氏易之以寬厚，宜本於儒者之道矣，而所謂『齊魯諸儒言人人殊』者，雖曹參猶知厭之，而况於輕儒嫚駡之主乎！蓋公之清净，不獨行於齊矣，則文帝之躬行元默以移風俗，非有取於篤恭而天下平之論也。然天下之浮靡未能盡去，而賈生則曰『是不定經制之過也』。武帝用儒，而文章禮樂燦然可觀，然天下自此多事矣。汲黯則歸咎於多欲，申公則謂其不能力行，而董生又曰『是不知務教化之過也』。宣帝起自閭閻，知吏道之病民，故綜核名實，信賞必罰，而天下治；凡儒者多端之説，一切置之而無所惑也。然王政之不純，禮教之不興，則王吉又以爲病。治天下當若何而可望三代之盛邪？自漢氏之東，以迄於魏、晉、隋、唐，其間願治之主，有志之臣，不能易此數者而爲治，而儒者之論亦不能易諸人之説也。

而百年之間，其論獨不然。其一曰：『自漢以來，儒者皆未聞道，故天地之文不備，而感通之理不著；誠得其道，則足以斡旋天地，運動古今，此精神心術之妙，而明智之君不親嘗之而不信也。』其一曰：『道揆、法守，本一理也，仁心、仁聞不達諸政，則有體而無用，本末舛而天人之道闕矣。井田、封建、肉刑、學校，三代聖人所以達其精神心術之用也。旁搜博考，以求復先王之舊，非若後世之役役於事爲之末矣。』此其説皆漢唐之所無，推之三代，宜有合也。而世之曲儒末學，後生小子，竊聞其説而誦習之，訕侮前輩以爲不足法，蔑視一世才智之士，以爲醉生夢死而不自覺。推此道也，則長幼能否方不安其分，豈真能以天地萬物爲一體乎？由前之説，未可用也，古今時變，方失其宜，豈能遽以周禮而敵天命乎？由後之説，未可用也，聖主以聰明睿智之資，卓然有見於諸儒之表，是非邪正，如判黑白，方以天下未易治爲病，則感通之理果可信乎？二十年間，厲精政事，無利之不興，無害之不除，雖未能一舉以復先王之舊，而彰法度以存公道，相時宜以立民極，而天下之人方各棄所守以要其上，則道法豈不離而爲二乎？

故才智之士始得奮其説，以爲治天下貴乎實耳：綜核名實，信賞必罰，朝行暮效，安用夫大而無當、高而未易行之説哉？ 然則漢武之舊，宣帝之政，果不可易也，儒者徒自苦耳？ 願從諸君質其所安，以破千載之惑，或者乙夜之覽有取焉。

問古今文質之弊

問：昔者夏商之衰，天下之法嘗弊矣，一聖人起而易之，而大綱無以異於夏商之初，無俟乎多言也。 及周之衰，文弊既極，華靡淫浮，變而爲權謀譎詐，天下皆知患苦之，而莫知其所以變之之方也。 老氏獨以爲有道德而後有仁義，有仁義而後有禮樂，凡其華靡淫浮，權謀譎詐，皆出於禮樂之流也。 使無仁義，安有禮樂，使無禮樂，安有此弊哉？ 故欲盡去之，而與斯民共反其朴，一切安於所固有，而無事乎外慕。 宫室不取乎崇深，器用不取乎簡便，迫而後動，不得已而後起，此人心之真，道德之至，而老聃氏所以爲天下之道也。 列、莊申明其説，而世徒指以爲虚無之學者，殆見其淺耳。 然微周之弊，聃之思慮宜不如是之深也。 孔子亦既言之矣：『禮與其奢也寧儉，喪與其易也寧戚』；『先進於禮樂，野人也，如用之，則從先進。』其説幾近於聃，而《禮運》所論大同、小康，則純聃之説也。 春秋之末，夫子老死而不用於世，世之賢人君子，念周之弊不可復救，乃以爲虞夏之道，不大望於民，不求備於法，商周既極其備，則爵賞刑罰之窮固其勢也。 東野畢窮其馬力，而顔子知其必敗，然則周公之思慮亦不能自異於畢歟？ 夫人道之統紀固欲其備也，先時而求備則不可，及其時而欲使有遺意，以求其無弊，則人心之私亦可以防天運之公歟？　農墨欲以敦本而御世，申韓欲以核實而救時，是皆周末憂世君子之所爲，而非欲爲是異端以分裂聖人之道也。　然則周之弊果不可救，而天下之説果不可一歟？

秦以刑法而整齊之，而卒以自亡其國。　漢興，以寬大重厚而得之，以清净無爲而守之，所謂『齊魯言人人殊』者，蓋甚厭之而不用也。　孝文以後，儒者始推言夏尚忠，商尚質，周尚文，其説果何所本？　而董仲舒以爲百王之用以此三者，今宜用夏之忠；而武帝卒弊於文，亦既有驗而可考歟？　及唐之興，越前代而上承漢統，宜以敦朴爲先，而太宗乃用文華禮樂以致正〔一〕觀之隆，豈其將以革夷虜荒陋之弊，而忠質不得而先歟？　然五代既荒陋矣，本朝復以寬大重厚而革之，何也？

今天下之習日趨於輕浮變詐矣，老聃之思慮，孔氏之遺法，周末憂世之君子，各致其説以救時弊者，可以區别而用之歟？　三代之所尚，當何所從歟？　漢唐之始末，當何所取歟？　今天下之能言治道者獨少於古，此又何景歟？　願從諸君而質之。

校勘記

〔一〕『正觀』即『貞觀』，因避宋仁宗『嫌名』，故以『正』代『貞』。

問古今法書之詳略

問：帝王之法度至成周而極矣，凡事變之所至，人情之所有，習俗之所偏尚，耳目念慮之所可及者，固已畢具；雖至於鉤聯闔闢之際，莫不大爲之制，而後付諸其人以行之。然於其纖悉曲折，終不肯具其條目於書，使天下之人並起詐心，各自爲謀，以來合於書，而要其上。故一世之賢者，得以展布四體以共成治功，而民之耳目手足亦各有定而不摇也。然風俗之微惡，刑罰之簡不簡，其條目亦既詳矣，民又不率，而子産遂鑄《刑書》，亦其勢之所必至也。叔向貽書力論其非是，蓋先王之舊典猶在，惡其源流之遂開而不可禁也。申商之法，豈皆不善？回環四顧，無往非法，而民之手足無所措矣。漢高帝豁達大度，以與天下更始，禁網闊疎，而天下之人得以闊步高談，無危懼之心。反帝王之末流，還天地之全體，此其功德，非後世儒生之所能知也。文景因而弗改，而武宣之法禁始嚴矣。中興屏去苛法，簡省文書，以舒天下之氣，大綱雖非高帝之舊，而其意猶在也。及其後世，使諸生試家法，文吏課牋奏，雖至於察舉亦有成法以授人，則其流既開矣。況以魏武之嚴密，安得不事事爲之科禁哉！及至於唐，刑統既已成書，而取士選官，治民養兵，莫不各有成法，而人猶得以參之也。

極而至於本朝，律令格式，皆有成書，張官置吏，所以行其書耳。吏部爲司者七，户部爲司者五，格令之外，雖天下之賢者不得以行其意。當其盛時，天下之人，固已得用其私計以取必於書，而文法已弄於胥吏之手，而今日特弊之極耳。叔向之慮，夫豈不遠？而高帝之功，足以參天運而定人道矣。今自省部、臺閣、諸司、郡縣，既已盡困於書，而猶患書之不詳，法之不密，議臣不知其幾請，法令不知其幾修，而筭計見效，事功愈以不成，天下愈以不理，是以尚勤聖天子宵旰之憂，而終無一人探本窮源，極古今而論之，聖聽高明，未必不翻然而一正之也。

然猶有疑焉：「天下未知有書而勢將趨焉，猶可得而禁也；天下既已有書矣，而欲盡去之以付諸人，不獨人未可信，而習熟見聞者豈安於一日之無書哉？置而姑聽之，不獨天下日以不理，而五方之異宜，人心之異用，天運之無窮，萬世之方來而未已，豈文書所可得而盡束之哉！聽其自窮，則非仁智之用心也。《易》『窮則變，變則通，通則久』，是以聖人成天下之大順，致天下之大利，和同天人之際，而使之無間。願與諸君推其往來之理，論其變通之道，以待上問而發焉。

問皇帝王霸之道

一陰一陽之謂道，而三極之立也，分陰陽於天，分剛柔於地，分仁義於人，天地人各有其道，則道既分矣。伏羲、神農用之以開天地，則曰皇道；黄帝、堯、舜用之以定人道之經，則曰帝道；禹、湯、文、武用之以治天下，則又曰王道；王道衰，五霸迭出，以相雄長，則又曰霸道。皇降而帝，帝降而王，王降而霸，各自爲道，而道何其多門也邪？無怪乎諸子百家之爲是紛紛也。孔子之敘《書》也，上述堯舜而不道其前，則皇道固已不可爲法於後世矣。《書》止《文侯之命》，《春秋》律五伯以王道，則無取乎霸功矣。帝王之道，萬世之法程也，然而子思稱夫子之言曰『王天下有三重焉』，則帝道又或可略也。孟軻、荀況駕王道於諸侯之庭，而五伯則羞稱而諱道之。董生、劉向、揚雄，漢儒之巨擘也，相與世守其法而不廢，諸儒之説既一於王道矣，而漢家之制度乃以霸王之道雜之。李氏之興，一曰仁義，二曰仁義，而詳考其制度，則無以異於漢氏也，雖不曰霸王之雜，可乎？儒者專言王道，而趨事功者必曰霸王之雜。王通之言曰『天子而戰兵，則王伯之道不抗』，其真知言邪？孟軻、荀卿其真迂闊而不切於事情邪？魏證勸太宗，又以爲『行帝道而帝，行王道而王』，豈將舉孔氏之法而更出於孟荀之上邪？

本朝專用儒以治天下，而王道之説始一矣。然而德澤有餘而事功不足，雖老成持重之士猶知病之，而富國强兵之説，於是出爲時用，以濟儒道之所不及。大觀、宣和以後，尚忍言哉！今翠華局處江表，九重宵旰以爲大耻，儒者猶言王道，而富强之説慷慨可觀，天下皆以爲不可行，何也？自孟荀在時，商鞅假帝王之道以堅其富强之説，秦用是以并天下，而始皇不能傳之二世，此其説蓋伯道之靡也？而漢唐願治有爲之君亦或樂之，乘時趨利之士亦或用之，儒者能言其非而不能廢其用。今事日以難，安知其説有時而不用邪？始之以王道，而卒屈於富强，豈不將貽天下之大憂邪？

王霸之雜，事功之會，有可以裨王道之闕而出乎富强之外者，願與諸君通古今而論之，以待上之采擇。

問古今損益之道

問：昔孔子論商周之損益，而曰『百世可知』，又曰『王天下有三重焉』，是以惓惓於三代之禮以俟後聖，而惜三代之不足證也。而漢儒因謂百王之道以此三者，忠、質、文之說未之前聞也。天下既已趨於文矣，而欲反之以忠，是挾山超海之類也。循環之說，又不知果何所據乎？使忠、質、文果可循環而用，則童子輪指而數之足矣，百代之損益不待聖人而後知也。漢宜用夏之忠，當時之論固如此，魏晋盍不用商之質乎？魏晋不足以當天運，則唐宜當之，太宗乃用禮樂文華以致正觀之隆，曾不聞其用質何也？宋興，宜用文矣，而藝祖皇帝以寬仁質實臨撫天下，而士大夫以端簡厚重成風，天下以篤厚樸素成俗，嘉祐以後，若近於文矣，而其厚者終不變也，謂之尚文得乎？唐用文而本朝用質，則循環之說蓋易置矣。獨其有曉然可知者：漢以法付之人者也，唐人法並用者也，本朝則專用人以行法者也，紀綱法度真若有繼承之理於其間。夫子之所謂損益者，豈在是乎？忠、質、文之循環，直漢儒之陋耳。

夫日異而月不同者時也，紀日以成歲者法也。時者天之所爲也，法者人之所爲也。法立而時不能違，則人謀足以定天命，蓋自然之理，而未有知其由來者也。然而三代而下，治日常少，亂日常多，則人謀必有遺憾，而非天命之固然也。近世儒者，謂三代以天理行，漢唐專是人欲，公、私、義、利，以分數多少爲治亂，其説亦不爲無據矣；而不悟天理、人欲不可並用也。有公則無私，私則不復有公矣。公私可相附而行，則儒者反破其門户，扃鐍以與人共之，將使時君世主何所執以爲一定不易之治乎？聖上之圖治切矣，而士風不淳，民俗不變，文法日繁，而治日以遠，豈一代之所尚不定，而其效必至此乎？

今將聽時變之所自爲，則其弊當何若？立人謀以定其歸，則其道當何先？願與諸君即孔子所謂『百世可知』之法而推之，則天人之際，治亂之數，其必有可言者矣。

問古今君道之體

《大學》之論治國平天下，本於正心誠意，『自天子至於庶人，壹是皆以修身爲本』，宜其無異道，而曰『爲人君，止於仁』，則君道固有所獨異矣。夫心天下之至健，乾爲君，則健者君道也。而二帝之治天下，則曰『臨下以簡，御衆以寬』，寬簡又何以爲健乎？是以世代論君道者，其説常不同，慶賞刑威曰君，故禮樂征伐必自天子出，而諸侯大夫不得而干也。一日失其柄，則雖有寬仁之德而非君矣。宣帝、光武蓋有味乎此道者也。甚則爲唐之宣宗，而世之儒者論其終始以爲大諱，謂君道固有大體，而非若是屑屑然也。元首叢脞，則股肱惰而萬事隳矣。深居九重之上，垂旒黈纊，寄心腹耳目於一世之賢者，公是非喜怒於天下之僉論，高拱責成，而人皆得以展布四體，文帝蓋躬行而不變者也。而唐明皇卒以是失柄而不自知，甚則爲漢之孝元，而有志之士相與共非笑之。此其道蓋若圓枘方鑿之不相入，雖有高世願治之君，莫得所安而執之也。故剛明必如皇家之太宗、神宗，寬仁必如章聖、仁宗，而後可以無憾。然其道終分爲兩塗而不可一，前之二說，終未決其孰是孰非也。

聖上即位之初，剛明果斷，下視宣帝、光武，而天下之氣索然而不吾應。故近年以來，朝廷之設施，一切付之格令；廟堂之進擬，一切付之公言；行一事則喜其成而不敢諱其敗，用一人則伸其長而護其短。其道有文帝之所未及者，而天下之俗終未歸厚，人才反以爛熟骫骳，事功反以破碎脱落，是獨何爲而至此乎？

《洪範》之九疇，蓋天地之成理，君道之極致也。諸君相與尚論古今之得失，參以《洪範》不言之秘，定君道而歸之一，使兩説不得以並馳，而願治之主不復徊徨於其間，則治日常多而亂日常少，天下庶乎其有瘳矣。

陳亮集卷之十六

三國紀年

按：本卷所載《三國紀年》，原載《文粹》前集卷八。

序

自書契之興，代有注記，後聖有作，而言動之記分矣。自當時之諸侯，國各有史，一話一言，罔不畢載。故四方之志，外史掌之。天子之言動，天下之幾也；諸侯之言動，一國之幾也。合諸侯之言動，亦足以觀天下之變焉。有源有流，不可遺也。

昔者孔子適周觀禮，晚而有述焉。上古之初，不可詳已，著其變之大者，《易》所載十三卦聖人是也。至於《書》，斷自唐虞，定其深切著明者爲百篇。蓋嘗欲備三代損益之禮以待後聖，是故之杞之宋，而典禮無復存者，故孔子屢嘆之。周封三王之後，使各修先代之禮物，庶幾後世有考焉，夫豈知其至此極哉！於是始定《周禮》，又删取周家之《詩》以具其興亡，而列國之風化繫焉。然後古書之存者，無所復用矣。

初，周室東遷而霸道興，當孔子時，天下邦君猶知有王而弗克事也，故孔子有東周之志焉。魯，周之宗國也，孔子嘗三得其幾矣。魯用天子之禮樂，非周公之心也，蓋孔子欲舉而還周而不克。二都之不便於魯久矣，大夫僭則家臣竊，故樂與三家共隳之。孟氏之不隳，非孔子之憂也，孔子之用奈何其不終哉〔一〕。陳恒弑其君，告諸天子以及方伯而討之，可以震動天下矣，魯君不之聽，孔子傷其變之不可爲也，舉其意而寓之《春秋》。《春秋》，事幾之衡石，世變之砥柱也。故《春秋》、《易》之著者也，百王於是取則焉。

漢興九十餘載，司馬遷世爲史官，定論述之體，爲司馬氏《史記》。其所存高矣；出意任情，不可法也。史氏之失其源流，自遷始焉。故自麟止以來，上下千五六百年，其變何可勝道！散諸天地之間，學者自爲紛紛矣。夫善可爲法，惡可爲戒，文足以發其君子小人疑似之情，治亂興衰之迹，使來者有稽焉，愈於無史矣。豈可謂史法具於此哉？魏氏之代漢也，得其幾而不以其道，變之大者也。先主君臣惓惓漢事之心，庸可没乎？孫氏倔强江左，自爲一時之雄，於是乎魏不足以正天下矣。陳壽之《志》何取焉。魏實代漢，吾以法紀之。魏之條章法度，晋承之以有天下，於是乎有《書》。其詔若疏也有志，其臣若子也有傳，不關事幾世變之大者不載，一人之善惡不足載也。蜀實有紀，其體如傳，條章不爲書也，詔疏不爲志也，未成其爲天下也。志曰《漢略》，悲其君臣之志也。吴與蜀同，彼是不嫌同體也；志曰《吴略》，著其自立也。合而附之《魏書》，天下不可無正也。魏終不足以正天下，於是爲《三國紀年》終焉。

嗚呼！漢之有魏，魏之有晋，晋之有五胡，讀吾書者可知之矣！

校勘記

〔一〕《文粹》原作『孔子之不用奈何其終哉』，今據明成化本改。

宗室　外戚　名儒　文士

近臣　刺史　太守　名將

猛將　高士　列女

魏武帝

東漢之衰，賢人君子相繼就戮，桓靈於是乎不君矣。魏武猶藉漢以令天下，豈高光遺澤猶有存者耶？法令不必盡酌之古，要以必行，蓋當時苦於無政久矣。漢雖終禪，而剪除異己，不亦勞乎！其子文帝有言：『舜禹之事，吾知之矣。』參之是時，非過論也。

魏文帝

世以文帝論漢孝文爲過賈誼，非其失君人之度。余讀其論，至於欲使當時累息之民得闊步高談，無危懼之心，未嘗不爲之三復也。於是時，吴蜀争帝，中國庶幾乎息肩矣。是以在位七年而謚曰文也。

魏明帝

帝生數歲，武帝甚異之，曰：『我基於爾三世矣。』好學多識，特留意法理。口吃少言，未嘗接識朝士。即位之數日，獨與侍中劉曄終日款語。曄出，語人曰：『秦始皇、漢孝武之儔，才具微不及耳。』其東西征伐，大營宮室之意壯矣，要亦何嘗拒高堂生諸人之諫哉！

齊王高貴鄉公常道鄉公陳留王

余論次魏之本紀，睹其維持王室之計矣。曹爽顧足以當斯時乎？王淩以齊王受制於司馬懿，欲更立長君，其子廣獨曰：『凡舉大事，應本人情。曹爽以驕奢失民，何晏虛華不治，丁、畢、桓、鄧雖並有宿望，皆專競於世。加變易朝典，政令數改，所存雖高，事不下接，民習於舊，而莫之從。故雖勢震天下，同日斬戮，名士減半，而百姓安之，失民故也。今懿情雖難量，事未有逆，而擢用賢能，廣植勝己，修先朝之政令，以恤民爲先，父子兄弟並握兵柄，未易亡也。』魏於是不可爲矣。

荀　彧

曹公有言：『若天命在吾，吾爲周文王矣。』使充此言，不亦文若之心，而天命將安所歸乎？不待其定，而開數百千年盜賊之謀，死固有輕於鴻毛者，何至不容文若一言乎！齊威之心，暴白於葵丘之會，賴限於周制之不易裂耳。其初管仲豈不知之，而不忍天下之爲夷也。余論次文若事，具有本末，蓋明於天下之大勢，而通古今之變者也。世徒以智計歸之，豈其然哉！豈其然哉！

荀　攸

攸，隱於智者也，可以爲智矣。攸不能安董卓之禍，漢魏之際，豈其心哉！以文若之力，因事以導之，而卒不能正也，攸於是以智隱矣。

賈詡程昱郭嘉董昭

漢室再亂於賈詡，終於董昭。至於左右前後以成魏之霸業者，昱、嘉之謀爲多。而曹公尤痛惜嘉之死也。始詡察孝廉爲郎，以病免。還至汧，道遇叛氐，同行數十人皆已就執。詡曰：『我段公外孫也。我死，汝别埋我，我家必厚贖我。』氐盡殺餘人而釋詡。時太尉段熲威震西土，而詡非其外孫，詡之智大抵如此。

鍾繇華歆王朗

當曹公之末年，天下無復爲異者矣。及文帝山陽之際，雖朗等皆以爲魏真受命也，是以甘心相之而無愧色。不然，身爲一時儒宗，豈其無耻至此乎！然則吴之自立，其亦差强人意也哉。

陳登田疇

登非自屈於曹公者，其心直以爲爲漢耳。疇卒以志義自免。使登及疇時，又將安所出乎？以如是之資，而使志士思避就之計，豈不甚可惜哉！

崔琰毛玠

天下之厭亂久矣。故曹公之興，士無巨〔一〕細，咸起而附之。使其聽天命之所歸，二子之所以重魏者，顧不多哉！

校勘記

〔一〕『巨』原作『臣』，據明成化本改。

袁渙

此皆漢末守志行義之儒也，而盡爲曹公用，彼其心豈有所利哉？始渙嘗慨然嘆曰：『漢室陵遲，亂無日矣。苟天下擾攘，逃將安之？若天未喪道，民以義存，惟强而有禮可以庇身乎？』凡諸儒之所以自處者審矣，而曹公亦可謂盛哉。

劉曄蔣濟劉放孫資

以陳平之智，高祖猶憂其詳於避就，而緩急不知所仗也。放、資遂以社稷輸人，尚何疑乎？濟徒知專任之非，而不知後日之至此。及當其禍，卒亦不能有所爲也。曄於其間最號爲智，而竟以智窮，智其足恃乎？

夏侯玄李豐張緝

夏侯太初處死生禍福之際而不動，名不虛得也，而遇非其時矣。二子之死義，乃與太初同命，尚何憾乎！

王淩令狐愚毌丘儉諸葛誕

司馬氏之禍，舉天下皆安之。四子者獨以義死，豈惟魏之純臣哉！至其發不待事，奮不及機，逡巡就圍，以冀天下之有變，此所謂有忠憤而無遠略，明於義而不知其變者也。而王廣亦與此禍，何其悲哉！

嵇康阮籍

司馬氏非有大功於魏也，乘斯人望安之久而竊其機耳。籍、康以英特之資，心事犖犖，宜其所甚耻也。而羽翼已成，雖孔孟能動之乎？死生避就之際，固二子之所不屑也。

司馬懿司馬昭司馬師〔一〕

以余論次司馬氏之事，魏之天下，非司馬氏不能安也。民心要何常哉？飽食以嬉，不知堂厦之爲適；負戴而疲勞，望婆娑之木而憩焉，往往忘去。木固不可以久也，又將安所底止乎？余爲之掩涕，而《魏書》終焉。

校勘記

〔一〕《文粹》闕《司馬懿司馬昭司馬師》、《漢昭烈皇帝》、《漢後主》三篇，今據明成化本補入，唯俱删去開首之『陳子曰』三字，以與前後各條一致。此三條之標目，則《文粹》目録所載與明成化本全同。

漢昭烈皇帝

諸葛亮言：『昔先帝敗軍於楚，當此時，曹操拊手，謂天下已定。然後先帝東連吴越，西取巴蜀，舉兵北征，夏侯授首。此操之失計，而漢事將成也。然後吴更違盟，關羽毁敗，秭歸蹉跌，曹丕稱帝。』其君臣反復於天意人事之際，亦可悲哉！

方漢帝以山陽公賓於魏，或曰崩，昭烈撫膺大慟，始議舉大號。尚書令劉巴、主簿雅茂，皆以爲示天下不廣，前部司馬費詩争之尤切，其略曰：『殿下以曹操父子偪主篡位，故羈旅萬里，糾合士衆，將以討賊。今大敵未克而先自立，恐人心易疑。昔高祖與楚約：先破秦者王。及已入關，猶逡巡不敢當。况今殿下未出門庭耶！』昭烈以爲非是，左遷詩部永昌從事。

漢後主

以後主之庸，而處陰疑於陽之際，泰然安之而不疑。雖諸葛亮之足任，要豈後世之所謂庸主哉！亮死，漢事不可爲矣。蔣琬、費禕亦相繼殂謝，漢氏之區區遺文，猶不使之自託地上耶！天命果可畏哉！

諸葛亮

初漢置御史大夫，下丞相一等。其後有侍中、中書令、尚書令，往往以宦者爲之。成帝時，始更用士人。中興雖置三公，而臺閣實專國命矣。昭烈在蜀，以國政歸丞相。其侍中、中書令、尚書令，有所謂僕射、黄門侍郎者，更爲輔導天子之官。諸葛亮以大公之道，一整綱紀，明白洞達，民用其情。方連歲出征，而平世之文未遑具舉。是以條章多闕，非獨記注之失也。論者稱其兵出之日，天下震動而人心不憂。死生成敗，要何足論。王者之不作，天猶以爲未疏哉！

龐統法正

天下方亂，劉表以同姓坐覬非望，如惓惓漢事者取以駐足，何名非義，而況於劉璋乎！當此時，曹氏代漢之形成矣，不取，是厚其資也。武王之伐商，曰：『上帝臨汝，無貳爾心。』統、正，策士也。發揚蹈厲之志，非太公孰當之哉！

關羽

余論次羽事，至于禁等七軍之没，未嘗不痛恨於吕蒙也。當是時，羽威震華夏，許下之民負擔而立。使羽捨樊襄陽，乘鋭兵徑進，雖以曹公之雄，豈能禁方張之勢哉！兵挫堅城之下，而徐晃得行其志矣。諸葛亮不可出蜀，龐統、法正之死，天真無意於漢哉！

吴武烈皇帝長沙桓王

武烈自奮於小吏，竟摧董卓。以彼忠憤，何乃進退俯仰於袁術之手？漢末愚儒守文之弊，蓋成風矣；亦所以啓桓王之翻然翺翔者哉！諸葛亮稱：『劉繇、王朗各據州郡，論安言計，動引聖人，群疑滿腹，衆難塞胸。今歲不戰，明年不征，使孫策坐大，遂并江東。』然自古英豪，非履險知難往往不能濟。要之，成敗禍福，亦相生於無窮哉！

吴大皇帝

初，大皇不直魏武，破之赤壁。末年，始上書稱説天命。魏武笑曰：『是兒欲頓吾爐火上耶！』然自是與之通矣。文帝樂其稱臣而遂安之，故坐取荆州而植功於魏，有事秭歸而無後憂。及吴蜀之勢儼然矣，於是通好而絶魏。大皇之稱號也，漢衛尉陳震實來。大皇與震歃血壇上，交分天下，以徐、豫、幽、青屬吴；兖、冀、并、梁屬之漢；其司州之土，以函谷關爲界。

會稽王景皇帝歸命侯

大皇之立國，豈有中國之志哉？君臣上下畫江之慮精矣。其流風遺澤，固足以後亡也。雖微歸命侯之虐，寧能更長乎？是以君子從其自立，以著其興廢焉。

張昭周瑜

昔吴起與田文論功，至『主少國疑，大臣未親，百姓未附』之際，吴起屈焉。桓王屬大皇於張昭，更以周瑜遺之。後瑜驅馳於顛危之際，昭遂廢不用，何哉？江東雖定，而國輕矣。余論次其行事，使善觀國者有考焉。

建安七子孔融、陳琳、王粲、徐幹、陳瑀、應瑒、劉楨

漢興，文章渾厚典雅，最爲近古。武、昭以後衰矣，獨劉向、揚雄爲能自拔也。中興，班、張、崔、蔡相望於百七八十年之間，寧獨其氣格之非是，然其辭意終不近也。至若建安七子之風概似矣，又争效其長於曹公父子，天固將以文其業耶？及漢魏之際，非復數子之所能文也，曹公亦何便於此哉？

曹　植附録

曹操取天下於群盜之手，可以爲能矣，要何嘗不藉漢以爲名也。得間遂取之，是猶謂之天乎？固植之所不能安也，況使之嗣事哉！力不足以周旋於其間，苟安而成之，若表而去之，皆非其心也。自放法度之外，於事何所堪！立嫡以長，所從來舊矣，乃足煩經營邪！大業既已濟，困頓廢辱，蓋亦安之而不悔。然猶惓惓累疏，求一出其力自效，抑所謂『其兄關弓射之，則涕泣而道之』者邪！三代衰，孔氏之學又汩没而無傳，其於君臣、父子、兄弟之間，失其本心者多矣。若植者，蓋孔氏之謂仁者也。

諸葛亮附録

曹操以漢天子之令，征伐四出，爲漢功臣，孫權秉義稱藩。當是時，心雖不可量，曹逆節未暴於天下也。如孔明言，荆蜀之勢成，操之逆心或折，不可折則可圖。及吴詐取關羽，秭歸又以敗，孔明甚恨恨也。不既已易姓，元德中道而殞，屬大事於孔明而及其子焉。孔明懼奉先帝遺詔不謹，義不敢即安，是以兵出之日，天下震動而人心不憂。末年渭濱之師，其規爲志意遠矣。惓惓漢事之心，對越天地；鼎足之計，非孔明本指也。年踰五十而死，豈非天哉！

初，孔明之游學也，穎川石廣元、徐元直、孟公威等，往往務精熟；孔明獨觀其大略。及耕隆中，而龐德公在焉。司馬德操兄事龐公；孔明每至龐公家，獨拜龐公床下，龐公不爲止。孔明爲丞相時，許靖爲太傅。靖在中州有英偉稱，兄事潁川陳紀，與陳群、袁渙、平原華歆、東海王朗等善。於是靖老矣，愛樂人物，風流藹然，孔明親爲之拜。元德嘗爲孔明言：『吾周旋陳元方、鄭康成間，每見啓告治亂之道甚悉。』其君臣之間，始終可考者如此。

鄧禹耿弇附録

初，劉伯升死，光武於漢事惓惓也，持節北渡河，鄧禹首建大策，遂參密議，連兵西征，關河響動。當此之時，其威略至無前也，赤眉、延岑獨足嬰其鋒哉？帝勅使進兵，連輒敗。禹念專任之不稱，以疲卒徼戰不已。帝賜詔曰：『赤眉無穀，自當來東。吾折箠笞之，非諸將憂也。』馮異趣往代之，禹自來歸，絶口不道兵事。

王郎之亂，及更始有詔罷兵，微耿弇不决，帝獨見蓄之耳。及平齊，無一不如其言，意始壯之。而從諸將驅馳，常出其後。天下既定，帝方偃武修文，膠東、高密並敦儒學，弇故一將也。於是自高帝以來，光武最爲善保功臣者。

〔附〕吕東萊回書〔一〕

答陳同甫書一

某蒙示《三國紀年序引》及諸贊，累日已詳。用意高深處亦或得其一二；但大綱體製，猶有未曉處。《序》云：『魏於是乎有《書》，吴、蜀合而附之《魏書》。』又云：『魏終不足以正天下，於是爲《三國紀年》終焉。』不知《魏書》與《紀年》是一書爲復是兩書？觀三國諸君贊，却似遷、固史法，每君爲紀而系贊於後者；而《三國紀年》冠以甲子，而並列魏、蜀、吴，則又似合三國爲一者。所謂魏武以下諸贊，必不可系於此。既並列三國之年，必是通書三國事，今每君爲贊，必知不系於此後，不知系於何處？豈《三國紀年》之外，復叙每君之本末，而系以贊耶？此皆未曉之大者也。

《魏武贊》述來歷甚當，但其末『舜禹之事』兩語未曉。《魏文帝》兩贊，深味辭意，予奪甚有味。但《文帝贊》意頗晦。又文帝三駕伐吴，謂『中國庶乎息肩』，亦未協。《昭烈贊》論其君臣反復於天意人事之際，所謂妙體本心，但費詩之議却似不達時變。漢統既絶，昭烈安得不承之？非高祖時比也。後主蓋亦甚庸，所以安之不疑者，乃諸葛公工夫耳。《武侯贊》論『以國政歸丞相』，甚善。但謂漢侍中、中書令、尚書令皆宦者爲之，考之《漢書》，亦不皆如此。篇末『王者之不作，天猶以爲未疏哉』，感慨之意甚長。但不若《後主贊》所謂『天命果可畏』辭嚴而義正也。《武烈贊》論漢末守文之弊，及啓桓王之翱翔，甚妙，甚妙。下三贊亦然。鄙意竊謂吴四贊尤能盡其規模之所止，殆無遺憾也。《龐統贊》論兼弱之義，甚正；《關羽贊》亦穩。但來教謂『司馬子長雖高，不欲學』。而諸贊命意及筆勢，而往往似之，何耶？因便並望見教。朱元晦工夫，亦謂大概如此耳。

答陳同甫書二

前日自建康還舍，得五月間教賜；昨日又辱手字，殊以感慰。夏末極暑，伏惟尊候萬福。

某留建寧凡兩月餘，復同朱元晦至鵝湖，與二陸及劉子澄諸公相聚切蹉，甚覺有益。元晦英邁剛明而工夫就實入細，殊未可量。子靜亦堅實有力，但欠開闊耳。

《三國紀年序引》及諸贊，乍歸冗甚，未暇深考，亦有兩三處先欲商量：《紀年》冠以甲子，而並列三國之年，此例甚當。既是並列，則不必云『合而附之《魏書》，天下不可無正』也。《序引》下文亦云『魏終不足以正天下』，則其初亦不必與之也。『魏實代漢，以法紀之；蜀實有紀，不紀以法。』未知如何是以法紀？如何是不以法紀？更望詳見諭。『魏詔、疏有志』，不知其體製如何？『蜀條章不爲書，詔、疏不爲志，未成其爲天下』，亦恐未安。蜀固未盡備王者之制，而條章可見者恐亦須書。自先主、孔明之心言之，固非以蜀爲成；然自論次者言之，則其續漢之義，亦不可不伸也。其餘俟稍定詳讀，續得商榷。

昨日亦到郡齋，來諭所欲言者，皆詳及矣。人回，略此布問，他祈節抑自愛。秋深至明招，當圖款教。

答陳同甫書三

示及近作，展玩數過，不能釋手。如《鄧耿贊》斷句，抑揚有餘味，蓋得太史公筆法。《武侯贊》拈出許靖、康成事，尤有補於世教。獨《陳思王贊》，舊於河汾之論每未敢以爲安，當更思之。

章、何兩祭文，奇作也。《廣惠祈雨文》，駸駸東坡在鳳翔時風氣。《跋喻季直文編》語固佳，但起頭數句，前輩似不曾如此道定。或云『以予所聞者幾人』，或云『予所知者幾人』，衆不可蓋故也。所見如此，未知中否，恃爱忘之厚，不敢不盡耳。

更有一說：詞章古人所不廢，然德盛仁熟，居然高深，與作之使高、濬之使深者則有間矣。以吾兄之高明，願更留意於此，幸甚。（下略）

校勘記

〔一〕《文粹》所附《吕東萊回書》之外，《東萊集》尚有二書論及此事，附録於後，以見其全。

陳亮集卷之十七

按：本卷所載《漢論》五篇，原載《文粹》後集卷九。

漢論

七制

或問曰：文中子稱七制之主有大功，而不言其德者，何也？

曰：考論人物，要當循其世變而觀之，不可以一律例也。評後世之人物，一繩以帝王之盛德，則自秦漢以下殆無全人矣。寒暑之推移，天不能以常春；晦明之遞遷，日不能以常晝。時乎皆唐、虞、三代也，君心退藏於道德之密，民俗優遊於德化之中，固不容專以功名也。柰之何秦人挈宇宙而鼎鑊之，生民之無聊甚矣。當是時也，苟有君人出而拯之於水火之中，措之衽席之上，而子子孫孫，第第相承，又皆有以覆護培植之，使其父子兄弟得以相保相安於閭里之間，若是而猶曰無功，可不可耶？若是而猶欲辨其德而掩其功，是亦不恕而已矣。

吾嘗考古今之變，斯民之不幸，莫秦季若也。長城築愁，阿房築怨，左阱右擭，前桁後楊，蓋容身而無所也。高皇代虐以寬，易暴以仁，除苛解嬈，剔荒濯穢，向之桎梏者今俄而枕簟矣，向之枵腹者今俄而饘粥矣，向之相刃者今俄而骨肉矣，此其功直與天地等矣。加以文帝以仁柔而馴之，武帝以經術而治之，宣帝以紀綱而正之，雖中更新室之變，而民心終依依不忍離漢者，不可謂其功之細也。群盜蝟興，三精霧塞，吾赤子復罹荼毒之苦。光皇煙赤帝之灰而復燃之，援民於濁淖之中，而飲以清泠之水，斯民復知有漢矣。繼以明帝之政平訟理，章帝之寬厚長者，而漢脈遂壽於四百年之永。雖以姦雄之操，睥睨漢鼎，終垂涎而不敢挈者，民之戴漢舊矣。君子考論漢家之治，謂非七制之功，可乎？

然仲淹終不敢許七制以德而止於功者，其意微矣。古者帝王，其於治心修性之學，蓋深講而詳究之，故其措諸治者醇白無疵，則其於德無愧矣。乃若高皇之學，固於德不據焉。武帝之僞，宣帝之刻，光武、明帝之察察，皆於德不足焉。惟文帝、章帝之寬，僅足以言德，而一則不能容手足之愛，一則不能禁姦臣之横，無乃功有餘而德不足邪！仲淹取其所長，略其所短，喜其所長，而奚暇責其德之全？蓋深憫夫世俗之變而道德之日以薄者如此也。況乎仲淹之生，值李唐之未興，念民生之憔悴，未有甚於斯時也，故其著書深有取於漢之七制，若有慨慕不足之意。向使仲淹生於唐、虞、三代之時，豈復知有七制之功也哉！吁，爝火遇夜而有功，桔槔遇旱而有功，七制遇暴秦而有功，仲淹方頌其功而悼其時之已非古，故未暇辨其德，而貶其德之不如古。吁！考仲淹之論，可謂忠厚之至，究仲淹之心，其亦有感也夫。

高帝

興王之君，必有以服天下之心，而後可以成天下之業，未易以狀貌求也。夫美眉隆凖，史臣言光武之似，而謹厚直柔，兢兢不及，光武所以得天下；鳳姿日表，書生得太宗之似，而英武大志，屈節下士，太宗所以得天下。帝王自有真，非常人所能知也。史言吕公見高祖狀貌而訝以爲無如，遂卒有箕箒之托，已而秦鼎遷漢，吕后果爲天下母。說者謂吕公之相高祖，以其隆凖美髯之狀得之；夫凖髯之隆美，秦之天下豈一高祖邪！且重瞳之羽猶重瞳之舜，九尺之交猶九尺之湯也，求人於貌，其亦迂矣。觀懷王欲遣長者杖義而西，諸將皆曰『沛公素寬大長者』，遂遣之。食其見沛公，曰：『諸將過此者多，吾視沛公大度。』乃求見。寬仁大度，天下所以服高祖，高祖所以成大業者此也，吕公必於是焉觀之。

文帝

史臣美之曰『專務德化』，『專』之一字，其淵矣乎。蓋人主之心，貴乎純一而無間雜，苟其心之所用有間雜之病，則治道紛然無所底麗，而天下有受其弊者矣。何也？一人之心，萬化之原也，本原不正，其如正天下何？是故人主不可不先正其心也。此心既正，純矣而固，一矣而無二三，培事物之根，濬至理之源，擇善而固執之，不以他道雜之，雖非常可喜之說欲乘間而進，吾無庸受焉，則終始惟一，無間雜之病，施之治道，豈不粹然而明，渾然而全歟？有如守其一而復欲兼其二，主於此而復欲得於彼，方寸之間，擾擾焉初無定見，長馭遠攬，求以備前人之所未備，則治道駁矣。故夫處心不定者，皆害治之本；而執德不回者，乃運化之樞。人主其可不純用其心也哉？大抵治道有本原，不得其本而泛然求之於其末，則胸中擾擾，日見其多事矣。抑不思治原於一心，心既擾擾，則以刑罰説者，或以刑罰爲務；以征伐説者，或以征伐爲務；以聚斂進者，或以聚斂爲務；否則心主乎嗜慾，主乎便佞，又否則主乎廣宫室，廣臺榭，而天下不勝其擾矣。

嗚呼，唐、虞、三代之君臣，夫豈無所用心於爲治者？然其平居講論，惟曰『惟精惟一』，曰『德惟一』，曰『純亦不已』，曰『之德之純』。究其言，疑若迂闊而不切事情，及窮其理，則治道復無出乎此。何也？專精純誠者，合百爲於一致；舛馭進退者，散志慮於多端。故視庭搏鼠者歌必不成，而蚊虻挫精者射必不善。吁，人之一心惡可二其用也哉！又况民以德而化，德以一而進，德不進於己，則化不形於民。民化於德，德化於心，心不一則德不進，德不進則民不化。此其源流本末所在，爲君者要在端其本也。秦人不知務本，一意於嚴刑酷罰，務以束天下而震之，一時治效，君益尊，民益卑，疑足以過古，而一夫作難，七廟爲隳，夫豈他哉？心蠹於功利，視德化爲不急之務故爾。

孝文懲之，以寬易暴，以德易刑，自農桑之外無餘説，自涵養之外無餘事。千里之馬非不可受也，受之恐雜吾之誠心也；百金之臺非不可作也，作之恐間吾之誠心也。寧屈於尉佗之不臣，毋寧伐之以傷吾之德；寧屈於張武之受賂，毋寧誅之以傷吾之和。與單于偕之大道，而扶杖之老思見德化之成。則帝之心可謂純任德化，而無間雜之失矣。史臣之美，孰謂其過。

孝景

繼前人之治者，要在識前人之心，心不前人之心，而治欲光前人之治，亦難矣。何也？心者治之原，其原一正則施之於治，循理而行，自與前人默契而無間，有如本原之地；已非其正，則措之政事之間，必有背理傷道而不自知者。雖蒙已成之業若易爲力，非惟不能增光之，反有不逮焉者。君子奚取焉？夫寬厚慈仁者乃人主養心之本，而忌忍刻薄非爲君進德之階。自夫前人以寬仁涵養斯民，盈成之業已就矣，後人承之，踵其寬仁之厚，而益培其涵養之根，則治道之成必過前人遠甚矣。至於粗有可觀，柰何捨寬厚而染於刻薄之習，去慈仁而逞其忌忍之心？心非前人之心，則治體未至於破壞者，皆其前人之餘澤，而非其身濟之力也。君子可不考論其故哉？且以治論古人，終不若以心論古人。夫心者治之根也，治者心之影也，其心然，其治必然。奚爲治不足以論古人邪？蓋心有定向，治無定體。治或因於前人，則易爲力；治或因於身致，則難爲功。此治無一定之體也。心之寬仁者雖時有忿怒，終不足以勝其寬仁；心之忌刻者雖時有貰貸，終不足以勝其忌刻。此心有一定之向也。苟捨其心而論其治，則治之粗安者可以蓋其情實，而心所向者，萬世之下孰能知之？是故天下不可無君子之論也。

吾觀周之成康，其治效無以大相過也，然詩人頌成王者何其層見疊出，而康后不槩見焉，何也？豈不曰康后承成王盈成之業，而所謂刑措不用者，皆成王深仁厚澤有以固結人心而不可解歟！

吁，周云成康則漢言文景矣。文帝懲秦之暴，務與民休息，除肉刑而薄税斂，順匈奴而懷尉佗，却千里之馬，罷百金之臺，以朴素爲天下先，以恭儉爲子孫法，一時煙火萬里，老人遊戲如小兒狀，其龐恩實惠所以浹洽人心者深矣。景帝遵之，政宜以恢弘廣大爲心可也，然核其治效，反有不及焉者，可不求其本而論之？且以敷菑之功與夫陳修之功，樸斲之力與夫丹雘之力，其難其易，有不待智者而後喻。文帝當其難而反易，景帝當其易而反難，非施爲之異也，本原之異也。文帝寬厚慈仁，而帝則忌忍刻薄也。何以驗其然邪？文帝能禮亞夫，而帝則殺之而不之卹，何酷哉！文帝能容賈誼，而帝則譎晁錯而斬之東市，何忍哉！甚者以博局殺吴世子；以釋之劾奏之恨，斥死淮南；以鄧通吮癰之故，困追至死；梁王，母弟也，驕之幾致其死；臨江王太子也，以母失愛之故，至使酷吏殺之。其於父子君臣之間，傷人倫、悖正理者夥矣，文帝有是哉？然所以猶獲與文帝並稱賢君，惟不改其恭儉耳。使高惠之後非文帝培本植根，而即以帝繼之，則漢之爲漢未可知也。不然，七制之列，何以景帝不與焉？君子觀此，然後可以知人主之心不可以不仁。

孝宣

治新於人主之作意，而其弊也，亦自夫作意者遺之也。天下之事病於不爲，而有爲者奚以弊？蓋法之未備，則繼之者猶可以有爲；法已備，則變窮而無所復入也已。夫急於效者有術中之隱患，詳於禁者有法外之遺奸，求備於民者，民將至於不能自勝也。古之聖人，其圖回治體，非不欲震之而使整齊也，然寧紓徐容與以待其自化，而不敢强其必從。自當時以觀，疑若其政闊然有不快人意者，而古人不以治之不振而改絃易轍，彼誠有見乎此也。

漢至宣帝八葉矣，承武、昭之後，欺謾虚僞之弊不少也，帝憤百缺之呈露，思所以振刷而一新之，故作意以有爲，而治效立至，不可謂非其整齊之力。君子徐觀其治效之源委，似有可議者，何也？治之在天下，不可以求備也；必求備，則有所不可備者捷出而乘其後。故風林無寧翼，急湍無縱鱗，操權急者無重臣，持法深者無善治。姦宄之熾，皆由禁網之嚴；罅漏之多，亦由夫防閑之密。故聖人寧受不足之名，而推其有餘以遺後人，不忍盡用其術以求多於天下；蟄斯民之耳目於標枝野鹿之風，不忍斲其樸以啓其鷗鳥不下之機。禮足以使之遜則已，不過求其盡曲折纖悉之儀；法足以使之畏則已，不過求其備節目品式之繁。彼猶安於蕢桴土鼓也，則笙簧管絃之可備而不之用；彼猶安於上棟下宇也，則山節藻棁之可爲而不之示。古人非惡夫成而固遲之也，而憂其成之速而弊也；非惡夫備而固缺之也，而慮其備之極而巧也。

至於成周，則適遭其窮，而有不得已焉者。而或者以爲周之文能備古人之所未備。吁，豈周人之福哉？此其後所以爲秦也已。炎漢初興，猶有古人之遺意，所以創立規模、經畫治體者，務在寬厚，斵琱破觚，與斯民盱盱睢睢，而法令禮文之事皆不敢窮其情，懼其有以震之也。八傳而至宣帝，厭薄俗之頑，嫉奸吏之熾，踐祚以來，賞之信，罰之必，斷斷乎不可移，凛凛乎不可犯。（下闕）

陳亮集卷之十八

按：本卷所載《漢論》三篇，原載《文粹》後集卷十。

漢論

光武

天下之大，不可以才智運也，以才智而運天下，則其所遺者必多，何也？周防檢察，將以求勝天下之奸，而天下之奸反捷出而策吾之所不及。故與天下戰於才智之中者，雖足以起一時之治使之整肅，而心地不廣，規摹不宏，亦足以爲治道之累。

古之聖人，非不用心於爲治，然其酬酢萬變，陶冶一世，必有出於才智之表，而非徒倚辦於才智，故治之全體，渾然醇粹，無一毫之可恨。後之人主，既以才智角奸雄而得天下，故其守之之日，不能脱其舊習，猶欲用其故智以從事於臣民，是以爲治之效有不能滿人意者，漢之光皇是也。方其鞭笞群盜，筭無遺策，使炎劉之業燦然復興，不可謂非其才智之力；然既得之，復襲其前日之所爲，曾無轉移遷化之功，此恃才智之過也。

大抵才智之在人，非能用之爲難，而不能盡用之爲難。變故之相仍而利害之相攻，禍患之迭起而雌雄之未决，於斯時也，非才智不足以勝之，而曰不盡用之爲難者，何也？嗚呼，以才智而收克敵之功，君子固無惡夫才智，以才智而爲守文之具，君子固亦憂其所終，何也？道無時而息，術無時而窮，才用而不已則有遺才，智用而不已則有遺智。故善用才智者深藏而時出之，如干將之出柙，牛既解則弢而藏之，苟用之而不已，其不缺且折者幾希。又况人主之撥亂反正，非神武之才，聰明之智，未易以懾英雄而使之帖服。君子固謂欲成中興之美，非才智不可也。然中興之功已成，不知養才於拙，晦智於愚，其中翹然，恃其所長，視在廷之臣若無以當其任者；凡一政一事，惟恐以愚拙目我，於是介介焉以思，役役焉以察，必期下之人不能欺然後已。吁，胡不考古人之所以致治者，夫豈不足於才智哉？然商宗之所以中興者，亦惟嚴恭寅畏，自度治民；周宣之所以中興者，亦惟有常德以立武事，未聞察察然以一己任術而自爲之也。

光武果能爾邪？自其初而觀之，東討西略，雖曰藉諸將之力，然寇、鄧諸人，往往皆遵帝之節制乃克有成，一或違焉，則動輒以敗。至於昆陽之戰，百萬之衆，亦帝見大敵勇之力。當是時，帝之視諸將，無能爲矣，而帝之才智亦呈露於斯時而有可觀矣。中興之功，不屬之帝而屬之誰？惜也，帝恃才智而盡用之也。懲韓、彭難制之患，雖寇、鄧之賢而不任以職；懲王氏簒奪之禍，雖置三公而不任以事，專任尚書，以發姦摘伏爲賢，政事察察，甚者異己者升，非讖者棄，專以一身任天下，其明之所不見、力之所不舉者多矣。不然，賢如周舉、嚴光，何以不肯屈於臣列？良以帝之持心非近於厚，而謂以柔道理天下者，是亦自欺而已矣。使帝即位之後，屏智慮，黜聰明，泯才智於無用，兼天下之視聽以爲視聽，資大臣之謀猷以爲謀猷，有好問之誠，無自用之失，斷大事以聖人之經，假宰相以進退之權，無以謠言而亟易守令，毋以讖文而妄議封禪，則中興之美豈不全盡？惟其貽謀之不能宏闊，是以顯宗繼之，愈任察慧，而史臣嘆其無寬洪之道。回視高文之深仁厚澤，至是槁無餘潤矣。人見東都之治斬然精明，遂以爲二帝整齊之力，而不知才智可以致治於暫，而不可以持久，若非繼之以章帝之長者，漢之爲漢未可知也。然則人主盡用才智者，可不以是爲戒哉？

明帝

人主爲治，莫患乎飾治者有餘，而出治者不足也。夫文物者飾治之具，而寬洪者出治之本。自夫本不足而具有餘，是以一時之政雖足以眩耀人之耳目，而大體實傷於冥冥之中。何也？品式之具而根本之戕也，華藻之麗而質樸之亡也，典章之盛而道德之役役也。故善爲政者，寧使治本〔一〕之不立，有如文物之燦然，而寬洪之缺然，則治本亦既不立矣，於治具乎何觀？是故古之聖人，以具扶本，不以具勝本；以文輔質，不以文滅質。先立其大者，而後從事於其小者，是以政之成也，有條理而不紊。後世人主，惟務治具之舉張，而大本不立，君子奚取焉！

吾嘗求之天地矣：日月星辰繫焉，山川草木麗焉，人以爲天地之文，若是然也，而天地曷嘗無文，然天地之德不專在於文也，是以《易》於《賁卦》則貴夫『白賁』，而贊《乾》、《坤》之德者，亦惟曰『大哉乾元』、曰『含洪光大』而已矣。人君出而經理天下，豈能不從事於文物，而索天下於枯槁之域也哉！顧唐、虞、三代之君，所以存心、所以撫物及人者，必有出於文物之表，而不徒〔二〕倚辦於文物，何也？本大則末必蹶，華盛則實必衰，文之綦則德之凉也。是故臨簡御寬者，皆聖人體天地之量；而以嚴束下、以慧察物者，必非進德之階。彼狹隘褊急者，非不知爲君之道不應爾也，然冒而爲之、有所不顧者，蓋其溺心於刑政之末，常虞人臣之欺己，是以逞聰明而役智慮，務以察見臣下之情。夫豈知爲君之道，不難於使人臣之不敢欺，而難於使人臣之不忍欺。萬幾之夥，千官億醜之衆，豈一人聰明智慮之所能固？有所及必有所不及。自其有所及，是以有文物之可述；自其有所不及，則寬洪之量〔三〕欲進於帝王之域，毋乃大有逕庭乎！君子是以爲顯宗喜，而亦爲顯宗不滿也。

且以治具之綦大者，不過數端而已：制度也，時令也，養老而乞言也，崇儒而重道也，厚本而勸農也。今也帝皆能之，可覆而按也。定南北郊之冠冕車服制度，則永平元年也；親幸辟雍，尊事三老，兄事五更，則永平二年也；親耕藉田，以祈農事，則永平四年之詔也；開立學校，置五經師，則永平九年之詔也。洋洋乎詩書之盛，彬彬乎文學之盛，孰謂永平之政非一時之至治乎？　然刑理善而德化之不聞，法令明而度量之不廣，好以耳目隱發爲明，故公卿大臣數被詆毁，近臣尚書以下至見提拽，以萬乘之尊而自以杖撞郎，其與帝堯容四凶而不誅，周人容飲酒而不殺者，不亦大相遠邪！　是以朝廷莫不悚慄，争爲嚴切以避誅責，而以苛刻爲俗。百官無相親之心，吏人無雍雍之志。至於感逆和氣，以致天災，有如鍾離意之言者，信有之矣。宋均亦以慧察爲言。　豈非文物有餘而寬洪不足乎？　向使帝循高、文之家法，以寬仁爲心，以洪大爲度，毋狃其南陽之對以爲能，則永平之政豈止於今日之所觀？　後之有爲治之志者，請以顯宗爲法；無容人之量者，請以顯宗爲戒。

校勘記

〔一〕『治本』疑爲『治具』之誤。

〔二〕『徒』原作『從』，據前後文意改。

〔三〕『之量』下疑脱『不足』二字。

章　帝

人主爲治，有所懲者斯有所善。前人之政或未善，則嗣其後者不容無所懲，有如襲其爲而勸於更焉，則人心去而不可復。　何也？　含洪光大者，乃膠人心之理；而衆情之所不依者，皆苛切迫急者之爲也。自夫前人恃苛切迫急之術以束天下而震之，天下固已厭之矣，苟遵其業者不能察夫人厭苦之情，復從而震之，吾見其不安而殆也決矣。吁，樂簡易而惡煩碎、喜柔和而憚嚴切者，人情之常也。爲政不順人情，而曰權之在我，制之無不從；勢之在我，劫之無不服。從固從矣，服固服矣，其如苟何？人心以苟而順，亦以苟而違，君子固亦憂其所終。爲之臣者，適遭其變，則亦有所懲而已矣。易嚴以寬，變薄以厚，槩見於事者皆然，庶乎可以衆情而使之安；不然，人心去矣。此豈細故也哉！

漢至顯宗，治具備矣，文物煥然可述矣，而元氣實銷鑠於冥冥之中，公卿大臣皆以苟免爲心，莫有固志，章帝素知人心厭其苛切，是以踐祚以來，每務從寬厚，果有以當人情而致一時之治。君子推本而言之，知其有所善者，以其有所懲於前歟。大抵天下之事，有所遭者必有所變，遭其會而不知變焉，則變窮而無所復入矣。三冬之凜，萬物悴焉，莫有生氣；一經陽春之燠，則悴者榮矣。天道之善變也如此。人君適遭變之窮，而猶狃其故智，天下之人其不掉臂而去也乎？故夫前人有可隨之規，則謹守而勿失者，乃善述人之事；前人無宏遠之謀，則懲創而有所反焉，斯爲善達權之君。若昧夫時措之宜，膠焉而不調，吾慮其難善於後矣。

吾玫三代之治，忠而質，質而文，非樂相反也，變焉而迭相救也。是以變而之善，周之法悉矣。惟秦人不知變，重之以法令之煩，此秦之所以亡。漢高懲秦人煩苛之弊，是故變之以寬仁；孝宣懲武帝虚僞之弊，是故變之以總覈；光武懲韓、彭之弊，是故變之以不任功臣。此皆其善變焉者也。若夫顯宗承光武之後，政宜崇尚柔和簡易，以矯光武明察之失，顧乃狃於天資之俊逸，好以發擿姦詐爲賢，公卿大臣，至見提拽，帝王德量吾恐不若是狹也。永平之政，雖號爲治平，而高、文寬仁之澤，至是槁無餘潤矣。顯宗繼之，將因循其是乎，抑懲創其非乎？若是若非，人之多言，帝亦飫聞之矣，不待縮皇帝璽而後知之。是以即真以來，首納陳寵尚寬之説，除慘酷之科，解妖惡之禁；因劉方有不欺之政，遂戒官吏以苛爲察、以刻爲明；著胎養之令，賜嬰兒之廩，好生之德浹於中外；復平徭役以惜民之力，簡賦斂以愛民之財；體之以忠恕，文之以禮樂，一時之民如在春風和氣中。自非帝之寬仁有素，何以逮此？

抑嘗論之：天下之事，必要其極，然後可以見古人之用心；若指其一二而言之，則末矣。吾觀明帝戒有司之煩擾，復百姓之田租，非不寬厚也，然止於是而已矣。惟章帝每事而從寬厚，不可以一二指名，終身之所施設，凡一政一事，無非寬厚之所寓，玆其所以與明帝異。不然，何以魏文帝言明帝察察、章帝長者？事久論定，二帝之心白矣。吁！天下之事，不要其極，何以見古人之用心？

陳亮集卷之十九

按：本卷所載《漢論》十三篇，原載《文粹》後集卷十一。

漢論

高帝

秦始皇曰『東南有天子氣』，於是東遊以厭當之。

自古人君以人力勝天理者，莫甚於秦始皇。觀其噬六國而一於秦，泰然擅一統之權，而舉天下無足與敵者，思所以久天下之術：慮六姓之裔而殲其遺，懼儒生之議則坑其類；懲諸侯之患，分天下爲三十六郡；因盧生獻胡亡秦之圖，遣蒙恬塹山堙谷，起臨洮，擊遼水，延袤萬餘里。長城既築，而河南之地已縣矣。自一至萬，誰曰不可？不知人力愈至則天理愈虧，及天子之氣見於東南，始皇猶且東遊以厭當之，以人勝天之念至老不悟；不知赤帝之龍一翔於沛豐，而建瓴百二之饒遂爲漢資矣。

嗟夫，殲巫蠱輕重之罪，其如長安黄氣中有皇孫病已者在；恃白石丹書之符，其如春陵佳氣中有白水真人者存。天理所在，一毫不差，其可以人力勝哉！

秦二世元年，陳涉起蘄至陳，自立爲楚王，郡縣多殺長吏以應涉。

聖人之生，天必有以啓之也。炎正中微，大盜移國，九縣飆回，三精霧塞，白水真人雖生於濟陽，而謹厚直柔之資沈幾而未發也。王郎稱帝於邯鄲，公孫述稱帝於巴蜀，李憲自王於淮南，秦豐自王於楚黎，各據其險以逞其技，而終不能以有所成，豈其智力不足而形勢不固邪？天將以是啓絳衣大冠之將軍耳。王郎、公孫狗盜而帝，李憲、秦豐鼠竊而王，卯金復興之讖，嘉禾九瑞之祥，其忍坐視生民塗炭邪？天以諸盜啓光武，所以安光武之爲也。

吁！陳涉之首王於秦亂之始，涉果何能爲哉？以荷簑荷笠之傭工，而胼手胝足則其常分也。錢鎛之是講，其視旐旟爲何物？銍艾之是爲，其視師旅爲何法？今也揭竿爲旗，斬木爲兵，幸而下陳而王號遽立，談者鄙其鷦鷯之枝，鼷鼠之腹，不能從耳、餘之計以圖天下，失投機之會而安於一楚王，謂涉之不大也！嗟夫，壟上輟耕之嘆，不過欲富貴耳，夫以一耕夫而輒負君國之榮，已越分矣，而耳、餘其不知人也哉！夫以狐鳴假鬼之詐，孰與夫赤帝斷蛇之祥？鴻鵠淺中之志，孰與夫龍顔寬仁之度？以涉之自王，而郡縣猶多殺長吏以應之，沛之父老迎高祖，其可數遜邪？涉之王，天所以啓高祖之心而速高帝之爲也。不然，陳涉首王而沛公應涉，則權在涉，俾耳、餘之策果行，則涉之王亦止於六月。而皮冠之沛公能基四百年之炎祚，豈非天啓之邪？

酈食其求見沛公，沛公方踞牀，使兩女子洗，酈生長揖不拜，曰：『足下必欲誅無道秦，不宜踞見長者。』於是沛公起，攝衣謝之，延上坐。

秦失其鹿，天下競逐，凡有是才者皆有是心也。傭耕之夫不數月而王，彼販繒屠狗之桀，刑餘卒伍之雄，其肯怗怗人下邪？ 沛公亦若人也。方懷王之遣西定關中也，秦嬰尚强，項羽方盛，田榮起齊，韓廣起燕，魏咎起魏，鷹搏之兵紛如也。沛公高陽之行，懷王一將軍耳，監門戍卒與前日泗上亭長齊也，沛公乃踞洗而見之。沛公何簡酈生邪？ 吁，此沛公馭英雄之術也！

凡人之情，慢忽生於故常，狎侮起於疇昔。彼姦雄桀猾之徒，皆昔日之故舊，彼其悠然而歸於我者，不有所玩瀆則必有所嘗試，於此無一術以駕馭籠絡之，俾之動蕩奔走而不自知。一沛公其如秦、項何？ 先之以踞洗之卑，所以挫其鋭；後之以延坐之崇，所以慰其心。沛公馭英雄之術，大率如此。隨〔一〕何之功，先之以面折；黥布之歸，辱之以洗召；趙將之見，恥之以嫚駡；至於褒封之隆，供帳之厚，千户之寵，出於非望，而三子喜過其分，俾之赴死剋敵、終爲吾用者，墮於高祖之術中也。梁武帝懲高祖之事，方侯景以窮來歸，遽裂地而王之，其後凡有所求，輒痛挫抑，是以景反而梁亡。夫高帝之術固不足法，而梁武帝之事亦可鑒也。

西入咸陽，封秦重寶財物府庫，還軍霸上，蕭何盡取秦丞相府圖籍文書。

古史之闕文，孔子不得而預曉；周爵之去籍，孟子不得而詳言。夫文書所以紀天下也，不有所考，雖孔孟之暇日不能以臆計，而况乎擾攘之時也哉！

光武披輿地圖，而天下之利害險阻洞然乎胸中者，有所考也。唐高祖之克京城也，而宋公弼收圖籍之外一無所取。夫圖籍之與珍寶孰爲用也？而宋公捨其所可用而急其所宜緩者，是豈取天下之先務邪？太宗用是以降李密，俘建德，擒世充，芟武周，翦黑闥，夷蕭銑，義兵一舉，摧枯拉朽，如履其室中者，文籍之功也。

沛公之入咸陽也，蕭何盡收丞相府圖籍文書，而秦之重寶財物，封之府庫而不顧，蕭何之謀宏矣哉！吁，子房之决勝千里，韓信之戰勝攻取，微蕭何之圖籍餉餽，臣見其不能以有爲矣。

使人與秦吏行縣鄉邑告諭，秦民大喜，争持牛羊酒食獻享軍士。

苛政之世，天下思兵。夫兵所以殘民也，而民思於苛世，夫豈樂於自殘哉？蓋苛政猛於兵也。桀紂之酷，民之思湯武猶時雨也，東征西怨，奚獨後予。夫後予之怨，民思兵矣，來蘇之慰，烏得不室家相慶邪！離心離德，乃汝世讎，民無君矣，王師之迎，安得不簞食壺漿邪！

漢高帝，秦之湯武也。方秦之民，口緘於耦語，財困於征斂，力疲於戍役，天下悽然而無所依。幸而有寬仁之高帝，除秦之苛，約以三章，天下之民猶疾之遇藥，熱之濯風，其平日念慮之欲一夕而慰，烏得不大幸而争爲牛酒之獻邪！來蘇之慰，壺漿之迎，是或一道也。

羽聞沛公已定關中，大怒，欲攻沛公。沛公從百餘騎見羽鴻門。

天下之事，不有所摧挫則不能以有成，故凡處逆景而不亂者，聖賢進德之地也。沛公鴻門之會，其漢高帝之基歟！方項羽使黥布破函谷關而至戲下也，沛公以十萬之疲兵，當項羽百萬之鋭卒，沛公其危矣哉！項伯婚姻之約，臣與將軍之稱，以不自意之遜辭，爲豈敢反之卑語，沛公至此，勢迫甚矣。況范增之數目，項莊之舞劍，俾羽也於是時萌一毫欲殺之心，則沛公乃羽几上肉耳。項伯之翼，樊噲之譙，其能脱沛公於虎口哉？惟羽無是心，故沛公獲再生於間道之走，羽之氣日驕，而沛公之氣日沮矣。吁，沛公之氣沮，而沛公之德進矣。彭城之敗，睢水爲之不流，所與逃者數十騎；滎陽之困，非紀信誑楚，則西門之逃幾不免；固陵之敗，諸侯不至，走而入壁者一沛公耳。沛公救死扶傷，日不暇給，其如羽之百戰百勝之雍容邪？追斬東城，奚益於勝？即位汜水，漢業以成。君子觀史，其可以成敗論人哉！

漢王爲義帝發喪，發使告諸侯，兵皆縞素。

劉、項之雌雄，不在戰之勝負，以高祖之摧殘困躓，救死扶傷之不暇，而百戰百勝之項籍卒亡於垓下，何也？戰愈勝而天理愈喪，氣愈壯而天理愈虧，不亡何待？夫子而事父，臣而事君，天倫之固有，雖小夫賤隸同此有也，天下豈有無父之國也哉！屠咸陽，焚宫室，所過殘滅，羽亦酷矣，而義帝其忍殺哉！羽爲無道，放弑其主，天下之賊也。焉有天下之賊而能有天下邪？

高帝爲義帝發喪，兵皆縞素，天下之士，孰不以義起也？蓋仁義者人心之同然，惟仁義可以激人心。三河之士，五諸侯之兵，南浮江漢以下，烏得不感動於斯？昔齊侯之霸春秋，以昭王南征不復，王祭不共，而進陘之師，諸侯與之。魏祖之雄三國，以獻帝洛陽之還，百姓感奮，而奉都許之迎，天下是之。羽之叛弑其主，是以秦伐秦，高祖不暴羽之罪以感天下之心，則又以楚伐楚耳。楚之諸將捨羽而歸漢，其亦感夫縞素之舉也夫。

羽以精兵擊漢軍睢水上，大破漢軍，圍漢王三匝，大風折木揚沙，晝晦，漢王遁去。

興王之君，人順而天應，故天意常顯於人事不可爲之時。光武薊中之舉，食豆粥於蕪蔞，其迫甚矣，王郎兵且至，而沱水流澌其可濟乎？夫以光武飢窘之師，當王郎新羈之馬，進則鋭兵突其前，退則沱水阻其後。光武於是時也，人事之已窮，則有死戰耳。吁，人事之窮而天理之應也。王霸詭爲冰堅之言，而沱河之冰果合，光武渡畢而冰解，豈非天邪！

高祖睢水之戰，漢軍之死填睢水，而保壁之卒無幾矣。羽以三萬之精兵圍之三匝，漢王將焉逃哉？韓信之兵未會，而蕭何之饋莫入，張良之筭、陳平之智無所用其巧，勢窮於此，計窮於此，而兵又窮於此。吁，勢窮、計窮而兵窮，則天心未窮也。大風折木揚砂石，晝晦，而楚軍大亂，故高祖得與數十騎遁去。以是知天意所屬，必於人所不可置力之地而顯之也。高祖雒陽南宫之語，歸功於三傑，而罪項羽不能用范增，是未知天者也。天心屬意於漢高，而假手於三傑，范增其如天何！

齋戒設壇具禮拜信爲大將軍。

必有天下之大志，而後能立天下之大事。夫以天下之志素存於胸中，貧賤患難不足以動其心，而其志慮未始不爲經國之謀也。一旦見之於有用，而施設措慮，雍容暇豫，而不少亂也。致君堯舜之心，藏於莘野耰鋤之時；遜志典學之訓，藴於傅巖胥靡之日。故能處三聘一德之隆而不愧，置左右朝夕之密而不怍。大凡立天下之大事者，非有天下之大志者不能也。

韓信以寄食之貧，胯下之辱，無資身之策，兼人之勇，忽焉拔之於連敖治粟之職，而爲登壇具禮之大將，怡然居之，猶其素所得者。至於定三秦，虜魏豹，斬陳餘，擒趙歇，戮龍且，降燕弱楚，動如其意，若摧枯拉朽而莫有以敵之者，皆其經綸之志素存其中，豈偶然之所能邪？

吁，供帳如王則大喜，泜水之捷則折屐，惟胸中素養之未純，故於或然不虞之頃未有不亂者也。大將之拜，信豈忝哉！

成安君儒者，常稱義兵，不用詐謀奇計。

商周之兵，天下以仁義歸湯武，而湯武未嘗以仁義自名。攸徂之民有來蘇之慰，牧野之會有罔敵之師，湯武何術以致之哉？天應而人順，民心自有所不容已者耳。宋襄公用鄫子于次睢之社，欲以屬東夷，子魚曰：『小事不用大牲，而況敢用人乎！祭祀以爲人也，民，神之主也。用人，其誰饗之？』夫忍以人而祀社，而襄公之素心亦殘矣。今也與楚人戰，必俟既陳而後擊，遂大敗于泓。國人皆咎之，且曰：『不重傷，不擒二毛，不鼓不成列。』以爲吾仁義之兵當然。吁，襄公果仁義乎哉？亡其實而假其名，故一敗塗地而不可救也。

陳餘説武臣以叛其主，攻張耳以離其交，其仁義安在？乃稱『義兵不用詐謀奇計』。泜水之戮，不救於亡，其愚也夫！

信平齊，使人言於漢王曰，云云。**張良曰：『不如因而立之。』**

人臣之事君，至不可使有一毫之忌隙也。周公以待旦吐握之勞，其夾輔王室，以隆有周之業者，公之盡其心、竭其誠，與天相爲無窮可也；而管蔡且流言矣，雖召公之賢猶不悦，成王之聖猶致疑。夫以流言之入人，以周公《鴟鴞》之詩，求成王之自悟，王雖未敢誚而忌之，隙已從是萌矣。苟無雷風之變，不啓《金縢》之書，則公之忠誠其泯矣哉！周公聖人也，心與天同，而猶不免乎疑，況其下者乎！

夫韓信以多多益辦之才，而動如所欲，諸國雖平而楚兵猶盛也，漢王方困於滎陽，信下齊，不還報而自王。信也效市井之徒，乘時以徼利，其不啓高祖之疑邪？迨其後也，追楚至固陵，與信期而不至，高祖取信之心固已萌於是時矣。顧項羽在，力未及耳。信雖却武涉之説，杜蒯通之謀，有『背之不祥』之語，奈何漢高之疑已久矣。未幾，襲奪其軍，徙爲楚邳矣；又未幾，縛之雲夢，侯之淮陰矣。鍾室之戮，其基於假王之時乎？信能爲高帝天下謀，不能爲一身謀，開高帝之忌隙而自速其禍，其过矣哉！

楚地悉定，獨魯不下，漢王引兵欲屠之。爲其守節禮義之國，乃持羽頭示其父兄，魯乃降。

夫子之道即堯舜之道，堯舜之道即天地之道。天地以健順育萬物，故生生化化而不窮；堯舜以孝悌導萬民，故日用飲食而不知；夫子以天地堯舜之道詔天下，故天下以仁義孝悌爲常行，雖九夷之陋，南子之邪，陽貨之奸，或接夫子之德容，或聞夫子之德音，而猶能遷變，况生乎其邦而浹洽乎聖人之德化邪！孟子以伯夷、柳下惠爲百世之師，且又推廣其説曰：『聞伯夷之風者，頑夫廉，懦夫有立志。聞柳下惠之風者，薄夫厚，鄙夫寬。奮乎百世之上，百世之下聞者莫不興起。』而况於親炙之者乎！夫伯夷得聖之清，下惠得聖之和，未至於夫子聖之時之境，而尚能興起人心。魯人霑夫子之遺澤，而仁義孝悌魯人之日用，項羽既封於魯，而魯人知有羽耳。漢王雖怒其久不下，而猶以守節禮義之國，不忍加以兵，其忠義足以動人心也如此！

陳平智有餘，然難獨任；周勃重厚少文，安劉氏必勃也。

君臣之間，以誠相感而後能以心相知，誠意之不加，而矯詭以相試，雖匹夫單人錙銖毫末之托尚或敗事，况天下重器，而可付之非心知之人邪！

唐太宗最聰明神智者，至囑高宗於李勣，而以嘗試爲之，此豈淺末事哉？方其黜之也，度其或遲回顧望，則欲殺之，且言『吾死之後，汝用之可以爲恩』。夫托國於斯人，非誠意之素交，而姑以一黜之喜怒，以試其中心之誠僞，其爲術亦疏矣。高宗武昭儀之立，乃自勣成之，唐室之禍豈非基於此乎？

高帝託國於平、勃，其誠相感而相孚也素矣，方禄、産顓兵秉政之時，劉氏之勢不絶如縷，惟平、勃竭其忠精之節，以感發夫軍中左袒之機，芟獮禄、産，迎立代王，漢業由是以安。平、勃終始一節，略無瑕玷，漢亦崇其勳績，延其禄祀，豈非君臣相知以心，故愈久而愈隆邪！托國之忠，自伊周後，惟平、勃粗無愧。

校勘記

〔一〕『隨』原作『隋』，據《漢書·黥布傳》改。

陳亮集卷之二十

按：本卷所載《漢論》十三篇，原載《文粹》後集卷十二。

漢論

惠帝

除挾書律。

太極肇分，兩儀奠位，君臣父子之道始立。民生斯時，動盪乎仁義孝悌，薰陶乎忠信誠樸，鼓舞乎春風和氣，自日用飲食之外無它念焉。伏羲肇以八卦，默感人心之天理，而不容以有言。自三墳散而爲五典，而帝王之行事始日見於典章，彬彬可覩也。夫子生於衰周，傷王道之不明，於是删《詩》、定《書》、繫《周易》、作《春秋》，燦然萬世帝王之軌範也。秦始皇矜心太勝，以五帝三王爲不足法，取古今之載籍一切焚棄，重挾書之刑，以瞽天下之民。不知民生最靈，未易以黔首愚也：載籍之六經可焚，人心之六經不可焚也。

漢惠帝除挾書之律，至文景具博士之官，天下之士方漸向學。天子不立學而學者無所宗，故家自爲學，專門授徒，而士亦分散四出，各師其師，私植黨與，互相詆訾，六經之旨破壞無紀，甚而至於引《春秋》以黷武，援《論語》以媚奸，其害有不可勝言者。臣故曰：『秦雖焚書，而書之義全；漢雖興學，而書之旨潰。』悲哉！

文帝

詔曰：『農者天下之大本也，云云。**賜今年田租之半。』**

古者農自耕其田，其力與地相若，其食與其口數相稱。上之人勸之有其誠，董之有其官，賑之有其政。國以農爲本，民以農爲重，教以農爲先，墮農有罰，游手末作有禁。天下無浮食之民，故民力常裕。

自秦皇廢井田，開阡陌，啓天下浮薄之習，農至是稍輕賤矣，於是有捨農爲游手者。浮食既多，農民日困，終也山東倡亂，群起而亡秦族者，乃曩日游手浮食者也。

文帝懲秦之陋，斲雕爲樸，不求富國而求富民，故爲治之先，勤勤於耕農是勸：今年以開藉田先農，明年以減半租勉農，又明年以除租稅賜農，野不加辟有詔，親率農耕有詔，百姓從事於末有禁，爲酒醪以糜穀有禁，無非所以裕民力而俾之安於耕也。富庶之本，實出於此。後世之君，類皆刻農以求富其國，其忘本甚矣。

欲作露臺，召匠計之，直百金，上曰：『云云。何以臺爲！』

唐元宗蒞政之始，以風俗奢靡踰制，乘輿服御、金銀器玩，宜令有司銷毀，真珠寶玉，焚之殿前。后妃不飾珠翠，京師罷織錦坊。其刻厲節儉，可謂至矣。晚年欲心一啓，遣御史往海南求珠翠奇寶，内寵極珍異，宫掖窮靡麗，奸酋乘罅而肆螫，唐祚危亂而幾傾。甚矣，矯揉好名之易以敗也如此哉！

漢文帝之敦樸，其真情也，非好名也；其自然也，非矯揉也。觀其露臺百金之費，國家一毫毛耳，其念慮所及，至於以十家之産爲憂，不慮己而慮民，真大禹思溺猶己溺之心，后稷思飢猶己飢之心，成湯子惠困窮之心，文王視民如傷之心。嗚呼，漆器不止，懼其金玉之念生；露臺之不止，即阿房離宫之漸，蓬萊十六院之基也。文帝身衣弋綈，足履革舄，帷帳無文綉，終始一節，豈由外鑠哉！

治霸陵，皆瓦器，不得以金銀銅錫爲飾，因其山，不起墳。

古帝王之葬，皆陶人、瓦器、木車、茅馬，使後世不知其處，豈固爲卑陋哉？及觀帝王之所以自處也，土階茅茨，惡衣菲食，類皆儉己以豐民，其肯越侈縱慾以疲民力邪？

秦始皇爲己而忘民，厚己而刻民，重賦苛斂以肆其欲。故其居也，阿房千門，離宫三百，鍾鼓帷帳不移而具；其葬也，吏徒數十萬，下徹三泉，銅錮其内，漆塗其外，被以珠玉，飾以翡翠。靡麗之極，未有若此者。一旦民力竭而秦亦亡，咸陽之宫，焚於悍羽；驪山之冢，燎於豎牧。

其亦何利於後哉？

文帝治霸陵，皆用瓦器，不以金銀銅錫爲飾，因其山，不起墳，真得古帝王之遺意。厥後惟光武識此，故其治壽陵也，所制地毋爲山陵陂池，裁令流水而已。且又曰：『使迭興之後，與丘壠同體。』其所慮遠矣哉！

景帝

三年春，七國皆舉兵反。

古者封建，内諸侯禄，外諸侯嗣，内外之勢均；天子之卿布于諸侯，而諸侯每歲貢士于天子之朝，其法豈不善哉？後世祖其名而違其意，遂寖失之。

高帝以天下封功臣膏腴之地而不靳，多者百餘城，小者三四十縣，十年之後，反者九起，豈其封地不足邪？然則厚與之地非德也，乃所以滅之也。帝不鑒功臣之禍，大封同姓以爲衛，列土連城，厚其租賦，便其興利，子孫世襲，不分賢愚。至文帝時，有恃鑄山煮海之饒而跋扈不朝者矣。

景帝削地之書一下，而七國合從以逆京師。當時斬忠臣，舉重兵，僅能克之，其患果何自邪？文帝朝惟賈誼知此患，故痛哭流涕言於帝曰：『大國之王幼弱未壯，漢之傅相方握其事。數年之後，諸侯王皆冠，血氣方剛，漢之傅相稱病而賜罷，彼自丞尉以上，偏置私人，如此，有異淮南、濟北之爲邪？』又曰：『欲天下之治安，莫若衆建諸侯而小其力，力小則易以使，國小則無邪心。』若賈誼者，真知當時之利害矣。其後主父偃用誼策以告武帝，令諸侯得推恩分侯子弟，自是藩國雖分，不削而稍弱矣。使文帝能用賈誼之謀，則景帝無七國之禍，惜哉！

五年夏，遣公主嫁匈奴單于。

古者帝王之制夷狄也，叛則討之，服則捨之，縱捨之權在中國，故不能爲吾患。漢自劉敬説高祖以公主妻單于，結和親之約，自是夷狄始敢以輕中國。孝惠循其事，未幾，匈奴入北地河南爲寇。文帝又循其事，未幾，匈奴入雲中，入上郡。景帝於此當少警也，亦以公主嫁單于，未幾，匈奴大入雁門。馮敬〔一〕死，中國愈屈而醜類愈驕，既不能以此息兵，而益以啓其殺略之暴。二者俱失，於漢何利焉？

且父子之親，兄弟之愛，惟知禮義之人可以教告之。彼匈奴弑父殺母，真犬豕之不若，是可以禮義責哉？秦始皇調東南之卒戍邊，不能其水土，戍者多僨仆，秦民見行，號泣如往棄市。夫以中國衣冠之民，一旦鄰於腥膻之境，猶且怨咨，况以公主之貴而失身於犬豕，縱得爲閼氏，辱中國多矣。

中元三年，夏旱，禁酤酒。

酒者，先王之以行禮，又以之觀德，通上下之情，講燕享之好者也。至幽王時，『以爲酒食』，而《楚茨》以『民卒流亡』傷之；『樂酒今夕』，《頍弁》以『孤危將亡』刺之；『飲酒豈樂』，《魚藻》以『萬物失性』譏之。終幽王之時，荒腆于酒，而身殞國危。下迨春秋，僖負羈以糞土爲比，先王設醴之意寖泯，而生民嗜末耗本，日益甚矣。

方夏亢旱，景帝未暇它務，惟以禁酤酒爲先，若非所宜急者；及觀文帝之富庶，皆本於酒醪縻穀之禁嚴；子反之敗楚，亦其沉湎無度之所致。景帝以是爲賑荒之先，其亦知全穀保民之本歟！武帝榷酒酤以充國，啓天下荒淫之路，晚年海内騷然，良有由矣。

校勘記

〔一〕據《漢書·高祖紀》馮敬爲魏王豹將，與和親無關，似應爲『劉敬』。

武　帝

遣使者安車蒲輪，束帛加璧，迎魯申公。

漢自高帝欲以馬上治而儒道微，孝惠、文、景以來，黄老之説勝而儒道益微。武帝蒞政之始，首以束帛加璧、安車駟馬迎魯申公，天下謂儒道少伸矣。申公進力行之説，深藥武帝好大多慾之病，帝聞之默然不悦也。然已招致，不得已，與之大夫，舍之魯邸，申公之策不行矣。正學如轅固，以老罷歸；純儒如仲舒，出爲膠東相；帝之用儒可見矣。於是嚴助、吾丘壽王、相如、主父偃之徒，森列左右，發兵會稽，起上林苑，開西南夷，建朔方郡，皆此輩發之。集一時輕銳小才，以行快意之政，卒爲天下禍。帝豈真好儒哉？

元朔元年，詔曰：『朕深詔職事，興廉舉孝，庶幾成風，紹休聖緒。』

武帝上嘉唐虞，下樂商周，元朔之詔，推明五帝三王所由昌之理，遂詔執事爲孝廉之舉，帝慕古之心亦至矣。然或闔郡不薦一人，豈天下舉無孝廉之士哉？抑不思帝王之爲治，全民心之天理，故孝、廉皆生民之所日用，不爲異也。上之人方且保護養成之，惟恐一毫有以戕剥其真性，是以凡舉於王朝者，皆光明碩大之賢，謀王體，贊國論，其事業彬彬可覩也。生民自秦漢干戈瘡痍之餘，復以申韓刑名之説勝，而民之真性日已斵喪。重之以王恢倡征伐之議，啓帝從事四夷之心；衛青，公孫敖、賀，李廣之師，紛然四出；河水汎郡十六，民半爲魚；夏霜殺草，而五穀不茂；商車筭賦，而私財日隳。民於斯時，仰事俯育之不給，宜孝、廉之不克全矣。然不舉孝、不察廉，亦豈可以厚責二千石邪？

六年，有司奏置武功賞官。

晁錯説文帝曰：『今募天下入粟縣官，得以拜爵除罪，如此富人有爵，農人有錢，粟有所洩，所補者三：一曰主用足，二曰民賦少，三曰勸農功。』文景用其策，故民力農而國富安。考之五帝之明試以功，三王之德懋懋官，固若損國體，然權一時之宜，使上不益賦而下日力穡，亦粗可行也。況夫財者民之命，世有較錙銖之小利，至於觸法冒禁而不知止，豈非其所重者在此邪？今乃捨所重以易爵，則夫人之自重其身也亦至矣。其與夫世禄之子孫，菽麥之不辨，剥民財以豐己私者，其用心如何邪？

武帝時，大司農經用空竭，遂增益文景入粟拜爵故事，置武功賞官，俾諸買武功爵至千夫者，得除爲吏。史臣以吏道雜而多端誚之。夫武帝尚可藉是以足一時之國用，未爲大害也。唐中宗之事，吾傷之。中宗擁虚器於上，三思執賞罰之權於其下，財入妃、主，計利授官，墨敕斜封，動以千數。當時宰相、御史、員外，謂之三無坐處。利歸私第，禄耗公室，爵濫小人。殘及忠正，而唐祚幾傾。方之入粟於公，得以拜爵除吏，尚可恕焉。

元狩四年，造白金及皮幣。

齊高帝欲使黄金與土同價，昔嘗誕其説。夷考之史，風飄水浮，薄矣，民亦資用；綖鐶荇葉，又薄矣，民亦資用；剪鐵裁皮，益薄矣，民亦資用。宋文以一當兩，周高則又以一當十，孫權則又以一當千。

嗟乎，蠢氓何知，惟俯首奔役，一聽乎君上之所弛張耳。至是益信齊高帝金土同價之辭非誕。武帝元狩四年，收銀錫造爲白金，一白鹿幣至直十萬，此豈盛世事邪？識者傷之！

六年，詔博士分行天下，存問鰥寡廢疾。

古者撢人之官，巡天下之邦國，誦王之志意，道國之政事，會萬里於一堂之上者，其職爲至要也。後世皇華之遺，有開倉賑飢，如汲黯之使河内；攬轡澄清天下，如范滂之使冀州；決寃獄而天雨，如真卿之使河隴。必如是，始無負於人君敦遣之意。漢順帝選八使徒號八俊，雖擅威名，無可糾正，益以紛擾。唐德宗之遣黜陟，陸贄説以五術省風俗，洪經綸等不曉時務，輶車所至，動虧軍情。

嗚呼，人君以一身之眇，處九重之邃，遐陬絶域，利害纖悉，上之人無不周知；德意志慮，沛然四達，下之人無不浹洽；奉使之任，其所係至重也如此。

元狩六年之詔，武帝之恤民亦勤矣：遣博士六人分循天下，存問鰥寡廢疾無以振業者，貸與之；仍舉獨行之君子於朝。帝之告諭甚悉也。考之武帝之史，當時因博士貸業、與舉獨行之君子，寂無聞也。元鼎二年，於是復申遣博士循行之詔，遂曰：『諭告所抵，無令重困，吏民有振救貧民者，具舉以聞。』何前日博士不能承宣德意，至於詔旨之荐頒邪！爲博士者，其負帝多矣。

元封元年，詔曰：『朕將巡邊陲，擇兵振旅。』

司馬光論孝武，以爲武帝異於始皇者無幾，併以外事四夷言之。

觀武帝之政，惟復讎一事，所以掩過。高祖白登之耻，歷孝惠、文、景不能報，且賂之以重幣，以苟旦夕之安，武帝奮然爲復讎之舉，義師一出而漠南無王庭，其功大矣。儻武帝無窮黷之禍，則亦漢之賢君，尚何疵焉！　惟其好大多慾，繁刑厚斂，遊幸役作，考之於紀，殆又甚焉：御史趙綰、王卿、商丘成自殺，魏其、竇嬰棄市，丞相李蔡、青翟、趙周、公孫賀、屈氂誅戮，秦皇不如是殺大臣也；皇后自殺，太子殞於湖，秦皇不如是殺骨肉也；八幸雍，四幸甘泉，六幸太山，二幸河東，幸汾陰，幸北地，幸緱氏，東巡海上，至碣石，巡自遼西，北邊至九原，周行萬八千里，置十二部將軍，勒兵十八萬，旌旗蔽千里，秦皇行幸不如是之煩也；榷酒酤，筭商車，筭緡錢，筭舟車，收銀錫，造白金，造皮幣，賣武功爵，入奴婢爲郎衛，管鹽鐵，坐市列肆，販物求利，置平準于京師，秦皇求利不如是之慘也；直指使者，綉衣杖斧，斷斬郡國，張湯、趙禹作見知法，務在深文，用刑益刻，淮南、衡山反，誅見知，連坐者數萬人，秦皇用刑不如是之酷也。　秦有咸陽、阿房離宫、長城之役耳，武帝作首山宫、龍淵宫、建章宫，起上林苑、柏梁臺，穿昆明池，鑿漕渠，城朔方城，發巴蜀民治西南夷道，發兵治雁門險阻，與秦皇役作如何？　秦令徐市入海求神仙，浮江至湘山耳，武帝親至海上，又欲自浮海求蓬萊，封方士欒大爲樂通侯，位上將軍，與秦始皇求仙如何？

註考其事，實殆過之。　然秦以之亡、漢以之興者，其興亡之原非一朝一夕之故也。　秦自孝公用商鞅，失民心七世矣，至始皇時，民心已摇，故始皇一激之而民散；漢自高、惠、文、景，德澤之在民，淪肌浹髓，前人之遺愛未泯也，雖武帝之重於虐民，而民心之戴漢猶故也，故雖危而不至於亡。　君天下者，亦焉可不痛以武帝爲鑒哉！

陳亮集卷之二十一

按：本卷所載《漢論》十七篇，原載《文粹》後集卷十三。

漢論

昭帝

二年三月，遣使振貸貧民。八月，詔曰：『毋令民出今年田租。』

周厲之後有宣王，周之所以興；始皇之後有二世，秦之所以亡。厲王『板蕩』之餘，民勞甚矣，宣王側身修行，勞來還定，而周室復興；始皇征役之後，民力竭矣，二世益法峻刑，復營阿房，而秦祚卒滅。大抵民之愛君，無有窮已，秦皇雖剥民太甚，民尚樂爲之役，二世能用周宣安集之政，則亦焉有遽亡者哉？

武帝窮兵黷武，好神仙，嗜遊幸，喜興作，其役民無度，至海内虚耗，户口减半，與厲王之『板蕩』、始皇之慘酷均也。昭帝一摩撫而存恤之，而民心遂安。方其即位之始，舉賢良，問民疾苦，止民勿出，給中都官馬，罷榷酤官，省乘輿馬，蠲馬口錢，免貧民口賦，凡一事有不便於民者，汲汲而除之，惟恐或後。於是漢以之興。

由此觀之，民心至易以收拾者。爲人上者，亦焉可不重民哉？

泗水戴王前薨，國〔一〕除，後宮有〔二〕遺腹子煖〔三〕，立煖爲泗水王。

先王封建諸侯，以其功德之在民也。周公之封於魯也，地方百里，地非不足也，而儉於百里，蓋所以爲善後之計也。高帝剖符以封功臣，列侯至百四十有三人。武帝時，列侯坐酎金色輕惡，奪爵者百六人。終武帝之世，見侯者纔四人耳。豈列侯盡抵法禁邪？高帝雖徇一時之謀，不思經久之法。武帝能裁抑之以全其後，亦可也；乃文致其罪而削其爵，亦殘忍矣。

昭帝於泗水戴王之國除，因後宮遺腹子而復立之，可謂仁哉。孔子曰：『興滅國，繼絶世，天下之民歸心焉。』昭帝得之矣。

桀、安父子與霍光争權，詐使人爲燕王旦上書，言光罪。

人君之任臣，莫大於明君子小人之情；不明君子小人之情，而惟曰信任，未有不敗事者矣。成湯之知伊尹，故尊之爲阿衡，於是咸有一德而克享天心。成王之知周公，故尊之爲師傅，雖□四國流言而德音不瑕。下至春秋，齊威知管仲之賢，委之以政，一則仲父，二則仲父，故能成九合諸侯之功。

後世之君，不深辨君子小人之情狀，惟執古人信任之説以待其臣，是以成帝之王鳳，威靈之宦官，高〔四〕宗之李林甫，德宗之盧杞，積成漢唐亂亡之禍，豈信任之不可不辨歟？

昭帝覺上官桀之非，知霍光之忠正，委之以政而不疑。惟光知時務之要，因民所欲，與之更始，是以天下復安。使昭帝享國日長，則其效不止於此而已。

校勘記

〔一〕『國』字，據《漢書·昭帝紀》補。

〔二〕『有』字，據《昭帝紀》補。

〔三〕『煖』字，據《昭帝紀》補。

〔四〕『高』字，當爲『玄』字之譌。

宣　帝

本始元年五月，鳳凰集膠東千乘。

人主之所好，不可有所嗜也。光武嗜於讖，啓天下方士誣罔之語，元譚諫其非經，卒以此貶。煬帝嗜於侈，興長城靡麗之役，賀若弼諫其非急務，竟以此誅。夫嗜好之偏一發於心術，而趍和意旨、相彌縫以求幸者有之，至於忠諫正言、不畏罪責者，寧有幾人哉！

宣帝酷好祥瑞日，少府宋疇坐議鳳凰不下京師而左遷，它日鳳凰歲歲下矣。是以宣帝之世，鳳凰五下，改年曰五鳳；神雀數集，改年曰神爵；甘露頻降，改年曰甘露；黄龍登興，改年曰黄龍；醴泉滂流，枯槁榮茂，何其祥瑞之多也。攷之宣帝之時，郡國地震、山崩、水出、星孛、日蝕、宮闕火災，風雨災變不一，豈乖和之氣迭爲消長邪？及觀京兆尹張敞舍鶡雀飛集丞相府，黄霸以爲神雀，議欲以聞，後知從敞舍來，乃止。以鶡雀事觀之，則宣帝鳳凰、神爵、黄龍、甘露之瑞，可以推矣。

本始二年，大司農陽城侯田延年有罪自殺。

先王知朝廷之尊嚴在乎體貌大臣而厲其節，故其用之也加之以審，而其待之也加之以禮。是以一代之臣必立一代之勳，由夫上之人以禮維其心，而不以法約其外，用禮愈嚴而人臣畏法益謹。《傳》曰『刑不上大夫』，乃先王尊嚴朝廷之意也。

漢自高祖以蕭相國械廷尉，而大臣與士庶均於訊鞫論報，終漢之君，輕於弒戮大臣，丞相自公孫洪後，比坐事死，公孫賀涕泣不受相印，大臣之禮可見矣。

宣帝自誅滅霍光之後，忠臣烈士，至此側足。大司農田延年坐增僦直，微事也，而殺之，自是殺京兆尹，殺平通侯，殺平丘侯，殺司隸，殺左馮翊，殺廣陵王。宣帝待人臣之術，法勝而禮衰，故上之勢孤而下之情隔。上之勢孤，至於久則不尊；下之情隔，至於久則不通。勢不尊而情不通，遂積爲相臣擅命之禍。爲人君者不可不思其終也。

霍光薨，上思報其功德，復使樂平侯山領尚書事。

武帝以周公之事委之霍光，光之負荷重責亦無愧矣。惟其身爲大將軍，女爲皇后，子羽、兄孫雲皆爲中郎將，兩女婿爲東西宫衛尉，昆弟、諸婿、外孫皆奉朝請、爲諸曹大夫，親黨布列朝廷，盛滿已極，不知引避。光爲漢社稷計則善，爲霍宗屬計則踈矣。

宣帝即位之始，當霍光之尚存，加以裁損，則光之後可全；於斯時也，儻有怨望，誅而族之，後世無可議者。孝宣既知光之輔昭、廢賀、立帝之功爲不淺矣，且思欲報其功德，奚爲乃復封樂平侯山領尚書事？及光死，子復爲右將軍，兄子秉樞機，昆弟、諸婿據權勢，光夫人顯及諸女皆通籍長信宫，極其爵位，啓其驕侈，一旦摧抑之以發其邪謀，竟闔族而受戮，俾忠勳之後血祀以絶，宣帝雖能快一時之忿怒，而後之爲忠者亦少懼矣。大抵人君之報功，不特爲已立功者之寵榮，蓋將以爲未立功者之勵勸。是以先王之報功也，其有大勳勞於天下也，則封之，而世世爲之祀；其有忠正也，則紀其績于太常，以示不敢忘之意；蓋所以爲其子孫計也。漢世功臣多爲子孫患，其亦何利也哉！

東漢光武、我宋藝祖，最得保全功臣之術，專以禄秩賞賜，使之食大邑，奉朝請，以厚富其子孫，故其子孫皆克守前烈，而無後患。後之中興之君，其可不爲功臣善後計哉！

三年詔曰：『有功不賞，有罪不誅，雖唐虞不能以化天下。今膠東相成，云云。**賜爵關内侯。』**

綜核之名雖不見於唐虞、成周，而實本於唐虞、成周。夫三載考績，三考黜陟，又有明試之法，此唐虞綜核之意也；月有要，歲有會，又有三歲大計之法，此成周綜核之意也。唐虞歸之司空，成周總之太宰，非人主自爲也。

宣帝恐臣下欺己，親綜核名實之權，卒不免爲臣下所欺，何也？一己之聰明有限，有限則易以昏；衆人之聰明無窮，無窮則難以蔽。膠東相成僞增户口，在朝之人豈無一人言之邪？秩以二千石，爵以關内侯，賞賚已及矣，後詔丞相御史問郡國上計長史守丞以政令得失，或對言：前膠東相成僞自增加以蒙顯賞，是後俗吏多爲虚名。夫丞相御史不言於未賞之前，而因言於郡國上計之後，宣帝最輕於責大臣者，至是無一語詰之，豈非前日核實之賞，其帝之自爲乎？宣帝親核名實，而臣下有名無實尤甚，則知綜實之政不當人主自私之。

神爵元年秋，賜故大司農朱邑子黄金百斤，以奉祭祀。

朱邑爲北海太守，以治行第一入爲大司農。宣帝以其有功也，以黄金百斤賜其子，以奉祭祀。又令有司求高祖功臣子孫失侯者，得槐里公乘、周廣漢等百三十六人，皆賜黄金二十斤，復其家，令世世奉祀。

夫霍光安劉氏之業，其功爲至大，宣帝忍於殘滅其宗，亦酷甚矣。今乃能思前世功臣之後，與一司農朱邑之子，則知霍光之事，帝之□□亦於斯悔過矣。

元帝

初元元年，令諸宫館希御幸者勿繕治，太僕減穀食馬，水衡省肉食獸。

武帝之窮黷，繼之以昭帝之仁愛；宣帝之刻刑，繼之以元帝之恭儉，此民心所以不摇，而漢祚所以尚永也。昭帝得霍光，知至治之務，修孝文之政，故寬和仁愛，有以悦民之心。元帝雖有貢禹、薛廣德、康衡爲宰相，忘所先之要，輔以優柔之政，故漢業至是委靡不振。

夫元帝素聞貢禹明經潔行，即位之始，遣使召之，數虚己問以政事。元帝之求治亦切矣。夫委政非人，宦竪擅權，此政當時之大患，禹等無一言及之，恭謹節儉，元帝之天資，反諄諄言之，前後書數十上，無非簡約之説；薛廣德止獵之諫之外，無一事及時政。上問康衡日食地震之變，衡首言民觸法抵禁勿赦，徐以省靡麗、考制度言之。當時宰相類如此，許、史、恭、顯亦何所憚邪！

中書令洪恭、石顯譖蕭望之，令自殺。

自古宦官誤人國多矣，然非宦官罪也。夫寺人之官，自三王之世不可無之，皆用以通内外之言而已，何與於朝政？而論者深以誤國爲慮而欲去之，何也？惟人主聰明，故百邪不能蔽；人主剛毅，則柔佞不能欺，此必然之理。惟聰明剛毅之君不常有，此宦竪之所以能爲國患也。

石顯自宣帝時使之典樞機，其計慮至深巧也，舉貢禹之賢以文其姦，誅賈捐之之薦以示其公，而壅蔽人主之術精矣。蕭望之不能委曲和緩，以潛消其邪謀，乃决裂於一逞，以中小人之術，使宦官敢於殺賢者，自望之激成之。

是以東漢之衰，曹節、侯覽設黨錮之獄，盡戮天下名賢。雖然，猶假借人主之權而後敢爲之。唐之事慘矣。自唐元宗任一高力士，肅宗用李輔國，代宗用程元振、魚朝恩，德宗以兵授竇文場、霍仙鳴，自是兵權歸内豎矣。自元和之末，宦豎驕横，建置天子，在其掌握，不特殘害善良，而唐之社稷由是傾危矣。原其所由，皆人主信用之偏，養成其禍，遂至於國亡，而小人之身亦不免肝腦塗地，爲小人者，亦何利哉！

永光三年，詔曰：『地動，中冬雨水大霧，盗賊並起，吏何不以時禁？各悉意對。』

漢元帝知時之亂，京房比以幽厲而不辭；唐文宗知治之衰，自比以赧獻而不知愧。二君皆能善訟其過，而不能善行其言，抑鬱不樂，甘心於委靡柔弱而已矣。

自元帝即位以來，日月失明，星辰逆行，山崩泉涌，地震石隕，夏霜冬□，春凋秋榮。《春秋》所紀災異，殆又甚焉。永光災異之詔，令各悉意以對，當時所謂『悉意以對』者果何人邪？蕭望之略言而死矣，賈捐之棄市矣，周堪、張猛又自殺於公車矣，京房委曲開諭，帝與之反覆辨論，似若感悟者，未幾房亦下獄、棄市。夏寒，日青無光，顯及許史反誣之以堪猛用事之咎，元帝之柔弱易欺如此，忠言何自而來哉？

成帝

封舅諸吏光禄大夫關内侯王崇爲安成侯，賜舅王譚、商、立、根、逢時爵關内侯。夏四月，黄霧四塞，博問公卿大夫，無有所諱。

兩漢之衰，皆宦官外戚迭爲之。夫漢數路得人，其取賢如是其多門也，豈止於宦官外戚中有人材邪？亦可嘆也。漢自吕氏掌内外兵衛，而兵權在外戚：武帝用田蚡爲丞相，有『除吏已盡，何不遂取武庫』之語，而外戚漸侵政權矣；宣帝之用許史，專以史高輔政，不惟侵政權，且秉政機矣。成帝懲石顯之禍，任用王鳳，自王鳳秉政，王章爲御史大夫，王氏愈盛，郡國守相，多出其門。當時之敢言不屈者，惟有一王章耳。鳳既殺王章，公卿見鳳側目而視。災異之對，谷永比鳳以申伯，杜欽歸過於後宫，二子以賢良方正進，而所言如此，尚何賴焉！故黄霧四塞，上天垂戒於五侯並封之日。當時之廷臣，無耻甚矣！是以新室簒逆，而漢業中微。光武鑒新室之禍，不寵假外戚，明帝不使封侯與政，章帝欲爵馬氏諸舅，太后不聽。孝順信用張防，自是復以大柄授之后族。梁冀頑暴無知，俾之繼商之位，終於悖逆，漢由是衰。

前車覆敗，後轍相踵而不悟，此千載之遺恨，而忠臣義士所以悲恨也。

劉向校中秘書，謁者陳農使使求遺書於天下。

《詩》曰：『主文而譎諫，言之者無罪，聞之者足以戒。』[一]此五帝三王盛德事也。伍舉進隱語，楚王淫益甚。楊震所言轉切，震死於姦臣，而孝安不知。當委靡不明之君，權移臣下，雖面折廷諍，血頸折檻，而猶不悟，况假借《詩》、《書》之微文而能感動其心邪？

自宣元時，宗室遺老獨向一人，不忍劉氏微弱，王氏邪横，自爲列大夫，深言切論，幾陷虎口者屢矣。向以成帝方嚮《詩》、《書》，使謁者陳農求遺書於天下。向校中秘書，乃因《尚書·洪範》，集合上古以來，歷春秋六國至秦、漢符瑞災異之記，推迹行事于《洪範》五行傳論，奏之。天子心知向忠精，爲鳳兄弟起此論也，然終不能奪王氏權，向之諫術至此盡矣，舉朝無一可言之臣矣。

吁，漢事去矣！雖龍逢、比干亦無誰之何矣。一劉向何所措其力哉？

校勘記

〔一〕按，「《詩》曰」一段，實引《關雎序》文。

哀帝

建平元年，詔曰：「聖王之治，以得賢爲者，云云。**舉可親民者各一人。」**

《易》曰：「君子出其言善，則千里之外應之；出其言不善，則千里之外違之。」人君之言動一萌於心，而從違已感兆於天下，是豈可匿情徑辭以求名哉！飾情以求名，祇以自欺爾，安能欺天下邪！宣帝誅滅霍光，而乃賜朱邑子以黄金，奉祭祀；親誅趙、蓋、韓、楊，而乃詔獄吏以毋酷刑。元帝任石顯，殺周康、蕭望之之直言，乃下詔舉賢良直言。王鳳戮王章之忠諫，杜欽乃説鳳以舉直言極諫。是皆飾辭以求名，不能逃識者之竊笑。

哀帝之時，王氏親黨根據于朝，敢言之臣動寘于死，乃詔大司馬至守相舉能直言通政事者。天下之士，惟見其有埋輪掛冠者矣，誰肯冒刑憲以自取斃亡哉！

二年，丞相博、御史大夫元、孔鄉侯晏有罪。博自殺，元減死二等，晏削户四分之一。

周之東遷，孤危於蕞爾之地，其不振甚矣。晋文公有大功於王室，有地而隧，又何請焉？故必請於襄王，不許則不敢爲。大夫滅晋，剖國爲三，自侯其國，何必命也？故必命於威王而後敢列於諸侯。周之衰微而諸侯猶有所顧者，以朝有大臣，而仁愛尚在民心也。漢之業固至於元成而衰，而未至於元成而亡者，以元成之恭謹節儉，罪不及民，而民心未睽也。

哀帝初立，勢力已去，而欲以勢力誅殺，以强主威，不知此術正姦臣之所幸者。王氏布列，根深蒂固，帝欲以丁傅勝之，皆外戚也，於丁、王何優劣哉？是以火救火之術也。况寵信讒諂，憎疾忠良，屢誅大臣，以身孤其勢。彼奸臣者，潛竊國柄，以犯不義，其心猶有所畏而未敢肆然也。

今也多事殺戮，玉石俱焚，朝無正臣而仁愛已絶，小人至此，何所畏憚哉！卒使王侯宗室，取媚王氏，以求免死，可痛也哉！

平帝

元始元年，春正月，越裳氏重譯獻白雉一、黑雉二，詔使三公以薦宗廟。群臣奏言：大司馬莽功德比周公，賜安漢公。

西漢自高祖嫚駡儒生，文景尚黄老，武宣好刑名，而儒道不振。東漢自光武尚經術，孝明廣學校，孝章延儒雅，而儒道日隆。故西漢之衰多諛佞，而東漢之末多節義。無他，儒術者教化風俗之大本，人主或不崇其本，故其末流自然有異。且王莽以盜賊小人之材，以爵禄媚廷臣之心，以刑威鉗天下之口，當時搢紳之士，歸功頌美，翕然同辭，無一人敢立異者，豈舉朝無一君子哉？不畏君父而畏姦臣，不念國家而念私室，甘心屈己而不知愧。蓋自宣帝用霸道，而公論清議剥喪已極，上下無耻久矣。

東漢自孝和以後，貴戚嬖倖用事，國屢危矣。惟上有卿大夫持公論以破姦人之心，下有布衣儒士立清議以振衰弊之俗，故節義奮發，視死如歸，蓋公論清議之可畏而不敢犯也。爲人上者，其可不主張公論、保護清議、爲國家元氣哉？

羲和劉歆等四人使治明堂辟雍，令漢與文王靈臺、周公作洛同符。

自古大臣之無耻，莫甚於漢末之張禹、劉歆。張禹以特進爲天子師，吏民上書言灾異，譏切王氏，車駕親至禹第，辟左右，親問禹以天變。禹勸成帝以修政事，深庇王氏之罪，成帝自是不疑，於是王莽逆謀遂成於此。劉歆以宗室大臣，以通經學古爲賢，依憑寵禄，以苟富貴，不念祖宗社稷之重，乃陰贊默輔以助成其姦。臣下同聲，天子孤立。及天下之勢已去，歆也又公然與之治明堂辟雍，不知明堂辟雍果盜賊可修邪！況又令與文王靈臺、周公作洛同符！歆之心苟有學問也，豈不思念高、惠、文、景之勤勞？而一旦爲盜賊臣役，忠義之士有死而已。況當時申屠剛言之，則能歸田里；孫寶言之，則免於家，尚未至於死也。

王莽禍漢，成於張禹而安於劉歆，則禹、歆之罪過於王氏。世祖削平禍亂，能表李業之閭，祠譙元以中牢，以旌忠烈之士，而不能明正張禹、劉歆之罪，不足爲後世法矣。

陳亮集卷之二十二

按：本卷所載史傳序八篇，原載《文粹》前集卷六。

史傳序

高士傳序

三代尚矣。士之生乎其時者，習有常業，仕有定時，利不能更其所守，而不以名汩其真，養性以安命，修道以成德，教化之漸使然也。即不類不齒，《詩序》曰：『人人有士君子之行。』當此之時，士亦烏知其爲高哉！

周澤既衰，異端並起，所以賊其良心者厥端非一，士之能固其所守，艱矣。然顔閔之徒終身陋巷，朝不及夕，蔬食以自如，鼓琴以自娱，視天下之樂舉無以易此者。或曰：『貧則無用，無用則無累，無累則樂。』余以爲二子者，豈誠有樂於貧賤哉？由其道雖富貴可也，彼其所樂者在此而不在彼也。貧賤者，人之所惡，二子何好焉，而富貴又何累？故曰：『窮亦樂，通亦樂。』又曰：『無人而不自得。』由此言之，彼其心豈有徇於外，亦豈必後世之知我哉？惟其屹然立於頹波靡俗之中，可以爲高矣。故世之言二子者，往往尊於王公，而王公亦榮於見齒。則夫苟一時者，是果何得哉？

故自顔閔以來，若四皓、嚴光、黄憲、徐穉之流，皆其信道之至者也。平時不言而人化之，雖不遇，猶玉之在山，其光輝已不可掩，迫之而小應，已與夫汲汲然願爲之者異矣；令其遇時行道以正風俗，豈不猶反手哉！

余歷觀諸史，見若此者，竊有慕焉，而恨當時之自閟於山林者，史不得而盡載也；幸其猶或載也，總而爲《高士傳》，以備日覽。諺曰：『非爾之高，我之下也。』將與學者盡心焉。

忠臣傳序

余讀《書》至武庚之事，何嘗不爲之流涕哉！嗟夫，忠孝者，立身之大節，爲臣而洗君之耻，父讎而子復之，人之至情也。度不可爲，不顧而爲之者，抑吾之情不可不伸也。逆計而不爲，人烏知吾心？生猶愧耳，況卒不免於死，則將藉口謂何哉？

夫武王之伐紂也，以至仁順天命，以大義拯斯民。然君父不以無道貶尊，則武庚視太白之旗，必有大不忍於此者，然而未即死者，猶有待也。及武王既立而没，嗣子幼，君臣兄弟之間疑間方興，故將挾管蔡之隙以義起，成敗之不問，姑明吾心，奮而爲之，是以殞首而不顧。余以爲武庚者，古之忠臣孝子也。世立是非於成敗，故無褒，而孔氏又諱而不道，然則武庚之死越二千載，目之瞑未也。

雖然，武庚受之嫡嗣，處義之必不可已，而非有深計於後世也。若翟義、王淩、毌丘儉、諸葛誕之徒，非清議之所必責，俛首相隨屬，未過也；而數子者，忠膽憤發，視其國之傾、身之危，不啻不暇熟權其力，趣起扶之，意雖不就，此其心可誣也哉？作史者謂宜大書以示勸，迺惟旅次之，然且不免不量之譏，甚遂傳之《叛臣》。語曰：『蓋棺論乃定。』是果可信乎？

昔者貫高有言：『人情豈不各愛其父母妻子乎？今吾三族皆已論死，顧豈以王易吾親哉！』然則數子之心壯矣，迺其寃有甚於武庚者。余悲之，故列爲《忠臣傳》，信千古以興頹俗，此聖人懲勸之法也。

義士傳序

昔三代之王也，賢聖之君商爲多：敷政出令，不拂民欲；惇德行化，以固民心。雖紂之暴，而民未厭商也。故文王抑畏以全至德。孔子曰：『三分天下有其二，以服事殷。』豈不大哉！至武王，不忍天下之亂，而卒廢之。雖違商而周者十室而八，然商之餘民，睠念先王之舊澤，執義以自守，雖諄複喻之，囂乎其不肯順從也。而周家卒不敢以刑罰驅之；不惟不敢，亦其心有所愧而不忍。故惟遵商之舊政以漸服其心，歷三世而後帖然從周。推此之時，稚者已壯，壯者已老，老者已死。耆舊强壯之民卒不肯從，而從之者皆生長於周之民也，可不謂義乎！然猶見稱『頑民』，則周人之言也；於商義矣。

夫伯夷、叔齊，孔子以爲義而許之，而商民之事，亦詳見於《書》。夷齊是，則商民不非矣。夫夷齊非以一死爲足以存商，明君臣之義，雖有聖者不可易也。商民非以不肯順從爲足以拒周，顧先王之德澤有以使之，而弗克自已也。夫義者，立人之大節；而愛生憚死，人之情也。其不以此而易彼者，誠知所處矣。

由商而降，惟東漢之治，惇節義，尚廉退，有商之遺風。故其亡也，義士亦略如之，然亦可以爲流涕也已。若夫王蠋、申包胥之倫，皆非有所激而興，故特行其志，而從之者不衆也。然使夫人氣沮而膽褫，則其功效豈少哉！

嗟夫！商遠矣，其民之姓氏不得詳也，故序存之，而傳夷齊以爲義士首，於東漢之士加詳焉；其他特起者附之，庶乎有聞風而興者，豈徒補觀覽而已哉！

謀臣傳序

昔堯舜之際專尚德化，三代之王以仁政，伯國以謀，戰國以力。治亂之不同，所從來異矣。由漢迄今，有國家者始兼而用之。然德化之與仁義，皆人主之躬行者也。至於排難解紛，則豈可不以謀，而力烏用哉？此權智之士所以爲可貴也。雖然，權智可貴矣，行之以譎，則事以辨，亦或以否，否必不可繼也。故君子行權於正，用智以理，若庖丁之解牛，是以智不勞而事迎解，功已成而無後患。蓋五常之用，智爲難，仁、義、禮、信，過則近厚；過於智，賊矣。故凡列國之策士，皆行穿窬，而衣人之衣以自齒於編民者也，此不足論；論漢以來智而不賊者，然亦無幾。故身名俱全惟張子房，他皆不逮已。要以排難解紛，故不得而舉少之。

雖然，事固有幸不幸，遇左、馬之筆，則片謀寸長，聲迹焜灼；史筆中絶，雖有奇謀至計，類鬱而弗耀。余甚慨焉，故將章列其行事，以備謀國者之覽。乃取太史遷之所嘗載者，若張、陳之徒，標於卷首；其他删次論列，惟意之從。合而曰《謀臣傳》。其奇可資以集事，其賊可以戒，不爲無取云耳。

辯士傳序

古者兵興，使在其間。夫使也者，所以通兩國之情，釋仇而約，易憾而歡者也。彼古人之用兵，非以爲得已也，使而不失辭，兩國之民實賴之，顧亦何惡哉？孔子曰：『誦《詩》三百，使於四方，不能專對，雖多亦奚以爲！』蓋曲盡人情者莫如《詩》，達乎《詩》而使，則道之以義，開之以理，廣譬而約喻，用能曲盡人情，事無有不集者矣。然則古者之使，本乎曲盡人情，紛拏之辯不貴也。

及至列國之際，强弱之相形，衆寡之相傾，一時鮮廉寡耻之徒往來乎其間，摇吻鼓舌，劫之以勢，誘之以利，怒之以其所甚辱，趨之以其所甚欲，捭闔而鉗制之，以苟一時之成事者，此無異於白晝而攫者也。蓋其原起於鬼谷子，而成於儀、秦。當是時也，相師成風，其習已膠而不可解。世之所謂有道之士，若孟、荀、莊周，其立言論事，猶時有辯士之風，要其歸以正，是以無譏焉。

漢興，酈、陸、侯、隨輩皆有辯聞，然嗜利無耻，不問理道之習，亦少衰矣。以比古之膚使，誠爲有間；至其辨析利害，切見事情，彼烏可廢哉！由數子以降，士之肆偉辯以濟人之事者，不可勝數，厥跡之著，闕然有愧，史氏之罪也。故余録其可采者，爲《辯士傳》。又爲叙古今使者之所以異而首之，俾奉命行者有考焉。

英豪録序

今天子即位之初，虜再犯邊，君憂臣勞一本作辱，兵民死之，而財用匱焉。距靖康之禍於是四十載矣。雖其中間嘗息於和，而養安之患滋大。踵而爲之，患猶昔也；起而决之，則又憚乎力之不足。嗟夫！事勢之極，其難處非一日也。蔡謨有言：『創業之事，苟非上聖，必由英豪。』今上既聖矣，而英豪之士闕乎未有聞也。余甚惑焉。

夫天下有大變，功名之機也，撫其機而不有人以制之，豈大變終已不得平？此非天意也，顧天實生之，而人不知所用耳。彼英豪者，非即人以求用者也，寧不用死耳，而少貶焉不可也。故飢寒迫於身，視天下猶吾事也；見易於庸人，謂强敵可剿也；信口而言，惟意之爲，禮法之不可羈也，死生禍福之不能懼也。一有事焉，君子小人，一見而得其情；是非利害之間，一言而決。理繁劇，則庖丁之解牛也；處危疑，則匠石之斲鼻也。蓋其才智過人者遠矣。然而旅出旅處，而混於不可知之間，娼之者謂狂，而實狂者又偶似之，將特自標樹，則夫虚張以求賈者又得而誤之矣。此英豪之所以困而不達，而謂無人焉者，非也。嗟夫，承平之時，展才無所不用，職也；而困於艱難之際者，獨何歟？且上之人亦過矣，獨不可策之以言而試之以事乎？雖商周之於伊呂，不廢也；廢之而不務，而憂無人焉者，亦非也。

抑余聞之：昔人有以千金求千里馬者，不得，則以五百金買其骨焉，不踰朞而千里馬至者三。何則？趨其所好，人之情也。不得於生者，見其骨猶貴之，可謂誠好之矣；生者之思奮，固也。故余備録古之英豪之行事，以當千里馬之骨。誠想其遺風以求之，今未必不有得也，顧其誠好不耳。蓋晋武帝稱『安得諸葛亮者而與之共治』，正使九原可作，盍亦思所以用之。凡余所以區區於此録者，夫豈徒哉！夫豈徒哉！

中興遺傳序

初，龍可伯康游京師，輩飲市肆，方叫呼大噱，趙九齡次張旁行過之，雅與伯康不相識，俄追止次張，牽其臂，迫與共飲。次張之父時守官河東，方以疾聞。次張以實告，伯康曰：『毋苦！乃翁疾行瘳矣。子可人意者，爲我姑少留。』次張不得已，從之。箕踞笑歌，恢諧縱謔，旁若無人，次張固已心異。一日行城外，過麻村，觀大閱之所，伯康勃然曰：『子亦喜射乎？』次張曰：『頗亦好之，而不能精也。』伯康曰：『姑試之。』次張從旁取弓挾矢以興，十發而貼中者六七。次張心頗自喜。伯康拾矢而射，一發中的，矢矢相屬，十發亡一差者。次張驚曰：『子射至此乎！』伯康曰：『此亦何足道。千軍萬馬，頭目轉動不常，意之所指，猶望必中，況此定的，又何怪乎！』次張吐其舌不能收。俄指其地而謂次張曰：『後三年，此間皆胡人，子姑識之。火龍騎日，飛雪滿天，此京城破日之兆。』因嘻吁長嘆，不能自禁。後三年，京城失守，其言皆驗。中原流離，伯康自是不復見矣。豈喪亂之際，或死於兵，抑有所奮而不能成也？次張每念其人，言則嘆惜。

紹興初，韓世忠拒虜於淮西，力頗不敵。次張獻言：『乞決淮西之水以灌虜營。』朝廷易其言而不之信。已而虜師俄退，世忠力請留戰。虜酋使謂曰：『聞南朝欲決水以灌我營，我豈能落人計中！』次張言雖不用，猶足以攻敵人之心者類如此。次張嘗爲李丞相所辟，得承務郎。督府罷，次張亦徑歸。大駕南渡，次張僑居陽羨。故將岳飛嘗隸丞相軍中，次張識其人於行伍，言之丞相，給帖補軍校。後爲統制，遇大駕巡永嘉，與諸將彷徨江上，莫知攸適；又乏糧，將謀抄掠，次張聞而竟往，説飛移軍陽羨，州給之食，飛得無他，而州境賴焉。人有言次張生平於趙丞相者，丞相喜，欲用之。復有譖者曰：『此人心志不可保，使其得志，必爲曹操。』丞相疑沮而止。次張度時不用，屏居不出，竟死。

昔參政周公葵屢爲余言其人，且曰：『我嘗薦之朝廷，諸公皆詰我：「子端人正士，胡爲喜言此等狂生？」我因告之曰：「吾儕平居譚王道，説《詩》、《書》，一日得用，從容廟朝，執持紀綱可也；至於排難解紛，倉卒萬變，此等殆不可少。吾儕既不能辦，而惡他〔一〕人之能辦，是誣天下以無士，而期國事之必不成也。是烏可哉！」』

余嘗大周公之言，異二生之爲人而惜其屈，嘗欲傳其事而不能詳，因嘆曰：『世之豪偉倜儻之士，沈没於困窮，不能自奮以爲世用，欲用而卒沮於疑忌，如二生者寧有限哉！然自古亂離戰争之際，往往奇才輩出，嶄然自赴功名之會，如建炎、紹興之間，誠亦不少。雖或屈而不用，用不大，大或不終，未四十年，已有不能道其姓字者。記事之文，可少乎哉！』自是始欲纂集異聞，爲《中興遺傳》。然猶恨聞見單寡，欲從先生故老詳求其事。故先爲之纂例，而以漸足之。其一曰大臣，若李綱、宗澤、吕頤浩、趙鼎。一本趙在吕上。其二曰大將，若种師道、岳飛、韓世忠、吴玠。其三曰死節，若李若冰、孫傅一本作傳、劉韐。其四曰死事，若种師中、王禀、徐徽言。一本無徐徽言，有劉竧。其五曰能臣，若陳則、程昌禹、鄭剛中。其六曰能將，若曲端、姚端、王勝。一本無王勝，有劉鋭。其七曰直士，若陳東、歐陽澈、吴若。其八曰俠士，若王友、張所、劉位。其九曰辯士，若邵一本作趙公序、祝子權、汪若海。其十曰義勇，若孫韓、葛進、石竧。其十一曰群盗，若李勝、楊進、丁進。其十二曰賊臣，若徐秉哲、王時雍、范瓊。合十二門而分傳之，總目曰《中興遺傳》。聊以發其行事，而致吾之意。然其端則起於惜二生之失其傳，故序首及之。

昔司馬子長周游四方，纂集舊聞，爲《史記》一百三十篇。其文馳騁萬變，使觀者壯心駭目。顧余何人，豈能使人喜觀吾文如子長哉？方將旁求廣集，以備史氏之闕遺云耳。

校勘記

〔一〕『他』原作『犯』，據明成化本改。

二　列女傳

列女杜氏，永康大姓女也。生而端莊且麗。宣和庚子冬，妖臘起，所在嘯聚相剽殺。里有悍賊輩謁杜氏門，大言曰：『以女遺我，即不肯，今族汝矣。』其家驚泣，欲與則不忍，不與禍且及。言於女，女曰：『無恐，以一女易一家，曷爲不可！待我浴而出。』趣具湯。其家以告，賊相與讙笑以俟。既浴，取鏡抹朱粉，具衫衣，盡飾。俄登几而立，縻帛於梁而圈其下，度不容冠，抽之，籠其首，整髮復冠，乃死。其家遑遽號嗷。賊聞，亦驚捨去。

嗚呼！學士大夫遭難不屈者，萬或一見焉，而謂女子能之乎！方杜氏之不屈以死，猶未足難也，獨其雍容處死而不亂，無異乎子路之結纓，是其難也不可及已。陳子曰：『余世家永康，去杜氏不十里許。余雖不及目其事，大父母屢爲余言如此。雖古之列女，何以進焉！』

余既傳其事，以示余友應仲實。仲實因爲余言：宣和辛丑，官軍分捕賊，所過乘勢抄掠。道永康，將之縉雲。及境，富民陳氏二女并爲執，植其刃於旁，曰：『從我，我婦之；否者死。』長女不爲動，捋髮伸頸請受刃，官軍斫之。次女竟污焉。後有諗之曰：『若獨不能爲姊所爲乎？』次女慘然連言曰：『難！難！』

世之喜斥人者必曰『兒女態』，陳、杜之態，亦兒女乎？人之落患難而兒女者，事已即縱辭自解，昂然有得色，視陳氏次女已愧，他又何説？

仲實得之胡先生經仲。二君，謹言君子也。余是以志之。

陳亮集卷之二十三

按：本卷所載《書歐陽文粹後》至《跋朱晦庵送寫照郭秀才序》九文，原載《文粹》後集卷二十。餘七文，《文粹》俱未收。

序跋　説

書歐陽文粹後

右《歐陽文忠公文粹》一百三十篇。公之文根乎仁義而達之政理，蓋所以翼六經而載之萬世者也。雖片言半簡，猶宜存而弗削。顧猶有所去取於其間，毋乃誦公之文而不知其旨，敢於犯是不韙而不疑也？

初，天聖、明道之間，太祖、太宗、真宗以深仁厚澤涵養天下蓋七十年，百姓能自衣食以樂生送死，而戴白之老安坐以嬉，童兒幼稚什伯爲群，相與鼓舞於里巷之間。仁宗恭己無爲於其上，太母制政房闥，而執政大臣實得以參可否，晏然無以異於漢文景之平時。民生及識五代之亂離者，蓋於是與世相忘久矣。而學士大夫其文猶襲五代之卑陋。中經一二大儒起而麾之，而學者未知所向，是以斯文獨有愧於古。天子慨然下詔書，以古道飭天下之學者，而公之文遂爲一代師法。未幾而科舉禄利之文非兩漢不道，於是本朝之盛極矣。

公於是時，獨以先王之法度未盡施於今，以爲大闕。其策學者之辭，慇懃切至，問以古今繁簡淺深之宜，與夫周禮之可行與不可行。而一時習見百年之治，若無所事乎此者，使公之志弗克遂伸，而荆國王文公得乘其間而執之。神宗皇帝方鋭意於三代之治，荆公以伯者功利之説，飾以三代之文，正百官，定職業，修民兵，制國用，興學校以養天下之才。是皆神宗皇帝聖慮之所及者，嘗試行之，尋察其有管晏之所不道，改作之意蓋見於末命，而天下已紛然趨於功利而不可禁。學者又習於當時之所謂經義者，剥裂牽綴，氣日以卑。公之文雖在，而天下不復道矣。此子瞻之所爲深悲而屢歎也。

元祐間，始以末命從事，學者復知誦公之文。未及十年，浸復荆公之舊。迄於宣、政之末，而五季之文靡然遂行於世。然其間可勝道哉！二聖相承又四十餘年，天下之治大略舉矣，而科舉之文猶未還嘉祐之盛。蓋非獨學者不能上承聖意，而科制已非祖宗之舊，而況上論三代！始以公之文，學者雖私誦習之，而未以爲急也。故予姑掇其通於時文者，以與朋友共之。由是而不止，則不獨盡究公之文，而三代兩漢之書蓋將自求之而不可禦矣。先王之法度猶將望之，而況於文乎！則其犯是不韙，得罪於世之君子而不辭也。雖然，公之文雍容典雅，紆餘寬平，反覆以達其意，無復毫髮之遺；而其味常深長於言意之外，使人讀之，藹然足以得祖宗致治之盛。其關世教，豈不大哉！

初，吕文靖公、范文正公以議論不合，黨與遂分，而公實與焉。其後西師既興，吕公首薦范、富、韓三公，以靖天下之難。文正以書自咎，歡然與吕公戮力，而富公獨念之不置。夫左右相仇，非國家之福；而内外相關而不相沮，蓋治道之基也。公與范公之意蓋如此。當是時，雖范忠宣猶有疑於其間，則其用心於聖賢之學而成祖宗致治之美者，所從來遠矣。退之有言：『仁義之人，其言藹如也。』故予論其文，推其心存至公而學本乎先王，庶乎讀是編者其知所趨矣。

〔附〕答陳同甫書

吕祖謙

前日人還，匆匆作答，殊不究盡。洊沐手筆，從審寒暄不齊，尊候萬福。某倚廬待盡，無足言者。

《論事録》，前此固知來意。但某竊謂，若實有意爲學者，自應本末並舉。若有體而無用，則所謂體者必參差鹵莽無疑也。特地拈出，却似有不足則夸之病，如歐陽永叔喜談政事之比。所舉邊事、軍法，亦聊舉此數字以見其餘，固知其不止此也。然此書若出，于學者亦不爲無益，但氣象未宏裕耳。經世之名，却不若論事之質也。横渠之學，恐不必立一語指名之。

《易傳》，見令人校對。來諭謂『世間事不可作意』，此語誠然。然吾曹要須深體之，非止爲一書設也。

歐文，建本所刊《明用》、《原弊》、《兵儲》、《塞垣》、《本論下》，《本論》止有兩篇，建本中篇乃下篇。前輩謂非歐公文，恐欲知。

跋語引策問意思甚有味，説神宗、介甫處，語言欠婉。鄙意欲稍增損，云：『荆國王文公得乘其間而執之，以伯者功利之説飾以三代之文，正百官，定職業，修兵民，制國用，興學校，百度交舉，而其實有管、晏之所不道。神宗皇帝睿知濬發，察其非真，退之于鍾山，九年不召。然天下稍騖于功利而不可禁，學者又習，止。天下不復道矣。神宗蓋益厭之，疆事方興，未遑改作。此子瞻之所爲深悲而屢歎也。』

又『科舉之文猶有宣、政之遺風』，語亦太勁，欲增損云：『科舉之文猶未還慶曆、嘉祐之盛。』『人以誠意來，止。安得行吾私于其間哉！』此語頗似有病。删此數句，文意亦相接。蓋處大事者必至公，血誠相期，然後有濟。若不能察人之情而輕受事任，或雖知其非誠而將就借以集事，到得結局，其弊不可勝言。惟當軸處中者翕受敷施乃可用此説，然亦當知斟酌淺深，此又非范公當時地位也。所謂吾知國事而已，安得行吾私于其間哉！私本不當有，若云不行，已是第二義。若又云以國事而不得行吾私，又是第三、第四義也。固知此語是談治道者常話，然吾曹講論，政當剗除根源，不可留毫髮之病，非欲爲高論也。所以縷縷者，非爲此跋，蓋爲有意斯世者多于此處蹉過，往往失脚耳。此段話更有非書能盡者。尋常兩家多各持門户，少得平實之論，更竢面講乃盡。

『雖范忠宣猶不能以知之』，欲增損云：『雖范忠宣始猶未盡知之。』蓋觀忠宣元祐、紹聖之際，則深知此理矣，所以不欲斷定也。

委曲之教，極見誠意。自此謹當奉教。向來亦非有所回互，但與世酬酢之久，雖與故舊書，有時筆下多慣耳。

類次文中子引

初，文中子講道河〔一〕汾，門人咸有記焉。其高弟若董常、程元、仇璋，蓋嘗參取之矣。薛收、姚義始綴而名之曰《中説》，凡一百餘紙，無篇目卷第，藏王氏家。文中子亞弟凝，晚始以授福郊、福畤，遂次爲十篇，各舉其端二字以冠篇首，又爲之叙篇焉；惟阮逸所注本有之。至龔鼎臣得唐本於齊州李冠家，則以甲乙冠篇，而分篇始末皆不同；又本文多與逸異。然則分篇叙篇未必皆福郊、福畤之舊也。昔者孔氏之遺言，蓋集而爲《論語》，其一多論學，其二多論政，其三多論禮樂。自記載之書，未嘗不以類相從也。此書類次無條目，故讀者多厭倦。余以暇日參取阮氏、龔氏本，正其本文，以類相從，次爲十六篇。其無條目可入與凡可略者，往往不録，以爲王氏正書〔二〕。

蓋文中子没於隋大業十三年五月。是歲十一月，唐公入關。其後攀龍附鳳以翼成三百載之基業者，大略嘗往來河汾矣。雖受經未必盡如所傳，而講論不可謂無也。然智不足以盡知其道，而師友之義未成，故朝論有所不及。不然，諸公豈遂忘其師者哉？及陸龜蒙、司空圖、皮日休諸人，始知好其書。至本朝阮氏、龔氏，遂各以其所得本爲之訓義。考其始末，要皆不足以知之也。獨伊川程氏以爲隱君子，稱其書勝荀、揚。荀、揚非其倫也，仲淹豈隱者哉？猶未爲盡仲淹者。

自周室之東，諸侯散而不一，大抵用智於尋常，争利於毫末，其事微淺而不足論。齊威一正天下之功大矣，而功利之習，君子羞道焉。及周道既窮，吴越乃始稱伯於中國。《春秋》天子之事，聖人蓋有不得已焉者。戰國之禍慘矣，保民之論，反本之策，君民輕重之分，仁義爵禄之辨，豈其樂與聖人異哉？此孟子所以通《春秋》之用者也。『故事半古之人，功必倍之。』孟子固知夫事變之極，仁義之驟用而效見之易必也，紀綱之略備而民心之易安也。漢高帝之寬簡，而人紀賴以再立；魏武之機巧，而天地爲之分裂者十數世。此其用具之《春秋》，著之《孟子》，而世之君子不能通之耳。故夫功用之淺深，三才之去就，變故之相生，理數之相乘，其事有不可不載，其變有不可不備者，往往汩於記注之書〔三〕。天地之經，紛紛然不可以復正，文中子始正之。續經之作，孔氏之志也，世胡足以知之哉？《經》曰：『天地設位，聖人成能。』《傳》曰：『天下之生久矣，一治一亂。』是以類次《中説》而竊有感焉。

淳熙乙巳十一月既望，永康陳亮書。

校勘記

〔一〕『河』原作『何』，據明成化本改。

〔二〕『王氏正書』原作『正氏王書』，據明成化本改。

〔三〕『書』原作『事』，據明成化本改。

〔附〕答陳同甫書

呂祖謙

專介辱示字，不勝感慰。秋色日深，伏惟尊候萬福。某居山間甚安穩。但前月下旬，以葉丞相歸，略入城見之，尋即還山，他無可言者。令叔祖襄奉畢事，想辦護良勞。《文中子序引》，此意久無人知之，第其間頗有抑揚過當處。如云：『荀、揚不足勝。』又云：『孔孟之皇皇，蓋迫於此矣。』又云：『續經之作，孔氏之志也，世胡足以知之哉？』此類恐更須斟酌。蓋荀、揚雖未盡知統紀，謂之『不足勝』，則處之太卑。孔孟之皇皇，畏天命而修天職也，『迫』字亦似未穩。續經之意，世誠不足以知之，但仲淹忽得之於久絶之中，自任者不免失之過高，此意亦當説破也。某又以爲論次筆削，遂定爲『王氏正書』，蓋非易事，少遼緩之爲善。《序引》亦未敢以示人也。某此月内須謀拜見，悃愊當竢面盡，亦欲細觀《類次》之意也。它乞以時護重。

書類次文中子後

以《中説》方《論語》，以董常比顔子，與門人言而名朝之執政者，與老儒老將言而斥之無婉辭，此讀《中説》者之所同病也。今按阮氏本則曰：『嚴子陵釣於湍石，尒朱榮控勒天下，故君子不貴得位。』龔氏本則曰：『嚴子陵釣於湍石，民到于今稱之；尒朱榮控勒天下，死之日，民無得而稱焉。』故模倣《論語》者，門人弟子之過也。龔氏本曰：『出而不聲，隱而不没；用之則成，舍之則全。』阮氏本則因董常而言，終之曰：『吾與爾有矣。』故比方顔子之迹，往往過多。『内史薛公使遺書於予，予再拜而受之。』推此心以往，其肯退而名楊素諸公哉？『薛公謂予曰：「吾文章可謂淫溺矣。」予離席而拜曰：「敢賀丈人之知過也。」』謂其斥劉炫、賀若弼而不婉者，過矣。

至於以佛爲聖人，以無至無迹爲道，以五典潛、五禮錯爲至治，此皆撰集《中説》者抄入之，將以張大其師，而不知反以爲累。然仲淹之學如日星炳然，豈累不累之足云乎？姑以明予類次之意如此。

書文中子附録後

《文中子世家》，阮氏本以爲杜淹撰，龔氏本則曰福奬、福畤、福郊也。今雖不可考，而《世家》不可不録，故存其録而去其人。房、魏論禮樂事，出於福畤所録，雖其間語言不能無節，然參考太宗與諸公經營當時之事，宜必有此。今備存之，重去其舊也。以余觀之，魏證、杜淹之於文中子，蓋嘗有師友之義矣；如房、杜，直往來耳。故嘗事文中子於河汾者，一切抄之，曰門人弟子；其家子弟見諸公之盛也，又從而實之。夫文中子之道，豈待諸公而後重哉？可謂不知其師其父者也。

關子明之筮，同州府君實書而藏之。備其本末者，亦福畤也。世往往以其筮爲怪。《易》有理有數。數，出於理者也。得其理足以知百世之變，明其數足以計將來之事，而又何怪焉？如子明之論人謀天命，有後世儒生之所不及知者。文中子家世之明王道，子明蓋有助焉。龔氏安得以私意易之哉？故存此三書，曰《文中子附録》。

伊洛正源書序

濂溪周〔一〕先生奮乎百世之下，窮太極之藴以見聖人之心，蓋天民之先覺也。手爲《太極圖》以授二程先生。前輩以爲二程之學，後更光大，而所從來不誣矣。横渠張先生崛起關西，究心於龍德正中之地，深思力行而自得之；視二程爲外兄弟之子，而相與講切，無所不盡。世以孟子比横渠，而謂二程爲顔子，其學問之淵源，顧豈苟然者！《西銘》之書，明道以爲『某得此意，要非子厚筆力不能成也』。伊川之叙《易》、《春秋》，蓋其晚歲之立言以垂後者。間常謂其學者張繹曰：『我昔狀明道之行，我之道蓋與明道同。異時欲知我者，求之於此文可也。』其源流之可考者如此。集爲之書，以備日覽，目曰《伊洛正源書》。

校勘記

〔一〕『周』原作『用』，據明成化本改。

〔附〕與陳同甫書　　呂祖謙

前日因回便上狀，計已呈徹。洊辱教況，暨《易傳》、楊氏《中庸》，不勝感刻。秋暑未艾，伏維尊候萬福。……

《易傳》看得猶有一兩字誤，已屬潘叔度校讎，續送去改正。

《正源録序》中説横渠、二程比孔孟，頗似斷定。北宫黝、孟施舍優劣，一語可了；孟子必欲擬曾子、子夏，乃曰『二子之勇，未知其孰賢』，此意可見。又所謂『知崇禮卑之學』一語，亦尚合商量。《論事録》，此意思自好，但却似汲汲拈出，未甚宏裕。昔嘗讀《明道行狀》及門人叙述，至末後邢和叔一段，方始縷縷説邊事軍法，向上諸公曾無一辭及之，恐亦有説。高明以爲如何？

來人索書甚急，不暇詳悉，旦夕别尋便上狀。後月家叔葬事，當到山間，是時若有暇，當拜約矣。他惟以時自愛。

三先生論事録序

昔顧子敦嘗爲人言：『欲就山間與程正叔讀《通典》十年。』世之以是病先生之學者，蓋不獨今日也。夫法度不正則人極不立，人極不立則仁義禮樂無所措，仁義禮樂無所措則聖人之用息矣。先生之學，固非求子敦之知者，而爲先生之徒者，吾懼子敦之言遂得行乎其間，因取先生兄弟與横渠相與講明法度者録之篇首，而集其平居議論附之，目曰《三先生論事録》。夫豈以爲有補於先生之學，顧其自警者不得不然耳。

春秋比事序

《春秋》，繼四代而作者也。聖人經世之志，寓於屬辭比事之間，而讀書者每患其難通。其善讀則曰：『以傳考經之事迹，以經考傳之真僞。』如此，則經果不可以無傳矣。游、夏之徒胡爲而不能措一辭也？

余嘗欲即經以類次其事之始末，考其事以論其時，庶幾抱遺經以見聖人之志。客有遺余以《春秋總論》者，曰：『是習《春秋》者之秘書也。』余讀之，灑然有當於余心。雖其論未能一一中的，而即經類事以見其始末，使聖人之志可以捨傳而獨考，此其爲志亦大矣。惜其爲此書之勤，而卒不見其名也。或曰：『是沈文伯之所爲也。』

文伯名棐，湖州人。嘗爲婺之校官，以文字稱，而不聞以經稱也。使其非文伯也，此書可不傳乎！使其果文伯也，人固不可以淺料也。因爲易其名曰《春秋比事》，鋟諸木〔一〕，以與同志者共之。

淳熙乙巳秋九月朔，陳亮同父序。

校勘記

〔一〕『鋟諸木』原作『駸諸本』，據明成化本改。

書林勳本政書後

右林勳《本政書》一十卷，《比較》二卷，徐宗武得之鞏氏家。勳嘗游宦廣中，蓋紹興初容州所刊本也。勳爲此書勤矣，考古驗今，思慮周密，世之爲井牧之學，所見未有能易勳者。顧其間將使隸農耕良農之田，納租視其俗之故，經賦出於良農，而隸農出軍賦，疑非隸農所利。又使他人得以告地之可闢〔二〕者而受其賞焉，有趨利起争之漸，疑非王政所當出者。一人之智而思慮小小不中不足怪，大要歸於可行，則補其不及，行之者之責也。

顧余有所甚疑者，古者王畿千里，定爲六鄉六遂，而禄地公、邑所占之地，宜倍千里之間。開方計之，地之所未盡者，宜尚多有。蓋王政寬大，納民於其間，不用一律以齊之，則制度雖密，人不思裂去，法可長守而經數嘗齊矣。漢之民田固已無制，大略計之，邑居、道路、山林、川澤，群不可墾，蓋居三分之二，又有所謂可墾不可墾者居其四分之一，而定墾田直十五分之一耳。蓋雖漢法不能盡數以齊之也。今勳欲舉天下而用一律以齊之，無乃非聖人寬洪廣大之意乎，宜亦非民之所甚便也。今宜於山林、川澤、邑居、道路之外以三分計之，定其一以爲經數，起貢、起役、起兵、簡教之法，悉如勳所定；以其二爲餘夫閒田及士工賈所受田。凡朝廷郡縣之官，皆使有田，參定其法，别立一官掌之，并使其屬以掌山林川澤，大爲之制，使民得盡力於其間，而收其貢賦，以佐國用，以蘇疲民，則經數常齊矣。立政以公而示天下以廣，則民不駭而政易行。然後勳所定之制，可以一定而不易，庶幾勳之志也。

雖然，事不習熟，則人之視聽易以驚動，驟而行之，非成順致利之道也。勳之書至矣，要豈人之視聽所常習者乎？非其所常習，雖用勳三年頒降之説，猶恐不能無動也。夫成順致利之道，《易》所載十三卦，聖人蓋用此道以開天地而立人極者。自漢以來，英雄特起之君，亦必用是以有爲。惟其一變之餘，安之而不思其所以善其後，此後世之所以治亂不常，而古道卒不可復也。勳之書可用於一變之後，安得其人以開其先者乎？要非察古今之變，識聖人之用，而得成順致利之道者，不能知也。然則余之刊勳書，所望於世之君子蓋甚厚。

校勘記

〔一〕『闢』原作『有』，據明成化本改。

跋朱晦庵送寫照郭秀才序

往時廣漢張敬夫、東萊吕伯恭，於天下之義理自謂極其精微，而世亦以是推之，雖前一輩亦心知其莫能先也。余猶及見二人者，聽其講論，亦稍詳其精深紆餘，若於物情無所不致其盡。而世所謂陰陽卜筮，書畫伎術，及凡世間可動心娱目之事，皆斥去弗顧，若將浼我者。晚得從新安朱元晦游，見其論古聖賢之用心，平易簡直，欲盡擺後世講師相授、流俗相傳、既已入於人心而未易解之説，以徑趨聖賢心地而發揮其妙，以與一世人共之。其不得見於世，則聖賢之命脈猶在，而人心終有時而開明也。其於經文，稍不平易簡直則置而不論，以爲是非聖賢之本旨，若欲刊而去之者。余爲之感慨於天地之大義，而抱大不滿於秦漢以來諸君子，思欲解其沈痼以從新安之志，而未能也。然而於陰陽卜筮，書畫伎術，凡世所有而未易去者，皆存而信之，乃與張、吕異。其於郭叔瞻之能尤愛，而喜之不厭。豈悦物而不留於物者，固若此乎？抑世所謂畫師之能，皆未能窺叔瞻之心地而不可棄乎？故余於叔瞻無舊故，而爲諸公道其所長不容已，亦因以見秦漢以來諸君子猶煩新安之刮劘，而後聖賢之心事可得而盡白也。

叔瞻力求余跋，因叙其本末如此，試以呈似新安云。

伊洛禮書補亡序

吾友陳傅良君舉爲余言：『薛季宣士隆嘗從湖襄間所謂袁道潔者游。道潔蓋及事伊川，自言得《伊洛禮書》，欲至蜀以授士隆。士隆往候於蜀，而道潔不果來。道潔死，無子，不知其書今在何許。』伊川嘗言：『舊修《六禮》，已及七分，及被召乃止，今更一二年可成。』則信有其書矣。道潔之所藏近是，惜其書之散亡而不可見也。因集其遺言中凡參考《禮儀》而是正其可行與不可行者，以爲《伊洛禮書補亡》。庶幾遺意之未泯，而或者其書之尚可訪也。

楊龜山中庸解序

世所傳有伊川先生《易傳》，楊龜山《中庸義》，謝上蔡《論語解》，尹和靖《孟子説》，胡文定《春秋傳》。謝氏之書，學者知誦習之矣。尹氏之書，簡淡不足以入世好。至於是三書，則非習見是經以志乎舉選者，蓋未之讀也。世之儒者，揭《易傳》以與學者共之，於是靡然始知所向。

然予以謂不由《大學》、《論語》及《孟子》、《中庸》以達乎《春秋》之用，宜於《易》未有用心之地也。今《語孟精義》既出，而謝氏、尹氏之書具在。楊氏《中庸》及胡氏《春秋》，世尚多有之，而終病其未廣，别刊爲小本，以與《易傳》並行，觀者宜有取焉。

胡仁仲〔一〕遺文序

五峰胡宏仁仲，故寶文閣直學士謚文定名安國字康侯之季子也。文定嘗以《春秋》一經侍太上皇帝於講筵，又嘗爲之訓傳，其學問所繇來可考矣。聞之諸公長者，以爲五峰實傳文定之學。比得其傳文觀之，見其辯析精微，力扶正道，惓惓斯世，如有隱憂，發憤至於忘食，而出處之義終不苟，可爲自盡於仁者矣。其教學者以求仁，終篇之中未嘗不致意焉。推其文以與學者共之，因文以達其意，庶幾五峰之志未泯也。

校勘記

〔一〕『仁』原作『文』，據下文改。

鄭景望書説序

余聞諸張横渠曰：『《尚書》最難看，蓋難得胸臆如此之大；若祇解文義則不難。』自孔安國以下，爲之解者殆百餘家，隨文釋義，人有取焉。凡帝王之所以綱理世變者，蓋未知其何如也。』永嘉鄭公景望，與其徒讀書之餘，因爲之說，其亦異乎諸儒之說矣。至其胸臆之大，則公之所自知與明目者之所能知，而余則姑與從事乎科舉者誦之而已。

鄭景望雜著序

尚書郎鄭公景望，永嘉道德之望也。朋友間有得其平時所與其徒考論古今之文，見其議論宏博，讀之窮日夜不厭，又欲鋟木以與從事於科舉者共之。余因語之曰：『公之行己以吕申公、范淳夫爲法，論事以賈誼、陸贄爲準，而惓惓斯世，若有隱憂，則又學乎孔孟者也。是直其譚論之餘，或昔然而今不盡然者，毋乃反以累公乎？』其人曰：『苟足以移科舉骩骳之文、不根之論，是某等之心，而識者豈必以是而盡求公哉！』余不能禁，乃取今上即位之初其所上陳丞相書以附於後。余，永康陳亮也。

桑澤卿詩集序

予平生不能詩，亦莫能識其淺深高下。然嘗聞韓退之之論文曰：『紆餘爲妍，卓犖爲傑。』黄魯直論長短句，以爲『抑揚頓挫，能動摇人心』。合是二者，於詩其庶幾乎。至於立意精穩，造語平熟，始不刺人眼目；自餘皆不足以言詩也。桑澤卿爲詩百篇，無一句一字刺〔一〕人眼，可謂用功於斯術者矣。劉牢之大小百戰，方爲名將；何無忌從容坐談，而靈寶以爲酷似其舅，一戰而勝，亦略似之，然終非真也。澤卿試問之渭陽李靖之兵法，既盡乎骨肉之間，有留行則人將議其慘矣。

校勘記

〔一〕『刺』原作『賴』，據文意改。

西銘説

伊川先生曰：『《西銘》之爲書，推理以存義，擴前聖所未發，與孟子性善養氣之論同功，豈墨氏之比哉？《西銘》明理一而分殊，墨氏則二本而無分。分殊之蔽，私勝而失仁；無分之罪，兼愛而無義。分立而推理一，以止私勝之流，仁之方也；無別而迷兼愛，至於無父之極，義之賊也。』又曰：『《西銘》仁孝之道備矣。須臾而不於此，是不仁不孝也。』《西銘》之書，先生之言，昭如日星，而世之學者窮究其理，淺則失體，深則無用。是何也？是未嘗以身體之也。

今之言曰：『親親而仁民，仁民而愛物。』彼以其分之次第自取爾，非吾心之異也。取之雖異，而吾心則一，故曰：『理一而分殊。』以是爲言，則『象憂亦憂，象喜亦喜』，直應之云耳，而吾心未始有憂喜也；『能好人，能惡人』，直應之云耳，而吾心未始有好惡也。如鏡納萬象，過而不留者，蓋止於此。而釋氏以萬法爲幻化，未爲盡不然也。將以一之而終不免於二，將黜異端而終流於異端，是未嘗以身而體之也。嘗試觀諸其身，耳目鼻口，肢體脈絡，森然有成列而不亂，定其分於一體也。一處有闕，豈惟失其用，而體固不完矣。是『理一而分殊』之説也，是推理存義之實也。

《西銘》之爲書也，『乾爲父，坤爲母。塞天地者，吾之體也；帥天地者，吾之性也。民爲同胞，而物則吾與也。大君爲宗子，而大臣則家相也。聖其合德，而賢則其秀也。老者視吾之親，幼者視吾之子，鰥寡孤獨者視吾無告之兄弟』。此之謂定分，定其分於一體也。一物而有闕，豈惟不比乎義，而理固不完矣。故理一所以爲分殊也，非理一而分則殊也。苟能使吾生之所固有者各當其定分而不亂，是其所以爲理一也。至於此，則慄慄危懼而已爾，心廣體胖而已爾。慄慄危懼，畏天也，敬親也；心廣體胖，樂天也，寧親也。違義者，自絶也；害仁者，自喪也；濟惡者，自暴也；惟踐形者爲能盡其道也。察萬化之所由往，能曲折以述事也；窮至神之所自來，能卓然以繼志也。隱顯如一，可以爲無忝矣；自强不息，可以爲匪懈矣。寡欲所以敬身也，養善所以廣孝也。自盡而有所感通，則生足爲法；不通而無所自盡，則死可無憾。完其固有而歸，則不失其所受；順其正命而行，則不失其所從。達以自遂，窮以自修，存以自盡，没以自安。是其心無造次之不存，無毫釐之不體，周流乎定分而完具乎一理。鳶飛魚躍，卓然不可揜於勿忘勿助長之間，而仁孝之道平施於日用矣。極吾之力，至於無所用吾力，然後知《西銘》之書、先生之言，昭乎其如日星也。

陳亮集卷之二十四

按：本卷所載《送丘秀州宗卿序》至《贈武川陳童子序》六文，原載《文粹》後集卷二十一。餘七文，《文粹》俱未收。

序

送丘秀州宗卿〔一〕序

嘉禾於今爲輔郡，德意間弗克盡孚，地遠且若何？使君之此行也，於是乎不苟矣。財有隱漏，遺之民斯用裕；乃欲以括隱漏爲功，使及先王時，將安處？吾於使君之行，於是乎有感矣。

古者用民，歲不過三日，什一而税，不立意以罔民利，不喜察以導民争。上下有制，末作有察，兵不吾蝕，緇黄不吾蠹。使之各力其力以業其業，休戚相同，有無相通。無告者得伸，而況力能自達者乎！草木不戕其生，而況具耳目鼻口與吾無間者乎！民是用寧，禮義是用興。嘉禾之民，獨不得與於斯時乎？吾於使君之行，於是乎有感矣。裕用於上下交窘之時，布信於法禁之所不及，獨無其道歟？

於是乎歌以送使君焉。歌曰：『父兮母兮，獨古有兮。』

校勘記

〔一〕『宗卿』原無，據明成化本補。

送三七叔祖主筠高安簿序

『君子之仕也，行其義也』，自聖人常本諸人情而爲是言矣；其後始有爲貧之説。仕至於爲貧，而吾道奈何哉！自科舉之興，世之爲士者往往困於一日之程文，甚至於老死而或不遇。義不能以自行，貧不能以自爲，於其間得尺寸之便，則亦甘心俛首而屑爲之，誠知夫義之所在，而貧或迫其後也。

昔者吾之先祖，蓋嘗一躓於科舉，終其身以爲不足從事，而自肆於杯酒之間。而其仲氏則以爲吾兄之志是或一道也，屢挫屢奮，窮且老而其志不休。晚從恩科得一官，冒寒爲數千百里之行，而無懟辭怨色。蓋昔者伯夷羞與鄉人處，而柳下惠至不以袒裼裸裎爲浼，事固有大異不然者，各從其心之所安也。夫天與人每不相值，參差不齊。苟非得其所以然，能無幾微見於顔面乎？此行亦足以觀公之賢矣。公少而力學，壯而有聞於學校間，計其所得乃如此，又足以見公之心固有所存，而不計其得之如何也。

某聞尚書郎芮公、劉公方將漕江外，芮公固研席之舊，而劉公則素厚某者。大帥龔公之賢，宇内所聞，當不以貴賤尊卑窮達而相忘。而某之師友永嘉鄭公，朝暮來總風憲，曩固嘗加惠於公矣。四公，天下賢者；而邑僚則又有劉君子澄，聞其賢舊矣，而張、吕二君子交口而譽道之。往拜四公，退與君上下其論。人生羸糧千里，求天下之賢者與處而或不遂；此行況味良不惡，度公之志可以少伸。而某方謀葬公之兄，不及從公以行，書以寄劉公，使知天下之士其窮而可嘆者至於如此，而部使者之權足以爲時重，殆不可以一律而觀士也。『不遺故舊，則民不偷』，公見芮公，倘或可以出此乎！相對道舊，能不慨然！鄭公之行，徐當寄書。爲某寄聲劉君：『聲求氣應，何以教我？』

送諸生赴補序

今年夏，進士既題名，於是成均闕弟子員，有司將群四方之大而擇其可者，而從余游，告余以行者四人耳。問其不行者，則曰：『度無道以得之，往將何濟！』問其行者，則曰：『心知其不可得，直未能免俗耳。』余以爲不然。古之君子，盡其在我者，以聽其在命者，得失非吾事也。然既已應之矣，而謂無心於得，亦豈情也哉？居者勉吾學，而非以畏失也，失亦何害，而吾則未至也；行者竭吾力，而非以志得也，得之固佳，而吾不敢必也。如是而居，如是而行，吾無憾矣。皆曰：『不敢不勉。』

已而行者曰：『行非居比也。行都英俊之藪，無非可學事者。有如不得其門，則終日枵然，誰實食之？其何以自視於居者？』余曰：『四方之英，余不得而究識也，有爲臨安校官石夫子者，吾友也。子往拜之。虛往實歸，吾待子於此矣。』謂盧子曰：『子以通爽往。』謂陳子曰：『子以惇謹往。』謂何子曰：『子以開警往。此子之資而非學也。求學於夫子而不子告者，他日吾將問之。』小何子徐而進曰：『準獨遺矣。』余笑曰：『彼苟不遺夫二三子者，子則何憂！并以吾之所常言者而問其當否焉。彼如「唯唯」，則告之曰：「先生謂我：不得一言則勿已。」』

五月之朔，書於妥齋。

別吳恭父知縣序

亮兒時聞行都有所謂太學者，四方之英大抵萃焉。於是新安二吳以文墨妙天下，而季吳獨好使酒任氣，空所有當樗蒲一擲，不爲後擲計，而勝負往來，輒達旦未已。遇其倦時，間引惡色自污，不揖客徑寢，有兒撫一世之心。然而月輒從儕輩較一日短長。儕輩往往口誦心惟，吟哦上下，記憶〔一〕不少休，試之夕，睫不得交，黎〔二〕明，裹飯叢入，坐定，心摇摇特未寧，吏持題置之廊柱間，群起就視，相顧無人色。君獨凝然遥問儕輩：『題謂何？』已則不復佇思，開卷徑書，筆不留行，率至日中輒辦；出則歌呼如平時。更數日掛名，舉眼皆驚曰：『果吳偁也，爲首選者。』他日又曰：『復吴僻也。』儕輩率畏服之。然嫉之者至於以爲可殺，而皆不顧計也。久之，得第，尉鄞江。鄞並海，海盜出没，鬼神不可蹤跡，間來掠民家，輒去。朝廷雖宿兵不能禁。君於是微布耳目，盜所至輒知之，單馬徑造，捕者踵至。盜驚謂神，咸拱手疊足，死不恨。論功至不可計，君不以屑意。猶得京秩，授饒之安仁。安仁故號冷邑，至則肅吏厚民，薄征緩賦。庫不留一錢，遇有急須，片紙立辦。民熙熙田里間，而商賈之至者如歸，江東壯縣或愧焉。

會旁境大旱，飢民什百爲群，攫食偷活，惡少年乘之爲盜，勢駸駸且犯境。州以爲憂，遣兵數百戍之。富民或勸君挈家就避，君奮然曰：『吾爲令，顧委命若等，是謂草間求活。吾寧與賊死，况不必死乎！』籍丁壯閲之。君馳馬横槊於其間，聲勢張甚。邑無賴有襲旁境所爲者，法外出新意，殺之以令，皆恐懼縮頸，盜不敢犯。事已，則自劾；不報。不便者從而媒孽之，部使者一二攟摭，出條目以詰君，君慨然曰：『吾所爲固自不應法，吾不勝法吏矣。方急時，吾寧能計此耶！今鼎鑊實甘。』吏從旁爲答之，持法者猶欲掇拾其不合以罪焉。

龍川陳亮曰：『成周議能之法，於是不可行矣。犬羊小醜，孩弄中國如無人，天子赫然，不欲赦之，未有以屬也，於是且十年矣，顧不能爲一壯士道地耶！人之有氣力者，亦可嘆也已。』

余以積憂多畏之餘遇君，爲之捉手起立。於其别也，舉酒相屬，嘆離合之不常，而毁譽之相尋而未已也。已而開口大笑曰：『是亦何足計較哉！』遂行。

校勘記

〔一〕『憶』原作『意』，據明成化本改。

〔二〕『黎』原作『犁』，據明成化本改。

送徐子才赴富陽序

漢法嘗選所表循吏以爲公卿，故郡縣稱治，然其立朝，往往多不稱在郡縣時。豈國家固自有大體，而治道果不可以吏道辨耶？龐士元、蔣公琰不屑意於郡縣，而謀國有稱焉，當時以爲非百里才，雖諸葛孔明之論亦如此。然則吏道又有出於治道之外者耶？

亮自十八九歲，獲從故老鄉人游，故老鄉人莫余知也；而陳聖嘉、應仲實、徐子才獨以爲可。聖嘉之與人交，仲實之自處，子才之特立，皆余之所願學也。晚與一世豪傑上下其論，而三人者每每不能去心，非直以交舊之情而已。

子才又其高明奇偉者，小試輒有聲，諸公爭知之。得邑輦轂下，蓋何足以展其游刃哉！然士之侈然矜奮於一邑者，非有餘也，技窮於此矣。置不復論，則志浮於事，不足法也。事之至者，盡吾心焉，事已而無留吝之意。處小存大，大則不遺於小，此所以隨所寓而嘗有餘。夫治道之與吏道，又焉有二物哉？今天下郡縣固不可爲，而附輦之邑尤不易爲也。無名雜辦之費，巧以取之民，則將誰欺？倚公而豪取之，則民復何罪？况上之人常不自任其責，而責辦於我；民一有言焉，則又委罪於我，而彼若不與知者。子才宜何以處此？

楚漢相距滎陽、成皋間，蕭何至遣老弱未傳者悉詣軍，可謂無策矣；而高帝稱其有塡國家撫百姓之功。此果何説哉？平時所以爲民慮者甚周，緩急不時之須，亦爲民計而已矣。未嘗爲民慮也，而行一切之政以趣辦，民之不戡刃於其胸者直須時耳。若曰『吾不忍民之至此』，或高舉而避之，或閉目摇首以聽其自作自止，徒以張夫一切趣辦者之勢，則其罪等耳。此古之君子所以嘗盡心於不可爲之地也。

子羔爲費宰，而夫子以責子路者，憂其少未堪事耳。子路乃以爲『有民人焉，有社稷焉，何必讀書，然後爲學』。此後世英雄豪傑之所以因事增智，諸儒嘗若瞠乎其後，而夫子平時教詔中人以上之辭也。豈所以施之子羔哉？徒禦人以口給而已矣。因吏道之曲折，而得治道之大體，吾獨有望於子才耳。能使亮自是常不去心，則不必歲晏而後論定也。

贈武川〔一〕陳童子序

童子以記誦爲能，少壯以學識爲本，老成以德業爲重。年運而往，則所該愈廣，所求愈衆。窮天地之運，極古今之變，無非吾身不可闕之事也。故君子之道，不以其所已能者爲足，而嘗以其未能者爲歉，一日課一日之功，月異而歲不同，孜孜矻矻，死而後已。自古聖人，及若後世之賢智君子，騷人墨客，凡所以告語童子者，辭雖各出其所長，而大概不過此矣。若余少而昏蒙，長不知勉，未老而頽惰如七八十歲人者，此天地之棄物，而何以語童子哉！

童子之資禀特異，而猶記疇昔之所聞、所見其略之可言者。蓋闕黨童子，聖人既與之周旋矣，以其求速自見者，而有疑於異時之遠到，故孺悲則辭而不見，將以警策之也。後世諸賢，其於童子豈能有此財成輔相之道哉？而况若余者乎！

童子行矣，奇妙英發，不極其所到未可止也。落華收實，異時相與誦之。

校勘記

〔一〕『武川』原無，兹從明成化本補入。

送韓子師侍郎序

祕閣修撰韓公知婺之明年，以『恣行酷政，民冤無告』劾去。去之日，百姓遮府門願留者，頃刻合數千人，手持牒以告攝郡事。攝郡事振手止之，輒直前不顧，則受其牒，不敢以聞。明日出府，相與擁車下，道中至不可頓足，則冒禁行城上，纍纍不絶，拜且泣下，至有鎖其喉自誓於公之前者。里巷小兒數十百輩羅馬前，且泣下。君爲之收淚，告以君命決不應留，輒柴其關如不聞。日且暮，度不可止，則奪刺史車置道傍，以民間小輿舁至梵嚴精舍，燃火風雪中圍守之。其挾舟走行闕，告丞相、御史者，蓋千數百人而未止。又明日，回泊通波亭，乘間欲以舟去，百姓又相與擁之不置，溪流亦復堰斷不可通。鄉士大夫懼螻蟻之微不足以回天聽，委曲諭之，且却且前。久乃曰：『願公徐行，天子且有詔矣。』公首肯之。道稍開，公疾馳徑去。後來者咎其徒之不合舍去，責誚怒駡，不啻仇敵。嗚呼！大官，所尊也；民，所信也。所尊之劾如彼，而所信之情如此，吾亦不知公之政何如也，將從智者而問之。

送巖起叔之官序

陳氏以財豪於鄉舊矣，甫五世而子孫散落，往往失其所庇依。其盛衰相尋於無窮，豈必其人之罪哉！吾叔巖起以未冠之年，慨然有狹鄉閭之志，奮臂出游，往來於江淮之東西而定居於臨安者，大較餘三十年。諸公貴人，其未達而旅處者，巖起或出力以自效，或終日相與嬉游，不問其官崇卑，一接以恩意。蓋既貴而能相記憶，雖相忘而不見及者，皆所不較也。亮以是知士非有俠氣者，豈能奮空拳以自托其身於一世哉！

晚得一官，將就食於廣東部使者之麾下，冒寒挈妻子而行。問其行裝，則曰：『我固索手自奮者也。然世態日異，此行雖我亦憂之。子嘗論交於四方，其何以爲我道地乎？』亮因告之曰：『四方之豪俊，不鄙而辱與之游者，不知其幾人矣。然自索居以來，黜陟不知，書問斷絕，將何所指名而告，而告語之？亮又力不足者，徒能涬然興懷，姑次第其語，以爲送行序。道逢其與亮游者，出以示之。其藐然而無意者，必非與亮游者也。吾叔其勉之！』堂堂大國，一行數千里，豈無一英特知義之人乎？使壯士困於泥塗，則其耻有歸矣。

淳熙六載冬十月朔，永康陳亮書於恕齋。

送王仲德序

昔祖宗盛時，天下之士各以其所能自效，而不暇及乎其他。自後世觀之，而往往以爲朴陋，而不知此盛之極也。其後文華日滋，道德日茂，議論日高，政事日新，而天下之士已不安於平素矣。衆賢角立，互相是非，家家各稱孔孟，人人自爲稷契，立黨相攻以求其説之勝。最後章、蔡諸人以王氏之説一之，而天下靡然，一望如黄茅白葦之連錯矣。至渡江以來，天下之士始各出其所能，雖更秦氏之尚同，能同其諛而不能同其説也。二十年之間，道德性命之説一興，迭相唱和，不知其所從來。後生小子讀書未成句讀，執筆未免手顫者，已能拾其遺説，高自譽道，非議前輩，以爲不足學矣。世之爲高者，得其機而乘之，以聖人之道爲盡在我，以天下之事無所不能麾，其後生以自爲高而本無有者，使惟己之向，而後欲盡天下之説一取而教之，頑然以人師自命。雖聖天子建極於上，天下之士猶知所守，吾深惑夫治世之安有此事乎，而終懼其流之未易禁也。

王仲德於亮爲鄰人，少有俊才，不自滿足，翻然往從葉正則學問，盡交永嘉之俊造，而猶未以爲足也，又將從正則於吴門以畢其業。蓋其學日進而未可量，其所成就，夫豈獨異於後生之爲高者！雖頑然以人師自命者，不能銜之而使移也。亮老矣，將賴其鄰以自强。於其行也，爲説以先之。其歸也，必有以復我。

送吴允成運幹序

往三十年時，亮初有識知，猶記爲士者必以文章行義自名，居官者必以政事書判自顯，各務其實而極其所至，人各有能有不能，卒亦不敢强也。自道德性命之説一興，而尋常爛熟無所能解之人自託於其間，以端慤静深爲體，以徐行緩語爲用，務爲不可窮測以蓋其所無，一藝一能皆以爲不足自通於聖人之道也。於是天下之士始喪其所有，而不知適從矣。爲士者耻言文章、行義，而曰『盡心知性』；居官者耻言政事、書判，而曰『學道愛人』。相蒙相欺以盡廢天下之實，則亦終於百事不理而已。及其徒既衰，而異時熟視不平者合力共攻之，無鬚之禍，濫及平人，固其所自取者，而出反之慘乃至此乎！

三山吴允成，少以氣自豪，出手取科目，隨輒得之。來尉永康，遇事風生。一日，枉車過余，講客主之禮，若見所畏。且語余：『子所交皆一世老蒼，至等輩已是第三四行人。葉同年爲我言如此。我家世以官爲家者也。我父自力於官事，而與世爲忤。子盍爲我誦數前聞，而言其所以致此者？』余惘然失歎，意以爲雖知所從來而不敢言也。自是相與往來如舊故，縱談其所長以暴白於一時，雖老於吏道者亦知敬其人。文章、行義，政事、書判，並舉兼能而不可掩，而道德性命之説政自不相妨也。於其中間，余受無鬚之禍尤慘，而允成亦深察余心，左右扶持，雖慘不至於極，以此猶相歡而無間也。

及其去永康，余將叙其本末以累其行李，而多病因循，念之耿耿。後三年，始克爲之，蓋新天子龍飛之十二月九日也。而允成方俛首於將漕糟丘之職，若新爲吏者，其志嚮豈有窮哉！

贈樓應元序

往二十五年時，余方學爲語言，求以自見於世，凡世人之文章，無巨細必求觀之。嘗得詩文數紙，清麗不凡近，而所以鳴其窮者亦甚至，曰是樓君民範之所作也。已而又識其人於路西陳氏，端愿自戢斂，若不與一世較是非長短者。余心念之。

其後二十年，有衰絰而奉書過余於蕭寺。發而讀之，善自道説其所能，亹亹然將争長於士林中，則曰是民範之子也。民範今死矣！嗟乎！伸民範之屈者，其殆是乎！留與共學者一年而後去。三四年間，時節必一來，出其文，方進而未已者也。且言：『身窮不足恤，有母無以爲養，則不如無生矣。况欲卒業以終父之志乎！』余悲之。

夫一有一無，天之所爲也。哀多增寡，人道之所以成乎天也。聖人之惓惓於仁義云者，又從而疏其義，曰若何而爲仁，若何而爲義。非以空言動人也，人道固如此耳。余每爲人言之；而吾友戴溪少望獨以爲：『財者人之命，而欲以空言劫取之，其道爲甚左。』余又悲之而不能解也。雖然，少望之言，真切而近人情，然而期人者未免乎薄也。若余之所以爲樓子計者，非不知少望之言爲可畏，亦期人以厚而已矣。

贈術者宣顛序

宣顛論命多奇中，而不出於鄉閭。彼初不知當今公卿之爲何人，執政侍從之爲何官；人之善惡，時之向背，皆所不知也。余聞其論余命之禍福多矣，而不識其人。一日，款門謂余命『來年當稍異於舊』。余因以朝之貴人及平生故舊之命俾推之，言其禍福，多與吾儕之私意合；獨論羅春伯、章德懋、葉正則必作宰相。彼未識宰相之爲何官，而其言若此，亦異矣！中不中皆未可知，而天運果能與人意合乎？

又自言『歲之十月必死，不死亦止活五年』，俾其子持以爲驗，余爲書之。而葉正則偶然過門，一見而笑曰：『世寧有是事，而子信之乎？』余以爲：人自分必死，而獨靳於一言，亦大非人情矣。

贈術者戴生序

括蒼劉夢求未嘗得邵氏先天數，而知人休咎如數一二，説人冥昧中事如燭照而面詰也。或曰『有術』，或曰『是有神焉』。余皆不得而知。要之，先事者獨得無感於此乎！劉術行於三衢，今遂爲衢人。士大夫之過衢者，以不問夢求《易》卦爲恨。余聞有戴姓、童姓之在衢者，得夢求之術而精焉。

戴生挾其術寓於外家，余與鄭景元招而問之。其言目前事，殊駭人聽。至論其遠者，多爲余言禹、孟子事。夫大禹之功，孟子之德業，余平生之夢寐在焉，而恨其身之不可企也。神以是而戲我乎？亦戴生竊有聞焉而見戲乎？一家小大皆欲從生問禍福，而生乃欲與余論一紀事。恐其見戲之過，則余無以堪也，姑以余字先焉。士大夫之欲從而問一紀半紀者，皆當留字於此以爲信。

陳亮集卷之二十五

記

笏　記〔一〕

寤寐英賢，帝心如渴；僥覦富貴，士氣若登。冀十五之得人，而千一之遇主。叨逢則幸，報稱謂何！恭惟皇帝陛下：日照天臨，海涵地負。朋來濟濟，各自奮於明時；網設恢恢，不遐遺於片善。矧咸奔走，翕受敷施。臣等牽連得書，徒采語言之小異；次第就役，孰輸筋力之小勞。仰戴深仁，俯慚微分。

校勘記

〔一〕應氏本宗廷輔《札記》云：按此疑授職後謝表，當繫《重華宮正謝表》下。

信州永豐縣社壇記

天子祭天地，諸侯祭境内名山大川，故郊者天子之所專，而社則達於侯國。無問國之大小，雖附庸亦莫不有社，示有所尊也。知所尊則知所敬，知所敬則仁愛惻怛之心油然而生矣。南面以臨其民，而無仁愛惻怛之心，是尚可以爲國哉？罷侯置守，則郡邑之有社，固守令之所以起仁敬者也。壇壝苟具，而心不加焉，則民失所依矣。

吾友潘友文文叔之始作永豐也，謁社而壇幾於圮，其旁之屋廢不復構〔一〕，無以共祀事。顧瞻不寧，即命工役整治其壇，一如法式，而爲屋若干楹於其旁，高明邃密，嚴飭備具，是真知所尊矣。稼軒辛幼安以爲文叔愛其民如古循吏，而諸公猶詰其驗。幼安以爲，役法之弊，民不肯受役，至破家而不顧。永豐之民往往乞及今令在時就役，是孰使之然哉？文叔，故中書舍人諱良貴之諸孫，少從張南軒、吕東萊學，步趨必則焉；而又方卒業於朱晦庵。是世所謂三君子者。臨民而有父母之心，固其家法當如此。

余過永豐道上，行數十里而民無異詞；及見文叔，則歉然自道説其不能。民與文叔皆可無憾矣。謂余爲三君子所厚，當得文以記修社之本末。余誠有愧世之務趣辦以爲能者，故道郡邑之所以有社，而文叔之起其誠愛如此，并以諗當塗之有力者云。

校勘記

〔一〕『構』原作『講』，係避宋高宗諱，徑改。

義烏縣減酒額記

義烏尉趙君師日以書來曰：『邑之課額，惟酒爲重。歲之二月至於八月，煮酒以四百石爲率，爲緡錢八千六百有奇；餘爲清酒，猶四千八百緡。乾道初，有宰驅八鄉牙櫃列之市肆，商賈爭來，醨酤倍入。既貢其餘於郡，又增歲額一百石。及市易者交病，而官聽其使，獨酒額如故。逋負歲積，以至於不可計，官不得脱，而吏就黥者相望。淳熙十有二載，今資政殿大學士李公之鎮是邦也，究心民隱，諸邑之利病莫不畢達。師日實具其始末以告。公惻然曰：「民何以堪乎！吾嘗備數政地，日接玉音，未嘗一日不在民也。使一縣至此而若不聞，吾爲負其上矣。」立命減煮酒額一百石，每石爲減舊額一緡，清酒月減二百緡；又蠲其舊逋幾萬緡。一邑自是獲蘇，官逃其責而民安焉。酒額歲不虧一錢，而郡縣交便之。公之盛德在民爲甚深，邑民將立公生祠於星祠之東而朝暮奉事。師日在邑僚之底而獲千大惠，不勒其事於石，烏保異時之額不增，非所以相我公之惠於無窮也。願屬筆於吾子，以諗來者。』

亮竊嘆醨酤之興，本以佐軍旅之用，而其實則使民不得自便於酒，猶未戾於古者禁民飲之義也。其後設計巧取，而始專於利矣。今郡縣之利括之殆盡，能者無所用其力，惟酒爲可措手；而一縣之計實在焉，又從而括之，則縣不可爲矣。『剥床及膚』，其憂豈不在民乎？今天子之於民，獨公爲深知之，而吾州最爲受其賜。蠲諸邑之逋，吝公帑之出，而一以與民。凡民苗米之不及斗、帛不及尺、綿不及兩者，悉代輸之，仁聲載路。是固所以宣天子之德意，而入民之骨髓也，寧酒而已乎！上方圖任舊德，與之共政，即日旋歸，吾州不得久私其惠矣。雖使世之名能文者，不能執筆以盡公之美也。顧以屬諸陸沈無所比數之人，顛倒脱落，無以滿邑民之望，不將歸其咎於君乎！師日曰：『不然。吾二人皆將牽連托公以自見者也。』亮又奚辭！

普明寺置田記

永康接台、處之衝，而婺之屬邑也。由縣治東北行，滿五十里，衆山回環，若蹲若伏，其名曰龍窟，疑取象於山以名也。然其西三數里，有所謂龍鬬坑者，龍真有窟於此乎？商周而上，其地未通於中國，宜亦何所不有。事不經見者，有無皆不可以意斷也。

陳氏之居，在龍窟之南五里，耳目所及，蓋八九世矣。自吾祖始徙居龍窟，徙未十年而生余。余家之西北，有寺曰普明者，實據其地之勝處。余少長，往往多讀書山中，訪寺之始末，以爲興於梁大同間，而不能詳也。然田無三十畝，余猶及見其有僧四五十人，其役稱是。則藉丐施以活，其來非一日矣。爲釋之徒，丐施固其職也。然環寺之居民歲以供寺者，自昔不知其幾；而僧之歲幹寺事者偶失支梧，至無椽瓦以自庇。僧與民豈不兩病乎？

余以爲使一僧有田十畝，彼固不能耕也。歲藉一夫耕之，則一夫反資僧以活。計田之所出，猶足以及僧之所役，是一僧不復爲居民之費，而三夫共飽於十畝也。使天下之僧皆如此，雖不耕而民瘳矣。王政既已廢壞，釋老之徒，固不必盡惡也。豈惟罪不在彼，而天下之人豈皆自耕而食乎？始余所見寺僧四五十人，今其存者七八人耳，合新度者不及三十人，有田三百畝，則可以安坐而自遵其教矣。因與僧如靖、允禧謀，掇拾寺之遺餘，漸置田，以百畝爲準。他日當有嗣其事者，不必盡出於我也。

靖以醫游井邑間，甚有恩意，又甚盡心於此寺。鄉之長者以其名聞之縣，使爲寺主首。未三年間，已有田二十畝，而靖死。今計寺之所有，又足以得三十畝。而庸僧無遠慮，人自爲説。未未幾，禧又死，余將使之以東如瑋、之徹、時濟、懷順者合辦之。故具記其事，使知自宇宙而有兹山，自梁而有兹寺，自余而後有田，經始於靖與禧，而叶成於此五人者，亦以見買田之議非溺於因果，而出於天下之公心也。田畝以次列之碑陰，與凡割施者悉附見其姓字云。

普明寺長生穀記

昔者先王居民之制，固使之交相養，而非欲其截然而各立也。井邑之間，有無相通，緩急相救。是以疾病死喪，民無遺憾；鰥寡孤獨，天有全功。此治道之極，而聖人之所以贊天地之化育者也。

及至後世，於民之中又有爲釋老之徒者，壞形惡服，不耕不蠶，以自枯槁於山林，而求識其所謂心性之本根者。故其勢不能自衣食而衣食於人，人亦樂衣食之而不厭。而釋氏於衣食之餘，尤好窮其侈心，以致其莊嚴之説。儒者因是而力排之，以爲斯民之蠹，至欲人其人，火其書，廬其居，以行吾聖人之常道。不獨其徒之不可化，而斯人常有不忍之心焉。溺於其説者，因以爲其道當與吾聖人並行，雖有識者亦以爲並行而不悖也。彼其乘王政之廢壞，而篤其説於中國，使其徒出入於井邑之間者，蓋千有餘年於此矣。一日斥而去之，於人情固有所不忍；而四民之中莫貴於士，自後世之爲士者，百家衆説猶或雜出於其間，則亦何惡於釋老之徒也！使夫有無相通，緩急相救，苟不至於窮其侈心者，豈不足以自附於先王井邑之義乎！

始普明方創議買田，僧允禧復爲如靖謀，從富人乞穀三百石，貸之下户，量取其息，以爲其徒目前之供。而鄉之長者黄君處仁、胡君勳、汀州户曹胡君樟、吕君師愈慨然捐穀若干以倡其餘，而余亦與焉。事方就緒，而黄君與靖相繼下世，黄君之子浦城主簿公槐與其弟某實成君意，曰：『吾不欲死其先人也。』

夫乞穀於富人，而取息於下户，以供其山林之枯槁者，則三者各得其稱，是真有先王井邑之遺意；而又欲執王政之詳，一二以律之，徒以起斯人不忍其廢壞之心，吾未見其有補於吾道也。四君與凡捐穀之姓字與其穀出入之約束，具列之碑陰。姑道余之所以相此寺之本意，以發千載之一嘆而已。

重建紫霄觀記

道家有所謂洞天福地者，其説不知所從起，往往所在而有。然余觀世人奔馳於耳目口腹之欲，而顛倒於是非得喪、利害榮辱之塗，大之爲天下，淺至於錙銖，率若蟻鬬於穴中，生死而不自覺，宜其必有超世而絶去者，當於何所居之？則洞天福地亦理之所宜有。大較清邃窈深，與人異趣，非可驟至而卒究，故君子常置而弗論。

余居之南凡二十五里，而得洞靈源福地焉。川壄平衍，居民錯雜，又近在驛道之旁，非有所謂窈深不可尋究者。中有觀曰紫霄，茂林脩竹，大抵皆道士手植以自蔽，亦非其地本然也。考其圖志，皆缺裂不全。其説以爲梁氏望此山有王氣，掘其地，蓋雙鶴騰飛而去。山川深長袤遠，猶懼其氣之不足王，是區區者亦足以勞有國者之思慮乎？又言：『其旁有僊人煉丹之所，大同間始爲觀依焉。而錢氏有國時嘗崇奉而脩起之。』水部員外郎陳矩記其事，曰『清泰三年』者，後唐廢帝之年號也。五代之際，天下分裂，錢氏據兩浙自王，然猶倚中國以爲重。當是時，貨財干戈，一日不自整齊，則四鄰争得窺伺其國。兩浙本非寬廣閒暇，而道家方修土木之工於其間，晏然無異於平時，豈真有所謂靈異足以動人耶？何其地之不稱也！

本朝混一區宇，是觀因以不廢，而焚毁於宣和庚子微細之盜。盜平，無尺椽片瓦可爲庇依，道士結茅以居，相與敞三門於其前，使人有所觀仰，而三清未有殿也。知觀事劉居靖自初得度時，以殿之役爲最大而經始焉。其後乃建堂説法，爲殿以崇奉聖祖，翼以兩廡。而齋堂、庫宇、鐘臺、藏室、庖湢之所，及若道家所宜有者，無不略備。殿之西偏，則爲明窗浄几以自啟處，道經儒書更閲不休，而文墨棋琴皆所不廢。客至，蕭然終日，忘其爲驛道居民之爲可厭也。方山川未通，居民未多，林木陰翳，禽獸麇鹿出没於其間之時，其静深當不止今日。而超世絶去者，豈必其不樂此？所謂洞靈源者，其幾耶？地之變遷，觀之興廢，與其人之勤勞相望，居靖願得文以紀，而余不足賴也。

淳熙九年五月，龍川陳同父記。

北山普濟院記

金華固多佳山水，而游者往往依浮屠、老子之宫以窮其足力之所至。其所不能至者，宜其遂爲樵夫牧子所私，高人逸士因得以自混於其間，而天巧有非人力之所能盡發者。

梁劉孝標以不合當世，棄官居金華北山，今其故居，是爲清修院。蓋嘗遡流緣磴，欲以盡發山水之奇，結廬紫微巖，吴會人士多從之學。巖有石室，因以爲講書之堂，所謂『劉先生講堂』是也。至今其山號講堂原。而陳、隋及唐，泯然置之不問。周顯德二年，吴越王始建寺於巖麓，曰九龍。本朝慶曆六年，郡守關公嘗命河南許歸以氈筆書『紫微巖』三巨字，鑱之石。治平二年，又改賜『普濟院』額。山之僧因陋就簡，日底於廢。參知政事蕭公燧由從槖來爲此邦，以僧奉欽爲才，命往主之。奉欽能銖積寸累，服勤不懈，佛殿法堂建如程式，敞三門於前，而翼以兩廡，庫堂藏室，罔不略備。翰林學士洪公邁還其甲乙住持之舊，免其諸般科買之擾，以厲其成焉。今太守秘閣殿撰趙公師揆染寺額以張大之。然後此山之勝不復爲樵夫牧子所私，而劉氏講堂亦因寺以著。愛金華山水者，於是可無遺恨矣。以奉欽一力而能有功於幽勝如此，天下而各用其力，則事功寧有既耶！奉欽以寺記爲請，聳然爲書以授之。

元寶觀重建大殿記

東陽縣之南四十里，有觀曰元寶。世傳齊人陳元寶捨宅爲之，因以名云。宣和劇盜之火，觀爲煨燼，則其里陳君嚴始建所謂北極殿者。大夫徐君端記其事頗異。大夫名下一字，實吾先祖之諱，今不復具。嚴弟仕澄，字彦清，自力家事，積貲殆且巨萬。志不在於積也，而洩之里閭親舊之惠爲未足，乃泄之觀焉。三清有殿，殿有廡，合以三門，而觀儼然矣。皆彦清之爲，而紹興之二十一年也。

未幾，殿蠹於蟻，彦清之子德佐過而動心焉，思與諸弟協力成之，使其父之志與殿俱存。而主觀事葛元度併以風其諸子曰：『先志今何如？』欣然捐金合百萬先之。元度先建道藏一所，爲民祈福，禱請如響，其積亦頗夥。并傾私囊、募衆緣以建其事。殿未成而元度死，其徒胡大雲繼之，猶藉德佐之弟德先、德高以自助。用財合一千萬，役人之力凡萬五千，經始於淳熙辛丑之春，落成於甲辰之冬。宏壯偉麗，一切視彦清在時，遠近合覩，起敬增嘆。

道家之有殿以奉三清，其教然也。三教之興廢有時，而本末宏闊，源流深長，非百世聖人不能定，則修舊起廢，固其徒之事也。彦清兄弟皆有財力，可以自馳騁於世。而本朝出仕惟兩塗，故其才獨自豪於鄉。其明效大驗，亦不遺餘力，而乃見所謂兩殿者。殿之隨廢，又藉元度以起之，亦可嘆也已。元度善自興其教者，而敢愛其力而自納於廢棄？殿成而胡大雲亦死，相與成就其殿之凡役，彦清幼子疆亦從而相之。旁觀多陳氏，其詳雖不可考，宜其爲元寶不可知孫子。一念之烈，泄於七八百年之後者猶如此，天下事其有不成於志念之烈者乎！

疆與道士合辭以記爲請，諾之閲二年矣，因以寓余之所感云。

題跋

書伊洛遺禮後

伊洛遺禮，其可見者惟婚與喪，祭僅存其一二，今以附諸《補亡》之後。夫禮雖先王未之有，可以義起也。《補亡》所集，集其義也。苟精其義，則當時之所參定者尚可考，而缺裂不全之制，豈必以是爲尊哉！《記》曰：『禮之所尊，尊其義也。』存其可見者，以惜其不可見者而已。

書伊川先生春秋傳後

伊川先生之序此書也，蓋年七十有一矣；四年而先生没。今其書之可見者纔二十年，世咸惜其缺也。余以爲不然。先生嘗稱杜預之言曰：『優而柔之，使自求之；饜而飫之，使自趨之。涣然冰釋，怡然理順，然後爲得也。』先生於是二十年之間，其義甚精，其例類博矣。學者苟精考其書，優柔饜飫，自得於言意之外，而達之其餘，則精義之功在我矣。較之終日讀其全書而於我無與者，其得失何如也？

書家譜石刻後〔一〕

陳氏得姓，所由來甚詳，今不復載。自太丘長以來，逮既渡江，其後中微，霸先用以爲陳，歷歷可考。及唐末五代，比於皇朝之初，陳氏散落爲民，譜不可繫。今斷自我七世祖始，從所逮聞也。自我皇祖若諸從兄弟歲時祭祀，有所謂軍陣者，次尹兒時不得問，今莫可質。猶記湖州尚書一人，以待博聞者參考。

校勘記

〔一〕編者按，此文應爲陳亮之父陳次尹所撰。參本集卷三十六《庶弟昭甫墓誌銘》、卷三十五《先祖府君墓誌銘》。

書職事題名後

戕奏一局之具眼，掌計一局之司命。題名小録，利害通涉始末，而司膳雖若碎煩，亦有關係。蒙恩來此，蓋久而後知之。四海九州之人，邂逅而爲同年。士大夫薦吾所不知者，亦當分其能品以爲言，庶幾各識其職云耳。

書趙永豐訓之行録後

太史公論婢妾之引决，出於計畫無理之甚；而英雄俯仰以全一死者，將以有爲也。而孟子論義有重於死，雖聖賢不得而避。人固難於一死，而一死之難又如此。國家遭陽九之厄，能以死拒虜者固自有數，而禁卒内潰，人不知義極矣。身爲宗室以當百里之寄，不愛一死以明大義，此聖賢所不得而避者，其死豈不壯哉！方天下太平，天子有事邊功，使守在四夷，而公獨知其爲禍亂之萌。及金虜剪中國如枯槁，公又欲率義師以沮遏其鋒。推公之志而揆公之才，固非自分於一死者，義之所在，不約而自隱其中之所存耳。此天下之所知，而人之所以尚其子孫者也。

張巡之死義，豈不明甚，而猶有待於韓李之秉筆者；朝廷之旌死節不踰時，豈待人言而後明哉，殆未請耳。天人報應，尚墮渺茫；上下融合，實關激勸。天下士固不少爲趙公設也。

公之孫彦㯙出其始末以示亮，因書以歸之。新天子龍飛之十日也。

題喻季直文編

烏傷固多士，而稱雄於其間者，余熟其四人焉，蓋非特烏傷之雄也。喻叔奇於人煦煦有恩意，能使人别去三日念之輒不釋；其爲文精深簡雅，讀之愈久而意若新。何茂恭目空四海，獨能降意於一世豪傑，而士亦樂親之；其文奇壯精緻，反覆開闔，而卒能自闡其意者。陳德先舉一世不足以當其意，而人亦不願從之游；然其文清新勁麗，要不可少。喻季直遇人無親疏貴賤皆與之盡，而於余尤好；其文蔚茂馳騁，蓋將包羅衆體，而一字不苟，讀之亹亹而無厭也。而四君子者尤工於詩，余病未能學也。然皆喜爲余出，余亦能爲之擊節。余窮滋日甚，索居無賴，時一作念。顧茂恭之骨已冷，而三山相去踰千里；德先、季直雖宿春可從其游，而出門輒若有縶其足者。

喻行之、牧之出季直舊文一編示余，聳然觀之，如得所未嘗。茂恭死，其文益可貴重，而子弟亦珍惜之，欲求一字不可得。得吾季直之文，便如茂恭在日。昔余嘗讀茂恭之文而面歎曰：『九原不可作，歐蘇姑置勿論。如世所謂六君子者，公將何愧！』茂恭油然而笑，蓋以爲『能知我者』。幽明異道，每念此，意爲之索然。今將求厭足於季直耳。

跋焦伯强帖

寶元、康定之間，本朝極盛之時也。諸公巨人踵武相接，天下毫髮絲粟之才，皆得以牽連成就，況若伯强之卓然能自見者乎！其於骨肉書翰之間，恩意藹然，蓋非其異行也。魯多君子，而宓子賤稱焉。事衰世之大夫，友薄俗之士，雖豪傑拔出之才猶懼其不免，是以君子論其世也。

跋米元章帖

本朝詩文字畫之盛，到元祐更無着手處。元章以晚輩一旦馳騁諸公間，聲光燁然，此帖亦可窺一斑乎！淳熙己亥四月之晦，龍川陳亮爲先友之子王晦叔書之。

書作論法後 意與理勝

大凡論不必作好語言，意與理勝則文字自然超衆。故大手之文，不爲詭異之體而自然宏富，不爲險怪之辭而自然典麗，奇寓於純粹之中，巧藏於和易之內。不善學文者，不求高於理與意，而務求〔奇巧〕〔一〕於文彩辭句之間，則亦陋矣。故杜牧之云：『意全勝者，辭愈朴而文愈高；意不勝者，辭愈華而文愈鄙。』昔黄山谷云：『好作奇語，自是文章一病；但當以理爲主。』

理得而辭順，文章自然出群拔萃。

校勘記

〔一〕編者按，上文有『奇寓』及『巧藏』云云二句，故知此處須補此二字。

浙江文化研究工程成果文庫
浙江文獻集成

浙江文叢

陳亮集

〔下册〕

〔南宋〕陳亮 著
鄧廣銘 點校

浙江古籍出版社

陳亮集卷之二十六

表

皇帝正謝表

伏以天之生才，實繫國家之造；人之用世，亦關時運之興。濟濟朋來，班班穎脱，以須選擇，不使棄遺。臣亮等恭惟皇帝陛下以聖人之大才，行天下之正道。韜英武於盛際，對《易》之《需》；據君師之至尊，爲《書》之《範》。眷言問寢，重於復讎。固將與時以偕行，詎有撫機而不發。安静和平之福，用以宅心；發揚蹈厲之功，期於得士。臣亮等仰知聖意，俯誦謏聞，本末後先，寧無失策；短長高下，孰有遁情。悉俟聖裁，盡從官使。自今以始，寧敢竊爵禄以苟歲時；如日之升，或可依風雲而效尺寸。臣亮等下情無任激切營屏之至，謹奉表稱謝以聞。

重華宫正謝表

伏以教育之功，易世乃見；選掄之道，惟時是逢。雖三歲之故常，而一日之特異；無非自獻，蓋有從來。臣亮等恭惟壽皇聖帝陛下，對越在天，倦勤與子，以不世出之資而歸之淡泊，以大有爲之志而宅以和平。昔者論天下大計之小臣，亦嘗動聖人隱憂之良會。一時排擯，十五載之多奇；末路遭逢，四百人之自見。共幸奮身於今日，獨知回首於當年。不肖姓名，再關天聽；已輸忠款，盡出聖謨。載惟精一之傳，無非正大之實。設科取士，雖舊貫之尚仍；陳力復讎，亦大義之難廢。共兹一轂，合彼衆材。付託得人，爰上唐家之壽；陟降在帝，孰知文后之聲！臣亮等下情無任激切營屏之至，謹奉表稱謝以聞。

啓

謝留丞相啓

數十年窮居畎畝，未諧豹變之懷；五千言上徹冕旒，誤中龍頭之選。顧今自喜，論古良慚。雖欲有言，莫知所謝。敬惟大丞相少保國公：卓犖良臣，勤勞碩輔。重道崇儒之正學，素所講明；立綱陳紀之大經，備嘗議論。秉鈞獨當大任，持衡務適厥中。爲社稷之元龜，掌文章之司命。獻謨猷於左右，固光裕於後先。

如亮者才不逮於中人，學未臻於上達。十年璧水，一几明牕。六達帝廷，上恢復中原之策；兩譏宰相，無輔佐上聖之能。荷壽皇之兼容，恢漢光之大度。留張齊賢之遺主上，俾宋廣平而冠群儒。静言叨冒之多，知自吹嘘之力。亮青年立志，白首奮身，敢不益勵初心，期在重温舊業。出片言而悟明主，尚愧古人；設三表以繫單于，請從今日。若徐求其可稱，必更得於所圖。

謝葛丞相啓

平生險阻，寧一事之稱心；晚節遭逢，當上聖之信目。况更新於爰立，方共聳於具瞻。適丁斯時，當有甚幸。敬惟大丞相國公：山立玉峙，地負海涵。才非求奇，貴其可用；事去已甚，取其適宜。不自知其同心，寧更防於異己。是非毁譽，肯概於胸中；小大短長，自安於度外。雖斡旋之功每極其妙，而歸宿之地卒底於平。士守常心，物無觖望。百年舊典，當漸見於施行；一日俊功，宜不憂於震動。共贊朝廷之拔士，亦令草莽之逢時。

亮少不自量，謂功名差易耳；晚更多難，雖性命其如何！忽從死灰之中，騰上烈焰之表。栽培傾覆，天亦何心；嘘枯吹生，人焉有助。猥以門牆之舊物，加之場屋之陳人，忍使白頭尚作如新之態，當令赤手曾微直上之嫌。爲知己而狂言，亦無心於任運。

謝陳參政啓

暮景生涯，恍如落日；少年夢事，旋若好風。方大賢共秉國鈞之時，而一介乃有遽掩時流之幸。老之將至，人其謂何！敬惟參政相公：究力古書，潛心正學。質而有韻，判一言父子之間；博以逢原，當千載君臣之會。是膺大任，以展良圖。四海群賢，争先攀附；百年舊典，次第施行。方皇家陳善以閑邪，使天下回心而向道。彌綸所至，不闕毫釐；汲引而來，咸展尺寸。萌新芽於枯木，燃烈焰於死灰。

亮禍患之餘，心志凋落；塵埃之底，筆墨荒疏。獨有丹心，不渝白首。自牖納約，於焉開明；盈缶有孚，所以發志。不學近名之直，亦微慕利之諛。上於二三之中，擢在第一之選。聖恩深厚，固非臣下所能知；衆口會同，夫豈志力所可及！自天有命，無地自容。音韻琅琅，徒累巨公之讀；風期隱隱，式關上哲之懷。略轉洪鈞，悉成通路。過此以往，未知所裁。

謝趙同知啓

汲引人才，使相先後；條經時變，寧問短長。但有向者之虚名，庶幾今兹之實用。濫叨首選，徒激壯心。自源徂流，探端知緒。敬惟同知相公：蚤以文墨，自結主知；出其才猷，遂爲世用。踐更多矣，聲問偉然。北向以復神州，固有無前之志；中立而行正道，姑從端本之謀。英流冀其相先，善類依以爲重。公輔雅望，上所屬心；宥密本衷，國焉惟屏。官則見舜朝之遜，賢豈容堯野之遺！念昔少年，及見前輩。素所自喜《兵法》、《六韜》，已而飫聞《中庸》、《大學》。坐想百年之舊，疾趨一世之雄。荏苒歲時，牽連禍患。人皆欲殺，付微命於鴻毛；公不我遺，脱殘年於虎口。況遇持於文柄，欲稍復於古初。捨其舊而新是圖，望之大而小可略。使膺清問，盡致公言。上亦念其論之平，竟以先此時之選。願當聖世，合天下之異以爲同；豈無厲階，非斯人之徒而誰與！鼓同舟遇風之勢，成披雲睹日之功。出尖之才，百端並用；易世之怨，一洗而空。伊我何心，惟公是望。過此以往，未知所裁。

謝羅尚書啓

世豈無才，不必其用；仁非爲衆，宜在夫高。苟天人之皆同，則時命之自合。故雖終遇，敢不知歸！伏念亮少張虚氣於萬夫，晚付微軀於一髮。老之將至，鄧禹笑人；人亦有言，孔子主我。得失有命，行藏信天。零落殘生，猶動諸公之至念；崎嶇拙計，誤分上聖之洪私。其使終焉，未知可也。此蓋伏遇某官，受天間氣，爲國偉人。屹立漢庭，無出其右；主張周道，卒底於平。遇所不安，思必自達。猶懷晚進，孰可任於後來；遂使棄人，亦有光於末路。紛然萬口，翕若一辭。如韓信者無雙，常懼酇侯之誤；擢孫洪爲第一，卒遺武帝之憂。事固難平，人豈易識！過此以往，未知所裁。

謝曾察院啓

劫火不燼，玉固如斯；死灰復燃，物有待爾。豈是非之頓異，蓋得失之無常。衆口會同，一力推挽；不期而合，獨知所歸。伏念亮寂寞壯心，凋零餘命。藏身新進，奈種種於鬢毛；回首舊游，已班班於從列。知天人之未易合，而今古之莫能同。死蟹護臍，欲去不可；生龜脱殼，正爾良難。乃於斯時，有此大幸。兹蓋伏遇察院執事，文章宗主，道德輩流。一代端人，務先汲引；百年讜論，用爲據依。以重朝廷，以尊旒扆。扶持國是，毁譽之所不遷；董勸士風，邪正於焉自别。故雖亮輩，亦取睿知。越在二三，豈不知其過分；俄陞第一，用獨抱於隱憂。爰飾空腸，試當實責。過此以往，未知所裁。

謝張侍御啓

主持公論，意獨在於樸忠；叶正上心，理難施於巧智。雖或從於親擢，本亦備於先登。推其闓端，何以論報！伏念亮脱身虎口，久矣諱窮；批逆龍鱗，期於合理。庶幾一割之有用，安能百鍊而愈剛！競短争長，無復此夢；分多共少，冀度殘生。白首騣騣，丹心隱隱。言在此而意在彼，問之顯而答之微。第其度程，亦在二三之數；決於旒扆，竟成第一之傳。辱此誤知，光夫末路。此蓋伏遇侍御執事，英姿沈毅，偉量洪深；國典朝章，固盛時之所習見；世科士版，亦素宦之所具宜。騰此英聲，成夫厚德。風憲之地，執守是先；才智之淵，選掄不易。欲使從風而靡，要當如日之升。獻言因惡於近諛，矯枉亦防於過直。少年勇決，記追逐於英游；暮景安詳，務歸尊於獨智。并心一向，圖補萬分。正學以言，及明時而自獻；導人使諫，開大義以相先。公所欲爲，誰敢不應！

謝黄正言啓

文律持平，豈遽分於人品；論衡求是，亦務當於物情。累藻鑑之至明，成冕旒之小誤。足光晚景，以動壯懷。伏念亮剽鋭何如，蹉跎至此。置身無所，方念昔非；回首亦疑，未知孰是。豈有聖賢之學，乃爲世俗所憎！殆非其人，以招此禍。暮年前却，私竊自憐；寸晷短長，雖争何用！遇執至公之柄，肯收近拙之文。使對大廷，褒然親擢；誤先衆雋，翕若誦言。非出人謀，悉從天定。此蓋伏遇正言執事，英姿挺特，德性静淵；學有源流，誠不慚於游夏；文出機杼，蓋取則於孟韓。固非堯野之肯遺，抑亦漢庭之未有。竟從王邸，收備諫工。遇事風生，輩流退縮；責難山立，左右驚嗟。持此血誠，效夫心膂。不遺餘力，曲致彌縫。猶有後憂，敢忘汲引！故雖某輩，亦及今兹，豈徒爾而激昂，蓋聞之而興起。合天下爲一體，非此爲則彼爲；極治道無兩端，苟君美而身美。

謝章司諫啓

諱窮久矣，世寧保其必遭；自視歉然，人豈容於彊附！苟不愧君子之論，斯足對上聖之知，賴此品題，幾於遇合。伏念某脱身虎口，欲求護命之符；妄意鴻冥，莫得游仙之枕。進退不知所據，往來徒自於心。睠一試之隨群，蓋百思而無策。庶其在此，不堪暮景之懷；幸而得之，敢作少年之愛！入當大對，曲盡寸心。問所不該，言豈容於越次；意雖獨至，事亦謹於闒端。故此區區，發其耿耿。有司之所不快，越在二三；當宁以爲無他，俄從第一。僥倖至此，稱塞若何！此蓋伏遇司諫執事，貌粹骨奇，神清氣勁；學傳正派，以百聖爲準繩；文擅古風，以兩漢爲機杼；鼓行場屋而無其對，驚動縉紳而爲之先。豈止嘉猷足善王邸，遂膺睿眷以備諫工。知無不言，成非所計。海内人物，固自如林，古來忠誠，亦應有數。牽連咸在，汲引而來。識別分明，不慮人心之異；諸凡魁壘，亦惟門下之歸。上誠得人，公必知我。

謝楊解元啓

決得失於數人之目，有命者類能得之；同毁譽於萬口之辭，懷才者始克稱此。睠一時之偶幸，矧群議之喟然。感惠有繇，撫躬知愧。竊以求賢而下間歲之詔，國有常經；糊名而收一日之長，士多苟得。立制莫踰於今密，得人無復於古如。蓋昔者相知以心，此心達而此士至；而後世相持以法，一法立而一弊生。程度愈謹而豪傑之氣賤以拘，禁防益密而曠達之人遺其辱。顧積弊之至此，豈創法之所期？故廟朝徒嘆於乏才，而川澤豈聞於遺士！雖十九之乖意，庶千一之有人。

如某者才本不羈，譽俄過實。雖本諸公之浪聽，卒爲十目之不容。蓋才者争之端，據其端而争日至；而名者忌之府，趨其府而忌群興。人其奈何，天亦隨罰。憂患百罹而未艾，驚惶萬狀而莫支。既榮辱之兩忘，亦得喪之一致。一若龍而一若虎，習且不能；呼我馬而呼我牛，惟其所謂。已分息心於世故，豈期獲玷於賢書。顧脱俗之無階，謾隨人而求舉。望不及此，得之若驚。此蓋伏遇判府先生，以恢廓之資，充碩大之學。百年忠骨，尚覩慷慨之遺；奕世義門，猶識薰陶之自。清望驟膺於聖眷，長才或聳於朝班。入爲持槖之華，出擁分符之重。獄訟日簡，教化浸行。致此無庸，亦叨首薦。某敢不勉其不逮，聽以無心。瓦注者巧而金注者惛，本何所繫；適矢復沓而方矢復寓，庶造其精。

答陳知丞啓

講聞高誼，常恐無因；墜貺長牋，如見所畏。雖鳴謙之過厚，然視履以良勞。拜此不堪，却則焉敢！敬惟知丞中大：世德之厚，天資之純。少小驅馳，寧憚勞於州縣；老成淡泊，肯徼福於公侯？徒以常心，安夫久次。平易近民之政，習熟見聞；忠信報上之誠，周旋啓處。猶懷晚進，及識前修。柳下惠之不卑小官，孔文子之不恥下問，總是而往，行之亦宜。

某涉世多艱，謀身大拙。塗窮甚矣，莫知轉動之方；事變突然，殆出意料之表。本非常法，徒立下風。以之爲賢，則何所取裁？以之視民，則幾於甚墮。置之勿問，雖公事而掉頭；示以無他，付俗緣於掩耳。豈徒報謝，爲是稽遲。過此以還，未知所措。

送陳給事去國啓

伏審抗章得請，完節言還，頹俗稱高，善類太息。竊以君臣本乎一體，去就自爲兩端。苟決意以爲高，則雖留而奚補？股肱衛首，本不相知；心膂去身，宜非所樂。念之久矣，未如之何。謂微臣以罪而當行，庶明主動心而一鑒。尚期有卒，何敢自安；睠此設心，無非體國。然用捨之際，休戚所關。嗟元氣之日傷，而良醫之遽去。中夜起立，不勝惓惓之懷；明日遂行，徒重摇摇之望。敬惟某官：才全而粹，氣毅以洪；風骨奇龐，可任大事；精神端重，厥有沈幾；屹爲老成，以壯吾國。頃方當路，某固鄉風，未能自處於無嫌，是以小遲而未見。百念俱冷，事忽動其隱憂；數語自通，分遂忘於僭率〔一〕。

校勘記

〔一〕『率』原作『師』，據清同治本改。

賀周丞相啓

屬者廷有大號，相則真儒，天人知歸，夷夏咸聳，緬惟慶慰。厥有英略，乃佐興王。至於守文之君，必也持重之相。兩適相求而相遇，一皆入細以入麄。洪惟本朝，獨異前古。苟在此位，無非以儒。盡取六經之空言，發於一代之實用。人才高下，固亦多端；聖道始終，長繇一日。此三代之所以盛，而兩漢之未能純。雖使間世而生，何異比肩而立！敬惟大丞相國公：萬夫之特，四國所瞻。長江大河，足以流轉墨客；光風霽月，足以蕩漾英游。用德宇之老成，易辭場之後發。舊人誰在，莫與同升；華貫遍儀，始膺爰立。歷數紹興渡江以後，敢忘建隆立國之初！淵源可推，聿先游夏；指揮苟定，不數蕭曹。國有人焉，天所命者。某登門雖久，參乘莫勝。心知累卵之甚危，技至屠龍而何用！不圖歲晚，遂際經綸；寧問時宜，悉垂覆蓋。

賀洪景盧除内翰啓

伏審進東觀之成書，拜北門之真命。當爲此官久矣，或進用於下陳；顧乃於今得之，爰屹成於舊德。治朝舉此，公論翕然。竊以周置内史之官，漢重尚書之選。政事考以法令之貳，中外應以義理之文。責重望高，有四方册命之掌；職親地密，皆一人聽治之餘。或廢或興，有因有革。翰苑起於唐室，而官制崇於本朝。匪曰私人，是爲内相。玉堂夜直，動則詔王；寢殿朝參，退而視草。以謀王體，以壯國經。維時老成，作我心膂。敬惟侍講修史内翰：襟期洒落，風度粹夷。道德文章，足以宗師一世；器能政理，足以度越群工。羽儀廟朝，翱翔禁路。百年舊事，勒成大典以無遺；千古陳編，孰謂聖傳之可祕！蔚從人望，簡在帝心。睠一難之迭居，宜一妙之獨殿。因嘗拜假，就使爲真。眷意方隆，登庸所屬。嘉言善話，固已久沃於聖聰；至公血誠，行且獨開於天步。盡述舊觀，足慰具瞻。某獲從門屏之游，親睹衣冠之盛：一命再命，循牆而恭；特書大書，秉筆以俟。謹再拜遣一介奉啟事，詣階墀投納，伏惟台慈，特賜鑒念。

謝王丞相啓

謗如蝟磔，莫尋解免之端；命若鴻毛，敢覬生全之幸！非丞相獨主公道於上，則廷尉未爲天下之平。卒以微生，自歸洪造。伏念某性固小異，命亦多奇。縱居不擇鄉，豈爲惡人之道地；使行或由徑，寧通小吏之金錢？不察以世俗之常情，敢望以君子之大道！吏文雜治，第知鍛鍊之無端；口語橫生，當信吠聲之可畏。所幸聖賢之在上，不使煢獨之向隅。雖木索加焉，失明哲保身之術；然杖笞免矣，皆昭臨及物之功。還其無罪之軀，長我有道之國。此蓋伏遇大丞相國公：兩朝耆德，間世偉人。小物克勤，率以畢公之正；一夫不獲，曰惟伊尹之辜。欲民無冤，繫國有政。辭雖自列，每嗟獄吏之爲尊；士不足云，亦使大夫之知免。雖微欲報之所，尚期未死以前。

謝留丞相啓

兵莫憯於志，《春秋》所以嚴首惡之誅；物不得其平，法令所以求顯狀之著。厥或司存之疑貳，則頌廟論之平章。小人覬其可欺，微軀恃以無恐。敢言偶幸，實賴生全。竊以有萬不同，合民命而爲國命；殺一無罪，損王心以違天心。曾是細微之災，終累久長之福。苟其有少或似，所當明辯於十日之嚴；至於了不相干，寧肯依違於衆口之鑠！判然生死之異道，由此是非之大明。伏念某暗於自知，甘於受謗，屬饜而已，誦説云乎！推平生志念之無他，欲尊主庇民而未可；嗟晚歲口語之可畏，謂殺人伏法以何疑。不圖事狀之曒然，猶待詔獄而後定。風波洶湧，尚餘勢之未平；日月照臨，幸容光之無蔽。使不及此，其將若何！此蓋伏遇大丞相少保國公：弼亮兩朝，仰成元老，不以紛紜爲喜怒，不以疑似定刑誅。通一身無非至公，豈待仁聲之達；與四海同茲大慶，共觀生道之施。朝無失刑，人有定嚮。恥當吾世成大夫可去之機，尚使爾民信君子必歸之恕。事非小補，會適洪私。不勞有力之呼，無復向隅之泣。自頂至踵，橫嘉惠於不貲；鏤骨銘肌，悵餘年之無幾！

謝葛知院啓

人小有才，未知死所；世皆欲殺，要豈公心！惟愛士出於至誠，則恤刑視其大體。門牆舊物，螻蟻微生，嗚其積冤，納之洪造。伏念某少時跌宕，久遂闊踈。學劍何止不成，徒存逸想；讀書非求甚解，第采高標。謾曰古心，不入俗眼。既置身於無用，宜取禍以難明。下流而致縉紳之見推，從何自取？窮居而使衣食之粗足，似若無因。謂其豪强，處以任俠。加虛謗於實事，人信語於疑心。内揣甚安，譽不爲喜而毀不爲沮；外傳大甚，惡欲其死而愛欲其生。醖在平時，合成奇禍。重以當塗之立意，加之衆怨之鑿空。人與千金，未能半信；家置一喙，猶有後言。遂煩詔獄之興，允謂事情之審。不勝讒者，尚及今兹。非廟論之至平，蓋殘生之永已。此蓋伏遇知院相公：以絶人之量，涵蓋世之英；闔闢往來，歸之無事；是非好惡，泯於不争。方其爲韋布之時，固已有公輔之器。較藝軼出，肯矜衒於己能；奕世嗣興，況踐更於時變。收天下之小以爲大，合人情之異以爲同。敭歷班行，從容廊廟。饑溺關於禹稷，指揮定於蕭曹。對衆一言，群吏聳聞而加審；從旁四顧，同列熟視以生嗟。興言有識之知幾，安得無故而殺士？爲國遠慮，欲民無冤。當二三大臣之同心，何往非福；使億萬斯年之受祐，有慶惟刑！

謝胡參政啓

並建豪英，獲際不冤之世；苟全性命，頗思當痛之時。雖以自憐，敢不知幸！伏念某立志雖廣，受才則踈。少不如人，所向牆壁；老之將至，乃罣網羅。苟有一跡之可疑，豈逃十目之所指！自嗟命薄，適值途窮。一口傳虚，繫路人而爲罪；三年置對，任獄吏之便文。不思訟者之謂誰，但使仇人之逞志。鞫之又鞫，疑於無疑。殺一不幸，懼損奕世無疆之福；凡百君子，易生私憂過計之心。欲究盡於物情，終上干於廟論。此蓋伏遇參政相公：爲國遠慮，作時孚先。稱物平施，出一代經綸之手；議獄緩死，佐九重斷制之仁；欲使民瞑目以無言，必自我平心而取決。拾一生於九死，寧勿藥無妄之災；付萬事於大公，豈施恩不報之所！有來私謝，未泯常情。

謝陳同知啓

鹿非產於庖厨，繫惟其命；盆豈干於日月，戴掩其明。嗟哉平人，有此奇禍！肯茹冤於聖世，必白事於群公。卒以微生，自歸洪造。敢緣雅故，妄出等夷！伏念某少覽古書，恐遂流於無用；晚更世故，始漸見於難通。豈求田問舍之是專，亦閉門造車之可驗。一毫以上，通緩急於里閭；終歲之間，僅飽煖其妻子。怨之所在，明者不知。苟有邪心，雖路人亦甘於就縶；至遭毒手，蓋坐客盡知其爲冤。第以當路之見憎，况復旁觀之共謗。怨家白撰於其外，獄吏文致於其中。儼然凶人，無一可免；置之詔獄，凡百謂何！詰其來繇，可爲驚駭。逮風波之既定，亦事狀之曒然。多取天地之虚名，所宜受罰；猶有鬼神之明證，終賴持平。國有人焉，事無冤者。此蓋伏遇樞密相公：英姿不世，學力絶人。無遺憾於天，不求同於俗。古心古貌，讀前輩未見之書；先覺先知，得累聖不傳之學。雖泊然於世念，豈得已於時須！刑名度數之諸家，源流具涉；規矩準繩之大器，本末兼通。以典民彝，以斷國論。方求萬事之合律，不忍一夫之納溝。疇昔少年，許其託契；晚節末路，不啻如新。豈敢以冤而自言，固已無簡而不聽。

恍如一夢，盡忘井邑之故吾；願以餘年，自附門牆之小物。

謝羅尚書啓

自頂至踵，横嘉惠於諸公；與口誓心，指殘生於再世。雖施恩不求其報，而顧義必知所歸。自慚奇蹇之蹤，倍費生全之力。伏念某暗於涉世，拙於謀身。直情徑行，視毁譽如風而不恤；跋前疐後，方進退惟谷以堪驚。向也路人，俄而重辟。睠木索之皆具，寧髮膚之可全！苟以疑似殘其軀，豈敢爲當塗而自愛；至於羅織勦其命，亦恐成聖世之失刑。竟不奈於人言，爰特興於詔獄。半毫以上，皆鑿空無據之詞；十目之間，有左驗甚明之實。平心以察兩造，低首而聽一成。獄情既真，物論惟允。死生異道，天地鬼神之鑒臨；骨肉成圍，父子夫婦之感泣。事係皋陶之種德，心知伯夷之折民。申其天休，長我王國。此蓋伏遇修史侍講判部尚書：英姿不世，偉度自天。方爲布衣，固已有當世之志；及持從橐，莫不惟大賢之歸。内韜駿發之才，蔚負老成之望。青天白日，有是清明；霽月光風，終然洒落。軫一夫納溝之念，操萬事入律之權。小用經綸，大有關繫。敢以平生之雅故，用爲緩急之據依。恭值仁心，遂張公道。怵惕惻隱，知納交要譽之皆非；踣斃沈埋，豈繁言蔓詞之爲瀆！僅賒九死，莫報萬分。

謝汪侍郎啓

孝敬之道素虧，罹親非罪；營救之誠不至，有枉莫伸。咎皆自貽，情將誰恤！何足以關君子之念，不期而逢執法之平。一飯團欒，餘生感幸。永惟天地之大義，莫先父子之至情。不可解於心，與生俱出而與死俱入；敢有愛其力，無高不即而無幽不求。當其處倉皇急迫之中，不暇顧是非利害之實。開口而自道説，非以爲誇；逢人而輒號呼，庶其或遇。總是可憐之狀，出於欲脱之心。誠不形焉，人誰念者！伏惟某官：經綸獨任，明允自將。當赤子入井之時，有烏獲挽綆之力。惻然拯溺，夫豈爲人；顧此久淪，乃爾幸會。戴天履地，獲自附人子之中；分死得生，無非拜大賢之賜。不知報德之何所，但覺拊心而自憐。痛定之餘，涕下而已。

謝梁侍郎啓

法如江河，使之易避；人其金玉，是以無瑕。安有皦而易見之情，乃成久而不決之獄？牽連就逮，號泣求伸；世豈無冤，自嗟太甚！伏念某身名不競，時命皆非；豪於里閭，所得寧幾！迫於妻子，無策自資。孰爲龍斷之登，羞作墦間之乞。推平生之作計，擇禍欲輕；及晚歲之多艱，轉身無所。重以當塗之切齒，加之群小之鑿空。衆口莫調，但承虚而接響；十目共覩，嘆因誤以成訛。昭然行道之夫，徒爾迫人於險。制獄之設，貴得其平；事情之孚，無過於實。天地鬼神之具在，死生禍福之遂分。此蓋伏遇判部侍郎：以君子長者之用心，識前輩大人之行事。有寬無猛，治體所關；惟恕故平，吏師之表。蓋張廷尉之多忤，兼徐司刑之所難。肯使要人，自行私意！無簡不聽，尚懼凡民之有辭；以法爲公，寧敢殺士而無故！式長王國，具嚴天威。尚以餘年，拭目鈞陶之盛；誓之再世，拊心報効之期。

謝陳侍郎啓

德邁丘山，人非土石，不敢淺量君子之識，而竟失事大夫之恭。罪則奚逃，心猶可見。竊以遇人於險，必動其心；出己之恩，何嫌於謝！此不易之常理，未有知其由來。激者爲之，動輒過甚。越石求晏子而未已，叔向置祁老而自朝。第知效顰，不悟成拙。言念昔者，皇皇何以爲心；所謂伊人，望望若將浼我。五年之屈，一日而伸。徒費號呼，竟繇幸會。此蓋伏遇某官：置身於繩準之內，臨民有父母之心。寧失不經，忍視向隅之泣；以其所愛，曾微識面之嫌。借其力於一言，活人父於九死。捐軀未足爲報，況一至門；執筆不知所云，抑萬無地。

謝鄭侍郎啓

文致詆欺之法，久矣不行；生死肉骨之恩，今焉創見。事實關於國體，道允愜於人心。曾是餘年，無非大造。伏念某少嘗有志於當世，晚乃自安於一廛。身名俱沈，置而不論；衣食纔足，示以無求。人真謂其有餘，心固疑其克取。而况奴僕射日生之利，子弟爲歲晏之謀。怨有所歸，謂可從於勿恤；内常無歉，豈自意其難明！俄而積世之冤，端若從天而下。塗人相殺，罪及異鄉；當路見憎，勘從旁郡。恟恟之勢可畏，炎炎之焰若何！一死一生，足累久長之福；十目十手，具知來歷之非。莫弭人言，爰興詔獄。是非錯出，真僞相淆。不以大公而並觀，孰從衆證而細考？附法以殺，雖百喙以何言；出意而行，恐單詞而無據。念天下之有冤士，蓋古人之所用心。坦然周道之平，翕若漢庭之允。悉歸繩尺，猶有鬼神。此蓋伏遇判部侍郎：以獨見之明，持甚平之論。學期聖祕，肯姑徇於俗傳；心與天通，寧曲從於世好？正色不撓，以法自將。念曾子之慨然，昔聞斯勇；使宣尼而尚在，今見其剛。純意國家，不遺微小。拯匹夫於焚溺，懼損萬分；辨大事於從容，可觀一節。彌綸妙手，經濟長才。古道今時，合爲全體；正人端士，朗在下風。萃之微軀，昭厥來世。闔門六十口，分無免矣之期；行法二百年，未有若斯之懿。自今以始，制命知歸。

謝曾察院啓

上下交攻，命危絲髮；是非隨定，恩重丘山。不欲凡民之有冤，肯使殺士而無故？公論所在，善類知歸。伏念某本無他長，恥居人下。常想英豪之行事，隨乃塵凡；頗識聖賢之用心，雜之泥滓。宜身名之不競，謾衣食之是謀。志念不出里閭，下流多謗；姓字何干朝著，厚禄誤人。合成悔尤，莫可湔洗。雖明知其非罪，孰肯昌言；但陰覬於加憐，翻成私禱。第有途窮之哭，俄逢陽長之亨。此蓋伏遇察院執事：挺然英果篤實之資，輔以正大淵源之學。嚴於律己，出而見之事功；心乎愛民，動必關夫治道。抱規矩準繩之大器，愛毫髮絲粟之小才。取諸深溝，置之平地。扶植正義，以協天心；審克詳刑，以壽國脈。翻然風動，成此巖瞻。豈以螻蟻之微生，不關念慮；終然天地之一命，永感私恩。

謝何正言啓

肅此臺綱，無非體國；求其情實，要豈容心。方物論之正勝，匪詔獄而莫定。持平以聽，惟是之歸；死則匪伊，活之造次。伏念某徒有凌高厲空之志，本無應時適用之才。同故舊之戚休，乃名『任俠』；通里閭之緩急，見謂『豪强』。欲爲飽暖之謀，自速摧殘之禍。謗出事情之外，百喙莫明；變生意料之餘，三肱并折。友朋私憂其身後，兒女環泣於生前。吾道非邪？一窮至此！男兒死爾，正命謂何！臺評欲付之大公，天定竟還於無事。國是所繫，恩私有歸。此蓋伏遇正言執事：挺特性資，屹然山立；優游心事，湛若鏡平。盡洗偏阿，具知情僞。舉一世之端人正士，莫之或先；合二百年之忠言嘉謨，於斯並建。故雖小小，亦使昭昭。况螻蟻之微生，係天地之一命。苟私意皆可致人於死，則聖朝容有倚法之威！欲民無冤，爲國遠慮。周道有小人之視，各使適平；漢網無吏治之姦，本非過察。悵餘年之何用，合四體以爲公。

復吴氏定婚啓

天所作配，固非偶然；人各有心，未易相向。衆以爲可，誰其敢違！伏承某人從容庠序之間，英聲如許；而某小女子跧伏閨門之内，女訓謂何。豈不願爲之有家，寧敢自詭於得士。有朋友之詔，遂成佳好於斯；將幣帛而來，亦修故事而已。凌兢承命，倉卒何辭！有少答儀，具如别楮。

陳亮集卷之二十七

書

與周參政葵

僕愚不肖，百罔一有，顧嘗習爲文字，用以獲知於門下。自惟無以報稱，每思求天下之賢士，致之於公門，使本朝諸公不得擅美於前，斯亦僕區區報稱萬一之心也。故向者輒誦其所知，而執事未辱留念：，敢復拔其尤者而論之。

左宣教郎胡權，研六經之旨要，得聖人之心傳，持身端方，俯仰無愧。若置之講勸之地，當有以增助君德。

左文林郎王衜，强學力行，內嚴外順，通究民情之利病，明於事體之是非。若置之論議之地，當有以資補時政。

左朝奉郎葉衡、右迪功郎孫伯虎，文章清古，議論正當，臨機明敏，蒞政公方，化頑猾而有條，處劇煩而不亂。衡見知臨安之於潛，百姓未嘗有翻詞至府，一境之內，風化肅然。伯虎尉婺之永康，民有詞訟，皆請於州，願決之於尉；及攝邑事，民相戒無以曲事至縣。此皆衆耳目之所共知，非僕敢爲過言。若置之繁難之地，必能隨機處置，井井有理。

凡兹四人，皆當今人材中可以一二數者也。執事儻論薦之於朝，天下將翕然以爲得人。苟一口以爲不然，僕亦當得誅絶於門下。

今醜虜未滅，邊防尚擾，財匱兵乏，士怨民離。執事方當大政，宜日夜搜求人才，致之於朝，以共辦兹事。倘曰『京局未有闕員，姑爲後圖』，日復一日，而事去矣。雖伊吕更生，亦何救哉！區區之心，如此而已。伏惟鈞慈，特加財察。

與王丞相淮

亮竊惟大丞相首秉國鈞，士之歸心門下者，豈但誠服德誼，要亦不能無利於其間。天下之士，其無求於世者固少，而吾之權又足以奔走天下之人，則其勢固然也。獨亮之於門下，心悦誠服而未嘗自言，丞相亦不得而知之。歲杪嘗欲略布誠悃，而迫歸倉卒，又成自外。入春以來，貧病交攻，更無一日好況，雖欲拜一書以叙其本末，亦復因循。私切自念：嚮者丞相於客退之後，促膝而命之坐，使得款語良久，且憂其無用於時，欲使得一試，恩意懇懇，雖父兄之於子弟不是過也。亮而自外於門下，是曾犬馬之不若。故嘗願自獻其愚忠，惟丞相審聽之。

聖上天日之表，本非苟安於無事，而又英明夐絶古今。前後任相，非一人矣，蓋亦有所甚屬意者，而倚權以行其私，上亦終厭之。獨丞相布誠心，開公道，進退則采之輿論，廢置則付之準繩。事上之日久，而上亦察其無他也，故確然信用而不疑，久任而不拔。章聖皇帝所謂『王旦事朕之日久，而朕亦察之熟矣，卿等有事但與王旦商量』。故在中書十四五年，而上不以爲疑，下不以爲過。丞相今日真有祖風矣。甚盛甚休，非餘人所可望其閫域也。

亮獨有所甚憂者，秦丞相主和，薰炙天地，身享不過十五年，又六年而和敗，通止二十一年耳。近者乙酉、丙戌之和，本非有一定之計，而今亦二十一年矣。此其勢恐不能久也。南北分裂，於今六十年，此天數之當復也。阿骨打之興，於今近八十年，正胡運之當衰也。天下一統，猶不能以五六十年無事，於其間必有水旱、盗賊乘時竊發之變。况南北之勢而欲三十年苟安，蓋亦甚難矣。天下無事，上之所以信任宰相者，他人所不得而間也。一旦緩急，丞相能保上之終任我乎？奉身而退，在丞相本非難事，然平時之觖望於我者，能保其不以我爲奇貨乎？無事則我享其福，有事則人當其難，此又非丞相之素心也。抱不哭之孩兒則當之而不辭，肩千鈞之重負則赧然而自退，此又丞相之所當耻也。

亦嘗以區區管見窺測聖意，緩急之所用，决非今日之所用也。一輩無賴，平居大言以誑人，交結以自鬻，蓋亦有許其真能辦事者，上安得不疑其可用乎？布之邊徼，付之繁劇，人亦往往指目之矣；異時誤國，識者當議丞相之不早計也。丞相今日縱未能盡收召天下之人才，當一一知其姓名，某人可當何任，某人可辦何事。四方之將帥，當一一察其能否，某人可當一面，某人可臨一陣。邊陲之急慢，糧草之虛實，兵卒之强弱，城壁之堅脆，歷然在目，朗然在心。一旦緩急，則從容爲上言之，使上有知人未盡之嘆，天下有事故難量之諺，雖其號有才力者，亦固在吾驅使間耳。一輩無賴不得群起而誤國，其爲天下國家之福，豈淺淺哉！丞相雖長秉國鈞，公論當不以爲過。范文正公所謂『身安而後國家可保』者，於丞相見之矣。願丞相詳入思慮，以幸斯世，非亮一人之私言也。丞相苟以爲然，則亮又將有裨千慮之一得者，繼此以進。

亮向嘗言葉適之文學與其爲人，此衆所共知，丞相亦嘗首肯之矣。此人極有思慮，又心事和平，不肯隨時翻覆，既有時名，又取甲科。今一任回，改官，於格例極易拈掇，丞相若拔擢而用之，必將有爲報效者。但秀才要索事分，若使之隨例久候於逆旅，恐非其所能。今已餘兩月，丞相若於半月間那輟一差遣與之，徐議拔擢，亦無不可。薛叔似文學雖不及適，然識慮精密，心事和平，蓋亦不減。向因面對，上亦意其可用，丞相蓋已將順上意矣。若併收此人，更與一遷，而適代之，上必不以爲難。是丞相一舉而得兩士，亦足以厭滿天下之公論。亮當以五十口保任其終始可信也。其次如陳謙之文學識慮，施邁之心事和平，亦不宜久在掌故。亮固願使多士盡出門下，豈敢以一時之私，妄有所論薦，此亦效忠之一事也。事之所當言、心之所欲言者無限，今直未敢縷縷耳。丞相苟察其忠誠，則我決不敢於此遂已。惓惓之心，伏冀鈞恕，幸甚，幸甚！

與韓無咎尚書

亮獲從一世士君子游，獨不識尚書，豈非大闕！不徒以民事太守，於分不應僭干典謁，忽若無因而遭按劍，則其羞又有甚焉。貴貴尊賢之心人誰無之，持其説而兩不相值，迹涉疏慢，固其勢也。然區區尊慕之誠，昭如白日。往者友人劉仲光嘗欲作啓以自通，方口吻悲鳴之際，亮奪其筆而爲之，曰：『吾以泄吾意耳。』友朋無間，竟用以達於下執事。尚書試取而觀之，此豈屬吏應用備禮、以求免罪於記曹而謾爲之者乎？今者尚書見亮城中故舊，輒爲齒及姓名，若將進而教之者，無乃有以得其心乎？亦但疑其久不來見乎？是以冒昧請謁；而尚書撫存教載若素出門下者，幸甚過望。

亮少以狂豪馳驟諸公間，旋又修飾語言，誑人以求知。諸君子晚又教以道德性命，非不屈折求合，然終不近也。如亮所聞，則又有異焉。會亮涉歷家難，窮愁困頓，零丁孤苦，皆世人耳目之所未及嘗者。不幸十餘年之間，大父母、父母相繼下世，是以百念灰冷，不復與士齒。今但與妻孥併力耕桑以圖温飽，雖書册亦已一切棄去，况更能修飾語言，作少年塗抹事乎！嘗記歐陽文忠公與黄夢升劇談盡歡，求其文，終不肯出。夢升之言曰：『吾已諱之矣。窮達有命，非世人不知我，我羞道於世人也。』亮今者不幸似之；然縱談及此，亦竊有感焉。

本朝二百年之間，學問文章，政事術業，各有家法，其本末源流，班班可考。於兩漢無所不及，而或過之。前輩遞相授受，厥有準繩；渡江諸賢收拾遺餘，無所墜失。不幸三四十年之間，廢置不講，後生小子不獲聞前輩緒論，皆以爲天下安有定法，各出意見，自立尺度，惟平者爲合律，奇者爲出倫耳。豈不悲哉！豈不痛哉！合渡江諸賢所聞，而又浩然自得於其間者，於今惟尚書一人。亮雖不言，尚書固自知之。如亮豈不願從之學，顧筋力念慮已如此，恐不復堪錐鑪耳。鄙文數篇，輒溷崇視，祇以致尊慕之誠。子師尚書告以尚書欲見其《送徐知縣序》，亦附見於後，因以問「於渡江諸賢之論亦或有合否」？不然，亦將得其所以不合者。至於託文以覬一日之知，則亮也何敢！雖天實鑒臨之，然其迹已如泥中之鬬獸，進退皆可以一笑也。

七八月之交，尚書既許其賜頃刻之閒，縱談忘勢，或至於古之聖賢豪傑所以陰扶天下之大勢，轉移天下之大機，抗人謨，立天命，於《易》之所謂「與時偕行」者，或能出其所見，以裨經綸之萬一。喪失所守之罪，獨亮自當之耳。干溷死罪。

與徐大諫良能

亮聞之，天下有二道：其一分也，其一義也。亮也不守爲士之分，切願有謁於門下者，抑將以行其義云爾。義行，則分立矣。天子設學校於行都，使之群居切磨，朝暮講究，斥百家之異説而不以爲誕，言當今之利害而不以爲狂，所以養成其才而充其氣也。往者朝廷舉事，公論一不叶則諸生群起而獻其忠，雖天子爲之動容而不深罪也。今也不然。獨亮自以生長明公之里中，又嘗拜伏門下，不可謂無一日之雅，則於明公之舉動，烏能漫不經意於其間？於是而有言焉，非特以行其義也，亦分也。伏惟明公試幸聽之。

伏見朝廷由閤門之官而遷一執政，公論沸騰：上者，獻其忠於天子，自忘其力之不逮；其次，類欲以病引去，若前臨汚渠，反身疾走，惟恐其汚；又其次，則口不敢言而腹非之；以至將校卒伍，閭巷小民，無問識與不識，意洶洶不自安，肆言無忌，不虞誅殛之隨後。夫豈閤門之官一一結怨而至此哉！信公論之所在，天實臨之，不期合而自合，雖欲已其言而不可得也。

恭惟聖上方鋭意圖洒國家五十年之深耻，所恃以進者獨人心耳。人心之所在，聖上翻然從之而不以爲難，顧恐未能以盡知耳。今也上而士大夫不以爲然，無以慰之則失其心矣；下而軍民不以爲然，無以慰之則失其心矣。恢復之初，而使士大夫不得自盡，軍民至於解體，此固姦雄之所竊笑，而仇讎欲幸其然而不可得者也。朝廷舉動，豈宜至此！

方聖上之爲此舉也，亦將合文武爲一塗，惟才是用，浮議之不恤云耳。自今觀之，本無戰多，亦無將略，不可謂武；小謹自媚，小勞自鬻，不得謂才；拔近日之茅，蔓戚里之草，累聖主之德，沮中外之氣，而通國皆以爲不然，不得爲浮議。亮以爲聖上直未盡知爾。今殿院李公既以公議而達諸上，明公起而成之，猶反掌爾。以明公之諳於世故，豈不及此？而猶遲遲未即發者，欲求事之萬全也。萬一明公未言而聖上感悟，不顧反汗之小嫌而欲塞沸騰之公議，罷去其人，而問當言而不言者，明公心雖不然，而何以自明？就使聖眷方隆，置而不問，世之狷直之士必有不察明公之心者，明公雖欲自恕而不可得。此亮所以反覆爲明公念之而不能自已也。明公無嫌發於他人而我則後之。以利而言，則千人逐鹿，先發者爲功乎？後獲者爲功乎？利非明公之所欲聞也。以吾之一身而置諸天地萬物之間，何者爲彼，何者爲我，何者爲先，何者爲後，要以無慊諸其心而忠於國家爾。夫以聖上之仁明英武，必不肯以一閤門之故而違通國之心也審矣；明公之忠誠通練，必不肯愛一日之力而受夫當言不言之責也亦審矣。然陳曲逆之端居深念，非陸賈無以發之，此亮所以薦其區區而無疑也。

夫陰陽之氣，闔闢往來，間不容息。建亥之月，六陰並進，宜於無陽矣，而昔人謂之陽月者，陽運於其間而不知也。子一建而一陽遽出，而爲群陰之主，此天地盈虚消息之理，陽極必陰，陰極必陽，迭相爲主而不可窮也。明公察之天行，參之人事，則今日之議必有處乎此矣。亮之所爲薦區區於門下者，以爲天下無萬全之事，求全者未必全，不求全者未必不全也。

亮也昔常奉教於君子矣。進不敢爲甚訐之言，必求罪以取名；退不敢萌自私之心，欲覬幸以避罪。隱諸吾心而不安，驗之公論而有證，揆之鄉曲之義而不能以自已。幸而蒙聽，不幸而斥絶之，一歸諸命而聽諸明公。亮豈敢有所取、有所避於其間哉！

與章德茂侍郎四

秋中參謁，政以拜違台光踰半年，冀以釋崇仰之懷，且慶禁林之拜爲兩地之驗。區區承教之心本不淺，乃以妻弟之撓，早夜不得安，以此遂失其始圖。且煩台慈講過厚之禮，而不得終享台意，負負何言！ 忽忽告違，又踰一月，西望台閎，第劇耿耿。

侍郎開豁亮直，足以起士氣；高明宏遠，足以壯天朝。此輿論之所共歸，不獨遊從之私也。主上有北向爭天下之志，而群臣不足以望清光，使此恨磊磈而未釋，庸非天下士之恥乎！世之知此恥者少矣。願侍郎爲君父自厚，爲四海自振，使已棄無用之人時得一見，時通一書，發胸中之掃滅未盡者，豈不幸甚！

又書

亮歲之二日扶病東渡，諸弟接之江頭，相與攜手而歸。一庶弟竟染病以死，亮亦轗軻一月而能復常。又妻孥更番病，意緒惘惘，殆不知身世之足賴也。入夏脚氣殊作梗，貧病相尋，天於不肖亦云慘矣。尺紙不復到門下，非敢慢也，勢固至此。惟是山斗崇仰之心，與日俱積而不自禁。方圖拜書，乃辱八月一日所賜台翰，捧讀再四，惶恐無地。雖大賢君子所以加辱於不肖者甚厚而不替，至於遂成先施，則不肖之惰亦甚矣。

鄉間大旱，家間所收不及二分。歲食米四百石，只得二百石，尚欠其半，逐旋補湊，不勝其苦。主上焦勞憂畏，仰格天心，使旱不爲大災，此皆一人獨運之力而非盡求助也。垂象之異，村落中無從知之。渡江安靜且六十年，辛巳之變，行三十年，和議再成又二十三年。老秦掀天撲地，只享十六年之安，通不過二十二年。今者文恬武熙，宜若可爲安静之計，揆之時變，恐勞聖賢之馳騖矣，不待天告而後知也。

侍郎英雄磊落，不獨班行第一，於今大抵罕其比矣。心之耿耿，每欲與侍郎劇談一番，而坐有他客，欲吐輒止。屠龍之技，雖成何用！侵尋暮景，行將抱之以死矣。元晦得江西憲，恐未必能出也。近有一詞爲渠壽，陳君舉亦有一詩見壽，併録以付一笑。又有《好事近》四闋，謂可爲畫贊，試評之如何？亮不識岳降之辰，欲作一詞不能也。亮十月八日入都，首得參覲，以究其所欲言而未能言者，尚冀台照。

又書

亮拜違台光，未嘗如此久；不拜起居狀，亦未嘗如此久。禍患奔走流離中，此心傾注惟門下而已。非不欲告急，正恐危疑之蹤，重以相累；兼當路作意欲殺之，亦恐非片言所可解，徒勞台念，故一切憫然不言。最是八月二十三日，正囚繫囹圄中，忘其項上及手中之爲何物，却倒在匣床，猶欲牽綴小詞以舒祈祝千秋之意。雖牢落困頓，終不能成，亦無奈是耿耿者何。一年遂成闊疏，正以此耳。承局以元日到龍窟，伏辱台翰，甚寵。貶損道德，軒豁心事，如亮何以辱此！已經新元，緬惟旌纛所至，百神呵衛，台候動止萬福。

聞遂徙鎮荆南，豈以留都重地，猶受朝廷成畫以行，而上流之重，刷洗展拓，一以付之帥臣，非門下無以遥當天意邪！向見王公明、葉夢錫，具言：『荆南非他比，形勢地利須人以爲重。義勇八千，禁衛諸軍不能過。』開府之初，旗幟營壘雖無所變更，門下一號令之，氣象精明，便當與昔人不異矣。所恨相去愈遠，又方禁錮於斯世，有其心而無其事，有其事而無其時，窮達異路，合并之日終難耳。

朱元晦、辛幼安相念甚至，無時不相聞。各家年齡衰暮，前程大概已可知。古語所謂『癡人自相惜』，自今言之，要亦不妄。門下方爲公朝所眷倚，善類所屬望，手頭做得，脚力行得，及今强健，展布四體，爲異日青史一段話説，不但不辜天寵而已。亮乃事尚墮危機，且看料理如何收煞。無繇面叙，臨染不任依黯！

又書

敬惟侍郎以西州之英，負一世之望，漢廷諸公莫之敢先，遂膺天寵，遠持從橐。於今東西二府，非公莫宜。聖上方欲發揚壽皇北向之志，借公風采於留都，以震動中州，上流須人，則又奉命而馳。東西歘歷，無所擇於天地之間，心事落落，固應隨時而見也。如亮已爲天所擯棄，而門下獨提拂獎與，如世間不可少之人。雖荷眷私之隆，祇以重其罪耳。黄范二公，一見如舊交，得非門下詵之太過而至此乎！范於亮尤不遺餘力。世既有望而惡之者，則必有望而喜之者，此乃所謂對待法，而亮遭之特分明。鄉閭豈可復居，京口亦恐惹人閑話。今只當買一小業於彼，却於垂虹之傍買數間茅屋，時以扁舟尋范、張、陸輩於松吴江上，以終殘年。其他一筆勾斷，不復作念矣。張定叟拯拔其禍患尤力，而事乖人意，薄命所招，無可言者。

君舉、象先皆將漕，而徐子宜又持畿内小節，正則亦得淮郡近闕。飽飯以及妻子，而行些小志念以及物，正自不惡。天運人事，看到那裏，亦非一手一足之所能及也。過武昌必須與象先、元善小款，吾人要一聚首，良不易得。舊部當尊之人，相馬不失之瘦，采葑采菲取節焉，誠有使人不能忘懷者。玉色正不足論，向見其歌門下偉詞，抑揚高下，一一可聽。彼亦知世間有所謂人品者，門下豈亦以此假之辭色耶？滂漉紅塵，終恐不能自别於凡流，士之不遇，亦若此耶！一笑。

荆公數小詩極佳，一鄉僧收得共二十餘詩，其親寫太史遷《史贊》亦二十來篇，若有能刻之，亦金陵一段奇事。番羅縠子又爲門下費，下拜良劇愧感。恭惟獎諭詔旨，有見軍政之舉；而有勞必念，亦以彰吾君之聖。甚盛，甚休！所欲言者無限，聊見一二，帥略之甚。

與應仲實

與仲實别，於今八年矣。禍患奔走，自分死生不相聞知；既而適有天幸，遂得比數於人，然猶於故舊之書闕然不講，幾若自外於門下者。重惟少之時，猖狂妄行，鄉閭所不齒，仲實以儒先生撫摩煦飫，若昆弟朋友；雖識者亦有不擇交之疑，而仲實不顧也。困苦之餘，百念灰冷，視前事已若隔世，洗心滌慮，謂可以承君子之教矣。而八年之間，話言不接，吉凶不相問弔，反有白頭如新之嫌。退而求之，敢逃其責！

去年秋，群試監中，有司以爲不肖，始決意爲息肩弛擔之計。所居僻左，有疑孰問？恃仲實輩人在爾。方圓緩步造謁，遇仲實有行都之役，逡巡數月，遂聞新除。官況絶佳，職事簡少，儒先生雅宜處之。斯道之伸，此其權輿。喜甚至於不寐。前月末，始聞來歸，暑溽如許，不敢輒詣齋閣。又思此別相見定何時，進退首鼠，卒以其所欲求正於仲實者而寓之書。

亮兩年來，方悟孟子所謂『人之所以異於禽獸者幾希』。仁於我何常之有，朝可夷而暮可跖也；不仁於我亦何常之有，朝可跖而暮可夷也。『惟聖罔念作狂，惟狂克念作聖』，非聖人姑爲是訓；『無若丹朱傲，無若受之酗於酒』，亦非獨憂治世而危明主；人心無常，果如是也。曾子曰：『戰戰兢兢，如臨深淵，如履薄冰，今而後吾知免夫，小子！』子張曰：『君子曰終，小人曰死，吾今日其庶幾乎！』古之賢者，其自危蓋如此，此所以不愧屋漏而心廣體胖也。世之學者，玩心於無形之表，以爲卓然而有見，事物雖衆，此其得之淺者，不過如枯木死灰而止耳；得之深者，縱横妙用，肆而不約，安知所謂文理密察之道？泛乎中流，無所底止，猶自謂其有得，豈不可哀也哉！故格物致知之學，聖人所以惓惓於天下後世，言之而無隱也。

夫道之在天下，何物非道，千塗萬轍，因事作則，苟能潛心玩省，於所已發處體認，則知『夫子之道，忠恕而已』非設辭也。亮少不自力，放其心而不知求；行年三十，始知此事。日用之間，顛倒錯紊，如理亂絲，更無着手處。日復一日，終不免於自棄，不識仲實其何以救之？近作十篇，往求檃括，置其言語而索其理之非是，批於左方，使得於是省焉，仲實於亮可以無慊矣。切毋以故意待之，曰『是』曰『好』而已！

儒釋之道，判然兩塗，此是而彼非，此非而彼是。而溺於佛者，直曰『其道有吾儒所未及者』，否亦曰『其精微處脗合無間』，而高明之士猶曰『儒釋深處，所差杪忽爾』。此舉世所以溺焉而不自知；雖知其非者，亦如猩猩知酒之將殺己，且罵而且飲之也。近世張給事學佛有見，晚從楊龜山學，自謂能悟其非，駕其説以鼓天下之學者，靡然從之，家置其書，人習其法，幾纏縛膠固。雖世之所謂高明之士，往往溺於其中而不能以自出。其爲人心之害，何止於戰國之楊墨也！亮不自顧，嘗痛心焉，而力薄能鮮，無德自將，有言不信，徒慨然而止耳。然使賊假募士之名，得入帳下，一旦起而縛之，此李元平所以孺弄於陳希烈也。苟無儒先生駕説以闢之，則中崩外潰之勢遂成，吾道之不絶如縷耳。仲實力可以有爲者，其將何辭！胸中所懷千萬念，遂爲仲實言之，而筆困紙窮，不能以究。

暑伏，恐未可迎侍，上道果未有日，尚當握手一吐其肺腑，不敢以相擾動自外也。萬一便上道，恐宅眷既衆，必不免從諸應取道龍窟，過我爲一夕之款否？是所望也，不敢必也。若從銅坑口趨界牌，所省不能一二里，而紆曲亦不少矣。臨紙無任惓惓。

與吕伯恭正字四

家奴歸，得所報教，發讀足慰尊仰。訊後尊履復何似？示以《士龍墓銘》，反覆觀之，布置有統，紀載有法，精粗本末，一般説去。正字雖不以文自名，近世名能文者要何能如此？顧使若亮者參論於其間，足見用心之廣，不以人爲可狹。謹以區區之意，具如别紙，高明更詳酌之。不必其然，意非不甚明，上已聞可，則姑已矣，而猶口疏不已，不幾於憤疾者乎？又『好名』直中傷之一事耳，此雖不載亦可。正字方爲善類所倚賴，於石顯、鄭注一事，亦復重複如此，奈何無事取官府乎！使人畏而遠之，宜於正字平日所論未合。願自『公復進曰』，止『上是之』，併去此段，不惟全記事體而已。正字以爲如何？或别有意，亦願見教。此紙讀罷，宜即焚之，頗類事未發自造公案故也。區區之心，必蒙見察。

《本政書》板末章所望，亦任世責者平時所宜深究。世固有同好此書，同疏此事，同施此策，而其實不同者，此不可不論也。屹然横流之中而不立己者，所見唯正字一人，想决不隨世好惡以上下其聽。亮非復有求於斯世者，獨於正字未能自默耳。承教邈未有日，所冀强飯自厚。

又書

違去又復許久，不勝尊仰。即日首夏清和，伏惟編摩有相，台候萬福。廷試揭榜，正則、居厚、道甫皆在前列，自聞差考官，固已知其如此，然猶遺恨於德遠、應先、少望何也？正則才氣俱不在人後，非公孰能挈而成之？天民對後，有無指揮？益恭聞亦得對，計亦有遇合之理。此君蹉跎，日已老矣，六十以後，雖健者不能有所爲也。辛幼安、王仲衡俱召還。張靜江無別命否？元晦亦有來理乎？天下事常出於人意料之外，志同道合，便能引其類，自非元惡大懟，皆可借其利心以成回復之勢。陰陽消長代謝之際，可熟玩矣。吴平之後，其慮亦自不少，况不必平乎！亮已如枯木朽株，不應與論此事，亦習氣未易頓除也。

亮本欲從科舉冒一官，既不可得，方欲放開營生，又恐他時收拾不上；方欲出耕於空曠之野，又恐無退後一着；方欲俛首書册以終餘年，又自度不能爲三日新婦矣；方欲盃酒叫呼以自別於士君子之外，又自覺老醜不應拍。每念及此，或推案大呼，或悲淚填臆，或髮上衝冠，或拊掌大笑。今而後知克己之功、喜怒哀樂之中節，要非聖人不能爲也。海内知我者惟兄一人，自餘尚無開口處。雖浮沈里閭，而操捨不足以自救，安得有可樂之事乎！然一夫之憂懽悲樂，在天地間去蚊虻之聲無幾，本無足云者，要不敢不自列於知我者之前耳。時節亦甚迫，譬之失火之家，衆人以爲此人實能救，則亦無所逃其責，此秘書今日之勢也。事機所繫，無所多遜，况

『揖遜不足以救焚』，此語亦有理。

子約一向在侍旁否？不敢疊番爲問眷請委。尊閤宜人懿候萬福！新婦兒女再三拜起居。

又書

比家奴回，得所答教；正則來，又承專書，副以香茶之貺，甚珍。其間所以教篤之者，無非至言，如亮淺薄，何以堪之！然事不親歷，常不知其難；亮今知其難矣。孔子沐浴而有請，以常從大夫之後；孟子以布衣傳食於諸侯：蓋事變之所迫，舉一世陷溺於其中，而我獨卓然而有見焉，其勢不得而但已也。彼皆以身任道，而執寸梃以撞萬石之鐘者，可笑其不知量也。大著何不警其越俎代庖之罪，而乃疑其心測井渫不食乎？天下患無才耳；有才之人，則索手之徒踏一片閑田地，便可以飽食暖衣而長雄於一方一所，安在其有才而求售也！有才而求售，其才亦可知矣。大著不察其心之所憂，則亮將何所望？亮之自放於盃酒者，亦每每先爲大著憂爾。人生豈必其爲秀才？亮平生本不種得秀才緣，而春首之事，自侍從之有聲名者固已文致於列，亮亦豈戀戀於鷄肋者乎？亦恃有大著在故也。

王道甫告以忌嫉之徒乘間謗毁之可畏，潘叔度以爲『三年三百緑袍子，詎可以動其心』。不均是人也，而好惡異心，二君殊未之知耳。亮之所敬聞者，聖賢切於憂時，而其中常若無事，不知何道而使之並行而不悖乎？此非書語之所可解，惟大著就真實處教之，使有以憑藉度日，其賜爲不小矣。

君舉聞求金華添倅，何不早決之？其勢不可不出。大著新遷，且應從容其間耳。兼人各有力量，不可相學也。初秋，伏惟台候萬福。

又戊戌冬書

亮入冬無一事，遂與田里相忘矣。君舉天民一出恰好。大著未有當去之理，只得安坐。同類散落，非所當問。公家有所謂『敬而無失，恭而有禮』，何往而非吾類乎？去就只看自家今日地位耳。百年盛時，往往於此猶未能豁然，激成黨論，不得不歸罪於一遷也。至於二三小臣去來，豈能便干國家大體？果能通天地於一身，安有爾許擾擾？入室操戈，不罪唐突。

葉正則閏月二十三日丁憂，嘗遣人慰之，連得近書，極無況。居厚病未脱體，來諭誠然，誰敢爲渠言之？《文海》已編成未？子約在侍傍否？台眷上下均慶，千萬爲世道崇護！

與林和叔侍郎

亮竊惟侍郎屹然爲四海端人正士之宗，國家賴以扶顛持危，有自通於天而非世人所能盡知者，入都始盡聞之。

南渡以來，永康之任端公者，至侍郎而三矣。盡掩前作，發揮特操，豈永康所可得而私哉！出於永康而與天下共之耳。使人心悦誠服，而盡忘一己之私計。朱元晦人中之龍也，屢書與朝士大夫嘆伏高誼不容已，亦深嘆二屬能相上下其論爲不易得。且曰：『世間猶大，自有人在，鼠子輩未可跳粱也。』其降嘆如此，舉天下無不在下風矣。九重徐思語言有味，德誼可尊，親語何坡，以爲『林某好人，朕甚念之，已爲易章貢見闕』，簡記之意不能自已。爲善者果何所不利哉！亮親見坡爲亮言如此。聖意昭然，豈可不爲吾君一行哉！丞相却念清貧而計薪俸之厚薄，要非門下本志也。侍郎已爲天下公議所屬，亮螻蟻微生，賴門下而全，直一人之私計耳，不敢縷縷言謝。但時事日以艱，父子夫婦之間，非復智力所能及，而天變甚異，非至公血誠不能當此聖賢馳騖不足之時，侍郎乃心王室，當作念異於他人也。

與韓子師侍郎

亮拜違又見秋矣。僻居與諸生日鑽故紙，雖或得味，僅如嚼橄欖爾。懷想促膝對坐，抵掌劇談之時，每欲頡頏飛動而未能也。比聞有鄉邦之命，喜甚至於不寐。自吴明可之去，於今十年，群吏爲政久矣。老吏小猾，戮虐無辜，罪惡貫盈，天將誅之。百姓聞賢使君之來，舉手加額，以爲天眼開矣。吏徒亦聳動碎膽，有望風引去者，而縣官之肆爲不法者，亦自分於不免。自今以往，一邦清明，亮亦與一幸民之數，喜甚不寐，不獨以從游之私也。

然賢士大夫間有私憂過計，以臨安過於嚴爲慮者。亮因語以：『韓丈往數爲亮言：作京輦與外郡不同。又見夢錫葉丈言：和州之政平易近民，百姓至今德之如父母。猛非所慮也，正恐其矯枉過直耳。』宇宙雖廣，能明賢者之心能幾人？本欲一見，面道區區，然鄉邦之弊，决不能逃清鑑，老姦少猾鋤其甚者，而肆爲不法者亦移易一二以動其餘，然後一切以平易近民之政行之。邦民非難治，又見賢使君嚴明如此，皆已存不犯有司之念。因勢順導，殆如反掌，不出一月，政平訟息，必將有以自達於天聽者。使賢士大夫無所疑，而點白爲黑者無所容其喙，此固疇昔之所望於門下者也。亮於斯時始可以從容間見，相與道舊故以爲樂，而他時一邦父母之思，亦將牢而不可解。侍郎於此講之熟矣，愛賢念舊之心不自知其爲僭也。亮方與邦民拭目拱手以觀新政，平生之學可以出其一二無疑矣。亮祈望良切。

復樓大防郎中

亮病中昏倒，雖領台翰，初不曉只從門前過，將謂取道永康邑中，西望第劇悵然；若知猶宿留界牌，固將忍死擡出，以求一見。重蒙誨劄之賜，今已就安，方悟向來初不必追逐於雙溪也。尊仰愈不自勝。恭審即日晚秋，晴雨不定，郎署多暇，天人叶相，台候動止萬福。温詔趣還，猶從郎署，殊未厭輿望。臺端諫省，非公其孰宜之？慶幅當需此時，今不足爲門下道也。亮平生百事並在人後，只有一健耳。望見暮景，天已與奪之，憔悴病苦，反以求死爲快脆，其他尚復何説！漢朝公卿皆偉人，而英俊盡布朝列，虜情叵測，深恐爲其所侮。若其叔姪兄弟猶相啣持，尚可偷一日之安；不爾，無使患起慮表，有辜上下動色相慶之意也。私布下悃，勿令重得罪。亮更不别布台閎問幅。有可驅委者，願聽約束。

復陸伯壽

五月末間，竟以雨甚，不能遂湖上之集，兼又新得罪於人，意況不佳，雖欲陪款語而歸心如飛，破雨東渡，但劇悵仰。伏辱台翰，恭審即日晚秋喜晴，拜命之餘，神人共相，台候動止萬福。舍試揭榜，伏承遂釋褐於崇化堂前，衆望所歸，此選增重，凡在友朋之列者，意氣爲之光鮮。壽皇在位二十七年，與此選者六人；自明夭折，純叟中廢，何以强人意！新天子龍飛，而兄首膺此選，遂使新政有光，甚盛甚盛！方圖專馳尺楮上慶，遂成先辱，惶恐不可言。時事日以新，天意未易測度，但看人事對副何如耳。泛泛君子不足以承當好運，猶庸庸小人不足以究竟向陰之時也。『好惡只看屋下郎』，此乃覩時運真法門。今之專靠天者自不肯信耳。兄以爲如何？英傑滿朝，無爲醜虜所欺，若其叔姪兄弟猶相啣持，尚可偷旦夕之安；不爾，則虜情未易測也。

亮自七月二十五日，一病不知人者兩月。自此日裏不能吃飯，夜間不能上床，凡二十餘日，方漸漸較可。入九月，吃飯打睡始能自齒於平人，然未至五更便睡不着。望見暮景已自如此，不如早與一死爲快脆也。自餘皆非所宜言。托契之厚，不覺狂態又發也。勿使他人見之，幸甚，幸甚！

復杜伯高

亮兩年間每入城，左右必枉過之。亮又往往困於俗間應酬，曾不得一款笑語，似若自取踈外者，乃其心則不然。亮知有賢者，知其非他人所可及，知其當終日相接而不懈，第事有適然，而其迹若無以自明；然而左右獨以爲不然，時以書相勞問，意有加而無已，衰墮日就淪没，何以得此於賢者，慚甚，幸甚！

與正則書，足見所存遠大，今之君子不能當也。兩賦反覆不能去手，意廣而調高，節明而語妥，鋪叙端雅，抑揚頓挫，而卒歸於質重，齊一變而至於楚人之辭矣。欽羡之餘，繼以太息。亮二十年間，論交四方之賢俊，能爲此者幾人；自顧陸沈如此，居前不能令人軒，居後不能令人輕，力不能使此賦一日而紙貴，蘇季子所謂『是皆秦之罪也』，一太息可得而盡乎！賢者所存甚遠，必不以此作念，而吾人冷寞爲可念耳。

叔昌能館賢者，慰喜不自勝。兩簡與其兄弟，得便達之爲禱。仲高之詞，叔高之詩，皆入能品。時得以洗老眼，在亮何其幸；而一言之不信，在諸賢何其辱也！左右筆力如川之方至，無使楚、漢專美於前，乃副下交之望。是非久當自定，在我不當有一毫之慊耳。訊後尊用復何如？歲將易矣，願自加護，以當世道之亨。匆匆不宣。

復杜仲高

往者辱枉步，兩臨之於城闉，雖匆匆不能奉譚笑之款，然望其顔色，觀其舉動，已有以知其不凡矣。別去第有悵仰。忽永康遞到所惠教，副以高文麗句，讀之一過，見所謂『半落半開花有恨，一晴一雨春無力』，已令人眼動；及讀到『別纜解時風度緊，離觴盡處花飛急』，然後知晏叔原之『落花人獨立，微雨燕雙飛』不得長擅美矣。『雲破月來花弄影』，何足以勞歐公之拳拳乎！世無大賢君子爲之主盟，徒使如亮輩得以肆其大嚼，左右至此亦屈矣。雖然，不足念也。伯高之賦如奔風逸足，而鳴以和鸞，俯仰於節奏之間；叔高之詩如干戈森立，有吞虎食牛之氣；而左右發春妍以輝映於其間。此非獨一門之盛，蓋亦可謂一時之豪矣。薄力雖不能爲足下之重，然衆力又何足以遏方至之川哉！願加勉之而已。

紙尾所謂『律法嚴刻』者，法豈有常哉？『前王所是著爲律，後王所是定爲令』，况若區區語言，本不足憑，而又何『嚴刻』之有！再得來書，未敢以此爲當也。書久不答而又再辱，惶恐不可言。歲暮，千萬爲道業自愛！

復何叔厚

亮頓首，復書辱答示，甚慰相念之意。訊後不審侍奉復何如？承聞有失子之戚，公方盛年，正不足爲憂，他時恐患多耳。然處心平夷，亦吾人所當常念也。

亮寓臨安，却都無事，但既絶意於科舉，頗念其平生所學，不可不一泄之以應機會，前日遂極論國家社稷大計，以徹於上聽，忽蒙非常特達之知，欲引之面對，乃先令召赴都堂審察。亮一時率爾應答，遂觸趙同知之怒。亮書原不降出，諸公力請出之，書中又重諸公之怒。内外合力沮遏之，不使得面對。今乃議與一官，以塞上意。亮雖無耻，寧忍至此！只俟旦夕命下，即繳還於上而竟東歸耳。豈有欲開社稷數百年之基，乃用以博一官乎？事之不濟，此乃天也，亦豈諸公所能沮遏哉！吾友所謂紛紛可畏之論，當謂此爾。丈夫出處自有深意，難爲共兒曹語，亦難以避人謗毁也。此懷惟吕丈知之。

叔範相聚甚好，亮固已知其不凡。但世間大有事，未可便認以爲是也。倉卒未暇答渠書，相見且勉以志其遠者大者。上聰明睿智，度絶百代，一見亮書，便有榜之朝堂以勵群臣之意，若使得對，何事不可濟！但絶江之時，已卜知天意未順，仲幾蓋與此謀也。云云〔一〕。

校勘記

〔一〕『云云』二字，疑爲明成化本所加，以示舊本此下殘闕之意。

復吕子約

二月間匆匆告違，即有金陵、京口之役，舉眼以觀一世人物，惟有懷向而已。五月二十四日抵家，人事衮衮，未能拜起居狀，乃承惠翰存問生死，感激不可言。訊後再作梅溽，恭審進德有相，台候萬福。

亮已交易得京口屋子，更買得一兩處蘆地，便爲江上之人矣。地廣則可以藏拙，人樸茂則可以浮沈。五七年後，庶幾成一不刺人眼也。

周丞相之護其身，如狐之護其尾，然終不免，則智果未可衛身矣。彼其於亮，乃趙平叔〔一〕所謂『臣於修蹤跡素踈，而修之待臣亦薄』者，而諫疏首以見及，么麽之蹤，遂累巨筆，第可付之一笑耳。

謝昌國忽有此除，何哉？騎墻兩下，自今可以信其不足爲智矣。朱丈辭職得遂，此廟堂處事之善者也。葉正則近過此，留一日而行，云二十七日吴石方試，渠以此日渡江，不知試得竟如何？城中想已有所聞，千萬一報。仲權亦佳士，曾識之否？叔晦減得一政，亦良便。然近來朋友皆向老成而生氣絶少，雖叔晦亦既老成矣。近嘗作書與朱丈云：『侍講平生事業，只謂眼生，若又隨隊入熟事沓，亮當爲小人之歸無疑矣。』契兄以爲如何？正則甚念，欲得一見，迫於歸覲其親，再三託導意。亦嘗以來簡示之，約六月半再過此，併恐台照。天民竟不起，友朋彫落殆盡，亦何用生爲！念之令人氣塞。稍定則往哭之，雖六月極熱，不敢辭也。尊兄進德日異一日，不但朋友有所取則，亦足以慰亡者於地下。如亮輩去死寧幾時，不足復論，惟兄勉之。更十日尚當一去見，匆匆，姑此謝來辱。

校勘記

〔一〕按『趙平叔』當作『趙叔平』，即趙槩。

復呂子陽

被示縷縷，具悉雅意。古人有言曰：『自靖，人自獻於先王。』此不獨國家大臣之道當如此，凡人曉然使此心明白洞達，要自有知者。前日諸友嘗問『陳平、王陵之事孰爲正』。因答之曰：『使王陵發心不欲王諸吕，皎然如日月之在上，不幸而以此國破身亡，其心皎然如日月之不可誣也，若只欲得直聲，以爲在朝諸臣皆無我若者，則濟不濟皆有遺恨耳。使陳平主心必欲劉氏之安，且委曲彌縫吕氏以爲後日計，不幸或事未濟而死，此心皎然不可誣也；若占便宜，半私半公，則進退皆罪耳。』

夫子之所謂仁者，獨論其心之所主；若泛然外馳，雖曰爲善，猶君子之所棄也。亮雖不肖，然亦須要與此心爲主，眼下雖不必其一一皆是，然此心之皎然固自知之矣，正不待他人之爲計也。吾人之用心，若果坦然明白，雖時下不浄潔，終當有浄潔時；雖不爲人所知，終當有知時。若猶未免於慕外，雖聲名赫然，在人心豈可欺哉！凡百不在多言，各以此自反足矣。子才回簡，一時之妙答也；若如吾輩分明説破，又煩吾友縷縷矣。

復李唐欽

亮拔身於患難之中，蚤夜只爲椀飯杜門計，雖天下豪俊，皆不敢求交焉。自非左右命之以交，亮亦不敢也。書問不相往來，亦其勢然耳。左右於闊絶之中又復以書先之，且欲索其瞽言以開清視，嫠不恤緯而憂宗周之殞，上已恕其萬一之罪，敢更留稾以干天誅乎！承命愧悚，不知所以爲答；雖蒙見訪，亦固不知所以答也。

近詩具見所存，一味嘆服。然王茂弘雖有幹略而韻度不高，魯仲連差有韻度而根本不妥貼，李長源見奇於艱難之中，郭林宗俯仰周旋於禍患之外，要皆不足爲世法。左右不以亮爲不可而示之以詩，當亦樂聞同異，是以不敢不自盡也。亮於今世之詩，殊所不解，不解故不好。至於古詩、《離騷》，蓋紙弊而不敢釋手。不識左右欲亮安所好乎？

夜歸，克明出所惠書，信手作答，不復知其中道何等語。左右之察不察，雖亮不敢自必也。蠶月殊多故，何時遂造謁？臨紙惘然。

陳亮集卷之二十八

按：本卷所載致朱熹諸書，《文粹》前集卷七唯摘録其中有關辨析王霸義利之諸段。凡此諸段，今俱附注其起迄於各書之後。

書

壬寅答朱元晦秘書

山間獲陪妙論，往往盡出所聞之外。世途日狹，所賴以强人意者，惟秘書一人而已。平生有坐料人物世事之癖，今而後知其不可也。别去惘然，如盲者之失杖。意每有所不通，輒翹首東望，思欲飛動而未能。方將專人問起居，乃承專翰之賜，蒙所以見念者甚至。頑悖爲衆所共棄，而嗜好之異乃有甚於伯恭者邪！既以自幸，深懼爲門下知人不明之一累也。惟時春事更深，按臨有相，台候動止萬福，慰甚不可言。某頑鈍只如此，日逐且與後生尋行數墨，正如三四十歲醜女，更欲扎腰縛脚，不獨可笑，亦良苦也。山婦過月始免身，以初四日巳時得一男，却幸母子完全，小下何足上勞尊念，愧感無已！

《戰國策》、《論衡》、《自註》〔一〕爲貺，甚佳，敢不下拜！《田説》讀得一遍稍詳。若事體全轉，所謂智者獻其謀，其間可採取處亦多；但謂有補於圓轉事體，則非某所知也。居法度繁密之世，論事正不當如此。此亦一述朱耳，彼亦一述朱耳，欲以文書盡天下事情，此所以爲荆揚之化也。度外之功，豈可以論説而致；百世之法，豈可以輳合而行乎？天下，大物也，須是自家氣力可以斡得動，挾得轉，則天下之智力無非吾之智力，形同趨而勢同利，雖異類可使不約而從也。若只欲安坐而感動之，向來諸君子固已失之偏矣；今欲鬭飣而發施之，後來諸君子無乃又失之碎乎！論理論事，若箍桶然，此某所不解也。

祕書挺特崇深，自拔於黨類之中。歲晚庶得一快，方自委託，豈敢懷不盡？意之所到，雖縷縷未止，有不然者，却望見教，某不任至望。

校勘記

〔一〕『自註』原作『日註』，朱熹壬寅歲致陳氏書有『自注《田説》』云云，今據改。

又壬寅夏書

不獲聽博約之誨，又復三月；起居之問不到几格，亦復踰月矣。尊仰殆不容言。即此暑氣可畏，伏惟臨按有相，台候動止萬福。某頑鈍只如此，但意况甚覺不佳，甚思一走門牆，解此煩憒。初只候君舉不來，今又爲俗事所擾，加以天作旱勢，令人遂有旦暮之憂，以故要擺離未能得。今只決之六月耳，雨不雨皆非人力所能爲也。

近有《雜論》十篇，聊以自娱，恨舉世未有肯可其論者。且録去五篇，或秘書不以爲謬，當繼此以進，然其論亦異矣。餘五篇乃是賞罰形勢、世卿恩舊，尤與世論不合，獨恐秘書不以爲異耳。

一春雨多，五月遂無梅雨。池塘皆未蓄水，亦有全無者；麥田亦有至今全未下種者。世俗所謂『會龍分龍皆無雨』，今年秧尖皆赤，小民所甚忌。又俗諺『五月若無梅，黄公揭耙歸』之説，此細民占卜如此。以大勢論之，渡江安静又五十餘年，文恬武熙今亦甚矣，民疲兵老今亦極矣。安静之福，難以常幸。去年除紹興外，旱勢猶未透，其禍必集於今年。而秘書又適當此一路，若歲事小稔，或可求去；大勢既如此，所謂『將恐將懼』之時也，廟堂豈容去哉！富家之積蓄皆盡矣，若今更不雨，恐巧新婦做不得無麵餺飥。百念所聚，奈何，奈何！婺州亦復大疫。衢州米價頓湧，四千七百文一碩，禍將浸淫於婺。錢守雖有愛民之心，而把事稍遲；今歲救荒，奔走上下不遺餘力者，獨趙倅一人：所至騎從簡約，縣道諸色文字並不取索，窮民有請無不遂。今聞去替只二十日耳，若失此人，婺州尚未知所倚。春來錢守奏乞用前兩任例，令再任，已降在省中，廟堂只許陞擢差遣，若得一軍壘，乃是爲本人計耳，殊非婺州憂旱之地。趙倅聞此亦喜甚，彼亦未暇爲婺之地也，只欲候滿二十日，便去討差遣耳。今旱勢已成，秘書必更被殃榜。婺州更旱，則將誰屬乎？豈能以一身而及七州也？願使申錢守所請，仍以旱勢奏陳，留使再任，專以禱旱及將來救災之事責之，不容其不效力。聞下任乃是高子演，自是不釐務，本不相妨，令其及期自上足矣。若如此說破，廟堂亦知只爲婺州地，當無不可者。然此間事勢甚可憂，人情亦何樂於此，但期到則自去，須秘書移牒添倅廳，不得擅自離任，使之聽候指揮乃可耳。疫氣流行，人家有連數口死，只留得一兩小兒，更無人收養者。聞趙倅已處置收養五六十人在州，儘可謂有心力。萬一天意悔禍，連得大雨，如社倉義役之事儘可以專責之。此人有心力，不患其無所濟也。況決無連大雨之理。秘書不可不早爲婺州地，臨期不知所委，徒自手忙脚亂耳。六月若一向遂無雨，田秧亦無所營救，但當去紹興請教，且求一椀現成飯喫，不能別生受。天下大計自責之長人，秘書何以處之？紹興有梅雨否？無不插之田否？旱疫之餘而重以此，廟堂雖欲以恬然處之，可乎？大虧了主上也！當今之世而不大更化以回天意，恐雖智者無以善其後。此不待深見遠識而後知，然而皆不知慮，何也？慮者不當而當者不慮，是豈天下之事終不可爲乎？亦在其人而已矣。到此亦不須大段推托，同舟遇風，亦各爲性命計耳。胸中所欲言萬端，微秘書無以發其狂；而困於俗事，又困於諸生點課，臨風引頸，徒劇此情。

前日偶說《論語》，到舜五人、周十亂、孔子所謂「才難」處，不覺慨然有感。自古力足以當天下之任者，多只一箇兩箇，便了一世事。超世邁往之才，豈可以人人而求之乎？虞周至於五人、九人，真可謂盛矣，亦古今之所無也。又因書院出『立太師太傅太保，茲惟三公，論道經邦，燮理陰陽，官不必備，惟其人』作義題，亮因爲破兩句：『聖人不以才難而廢天下之大政，亦不以任重而責天下之常才。』秘書以爲如何？紙尾及之，以共發五百里之一笑也。區區尚須續具記。千萬爲世道崇護！

又癸卯秋書

自去年七月三日得教答之後，不惟使車入丹丘，亮亦架數間潑屋，自朝至暮更不得頭舉，況能相從於數百里之外乎！徐子才云『須趕到縉雲相從』者，蓋意其如此也。開歲猶未畢工，又復理會些什物之類，凡五閱月亦未得了。蓋亮已爲一世所棄，只得就冷處自討箇安樂道路，以故久久不得拜起居之問。每空閒時，復念四方諸人過去見在，如秘書方做得一世人物。伯恭、欽夫敏妙固未易及，然正大之體，挺特之氣，豎起脊梁，當得輕重有無，獨於門下歸心而已。徐羨之風度凝重，猶足以壓倒謝傅諸人，況不爲羨之者乎！春間嘗欲遣人問訊，不果，漏逗遂至今日，良可一笑。幾番意思悶頓時，欲裹包相尋於寂寞之濱，又復牽掣而止，尊仰殆不勝情。即日秋氣澄清，伏惟燕居有相，台候動止萬福。

台州之事，是非毁譽往往相半，然其爲震動則一也。世俗日淺，小小舉措已足以震動一世，使秘書得展其所爲於今日，斷可以風行草偃。風不動則不入，蛇不動則不行，龍不動則不能變化。今之君子欲以安坐感動者，是真腐儒之談也。孔子以禮教人，猶必以古詩感動其善意，動盪其血脉，然後與禮相入；未『興於詩』而使『立於禮』，是真嚼木屑之類耳。况欲運天下於掌上者，不能震動，則天下固運不轉也。此説雖麄，其理却如此。《震》之九四有所謂『震遂泥』者，處群陰之中，雖有所震動，如俗諺所謂『黄泥塘中洗彈子』耳，豈有拖泥帶水便能使其道光明乎？去年之舉，《震》九四之象也。以秘書壁立萬仞，雖群陰之中亦不應有所拖帶。至於人之加諸我者，常出於慮之所不及，雖聖人猶不能不致察。姦狡小人，雖資其手足之力，猶懼其有所附託，况更親而用之乎？物論皆以爲凡其平時鄉曲之冤，一皆報盡，秘書豈爲此輩所使哉？爲其陰相附托而不知耳。既爲此輩所附托，一旦出於群疑之上而有所舉措，豈不爲其拖帶乎！况更好人惡人，皆因其平時所不快而致其拖帶之意，秘書雖屹然爲壁立萬仞之舉，固不能使其道光明矣。二家各持一論，惟亮此論爲甚平，未知秘書以爲如何？或更謂未然，不惜一往復其論也。

已往之事，正不足多論。蓋謂事會之來未有終極，秘書雖決意草野山巖之間，政恐緩急依舊被牽出來，無可辭之處耳。劉越石一世豪傑，乃爲令狐盛所附托。方知孔子所謂『遠佞人』者，是真不可不遠也。如亮已爲枯株朽木，與一世並無所關涉，惟於秘書不敢不致其區區耳。

且如東陽之事，此豈可放過？但當時有人欲在中附托，亮既爲人之客。只應相勸，不應相助治人，合在秘書自決之，却因一停房人而治之，此於事理尤不可，又寧是當時爲人所附托得潘叔昌柬，言秘書疑某見怪，某非多事者，秘書又作此言，亮真無所望於今世矣。秋初緒，且更就南邊營葺小園，架數處亭子，遂爲老死田間之計，不敢望今世之見知見恕也。乃見疑相譖，是真足當田光之死矣。然窮困之中又自惜此潑命，一笑。亮方整頓室宇、什物就是真相期之淺。此人雖幸免，卒爲天所殺，今世煩天者多矣。亮平生不曾會説人是非，唐與正耳。亮之本意，大抵欲秘書舉措洒然，使識與不識皆當其心而無所不滿，豈敢爲人游説乎？

又甲辰秋書

五月二十五日，亮方得離棘寺而歸，偶在陳一之架閣處逢一朱秀才，云方自門下來，嘗草草附數字。到家始見潘叔度兄弟遞到四月間所惠教，發讀恍然，時猶未脱獄也。訊後遂見秋深，伏惟燕居有相，台候動止萬福。

比過紹興，方見《精舍雜詠》所謂《櫂歌》者，自宇宙而有兹山，却賴羊叔子以發洩其光輝矣。恨不得從容其間以聽餘論，略分山水之餘味以歸，徒切健仰而已。韓記、陸詩亦見録本，深自嘆姓字日以湮没，筆力日以荒退，不能以言語附見諸公之後塵，爲可愧耳。張果老下驢兒，豈復堪作推磨用？已矣，無可言者。司馬遷有言：『貧賤未易居，下流多謗議。』因來教而深有感焉。亮之生於斯世也，如木出於嵌巖嶔崎之間，奇蹇艱澁，蓋未易以常理論。而人力又從而掩蓋磨滅之，欲透復縮，亦其勢然也。

亮二十歲時，與伯恭同試漕臺，所争不過五六歲。亮自以姓名落諸公間，自負不在伯恭後。而數年之間，地有肥磽，雨露之養，人事之不齊，伯恭遂以道德爲一世師表；而亮陸沉殘破，行不足以自見於鄉閭，文不足以自奮於場屋，一旦遂坐於百尺樓下，行路之人皆得以挨肩疊足，過者不看，看者如常，獨亮自以爲死灰有時而復然也。伯恭晚歲亦念其憔悴可憐，欲拉拭而俎豆之，旁觀皆爲之嘻笑，已而嘆駭，已而怒駡。雖其徒甚親近者，亦皆睨視不平，或以爲兼愛太泛，或以爲招合異類，或以爲稍殺其爲惡之心，或以爲不遺疇昔雅故。而亮又戲笑玩侮於其間，；謗議沸騰，譏刺百出，亮又爲之揚揚焉以資一笑。凡今海内之所以云云者，大略皆出於此耳。

伯恭晚歲於亮尤好，蓋亦無所不盡，箴切誨戒，書尺具存。顔淵之犯而不校，淮陰侯之俛出跨下，俗諺所謂『赤梢鯉魚，虀甕可以浸殺』，王坦之以爲『天下之寶當爲天下惜之』，所謂『克己復禮』者，蓋無一時不以爲言。亮不能一一敬遵其戒則有之，而來諭謂『伯恭相處於法度之外，欲有所言，必委曲而後敢及』，則當出於其徒之口耳。

如亮今歲之事，雖有以致之，然亦謂之不幸可也。當路之意，主於治道學耳，亮濫膺無鬚之禍，初欲以殺人殘其命，後欲以受賂殘其軀，推獄百端搜尋，竟不得一毫之罪，而撮其《投到狀》一言之誤，坐以異同之罪，可謂吹毛求疵之極矣。最好笑者，獄司深疑其挾監司之勢，鼓合州縣以求賂。亮雖不肖，然口説得，手去得，本非閉眉合眼、矇瞳精神以自附於道學者也；若其真好賄者，自應用其口手之力，鼓合世間一等官人相與爲私，孰能禦者？何至假秘書諸人之勢，干與州縣以求賄哉？獄司吹毛求疵，若有纖毫近似，亦不能免其軀矣。亮往嘗與伯恭言：『亮口誦墨翟之言，身從楊朱之道，外有子貢之形，内居原憲之實。』亮之居鄉，不但外事不干與，雖世俗以爲甚美，諸儒之所通行，如社倉、義役及賑濟等類，亮力所易及者，皆未嘗有分毫干涉。只是口嘮噪，見人説得不切事情，便喊一餉，一似曾干與耳。凡亮今日之坐謗者，皆其虚影也。惟經獄司鍛鍊，方知是虚。然亮自念有虚形而後有虚影，不恤世間毁譽怨謗，雖可以自立，亦可以招禍。『今年取金印如斗大』，周伯仁猶以此取禍於王茂弘。自六月二日歸到家，方欲一切休形息影，而一富盜乘其禍患之餘，因亮自妻家回，聚衆欲箠殺之，其幸免者天也。不知今年是何運數，自是雖門亦不當出矣。秘書若更高着眼，亮猶可以舒一寸氣；若猶未免以成敗較是非，以品級論輩行，則塗窮之哭豈可復爲世人道哉！

李密有言：『人言當指實，寧可面諛。』研窮義理之精微，辯析古今之同異，原心於杪忽，較禮於分寸，以積累爲功，以涵養爲正，睟面盎背，則亮於諸儒誠有愧焉；至於堂堂之陣，正正之旗，風雨雲雷交發而並至，龍蛇虎豹變見而出没，推倒一世之智勇，開拓萬古之心胸，如世俗所謂麤塊大臠，飽有餘而文不足者，自謂差有一日之長。而來教乃有義利雙行、王霸並用之説，則前後布列區區，宜其皆未見悉也。海内之人，未有如此書之篤盡真切者，豈敢不往復自盡其説，以求正於長者！

自孟荀論義利王霸，漢唐諸儒未能深明其説。本朝伊洛諸公，辯析天理人欲，而王霸義利之説於是大明。然謂三代以道治天下，漢唐以智力把持天下，其説固已不能使人心服；而近世諸儒，遂謂三代專以天理行，漢唐專以人慾行，其間有與天理暗合者，是以亦能久長。信斯言也，千五百年之間，天地亦是架漏過時，而人心亦是牽補度日，萬物何以阜蕃，而道何以常存乎？故亮以爲：漢唐之君本領非不洪大開廓，故能以其國與天地並立，而人物賴以生息。惟其時有轉移，故其間不無滲漏。曹孟德本領一有蹺欹，便把捉天地不定，成敗相尋，更無着手處。此却是專以人慾行，而其間或能有成者，有分毫天理行乎其間也。諸儒之論，爲曹孟德以下諸人設可也，以斷漢唐，豈不寃哉！高祖、太宗豈能心服於冥冥乎！天地鬼神亦不肯受此架漏。謂之雜霸者，其道固本於王也。諸儒自處者曰義曰王，漢唐做得成者曰利曰霸，一頭自如此説，一頭自如彼做；説得雖甚好，做得亦不惡：如此却是義利雙行，王霸並用。如亮之説，却是直上直下，只有一箇頭顱做得成耳。向來十論，大抵敷廣此意。只如太宗，亦只是發他英雄之心，誤處本秒忽，而後斷之以大義，豈右其爲霸哉！發出三綱五常之大本，截斷英雄差誤之幾微，而來諭乃謂其非三綱五常之正，是殆以人觀之而不察其言也。王霸策問，蓋亦如此耳。

夫人之所以與天地並立而爲三者，仁智勇之達德具於一身而無遺也。孟子終日言仁義，而與公孫丑論一段勇如此之詳，又自發爲浩然之氣。蓋擔當開廓不去，則亦何有於仁義哉！

氣不足以充其所知，才不足以發其所能，守規矩準繩而不敢有一毫走作，傳先民之説而後學有所持循，此子夏所以分出一門而謂之儒也；成人之道宜未盡於此。故後世所謂有才而無德，有智勇而無仁義者，皆出於儒者之口；才德雙行，智勇仁義交出而並見者，豈非諸儒有以引之乎！故亮以爲：學者學爲成人，而儒者亦一門户中之大者耳。秘書不教以成人之道，而教以醇儒自律，豈揣其分量則止於此乎？不然，亮猶有遺恨也。

狂瞽輒發，要得心膽盡露，可以刺劂而補正之耳。秘書勿以其狂而廢其往復，亦若今世相待之淺也。向時《祭伯恭文》，蓋亦發其與伯恭相處之實而悼存亡不盡之意耳。後生小子，遂以某爲假伯恭以自高，癡人面前真是不得説夢。亮非假人以自高者也。擎拳撑脚，獨往獨來於人世間，亦自傷其孤零而已。秘書若不更高着眼，則此生真已矣！亮亦非縷縷自明者也。痛念二三十年之間，諸儒學問各有長處，本不可以埋没，而人人須着些針線，其無針線者，又却輕佻，不是屈頭肩大擔底人。所謂至公血誠者，殆只有其説耳。獨秘書傑特崇深，負孔融、李膺之氣，有霍光、張昭之重，卓然有深會於亮心者，故不自知其心之惓惓、言之縷縷也。

去年承惠《李贊皇集》，令評其人，且欲與春秋戰國何人爲比。此公幹略威重，唐人罕有其比，然亦積穀做米，把纜放船之人耳。遇事雖打疊得下，胸次尚欠恢廓，手段尚欠跌蕩，其去姚元崇尚欠三兩級，要亦唐之人物耳，何暇論夫春秋戰國哉！管敬仲、王景略之不作久矣，臨染不勝浩嘆之至。〔一〕

校勘記

〔一〕《文粹》前集卷七摘録此書，題作《答朱元晦第一書》，唯從『李密有言』段起，又删去『狂瞽輒發』一段。

又乙巳春書之一

去秋辱答教，委曲具盡，足見長者教人不倦之意。謂亮書中有不平之氣，則誠有之矣。自棘寺歸，閉門不與人交往，以妻弟之故，一出數日，便爲兇徒聚數十人而欲殺之，一命存亡僅絲髮許。而告之州縣，漠然不應。不知今年是甚運數！事發之五日，頭重而不可扶，眼閉而不可擘，冥心静念，以一死決不可免矣；負一世之謗，頹然未嘗自辯，設死後，誰當爲我明之？明日崛然而興，令小兒具紙筆，强作長者一書，冀死後有能明此心者耳，豈願自敷叙短長於門下者哉！書成復就枕，又二十日而後動止作息不異於平時。丘宗卿亦受群兒謗傷之言，半間半界，州府卒歸獄於趙穿，亮以此身既存而不復問矣。世途日狹，亮又一身不着行户，宜其宛轉陷於榛莽而無已時也。

今年不免聚二三十小秀才，以教書爲行户。一面治小圃，多植竹木，起數處小亭子。後年隨衆赴一省試，或可僥倖一名目，遮蔽其身，而後徜徉於園亭之間以待盡矣；其他當一切付之能者。暇時策杖訪長者於武夷之山，盡布腹心，以求是正，留與千百年間做箇話説，亦庶幾不枉此一生一死矣。

亮舊與秘書對坐處，横接一間，名曰燕坐。前行十步，對柏屋三間，名曰抱膝，接以秋香海棠，圍以竹，雜以梅，前植兩檜兩柏，而臨一小池，是中真可老矣。葉正則爲作《抱膝吟》二首，君舉作一首，詞語甚工，然猶説長説短，説人説我，未能盡暢抱膝之意也。同床各做夢，周公且不能學得，何必一一説到孔明哉！亮又自不會吟得，使此耿耿者無以自發。秘書高情傑句横出一世，爲亮作兩吟：其一爲和平之音，其一爲悲歌慷慨之音。使坐此屋而歌以自適，亦如常對晤也。去僕已别賫五日糧，令在彼候五七日不妨，千萬便爲一作，至懇至懇！

抱膝之東側，去五七步，作一杉亭，頗大，名曰小憩。三面臨池，兩傍植以黄菊，後植木樨八株，四黄四丹，更植一大木樨於其中，去亭可十步。池之上爲橋屋三間，兩面皆着亮窗，名曰舫齋。過池可十四五步地，即一大池，池上作赤水堂三間。又作箔水，正臨大池，池可三十畝。赤池旁又一小池，小池之旁即驛路。去驛路百步，有一古松，甚大而茂，當是七八十年之松。赤水堂正對之，名曰獨松堂。堂後爲宁廊一間，中有大李樹，兩旁爲小廊，分趨舫齋。小廊之兩旁即植桃。堂之兩旁，爲小齋以憩息，環植以竹。獨松堂尋赤水木未足，度與舫齋皆至秋可成。杉亭之池如偃月，西一頭既作柏屋，東一頭當作六柱椳亭一間，名曰臨野。正西岸上稍幽，作一小梓亭於其上，名曰隱見。更去西十步，即作小書院十二間，前又臨一池，以爲秀才讀書之所，度二年皆可成也。兩池之東有田二百畝，皆先祖先人之舊業，嘗屬他人矣，今盡得之以耕。如此老死，亦復何憾！田之上有小坡，爲園二十畝，先作小亭臨田，名曰觀稼。他時又可作一小圃，今且植竹，餘未有力也。此小坡，亮所居屋正對之。屋之東北，又有園二十畝，種蔬植桃李而已。『樓臺側畔楊花過，簾幕中間燕子飛』，可只作富貴者之事業乎！

魏公《座右銘》荷見教，非欲示人，而見者輒奪去，豈但妙畫爲人所寶愛，當是荒懶者無分當得此教耳。六大字不敢强〔二〕，今以妻父之葬，輒欲求六大字以光墓上。男子不敢犯分以求，而荆婦心欲其夫轉以爲請，此於理宜可許也。願便得之爲禱。亮併欲求『抱膝』『燕座』『小憩』六大字，干冒但劇惶恐。納紙六幅，恐不中則書室自斥寫之良妙。胸中所懷千萬，而一見終未可期。已經新元，伏惟燕居有相，尊候動止萬福。

前書大略爲死計耳。紙末之論，蓋非小故，却只略言之而未竟，宜煩來教之辨答也。朋友之論，多教亮以無多聒撓長者；雖然，懷不盡於長者之前，又似不用情。理之所在，豈宜如此但已，願更一言之。

昔者三皇五帝與一世共安於無事，至堯而法度始定，爲萬世法程。禹、啓始以天下爲一家而自爲之。有扈氏不以爲是也，啓大戰而後勝之。湯放桀于南巢而爲商，武王伐紂，取之而爲周。武庚挾管蔡之隙，求復故業，諸嘗與武王共事者，欲修德以待其自定，而周公違衆議，舉兵而後勝之。夏、商、周之制度定爲三家，雖相因而不盡同也。五霸之紛紛，豈無所因而然哉？老莊氏思天下之亂無有已時，而歸其罪於三王，而堯舜僅免耳；使若三皇五帝相與共安於無事，則安得有是紛紛乎？其思非不審，而孔子獨以爲不然：三皇之化不可復行，而祖述止於堯舜；而三王之禮，古今之所不可易，萬世之所當憲章也，芟夷史籍之繁詞，刊削流傳之訛謬，參酌事體之輕重，明白是非之疑似，而後三代之文燦然大明，三王之心迹皎然不可誣矣。後世之君徒知尊慕之，而學者徒知誦習之，而不知孔氏之勞蓋若此也。當其是非未大明之時，老莊氏之至心豈能遽廢而不用哉？亮深恐儒者之視漢唐，不免如老莊當時之視三代也，儒者之説未可廢者，漢唐之心迹未明也。故亮嘗有區區之意焉，而非其任耳。

夫心之用有不盡而無常泯，法之文有不備而無常廢。人之所以與天地並立而爲三者，非天地常獨運而人爲有息也，人不立則天地不能以獨運，捨天地則無以爲道矣。夫『不爲堯存，不爲桀亡』者，非謂其捨人而爲道也，若謂道之存亡非人所能與，則捨人可以爲道，而釋氏之言不誣矣。使人人可以爲堯，萬世皆堯，則道豈不光明盛大於天下？使人人無異於桀，則人紀不可修，天地不可立，而道之廢亦已久矣。天地而可架漏過時，則塊然一物也；人心而可牽補度日，則半死半活之蟲也。道於何處而常不息哉？惟聖爲能盡倫，自餘於倫有不盡，而非盡欺人以爲倫也；惟王爲能盡制，自餘於制有不盡，而非盡罔世以爲制也。欺人者人常欺之，罔世者人常罔之，烏有欺罔而可以得人長世者乎！『不失其馳，舍矢如破』，君子不必於得禽也，而非惡於得禽也。範我馳驅而能發必命中者，君子之射也。豈有持弓矢審固而甘心於空返者乎！御者以正，而射者以手親眼便爲能，則兩不相值而終日不獲一矣。射者以手親眼便爲能，而御者委曲馳驟以從之，則一朝而獲十矣。非正御之不獲一，射者之不以正也。以正御逢正射，則『不失其馳』而『舍矢如破』，何往而不中哉！孟子之論不明久矣，往往返用爲迂闊不切事情者之地。亮非喜漢、唐獲禽之多也，正欲論當時御者之有罪耳。高祖、太宗本君子之射也，惟御者之不純乎正，故其射一出一入；而終歸於禁暴戢亂、愛人利物而不可掩者，其本領宏大開廓故也。故亮嘗有言：『三章之約非蕭曹之所能教，而定天下之亂又豈劉文靖之所能發哉！』此儒者之所謂見赤子入井之心也。其本領開廓，故其發處便可以震動一世，不止如見赤子入井時微眇不易擴耳。至於以位爲樂，其情猶可以察者，不得其位，則此心何所從發於仁政哉？以天下爲己物，其情猶可察者，不總之於一家，則人心何所底止？自三代聖人固已不諱其爲家天下矣。天下大物也，不是本領宏闊，如何擔當開廓得去？惟其事變萬狀而真心易以汩没，到得失枝落節處，其皎然者終不可誣耳。高祖、太宗及皇家太祖，蓋天地賴以常運而不息，人紀賴以接續而不墜；而謂道之存亡非人之所能預，則過矣。漢唐之賢君果無一毫氣力，則所謂卓然不泯滅者果何物邪？道非賴人以存，則釋氏所謂千劫萬劫者是真有之矣。

此論正在於毫釐分寸處較得失，而心之本體實非鬬飣輳合以成。此大聖人所以獨運天下者，非小夫學者之所能知。使兩程而在，猶當正色明辨。比見秘書與叔昌、子約書，乃言『諸賢死後，議論蠭起』，有獨力不能支之意。伯恭，曉人也，自其在時固已知之矣。天地人爲三才，人生只是要做箇人。聖人，人之極則也。如聖人，方是成人。故告子路者則曰：『亦可以爲成人。』來諭謂『非成人之至』，誠是也。謂之聖人者，於人中爲聖；謂之大人者，於人中爲大。纔立箇儒者名字，固有該不盡之處矣。學者，所以學爲人也，而豈必其儒哉！子夏、子張、子游，皆所謂儒者也，學之不至，則荀卿有某氏賤儒之説，而不及其他。《論語》一書，只告子夏以『女爲君子儒』，其他亦未之聞也。則亮之説亦不爲無據矣。管仲儘合有商量處，其見笑於儒家亦多，畢竟總其大體，却是箇人，當得世界輕重有無，故孔子曰『人也』。亮之不肖，於今世儒者無能爲役，其不足論甚矣，然亦自要做箇人，非專徇管蕭以下規摹也，正欲攬金銀銅鐵鎔作一器，要以適用爲主耳。亦非專爲漢唐分疏也，正欲明天地常運而人爲常不息，要不可以架漏牽補度時日耳。

夫説話之重輕亦係其人：以秘書重德爲一世所宗仰，一言之出，人誰敢非？以亮之不肖，雖孔子親授以其説，纔過亮口，則弱者疑之，强者斥之矣。願秘書平心以聽，惟理之從，盡洗天下之横竪、高下、清濁、白黑，一歸之正道，無使天地有棄物，四時有剩運，人心或可欺，而千四五百年之君子皆可蓋也！故亮嘗以爲『得不傳之絶學者』，皆耳目不洪，見聞不慣之辭也。人只是這箇人，氣只是這箇氣，才只是這箇才。譬之金銀銅鐵，只是金銀銅鐵，鍊有多少則器有精粗，豈其於本質之外換出一般，以爲絶世之美器哉？故浩然之氣，百鍊之血氣也，使世人争騖高遠以求之，東扶西倒而卒不着實而適用，則諸儒之所以引之者亦過矣。〔二〕

亮方治少屋宇，更無舉頭工夫，而新婦急欲爲其父遺人，倉卒具此，又未能究所懷。秘書必未肯遽以爲然，更三五往復，則其論定矣。亮亦不敢自以爲是也，秘書無惜極力鋪張以見教。論不到底，則彼此終有不盡之情耳。

君舉年大而學不止。正則學識日以超穎，非復向時建寧相見之正則也。亮人品庸俗，本無山水好樂，此間亦無所謂山水可樂者，且於平地粧點些子景致，所謂『隨分春』者是也。徐子才常相見，不獨有可用之才，而爲學之意方篤，亦甚思得一見長者，但要出不易耳。渠本約有便即作一書，偶亮遣人倉遽之甚，不暇更於五十里外取書。亮不敢拜壽之宣教專狀，計同台眷長少一一安寧，過庭以此示之爲幸。新婦兒女附拜再四起居。柑子一篭，内有真柑五十枚，乃是黄巖柑，聞其味頗勝温州者，亮亦不能别也。大栗乾者八斤隨至，輕浼尚幸笑留。石天民此月二十三日赴上，未曾得相見。其貧日甚，而有力者念之不以情，今且得全家飽煖也。百冗中西望武夷，如欲飛動，而祠禄之滿，又恐秘書復被牽出。一見定何時？千萬爲世道崇護，不任區區之禱！

校勘記

〔一〕此句疑當移至下文『納紙六幅』句上。

〔二〕《文粹》前集卷七摘録此書，題作《答朱元晦第二書》，唯從『前書大略爲死計』云云一段起，至『諸儒所以引之者亦過矣』句止，其前其後諸段俱不録。

又乙巳春書之二

比者匆匆奉狀，聊以致其平時所欲言者耳，非敢與長者辨。乃承諄復下諭，所宜再拜受教，而紙末之諭，尤使人惻然有感，自當一切不論。然其間亦有不可不言者。

如亮之本意，豈敢求多於儒先，蓋將發其所未備，以窒後世英雄豪傑之口而奪之氣，使知千塗萬轍，卒走聖人樣子不得；而來諭謂亮『推尊漢唐以爲與三代不異，貶抑三代以爲與漢唐不殊』，如此則不獨不察其心，亦併與其言不察矣。某大概以爲三代做得盡者也，漢唐做不到盡者也。故曰：『心之用有不盡而無常泯，法之文有不備而無常廢。』惟其做得盡，故當其盛時，三光全而寒暑平，無一物之不得其生，無一人之不遂其性；惟其做不到盡，故雖其盛時，三光明矣而不保其常全，寒暑運矣而不保其常平，物得其生而亦有時而夭閼者，人遂其性亦有時而乖戾者。本末感應，只是一理。使其田地根本無有是處，安得有來諭之所謂小康者乎？只曰『獲禽之多』，而不曰『隨種而收』，恐未免於偏矣。

孔子之稱管仲曰：『威公九合諸侯，不以兵車，管仲之力也。如其仁，如其仁。』又曰：『一正天下，民到于今受其賜。微管仲，吾其被髮左衽矣。』説者以爲：孔氏之門，五尺童子皆羞稱五伯；孟子力論伯者以力假仁；而夫子稱之如此，所謂『如其仁』者，蓋曰似之而非也。觀其語脉，决不如説者所云。故伊川所謂『如其仁者，稱其有仁之功用也』。仁人明其道不計其功，夫子亦計人之功乎？若如伊川所云，則亦近於來諭所謂『喜獲禽之多』矣。功用與心不相應，則伊川所論『心迹元不曾判』者，今亦有時而判乎？聖人之於天下，大其眼以觀之，平其心以參酌之，不使當道有棄物而道旁有不厭於心者。九轉丹砂，點鐵成金，不應學力到後反以銀爲鐵也。前書所謂『攪金銀銅鐵鎔作一器』者，蓋措辭之失耳。新婦急欲爲其父遺人，一夕伸紙引筆而書，夜未半而書成，不能一一盡較語言，亦望秘書察其大意耳。

王通有言：『皇墳帝典，吾不得而識矣，不以三代之法統天下，終危邦也。如不得已，其兩漢之制乎！不以兩漢之制輔天下者，誠亂也已。』仲淹取其以仁義公恕統天下，而秘書必謂其假仁借義以行之，心有時而泯可也，而謂千五百年常泯可乎？法有時而廢可也，而謂千五百年常廢可乎？至於『全體只在利欲上』之語，竊恐待漢唐之君太淺狹，而世之君子有不厭於心者矣。匡〔二〕章通國皆稱其不孝，而孟子獨禮貌之者，眼目既高，於駁雜中有以得其真心故也。波流犇迸，利欲萬端，宛轉於其中而能察其真心之所在者，此君子之道所以爲可貴耳。若於萬慮不作，全體潔白，而曰真心在焉者，此始學之事耳。一生辛勤於堯舜相傳之心法，不能點鐵成金而不免以銀爲鐵，使千五百年之間成一大空闕，人道泯息而不害天地之常運，而我獨卓然而有見，無乃甚高而孤乎！宜亮之不能心服也。

來書所謂『天地無心而人有欲，是以天地之運行無窮，而在人者有時而不相似』，又謂『心則欲其常不泯而不恃其不常泯，法則欲其常不廢而不恃其不常廢』，此明言也。而謂『指其須臾之間偶未泯滅底道理，以爲只此便可與堯、舜、三代並隆，而不察其所以爲之田地根本無有是處』者，不知高祖、太宗何以自别於魏宋二武哉？ 來書又謂『立心之本，當以盡者爲法，不當以不盡者爲準』，此亦明言也。 而謂漢唐不無愧於三代之盛時，便以爲欺罔者，不知千五百年之間以何爲真心乎？ 亮輩根本工夫自有欠闕，來諭誠不誣矣，至於『畔棄繩墨，脱略規矩』，無乃通國皆稱其不孝而因謂之不孝乎？ 此夷齊所以蒙頭塞眼，柳下惠所以降志辱身，不敢望一人之或知者，非敢以淺待人也，勢當如此耳。 亮不敢有望於一世之儒先，所深恨者，言以人而廢，道以人而屈，使後世之君子不免哭途窮於千五百年之間，亮雖死而目不瞑矣！〔一〕

『樓臺側畔楊花過，簾幕中間燕子飛』，當時論者以爲『貧人安得此景致』？ 亮今甚貧，疑此景之可致，故以爲『可只作富貴者之事業』，而來諭便謂『做沂水舞雩意思不得，亦不是抱膝長嘯底氣象』，如此則咳嗽亦不可矣！ 心之所欲言者甚多，來戒之及，過是决不敢更有所言。但所謂『不傳絶學，更須討論』者，猶恐如俗諺所謂『千錢蘗却在笆籬邊』耳。

許作《抱膝吟》，須如前書得兩篇可長諷詠者爲佳，不必論到孔明抱膝長嘯。 各家園池，自有各家景致，但要得語言氣味深長耳。

校勘記

〔一〕《文粹》前集卷七摘録此書，題作《答朱元晦第三書》，唯至『亮雖死而目不瞑矣』句止。

〔二〕《文粹》未改『匡』字爲其他字，以避宋太祖諱，不知何故。

又乙巳秋書

春夏之交，辱報翰甚悉，所以勞長者之心力而費其言語者亦不少矣。惶恐不可言。訊後又復數月，不任尊仰。即日秋氣愈肅，伏惟天生賢哲，茂對令辰，台候動止萬福。千里之遠，不能捧一觴爲千百之壽，小詞一闋，香兩片，川筆十枝，川墨一挺，蜀人以爲絶品，不能別也。并㮯蒲一緉，謾充背子用；雪梨石榴四十顆，薄致區區贊祝之意。能爲亮自舉一觴於千里之外乎？恃愛忘分，庶不以薄少輕浼爲罪而笑留，幸甚。

亮自去載兩遭大變之後，意緒日以頽墮，鬚鬢亦種種矣。所幸椀飯粗足，可免營求。若得蕭散十年，高床枕枕而死，夫復何憾！惜其胸中之區區，不能自明於長者之前；人微言輕，不爲一世所察；秘書雖察之而不詳，多言又非所以相浼瀆；抱此不滿，秘書謂其亦何所樂也！

亮大意以爲本領閎闊，工夫至到，便做得三代；有本領無工夫，只做得漢唐。而秘書必謂漢唐並無些子本領，只是頭出頭没，偶有暗合處，便得功業成就，其實只是利欲場中走。使二千年之英雄豪傑不得近聖人之光，猶是小事，而向來儒者所謂『只這些子殄滅不得』，秘書便以爲好説話，無病痛乎？

來書所謂『自家光明寶藏』者，語雖出於釋氏，然亦異於『這些子』之論矣。天地之間，何物非道？赫日當空，處處光明。閉眼之人，開眼即是，豈舉世皆盲，便不可與共此光明乎？眼盲者摸索得着，故謂之暗合，不應二千年之間有眼皆盲也。亮以爲：後世英雄豪傑之尤者，眼光如黑漆，有時閉眼胡做，遂爲聖門之罪人；及其開眼運用，無往而非赫日之光明，天地賴以撐拄，人物賴以生育。今指其閉眼胡做時便以爲盲，無一分眼光；指其開眼運用時只以爲偶合，其實不離於盲。嗟乎，冤哉！彼直閉眼耳，眼光未嘗不如黑漆也。一念足以周天下者，豈非其眼光固如黑漆乎！天下之盲者能幾？赫日光明未嘗不與有眼者共之。利欲汩之則閉，心平氣定，雖平平眼光亦會開得。况夫光如黑漆者，開則其正也，閉則霎時浮翳耳。仰首信眉，何處不是光明？使孔子在時，必持出其光明以附於長長開眼者之後，則其利欲一時涴世界者，如浮翳盡洗而去之，天地清明，赫日長在，不亦恢廓洒落、閎大而端正乎！今不欲天地清明，赫日長在，只是『這些子殄滅不得』者便以爲古今秘寶，因吾眼之偶開便以爲得不傳之絶學。三三兩兩，附耳而語，有同告密；畫界而立，一似結壇，盡絶一世之人於門外。而謂二千年之君子皆盲眼不可點洗，二千年之天地日月若有若無，世界皆是利欲，斯道之不絶者僅如縷耳。此英雄豪傑所以自絶於門外，以爲立功建業别是法門，這些好説話且與留着粧景足矣。若知開眼即是箇中人，安得撰到此地位乎！

秘書以爲三代以前都無利欲，都無要富貴底人，今《詩》《書》載得如此净潔，只此是正大本子。亮以爲才有人心便有許多不净潔，革道止於革面，亦有不盡概聖人之心者。聖賢建立於前，後嗣承庇於後，又經孔子一洗，故得如此净潔。秘書亦何忍見二千年間世界塗涴，而光明寶藏獨數儒者自得之，更待其有時而若合符節乎？遷善改過，聖人必欲其到底而後止，若隨分點化，是不以人待之也。點鐵成金，正欲秘書諸人相與洗净二千年世界，使光明寶藏長長發見，不是只靠『這些子』以幸其不絶，又誣其如縷也。最可惜許多眼光抹漆者盡指之爲盲人，而一世之自號開眼者，正使眼無翳，眼光亦三平二滿，元靠不得，亦何力使得天地清明，赫日長在乎！

亮之説話，一時看得極突兀，原始要終，終是易不得耳。秘書莫把做亮説話看，且做百行俱足人忽如此説。秘書終不成盡棄置不以入思慮也？亮本不敢望有合，且欲因此一發，以待後來云云。〔一〕

校勘記

〔一〕《文粹》前集卷七摘録此書，題作《答朱元晦第四書》。唯自第一段之『惶恐不可言』至第二段之『夫復何憾』俱從删削。其所録諸段，文字與明成化本俱同。

丙午復朱元晦秘書書

不獲拜起居之問，又一年矣。七八月之交，子約處遞到所惠書，備認存念不忘之意。陸沈至此，如門下之着眼者幾人，遥望門牆，每欲飛動。即日秋高氣清，伏惟茂對令辰，天人顯相，台候動止萬福。千里之遠，竟未能酬奉觴爲壽之願，雪梨甜榴四十顆，今歲鄉間遭大風，梨絶難得，極大者僅如此。章德茂得蜀隔織一縑，疏不甚佳，只堪麄衾用。蘇牋一百，鄙詞一闋，薄致祝贊之誠，不敢失每歲常禮爾。無佳物自效，切幸笑留！

向來往還數書，非敢與門下争辯，聊以明不敢自屈其説以自附和。以亮之畸窮不肖，本應得罪於一世大賢君子，秘書獨憐其窮，不忍棄絶之，亮亦因不敢自外於門下爾；世以相附和爲黨而欲加之罪者，非也。此數書亦欲爲免死之計，見世之有力者亦使一讀之，而秀才門見其怪甚，相與傳説流布，非有意流傳之也。

亮平生不曾會與人講論，獨伯恭於空閑時喜相往復，亮亦感其相知，不知其言語之盡。伯恭既死，此事盡廢。子約、叔昌卒歲一番相見，不過寒温常談，而安得有所謂講切者哉！來書問『有何講論』者，猶以亮爲喜與人語乎？兼之浙間議論，自始至末，亮並不曉一句。

道之在天下，至公而已矣，屈曲瑣碎皆私意也。天下之情僞，豈一人之智慮所能盡防哉？就能防之，亦非聖人所願爲也。《禮》曰：『人藏其心，不可測度也。美惡皆在其心，不見其色也。欲一以窮之，捨《禮》何以哉？』惟其止於理，則彼此皆可知爾；若各用其智，則迭相上下而豈有窮乎？聖人之於天下，時行而已矣，逆計預防，皆私意也。天運之無窮，豈一人之私智所能曲周哉？就能周之，亦非聖人之所願爲也。易有太極而生兩儀，兩儀生四象，四象生八卦，八卦定吉凶，吉凶生大業。故聖人先天而天弗違，後天以奉天時。先天者所以開此理也，豈逆計預防之云乎！世疑《周禮》爲六國陰謀之書，不知漢儒説《周禮》之過爾，非周公之本旨也。老莊之所以深誚孔子者，豈非欲以一人之智慮而周天下乎？不知其本於至公而時行也。秘書之學，至公而時行之學也；秘書之爲人，掃盡情僞而一於至公者也。世儒之論，皆有官不容針私通車馬之意，皆亮之所不曉；故獨歸心於門下者，直以此耳。有公則無私，私則不復有公。王霸可以雜用，則天理人欲可以並行矣。亮所以爲縷縷者，不欲更添一條路，所以開拓大中，張皇幽眇，而助秘書之正學也。豈好爲異説，而求出於秘書之外乎？不深察其心，則今可止矣。〔一〕

比見陳一之國録，説張體仁太博爲門下士，每讀亮與門下書，則怒髮衝冠，以爲異説；每見亮來，則以爲怪人，輒舍去不與共坐。由此言之，此數書未能免罪於世俗，而得罪於門下士多矣；不止，則楚人又將鉗我於市。進退維谷，可以一笑也。甚欲走武夷爲旬日之款，而近來亦自多病，眼前衮衮，更擺脱不暇，且看冬仲如何。如聞生理亦頗費力，葉正則獨以爲『秘書不求容於世，吾人不當爲姑息之愛以相累』，此言良有理。天下之事，豈人智所可粧做而輳合哉！要之，今世學者終是信命不及，尚未暇其安於義也。如亮之謬戾顛倒，分與世違而無所恤，則又別論也。定叟智出於父兄之外，而卒不免。虎狼、螻蟻，正未易擇。

亮方學爲治圃之事，亦欲治一二亭子，力所未能者甚多，其可及者又爲風撤去。『洛陽亭館是何人』，吾人真瓶中見粟之人爾。連書求作《抱膝吟》，非求秘書粧撰而排連也，只欲寫眼前景物，道今昔之變，一爲和平之音，一爲慷慨悲歌，以娱其索居野處耳。信手直寫，便自抑揚頓挫，何必過於思慮以相玩哉！去奴留待幾日儘不妨，願試作意而爲之。

入秋脚氣殊作梗，意緒極不佳，欲作一書，數日方能下筆，又不成語言，遣僕遂以蹉跎，秘書必察其非敢慢也。壽之宣教侍旁，爲學日粹，失子之戚今能置之乎？台眷長少均慶！荆婦兒女附拜再四起居。未承晤間，千萬爲世道崇護，亮不任區區之禱！

校勘記

〔一〕《文粹》前集卷七摘録此書，題作《答朱元晦第五書》。所録唯自『道之在天下』至『則今可止矣』一段。字句與明成化本俱同。

〔附〕寄陳同甫書十五首　　朱熹

一

數日山間從游甚樂，分袂不勝惘然。君舉已到未？熹來日上剡溪，然不能久留，只一兩日便歸。蓋城中諸寄居力來言不可行，深咎前日衢婺之行也。如此則山間之行不容復踐，老兄與君舉能一來此間相聚爲幸。官舍無人，得以從容，殊勝在道間闐置車中，不得終日相語也。君舉兄不敢遽奉問，幸爲深致此意，千萬千萬！

《戰國策》、《論衡》二書，并自注《田説》二小帙，并往觀之，如何也？所定《文中子》，千萬攜來。陳叔達説有韓公所定《禮儀》，尚未及往借也。别後鬱鬱，思奉偉論，夢想以之。臨風引領，尤不自勝。（按此壬寅歲書）

二

君舉竟未有來期，老兄想亦畏暑，未必遽能枉顧，勢須秋凉乃可爲期。但賤迹孤危，力小任重，政恐旦夕便以罪去耳。

旱勢已成，三日前猶蒸鬱，然竟作雨不成。此兩日晨夜凄凉，亭午慘烈，無復更有雨意。雖祈禱不敢不盡誠，然視州縣間政事，無一可以召和而弭災者，未知將復作何究竟也。本欲俟旬日間力懇求去，緣待罪文字未報，未敢遽發。今遂遭此旱虐，如何更敢求自便？但恐自以罪罷，則幸甚，不然則未知所以爲計也。不審高明將何以見教也？

新論奇偉不常，真所創見。驚魂未定，未敢遽下語，俟再得餘篇，乃敢請益耳。

婺人得錢守，比之他郡，事體殊不同。他人直是無一點愛人底心，無醫治處也。趙倅之去甚可惜。鄙意亦欲具曾救荒官吏殿最以聞，以方俟罪，嫌於論功，遂不敢上。不知錢守曾再奏否？若其遂行，實可惜也。

《書義破題》真張山人所謂『著相題詩』者，句意俱到，不勝嘆服。他文有可録示者，幸併五篇見教，洗此昏憒也。

向説方巖之下伯恭所樂游處，其名爲何？其地屬誰氏？幸批示。近刊伯恭所定《古易》，頗可觀，尚未竟，少俟斷手，即奉寄。但恐抱膝長嘯人不讀此等俗生鄙儒文字耳。社中諸友朋坐夏安穩。山間想見虛凉，無城市歊煩之氣，比所授之次第亦可使聞一二乎？可與立者未可與權，願明者之審此也。（按此答陳氏壬寅『不獲聽博約之誨』書）

三

病中不能整理別頭項文字，閑取舊書諷詠之，亦覺有味，於反身之功亦頗有得力處，他亦不足言也。示諭見予之意甚厚，然僕豈其人乎！明者於是乎不免失言之累矣。《震》之九四，向來顔魯子以納甲推賤命，以爲正當此爻，嘗恨未曉其説，今同甫復以事理推配，與之暗合如此，然則此事固非人之所能爲矣。附託之戒，敢不敬承，然其事之曲折未易紙筆既也。叔昌所云，初實有之，蓋意老兄上未及於無情，而下決不至於不及情，是以疑其未免乎此；今得來諭，乃知老兄遂能以義勝私如此，真足爲一世之豪矣。而區區妄意，所謂淺之爲丈夫者，又以自愧也。

武夷九曲之中，比縛得小屋三數間，可以游息。春間嘗一到，留止旬餘。溪山回合，雲煙開斂，旦暮萬狀，信非人境也。嘗有數小詩，朋舊爲賦者亦多。薄冗無人寫得，後便當寄呈求數語。韓丈亦許爲作記文也。此生本不擬爲時用，中間立脚不牢，容易一出，取困而歸。自近事而言，則爲廢斥；自初心而言，則可謂爰得我所矣。承許見顧，若得遂從容此山之間，款聽奇偉驚人之論，亦平生快事也。但聞未免俯就鄉舉，正恐自此騫騰，未暇尋此寂寞之濱耳。

《策問》前篇，鄙意猶守明招時說；後篇極中時弊，但須亦大有更張，乃可施行。若事事只如今日，而欲廢法，吾恐無法之害又有甚於有法之時也。如何，如何？去年十論大意，亦恐援溺之意太多，無以存不親授之防耳。後生輩未知三綱五常之正道，遽聞此說，其害將有不可勝救者，願明者之反之也。妄意如此，或未中理，更告反覆，幸幸。《李衛公集》一本致几間，此公才氣事業，當與春秋戰國時何人爲比？幸一評之，早以見寄，幸甚。

（按此答陳氏癸卯秋書）

四

比忽聞有意外之禍，甚爲驚歎。方念未有相爲致力處，又聞已遂辨白而歸，深以爲喜。人生萬事真無所不有也。比日久雨蒸鬱，伏惟尊候萬福。歸來想諸况仍舊，然凡百亦宜痛自收斂，此事合說多時，不當至今日，遲頓不及事，固爲可罪；然觀老兄平時自處於法度之外，不樂聞儒生禮法之論，雖朋友之賢如伯恭者，亦以法度之外相處，不敢進其逆耳之論，每有規諷，必宛轉回互，巧爲之說，然後敢發。平日狂妄，深竊疑之，以爲愛老兄者似不當如此，方欲俟後會從容面罄其說，不意罷逐之遽，不及盡此懷也。今兹之故，雖不知所由，或未必有以召之，然平日之所積，似亦不爲無以集衆尤而信讒口者矣。老兄高明剛決，非吝於改過者，願以愚言思之。絀去義利雙行、王霸並用之説，而從事於懲忿窒慾、遷善改過之事，粹然以醇儒之道自律，則豈獨免於人道之禍，而其所以培壅本根，澄源正本，爲異時發揮事業之地者，益光大而高明矣。荷相與之厚，忘其狂率，敢盡布其腹心。雖不足以贖稽緩之罪，然或有補於將來耳。不審高明以爲如何？悚仄悚仄！（按此甲辰四月書）

五

昨聞洶洶，常託叔度致書奉問，時猶未知端的，不能無憂。便中忽得五月二十六日所示字，具審曲折，喜不可言。且得脱此虎口，外此是非得失，置之不足言也。林和叔〔二〕過此，又得聞其事首末尤詳，是亦可嘆也已！還家之後，諸況如何？所謂少林面壁，老兄決做不得，然亦正不當如此，名教中自有安樂處。區區所願言者，已具之前書矣。大率世間議論，不是太過，即是不及，中間自一條平穩正當大路，却無人肯向上頭立脚，殊不可曉。老兄聰明非他人所及，試一思愚言，不可以爲平平之論而忽之也。偶有便，匆匆未暇索言。（按此答陳氏甲辰五月二十六日託朱秀才轉致書）

六

九月十五日，某頓首再拜同甫上舍老兄：

夏中朱同人歸，辱書，始知前事曲折，深以愧歎！尋亦嘗別附問，不謂尚未達也。兹承不遠千里，專人枉書，尤荷厚意。且審還舍以來，尊候萬福，足以爲慰。而細詢來使，又詳歸路戒心之由，重增嘆駭也。事遠日忘，計今處之帖然矣。熹衰病杜門，直此生朝孤露之餘，方深哽愴；乃蒙不忘，遠寄新詞，副以香果佳品，至於裘材，又出機杼，此意何可忘也！但兩詞豪宕清婉，各極其趣，而投之空山樵牧之社，被之衰退老朽之人，似太不著題耳。

示諭縷縷，殊激懦衷。以老兄之高明俊傑，世間榮悴得失本無足爲動心者；而細讀來書，似未免有不平之氣。區區竊獨妄意：此殆平日才太高，氣太鋭，論太險，迹太露之過；是以困於所長，忽於所短，雖復更歷變故，顛沛至此，而猶未知所以反求之端也。

嘗謂『天理』『人欲』二字，不必求之於古今王霸之迹，但反之於吾心義利邪正之間，察之愈密則其見之愈明，持之愈嚴則其發之愈勇。孟子所謂『浩然之氣』者，蓋斂然於規矩準繩不敢走作之中，而其自任以天下之重者，雖賁育莫能奪也。是豈才能血氣之所爲哉！老兄視漢高帝、唐太宗之所爲而察其心，果出於義耶？出於利耶？出於邪耶？出於正耶？若高帝，則私意分數猶未甚熾，然已不可謂之無；太宗之心，則吾恐其無一念之不出於人欲也，直以其能假仁借義以行其私，而當時與之争者，才能智術既出其下，又無仁義之可借，是以彼善於此而得以成其功耳。若以其能建立國家，傳世久遠，便謂其得天理之正，此正是以成敗論是非，但取其『獲禽之多』，而不羞其詭遇之不出於正也。千五百年之間，正坐如此，所以只是架漏牽補過了時日，其間雖或不無小康，而堯、舜、三王、周公、孔子所傳之道，未嘗一日得行於天地之間也。若論道之常存，却又初非人所能預，只是此箇自是亘古亘今常在不滅之物，雖千五百年被人作壞，終殄滅他不得耳。漢唐所謂賢君，何嘗有一分氣力扶補得他耶？

至於儒者成人之論，專以儒者之學爲出於子夏，此恐未可懸斷。而子路之問成人，夫子亦就其所及而告之，故曰『亦可以爲成人』，則非成人之至矣。爲子路，爲子夏，此固在學者各取其性之所近，然臧武仲、卞莊子、冉求中間插一箇孟公綽，齊手並脚，又要文之以禮樂，亦不是管仲、蕭何以下規模也。

向見《祭伯恭文》，亦疑二公何故相與聚頭作如此議論。近見叔昌、子約書中説話，乃知前此此話已説成了。亦嘗因答二公書，力辨其説，然渠來書説得不索性，故鄙論之發亦不能如此書之盡耳。老兄人物奇偉英特，恐不但今日所未見，向來得失短長，正自不須更挂齒頰，向人分説。但鄙意更欲賢者百尺竿頭進取一步，將來不作三代以下人物，省得氣力爲漢唐分疏，即更脱灑磊落耳。李、孔、霍、張，則吾豈敢，然夷吾、景略之事，亦不敢爲同甫願之也。

武夷諸詩能爲下一語否？韓記陸詩納呈。韓丈又有《櫂歌》，今并録去也。大字甚荷不鄙，但尋常不曾爲寺觀寫文字，不欲破例。此亦拘儒常態，想又發一笑也。寄來紙却爲寫張公集句《座右銘》去，或恐萬一有助於積累涵養、睟面盎背之功耳。聞曾到會稽，丘宗卿頗欵否？更曾與誰相見？項平父未受代否？曾遊山否？越中山水氣象，終是淺促，意思不能深遠也。武夷亦不至甚好，但近處無山，隨分占取做自家境界。春間至彼，山高水長，紅緑相映，亦自不惡。但年來窘束殊甚，詩成屋未就，亦無人力可往來，每以爲念耳。

來人不欲久留，草草布此，不能盡所欲言。無物可伴書，古龍涎二兩，鍾乳四兩，藤枕一枚，幸視入。更有《近思録》兩册，并以唐突，勿怪，勿怪！尊嫂、郎、娘均慶。徐子才今在何處？或見，幸爲致意。向寒，珍重爲禱。有人之城，謾作數字寄叔度處，恐有便來此也。引領晤對，臨風悵然，不宣。熹頓首再拜。（按此答陳氏甲辰離棘寺歸書）

七

熹頓首再拜同父上舍老兄：

自頃人還，不得再附問，日以馳情。專人至此，忽奉誨示，獲聞即日春和，尊候萬福，感慰并集。且聞葺治園亭，規模甚盛，甚恨不得往同其樂而聽高論之餘也。『樓臺側畔楊花過，簾幕中間燕子飛』，只是富貴者事，做沂水舞雩意思不得，亦不是躬耕隴畝、抱膝長嘯底氣象，却是自家此念未斷，便要主張將來，做一般看了。竊恐此正是病根，與平日議論同一關鍵也。所需惡札，一一納去。但《抱膝詩》，以數日修整破屋，扶傾補敗，叢冗細碎，不勝其勞，無長者臺池之勝而有其擾，以此不暇致思，留此人等候數日，竟不能成，且令空回，俟旦夕有意思，却爲作，附便以往也。二公詩皆甚高，而正則摹寫尤工，卒章致意尤篤，令人嘆息。所惜不曾向頂門上下一針，猶落第二義也。

君舉得郡，可喜，不知闕在何時。正則聞甚長進，比得其書甚久，不曾答得，前日有便，已寫下而復遺之，今以附納，幸爲致之。觀其議論，亦多與鄙意不同，此事儘當商量，但卒乍未能得相聚，便得相聚，亦恐未便信得及耳。

令外舅何丈何時物故？今乃葬耶？墓額亦已寫去，似却勝六字。然回首向來道間相見，如昨日事，而便有幽明之隔，人世營營，欲何爲耶？

《座右銘》固知在所鄙棄，然區區寫去之意，却不可委之他人，千萬亟爲取以見還爲幸，自欲投之水火也。它所誨諭，其説甚長。偶病眼數日未愈，而來使留此頗久，告歸甚亟，不免口授小兒別紙奉報。不審高明以爲如何？業已覺昏澀，不能盡所欲言，惟冀以時自愛。臨紙不勝馳情。二月十四日，熹頓首再拜上狀。（按此乙巳春書）

（按以上朱熹第六、七兩書，今行世之《朱文公文集》各本均多所删削，今據臺灣『故宮博物院』影印之南宋孝宗淳熙末年刊印之《朱晦菴文集》録入全文）

來教累紙，縱横奇偉，神怪百出，不可正視。雖使孟子復生，亦無所容其喙，況於愚昧蹇劣，又老兄所謂賤儒者，復安能措一詞於其間哉！然於鄙意實有所未安者，不敢雷同，曲相阿徇，請復陳其一二，而明者聽之也。

八

來教云云，其説雖多，然其大概，不過推尊漢唐，以爲與三代不異；貶抑三代，以爲與漢唐不殊。而其所以爲説者，則不過以爲古今異宜，聖賢之事不可盡以爲法，但有救時之志，除亂之功，則其所爲雖不盡合義理，亦自不妨爲一世英雄。然又不肯説此不是義理，故又須説天地人並立爲三，不應天地獨運，而人爲有息；今既天地常存，即是漢唐之世只消如此，已能做得人底事業，而天地有所賴以至今。其前後反覆，雖縷縷多端，要皆以證成此説而已。若熹之愚，則其所見固不能不與此異，然於其間又有不能不同者，今請因其所同而核其所異，則夫毫釐之差，千里之繆，將有可得而言者矣。

來書『心無常泯，法無常廢』一段，乃一書之關鍵。鄙意所同，未有多於此段者也；而其所異，亦未有甚於此段者也。蓋有是人則有是心，有是心則有是法，固無常泯常廢之理。但謂之無常泯，即是有時而泯矣；謂之無常廢，即是有時而廢矣。蓋天理人欲之並行，其或斷或續，固宜如此。至若論其本然之妙，則惟有天理而無人欲。是以聖人之教人，必欲其盡去人欲而復全天理也。若心則欲其常不泯而不恃其不常泯也，法則欲其常不廢而不恃其不常廢也。所謂『人心惟危，道心惟微，惟精惟一，允執厥中』者，堯、舜、禹相傳之密旨也。夫人自有生而梏於形體之私，則固不能無人心矣；然而必有得于天地之正，則又不能無道心矣。日用之間，二者並行，迭爲勝負，而一身之是非得失，天下之治亂安危，莫不繫焉。是以欲其擇之精而不使人心得以雜乎道心，欲其守之一而不使天理得以流於人欲，則凡其所行，無一事之不得其中，而於天下國家無所處而不當。夫豈任人心之自危，而以有時而泯者爲當然；任道心之自微，而幸其須臾之不常泯也哉！

夫堯、舜、禹之所以相傳者既如此矣，至於湯武，則聞而知之，而又反之以至於此者也。夫子之所以傳之顔淵、曾參者此也，曾子之所以傳之子思、孟軻者亦此也。故其言曰：『一日克己復禮，天下歸仁焉。』又曰：『吾道一以貫之。』又曰：『道不可須臾離也，可離非道也。是故君子戒愼乎其所不覩，恐懼乎其所不聞。』又曰：『其爲氣也，至大至剛，以直養而無害，則塞於天地之間。』此其相傳之妙，儒者相與謹守而共學焉，以爲天下雖大而所以治之者不外乎此。然自孟子既没，而世不復知有此學。一時英雄豪傑之士，或以資質之美，計慮之精，一言一行偶合於道者蓋亦有之，而其所以爲之田地根本者，則固未免乎利欲之私也。而世之學者，稍有才氣，便自不肯低心下意做儒家事業、聖學功夫，又見有此一種道理，不要十分是當，不礙諸般作爲，便可立大功名，取大富貴，於是心以爲利，争欲慕而爲之。然又不可全然不顧義理，便於此等去處，指其須臾之間偶未泯滅底道理，以爲只此便可與堯、舜、三代比隆，而不察其所以爲之田地本根者之無有是處也。

夫三才之所以爲三才者，固未嘗有二道也。然天地無心而人有欲，是以天地之運行無窮，而在人者有時而不相似。蓋義理之心，頃刻不存則人道息，人道息則天地之用雖未嘗已，而其在我者則固即此而不行矣。不可但見其穹然者常運乎上，頹然者常在乎下，便以爲人道無時不立，而天地賴之以存之驗也。夫謂道之存亡在人，而不可舍人以爲道者，正以道未嘗亡，而人之所以體之者有至有不至耳；非謂苟有是身則道自存，必無是身然後道乃亡也。天下固不能人人爲堯，然必堯之道行，然後人紀可修，天地可立也。天下固不能人人皆桀，然亦不必人人皆桀，而後人紀不可修，天地不可立也。但主張此道之人，一念之間不似堯而似桀，即此一念之間便是架漏度日，牽補過時矣。且曰『心不常泯，而未免有時之或泯』，則又豈非所謂半生半死之蟲哉！蓋道未嘗息而人自息之，所謂『非道亡也，幽厲不由也』，正謂此耳。惟聖盡倫，惟王盡制，固非常人所及，然立心之本，當以盡者爲法，而不當以不盡者爲準。故曰：『不以舜之所以事堯事君，不敬其君者也；不以堯之所以治民治民，賊其民者也。』而況謂其非盡欺人以爲倫，非盡罔世以爲制，是則雖以來書之辨，固不謂其絶無欺人罔世之心矣。欺人者人亦欺之，罔人者人亦罔之，此漢唐之治所以雖極其盛，而人不心服，終不能無愧於三代之盛時也。

夫人只是這箇人，道只是這箇道，豈有三代、漢、唐之別？但以儒者之學不傳，而堯、舜、禹、湯、文、武以來轉相授受之心不明於天下，故漢唐之君雖或不能無暗合之時，而其全體却只在利欲上。此其所以堯、舜、三代自堯、舜、三代，漢祖唐宗自漢祖唐宗，終不能合而爲一也。今若必欲撤去限隔，無古無今，則莫若深考堯舜相傳之心法，湯武反之之功夫，以爲準則而求諸身；却就漢祖唐宗心術微處痛加繩削，取其偶合而察其所自來，黜其悖戾而究其所從起，庶幾天地之常經，古今之通義，有以得之於我；不當坐談既往之迹，追飾已然之非，便指其偶同者以爲全體，而謂其真不異於古之聖賢也。且如約法三章固善矣，而卒不能除三族之令，一時功臣無不夷滅；除亂之志固善矣，而不免竊取宮人私侍其父，其他亂倫逆理之事往往皆身犯之。蓋舉其始終而言，其合於義理者常少，而其不合者常多；合於義理者常小，而其不合者常大。但後之觀者於此根本功夫自有欠闕，故不知其非而以爲無害於理，抑或以爲雖害於理而不害其『獲禽之多』也。

觀其所謂『學成人而不必於儒，攬金銀銅鐵爲一器而主於適用』，則亦可見其立心之本在於功利，有非辨説所能文者矣。夫成人之道，以儒者之學求之，則夫子所謂成人也；不以儒者之學求之，則吾恐其畔棄繩墨，脱略規矩，進不得爲君子，退不得爲小人。正如攬金銀銅鐵爲一器，不唯壞却金銀，而銅鐵亦不得盡其銅鐵之用也。荀卿固譏游夏之賤儒矣，不以大儒目周公乎？孔子固稱管仲之功矣，不曰小器而不知禮乎？『人也』之説，古注得之，若管仲爲當得一箇人，則是以子産之徒爲當不得一箇人矣。聖人詞氣之際，不應如此之粗厲而鄙也。其他瑣屑，不能盡究。但不傳之絕學一事，却恐更須討論，方見得從上諸聖相傳心法，而於後世之事有以裁之而不失其正。若不見得，却是自家耳目不高、聞見不的，其所謂洪者乃混雜而非真洪，所謂慣者乃流徇而非真慣，竊恐後生傳聞，輕相染習，使義利之别不明，舜蹠之塗不判，眩流俗之觀聽，壞學者之心術，不唯老兄爲有識者所議，而朋友亦且陷於收司連坐之法，此熹之所深憂而甚懼者，故敢極言以求定論。若猶未以爲然，即不若姑置是事，而且求諸身，不必徒爲譊譊，無益於道，且使卞莊子之徒得以竊笑於旁而陰行其計也。（按此亦答陳氏乙巳『去秋辱答教』書）

九

示諭縷縷，備悉雅意。然區區鄙見，常竊以爲亘古亘今只是一體，順之者成，逆之者敗，固非古之聖賢所能獨然，而後世之所謂英雄豪傑者，亦未有能舍此理而得有所建立成就者也。

但古之聖賢，從本根上便有惟精惟一功夫，所以能執其中，徹頭徹尾無不盡善。後來所謂英雄，則未嘗有此功夫，但在利欲場中頭出頭没，其資美者乃能有所暗合，而隨其分數之多少以有所立，然其或中或否，不能盡善，則一而已。來諭所謂『三代做得盡，漢唐做得不盡』者，正謂此也。然但論其盡與不盡，而不論其所以盡與不盡，却將聖人事業去就利欲場中比並較量，見有彷彿相似，便謂聖人樣子不過如此，則所謂毫釐之差、千里之謬者，其在此矣。且如管仲之功，伊吕以下誰能及之？但其心乃利欲之心，迹乃利欲之迹，是以聖人雖稱其功，而孟子、董子皆秉法義以裁之，不少假借。蓋聖人之目固大，心固平，然於本根親切之地，天理人欲之分，則有毫釐必計、絲髮不差者。此在後之賢所以密傳謹守以待後來，惟恐其一旦舍吾道義之正，以徇彼利欲之私也。今不講此，而遽欲大其目，平其心，以斷千古之是非，宜其指鐵爲金，認賊爲子，而不自知其非也。若夫點鐵成金之譬，施之有教無類、遷善改過之事則可，至於古人已往之迹，則其爲金爲鐵固有定形，而非後人口舌議論所能改易久矣。今乃欲追點功利之鐵，以成道義之金，不惟費却閑心力，無補於既往，正恐礙却正知見，有害於方來也。若謂漢唐以下便是真金，則固無待於點化，而其實又有大不然者。蓋聖人者，金中之金也；學聖人而不至者，金中猶有鐵也。漢祖唐宗用心行事之合理者，鐵中之金也；曹操、劉裕之徒，則鐵而已矣。夫金中之金，乃天命之固然，非由外鑠，淘擇不净，猶有可憾；今乃無故必欲棄舍自家光明寶藏，而奔走道路，向鐵爐邊查礦中撥取零金，不亦悮乎！

帝、王本無異道，王通分作兩三等，已非知道之言；且其爲道，行之則是，今莫之禦而不爲，乃謂不得已而用兩漢之制，此皆卑陋之説，不足援以爲據。若果見得不傳底絶學，自無此蔽矣。今日許多閑議論，皆原於此學之不明，故乃以爲笆籬邊物而不之省，其爲喚銀作鐵，亦已甚矣。

來諭又謂：『凡所以爲此論者，正欲發儒者之所未備，以塞後世英雄之口而奪之氣，使知千塗萬轍，卒走聖人樣子不得。』以愚觀之，正恐不須如此費力，但要自家見得道理分明，守得正當，後世到此地者自然若合符節，不假言傳；其不到者，又何足與之争耶？況此等議論，正是推波助瀾，縱風止燎，使彼益輕聖賢而愈無忌憚，又何足以閉其口而奪其氣乎？

熹前月初間略入城，歸來還了幾處人事，遂入武夷。昨日方歸，冗甚倦甚，目亦大昏，作字極艱，草草布此，語言粗率，不容持擇，千萬勿過！其間亦有瑣細曲折，不暇盡辨，然明者讀之，固必有以深得其心，不待其詞之悉矣。

何丈墓文，筆勢奇逸，三復嘆息不能已。挽詩以心氣衰弱，不能應四方之求，多所辭却；近不得已，又不免辭多就少，隨力應副，往往皆不能滿其所欲。今若更作此，即與墓額犯重，破却見行比例矣。且乞蠲免，如何，如何？《抱膝吟》亦未遑致思，兼是前論未定，恐未必能發明賢者之用心，又成虚設。若於此不疑，則前所云者，便是一篇不押韻、無音律底好詩，自不須更作也。如何，如何？（按此答陳氏乙巳『比者怱怱奉狀』書）

十

誨諭縷縷，甚荷不鄙，但區區愚見，前書固已盡之矣。細讀來諭，愈覺費力，正如孫子荆『洗耳』『礪齒』之云，非不雄辨敏捷，然『枕流漱石』終是不可行也。已往是非不足深較，如今日計，但當窮理修身，學取聖賢事業，使窮而有以獨善其身，達而有以兼善天下，則庶幾不枉爲一世人耳。

十一

方念久不聞動静，使至，忽辱手書，獲聞近況，深以爲喜。且承雅詞下逮，鄭重有加，副以蜀縑、佳果、吴牋，益見眷存之厚。顧衰病支離，霜露悽惻，無可以稱盛意者，第增愧怍耳。『喫緊些兒』之句，尤荷高明假借之重，然鄙儒俗生何足語此？咏嘆以還，不知所以報也。

熹今年夏中粗似小康，涉秋兩爲鄉人牽挽，蔬食請雨，積傷脾胃，遂不能食，食亦不化。中間調理稍似復常，又爲脚氣發動，用藥過冷，今遂大病，疲乏不可言。丹附乳石，平日不敢向口者，今皆雜進，尚未見效。意氣摧頽，如日將暮，恐不得久爲世上人矣。來諭衮衮，讀之惘然，反覆數過，尚不能該其首末，蓋神思之衰落如此，况能相與往復上下其論哉！

向來讀書頗務精熟，中間亦幸了得數書，自謂略能窺見古人用心處，未覺千歲之爲遠。然亦無可告語者，時一思之，以自笑耳。其間一二有業未就，今病，已矣，不能復成書矣。不知後世之子雲、堯夫復有能成吾志者否？然亦已置之，不能復措意間也。只今日用功夫養病之餘，却且收拾身心，從事於古人所謂小學者，以補前日粗疏脱略之咎，蓋亦心庶幾焉而力或有所未能也。同甫聞之，當復見笑。然韓子所謂『斂退就新懦，趨營悼前猛』者，區區故人之意，尚不能不以此有望於高明也。如何，如何？

此外世俗是非毁譽，何足挂齒牙間？細讀來書，似於此未能無小芥蒂也。大風吹倒亭子，却似天公會事發，彼洛陽亭館又何足深羡也？嘗論孟子『説大人，則藐之』，孟子固未嘗不畏大人，但藐其巍巍然者耳。辨得此心，即更掀却卧房，亦且露地睡，似此方是真正大英雄人。然此一種英雄，却是從戰戰兢兢、臨深履薄處做將出來，若是血氣麤豪，却一點使不著也。伯恭平時亦嘗説及此否？此公今日何處得來，然其於朋友不肯盡情，亦使人不能無遺恨也。

《抱膝吟》久做不成，蓋不合先寄陳、葉二詩來，田地都被占却，教人無下手處也。況今病思如此，是安能復有好語道得老兄意中事耶！

承欲爲武夷之游，甚慰所望。但此山冬寒夏熱，不可居，惟春煖秋凉，紅緑紛葩，霜清木脱，此兩時節爲勝游耳。今春纔得一到而不暇宿，秋來以病未能再往，職事甚覺弛廢。若得來春命駕，當往爲數日款也。

但有一事處之不安，不敢不布聞。私居貧約，無由遣人往問動静，而歲煩遣介存問生死，遂爲故事。既又闕然不報，而坐受此過當之禮，雖兄不以爲譴，而實非愚昧所敢安也。自此幸損此禮。因人入城時，以一二字附叔度、子約俾轉以來，亦足以道情素，不爲莫往

莫來者矣。如何，如何？（按此答陳氏丙午『不獲拜起居』書）

十二

熹衰病如昨，不足言。但所見淺滯，只是舊時人。承諭正則自以爲進，『後生可畏』，非虚言也。想已相見，必深得其要領，恨不得與聞一二。然自度愚暗，於老兄之言尚多未解，政使得聞，决是曉會不得。如前書所報一二條，計於盛意必是未契；又如今書所諭『過分不止』之説，亦區區所未諭。如僕所見，却是自家所以自處者未能盡絶私意之累，而於所以開導聰明者未盡其力爾。故《夬》以五陽之盛而比一陰，猶欲决之，故其繇曰：『揚於王庭，孚號有厲，告自邑，不利即戎，利有攸往。』蓋雖危懼自修，不極其武，而揚庭孚號，利有攸往，初不顧後患而小却也。

拙詩前已拜稟。大字固當如戒。但恨未識錢君，不知其所謂正與大者爲如何，未敢容易下筆也。來詩有『大正志學』之語，逢時報主，深悉雅志。此在高明必已有定論，非他人所得預，然所謂『不能自爲時』者，則又非區區所敢聞也。但願老兄毋出於先聖規矩準繩之外，而用力於四端之微，以求乎兖公之所樂，如其所以告於巍巍當坐之時之心，則其行止忤合，付之時命，有不足言矣。就其不遇，獨善其身以明大義於天下，使天下之學者皆知吾道之正，而守之以待上之使令，是乃所以報不報之恩者，亦豈必進爲而撫世哉！佛者之言曰：『將此身心奉塵刹，是則名爲報佛恩。』而杜子美亦云：『四鄰耒耜出，何必吾家操。』此言皆有味也。夫聖賢固不能自爲時，然其仕久止速，皆當其可，則其所以自爲時者，亦非他人之所能奪矣。豈以時之不合而變吾所守以徇之哉！（按據此書中所引陳氏語，知陳氏文集失收原書）

（又按：以上十二書，均見《朱文公文集》卷三十六）

十三

熹懇辭召命，不蒙開允，反得除用，超異非常，内省無堪，何以勝此！已上免奏，今二十餘日矣，尚未聞可報，踧踖不自勝。來書警誨，殊荷愛念。然使熹不自料度，冒昧直前，亦只是誦説章句，以應文備數而已，如何便擔當許大事！况只此僥冒，亦未敢承當。老兄之言，無乃太早計乎！然世間事思之非不爛熟，只恐做時不似説時，人心不似我心。孔子豈不是至公至誠，孟子豈不是麤拳大踢，到底無著手處。况今無此伎倆，自家勾當一箇身心尚且奈何不下，所以從前不敢容易出來，蓋其自知甚審，而世間一種不相識、有公論底人，亦莫不知之；只是吾黨中有相知日久、相愛過深者，好而不知其惡，誤相假借，以爲粗識廉耻而又年紀老大，節次推排，遂有無實之名，以至上誤君父之聽，有此叨竊。每中夜以思，悚懼慚怍，無以少答上下之望，未嘗不發汗沾衣也。不意以老兄之材氣識略過絶流輩，而亦下同流俗，信此虚聲，將欲彊僬僥以千鈞之重，而不憂其覆跌狼狽以誤知人之明也！辭免人行已久，旦夕必有回報。似聞後來廟論又有新番，從官已有以言獲罪而去者，未知事竟如何。封事雖無高論，然恐無降出之理。萬一果如所傳，則孤蹤尤是不復可出。自今以往，牢關固拒尚恐不免於禍，況敢望入帝王之門乎！彼去都城不遠，想已見得近日爻象矣。萬一再辭不得，即不免束裝裹糧，爲生行死歸之計。

承許見訪於蘭溪，甚幸，但恐無説話處。向來子約到彼，相守三日，竟亦不能一吐所懷。或先得手筆數行，略論大意，使未相見間預得紬繹，而面請其曲折，庶幾猶勝忽忽説話不盡，只成閒追逐也。（按此戊申歲書）

十四

熹所遣人，度月半前後到都城，不知歲前便得歸否？但迂滯之見，書中已説盡，自看一過，亦覺難行，次第八九分是且罷休矣。萬一不如所料，又須别相度，今亦不可預定耳。來教所云，心亦慮之，但鄙意到此轉覺懶怯。況本來只是間界學問，更過五七日，便是六十歲人，近方措置種得幾畦杞菊，若一脚出門，便不能得此物喫，不是小事。奉告老兄，且莫相攛掇，留取閑漢在山裏咬菜根，與人無相干涉，了却幾卷殘書，與村秀才子尋行數墨，亦是一事。古往今來多少聖賢豪傑，韞經綸事業不得做，只恁麼死了底何限，顧此腐儒，又何足爲輕重；況今世孔、孟、管、葛自不乏人也耶！來諭『恐爲豪士所笑』，不知何處更有豪士笑得？老兄勿過慮也。（按此答戊申歲書，陳氏文集亦缺原書）

（又按：以上二書均見《朱文公文集》卷二十八）

十五

自聞榮歸，日欲遣人致問，未能，然亦嘗附鄰舍陳君一書，於城中轉達，不知已到未也？專使之來，伏奉手誨，且有新詞厚幣佳實之貺，感紉不忘之意，愧怍亡喻。然衰晚病疾之餘，霜露永感。每辱記存始生，過爲之禮，衹益悲愴，自此告略去之也。比日秋陰，伏惟尊候萬福。熹既老而病，無復彊健之理。比灼艾後，始粗能食，然亦未能如舊，且少寬旬月，未即死耳。

新詞宛轉，説盡風物好處，但未知『常程正路』與『奇遇』是同是別？『進御』與『不進御』相去又多少？此處更須得長者自下一轉語耳。

老兄志大宇宙，勇邁終古，伯恭之論，無復改評。今日始於後生叢中出一口氣，蓋未足爲深賀。然出身事主，由此權輿，便不碌碌，則異時事業亦可卜矣。但來書諸論，鄙意頗未盡曉。如云『無動何以示易』，不知今欲如何其動？如何其易？此其區處，必有成規，恨未得聞其詳也。又如『二者相似而實不同處』，亦所未喻。若如鄙意，則須是先得吾身好，黨類亦好，方能得吾君好，天下國家好。而所謂好者，又有虛實、大小、久近之不同。若自吾身之好而推之，則凡所謂好者，皆實皆大而又久遠；若不自吾身推之，則彌縫掩覆，雖可以苟合於一時，而凡所謂好者，皆爲他日不可之病根矣。蓋修身事君初非二事，不可作兩股看。此是千聖相傳正法眼藏，平日所聞於師友而竊守之，今老且死，不容改易。如來諭者，或是諸人事，宜非老僕所敢聞也。不知象先所論，與此如何？向見此公差殭人意，恨未得款曲盡所懷耳。

此中今夏不雨，早稻多損。秋初一雨，意晚稻可望，今又不雨多日，山間得霜又早，次第亦無全功。幸日下米價低平，且爾遣日，未知向後如何耳。《抱膝》之約，非敢食言，正爲前此所論未定，不容草草下語，須俟他時相逢，彈指無言可説，方敢通箇消息。但恐彼時又不須更作這般閑言語耳。人還，姑此爲報。未即會晤，千萬以時自愛，倚俟詔除。（按此癸丑九月二十四日答書，陳氏文集亦缺原書）

（又按：上書見《朱文公文集》卷三十六）

校勘記

〔一〕『林和叔』，宋本《晦庵先生文集》作『林叔和』。

陳亮集卷之二十九

書

與葉丞相衡

亮敬惟相公以碩輔之尊，鎮撫坤維，經理關隴，如聞兵備甚設，大計已定，而苦於朝論之不合；然内外之事皆相公所宜通知，苟通知乎内外，則不合無足怪矣。

大概國家之勢未張，而庸人之論方勝，五十載痛憤之仇未報，而『二十年爲備』之説方出。文士既不識兵，而武夫又怯於臨敵，大概皆欲委之，而爲説以濟其妄而已。此功名之事儒者以爲難，而有志者所同嘆也。以今日堂堂中國之大，聖天子之明，若能相與協力，整齊五年，使民力稍蘇，國計可倚，豪傑動心，中原知向，紛紛之論便可以不顧矣。奈之何其度日之悠悠也！前之悠悠已十年矣，而後之悠悠特未可知，孤聖天子坐薪嘗膽之本意。今丞相固有志於此矣；要是雜曲時舉，盛文相臨，未免悠悠度日，而又小人或得乘間，正論或以不合，使豪傑孤望，而誰與共成此功名哉！

亮積憂多畏，潭潭之府所不敢登，因書尚覬惜分陰以修内政，辨正邪以立大計。此固同寮之義，而相公之志亦可從是以展矣。

又　書

亮往者禍患百罹，驚憂萬狀，不敢復望再齒於人。自蒙知憐，始有更生之意。家君之故，竟於去夏四月十二日得從白免，父子團欒，喜甚至泣。推原所自，相公實全活之，甚欲駢儷數語爲門下謝，顧無用之辭，方經營調度之時，徒亂人聽視，敬復不敢，而此心已知歸矣。但痛定之餘，撫心自失，如雨止牆頹，噓過焰熾，不復能自禁。

忽去秋偶爲有司所録，俾填成均生員之數，未能高飛遠舉，聊復爾耳。豈敢不識造物之意，而較是非利害於榮辱之場，不自省悟？來秋決去此矣。重以三喪未葬，而無寸土可耕，甘旨之奉闕然，每一念至，幾不聊生。又羞澁不解對人説窮，愈覺費力，就使解説，其窮固亦自若也。以相公雅悉其家事，故輒拜之。相公旦暮歸作霖雨，則窮鱗枯枿自應須有生意。西望門牆，跂立依依而已。

又　書

亮自頃拜違鈞表，忽焉五載，奇窮禍患，何所不有！獨以先人受全軀之恩，竟銜之以入地，朝暮几筵之側，每念崇恩，惟知感涕。去年温州進士戴溪行，嘗僭拜相府之書，不知竟能一徹鈞視否？冒昧之罪，不敢逃也。臘月間，先人之喪遂見三祥，就使亮免喪不死，然五年所學之技大類屠龍，技雖成而無所用，終何以致先人銜恩入地之報於門下？生死負愧，不知所云。仰惟丞相豈責報於亮者，自忖之意蓋如此，區區必蒙鈞照。

又書

亮前月二十六日竊聞旌纛之還，便欲匍匐走伏鈞屏；環顧衣服凶惡，非事王公大人之禮，遲回久之，始敢略見其誠於此書。不識丞相謝客之日，或許其請見乎？庶可以不易服而進也。亮久不見齒於鄉閭，出門之日極少，請見之意誠爲僭率，謹跧伏以聽鈞命。亮不任愧懼之至！

與周參政必大

亮不獲瞻拜鈞表，於今十有餘年；尺書之問不到記室，今又兩年矣。惟是傾心門下，始末長如一日。所望致君堯舜，使天下均被其澤，而亮也亦與一人之數。今蹉跎漸向暮景，志念不出閭里，時和歲豐則妻子可保無虞；乃以連年大旱，中産之家餬口之不給，細民愁瘠如鬼，所不忍見；今歲尚賴少稔，不爾，亮輩亦不可活。今春雨多，大似去年，氣象又復可疑，此正廟堂焦勞之秋也。參政於斯時而不任其責，其將誰任之？

比見所與元晦簡，惓惓於爲粥以食餓者，又慮其信用之過，給散之無節。以亮所見，此皆齊其末耳，爲元晦計則可，而非參政之所先也。渡江安靖又五十餘年，辛巳之變悔禍如反掌，此非人力所及，蓋天下不以是爲變故也。自淳熙改元，歲事少稔，長短相補凡六載，而上下安之，若以爲天瑞之臻；觀此兩歲，則其氣象方勞思慮耳。論安言計，動引聖人，群疑滿腹，衆難塞胸，此今古儒者之所同病；以朱墨爲法，以議論爲政，此又本朝規模之所獨病也。方聖賢馳騖不足之時，而課一時以爲功，孔光、胡廣亦將笑人。衮職有闕，惟仲山甫補之，猶爲平時設耳。諸賢彫落殆盡，獨參政與元晦巋然以鎮之。參政又方協贊國論，於斯時也，而使亮輩憂旦暮之不得食，是則爲可耻矣。

天下大計不逃參政之所思慮經畫，亮方甘放棄，亦不當與聞此事；縱有所論，麄踈茫廣，不能自合，願參政尊其所聞而已。

與周丞相 必大

亮不獲瞻望鈞表，匆匆又復兩載，崇仰之心，如水萬折而必東也。窮居野處，日與海內之人在陶冶之中，而獨能知其所自。今春以年免上禮部，本有進拜之便，臨試一病狼狽，拖强魂入院，僅而不死，倉皇渡江，兄弟接之江頭，擕持抵家，更一月始能瞰飯。一庶弟竟染病以死。

更以妻孥番病，意緒惘惘，殆不知身世之足賴也。

方困頓時，亦聞昭布大號，晋秉國鈞，二十年海内所仰望而敬祝者，一旦遂滿其願，非獨一夫欣幸而已。仰惟丞相以命世之才，得曠古之學，平生經綸老手，至是可以展布而無疑矣。主上天日之表，本非苟安於無事者，皇天全畀之重，百年丘墟之責，則北向之志非可與好大喜功者同日而語也。丞相亦豈今日而忘念慮哉！亮忭甚至於起立，雖病未即安，喜慰無量。亦嘗撰爲駢儷之語，欲遣一介馳獻，因循至今，其意之皎然，尚賴丞相終察之。今者又聞朝廷無復向來安静，廟堂當亦多事，何暇款讀士子言語；念此意不可不達，故卒遣前，倘略賜鈞覽，不勝幸甚！

亮蹉跎遂入晚景。技成無用，重以多病，度非久於人世者，宜可一筆勾斷；而耿耿者未易即滅，况在門牆之舊，豈便復緘口！又不敢縷縷爲瀆，雖叠楮之恭，亦以爲丞相既厭之而不復出也。亮至節後，以小故一到浙西，取道行都，首當俯伏鈞屏，以究其平生欲言而未敢者。冒昧瀆尊之罪，鈞慈必有以照容之。亮下情惶懼之至！

與辛幼安殿撰

亮空閑没可做時，每念臨安相聚之適，而一别遽如許，雲泥異路又如許。本不欲以書自通，非敢自外，亦其勢然耳。前年陳詠秀才强使作書，既而一朋友又强作書，皆不知達否？不但久違無以慰相思也。去年東陽一宗子來自玉山，具説辱見問甚詳，且言欲幸臨教之。孤陋日久，聞此不覺起立。雖未必真行，然此意亦非今之諸君子所能發也。感甚不可言。即日春事强半，伏惟燕處自適，天人交相，台候萬福。

亮頑鈍浸已老矣，面目稜層，氣象彫落，平生所謂學者又皆掃蕩無餘，但時見故舊則能大笑而已。其爲無足賴曉然甚明，真不足置齒牙者。獨念世道日以艱難，識此香氣者，不但人摧敗之，天亦僵仆之殆盡。四海所繫望者，東序惟元晦，西序惟公與子師耳。又覺戞戞然若不相入，甚思無箇伯恭在中間撋就也。天地陰陽之運，闔闢往來之機，患人無毒眼精硬肩胛頭耳。長江大河一瀉千里，不足多怪也。

前年曾訪子師於和平山間，今亦甚念走上饒，因入崇安。但既作百姓，當此田蠶時節，只得那過秋杪。如聞作室甚宏麗，傳到《上梁文》，可想而知也。見元晦説潛入去看，以爲耳目所未曾覩，此老言必不妄。去年亮亦起數間，大有鷦鷯肖鵾鵬之意，較短量長，未堪奴僕命也。又聞往往寄詞與錢仲耕，豈不能以一紙見分乎？

偶有端便，因作此問起居，且詢前書達否。此使一去不回，能尋便以一二字見及，甚幸。餘惟崇護茵鼎，大攄所藴，以决天下大計爲禱！

與張定叟侍郎

亮比詣台屏參謁，特蒙與進，所以慰藉之意良厚，皆非衰落之餘所敢當。既而欲稟辭，乃承有意所不料之感，次且而退，徒劇山斗之仰。

重惟魏國先忠獻以至公血誠對越天地，以崇勳茂德鎮動華夷，爲中興社稷之宗臣，平生慕望，欲爲執鞭而不可得也。荆州以絶識純誠，嗣世而作，功雖不竟，而志實未泯。總其遺烈，鍾之侍郎。侍郎遇事風生，見善如已出，人疑荆州之不亡；而忠赤自將，誓不與虜俱生，則先魏國爲有所付矣。近者晦庵入奏事，侍郎適還從班，行都父老莫不以手加額，不敢以意分先後，亮時實親見之。夫子所謂『無忝』者，於侍郎可也。

乾道間，東萊吕伯恭、新安朱元晦及荆州鼎立，爲一世學者宗師。亮亦獲承教於諸公後，相與上下其論。今新安巍然獨存，益締晚歲之好。子約以其兄之故，亦相與如骨肉。獨侍郎既貴，不敢引例以進，不謂台慈肯自貶損，亦引接之如故舊，使得移所以事荆州者而自見於門下，幸甚過望不可言。侍郎行登政地，凡可以報國而光其先者，宜不待他人之助。然天下大物也，豈一手一足之爲烈，亮之獲聞於諸君子者，倘可繼此而得進乎？固所願也，不敢必也。

與勾熙載提舉

亮拾殘生於萬死之餘，拖延逗遛，遂見新春。今庶幾不死，安眠善睡於部封之下，無非威令風采有以庇存之。仰戴此心，無有窮已。甚思參覲以聽餘論，滿足平生慕望之心，多難畏事，雖門之外亦不敢妄出，惓惓耿耿之情，未嘗不東望而坐馳。敬勒短劄，仰候興寢。敢祈爲國尊護，以即禁林不次之除，發其所蘊，見於論思，斡旋鈞軸，以與天下同此福利。亮不任惓惓之禱！

又書

亮六月還自臨安，道出麾下，以手足俱中風濕，不成禮度，不敢進謁。既而嘗略具稟，乃辱報翰甚寵；及輶車出按，惠然欲屈臨之。今之君子，或少同筆硯，或二十年游從之舊，一旦貴賤少異，便如路人；其欲作意勉敦平生契好者，終是生硬不出情實；旁觀者便得以窺其中之所存，彼亦安之而不顧也。郎中負一世之才望，漢庭群公猶復退避，出持使節，一路懔然，其於部封小夫曾無一日之雅，蹤迹汩没，德又無聞，何所取焉，而遽欲自忘其皇華之尊乎？豈郎中欲納一世之才，高高下下，不使絲髮遺棄，亦欲忘其下體而采其葑菲乎？此意高矣厚矣。亮幸然適當於此時也；不然，則田光所謂『今太子聞光盛壯之時，不知吾形已不逮』也。

亮少時嘗有區區之志，晚節末路，尚不能自別於田間小孺，其他尚復何言！技成而無用，且更以取辱。亦嘗思與一世豪傑之人審訂其是非可否，既不可載之紙筆，相望三百里，一出甚難，徒劇此情而已。若執事真以爲可與言，或使軺出按台、温，道過天台、雁蕩，能賜一報，當策杖相從於山水間，爲十日劇譚之款，庶幾可展布其平生也。

近有柏屋三間，名曰抱膝，葉正則、陳君舉爲作《抱膝吟》，朱元晦亦許作之矣。執事亦能賜數語以光寵之乎？率爾干瀆，惶恐。

與彭子壽祭酒

亮向者得台翰回報之後，仰止道誼，不任此情。班行之有門下，屹然如中流之砥柱。而時事日以難，典禮日以異，闔朝危懼，田野隱憂，舉一世之隱憂[一]，所當竭其血誠而共拯之，蓋不可以頃刻緩者也。貴之與差不甚貴，賢之與差不甚賢，皆當次第受責，不得自恕。亮田野小夫，近嘗叨冒一時誤恩，猶不敢自安於田里；門下以道山玉府之英而當《春秋》之責，回天之力非有望於二府、給舍、臺諫、侍從，則望之諸賢，食焉而怠其事可乎？此田文與吴起論功之時也。

亮卧不安席，食不甘味，將從諸賢而問其平生所講者，不暇以貴賤論。然病之生也，有根有柢，有漸有積，穿經入絡，動榮及衛，至於滲骨徹髓，而後不可救。若於其根而治之，可以無智名，無勇功；治之於漸積，則藥力亦不重。人君以一身而臨天下，責於庶明勵翼，動息必知，根漸必覺，故群臣之效力也微而收功也大。若上下皆不覺，至於經絡榮衛而藥力猶輕，則無可爲；藥力重而不能救，則其病在不早辨耳。今猶及可辨也。諸賢何以追辨之乎？

願門下肅遵時令，精調寢餗，以共扶天地之經，無痕瑕可指而還其初。不任惓惓之禱！

校勘記

〔一〕「隱憂」疑當作「君子」，蓋涉上文致誤。

與范東叔龍圖

亮自頃一望台光，蒙所以温接獎與之意厚甚。連歲到行都，自顧蹤迹日以陸沈，無顏數詣台屏；但時與令姪少約問訊啟處之詳，慰此尊仰。初夏嘗一到金陵，與章丈侍郎甚款，相羊泉石間，每玩所留字，必相與詠頌悵望良久。章丈亦言右司甚遲其來，失此良款，尤用怏悒。亮自七八月之交，一病垂死，今幸苟存殘喘，百念皆已灰滅；但尊敬大賢君子，耿然猶在。

亮竊惟提刑右司〔二〕，西州人物之英，一朝簪紳之表，文章議論爲時宗工，道德風流在王左右，禁林兩地，漢廷莫之或先，飄然而去，不可復駐，雖高節懍然，而徘徊戀主之義尚有可思者。持節湖外，彼民何其幸也！族兄君舉遂獲同寮，託契至厚，今茲遊處其間，樂當不可涯。使軺聯翩得賢，仁言仁聞交發並見，無從一遊其間，睹此盛事，悵仰而已。時事反覆無常，天運所至，亦看人事對副如何。泛泛君子不足承當好運，猶庸庸小人不足以究竟向陰之時。人不自力而一委之天，豈不殆哉！

亮一親戚梁鋭爲郴陽〔二〕判官，道出麾下，義當伏謁。渠雖北人，今與亮爲鄰且三四十年矣。亮非敢以一書爲之先容，倘賜温顔垂接，孤寒小官，生死萬幸。渠蹉跎選調，不善俯仰，蒞官十四五考。而舉者只一二人，生硬自信，可爲一笑。右司加意憐之，固其所願而不敢望也。亮開歲又隨衆一到春官，包羞至此，只欲爲遮攔門户計。若更不遂，且當浮沈里閈，與田夫野老爲伍，無所復望於今世矣。

新天子龍飛，寤寐英賢，决非湖外所能久留，綸涣一下，鋒車鼎來。更冀崇護寢餗，終爲四海一出素藴，不勝千萬之禱！

校勘記

〔一〕按明成化本以此句始，分爲又書，應刻本所附宗廷輔《札記》以爲此與上文『似止一篇，係誤分』。其説甚是，然應刻本仍未加併合。今從其説，合爲一書。

〔二〕『郴陽』原作『彬陽』，係譌誤，徑改。

與尤延之侍郎

比留臨安二十日，不敢數造台屏，非欲自取疏外，正以極暑必非樂客之時，不敢不識去就耳。匆匆告違，是夜便宿退居，次早即絶江。懷仰道誼，夢寐以之。侍郎又復兼領劇曹，上所委屬，眷意日隆，東西二府非公莫宜也。鈍滯無用之人，惟當拭目以觀天下太平耳。

林黄鍾得郡之明日，朱元晦得祠，廟堂行遣，甚愜人意。然元晦日以老矣，世念淡然，時賢不應終置也。幾仲、正則聞欲求外，周丈獨當政柄，何以使賢者至此乎！君舉邈然與蠻夷爲鄰，鬢毛斑斑，知舊滿前而莫或念之，此固其命也。

亮衰落至此，不復與世人較是非，苟可以竊旦暮之安，何氣之足論！但不容其安而亦莫念之，此其苦殆不可言耳。亮仲冬將復有京口之行，道出修門，自當請謁，未間敢冀崇護寢餗，以對冕旒異常之眷。亮不任至禱！

與吴益恭安撫

亮一别不謂便如許久，中間伯恭遞到婺州所留之文，不得一見爲恨。前年蕭山道中作一書，附梁節推行，記得燈下寫時甚縷縷，今亦莫知所説何事也。正月間到臨安，又得梁節推書，始知已出廣久矣，甚念一見，深以不可得爲慮。臨行，纔得與天民促膝共語一夕。復得君舉書，亦知兄之來參差日子極不多，人生會聚之難乃如此。回思向來大醉井亭橋上，無一時放手，固是人間樂事也。

比聞有召對指揮，丈夫年踰五十始得一面天顔，自不應復有留藏。然有君如此，亦不必量而後入也。私以爲必有非常遇合，日日以冀。忽鄭景元相訪，未及寒温，首問此事，乃知奏疏甚偉，九重所以相期待者亦甚至，然竟不免爲邕筦之行。吾人所向，類多如此。上方侍光堯萬壽，豈忍使人八十之親重入瘴癘之鄉乎！若明以爲告，宜無有不納，乃欲待闕到而後乞祠，殆不可曉。天民一見遂遇合，繼此當平步要津矣。天下無不可爲之時，無不可乘之勢，顧吾儕之命忒煞不是當耳。欒武子所謂『不可當吾世而失諸侯』，此言甚可念也。亮已爲枯木朽株矣，雖即填溝壑固其分，但胸中所懷千萬更無開口處，良以爲苦。四海相知惟伯恭一人，其次莫如君舉，自餘惟天民、道甫、正則耳。此事今已一筆勾斷云云〔一〕。

校勘記

〔一〕按應氏本宗廷輔《札記》謂『一筆勾斷』下當有脱文，『聞見待邕州對』下當另是一書。其説甚是。今分爲『又書』。

又　書

聞見待邕州對，當以情告上，不可更待來年。當機不發，乃更求哀他人，恐他時不無遺恨耳。伯恭、君舉於兄極相知，但其力不能有所及。在臨安亦嘗數數款語否？三四年來，伯恭規模宏闊，非復往時之比，欽夫、元晦已朗在下風矣，未可以尋常論也。君舉亦甚別，皆應刮目相待。葉正則俊明穎悟，其視天下事有迎刃而解之意，但力量有所不及耳。渠於亮甚厚。其於亮所厚如兄與天民，極倦倦，殆未可以科舉士人論。此君更過五七年，誠難爲敵，獨未知於伯恭如何耳。徐居厚卓然自要立脚，亦與其他士人不同，聞安下處甚相近，想時時得款語也。本朝以繩墨立國，自是文法世界，度外之士往往多不能自容。只如西事之興，滕宗諒、張亢小小放手，便爲文法所繩，惟范文正公力保庇之。孫元規、滕達道、李誠之皆一世偉人，而是非相半。世人於兄不能深相察者，固亦其勢也。然亮以爲齷齪拘攣之極，其勢必須一番痛快而後定。今日之淺狹亦極矣，兄輩不患不得少舒其意，小小起伏，願且安之。無聊賴豈有踰於老弟者乎？亦且磊磈度日，想兄亦不待亮縷縷也。

與鄭景元提幹

比僕子回，辱書爲答甚悉。子宜兄相約會永嘉邑中，又得前所附教，具感相念之意。但別去之久，終是無任耿耿。訊後暑伏可畏，諒惟需次有相，台候動止萬福。黄巖人約渠以二十到宅上納錢，亮更自有一書。今已是過月，必須到彼久矣，建康書可便見示也。

示諭出處之意甚詳。自北而南，自南而北，皆是緦小功之察者，苟其無與於世事，雖到淮壞亦不妨；若果有干涉，人未饒汝，雖入南中，亦不免於云云也。亮不能自免者，起於向來之餘波未爲人所恕，而朋友復助成之耳。若數年前已如兩年來，則今茲定免也。大率永嘉之論多是相時低昂，終成背時耳。若一成作背時事業，却自無事。契兄試思之！

尤延之又論罷，宜若眼前更無好況；然天下事正不恁地論，直到黄河一瀉千里之勢，方無捺住處耳。這些光景豈碌碌者所能當！

人亦貴審於量己，亮視此等事已如耳邊風。閒居無用心處，却欲爲一世故舊朋友作近拍詞三十闋，以創見於後來，本之以方言俚語，雜之以街譚巷歌，搏搦義理，劫剥經傳，而卒歸之曲子之律，可以奉百世豪英一笑；顧於今未能有爲我擊節者耳。并七月三十日已成十一闋，并香一片，押羅一端，祈千百之壽。能爲我令善歌者一歌之以侑一觴，自舉之而還以酹我乎？不欲專人相擾，附德載端便，決不浮沈也。未承集間，千萬爲久大之業厚自崇護！

與陳君舉

別久不任懷仰，不得嗣音亦復久矣。眼前區區，遂成因循，乃其心未嘗不在也。即日秋高氣肅，伏惟需次有相，台候動止萬福。亮今年本無甚事，但隨分溷過時節，亦殊不覺人生各有幾許日子，乃如此虛度，甚令人自悼。

朋友過此，皆言尊兄進德日異一日，無不嘆服。但亮終以爲：尊兄向者所有，已自足以慴伏一世，課進亦非難事，小小得喪殆浮翳耳；直須到『九萬里則風斯在下』地位，方可坐視群山千萬叠，無不拱揖以爲吾用，雖其背去者亦固吾坐下物也。番來覆去，彼直自勞耳。一旦風雲會合，雖左右前後亦撈摸不着，便可以坐福一世蒼生。若極吾人今日之所有，衹足以致人之伏耳，其背去者便無奈他何也；足以致吾君一時之喜耳，退則爲人一掃净盡，便無一事也。雖然，此非爲一世才人智士論也。非如吾兄有地步人，當不信此耳。

亮與朱元晦所論，本非爲三代、漢、唐設，且欲明此道在天地間如明星皎月，閉眼之人開眼即是，安得有所謂暗合者乎？天理人欲豈是同出而異用？只是情之流乃爲人欲耳，人欲如何主持得世界！亮之論乃與天地日月雪冤，而尊兄乃名〔之〕以跳踉叫呼，擁戈直上；元晦之論只是與二程主張門户，而尊兄乃名之以正大，且占得地步平正，有以逸待勞之氣。嗟乎，冤哉！吾兄爲一世儒者巨擘，其論已如此，在亮便應閉口藏舌，不復更下注脚；終念有懷不盡，非二十年相聚之本旨，聊復云云。更録元晦答書與亮前日再與渠書，更爲詳復一看，莫更伸理前説？若其論終不契，自此可以一筆勾斷矣。

道甫直是一夢。象先一見甚喜，殊異流輩。渠作做不詫異，恐自此可以穩穩平進。子宜久不得差遣，胡爲而如此？大防平時無惡於人，亦復然，信哉時之難也！

雪梨、甜榴各一篰，聊以問信。石榴真甜者，但苦小耳。《胡君墓誌》甚善，亦迥異往時，豈其進類若此耶！未有承晤之日，千萬爲世道厚自崇護，至禱！

又　書

江頭之約，參差一月，何意一别遂如許久！臥病宿留妻家，又失伺候之期。繼得所留字及括蒼書，甚悵然也。家君甚以不能少具禮爲歉。

象先遞來去年十月書，寬夫附到正月書，書辭款密周緻，愈重相念。但其間每以得失相開警，愛我則至矣，可得謂之相知耶！如我與兄及天民之相知，自以爲庶幾莫逆矣。凡所謂未能免俗之事，宜皆可以略去，獨惓惓於栖樓之説。亮於兄言固隱然在心，因書又得猛省，此乃正合所望耳。妥齋之教良是，今不復用矣。甚欲得數語相警策，許之而未，何也？大抵朋友書，寒温外要當有善相示，有過相告，使相去千里常若面對講習，庶不爲無謂。監省中魁，本不足多云，世道如此，足爲吾黨之慶幸，甚至於不寐。盛名在人久矣，自此遂出其爲己者以爲人。人之望我者厚，而伺其手蹉足跌者亦不少。盛名之興，古人所戒，兄於此念之熟矣，其善處之！

亮憂患之餘，百念灰冷，環顧其中，自爲且不足，天重抑之，使之少思其自爲之道。兄出我處，要歸一是，人生豈必其同耶！猶記未試前，從子充侍郎處共飲，促膝對語，幾於達旦，平生之懷亦略盡矣。今日之事，惟當閉門讀書，追往念舊以求其新；但三喪未舉，朝暮在目，使人肝膽摧裂，如不欲生，手未把卷，心已奪去，奈何，奈何！今歲不問有無，斷當隨力襄奉云云。

狀頭無以易兄。兄榮歸決當取道下里，無更以紹興故人爲辭，甚欲得一見面叙。

此榜得人之盛，前此以來所未有：兄横騖於江浙，李深卿獨步於七閩，一榜而收二虎，斯已奇矣；而况象先、元賓、子宜、益之、德修諸君子交發而並至耶！盛事，盛事！

象先家事如何？此去能免作館否？東陽郭君力欲屈致，此君抗志極可喜，往住其家，甚有禮。象先不作館則已，若猶未免，宜無以易此。渠亦不敢相迫，雖五月間來，無害。百里使人來求書，其意勤甚。因與象先議之，勉爲此來，幸甚。亮方欲專遣人，忽有此便。廷對在即，天下事大略可覩矣。順理而言，主於愛君憂國可也。仲舒三策，要皆其胸中事，緩而切，巽而正，可爲廷對法，此亦對君父之道。

〔附〕致陳同甫書

陳傅良

某尋常人耳，蒙老兄拈掇最早，而晚又爲正則推作前輩行。此二三年間，雖不鄉進，而交遊殊未散落，皆二兄之賜。獨恨未及與晦庵遊，講求餘論。如人一身血氣偏枯，以是脈絡未相貫穿。而愚見復謂千書不如一見，終當相就，不欲以紙筆呶呶其間，以辭害意，失之遠矣。老兄懸度而欲附之下風，此意厚甚而不敢當也。

往還諸書，熟復數過，不知幾年間更有一番如此議論，甚盛，甚盛。然朱丈占得地段平正，有以逸待勞之氣。老兄跳踉號呼，擁戈直上，而無修辭之功，較是輸他一着也。以不肖者妄論：功到成處，便是有德；事到濟處，便是有理，此老兄之説也。如此，則三代聖賢枉作工夫。功有適成，何必有德；事有偶濟，何必有理，此朱丈之説也。如此，則漢祖唐宗賢於盜賊不遠。以三代聖賢枉作工夫，則是人力可以獨運；以漢祖唐宗賢於盜賊不遠，則是天命可以苟得。謂人力可以獨運，其弊，上無兢畏之君；謂天命可以苟得，其弊，下有覬覦之臣。二君子立論，不免於爲驕君亂臣之地，竊所未安也。以兄之奇偉，適不如《樂毅論》之迂闊；朱丈之正大，適不如《王命論》之淺近。是尚爲有益於訓乎！

且朱丈便謂兄貶抑三代，而兄以朱丈使五百年間成大空闊，至於其間，頗近忿爭。養心之平，何必及此！不得不盡情以告。然勿爲晦庵言之，徒若犯分也。

〔附〕再致陳同甫書　陳傅良

（前略）某昔者何所有，今者何所進，自是老兄諸人過相拈掇。每自謂人品極是尋常，而亦礙人眼孔，端是友朋捧擁之過。近來衰惰，益見天道尚思而好安，無復更有他念。來書方以爲課進，豈以爲尚妄意當世乎？

然老兄之論要是攧撲不破，若得人之伏，不免背去求一喜之遇，隨手敗闕，只是侵砌鬬合工夫，能有多少光景？往時曾與東萊語及，非來復安得浸長？老子極以爲然。所不識亦與來意略同否。然非劣弟所當言，請置是事。

元晦往復諸書，何嘗敢道老兄點當得錯，只是書中詞氣全似衲子面棒之語，不應寫在紙上，一便傳十，百便傳千，豈可不忍耐持擇語言，却乃信手添起，後生胡亂模畫，而元晦亦趕趁出了無限不恰好話，故亦爲修辭之難而輒進區區之見。老兄既嘆作附勢，令人不敢再三。

且漢唐事業，若説並無分毫扶助正道，教誰肯伏？孔孟勞切與管仲、百里奚分疏，亦太淺矣。『暗合』兩字，如何斷人？識得三兩分，便有三兩分功用；識得六七分，便有六七分功用。却有全然識了，爲作不行，放低一着之理；決無全然不識，横作豎作，偶然撞着之理。此亦分曉，不須多論。但老兄任直，不能廉纖自占便宜，其間時有漏氣言語。元晦執以見攻，蓋是忠愛，然亦緣要攻老兄漏氣去處，遂把話頭脱體蹉過。此劣弟愚陋之見，若兩家元不是如此，則是智不足以知兩家耳，初非有輕重抑揚之論也。

（按：以上兩書均見《止齋文集》卷三十六）

與石天民

舟中夜語良款，亦足爲别去兩年之慰，猶恨迫歸太忽忽耳。入夏來，不審客間尊用復何似？報過二月二十七日得旨引見，竟以何日對乎？所言能開啓天聽否？當竟用三劄。對後有何指揮曲折，幸一見報。士人於被召得對，遂可以伸眉吐氣，亦丈夫遇合之會也。

益恭聞亦得對，當有遇合之理。此君蹉跎，日以老矣。六十以後，雖健者不能以有爲，殊令人念之。亦時相見否？專書往問安訊，不知在何處安下？君舉之得對只在此幾時，對後畢竟如何？想當遂留也。使乘以邊壘，亦甚好，恐渠頗念母老耳。

辛幼安、王仲衡諸人俱被召還，新揆頗留意善類，老兄及伯恭、君舉皆應有美除。兄於儕輩中最爲不立標準，以故不爲人所忌，他時朋輩終當得兄之力。消長回復，雖陰陽未可預判，要之不能久久平過。兄其愈思所以自廣，自非元惡大憝，豈無欲善之心乎？王道甫每言『人情不甚相遠』，此意極可念。

正則、居厚、道甫皆前列，但遺恨於肖望、德遠、應先耳。肖望遂不免就銓計，何以堪此！相見宜極力開釋之。但得緑衫拜親於庭，自是人間第一樂事，窮達富貴豈有定準哉！自隆興、乾道以來，不以科甲用人，從癸未數至今榜，上三名之在朝不過三四人。吾人本不應計較利害，使以利害計之，肖望亦可無憾。此一榜收拾之外，雖世之以一善自名者大略不遺，獨老僕頑然不爲一世所録，尚能杯酒叫呼以度時節，肖望視此，真可以無恨。亮爲士、爲農、爲商，皆踏地未穩，天之困人，寧有窮已乎！

與石應之

亮自頃新路口作別，匆匆又復一歲，不任懷仰之情。中間事變亦既多矣。夏秋在建鄴，聞契兄與仲權召試，喜極至於欲舞，真所謂『賴有此耳』，然其責亦不小也。古之君子，以渺然一身而能與天地並立者，豈周旋上下、委曲彌縫之所能辦哉？發其誠心，併力一向，前面路頭有曲有直，有高有低，其勢自是難於直撞耳，非有心於避就也。故大略歸於必濟，而不濟亦可歸之命矣。今以有心避就之人，而欲以一身自爲命，如是而能濟者，無天可也。此直毫釐之差，便成無窮之繆，契兄亦不可不謹。

比見所答策，佳甚。子約以爲悶人，亮之説則不然。由是而委曲不已，則有心於避就矣；由是而發其誠心，併力一向，則天人將助順矣。象先有些光景發得不盡，雖思量精審，而事去徒作念耳，大似亘靈寶[一]之《起居注》也。以亮揆之，契兄光景必當次象先而發。浙間非無他人，然光景爲慢。惟兄勉之，無失朋友之望，前轍可鑒。但平生所學，所謂『公私兩字』者，要當於此着眼，使之攙匙亂箸，亦可笑也已。

校勘記

〔一〕按靈寶爲桓玄字。『桓』字、『玄』字在宋代均須避諱，故改作『亘靈寶』。

復吴叔異

亮少之時頗不自量，蓋盡與一世豪傑角其短長而窮其技矣。卒之身與事左，而後生鑫起，十十五五，如亂山之不可一，方喟然長歎，以爲天下之事無有窮時，分當跧伏里閭，退聽之而已。兩年來，精神消縮，筋骸不自支持，見世有寸長自異者猶斂衽焉，况若左右之有志於卓然自奮者乎！相去三十里，不敢有求交之心，一旦辱駢儷之文見寵，熟讀一過，足以見所存甚遠，有以起其少時不自量之心。使亮猶有一寸生氣，固將與左右辨論文字之始末，與古人交接之道，有不如左右所云者，往復至窮而後已。今老矣，既無以應左右之求，又豈敢復論到底！雖然，不敢虚也。

亮聞古人之於文也，猶其爲仕也。仕將以行其道也，文將以載其道也。道不在我，則雖仕何爲？雖有文，當與利口者争長耳。韓退之《原道》無愧於孟荀，而終不免以文爲本，故程氏以爲『倒學』。况其止於馳騁語言者，固君子所不道，雖終日嘵嘵欲以陵轢一世，有識者固俛首而笑之耳，豈肯與之辨論是非哉！君子不成人之惡，豈願其至此。然而彼既不可曉，雖與之辨論，如水投石而又甚焉，何者？水投石，不入而止爾；人之難曉，必且取辱，是以君子不爲也。均是人也，所藴固有出人意表者，此不可以人論也。邵堯夫百代之英豪，其事李挺之，一切供僕廝之役，猶或不當其意。彼胡爲自辱至此？必深見挺之有出人意表者，苟得入其堂奥，將藉之以與百世争豪，一日之屈，百世之伸也。子房不下取履，則博浪沙中一俠士爾，安能輝映今古，使人疑其爲王者之佐哉！雖然，今之君子何暇及此：寸善片長，輒欲與聖賢參列、豪傑争長，何暇争百世事業乎！

亮老矣，已與一世之君子一切告絶，豈復與後生相牽綴耶！誦所聞以答見寵之意，不能視所施，爲報又甚稽緩，乃多事之故而非敢慢也。十二日肯與景陽見臨，尚得以奉一笑之適。其他置不足論。

復張好仁

自頃一見眉宇於行都，固知其不凡，亦嘗爲一二朋友言之矣。所恨匆匆遂有建鄴之役，不能求款，以此悵然。左右不倦於見過而有便輒與以書，亮又不能一一尋便以答，左右之意何其厚而僕何其踈也，既感且愧！

亮自十八九歲時，即獲與曩者諸老游，其後一世賢豪往往皆不甚鄙棄之，雖天資不如人處甚多，而所聞見較亦不甚少，要皆無補於其身也。一世賢豪殆盡，而存者類牢落無所用；况若僕，固難乎其免矣。左右亦視老馬而念其少壯之時耶？十數年來，才俊輩出，而篤厚之氣無遺餘矣。有能不侮老、不虐困如左右，然後可期以遠到之器。《禮》曰：『甘受和，白受采。』輕俊浮薄而可以有所受乎？左右以如此之質而從子約游，其孰能當之？遠者大者，其無以讓他人也。久客倦甚，姑寄此以謝來辱，自餘尚須續布。

復胡德永

亮屬者於象先諸人處獲聞盛名，竊知所志甚大，所期甚遠，所向甚博，所涉甚廣，所望於斯世者不一而足也。心知健仰而不獲一見，甚以爲恨。不謂慨然惠劄先之，陳義甚高，固增敬歎，而期與過厚，使人聳然而不知所答。

古語有之：『天地豈不寬，妾身自不容。』人之不能容於天地間者，皆自不容耳，非無所容也。必如吾夫子，而後可以言無所容。彼其道足以位天地，育萬物，而遇非其時，故無所容耳。吾徒方求人育之不暇，人不我育便謂之無所容，可乎？亮方一切置門外之是非而求其自容於天地間，倘可以免，凡今所召，皆數年前餘波之所濫觴也，決不敢以是自沮。足下自謂涉歷四方，無所不見，而猶未覺容不容之理乎？既以老僕爲可置之交游之末，必應樂聞同異，不敢相隨徇以答也。時事屢變，天意特未定，周年半歲後，此話方可平撲耳。

亮偶身上發熱，兩日不知人，近日方稍蘇，而弓兵立索書，令兒子具紙筆，因而信意直寫，亦不復量輕重是非，惟賢者察其心而已。跧伏里閈，無從一望丰標，尚冀爲道業自厚，行即非常識擢之寵，至禱。

復喻謙父

亮索居不得謙父輩相與指畫，有疑孰問，祇以自愚耳。亮少失師友，晚又不學，『人之所以異於禽獸者幾希』，此亮大懼也。平時杯酒之戲，親舊聚首，開口一笑，固聖人所不禁；率以爲常，則失其本心矣。亮顛倒錯亂，未知所止，所聞之師友者過耳輒忘去，謙父其何以救之？方圖敬從下風以請，乃蒙挹損，賜之教章，載其盛文，以開不肖者，發緘疾讀，語不留行，快哉快哉！近世之競爽者未易及也。憂患摧落之餘，猶爲踊躍奮迅者久之。留此玩繹，有疑不敢不以請。

謙父以軼群之才，邁往之氣，載是而往，一日千里無難。區區之心所願獻於謙父者，按轡徐行，鳴以和鸞，節以采齊，使『驥不稱其力而稱其德』者，微謙父吾誰與歸！二喻肯來，此後便郵不乏，時惠好音，慰此牢落，惟無曰『先生』云云者，幸甚。

復黃伯起

自頃一見，不能知足下卓然有異於人，信矣其老矣。及得所惠書，方悵然自失，念未有以爲答也。又以老婦欲葬其親，擾擾一兩月，今方息肩；又念亮陸沉不爲世所比數，其何以重當世之俊秀，非不欲謝而不知所謝也。重煩書誨之辱，責其不能以禮相往來，是則無所逃罪矣；

然其心則甚可念也。

昔之君子生於斯世也有三：其上，則以先知覺後知，以先覺覺後覺；其次，則守先王之道以待後之學者；又其次，則淑其徒以及其鄉閭。故孟子以爲『中也養不中，才也養不才，故人樂有賢父兄也；如中也棄不中，才也棄不才，則賢不肖之相去，其間不能以寸』。嗚呼，其上者非亮之所當論，其次者非亮之所及論，而又其次者亦不能勉焉。雖欲勉之而德不足以取信，言不足以取重，徒使此心耿耿而止耳。以足下之文推足下之志，必當合鄉閭而求以自見於人士之林者也，顧如亮者，其何以有補於足下！《詩》不云乎：『心乎愛矣，遐不謂矣。中心藏之，何日忘之！』敬藏來賜而已。

雖然，有一于此：亮方學爲老農老圃者也，足下肯訪之於畦壟之間？使亮放鋤釋甕，班荆而相與坐焉，取古人之詩斷章而詠歌之，萬分之一，足下聽之而或有感，庶乎有以酬足下見望之始意。不然，亮猶可以竊愛賢樂善之名也。是則足下有補於亮矣。足下其圖之！

來人立要答書，草草作此，不能次第以爲謝。

陳亮集卷之三十

祝文

告先聖文

天下之理具於《易》，治道之本末著之《洪範》，而《詩》之喜怒哀樂，蓋學者所以用功於平時。舉而措之之大端，而當時之學者載而爲《論語》，後世之群儒終日講論而不到其地，則未免於争者也。帝王繼世之用，《書》載之明矣，而三王之損益，夏商文獻之不足，而周道獨詳焉，夫子之所深歎，而《春秋》所以備四王之制，百世以俟聖人而不惑者也。人才短長高下之不齊，而學力淺深中否之或異，豈能出規矩準繩之外矣！秦漢以來，世有所謂英雄豪傑者，自矜其智力於夫子之外，亦可歎也已。亮等於夫子之書，各知用其力而不能齊也。今天子各命以官，使得以夫子之書從事，淺深中否非他人所能與，俯而拜，仰而祝，敢有不盡其志以負天子之顯休命者，夫子實鑒臨之！

告先師文

陋巷簞瓢，有何可樂？而吾先師實樂之。近世諸儒求其樂而不可得，而曾點之浴沂遂得因吾夫子以自進於此焉；四代之禮樂亦可端坐以待時命之行也。亮等皆知有疑於此矣，然而何以異於漆雕開也？服天子之命服以拜吾先師，而求其所以自進於此者，庶幾可以無負，惟吾先師實啓之！

告鄒國公文

用力於四端之微，舉而措之喜怒哀樂之大，較其極，至於與造化同功，而天下之治亂無不在其掌握者，此鄒公所以自達於天子者也。事半古之人而功則倍之者，豈當時百家衆説之所能知哉！亮等以隨時科舉之文，而竊國家之一命，冀得稍自見於斯世，非乞靈於鄒公則平生之志荒矣。

石井祈雨文

惟龍伸縮變化，吁吸雲雨，一潭之間，龍則安焉。民有不告〔一〕，其答如響。惟此境被龍之澤舊矣，歲一不周，亦龍之耻。龍之澤不終朝而被天下，十里之間嗷嗷如此，豈龍之所安乎！油然之雲，雨既有緒，起而成之，何啻反掌之易也。

校勘記

〔一〕『不告』疑當作『所告』。

廣惠王祈雨文

昔之爲農月〔一〕也，用其力甚勤，而干於神者有時也。陂池湖濼，宿有儲水，雨不時至，民無預憂。神於斯時，享民之報，爲甚逸也。今農之惰亦甚矣，方春無事，宜可以用其力，而陂池不塞，湖濼不治，委天之澤，若不足急。四月之間，田有青草，淺耕而易種之。耘耔不虔，嘉種不達，幸其與青草俱活也，指爲有秋之望。十日無雨，則皇皇奔走告於神，神憐其愚而降之澤。以爲歲可常也，不改其惰，而懇請之數，頑不自省，神豈能終惠於如此之惰民乎！

亮等今思厥愆，慚恨入地，欲預爲之儲，則既已無及；坐而視之，將無所得食以死，永永無事神之日。强顔又哀告焉，而雲雨滿天，若將許其告者。神更寬其誅，卒賜一歲之澤，而農之惰猶習其故，可以棄之溝壑無疑矣。矢心陳辭，伏地待賜。

校勘記

〔一〕『月』字疑爲『者』字之誤。

佑順侯祈雨文

民至愚也，而獨虔於神，苟可以用其勤者，雖髮膚有所不愛。神亦察其愚而矜之，往往輒應，故民之言神者多異。惟神之正大，豈爲異以驚動夫愚民哉！人情皇皇，其勢自爾，而非神之心也。

亮於民之中又愚之尤者也。平居不能事神，緩急亦將有求於神。顧何恃而必神之答？迺其心以爲叢祠相望，靈響百出，其異不足依；可尊而信者惟神，正大而不爲異者惟神，以昔聖賢所以惻然興仁、澤人利物而不蘄乎報者而望乎神。今苗稼焦然，一日二日不雨，苗且槁死，蕓秸將不能以及牛馬，神寧忍聞此而惜一舉足之力哉！故亮率其徒敬拜祠下，而致其心焉。於其間又有爲浮屠之法以乞靈於神者，彼其心以爲舍此無所用其誠。亮之力不足以達神之心，一切聽其所以自致者，危窘至此，神宜如何矜之？凡相與而來者，察其心皆無所愛，獨亮期神以正大之事，始末不渝。神不亮聽，於亮自爲得其分，顧民之置神於異者終不已，而神之事果非亮之所能知。亮足未嘗登此巖也，而心獨至焉；今茲來登而又不答，豈惟望於世者狹，而望於神者亦狹矣。敢有再瀆，神則殛之。

告高曾祖文

維紹熙四年歲次癸丑，秋七月乙丑朔，十有三日丁丑，孝玄孫承事郎新簽書建康軍節度判官廳公事陳亮，同妻何氏，男沆、淪、沃、涣、涵，女繆、繒，謹以家殺常饌致奠于我高祖考賀公、高祖妣李氏安人、曾祖考知元公、曾祖妣吕氏安人之靈，而言曰：

我高祖蚤世，高祖妣以盛年守一子而克有立，丙午、丁未之間赴京城守禦，隨大將劉延慶死於固子門外，不復歸骨於鄉井。故我高祖妣與曾祖妣婦姑相依，爲陳氏再世之墓。我叔祖高安府君每以此墓必福陳氏。高安由特奏名主筠之高安簿，則指墓而語亮曰：『是必爲福，福其在汝。是其爲墓也十有二年而後生汝，此非人力，其殆天乎！』亮皇恐再拜而不敢與聞。高安既殁，十年之間，亮兩以罪繫棘寺，實爲我祖先之羞。紹熙癸丑之夏，天子親閲禮部進士於庭，拔一卷子於衆中，許以淵源而寘諸選首，拆其號，則亮也。亮之不肖，安能欺上聖之耳目，豈亦有天乎？墓真能爲福乎？再世不能自有其墓，而集其遺澤於亮身乎？心所不安，推其所自，高祖之魂，隨禱而至，伉儷同食，饗於乃位。異時亮榮，視所招至。孫祖綿眇，先緒恐墜。履冰之敬，非以爲僞。水陸之品，豈不欲備，力所未能，則再三四。

告祖考文

維紹熙四年歲次癸丑，秋七月乙丑朔，十有四日戊寅，孝孫承事郎新簽書建康軍節度判官廳公事陳亮，同妻何氏，男沆、瀹、沃、涣、涵，女繆、繒等，謹以家殽常饌致奠于我皇祖三六承節、皇祖妣黄氏八孺人、皇考四二府君、皇妣黄氏七八孺人之墓，而言曰：

昔皇妣之生我，年才十有四，皇祖、皇祖妣鞠我而教以學，冀其必有立於斯世。而謂其必能魁多士也，故嘗形諸夢寐，狀元爲童汝能，以爲此吾孫也，少則名亮以汝能，而字以同甫。惓惓懇懇之意，雖取笑於鄉人而不卹。及亮年二十有六，易名曰亮，而首貢於鄉，而皇祖下世已十閲月，皇祖妣蓋整一年又三月矣，皇妣且四年而未葬也。越二十六年，始見録於禮部。及對策大廷，天子拔諸衆中而置之首選，曾弗涉於有司。上恩深厚，兢懼無地自容。我皇祖之夢至是始驗，而不知所謂童汝能者果何祥也。我先人棄不肖孤而去，亦整二十年。被天子之命服而不能歸榮其先，得罪於天，其來既久，惸然一身，又將誰咎！

天地無窮，頂踵蒙恩，没身論報，恐死無門。歸告諸墓，指日爲誓：親不能報，報君勿替。七十年間，大責有歸；非畢大事，心實耻之。惟我再世，忘其不逮。尚想此心，慫或有在。謄天子詔，焚諸九原，幽冥共相，溥博淵源。我皇祖、皇祖妣、皇考、皇妣必不爲此一飯之安也。

祭文

祭章德文侍郎文

嗚呼公乎！窮之與達，判焉西東。於其中間，又或不同。一官自效，隨事著功。貴爲公卿，有志不從。庸詎知夫達之非窮！

嗚呼公乎！是非安在，祇繫其逢。危疑之間，一髮不容。順而止之，以圖厥終。此心未白，去國怱怱。自古尚多，無愧於中。

嗚呼公乎！學博而粹，氣毅以洪。百未試一，論何時公。爲公嘆者，是非窮通。歲晚登門，遇知最隆。老成已矣，淚攬心胸！

祭周參政文

嗚呼！萬夫之特，天固生之；百年之英，人實成之。堂堂故國，喬木則非。火炎崑岡，玉不易爲。民生之久，一治一亂。道大德宏，遭變則見。死生不易，况於貴賤。百聖列前，靖以自獻。

宣和太學，僉曰新經；公獨不然，以自著稱。紹興初論，朝是伊洛，夫豈御史，不知而作。

及其中間，人用惰安。非彼生亂，勢則容姦。權無底止，通國風靡。公以死争，屹然中峙。所遭殊時，豈無一同；公獨何爲，樂此困窮！天定勝人，後將有考。甫三十年，爲時故老。故起自山林，而渡江諸賢爲之避路；及晚登廊廟，而一時後進安於前驅。進不得以遂其心，退不能以明其道。惟其忠言嘉話，上心之所獨知；至於盛業崇勳，人事猶有遺恨。安歸田里，一無懟言。炯炯此心，實昭于天。

亮昔童稚，縱觀廢興，大放於辭，願試以兵。狂言撼公，一見而驚。借之齒牙，爰及公卿。愛均骨肉，前輩典刑。《中庸》《大學》，朝暮以聽。隨事而誨，雖愚必靈。行或不力，敢忘其誠！晚以三喪不舉，無顔對公，故數年之約而一見之不果；未幾而先人之死與公先後，故三年喪畢而一弔之未成。第見人事之好乖，不知墓草之幾生。苟祭酹之可遣，豈蹉跎於此行！辜天負地，長慟失聲。尚爲後圖，期以自明。

祭吕治先郎中文

嗚呼！公以東北世家之賢，來寓吾邦，是生賢子，以淑一邦之人。位不究其所蘊，而奄焉以没，使其賢子號天叫地，如不欲生。西鄉稽顙，以受一邦之弔，其爲可哀，蓋不論乎知公之與否也。亮以晚生，不及拜公於堂，間獲從公之子以游，誘之掖之，蓋公之教。則今日之俯伏道傍，舉觴一慟者，誠未敢徑自附於知生之義也。孰信而來，孰屈而往？此心昭然，庶幾其饗。

祭薛士隆知府文

余行天下，竊有志於當世：其道德純明可爲師表者，執贄進見，獲聽微言於下風；退而從磊瑰不羈之士接杯酒之歡，笑歌起舞，往往自以爲一世之雄。至於山巔水涯，與夫窮閻委巷之間，抱負所有，分與世絶，足所可及，則必一見，縱力不能自致，而聲音姓字之與通。晚將歸休，始獲見公。握手一笑，話言從容。心滿意愜，俯首來東。三年之間，竟安此窮。人誰不死，寧公是逢！又殺吾父，昊天鞠凶。生乃如此，實死與同。俯仰惶惶，未知所終。

祭三五伯祖文

嗚呼！方陳氏盛時，歲時聚會，動輒數十百人。公以壽考康寧，當諸老就盡，遂長其族。其後數年，死生困頓，何所不有。顧視疇昔，愴然可悲。公亦不復有意於斯世，溘然遂終於異邑。

嗚呼！盛衰之理，吾不復念，送終之禮，則有仲子。繼自今一族之間，幼者誰撫，不率者誰教，病者誰憐，死者誰與經紀之耶？使同族相收、同宗相聽之義於兹闕然，亮於公之死蓋不能無憾於天也。哭不撫棺，送不引紼，惓惓此心，有如皦日。

祭三七叔祖文

嗚呼！昔我曾祖及國家盛時，爲百年太平之民：盡力於農畝，曰士不易爲也；樂供州縣之役，曰官庇我者也；鄉鄰有無相通，曰孰能保其常有也；犯者不校，曰吾懼不可以見也。薰陶乎祖宗之澤，德厚而不章，以施乎我叔祖，大發乎文辭而不改其所以自守者，天之相我家亦既有徵矣。然而事業不出乎鄉閭，則區區一官亦豈公之志也哉！凡我後之人不肖不似，不克自立，猶賴公以不墜先緒；而公又止此，我曾祖遂委棄於尋常無聞之民乎！此某等所以異聲同號，既哀我叔祖，又念我曾祖，痛裂肝肺，莫知所以自釋者，雖喪車猶不可攀也。豈不寃哉！豈不酷哉！天高莫訴，地厚莫聞，如生如在，來格來歆。

祭鄭景望龍圖文

嗚呼！丙午之夕，我將哭吾亡友於金華耳。銜冤籲天，謂天不明。癸卯之朝，誰尸死生？黑頭如麻，獨我良朋。哀哀不寐，躑躅而行。爲此邂逅，恍若銘旌。問其前驅，來自建寧。嗚呼噫嘻！得非吾鄭先生之靈耶！縱此月之多禍，豈諸賢之並傾！縱我命之不祥，豈一月之繼丁！負版之人，執手大慟。子曰無父，弟曰無兄。

嗚呼噫嘻！天不欲使士有遺種，而獨不得自附於蚩蚩之氓耶！天不可以人問，命不可以力争。念躬行之無愧，而事變之適興。八十壽母有不順之嘆，窮乏得我有未竟之情。一世之宏議，不得自盡於其君；而六經之妙旨，又幾何時而能以道自鳴耶！已矣置之，事固難乎。師儒輔導之官，舉天下皆以爲莫宜於公，而公亦庶幾出其一二以上論三代之英。及舉手之小異，已多言之足懲。雖去國之不較，寧有志之竟成！將所存之高而事不下接，抑道之興廢不可以人事爲憑耶！已矣！無可言者。去年之夏，舉酒以相屬；旅舍依然，不知今日之酹公於冥冥也。變故相懸，道旁亦驚。未有已時，臨風涕凝。

祭張師古司户文

惟君逸群拔出之才，邁往不屑之韻，識敏邵而善藏，量寬平而自信。衡屢稱而不欺，刃愈割而不頓。雖事情之日接，緊此道其坐進。方權輿於一官，必講求於衆論。善不善其吾師，人豈求於我徇。雖逆境之齟齬，亦廉心而取順。時自肆於詩章，或適情於杯醖；無幾微於面顔，不深刻於方寸。嗟行世之若此，寧與物之共盡！方當路之作意，欲困我於鞫訊，肯明允其有無，但甘心於轢蹸。奄内外其同風，懍應和之㟧峻。君獨明其不然，欲以身而自任，參兩辭而並聽，會私意而起釁。跡當時所如往，併旁觀而兼問，苟毫釐之可疑，則情實之必近。無先處以成心，辯斯事於息瞬。俾浮談之遂息，期公道之獨振。俄半夜之負舟，成死生之遺恨。嗟乎冤哉！繼世嗣興，以克奮迅，闊步長趨，固亦其分。亦既起之，而又靳之，天定何時，誰實儐之？高目下耳，會應有忖。我哭吾私，無所歸憒。吉凶影響，惡其鈍悶。拭涕大觀，以任天運。

祭妻叔文

昔公有意聖賢之學，而不爲世俗之文，山立玉峙，地負海涵。少年四舉手取科目，曾不得小自試於時，而竟齎志以歿，識者無不爲公惜之。而公之既第，嘗以其兄之女歸之同年矣；其次固不應屬之寒士也。公得官於大江之西，將行，力謂其兄：『必以次女歸亮，吾保其可依也。』兄猶疑之。一行二千里，有便必寄書，書必以亮爲言：『吾懼失此士。』兄亦奮然曰：『寧使吾女不自振，無寧異日不可以見吾弟。』故次女卒歸亮。當是時，雖亮亦笑公與之非其人也。及冒薦於鄉，公喜特甚；翼折而歸，則以爲事終在耳。其後公兄弟相繼下世，亮亦坎壈窮困，至爲囚於棘寺而未已。歲時或一歸，則羞拜公之墓，自省累公知人之明也。今年之夏，竟以累舉見録於春官，使得奉大廷之對。天子躐取於衆中，許以淵源而寘之選首，衆歡曰宜。豈敢徒以冠裳與公之姪女拜公之墓，而明公之知人哉！使其不遭，公之知人固在也，但可以開公兄弟之一笑於九原之上耳。酌酒酹公，英靈不昧。報公未也，其或有待。公明則遠，我心未艾。尚其憖哉，衆不可蓋！

祭俞德載知縣文

士患無才，鋪張不易；患無科名，掀騰可冀。得之既艱，況也中棄。十常八九，不如意事。我豈無友，嗟嗟德載！翼折方飛，舟棄半濟。未有如此，倏興忽廢，投老多感，慟且出涕。德載之學，初期自遂；既見偉人，欲極其至。涉獵不休，經史百氏，開物成務，以發厥志。德載之文，亹亹有制，徐務收斂，刬剔瑕翳。謂古作者，誰不可繼？如其不可，方修愈鋭。至其爲人，有膽有氣，樂易無他，倜儻任意。開口見心，視人如己。人攻我短，如石投水。及夫從政，吏姦不蔽，遇事洒落，寧尚苛細！誅强鋤梗，若近嚴毅，約定保伍，一於豈弟。我生與君，歲月不異。我不自菲，早識前輩。君時有急，弟昆之義。彼此才冠，冀爲道地，由此往來，交情日契。鄉薦我先，而公先第。年壯氣盛，事方迢遞，所可知者，期以勿替。我困禍患，擡頭不起。君於仕途，有功無罪。亦復摧折，晚方小試。隻手援我，累卵不墜。改秩作邑，豈必得計！我亦遭逢，唱首殿陛。相看歲晚，云胡獨逝！哭君無窮，傳以一祭。

陳亮集卷之三十一

祭文

先考卒哭文

嗚呼！我先君委不肖孤而去之，於今四見朔矣。號天叫地，無所逮及。又以迫於衣食，不能時奉几筵致其哀慕之極，得罪幽冥，死不足贖！古者父母之喪，哭無時，聖人始爲之制，曰『三日不怠，三月不解』，又曰『士三月而葬，是月而卒哭』，不欲其傷生也。今也朝夕俯首一號而止，其哭之卒也久矣。朝夕之外，對人如平時，於生復何所傷！及期，以告於靈曰『卒哭』，不即愧死，猶欲自齒於人，豈不以父之愛子死生無間，亦將曰『有故』，甚則曰『以我故』。嗚呼！欲以自解，不懼無辭，懼宇宙之不汝容耳。嗚呼羞哉！嗚呼痛哉！嗚呼已哉！

先考移靈文

三年之喪，聖人之中制，非以人子之心至是爲已極也。某也積惡而不可掩，既已毒及我先君矣；葬不克自力，乃從人貸錢以葬；墳墓未乾，頑然欲以教人自名，求錢以償其負，因得竊衣食以苟旦暮之活，至避宅以舍之，使几筵弗克即安。將以明日遷置道旁之居，徒令妻孥以供飲食，而已則安於誦聖人之書以授人。顧不識《禮》所謂『三日不怠，三月不解』，與夫『斬衰唯而不言』者，將闕之而不授乎？不然，則宇宙固不汝容矣！辜天負地，尚敢以告！

祭王永康文

嗚呼！是非善惡，寧有定論，苟誠於中，蓋棺何恨。昔公少年，以才自奮；晚試一邑，更以讒困。斂不先期，見謂遲鈍；事無容心，謂政悶悶。御吏束溼，譏以自任；委心僚佐，不曰能遜。觸手成礙，豈必有釁；公於其間，不折以慍。我從公遊，直道而進。公或不堪，我辭愈峻。卒明余心，兩匪相徇。公行及瓜，所仗忠信；人言不公，我又不順。天亦爲虐，死生一瞬；囊無留金，衣忘敝緼。謗者聳然，耳扯足頓。我亦何顔，視此歸櫬！瀝酒一慟，天不可問。

祭鄭景元提幹文

嗚呼！奇才異能，世資以爲用，則何患於無路？高科顯第，人資以自達，則何患於無時？兄弟炳乎其相輝，則何向不可恃？朋友蔚乎其相扶，則何志不可施？世惟恐無一焉於其間，又安得合四者而有之？壽踰六十，非人命之難期；年歷三紀，非世道之難移。如兄之止於此，亦理之未易推。

昔吾以兄爲自錮，得非同病而後知？廟論亦察其不可，憲屬且先其至微。後發先至，爲駿馬之良；豫章手植，非老人所宜。兄爲慨然：『何擇於斯！亦既至此，安於「已而」。』我曰：『焉得以身自私，人之職分，豈容或虧！天不我與，甘之若飴；有命不承，寧問崇卑。不登坡壠，安陟崔嵬？身在一日，吾將何辭！』凡〔二〕念：『孔聖猶曰「吾衰」，不如適意，與天同歸。』『我困囚繫，死生毫釐，尚欲於中，仰首伸眉。一歸之天，何以我爲！』往來應酬，各有據依。此論未終，冀兄生疑。旬月之間，寂無一詞。棘寺逮我，方墮危機，手染報兄：『累卵之危。兄必有策，免我庶幾。』緘題之回，望之則非：夜半負舟，疾走莫追。棄我任我，幽明異歧！我亦漠然，甘與世違。

嗚呼！兄之文章，有源有委；兄之議論，有綱有紀。兄之行事，有張有弛；兄之與人，有同有異。取之不竭，有本如是，道德性命，此外何事！昔者難兄，既知之矣。枯木死灰，去死寧幾！人固活物，日出事起。强恕而行，不偏不陂。名教之中，自有樂地。死生禍福，不阿不避。天地之性，以人爲貴。聖以此聖，禮安得僞。仁以此仁，義安得外。是中只有，離倫拔萃。求異於人，則匪人類。振古如兹，始乎爲士。異時冀兄，並驅而至，兄既長往，我存曷以！天長地久，盈眶之淚。

校勘記

〔一〕『凡』疑爲『兄』之誤。

祭何茂恭文

嗚呼！公之行義文章，自朝之賢士大夫以及於鄉黨朋友，翕然推之，莫敢爲伍，曾未能出其毫末而遽賚之以入土。使知夫吉凶非必善惡，死生何啻旦暮。世道消長，容曰有時；而人理逆順，莫求其故。世有所謂推人支干而察人相貌者，至是而手足俱露矣。

嗚呼！昔公於某，面未覿而神已交，語言未通而肺肝相與，譬之諸公之間，妻以其兄之女。君子或以爲難，世俗謂之過舉。屬憸讒之相間，而至情之疑阻。要不能無遺憾於死生，安得取而投之豺虎！雖此心之昭然，顧有口而莫吐，是用略綵繒紙錢於末俗，具脯果酒殽於罍俎，酹公之神而侑之以韻語，曰：

天之生公，意蓋有主。俄而奪之，一息千古。匪傷其私，我心獨苦。尚想音容，有淚如雨！

代妻父祭弟茂恭文

嗟乎茂恭，子真死耶？吾以子爲氣蹷耳。今撫棺而無聲，七日而不復，嗟乎茂恭，子真死耶！八十之親，皤然在疚，余老且病，子左子右。裂母之肝，斷余之肘。余將尾子而問焉，不知天高而地厚。

嗟乎冤哉！去冬十月之交，余得疾危甚，謂旦暮且不救，忍死話别，交執其手，不孝之責，賴子以殁首。飲泣吞聲，以寧其母。何意危者之獲存，而安平無疾者夜半負之而徑走耶？

嗟乎茂恭，子之生也，竟何爲哉？經史子氏，章分句剖；大雅之文，一一上口。詩不杜而則陳，文出韓而入柳。屈宋不能執《騷》以居前，顔揚相顧釋筆而殿後。世精其一，子無遺漏。至於純明果敢，端方孝友，言動有常，進退有守，愛君憂國，不忘畎畝，皆是天資，而非矯揉。斯文推子以歃盟，有識期子以大受。匪予知子，子亦自負。百未償一，竟以不偶。蓋世道之所關，豈一門之私咎。

嗟乎冤哉！生兒孰不欲其佳？有弟孰不欲其秀？生而奪之，不如無有。子之二孤，足寬而婦。子之自著，足以不朽。獨余母子，何恃而久？是以頓足呼天，長號大慟，問子能自寧於九泉否！神明昭然，來飲此酒。

（按：上文輯自《永樂大典》卷一四〇五二祭字韻）

祭楊子固縣尉文

惟君慷慨而有奇志，磊落而無他腸。涵濡乎道義之曾點，并包乎善惡之琴張。處家庭則自力於孝悌，入場屋則自奮於文章。既出尖於輩行，爰結交於老蒼。無幾微於得失，肯輕易於低昂！醉墨淋漓，疾如風雨，而不騁詩章之俊；刀笔銛利，敏於鬼神，而不矜吏事之長。豹一斑而方露，金百鍊而後剛。世皆期君以大受，君乃自幸於小康。間者闊焉，未知其幾日；奄乎忽兮，遽失其故常。疑别話之鄭重，豈壯懷之披猖！相與脱我於垂死，固願報君於方將。我雖衰窮，而不肯妄自菲薄；君既强仕，而豈應廢其頡頏！俄凶問之卒卒，驚去我之堂堂。嗟就逮之無幾，念撫棺之未遑。忽歲行之漸周，恍奇禍之備嘗。陳始末於數語，薦精誠於一觴。使死者其有知，吾知君之不亡；尚諸兒之可恃，懼托死之未當。或素心之泯泯，徒老淚之浪浪。

祭潘叔源文

惟君讀書將以爲善，而不主於禄利；應舉將以行義，而不志於必得。鮮衣美食，以償男子有家之願；歌童舞女，以終人生行樂之期。禮義以悦其心，朋友以助其德，内外並進，心迹無瑕。此宜閲世之滋多，而亦降年之止此。兄弟相從而去，各適所安；兒女攀慕無從，亦將有立。亮蹉跎暮景，邂逅飄零。白飯青芻，舊遊何在？隻雞斗酒，老淚如傾。歎逝者之斯夫，知吾生之永已。臨穴不及，遡風而號。

祭潘叔度文

嗚呼，舍選非古也，而叔度以月書季考得官，此男女室家之願，而懼不仕之無義也。銓法非古也，而叔度不以資歷年勞從仕，此鑽隙踰墻之賤，而懼行己之無耻也。叔度不欲以志節自高於人，故雖安坐未嘗一日不病。叔度不欲使事情有虧於己，故雖病未嘗一日廢書。覃思於不傳之學，而世不我知，不恤也；尚友於千古之遠，而人不我即，不强也。至於孝友之行信於其家，慈愛之實著於其鄉，此叔度之日用飲食者，而其所自植立，則卓然欲會百聖期集之所，雖死不憾也。

亮不肖無狀，爲天人之所共棄，叔度獨略其牝牡元黄而友其人，關其休戚，憫其不自容於世，而歲時一見，必繾綣不忍相捨以去。然亮之所以知叔度者，雖叔度不得而盡知也。今年之春，叔度有子能取世科，則喜不自勝，曰：『我雖不仕，今有以見先人於地下矣。』遂乞致其疇昔所得之官，未幾而遂死焉。叔度之自立者如此，而獨動心於是區區者，而心事之皎然可知矣。亮以禍患奔走，而喪車之出不能祖道而酹，九原之歸不能倚樹而哭，追致此奠，以暢其情。哀哀叔度，尚如平生。

祭朱壽之文

嗚呼！父實生子，子實生孫，孫又生子，子子孫孫，以至於無窮，此固天地生生之理，而亦所以爲人道有終之托。少不失父，老不哭子，送往事居，後先更迭，以終於無憾，此固國家大順之極，而亦所以從一人自遂之私。自昔聖人所以和同天人之際者，豈有奇功異術哉？使天下無所謂幸不幸而已。今子之死，乃獨有感於余心而興不幸之歎，至於慟哭流涕不能自已，非以子之翁遇我不啻骨肉，而囚繫之餘始知人亦惟其所遭耳。

嗚呼！子獨胡爲而遭此耶！少有俊聲而能自克，長讀父書而能默會。義理以厭飫其心，藝業以游泳其外。學者之高下淺深，俯仰以接之而不暴其從違；天下之賢不肖，一見而識之而不輕於向背。其才豈不直一官，乃以韋布而没地；其志豈不慕古人，乃以賢子弟而終自晦耶！

嗚呼！子之翁老矣，抱負至難之才而人惡其違世，刻意不傳之學而人惡其厲己。諸賢零落殆盡，天獨許其後死，意者將有所爲也，而乃使之以六十之叟而哭子耶！

嗚呼！慘矣，毒矣！如我之不肖不祥，而猶未死於縲紲者，是真所謂幸耳。若子之不幸，其嘆當何時而已耶！

酹子金華，誰與對慟！遣祭三衢，徒有隱痛。不幸之悲，今古所共。翁亦慨然，孫可事奉。天人之機，懼其錯綜。文不能哀，將幣以送。

祭林聖材文

惟靈：讀書將以爲善，而不志乎舉選；應舉將以行義，而不志乎得禄。孝悌稱於宗族鄉黨，慈愛隆於父子弟昆。非有表然之名足以自見於世，而有粹然之善足以無愧於心。胡不百年，終此大數？失一善士，空其一鄉。有幾子孫，佑之幾世。雖天報之可必，而老淚之易零。一奠因循，多病良久，靈其不昧，意則昭然。

祭何子剛文

嗚呼！以德不以力，以義不以勢，此古今之通論，而無力無勢者所藉以安也。公家貲數十萬，不可謂無力矣；結姻於朝列，不可謂無勢矣。而甘心自屈於鄉之暴有力者，猶不必其勢，悖言惡動，不與其較，則公之誠心爲善，尚不以德義自居，而何問勢力之所在乎！亮之心降而誠服，不可謂無所自也。

方亮未冠時，束書就學於公之館舍，公不以凡兒待之：歲時之顧遇，杯酒之慇懃，未嘗不倍於倫等也。其後亮方奔走四方，見公之日常少，而聞公之德誼特多。常欲進拜公，以示鄉閭，知所則效，而因循不果。及公之没與葬，又以部使者之嫌，而不欲求自附。使亮取外於公之門，若於公之生死不相關涉者，天當知之，非人之過也。

惟公盛德著於平生，懿名偉於晚節。睹後生之自肆，睠前輩之日淪。酹斗酒於隻鷄，忘墓上之宿草。苟此心其可達，宜英靈之如存。雖再拜之未償，尚臨風而隕涕。

祭陳肖夫文

嗚呼！時學入骨，時文入髓，兄曰吾弟，父詔其子，以此而生，以此而死。從者如雲，得者寧幾？其初不悟，謂未工耳。工矣云何？不遭至此。使爾遭乎，其將何以？以斷國論，以謀王體。向之所學，乃今爲累。天乎人乎，家國所繫。念此痛心，力薄無似。欲就時學，附以正理，挽不可回，爲此迢遞。分守移換，寧妨祿利。彼頑者何？面從背棄。

予教嬰孩，尋行數字，僅能把筆，初守終墜。竟成孤立，相望惟爾。以爾之才，挾爾之氣，横騖長驅，始充爾志。一句一言，以古自詭；一字一畫，於今必異。母教兄督，人非友義。雖余亦曰，少不爲貴。子獨不然，曾西所畏。今幾何時，賫之入地。善不留種，墜此老淚。天亦徇俗，余寧不悖！

嗚呼肖夫，子真死矣！有相聞問，時已後矣。奔走未寧，疾病踵至。子胥安在？義當一酹。酹而可遺，則已久矣。日復一日，義安在矣！乖其初心，敬從遺致。嗚呼肖夫，必不我罪。俯仰隨時，不死何謂！如子之死，於彼乎愧。跖壽顔夭，第相寬譬。會逢其適，千古之涕。

祭周賢董文

嗚呼！尊行親戚，今垂盡也；惟吾舅與君，屹然爲一坐之鎮也。方姨母在時，一再歲必一覲也。間者闊焉，而君惠顧不靳也。連歲有江上之役，欲爲公壽而不果奔也。謂公之壽方興未艾，而此心終未泯也。曾與吾擔未及弛，而死生不能以一瞬也。思吾先人，不可得見，而行輩亦復不振也。若余之所遭如此，而安得不爲世所擯也！天乎人乎，自今皆可勿問也。壽大較不滿六十，而余少君九歲亦凜凜也。豈生既有闕於君，而死乃爲此懇懇也？亦傷夫事變之亟，而可以自見者無使有遺恨也。英靈如在，其亦舉吾觴而滿引也。

祭喻夏卿文

嗚呼！家喪長老，鄉失耆舊。斯倉斯箱，亦既曰富；引養引恬，亦非不壽。與人無争，以德則茂；終身無疾，以福則厚。群兒斑白，侍立左右，諸孫滿前，一經各授；場屋較藝，或居選首。族子群起，能名輻湊。君爲一笑，歲晚樽酒。八十年間，何所不有！不如意事，十常八九，詰曲稱心，亦惟其偶。君固自知，法當得後，盡其天年，既全所受。云胡今者，往往心疚！天行有終，人望彌久。空其一鄉，一家之候。氣象凋落，事當大繆。官稱日聞，還彼俊秀。隱然鎮重，若何架漏！淚涕横臆，非以邂逅。百感交集，微我有咎。親故共哀，誰識香臭！以其寸誠，見之觴豆。苟事皆然，何力可救！

祭郭德揚文

嗚呼！昔君尚及父兄在時，協贊上下，爲家之肥。比於弟姪，誦書及詩。君又於中，唱使必隨。俯仰先後，力用不遺。閲世之久，實觀盛衰。晚值兄疾，賴君羽儀。家道愈昌，匪創新規。君家甥館，乘龍是宜。子亦自奮，輝映旁支。君方婆娑，不與世違。六十非夭，而止於斯。念昔於君，年甫近之。見輒情話，寧此心期。我困囚縶，莫哭繐帷。墓草若何？酹此蕪辭。

祭宗式之文

嗚呼式之！少失怙恃，同室乖梗。縱或不順，困子亦猛。萬事瓦解，不待肉冷。天人相遭，有幸不幸。五行之運，厚薄偏正，參差不齊，孰得其稱！其初則曰，感必有應。末亦有言，以待天定。

嗚呼式之！與予有連，所遭亦等。子獨於中，降年不永。身在有餘，誰爲子請！我獨僅存，未失綱領。小小顛倒，天有正令。兒幼婦弱，莫適與競。張官置吏，禮樂刑政，寧使孤寡，徒歸之命！

嗚呼式之！彌子子路，幽明異境。力所不及，分應退聽。天果定乎，姑以自靖。人果衆乎，天豈易勝！我脱囚繫，理亦炳炳。爲子少須，以觀究竟。方未定時，胡可比並。念子無窮，雙淚交迸。

祭妹夫周英伯文

嗚呼！我先人蓋寡兄弟，而吾母惟女弟一人，零丁孤苦，相與爲命，而卒歸于周者，英伯之母也。故英伯之女兄復歸吾弟，而吾妹長英伯九歲，吾母亦許以歸英伯者，欲使姻戚之義相聯於無窮，而親愛之至也。吾母棄諸孤七八年，英伯漸長而吾妹竟歸之，不敢食吾母之成言也。故英伯少學於我，而欲以武事自詭者，量其資性之所宜也。志既不遂，而自力家事，以克用裕，使吾妹無旦暮之憂者，盡其心力之所至也。時節相存問，緩急相周緻，雖竹頭木屑亦有以應吾之須者，篤吾妹之分義於我也。木石隨在而辦，椽瓦隨用而足，别爲此室廬以焕然一新者，分賢尊之憂責於身也。

尊既下世，子亦隨往，寡妻弱子，遽失所仗。得罪當路，我困羅網，忍死自明，照臨在上。猘犴孤隻，旁無族黨，子既去我，誰任鞅掌！吾妹憂思，相從愓恍：我存安用，事亦可想。終喪致哀，有負靈爽，當與令子，行營高敞。死則同穴，愛此尋丈。瀝酒昭誠，魂其來饗！

祭胡彦功墓文

少驅馳於宦牒，晚推遷於事故。徒夢寐於英游，卒弭心於農圃。蓋逢坎而輒止，豈不遇而故去！嗟有才其焉用，期不墜於門户。謂人生其何爲，倘不貴而即富。通閭里之有無，共僮僕之甘苦。既弟昆於戚黨，爰骨肉其所部。時一平於曲直，亦何求於勝負！亶在我而有餘，宜於人而無惡。俄死生之異變，均涕泣於行路。念得此者幾人，雖百身而莫取。尚慨想於平生，爰瀝酒於堆土。惟此願之未償，孤疇昔之青顧。忘夜雪之漫山，遡北風而誰語！冀英爽之昭然，鑒精誠而弗吐。

祭俞景山文

嗚呼！生必父母，成必師友，死必妻子，葬必里閭。此天地生生之常理，而未有知其由來者也。以子之端慤静默，知有書卷，而不知有天地之大，日月之過前；知有朋友，而不知父母之違離，家室之不可已。此其爲志豈小，而偃然卧病於百數十里之外，死以屬諸朋友，而葬以累其父兄，使天地生生之理顛倒而不可知。抑其所謂不可知者止此，而子獨遇適其逢耶？何其所遇之慘也！雖然，比夫客死於不可知之地者，其魂猶爲有所依矣。死於我乎斂，弔於我乎哭。朋友故舊，觴酒豆肉。子魂何在？亦就乎木。舉柩即路，有兄有叔。

祭何茂材文

惟君碩大充偉，儼然老成；端重慈儉，以詔後生。善多於財，實浮於聲。前輩遠矣，見此儀刑。云胡溘然，使我失驚！衆所睹者，黄金滿籯；我獨知之，教子一經。我困欲倒，而風不停。二年囚繫，莫弔君靈。墓有宿草，我心未明。一奠將之，廓然此情。

陳亮集卷之三十二

祭文

祭吕東萊文

維淳熙八年歲次辛丑秋七月二十九日癸卯，東萊先生以疾卒於家。越四日丙午，從表弟永康陳亮奔哭其柩。越九月甲戌朔，始西向陳薄幣於庭，再拜遺香燭茶酒之酹。〔一〕

嗚呼！孔氏之家法，儒者世守之，得其粗而遺其精，則流而爲度數刑名；聖人之妙用，英豪竊聞之，徇其流而忘其源，則變而爲權譎縱横。故孝悌忠信常不足以趨天下之變，而材術辯智常不足以定天下之經。在人道無一事之可少，而人心有萬變之難明。雖高明之獨見，猶小智之自營；雖篤厚而守正，猶孤壘之易傾。蓋嘗欲整兩漢而下，庶幾及見三代之英。豈曰自我，成之在兄。方半夜之劇論，嘆古來之未曾。講觀象之妙理，得應時之成能。謂人物之間出，非天意之徒生。兄獨疑其未通，我引數而力争。豈其於無事之時，而已懷厭世之情？俄遂罹於末疾，喜未替於儀刑。何所遭之太慘，曾不假於餘齡！將博學多識，使人無自立之地；而本末具舉，雖天亦有所未平耶！

兄常誦子皮之言曰：『虎帥以聽，孰敢違子！』人之云亡，舉者莫勝。假設有聖人之宏才，又將待幾年而後成；孰知夫一觴之慟，徒以拂千古之膺！伯牙之琴已分其不可復鼓，而洞山之燈忍使其遂無所承耶？眇方來之難恃，尚既往之有靈。嗚呼哀哉，尚饗！〔二〕

校勘記

〔一〕以上六十六字，據《吕東萊集·附録》補入。

〔二〕以上六字，亦據《吕東萊集·附録》補入。

又祭吕東萊文

惟兄天資之高，地望之最，學力之深，心事之偉，無一不具，其來未已。群賢凋謝，屹然山峙。兄又棄去，我存曷以！一代人物，風流盡矣。生也何爲？莫解此理。彼豈無人，懼非書耳。

昔兄之存，衆慕如蟻。我獨從横，無所統紀：如彼扁舟，亂流而濟，觀者聳然，我行如砥。事固多變，中江乃爾。三日新婦，請從今始。念此哽咽，淚落如洗。卮酒豆肉，非以爲禮。

祭妻父何茂宏文

嗚呼！既以有生，安得無死！自死自生，滔滔皆是。生既非真，死亦云妄。超出死生，是名實相。惟彼聖賢，其道則殊。不使生死，總之爲虚。生如不生，麋鹿與俱；死則死矣，木石之枯。生事愛敬，死事哀戚，人道始終，一用其極。前賢未辨，我任其責。責苟在我，有死無易。

昔公少年，相父起家。食不厭麤，衣不慕華。父死我在，事靡有他。或費或嗇，先志未遐。欲知其人，視其家道。以其餘力，發爲辭藻。兩登薦書，門户華好。迄用有成，難弟敏妙。家日昌矣，而弟遽亡。弟有遺責，併此乎當。同時孰在？彼俊者郎。筆硯其間，而視茫茫。既老未休，心非外慕。不耋之嗟，莫求其故。縱不尊榮，終此大數。無寧少留，觀我常度。

唯公平生，較然不欺。質直敢前，恭儉自持。無疾而逝，胡寧有疑。死生大矣，不足與移。某獨何爲？感念昔者。托我以女，匪其可且。幸能謀食，於道未也。晚蒙公知，異禮是假。言踈意拙，忠故不捨。二十年間，付之土苴。持此丹心，對越泉下。尚想音容，酒傾淚灑。

祭石天民知軍文

嗚呼！高才辯智，孰與强力爲善？博學多能，孰與蘊藉風流？故天下之士，有以自負而取名，自足而善謀，未若無挾而好修，淡然而不忮不求者也。嗚呼！天下而有若人，則薄惡不能污，纖碎不能留，小諒不能表其孑孑，鄉原不能致其綢繆。當與一世混流而揚波，枝葉婆娑而根是培，屹然而山立，翛然而天遊者也。

嗚呼！此吾天民所以單行於士林之表，平平而坦坦，容容而休休者乎！英風義概足以激懦而起偷，美意仁心足以律貪而鎮浮。書冊未嘗不親，而書味厭飫而優柔；事體未嘗不具，而事情反覆而咨諏。聖賢不傳之學，豪傑經遠之猷，兼該衆美而歉然以未善爲憂，推先一輩而退然與後學爲儔。此吾夫子所以嘆『任重而道遠』，而韓子貴於『責己重以周』者也。嗚呼天民！豈復有一事之可憾，而不足以乘一障於遐陬乎！樞庭一屬，與夫治中別駕，乃足以盡其平生而酹之乎？吾不得質諸幽也。

嗚呼！得兄凶問，京口行舟；審吾元卿，北關渡頭。歸未弛擔，負薪是尤。賢子訃告，我病不瘳，日卧于牀，自夏徂秋。亶其既安，困於敵讎。一年之間，一半爲囚！自餘奔走，人扼其喉。兄喪既終，我頭未抽。墓有宿草，老淚漸收。我雖僅存，豺虎是投。來飲我酒，尚如生不！生死遺憾，付之牢愁。跡雖易考，事終可羞。兄亦慨然，歸安此丘。

衆祭潘用和文

嗚呼！鄰里親戚，朋友故舊，此人情之至隆而人道之所繇立也。歲時無事，杯酒相命，劇談滿引，恢諧笑謔，醉倒而不相責禮；其尤親者則有筆硯文字之好，上窮千古，下極目前碎事，以致其切磋琢磨之意：此人情之至歡而人道之所繇成也。俄而於朋輩之中奪其一人而去，使其徒回皇四望，而目瞪舌僵，不知所以爲策，徒能涕淚四垂，各道其平時悃款歡愛之淺深，以爲幽明契闊之候，此人情之至悲而人道之所繇極也。平時朋類相從，頹然無所是非於其間，使爭心消伏而不見，惟吾用和是賴，而何以首當此禍耶！豈吉凶皆非善惡之謂，而所遭特顧其臨時耶！千卷之書，獨不如生前一杯酒，此吾徒所以爲用和千古之嘆，而寂寞身後之名要亦何足深計耶！八人之中，惟頤年相若，惟恂齒最少，同堂合哭以哀亡者之相去一世，不知悲樂憂歡變故何時而遂已耶！生無所取，死無所愧。哀哀用和，致此一酹。

祭章孟容文

嗚呼！盛衰生死，固天地之常經，而悲喜哀樂遂出乎其間者，亦情之正也。如君父子，踵相躡以取科目，而先公遂以才望入御史府，登法從，蓋可謂一時之盛者。及其以不合得罪，罪方釋而死及之；君徒小試州縣而亦繼以死，行道之人爲之酸辛而感涕，而況於君之母兄若弟若子乎！念昔見君，纍然在疚，撫胸呼天，天不我覆；余亦悲哽，慚不能救。今又幾時，來告君訃，盛衰相尋，如夕與晝，適其甚者，與君先後。

余聞君疾之未病也，語其子以『苟不可諱，勿用老佛之教以污我』。及其臨訣，夜分款語：

『今且死矣，遂從吾父。所可憾者，棺未入土。』禮壞千載，喪尤非古。如君之志，聖賢所與。君言在耳，而子忍負！我欲哭君，既行而沮。昔君屬子，於予何取！庶幾幡然，而過可補。祭奠柩前，英靈鑒否！

祭孫沖季文

嗚呼！天之生子，殆若有意。變化倚伏，惟人自致。是以君子，勉所未至：兢兢業業，天人之際。理之難知，乖其所恃。念子之初，亦或可避。彼其與之以識而偏於才，備其能而嗇於德；文足以自見而勞於成名，志足以自立而困於無命。子憂其才之不足，余獨以德爲可貴；子方以名爲可求，余獨以命爲可畏。今余不幸而言中，使子齎恨而入地，重慈親之憂，有幼子之累。父必以咎而自歸，安在其子之有罪！然皇帝王霸之道，聖賢士君子之學，平時樂與子共之者，萬事瓦解，而余尤不自知其多涕也。嘆來者之未涯，傷疇昔之有愧。苟子之姓名與我隱顯於百世之下，則或爲九泉之慰。

衆祭孫沖季文

嗚呼！十人之聚，則有短長。命也不齊，固理之常。積而至百，胡可較量！念昔相從，意氣方張。禍福之來，孰避孰當！而謂如子，適是不祥。不祥何尤，當之可傷。相與別子，列以豆觴。汝飲滴酒，如在吾旁。所謂學者，帝霸皇王。追念此志，有淚盈眶。爾友咸在，爾魂茫茫。爾不能飲，飲爾以漿。各以意接，言不能詳。失聲而號，痛裂肺腸。何以慰子？没身不忘。道過爾墓，悵望斯岡。千載吾銘，歸安其藏。

祭宗成老文

亮年十八九時，諸公不以爲不肖，雖大父行、父行往往辱與之游。其後又與年輩相若者相與上下其論，晚乃與一時後生相從講畫。雖才俊比肩，可喜可愕，至於動心怵目，無所不有；然其厚德偉度，要不復前人比。以故尤思與父行游不厭。公於其間，厚德偉度，尤爲傑然，而既親且舊，其慕用不一端而足也，乃亦竟死耶！八十之親，子又方冠，一第何爲，萬事冰泮！盛衰相尋，百年之嘆。人物藐然，寓哀一奠。

祭妻弟何少嘉文

嗚呼！恩莫隆於姻戚，義莫重於朋友。民之秉彝，士有常守。類而聚之，各從其厚；聯而合之，既厚且久。聖賢所講，捨是則否。我於子姻戚也，而講論辨說，我爲子剖。子於我朋友也，而患難倉卒，子獨我救。緩則游從，急則奔走，不期而應，如左右手。我寡兄弟，賴子以没首；世俗道薄，賴子以遮醜。天胡不仁，爲此舛繆：夜半負舟，疾馳恐後。古亦有之：顔夭跖壽。獨子遭乎，亦我有咎。

嗚呼！此其禍變，豈復吾之始慮耶！以子之平生，亦何以致此荼苦耶！事母能以色養，至於左右之無違；事兄不以病替，至於憂喜之無忤。敬其弱妻而褻言不用，撫其幼妹而恩意孔煦。尚賢睦族，以任門户；敬老慈穉，爰及行路。人爲我役，謹其喜怒；人食吾利，同其欲惡。節彼我飾，行以内恕。年未三十，動有常度。仰止聖賢，行矣而著，胚胎既成，軒豁呈露。子之望我，亦以此故。我困禍患，失其故步；子抱不滿，交臂而去。道之云遠，人曷其遽！非道弘人，歸咎無所。百爾所思，豈亦有數！我辭非悲，我淚如雨。有知無知，一息千古。

代妻祭弟何少嘉文

嗚呼吾弟，棄我而去，曾莫我告；今又葬矣，迫期而報。欲辦一飯，形影相吊。有東無西，徒此號叫，强學力行，汝才既卲。愛敬且發，汝心皎皎。汝不自欺，人亦汝保。何生之佳，而奪之早。汝今且病〔一〕，有妻尚少，汝往安乎？子庶克紹。覆載無窮，幽明之間，人壽百年〔二〕，不能俱到。闔闢變化，其端固妙。兄弟一體，隔世與肖。汝其順聽，安此宅兆〔三〕。不存其身，惟其感召。吾夫視汝，形影相照，臨穴不及，肯此顛倒〔四〕。一〔五〕日七驛，空焉悔懊。樽酒薄禮，爲我一釂。

（按：上文輯自《永樂大典》卷一四〇五二祭字韻）

校勘記

〔一〕『病』，《新編事文類聚翰墨全書》戊集卷四《姊祭弟文》作『死』。
〔二〕『幽明之間人壽百年』八字原闕，據《新編事文類聚翰墨全書》補。
〔三〕『與肖汝其順聽安此宅兆』十字原闕，據《新編事文類聚翰墨全書》補。
〔四〕『顛倒』二字原闕，據《新編事文類聚翰墨全書》補。
〔五〕『一』，《新編事文類聚翰墨全書》本作『三』。

祭徐子宜父文

前賢既遠，源流莫繼。卓彼諸儒，尋廢起墜。後先相望，曰同而異。歲晏屹然，惟公之子。非子之能，於公實似。言取其信，動必以理。孝友慈恕，儉恭和粹。儀刑後末，子鍾其美。枝葉扶疎，有本如是。子登王朝，日躋膴仕，群公相敬，資以行志。退食從容，教忠無愧。朱衣銀魚，寵褒沓至。何如蒼天，成此永喟！道之云遠，幾人能遂。無以考祥，曷視其履。公雖遄邁，道則自邇。盡道爲難，從公則易。進退莫安，死生孰計！終天之痛，惟子之瘁。子曰『已哉』，朋友則未。相與盡哀，繼以寬譬。嗟乎公哉，非以私意。庶幾饗之，一觴之酹。

祭陳聖嘉父承務文

嗚呼！昔我先祖以氣自豪，公方録一縣之事，歲時相往來，以同宗故，甚相好也。我先君與公之子生同歲，少同學，而不肖無狀，因得叙族屬以自附。聞公之喪，匍匐哀慟，若己有之。比其葬也，亦復效薄奠以載其區區之意，非無從而至此也。惟公早稱善人，晚錫爵命。念平生細大之事，莫或自欺；雖一死契闊之餘，故應無憾。有昭靈識，樂舉余觴。

祭淩正仲父文

惟君力足以自拔，而志念不出於鄉閭；才足以資世，而事業止關乎門户。孝友慈愛，人無間言；規矩準繩，身有常則。富而好禮，惠以使人。子有一於是乎，吾必謂之學矣。居雖異縣，心則知君。及夫事變之驚悼，困於禍患之奔走，意料不到，倉卒何關。聞君之喪，嗟已後時；哭君之柩，沮於及境。徒有遺憾，夫復何言！一酹之哀，半歲而遣。昔者君之子姓，多不見鄙，故論君之平生，獨爲甚詳。魂乎來歆，言也無愧。

祭王木叔父文

嗚呼！父子之恩，没身莫酬。四民孰貴，士兮好修。昔公有子，讀書是謀。亦既得仕，惟友之求。蕘夫、子復，共仕吾州；少望、正則，又拔其尤。我亦登堂，厠此英游。公居其間，意好綢繆。亦有甘旨，共此拍浮。賓主上下，一笑夷猶。謂彼『茅容』，少見未周。退與婦言：『有此客不？』非子能賢，實父之由。十五年間，參差去留：進登王朝，或死以休，或掇巍科，或官遐陬。我獨窮甚，豺狼是投。賢子何爲，逆風撐舟！公亦厭之，一病不瘳，嗟乎哀哉，逝者如流。死生異道，窮達不侔。孰爲此者？蒼天悠悠。未有已時，寧有定憂！積者厚矣，令子之收。鄙文侑奠，以享諸幽。

祭彭子復父文

嗚呼！生稱善人，死表於墓，曰『處士之墓』。古人務實而不務設飾，所以貽範於其鄉也。衆之本教曰孝，國人稱願，然曰『幸哉，有子如此』。古之人爲人子者，由微而至著，所以達其父於天下也。如公之父子，蓋亦庶幾於無遺憾矣。七品之服以爲封，千里之寄以爲養，夫婦相對，子女無缺，而相羊於七十五歲之間，天之報施亦豈徒然哉！

昔公之子，初官金華，我從之游，道義靡他。拜公堂上，質實無瑕。從容二林，相與如家。子登朝列，公壽方遐。我困囚繫，公天一涯。死生禍福，相去有差。晚節末路，共此嘆嗟。墓有宿草，計程則賒。雖死不朽，是耶非耶？情則至矣，儀匪靖嘉。臨風一酹，涕淚交加。

祭金伯清父文

嗚呼！讀書取於庇其身，治生取於足其家。身苟庇矣，有開其華；家苟足矣，不導其奢。設心措慮，造端不差。報施常理，爲應匪賒。故諸子力學勤生，統緒既定，宜君之暮年晚景，付託良佳。何一旦之逝去，致有識之咨嗟！況於樂善之不倦，重以内行之無瑕。壽不應嗇，理宜有加。天之蒼蒼，其正色耶？若伯清者，善人非耶？雖倚伏之終在，而變化之周遮。念歸怨之何所，矢陳辭之靡他。追疇昔之樽酒，爲今兹之靜嘉。謂冥漠之如在，想英靈之未遐。苟余誠之可享，豈多言之爲誇！既升堂之不見，宜有涕以無涯。

祭王天若父母文

嗚呼！富、壽、好德、康寧、考終，此所謂五福，而權勢榮華不與焉。蓋五福上下之所通有，爲人者不可不自勉以待正命也。如君之伉儷，雖不至於期頤之壽，然富而好禮，平時無甚疾病而以令終，先後一年而相從於地下，而又有子以似之，其於五福蓋亦庶幾於備矣。

亮之於君，居雖異郡，而壤地相接，聲問相通；雖不覿其丰標，而審其平生，敬其吉德。曾未得握手接殷勤，而君之耦以訃來，亦嘗爲君之子驚悼失聲矣。禍患奔走，欲一遣慰未能也，而君又以訃聞。嗟乎傷哉！如君雖可以無憾，而人子之心奪之中道，鄰壤之敬失之須臾，其爲傷嗟，寧有窮已！一奠併致，寸誠孔昭。靈其有知，我亦出涕。弔君之子，惟後是圖。

祭王文卿父母文

嗚呼！昔我諸兄與其鄉人諸友，及從先公游，磨礱乎道義而服膺其家範之懿，至今在耳歷歷也。及公之身，積愈厚而收愈薄，克有賢配，以無忘先公之訓。惟我一二人獲與諸子周旋，先世之德至是而愈文矣。天之報施，意與人合。變化倚伏，一闢一闔。夫婦繼亡，有來或遏。何以占之？送車雜沓。

陳亮集卷之三十三

祭文

祭妻祖母夫人王氏文

嗚呼！一婦不織，天下必有受其寒者。夫人之勤，始終若一，豈徒以起家之不可安乎？室無妄用，則男子無苟取之心。夫人之儉，不問於有無，豈徒以貧富之不可常乎？至於察人之所不察，而閫内之情畢見；愛人之所不愛，而一家之勢常平。此所以夫不勉而正，子不督而賢，間言不却而息，長幼不約而親。而天下之爲人婦、爲人母、標行義以自見者，比夫人蓋猶未足以爲賢也。生不願知於人，死不見著於史，惟餘此心，無成有美。矧亮不肖，烏知夫人！亮實有婦，夫人之孫。十年登堂，誨言在耳。因跡以觀，其平如砥。昔亮之窮，棄不足論。夫人撫之，綈袍之温。一飽有時，解顔以喜。感念之恩，如實出己。年餘八十，德浮於年。哭不可留，路及九泉。

祭姨母周夫人黄氏文

嗚呼！昔我外大父六男二女，而我先祖妣實外大父之女弟也，故許以女歸我先君。而外大父母相繼即世，於其中間，六男摧落無餘，故我姨母幼育於我先祖妣，及笄乃歸周氏。然後黄氏所存惟二女而已。我先妣每念及此，輒不欲生。歲時祭饗，遂託於陳氏。亮自幼時，固已識我先妣之戚憂，常懼力之不足以任其後也。未幾，我先妣以盛年棄我諸孤，弟妹交託於周氏，亦惟我姨母是撫，不獨黄氏之責萃於姨母之一身。天不閔凶，我姨母復得末疾，猶以藥物自扶。每力疾而語亮曰：『汝克自立，我姊賴汝以瞑目。然黄氏於兹盡矣，汝母寧無遺憂乎！』亮抆淚以告：『方扶持百年是望，毋爲是不祥之言！』然心亦憂之，不圖其遂至此也。天乎酷哉！天乎痛哉！以亮之不肖，懼將遂墜陳氏，其能保有黄氏之墳墓而饗其鬼神，以安我母我姨母之靈於百年乎！

念我姨母，如我母存。死而可代，敢愛此身！今其已矣，責將誰分？長慟大號，告我後人。

祭妻叔母喻氏文

嗚呼！念不肖之疇昔，嘗受知於夫君。妻以其兄之子，教以古人之文。雖有孤於此意，豈不懷於過恩！俄永隔於生死，無所效於賤貧。惟胸中之耿耿，蓋可質於明神。晚抽頭於禍患，幸旦暮之晏温。事夫君而不及，有夫人之尚存。願誕彌之再拜，終此禮於千春。寧夫人之盛德，使我志之莫神。環親戚而聚弔，獨訃音之後聞。雖本末之可察，亦長短之易論。望新靈而哽噎，話往事以酸辛。尚至心之可恃，與薄奠而共陳。豈多言之自解，庶或格於尊魂。

祭林和叔母夫人文

嗚呼！欲知其母，視子之賢。子賢而達，母享其安。富貴尊榮，百福具焉。飛騰之初，而母棄捐。此在人情，孰不盡然！况於其子，寧望生全。孰爲此者？嗚呼蒼天。栽培傾覆，倚伏變遷，一往一來，如環無端。有幸不幸，理難概然。必其在人，爲之後先。吉凶禍福，則罔所愆。雖愆不僭，其終不偏。天人相因，繩牽絲連。惟太夫人，和柔静淵，夫婦如賓，烝嘗吉蠲。衣不慕侈，惡其敝穿；食取財足，惟其潔鮮。七品之封，八十之年，康寧考終，子孫滿前。凡我鄉井，三數衣冠，錙銖而較，莫我扳援。先德如此，厥有由緣。子心罔極，曰不其延。於今未足，視後必填。安得彤管，大此幽鐫？我辭之悲，抑揚周旋。有是寸誠，薦之蘋羶。

祭徐子才母夫人文

嗚呼！天之運行爲有常，人之祈望爲無已。年踰八十，身爲命婦，康强無疾，奄然而逝。

世之得此，其能幾人！天之報施，亦不薄矣。子有盛名，方爲時用，挈其才具，欲飛輒止。高高在上，事固難量。人之所期，豈有窮哉！天非獨吝，人非無厭。天不如是，則不足以言天；人不如是，則不足以爲人。送車千輛，祭者數百人。交有淺深，義有厚薄，或哀或念，其情如一。行路觀者，爲之太息。死生之際，無一可憾。人各有心，非力可取，地道無成，固有終矣。安歸于土，惟善惟最。

祭葉正則母夫人文

嗚呼！昔余識夫人之子於穉年，固已得其昂霄聳壑之氣。自其客居永康，每一食未嘗不東向悽然，有時繼以淚下，曰：『吾家甚貧而吾母病，飲食醫藥宜如何辦？又以勞吾父之心，吾將何以爲人子！』余於是時，雖未獲登堂之拜，固知夫人之甚慈其子，而爲之子者固自爲可。且余有父不能養，余甚有愧焉。

數年以來，夫人之子大放於古今之書，凡聖賢之用心，與夫後來英雄豪傑之行事，觀其會通而得其所以與時偕行者。於是四海友朋如夫人之子者可以一二數，而天下之人有以觀夫人之爲人母也。既而夫人之子又以甲科歸拜其親於庭，併世俗之所謂榮者而並得之，人皆謂夫人之疾宜自是脱然，而竟以不救。豈世俗之是非休戚一不以攖其心，而由疾至死一一自有條理耶！疾與死非人力之所可爲，而所可爲者夫人既加於人一等矣。常情之遺憾，又何以陳之夫人之前耶！然夫婦母子，人之至情，死生之際，不可以理譬解。夫人之子與其父，宜何以爲心，而朋友之涕亦不自知其潸然也。

重岡一水，寓哀於文。匍匐之救，有靦古人。

祭趙尉母夫人文師日

嗚呼！三釜及親，捧檄而喜。仕非爲貧，亦以養耳。孰不生男，其成有幾？人曰幸哉，有子如此。吁嗟夫人，亦既有子。人事好乖，欲飛屢止。千尋之木，困甞在始。及其干霄，條達自遂。君子知之，順變以俟。亡者安焉，身後無愧。賁及九泉，彤管有煒。登堂莫及，聞風而起。歸旐翩翻，道出下里。徯之浹旬，失之寸晷。一奠之敬，竟成追致。交道孰難，難於生死。

祭王道甫母太宜人文

嗚呼宜人！少從其夫，艱勤以起家；晚從其子，驅馳以遊宦。三年簿領，一月朝行，而徑膺千里專城之寄。板輿之樂，人生亦可無憾。群賢聚朝，召命鼎至，而遽罹蒼天罔極之痛。喪車之行，識者以爲大哀。人之隱憂，子之巨創，交發並至，其胡可言！嗚呼！人壽百歲，獨不可以八十九十乎！貴極人臣，獨不可見其子爲卿監法從乎！天運之公，人心之私，苟其相值，公私合一。厥或參差，爲此臬兀。富貴之來，半道而失。終天之恨，寧此杪忽！

某向與令子爲琨逖之相期，晚節末路蓋管華之異向。跡雖小戾，心實如初。追念昔遊，幾成一夢；值兹凶變，共哭三衢。趣報兒曹，令陳薄奠。指日東望，臨風涕零。

祭錢伯同母碩人文

嗚呼！大家世族，垂三百年，方其盛時，二浙惟錢。被兵日少，有此山川，尺寸必争，俄而華顛。棄如敝屣，聖明當天。禄以報功，位以象賢。著忠令甲，吴實與肩。代不乏人，母儀是先。睠惟后族，和柔静淵，女美夙著，女訓素嫻。有德有容，衣此華鮮；有禮有節，饗夫蘋羶。齊實吾偶，作配其緣。生兒大佳，胎教固然。兒亦自力，取友必端。有聞于朝，進服班聯。持節分符，于蕃于宣。風采間見，仁愛則專，板輿有教，奉以周旋。庶幾色養，不爲變遷。天子曰歸，赴我詳延。綵戲之樂，所居而安。子心罔極，福無十全。登進方隆，忍此棄捐！嗟舊封部，遺愛在焉。豈我一夫，爲是惓惓！弔死唁生，困於拘攣。祥除伊邇，寧發慰言！一奠之誠，不懈愈虔。天運參差，惟偏非偏。

祭樓德潤母夫人文

惟靈：守寡之操有以參列婦於古先，撫孤之仁有以見夫子於地下。所積之厚，所收不微。

板輿東西，廈屋終始。年踰八十，爲人子者寧有滿時；命至再三，有國家者以錫類耳。雖天報之未殞，而人道之有終。念一旦之息微，所不忍見；追平生之色養，詎其克堪！此賢嗣之所以創鉅而痛深，而朋友之所以哭哀而涕出。舉觴而薦，豈曰無從！望堂而登，於兹永已。

祭鄭景元母夫人文

嗚呼！盛衰消長相尋於無窮，是非毁譽交發而未定。此世人之所共歎，而君子以爲有命。方夫人之盛年，悼其夫之已竟，念二子之何學，寧利名之足競。嗟長公之山立，儼獨矜於細行，蔚羽儀於廟朝，樹後學之審訂。越仲子之鷹揚，慨砥節於清勁，不充詘於崔嵬，無幾微於蹭蹬。宜世道之有關，詎門户之私慶。以還報於地下，謂婦德其特盛。曾歲月之幾何，掩風波之交迸。彼山立其何罪，躐夫人而目瞑；此蹭蹬而不已，遂得名於不令。矧窮達之小異，豈平生之退聽。噫夫人其何爲，與此變而俱病。雖自古之或然，冀天定之能勝。不然，則盛衰消長，是非毁譽，乃足以汩人之正性也耶！

人欲若浮，天理如瑩。物必有對，鸞鳳梟獍。其順其背，或掩或映。參差不齊，於終必稱。受命於天，惟舜也正。長公有知，告我曰敬。其存謂何，盍亦自靖。逝者如斯，萬事墮甑。委曲則巧，直情則徑。匪人可欺，寧我不佞。尊魂如在，雖幽不懵。揭虔妥靈，斯言有證。

祭丘宗卿母碩人臧氏文

嗚呼！母子之愛不出於閨門，而足以關天地之造；閨闥之懿不出於鄉閭，而足以起薄海之敬。此其輕重繫之人，而真足謂人者固未易以一二數，雖隱德幽光亦將不期而暴白也。一世人物之英，百年廊廟之具，而碩人生之，豈不有關於天地之造乎！三品榮貴之養，上壽康寧之福，而碩人享之，豈不遂起薄海之敬乎！碩人之婦道，固天下之爲人婦者所取以爲法；碩人之母儀，而天下之爲人母者雖欲想望其庶幾而不可得。使盡發其平昔之所有，則碩人之不朽固不在於言語文字之間也。終天之痛，人子之心豈有窮哉！宿草之哭，封部之人其哀如此。仰惟靈識，俯鑒精誠。盡以餘悲，泄之一奠。

祭盧欽叔母夫人文

嗚呼！多男之祝，聖人不棄。則百斯男，徽音孰嗣！兩姓之合，似續爲貴。琴瑟既調，男多受祉。嗟惟夫人，尅意絲枲。祭祀酒食，既嘉且旨。家道用裕，人心不貳。開厥後來，相導以理。一男克立，問學自詭，聲問昭宣，亦母之美。或幹其蠱，或尚其事，諸男森然，分頭並起。百足之蟲，不僵其死。死而不亡，亦惟有子。閫内之懿，聞於井里。曰夫既行，今亦往矣。人壽有涯，子心罔既。死生大變，孰可寬譬！號呼蒼天，感念終始。一哀出涕，朋友之義。我困于囚，義亦凋悴。追作此文，尚千萬祀。

祭蔡行之母太恭人文

嗚呼！以太恭人之盛德，而不及竟壽考以成子之養；以令子之純孝，而不及登華要以致養其母：此朝士大夫之所共嘆嗟，朋友之所爲流涕，而天之所以爲天，其不可知者類如此也。雖然，太恭人之壽及中矣，令子亦有列於朝矣。夫君既没，整齊家道，母子相與爲命以致菽水之歡者，又數年於此矣。諸子稍稍自見頭角，而爲母爲兄者亦庶幾可以無負矣。等高下而較之，雖太恭人之母子所以自盡者甚至，而天之所以報人者亦不至於甚謬戾而不可合也。五福之難全，其來非一日，而一事之稱心，亦有以自歸於九泉。況其可以自寬者，不既已多乎！歸從夫君，而兩愛子左右之；責當門户，而四兄弟先後之。死者無所憾，生者未易畢。朋友之救，不能匍匐。樽酒之酹，有如皦日。

祭李從仲母文

嗚呼夫人！事夫有禮而不同其老，教子有法而不及其成。望有所止，而事固難平。雖助緝其家，始末之可念；然康强以老，死生之可驚。寒暑不能無代謝，弦望不能無虧盈。人生不能無欲，有欲不能不争。苟在我有自安之分，則在人無不盡之情。終天之痛，聖人以三年爲斷；顯揚之孝，人子以終身爲憑。恍吉祭之有日，必揭虔而妥靈。稽一奠之奇禍，乖大義於平生。尚時日之可考，儻素心之易明。寓不足於薄少，徒黯然於涕零。悵音容之已遠，寧謦欬之或聆。庶彤管之可恃，豈龜趺之足徵！

祭郭伯瞻母夫人文

何郭大家，里閭相望。世有姻連，成此吉昌。夫人柔淑，於何用彰；出從于郭，適合其當。女功姑置，婦職是襄。外餉賓客，内謹烝嘗。必敬必戒，頃刻敢忘；宜家宜子，拱立于旁。睠惟夫君，以志自强。藏鏹巨萬，詩書是將。論德聖賢，結交老蒼。無以相之，歲月茫茫。今其已矣，有來感傷。吾事未了，付之諸郎。兒亦自知，若何終喪。弔者在門，有淚浪浪。

祭淩存仲母文

閨門懿行，足以爲世母儀；死生大節，足以配古列婦。第知有子之可恃，亦以聽天之所爲。門户方興，世皆知其爲陽報；庭除日美，人亦願其以壽終。胡不百年，究此大數？無寧一夕，困於小疴。樹欲息而風不停，子欲養而親不待。昊天罔極，從古難言。朋友之哀，託文以訴。

祭葉正則外母高恭人翁氏文

嗚呼！惟恭人生長儒素，嬪于勳門，匪惟勳門，國之戚姻。德尚多有，貴無與倫。方其盛時，震動簪紳。中更多事，散而之温。大家世族，能幾人存！粤其存者，往往瓜分。各求其配，惟德是論。恭人宜之，豈適王孫！亦惟其德，相待如賓。自飭以禮，自督以勤。再立門户，其命惟新。賢士大夫，以類而親。有酒既旨，有殽既珍，爰多受祉，以友輔仁。相夫至此，有終則坤。云胡不淑，遽以訃聞，使其夫子，號叫云云！恭人甥館，第一輩人。亮忝交久，義同弟昆。一奠致哀，詎曰無因。恭人饗之，以誠非文。

祭妻姑劉夫人文

維淳熙十四年歲次丁未十有一月戊戌朔，二十三日庚申，姪女夫陳亮與其妻何氏、男沆等，以庶羞之奠陳之道周，敬祭於物故劉夫人何氏之行柩。〔一〕

嗚呼！夫人有兄女爲我婦，諸孤是以諉我以銘墓。婦德女美，吾辭略具；親戚情義，亦既悉吐。云胡今者，猶此驚嘑？所不忍見，輀車即路。萬事瓦解，音容莫覩。五十餘年，遂爲堆土。杯酒從容，莫復其處；時節問信，敬致無所。慟且出涕，皆以此故。兄女昔者，固嘗奔訃，今乃不與，會葬之數。事有後先，歸壽其母。溯風而號，有淚如雨。生必有死，在昔自古。

哀樂從之，人道如許。後先相送，懼失常度。觴酒豆肉，至情所寓。門庭徑塗，魂猶有據。是耶非耶，毋亦小駐。異時夫人，嘗命兄女：『遇有海錯，惠不妨屢。』雖小戲劇，未酬前語。今亦稍稍，以登于俎，尚如平生，能享此不？千古話説，何時可茹！

校勘記

〔一〕按，小序據《永樂大典》卷一四〇五〇祭字韻補入。

祭妹文

昔吾母十四歲而生我，又二年而生汝次兄，又二年而一男不育，明年遂生汝，自是不復有子。比我年二十有三，而吾母以盛年棄諸孤而去。未終喪而吾父以罥罣困於囚繫，我王父王母憂思成疾，相次遂皆不起。三喪在殯，而我奔走以救生者。我妻生長富室，罹此奇禍，其家竟取以歸。吾弟亦挾其妻而苟活於道旁之小舍。

獨汝與一婢，守此三喪，煢焉在疚。人不可堪，汝左汝右。悲涕横臆，見者疾首。號呼蒼天，竟不我覆。余時無策，副前失後，大慟欲絶，出入貿貿。念汝之窮，冀以死守。雖余亦復，慚不能救。異時得脱，均此貧富。外表之姻，母意已久，余欲中變，孰任其咎！薄力未周，成此菲陋。汝既畢結，余終面垢。吾妻視汝，過於女厚：歲時存問，肯有遺漏！天知地知，余心未究。見母地下，一一可復。三載之間，禍患輻湊。當路欲殺，刑不易受。搏手待命，大明當晝。親故反眼，孰匪我寇！汝與吾妻，涕泣消瘦，歸視我行，病輒顛仆。余亦失驚，庶天之佑。長號而別，事亦大謬。我遭羅織，命落人手。汝既喪夫，而子又幼，念此計窮，病亦宿留。天不可登，地無所叩，瞑目長往，如犬入竇。余罣網羅，如鹿在囿。内外隔絶，迷此惡候。生死永訣，豈曰邂逅。汝責未了，我禍亦驟。當使汝子，稍識香臭。死而可忍，木亦難就。嬰姍勃崒，自容宇宙。余復何言？無與石鬭。汝其有知，饗此觴豆。

祭徐子宜内子宋氏恭人文

嗚呼！婦容罔失，宜其家室。求我庶士，迨其既吉。婦德可親，宜其家人。夫夫婦婦，人之大倫。恭人之初，兩姓既祉。外事詩書，内事絲枲。厥德交修，相尚以理。道德性命，施于女美。曰父而舅，曰母而姑。承顔順志，上恬下愉。賓客朋友，親族戚踈，一有不類，則匪我徒。祭祀孔豐，酒食惟潔。職所當爲，力兮必竭。家道肅穆，衆心允愜。胡不百年，以及永訣！男抛未下，女失所依。舅姑鍾愛，涕淚交頤。思與婦計，楚相可爲，寧忍俱棄，命乖所期。畿内使節，罹此悲哽。有來貴富，年不偕永。一生辛勤，半道乖梗。事之難平，有幸不幸。言念昔者，嘗獲登堂。拜母之餘，爲壽于旁。友好念篤，克相無疆。再拜遺酹，觸事悲傷。遭此大變，出淚痛腸。魂靈縹緲，如在洋洋〔一〕。

校勘記

〔一〕『遭此大變』四句，明成化本原闕，玆據明嘉靖本補入。

祭薛象先内子恭人文恭人姓黄氏，常口誦釋茄麼尼，余酹之，故書紀〔一〕

惟恭人生於巨公之家，嬪於名儒之室。少不以富貴而自驕，晚不以從容而自佚。聽妾媵之宵征，撫兒女如己出。小星從參與昴，取其有所依嚮，而不止於貴賤；鳲鳩居鵲之巢，取其拙於更改，而不止於均一。體地道之無成，致閫儀之靡失。率是以行，其永迪吉。曾和鳴之幾時，而契闊於一日。用其于歸之相宜，變其弗及之佇泣。命也何言，天乎難必。爲故人而一哀，豈平生之永卹！雖薄禮之匪嘉，矧寸誠之敢忽。望晝翣之無從，庶彤管之有述。

校勘記

〔一〕按，明成化本此祭文題内『恭人』上原有『黄』字，題下注文十八字則全闕，今一律改從明嘉靖本。

祭王丞内子文

嗚呼！伉儷雖以義合，而相配相求，天實爲之；修短固有命存，而且感且傷，人實當之。況其配也於天下爲最佳，及其傷也於天下爲最慘。此長號大慟所以不能自已，而朋友不敢以理相譬解者，亦知情之未易奪也。嗚呼！天乎人乎，是皆不可得而知。而死者涣然冰釋，生者怡然理順，乃於處變爲無憾，而人常未易至此。雖託契於夫君，豈能保安人之釋然耶！情之所窮，理之所在。一酹之不敢廢，語言之不敢苟者，不敢以死者爲無知也。安人豈以其言爲墮於杳眇而不足聽耶！情文苟稱，安人其鑒之。

祭潘叔度内子朱氏文

嗚呼！夫婦至情，蓋天所叙，死生契闊，則亦有數。慨我良朋，又失賢婦。和氣滿門，莫求其故。數則靡常，非吾始慮。婦德隱然，其略可具。生長膏粱，樂嬪儉素。兒非己出，同此孺慕。室無間言，以及諸姒。有姑嫠居，足樂遲暮。入門生敬，德聲載路。云胡一旦，使我驚嗁！友朋之苦，託詞以訴。

陳亮集卷之三十四

行狀

吏部侍郎章公德文行狀

初，公年十六，屬方臘唱亂睦之清溪，環浙之東鞠爲盜藪。公父朝散懼無全理，則分幼子及衣一箱付公曰：『以是屬汝，吾以汝母亦從此遁矣。』公奉命崎嶇山谷間，僅得不死。賊平，挾弟歸拜朝散，而箱故無恙也。自幼穎悟，讀書不苟，善爲詞賦，而窮經旨至廢寢食。

中紹興二年進士第，釋褐授處州青田縣主簿。嘗攝邑，兩税舊法有上中下三限，是年夏税，太守風告諸邑：『及上限足者，吾任其材。』公以爲『民力不能辦，且法不可爲也』。太守大怒。公辭邑事，不可，則以次第督之，使無越舊限而已。秩滿，關陞左從政郎，授處州麗水縣丞。改御前軍器所幹辦公事，辟兼川陝宣諭使司書寫機宜文字。以勞，得左承直郎。用薦者，改左奉議郎，幹辦行在諸軍審計司。磨勘，轉左承議郎。公外舅樞密都承旨鄭公剛中宣諭川陝，故辟公以行。鄭公留宣撫四川，而公歸矣。會權臣秦檜欲文致鄭公死地，賴太上皇帝不可，猶以罪罷。公亦爲言者論去。

未幾，轉左朝奉郎，主管台州崇道觀，添差權通判宣州，轉朝散郎。時魏公良臣得罪里居，公嘗以事忤之，良臣不堪，公不爲動。良臣由是知公。秦檜死，良臣入參知政事，奏除公兩浙提舉市舶公事。舶司寶貨之府，公自常俸外，例所可得，公一不取；對人亦不輒非前例。轉左朝請郎，差知建州。州軍糧久不給，軍情洶洶。至之日，争走拜馬前。時公帑緡錢不能三萬。公徐諭之曰：『汝輩第各歸營，得一月，當次第給矣。』立案税籍，得豪民姦胥要領。及期，軍用沛然。於是省教條，寬科率，與吏民相與守法而已。不事風采，而去思蓋不能忘也。連丁朝散及夫人憂，服除，得知鄂州。鄂當水陸之衝，虜分兵扼上流，朝廷出禁軍戍鄂，一日至或須船千艘若馬五千匹。公度不可辦者奏聞，餘悉給，無留難。當此之時，朝廷置武事不問餘三十年，並邊百姓至不識兵革。虜卒棄好，流民不知所爲，更居迭去，鄂往往不復故民。公區處不遺餘力，民得不以兵事恐動。州納秋租才五千斛，上供至萬斛，他須稱是。公視酒税籍，得贏錢，立辦。人不測其所以至此，往往神之。公戚焉若不自得，人亦莫解也。鄂民相與遮監司自言：『公實愛我，願從朝廷別借公一歲。』監司欲以聞，公笑請曰：『諸公庸知非某意耶？且朝廷未易欺也。某不自愛，懼貽門下羞。』不果聞。除兩浙西路提舉常平茶鹽公事。漕司常貸常平緡錢二萬萬，至是已數年，漕司置不復言，常平亦不問。公嘆曰：『此非法意也，民不知賴矣。』立移督之。而户部復請貸三萬萬，公甚難之。銜命小校耻不即得，出不遜語。公叱之曰：『此聖旨耶？常平，民命也，猶當以法奏覆。不然，奴何敢爾！』退而嘆曰：『官不可爲矣！』户部尋知不可，公亦不欲自異也。

今上登極，覃恩轉左朝奉大夫。明年，轉左朝散大夫。又明年，召除尚書吏部員外郎，兼皇子慶王府直講。乾道改元，爲郎中，除殿中侍御史兼侍講，遷侍御史。公上疏，大略言：『祖宗之大讎未報，中原之故地未復，嘗膽之志可少忘乎？歡好常敗於變詐，師旅或興於無名，歃血之好可久恃乎？至於淮堧瘡痍，江浙饑饉；邦財未裕，軍政久隳；士風壞於奔競，朝綱撓於私曲：此皆當今急務，不宜以偃兵而置度外也。』又上言：『願以財賦、邊備二事專委大臣，集群臣之説，參訂其可行者，置局措畫，假之歲月以責其成。如以爲今之大臣不足任，願精擇可任者任之。不然，因循苟簡，臣恐後日不可悔也。』又請『博求武勇，以備將帥之用。三十年來，將帥以事廢，罪不至誤國者，願一切與之自新』。又嘗因水潦，有旨侍從臺諫條具闕失，公上言：『苟人事皆得其實，是乃應天之實也。人材欲取實能，政事欲取實效。諸所進用，必考其實，使一時虚名求售者不得冒進。然後申勅有司，視朝廷利害如在其家與其身，不得以文移虚具上下相蒙。人修實行，事建實功，上施實德，下受實惠。應天之實，宜無大於此者。』

時朝廷令兩浙、江東人户爲田一萬畝者，糴米三千碩，抑配度牒、關子之屬。公以爲『事類科斂，無體民經國之意』。朝廷以經用不足，議權拘郡縣職田。公以爲『所得不足以當大農一日之數，自爲紛紛，損失大體』。户部侍郎朱夏卿以交子兑發諸道常平錢一百萬緡，公上疏，以爲『自立常平以來，其間用兵多故，主計之臣固嘗出意趣辦，獨常平以民命故，法不得脾睨。夏卿何爲者，而敢輕壞成法？又公鑿交子不得支用，欺罔不顧忌，法不可赦』。知池州魯詧以竹生穗實爲瑞竹，圖之而囊其實來獻，且言飢民實賴以食。公上疏，以爲『物反常則爲妖，竹非穗實之物，是反常也；竹生實則林必枯，是妖也。以妖爲瑞，是罔上也。况飢民有食糟糠者，有食草根木實者，食土之似粉者，豈以爲是珍於五穀哉？猶愈於死而已。詧牧民，顧使其民至此，猶以爲瑞而獻之乎？佞邪成風，漸不可長』。又言：『給事中王時升似朴實詐，足以欺世亂俗。右奉直大夫謝鐸嘗事僞楚，不宜叨世賞，無以示爲臣者。』上皆從之。

初，公嘗上疏言：『陛下臨御以來，首禁監司太守數易，今往往無故輒易矣。添差官不許釐務，今稍稍放行矣。初改官人惟許注知縣，今有經營得堂除者矣。有差遣人不許再易，今圖換易者紛然矣。至於蔭補初出官者法當銓試，今有堂除免試者。京官合入監當，今有徑得職事官者。私意勝而公法爲虛文，不嚴加禁戢，則公道蕩然矣。』既而聞放未銓試人魏好信等已四五十人，參知政事虞允文意頗主之。公不樂也，即上言：『今春銓試，已中者率待五六年闕，而黜落者乃得美除。以援廢法，以私害公，事雖小而所係者大，乞並行追寢。不惟略存公道，亦清仕流之一端也。』

朝廷嘗揀發諸路廂、禁、土軍若五分弓手，就閱行在所，籍爲忠勇一軍，隸步軍都指揮使戚方，約防秋罷遣還所在郡。隆興元年留不遣，明年又留不遣，至是，猶未遣也。軍人相與詣臺自言。公移牒樞密院，不報。軍人不堪，往往竄去。公即上言：『足食足兵，爲政之先務，聖人以爲必不得已則去兵去食，而信終不可去。今因兵而失信，無乃不可乎！』上語公曰：『此軍朕所自閲，費不知限數，而欲盡遣耶？』公奏曰：『臣所不知也。臣所知者，人情事體爾。』上曰：『然則當盡逃乎？』公奏曰：『今逃數雖可掩，而人人心動。一旦空營迸散，不捕則廢法；捕則相率旅拒，損威失體，重爲天下笑。』上曰：『當與大臣議之。』數日，公又上言，以爲逃數已不可掩，急遣猶慮無及。上曰：『前日議猶未定。』公奏曰：『議未定者，是不可之辭也。臣言不行，無所逃罪，重爲朝廷惜此舉動爾。樞臣迎合聖意，得無後悔乎！』上頷之，曰：『更當徐議。』虞允文時兼同知樞密院事，一日召戚方議之，事復寢。一軍竄逸無留者，又相與拒鬭，不可捕。將校以下皆貶官，而方獨放罪。公言：『方罪首也，不可赦。』落方龍神衛四廂都指揮使，仍舊管軍。公慨然曰：『是不足問矣。』即上言：『參知政事兼知樞密院事虞允文輕狂傾險，敢爲大言，以文武自將。今居其位而胸中無有，挾私任情，大略可驗。』公以爲允文不去，天下不復有法，連章論奏不已。允文竟罷去。時參知政事錢端禮以肺腑與政，丞相久虚府，朝議以爲旦夕當同拜。允文去而端禮之議亦寢。公亦得罪去國。

初，公在浙西，梁俊彦得中旨措置酒庫，公不以職事左右之。俊彦不滿，比去，問公所欲，公唯唯不對。及俊彦幹辦皇城司轉官，獨不行臺謝故事。公劾俊彦廢法，俊彦竟以贖論。會公除吏部侍郎，力請罷去，上怒公辭免不遜，有旨放罷，汀州居住。或爲公言：『是行，俊彦有力。』公正色曰：『吾事君不知大體，分應得罪，俊彦何爲者邪！且聖明豈受人耳語！』

在汀七年，杜門觀書，世念泊如也，獨以不得展省先壟松楸爲恨。既有旨自便，則歸拜壟下，退語妻子：『今死無憾矣。』明年，得提舉江州太平興國宫。又明年，以疾卒于正寢，實乾道九年閏正月之二日也。享年六十有八。娶陳氏，早卒，贈宜人。再娶鄭氏，四川宣撫副使公之女也。子男五人：濤，右迪功郎、平江府長洲縣主簿；渭，左從政郎、臨安府富陽縣丞，先公八月卒；涣，以公致仕恩奏上；充〔二〕，從進士舉；湜，奉公命出後公仲弟著。女四人：長適宣義郎、兩浙西路提點刑獄司幹辦公事鄭樞孫；次適進士陳檜；次適迪功郎、江州德化縣主簿楊注；次適承奉郎、監臨安府糧料院鄭莊孫。孫男十人：機、桷、崧、雲卿、榘、柄、采、棣，餘未名；女三人：長適進士盧誠，餘幼。

濤將以淳熙元年九月十三日甲寅，奉公葬于永康縣武平鄉碧湍里三石湖之側。前葬，濤以行實爲請，且言：『先君實知子。』亮屢道罪逆不能，固辭；濤固以請。亮自惟少年時不自愛重，晚方悔悟，鄉閭故不齒也。獨公一見得之，命其子弟相與共學。一日來過，則具杯酒從容侍公語，間論天下人物，往往意合，知公金玉人也。因嘆世之量人者甚淺，不足據。然嘗聞之公之子弟：公嘗誦古詩『每向秋山拾紅葉，姓名那許世人知』，輒諷詠不能已。可以觀公之志矣。然則紛紛固非其所屑也。每自幸晚學得依，而公遽下世，爲之慟，且涕下。義當執筆狀公之行，以告世之有道立言之君子，而語言荒亂失緒，辭不獲，則姑次第之。

公諱服，字德文。其先建之浦城人。五代之亂，徙杭之鹽官。國初來婺，因家永康。曾祖洞，祖玠，父俣，累贈右朝散大夫。母應氏、陳氏，贈宜人。公及朝散在時爲郡，朝散得封右奉議郎，鄉人榮之。公有《論語》《孟子解》各二卷，《易解》二卷，《古律詩》四卷，藏於家。

淳熙元年夏六月晦，陳亮謹狀。

校勘記

〔一〕『充』字疑當作『流』或『㳘』，以其餘四子名俱有水旁也。

哀　辭

郭德麟哀辭

往時東陽郭彦明徒手能致家資巨萬，服役至數千人，又能使其姓名聞十數郡。此其智必有過人者，余不及識，而識其子德麟。德麟承家有父風，而淑其子弟則有光焉。德麟之子曰澄伯清者，歷從一世士君子游，異時言諸郭事往往不同，至是而論始定矣。自德麟在時，固嘗惴惴焉以前事爲未滿也，余獨以爲不然。

國家以科舉造士，束天下豪傑於規矩尺度之中，幸能把筆爲文，則可屈折以自求達。至若鄉閭之豪，雖智過萬夫，曾不得自齒於程文熟爛之士。及其以智自營，則又爲鄉閭所讎疾，而每每有身掛憲網之憂，向之所謂士者，常足以扼其喉而制其死命，卒使造化之功有廢置不用之處。此亦爲國之一闕，而默察天地運動之機，則德麟之所從惴惴前事者，固足以見國家崇儒重道之極功，亦足以動識者爲天下大勢無窮之慮，非直德麟父子之足念也。

夫程文之士既足以爲一世所任用，而其間有所謂通經篤行者，又自爲其徒所尊敬而常若不可及，雖德麟亦既仰望而畏服之矣。余於斯時，方將爲之長言，以解德麟之惴惴而寧其死，其不詘謗譴斥於一世之士者幾希！然使德麟持是以見其父於地下，庶可以相視一笑，而百年之後當有明余心者，其辭曰云云〔一〕。

校勘記

〔一〕『云云』二字疑爲明成化本所加，以示舊本此下有闕文之意。

陳亮集卷之三十五

墓誌銘

先祖府君墓誌銘

東漢之衰，太丘長陳公名寔，是爲有道君子；紀、群又克世其家，位至三公九卿。司馬氏南渡，而逵從以遷。其後家於吴興，霸先遂據全吴，四世乃亡。其葬於婺之永康號厚陵者，或曰后陵，陵今雖在，錮之以銅，不可發，莫能考其爲誰。故永康之陳最號繁多，而譜牒未嘗相通也。往嘗有於百年屋壁間得數紙書，言譜系甚詳，有曰王，曰公，曰御史大夫，曰龍虎大將軍者，疑其爲陳隋間也。至本朝咸平以後，始從世俗稱號曰公，則陳氏之散落爲民久矣。

亮之八世祖諱通，及其子諱隆，始自奮田閭間，居陵旁七八里，曰前黄。至孫諱援，遂大其家。有子四人，其三則於亮爲高祖。高祖諱賀，早夭。一子，曾祖也，諱知元，宣和間以隸籍武弁，例赴京城守禦，從大將劉延慶死於固子門外。是生我祖，諱益，字進之，爲冢子。

先祖少以志氣自豪，蓋嘗入舍選，從事於科舉，皆垂得而失。既又欲以武事自奮，亦弗克如其志。晚乃浮沈里閈，自放於杯酒間，酒酣歌呼，遇客，不問其誰氏，必盡醉乃止。然其孝友慈愛，明敏有膽決，蓋天資固如此也。故亮嘗竊言之，昔韓信謂酈生曰：『魏得毋用周叔爲大將乎？』叔亦信之等夷也，而湮墜無聞。士之困窮偃蹇，百未償一，卒坐牢落以死者，非盡智失也。

先祖生於崇寧二年正月五日，歿於乾道三年十有二月二十有七日。先祖妣黄氏，敦武郎諱琫之女，其生也先先祖一百九十有三日，其歿也亦先六閲月而閏。後六年十有二月有二日，我始克合葬於龍窟卧龍山之下。將葬，家君實命亮曰：『我高祖墳墓具在，而我曾祖爲季子，我不敢祖也；我曾祖、我先祖墳墓不存，又不得而祖也。我將葬我先人於其中，俾汝母祔於我先夫人之側，他日次第以昭穆葬，汝居其隅以供洒掃，使自是譜系一二可數。子孫之賢不肖不可知，而吾之志不可不明也。』又命亮實書其事于石，以納諸先祖之壙。亮拜手稽首而泣書曰：

生有遺才，歿有遺義。地有遺形，墓有遺位。爾子爾孫其勿棄。

蔡元德墓碣銘

崇寧、大觀以來，祖宗之涵養天下蓋百五六十年矣。三光五嶽渾爲一氣，士之及生其時者，大抵魁梧質重，無自喜多易之態。故自渡江後，雖里閭人物往往不自促狹：進不得志於科舉，退必有以自見於其鄉。昔亮得之先人者如此，退而私察其同時並舉之人，又得東陽蔡君元德焉。

君嘗學於前參知政事王公次翁，去舉漕臺，不中，始相父經紀其家，以鎮其里閭。敬老慈少，使詭猾暴横者不得自肆，平民安之，而官事賴以省。及其父春秋日以高，爲園池以婆娑自樂，家事一不關焉，遂以忘其老。

君卒於乾道九年十二月之朔，後二十有四日，吾先人亦自委棄諸孤。其後里閭所見人物，非復往時之舊，愈爲之悲傷焉。其孤將以淳熙二年十月二十有五日葬於所居相望南溪之源，病世俗之侈於葬，思欲傚古以寧其父，大懼力不勝俗，謀之永康陳亮曰：『是惟子之所以自獻耳。』遂屬以銘。銘非吾任也，不忍使先友之無傳、而人物氣類之變無考焉。

君諱彌卲，元德其字也。不能言其所自來，蓋蔡氏之居於蔡塘舊矣。曾祖諱億。祖諱材，秉義郎。父諱友文，從義郎。君享年五十有八。娶戚氏，故處州縉雲縣丞觀光之女。子男三人：仲熊、仲虎、仲麟。女三人，陳次皋、黄焕、李開，其婿也。孫男六人，女三人，皆幼。銘曰：

生足自效於州長縣正，而古制之未復。死則自隨於轍車羸馬，而非以矯其俗。尚有銘焉，相墓之木。

宗縣尉墓誌銘

靖康、建炎之間，故忠簡宗公澤起家知磁州，當虜人長驅而南，迸散横潰不可收拾之時，獨憑城死守，爲天下倡，遂副太上皇帝開元帥府於濟南。及太上膺命南京，公留守京師，能以忠義鼓百戰之群盜，以嬰方鋭無前之鋒，慢然如老羆之當道，餘民因得賈勇從公以奮，而河北已没郡縣番爲國守。功雖不竟，江南卒賴以立國。是爲一代之人豪，中興之元勳也。

公世家婺之義烏。皇考某，累贈大中大夫。公兄沃之子稷，亦以公故，得官至修職郎。公守磁之歲，稷生子曰武，端整重厚，絶不類常兒。比長，能爲文章，有聲場屋間，三上，卒能取世科。釋褐，授饒州德興尉，便若素閑吏道者。平生與人交，樂於傾蓋，不爲齟齬疑僞意態，有承平時士君子之氣。人以謂公耕之炊之，而其諸孫食之矣。然代滿甫及家，以淳熙丙申七月二十三日死，是果何理哉！

縣尉字成老，娶葉氏。子男二人：楷、林。女六人。何大辯，某某，其婿也；幼未行。楷將以戊戌十月丁酉，葬縣尉於去家十里熟水塘之原。大辯者，永康陳亮妻之弟；楷之妻又其女弟也。磨壙石，再三乞書之。銘曰：

我思忠簡，不數士穉。惟其血誠，聞者興起。中興姓名，與國同紀。從孫世科，家庭之美。不卒壯圖，以厚來祉。後不復究，其藏在此。

林公材墓誌銘

君姓林氏，諱崧，字公材，婺之永康人。其先從天台來，於君九世矣。初，君祖父濬、父思聰，自田間間積勤服業以起其家。至君兄弟，且耕且學，以無忘先世之緒而開其來者，自是子弟始一於學矣。然君猶以爲艱難之易失也，訖晚歲，不自侈大。余嘗至其門，崎嶇桑柘間，得小徑並牆以入，計君之力非不足也；獨至於爲其子問學之費無所靳。

君容貌魁然，事親能自異於等人，宜其於緩急輕重之際有足觀者矣。不幸得年五十有二，以淳熙二年十一月二十七日甲戌卒。娶徐氏。子男三人：惲、愉、慥。愉先君五年卒。孫男女三人，皆幼。

君歿之明年，其孤將以十月甲申日葬於去家一望西山之原。一日，慥泫然拜于庭下曰：『昔慥實從章氏兄弟以來，今其葬者大抵有銘矣，奈何以處慥父！』余無以答，乃爲其銘曰：

不失其樸，而示以文。爾祖爾父，爾子爾孫。

孫貫墓誌銘

有宋中興之四十六年，亮始取古今之書一二以讀之，稍稍與其可者共學，而同邑孫氏之子懋實來。余愛其質性之穎悟也，不愛吾力而琢磨之，日引月長。閱四年，當淳熙乙未，余爲易其名曰貫，字沖季，以觀其成。秋七月十有三日，沖季死。余哭之慟。沖季得年二十三歲。娶陳氏。一子，後七日亦死。於是沖季之父名序，老矣，又鰥居，恃幼子以養，既而以書來告：『貫得吉卜，序復何心以葬貫也！』九月二十八日丙午，余率其友盧任、徐碩、周擴、呂約、周作、喻宏、喻寬、何凝、胡括、錢廓、方坦臨葬，深其坎，厚土以覆之。買石識其室曰：

天地之生生不窮，則死寧有已！惟其生死不信，是以銘之在此。

章晦文墓誌銘

章氏世居建安，國初有來婺者，始爲永康人。自郇公、申公相繼爲宰相，故建安之章聞天下。其後百有餘年，侍郎公始以進士起家永康，晚入臺爲侍御史，以吏部侍郎去位。侍郎兄弟四人，而名著字晦文者爲同母兄弟。晦文自少容貌偉然，把筆爲詩文，便能有不凡語，父兄特愛之。及長，踈豁奮勵，不能依阿善惡間。不幸得年四十以死，實紹興乙亥十二月二十七日也。曾祖洞，祖玠，父俁，故贈右朝散大夫。娶姚氏。無子。一女，適進士徐日休。他日，侍郎公嘆曰：『吾無兄弟矣！我死，吾懼吾弟之不食也。』命其取所愛子曰湜者奉其後。

初，君死時，用子弟禮以葬。當淳熙三年，湜蓋年十有七矣。顧瞻不寧，始議改卜，將以七月乙酉葬于蔡山之原。禮：無子，以兄弟之子爲之後。先君之肢體一也，使其一體不廢，足矣；天理人情之至，聖人所用以爲天下之通制者也。使爲之後者更力學以顯揚其緒，則死生均可以無憾。湜嘗從予游，蓋亦知動心於此者，是以求銘君之墓。銘曰：

體安於土，魂從其祀。謂君無子，亦既有子。

陳性之墓碑銘

往嘗論鄉之富人，以陳性之爲第一。吾友徐元德居厚亦知此翁可人意，而樂妻其少女焉。居厚以對策切直，得從事浙東觀察府，竟以不能曲折上官罷去，獨敬憚性之，蓋相處數年如一日。

余嘗款性之門，闃然如無人聲。傾之，一僮出，問客姓氏，已而肅客入，主人相與爲禮，已而杯盤羅至，終不見喧嘈之聲。性之面目嚴冷，與人寡合，雖大會集，率不過三數客。遇有所往，雖百里夜半，亦疾馳竟歸。一日，與鄉士大夫過予，自命行庖具飯。食畢，從容言曰：『某素不解飲，一飽之外，雖留何用！』予亦不强也。衣食取足，不爲分外經營。不交涉邑官吏，謁入縣庭，則不問可以知其令之賢矣。蓋其自爲過多，爲人過少，若有取於楊朱之道者。然予聞性之官劍浦，鄉人陳公質且老，而羈置在焉，性之曲意撫存之，使之自忘其爲辠戾也。居亡何，公質死，性之還自旁郡，道逢兵馬都監者往驗其死，性之囑以徐行：『有檄止君矣。』性之亟趨郡白事，得追還其都監者，又爲治其後事頗悉。蓋古之義俠所謂『不以在亡爲解』者，大率亦此類。由此言之，士之素守里閭，曾不得少自概見於世者，豈必曰『鄉稱善人』而已乎！性之以貲補迪功郎，嘗主南劍之劍浦簿，以憂去官，而不復調矣。

性之陳氏，諱良能，性之其字也。曾大父本，大父思忠，父填。子男三人：琳、正己、頤。

女四人：長適奉議郎詹宗堯，次曹鉞，次何椿，季則徐氏也。孫男五人：大年、大任、恂、愉、明。孫女七人：長適何源，次許嫁曹湘，餘幼。性之之配爲胡氏，以淳熙四年六月二十七日卒，明年正月七日，葬邑之承訓鄉横渡山之東源。又八年十有一月庚寅，性之始合葬焉。

性之家故多竹，不以與人，多美器用，不輕以假人。居厚每笑於余無所不可，墓上之銘，宜頤之有請也。頤嘗從予游，郡以其名上禮部，而性之死矣，蓋癸卯十有二月七日也。得年凡七十歲。銘曰：

永康之陳，曰龍山，曰墓西，曰石牛，曰西門，皆嘗有列於朝；曰白巖，曰前黄，則富嘗甲於鄉閭矣。自君父祖崛起清渭，儼然遂爲七族，而譜牒之相通則未有考也。宗法不立，難乎著姓。起其宗者，以人而稱。有蓄不救，事特未定。莫爲之先，孰承斯慶？銘之存也，亦以令也。

錢元卿墓碣銘

浦江於婺爲山邑，非賓客商賈之所奔湊。民生其間者，往往樸茂質實，力農務本，家以不欠賦租相尚，人以不歷公庭爲常，耻於華言少實而以士自命，故間歲之群至於有司者，亦自有數，長吏至，則相與安樂其俗而已。其或貪暴自肆，則熟視咨嗟而不敢出一怨懟語。此雖書傳所載古者禮義之俗，不過如此。

往時浦江有錢氏之子廓，從余學，沈静和雅，語如不能出口，稱其里中兒也。及其學有端緒而歸，鄉之大人長者相與審問延譽，或折輩行與之交，此皆他邑之所未見者也。始，其祖父良臣以辛勤起家，年且七十許，猶無恙。其父贇固已學爲士，而又甚篤於廓者，俯首書册中，口誦手抄，窮日夜不輟止，然得年二十有六，以紹興丙子八月之三日死，卒不能少自見於場屋間。死時，有二男一女。其妻爲同里金氏。金氏撫育其男女，勞苦有恩意，凡十三年亦死。男之長者名抑，踈豁足當門户；少則廓也。女已嫁蘭谿方大同。其葬在距家五里。他日，二男上塚，痛其父之葬不及待兒之有知也，環視墓門不甚固，謀以淳熙戊戌十一月庚申朔徙葬其地之高處，一一令如法。未徙前六七日，廓以書來曰：『廓得事先生之日久，廓先人宜得銘。』余寧有愛於廓？顧銘以立就，懼不足爲銘。通化之錢嘗有顯者，余不能詳其譜之離合。而三數年來，浦江之俗所聞日與向異；風俗之移人，亦甚爲廓懼也，非復余向者之所聞。雖廓之通敏愈於昔，而其樸亦異矣。後十五日，永康陳亮爲之揭銘墓上，以識其向之爲士者。蓋贇之字曰元卿云。銘曰：

新塘之原，有立其石。是爲昔墓，過者必式。

郎秀才墓誌銘

淳熙三年秋，鄭婺州以召還，約其弟迓母括蒼，而語其屬邑之民永康陳亮曰：『我必取道龍窟以趨行在所，訪子有日矣。』歸，則刻期洒掃以待公，然猶差半月而後至，曰：『早嘗飯於郎氏也。』是其郎翥鵬舉者，我識之久矣。

明年，鵬舉始遣其子景明來從余游。余嘗過之，出一石示余，指其所望之山曰：『是綿亘數十里而爲在官之山，並山窮民實資以自給衣食。嘗有奪而私之者，郡太守吴公芾、韓公彦古取以還之民。書之石也，俾知二公有德於兹山也；不然，吾何力以致此也！』余爲慨然久之。今天下之田已爲豪民所私矣，雖在官者亦不以與無告之民，豈期有在官之山又以與民而忍奪之乎！二公亦何心於爲德也！

又明年，余過之，而鵬舉死矣，蓋正月之六日也。今年春，余又過之，則既免喪矣。其孤出鄭公之書曰：『是從寧國以三萬賻我。』夏五月，鄭公還永嘉，余與徐元德居厚候之於館頭，遷延久之，則又飯於郎氏矣。鄭公於今爲道德之望，乃世所謂鄭景望先生者。道旁人士獨郎氏歟！胡爲而拳拳若此乎！冬十一月甲子，子景明將葬鵬舉於武平鄉盤龍山之原。而景明拜且泣曰：『壙石未有書，庶幾先生之興哀也。』問其世，則曰其先霅川人，自十一世祖光禄大夫知制誥諱珦者永嘉刺史，其後徙居婺之永康；然亦不能言其所以爲十一世之詳也。曾祖霖，祖觀光，父思堯。鵬舉娶徐氏。子男六人：景殊、景明，餘尚幼。女二人：長嫁同邑葛世修，次未笄。鵬舉死時，年四十七歲。銘曰：

物之生也，人自別於物，上自別於人。人士之望，則又自別於士。非其自別以自成，將以相成而相映。病無達人，無聞非病。牽連得書，未侈其應。生者自力，其藏其定。

胡公濟墓碣銘

東陽胡公濟年四十七而喪其配，悉以其家事付子勣，而築庵以居，不復作世間念。然猶銖積寸累，别爲田數百畝，曰：『吾爲諸孫地也。』釋氏以理爲障，以身爲幻，以孫子爲贅，其於君臣父子兄弟夫婦之大倫，一切廢棄而不論，專求其所謂出世間法者。夫既已有身矣，則世其可出乎？世不可出，則安得而無孫子之情乎！以公濟之志，足以知所取捨如此，宜其享有福壽。蓋年八十有一，康强無疾而終，里閭有遺思焉。

余聞公濟少頗自豪，家故饒財，入手則凈盡不問。既而小用其志能，家道輒如初，又復能藏鋒以休。公濟於余爲大父行，及際其晚歲泊然之時，睹其風貌敦厚，氣質凝重，可以想像承平之里閭遺老，而惜不及其壯也。子勣，字彦功，與先人俱娶黄氏。彦功端然坐家，爲里閭信服，不啻官府，能光顯公濟餘業。此其父子皆有過人者。余傷其有能之不試，而彦功又將老矣。天地之正氣發泄於人，而里閭之所易見者已不滿人意如此。彼其遺恨果何在？亦可以人之思慮所及而參酌其中，以應天地之運乎！又將有大於此者，則亦同此慨嘆而已。

今年春正月十有四日，彦功既禫，又十二月癸酉，葬公濟於家旁之北山。葬罷，將刻銘墓上，以其辭委余。余固心知彦功者，居相鄰，親相屬焉，其奚辭！

胡氏得姓，所從來甚遠，且與陳爲同姓，其譜系遠不可記。有諱遠者，始居東陽、永康之間，至公濟之父，遂大其家。公濟諱航。娶戚氏。子男一人，勣也。女二人，嫁蔡犧、陳擴。孫男四人：廷芝、廷茂、廷芬、廷芳，業進士。孫女四人：嫁從政郎梁竦，承信郎陳兗，將仕郎曹致中，進士黄公輔。曾孫男女合二十五人，玄孫一人。於是淳熙八改歲矣，永康陳亮爲銘其石曰：

士以文進，異能盡廢。我銘之悲，獨一公濟！

方元卿墓誌銘

譜牒之不明久矣。卿士大夫能譜其世家，使始末可考見者，蓋僅有之，而況崛起田廬，能由其所起之祖，至或一二百年而不墜，是亦可尚已。

浦江真溪之方氏，自其諱聳者奮以有家，至其子超，孫允脩，皆日以鉅，遂爲邑之望族。允脩之子彦老，守其先人之業，能以尺度自律。天資恕厚，與人無怨惡，不求甚羡以自侈，亦不慕非人情所有之美以求名聲，期自出於先世之外。蓋其自處者，求無甚愧於心而已。是真《易》之所謂『克家』者。其字曰元卿，生於宣和癸卯之二月二十八日，歿於淳熙六年之十月二十五日。娶柳氏。子男三人：友益、温、友賢。温後君三年卒。女三人：歸東陽貢士單肖，錢伯明，朱宗祐。孫男四人：坦、概，餘幼。孫女六人，其一歸毛友多。坦嘗從余游，一日，其父來視坦，每進見，亦若諸生然，其恭而篤於教子若此。

今將以淳熙八年九月十二日葬君於邑之政内鄉大姑之原，而以墓石累余。余懼後世不知永康陳亮之爲誰，而况能及君乎！蓋自昔常如此，而人終未悟也。銘曰：

不墜先業，以勉其身，其餘以待後人。

孫天誠墓碣銘

丙戌之春，鄉人徐木子才、胡達可行仲，聯登進士第。方二君未第時，行仲之貧特甚，孫君天誠皆妻以女而左右之；至是，莫不讙言孫君之知人。孫君又自喜教其子，遇州縣學時節較藝，孫氏子常不在三兩人後。予時尚少，罕與人接，亦知孫君能自别於他富人也。

夫争名者於朝，争利者於市，而善致富者則曰：『人棄我取，人取我與。』其抑揚闔闢蓋加一等矣，然猶較尺短寸長於其衡也，孰能運其智力於不争之地，使范蠡、計然之策一切在下風乎！蓋余居之南十四五里，地雖鹵瘠而非人之所必争，孫君乃自邑而徙居焉，勤取嗇出，以盡有其土。大較二十年間，富比他人，而省事過之，此其爲富，有概於余心者。

孫君諱亶，天誠其字也。曾祖繼先，祖無黨，父軫。君生於崇寧乙酉十月二十有四日，殁於淳熙辛丑十二月十有三日。娶周氏。子男二人：長克和；次光祖，早死。女四人：長歸徐氏，次嫁趙端夫，次則胡氏；季適粱季璿，故户部尚書汝嘉仲謀之諸孫也。歸徐氏之女尋死，而子才既得邑定海矣。

孫氏其先富春人。方漢氏失道，海内相與競智角力以覬非望，而曹孟德以蓋世之雄執縛略盡。孫討逆蓋破虜之子，翻然欲與之争鋒，孟德蓋甚難之，不幸早世。仲謀據江東之地，因曹氏之篡，自帝一隅，使魏不得爲正於天下，而天命不知所歸者殆數百年。區區一時之自營，其所關繫乃如此。及其四世之餘，子孫散落爲民，分適旁郡，況又歷七八百年，則其間何所不有！故來隸永康者，亦不能言其於今凡幾世。而克和將以甲辰冬十二月二十九日甲申，葬君於去家二里姚嶺之原，以墓石諉余。余悲夫盛衰興廢之相尋，長短小大之相形，而人之智於是出焉。要其事爲有可言者，其於孫君安得而已乎！銘曰：

生墾其地，死營其旁。何以識之？孫君之鄉。

周叔辯夫妻祔葬墓誌銘

周氏不知其所從來，或曰由建安徙處之縉雲。然自諱元者徙居永康之上衢，於今可考者五世矣。元生謂，謂生琛，琛生褒。世有吉德，不競利於其鄉，而衣食財取足，故鄉人無憾於周氏。然褒死於辛丑之亂，所存惟婦人女子，其禍亦慘矣。又得其弟之子若訥字叔辯者爲之後。叔辯之吉德，視父祖有加焉，此豈所謂天定者耶！然叔辯又無子。其母弟謙，既已出後從父矣，叔辯以其子眺爲子，眺左右就養無違。叔辯得年七十有六，晏然逝去，實淳熙己亥八月之六日也。先是，其妻黃氏，以丁酉七月九日蓋年八十而卒。夫妻以壽考瞑目，可以觀晄之爲子矣。

天人交際之理，厥應不忒，而變化倚伏，要之於其終可也。兄弟之子，獨非吾子耶！形骸一隔而爾汝判然，雖聖人亦末如之何矣。始，叔辯嘗出求仕，事不如意，輒棄去不問。其所後之父有女子三人，盡以其產自隨，斥其毫末以與叔辯，已又以勢奪之，叔辯亦不較也。叔辯與先大父俱娶黃氏，視亮蓋諸孫行，而待之如尊客，雖其他小兒亦未嘗易侮之。及若親戚之貧者，不獨不替其禮，又欲忘其力之不足而卵翼之，今之讀書爲士者，往往多未之及也。故吾於叔辯，敢不論天人之理以待後之君子乎！

叔辯所後之母施氏，塊然獨葬於去家一里之坡上。叔辯嘗登墓喟然顧子孫而嘆：『他日必葬我夫妻於其側，以明所後之義。』晄不敢違，以十有二月十三日祔葬，而問銘於同邑陳亮。其辭曰：

母居其中，子左婦右。既絕復續，以昌其後。

陳亮集卷之三十六

墓誌銘

何茂宏墓誌銘

公姓何氏，諱恢，字茂宏。得姓所從來甚遠，而婺之諸何爲尤盛。居城之東，而散出永康、東陽、義烏者，其分合之詳不可得而紀。然義烏之族，自公而上，其可數者六世，而公又有子有孫矣。

公之曾大父京，始葬其父祖於官塘之東西兩偏，又營其地而居之，浚其塘至百餘畝，以盡有其四旁之壤。兩子，其次諱先，是生公之父，諱椝，以志氣自豪，嘗欲奮於武事，得官河北之恩州，而公生焉。故公狀貌端厚，意象軒聳，而胸次踈豁；是非長短，人得以望而知之。讀書爲文，亦不肯過爲巧麗，取於適用而已，大略似北人者。豈其土風固如此？

公之父必欲其二子由科舉自奮，公獨以其餘力助理家事，積累至巨萬。公弟恪茂恭，得以專於文學，庶幾近世晁、張輩流。嘗與公同上禮部，茂恭得之，而公不利。公忻然曰：『是足以報吾父矣。』時公父已死數歲，家事一毫已上不使茂恭關心焉。茂恭奉其母湯藥惟謹，不問錢物爲何事；而公之臨財，雖鬼神不欺也，兄弟相與爲一體；至其論文，小不合輒争辯，以致辭色俱厲，僮僕往往相語以爲笑。茂恭未及爲時用而死，公年且五十，方俯首筆硯，務合時好，以與後生輩較寸晷於春官。傴僂奉湯藥如茂恭在時。暇則從容園池，以小詩自娱，皆清切有雅致，而家事一切付茂恭之子大受，懵若素不解者。進退伸縮，古之君子無以遠過矣。

娶同邑葉氏，子男三人：大辯、大雅、大猷。女六人，唐仲義、陳亮、宗楷、陳大同、俞袤，其婿也；幼未行。仲義與茂恭同年進士，以邵武之光澤丞上銓曹關陞矣。孫男二人：藺孫、玉孫；女二人，尚幼。得年五十有九，以淳熙癸卯七月三十日卒。

始公無恙時，嘗欲營地於源深亭之上，曰：『東望吾父，西望吾弟，其他可勿問也。』既而策杖於野堂之西，桂林之旁，徘徊顧望曰：『是亦足以藏其身矣。』日者獨以黄順堂之山爲最吉，曰：『是回鸞舞鳳之勢也。』諸孤欲遵先志，稍近野堂之東，而日者又以凈明之東山爲吉，寺僧欣然從之。用功力至費百餘萬，將以乙巳之正月某日葬焉，而有爲口語，使寺僧牽連改動，以遷延其葬者。諸孤竟以正月乙酉葬公於官塘之前山，使亮書其石。昔亮嘗見朱晦庵論廣漢張敬夫『不惑於陰陽卜筮，雖奉其親以葬，苟有地焉，無適而不可也』。天下之決者何以過之！知公之三子固自爲可。於是永康陳亮再拜而書曰：

生不求全於人，死不求全於地。嗚呼！以此遺子孫足矣。

陳府君墓誌銘

永康之陳，大抵派自吴興，蓋其所從來遠矣。其居邑之南四十五里曰前黄者，遠事今皆不論，論其耳目之所及者：溯亮而數之，凡八世，而亮年適四十矣。三十年得一世，其間又有過二十而得子者，陳氏於今往往近二百年。雖不能馳騁取功名富貴以自見於斯世，而衣食豐足，推其餘以及鄰里，使一鄉無憾於陳氏，蓋自六世祖諱伯援，而邑人始有稱焉。更三世而守其家法，終始不墜，惟最長一支爲然。百四五十年之間，衣被國家之飽煖，大家世族或已淪替而無餘，而一鄉之望凝然如一日，此豈無所由致哉！

亮之曾祖，幼喪其父，而高祖母以盛年守志。於是，六世祖老矣，家事悉以委之長子諱文什，實能撫孤存寡，義不以一毫自私，使高祖母兒女之累釋然，終老而不悔者，恃其夫之有兄也。及曾祖死於王事，而先祖兄弟以摧喪之餘暴當門户，凛然懼不自保，而曾伯祖諱良佐實存撫之，所以終其父之志也。其後先祖病廢，先人常有不勝家事之憂。曾伯祖之子廷俊與其繼室葉氏，實左右有家。人事固多故，而吾家三世被其三世之德，其大者可念而不可忘也。

公諱廷俊，字時乂，嘗以納粟辟尉靖之永平，然非其好也。先娶同邑吕氏，蓋甚宜其家，而不幸早世。子男三人：克恭、克勤、克誠；女三人：適汪注、胡炳、徐良史。孫男九人，恂、亢、亨、慥、光、恪、几、允、愷；女三人：長適徐士龍，次盧垕，次幼。曾孫女二人。公生於大觀戊子三月十有八日，殁於乾道戊子五月二十六日，而男女之長者與公相繼而卒。又十有五年冬十月十有二日己酉，始克葬公於距家五里鷄鳴山先塋之旁。論次本末，以納諸幽，諸孤以爲責當在亮，謹再拜而銘之。銘曰：

生而敦龐，以壯門户；長則克家，以光厥祖。世有隱德，細猶未數。天道昭然，歸安此土。

謝教授墓碑銘

淳熙三、四年間，三山林穎秀實之作邑永康，强敏有幹略，一邑不勞而辦，父老以爲三十年所罕有。劉仲光茂實爲其丞。茂實，永嘉人，嘗從一世士君子遊，以器識自負，不以細故變其所守，實之疑其好異，而茂實不顧也。余游二君間，每爲曲暢其情。邑尉謝景安，獨恬然無所適莫，二君亦安之如一家，邑人實賴焉。及趙伯彬德全來蒞邑事，風采焕發，而一丞失其姓名，外緩中忮。趙以憂去，丞欲掇拾其事而文致之，卒愧景安而止。使當兩雄不相下時，景安居其間，所以陰消人意者，其所能庇賴必多，而區區一尉，效見止此。及諸司交章論薦，於吏文少參差，景安一不以介意。去爲賀州州學教授。賀在極南，人士無幾何，景安獨不鄙夷其人，請諸州將及諸司，愈欲贍給其徒而致之學，不幸而景安死矣。嗚呼！國家以科目取士，以格法而進退之，權奇磊瑰者固於今世無所合，雖復小合，旋亦棄去。以景安之静厚篤實，亦復不偶如此。士之欲以科目自奮者，雖既得之，要皆未可必也。

景安，姓謝氏，名達，字景安，福之長溪人。曾大父某，大父某，父某。先室王氏，繼邵氏。子男三人：宜之、進之、謂老。女三人，長適士人陳表之，餘幼。以淳熙甲辰五月二十三日卒，得年六十有一。以致仕恩得承事郎。

宜之將以明年三月甲申，葬景安於吾邑之合德鄉茅山之原，而以墓石爲請。余雅知景安者，不能經紀其葬而敢愛其言乎！顧未知千年之後定如何耳。宜之能自力，足以修父之業。吾友徐木子才、吴竽允成實相爲終始之。允成與景安同邑，於是方尉永康云。銘曰：

生於閩，死於廣，葬於越。惟其平生所不欺者，不與此而俱滅。深藏厚覆，以觀餘烈。

陳元嘉墓誌銘

縉雲陳君元嘉，以其讀書之餘，凡山經地志、醫卜方技之書，黄帝、岐伯之所答問，郭璞、吕才之所論註，無不熟復而究切之。下至弈棋，亦入能品。動息自遂，與物無忤，從容暇豫人也。元嘉娶章氏，故吏部侍郎諱服之女弟也，於是士大夫亦多知其名；聞其死，無不惻然傷之。其子檜，嘗從予游。幼子猛，有豪志，嘗欲問余以古人之大體，方進而未已也，奉其諸兄之命而問銘焉。乃見其鄉之長老言曰：『甲戌之旱，所在搖動，鄉之郭君集義兵以衛其境，元嘉亦散家貲，募少年之有武勇者，什什而伍伍之，參錯能否，牽連遠近，而人固不知也。會郭君之徒有謀叛者，郭窘甚，夜走鄉先生胡經仲之廬，則語元嘉，命隊首擊鑼鳴鼓，整布隊伍，更出迭入，壓郭氏之門而過焉。時邑令方循行四隅，以督賑糶。元嘉令僞爲縣牒，起義兵自衛，微使郭氏之徒聞之，而元嘉之兵先集。未幾，邑令亦來。其徒震動，然猶自詭以獻武藝。元嘉命翼開左右使獻之，叛者卒不能逞而止。』以元嘉之才，小小自見，已能如此，而余獨知其爲鄉之善士。蓋人才因事乃見，而元嘉亦不願以才自馳騁於世，非直余之淺於知人也。

元嘉姓陳氏，諱昌運，元嘉其字也。其先繇永嘉徙縉雲，爲鄉之大姓。曾大父捷。大父夢。父師尹，迪功郎、潭州善化主簿。子男五人：椿、檜、槐、樞、猛。女六人，適周翊、何坦、沈集、王元德；坦監處州石堰銀場；餘未行。孫男五人：日新、日益、日宣、日嚴、日勤。元嘉以淳熙八年四月十日死，死時六十有五。而其葬在其邑之仙都鄉深渡之原，實十四年十一月五日。於是永康陳亮與之銘曰：

才足用世而爲鄉善士，非其命也，亦其志也。山夷谷堙而來者不墜，非其志也，固其義也。

庶弟昭甫墓誌銘

嗚呼！昔我先人實生汝而棄汝於他人，力未足以活汝也。我兄弟欲活汝於我家之旁，念汝之似吾先人也。活汝未成而棄我以去，豈以我爲不足賴乎？我不能不愛其子，而不念吾先人之子則無以自别於禽獸矣。我之心既不欺於鬼神，而汝猶有疑乎？無乃汝既知之，而命之修短非汝之所能自制乎？不然，則我之衰困顛倒，獲罪於天者既多，而併以累汝也。嗟乎冤哉！

疇昔之年，當路欲置我於死地，病餘而繼以囚繫，坐天獄如坐井，雖生能幾何？扶持左右，始末惟汝。未幾，爲小盜要而欲殺之於路，卒能使薄正其罪，獨汝爲有奔走之勞。汝之於我，既無負矣。生死之變，俄然至此，得疾之端，又復由我，而我之所以處汝者，今雖百喙自言，人誰信之！

觴酒酹汝，而諸子列拜於前。汝魂未定，尚聽我語：衣衾棺槨，我皆主辦。歲時祭享，汝終歸享於陳氏。我當敕其子孫以無忘吾先人之骨肉，庶幾異時有以見汝於地下。嗚呼哀哉！

此龍川陳亮誌其庶弟之墓者如此。

先人諱次尹。庶弟名明，字昭甫，行八三，而所養之父則張鋭也。生甫百餘日，歸張氏，其復歸則十有七矣。又十一年而死，實淳熙丁未二月二十三日。其冬十二月十七日，葬之先塋之支壠。銘曰：

汝父汝兄，相從在此，子孫敢曰，非陳氏子！靈其有知，共食千祀。此石昭然，其來未已。

陳春坊墓碑銘

始余出國北門，彌望沮洳之地而帶以一水，岸行不足以容兩馬，湖泊往往隨在而有。舟至松江，風濤洶湧，雖余亦懼而登焉。小立垂虹之上，四顧而嘆曰：『是豈戎馬驅馳之所乎！』昔陳公思恭提兵數千，以小舟匿伏湖中，欲要兀朮而擒之。扣舷相應，戰士盡起，而兀朮以輕舸遁去，衆遂驚潰。韓世忠復扼之江上。虜自是不復南顧矣。酌酒弔古，以酹陳公之神。其孫均，及以喻偘、何仲光之書來，求銘春坊之墓。閲其家世，則陳公主子也。而陳公又爲晋公恕之元孫。晋公當太宗、真宗時，爲國計臣，寇忠愍諸公之所敬憚。其子恭公執中，實相仁宗以大闡陳氏。恭公之弟執古，生殿中丞世昌。殿丞生贈武翼郎晏。武翼以國學舉人數上春官而無所遇，是生少師名思恭，卒由行伍自奮，爲神武後軍統制，以困兀朮。其事有慨於余心，雖欲却均之請，而心知其可以張大陳公之功，亦一時之良會也。而均之請，閲一歲不止。

春坊名龜年，字壽卿，其先熙州狄道人。高宗南渡，少師扈從，轉戰至杭，因家焉，故今爲杭人。春坊以少師致仕，恩補保義郎，爲閤門祇候，提轄製造御前軍器所，幹辦軍頭引見司。丁母崇國夫人柴氏憂，服除，差鎮江府都統司主管機宜文字，未上，改差皇太子宫主管左右春坊事，爲閤門宣贊舍人。尋除武衛將軍。御札曰：『陳龜年，名將之子也。』轉右領軍衛將軍。特旨以『久在東宫，服勤不懈』，帶文州刺史，除成州團練使。爲皇孫平陽郡王伴讀有勞，授和州防禦使。少師一子，以南北既定，不復見諸武事，而獨爲東宫信臣，以身任怨，至死而不悔。嘗以館北客宴射玉津園，選善射者與虜並射，莫能中，春坊挾二矢以興，平立睨的，一發中之。使當多事時，吴江之遺恨猶有屬也。春坊鬚眉如畫，而面目嚴冷，出入宫庭，不以色假人。整齊事務，摧抑僥倖。取前代儲君事，抄成小集，暇日從容獻之，聽知所擇，以爲東宫德業之倈。

和章作字，必以寓區區之意焉。吾友王光化自中嘗爲其客，爲余道其事如此。今所載者其略也。

未幾而春坊坐裴良珣事謫居信州。復官，得提舉台州崇道觀。以淳熙十五年四月癸酉卒于家，得年五十有九。以五月甲寅葬于餘杭縣蔡家之塢，夫人趙氏祔，贈太師密之女也。子男二人：均，承節郎；垓，以致仕恩上。女八人：長適忠翊郎婺州準備將劉幬，次適從事郎隆興府進賢縣尉朱熙績，次適宣教郎兩浙東路提舉茶鹽司幹辦公事魏寶慈，次適秉義郎裴良珣，次適吴衍，餘未行。男孫一人，小頑。

甲辰之春，余以藥人之誣，就逮棘寺，更七八十日而不得脱，獄卒猶能言春坊之事始末，蓋其受誣頗相類。獄稍寬，欲往訪春坊問計，而春坊病矣。獄之相去纔一二年間，而誣人藥人亦可以例推耶？天下適安定，才者能者無不坎壈於世，宛轉少能自致，至於受誣且死而世莫之察，未死者可不爲死者一言乎？余非能言者也，二百年之間，陳氏之變故起伏亦數矣，均方與人士相角逐以自見，而垓亦將求世其家者，故再至垂虹，卒如其請，而書諸墓上曰：

今天子龍飛之六十日，草莽之臣陳亮，實表故春坊陳龜年之墓。叙載家世，感念事功，而卒歸之命焉。非人誰爲，非命誰使？且以識死，且以起死。

金元卿墓誌銘

君諱大亨，字元卿，姓金氏，世居婺之金華。曾大父賜，大父肇，父從政，皆不仕。娶陳氏。子男三人：海、澔、澤。女三人：于松年、孫之本，其婿也；幼未行。孫女一人。以淳熙己酉二月丁亥卒于家，享年五十有一。是歲十二月丙申，諸孤奉君葬於其邑赤松鄉塘裏原，君在時所營也。而問銘於永康陳亮。澔嘗從余游，君之於余甚謹，以故習知其家事，而得君之爲人亦甚詳。

君讀書爲士有繩尺，不求苟異於人。内行潔整，於聲色淡然，而不求人之知也。及其爲家也，以儉勤自將，銖積寸累，迄用有成，而豪取智籠之術一切置不用，故無怨惡於人。晚歲治其室稍華，將以娛其親之老也。諸子皆使之學，而必欲知辛勤起家之不易。獨使澔從四方師友游，勞費皆所不問，而不責其近功也。

嗚呼！使天下之人皆知人有常分，事有常程；安平之效，歲計有餘；撼動之力，時移難恃；則郡縣可以無條令而治，家道雖傳之百世可也。而世常不足以知之，何哉？銘曰：

富，人所欲；善，吾所獨欲也。公之獨也同之。遺之以此，開之於彼。銘之深長，尚有以也。

陳思正墓誌銘

思正，姓陳氏，諱端中，思正其字也，世爲婺之永康人。曾祖博，祖回，父子茂，皆不顯於世。余嘗銘陳性之之墓，叙永康之陳凡七族，而思正蓋出於龍山之陳也。思正娶劉氏。子男四人：藻、菜、葵、蕃。女六人，葛汝舟、劉景脩、劉祉、周確、胡汝濟、胡楷，其婿也。景脩甲辰進士，今爲脩職郎、臨安府富陽縣主簿。孫男女八人，皆幼。以淳熙十六年九月二十六日卒于家，享年六十有一。是年十一月壬申葬于横塘之原，祖塋之右。

思正以意氣自豪，視錢物如糞土，不爲分毫後日計。平生不欲其鄉有不平之事、其人有不滿之意，雖以此遭躓而不悔也。族人嘗小忿争，至反眼不相視，思正病且亟矣，呼而語之曰：『兄弟不當至此。我死，誰當爲汝解之？各爲我飲一杯，還兄弟骨肉之舊，以此送我死，足矣。』其人皆釋然。及其將絶也，語諸子曰：『吾意之所向不在人後，而家事如此，累汝曹矣。我死，會客宜如禮，求一文以銘吾墓，畢我一身，任汝曹所欲爲也。』其子衰絰踵門，與其同宗人亮言其事如此。余悲之。以思正之才智，知所緩急先後，而行之以義，宜何所不可，而動輒齟齬，可以言命矣。死又無傳，則仁人君子之所不忍，而求之余則非也。銘曰：

將死猶欲人之無争，死後猶欲身之不泯。嗟逝者之如斯，與草木而共盡。於其中間，聖賢爲準。我獨何人，銘以相殉。

喻夏卿墓誌銘

淳熙庚子，義烏喻夏卿改葬其内王夫人於邑之智者鄉雷公山之下，問銘於永康陳亮，蓋嘗敍夏卿夫婦之懿矣。夏卿教其子孫，皆興於學，所能自見，而多屈於春官。紹熙辛亥，夏卿年且九十有一，一日從容置酒語其弟姪輩曰：『群兒及今舉自奮，老夫猶可待也，過是則已矣。』又曰：『我死，非陳子莫銘我也。』悵然凝竚者久之。未幾而八月十有九日，夏卿死。余猶繫三衢獄中，微若聞之，則爲之出涕。明年二月出獄，則往哭焉。九月，其子義方、民獻哭投余門以其先君《行實》曰：『我父實求屬於子。子知吾父者，其肯死吾父乎？』亮曰：『諾。』

昔孟子有取於『爲仁不富』之論，而世俗之常言曰：『慈不主兵，義不主財。』其説遂以行，而閭巷之奸夫猾子借是以成其家，雖見鄙於清論，見繩於公法，而人樂其生得以自資，終不爲之變也。夏卿孝友慈愛，根於天性，而著見於日用之間，如飲食之不可廢。中年與其姪分田，不過百三十畝，卒亦幾至於千畝。然而友愛子姪，而計較秋毫之心不萌焉；慈惜里閭，而豪奪力取之事不行焉。『爲仁不富』之論，蓋至夏卿而廢矣。晚雖家事不如初，而親戚故舊之急難，族人子弟之美事，愛莫之助，每致其惓惓之意，而人人常信之。嗚呼！爲夏卿者，亦可以無憾矣。福壽康寧，子孫彬彬然皆有可觀者，天於夏卿，亦何所負哉！

喻氏著籍蜀之僊井，散在浙江者惟義烏爲盛，亦嘗有列於朝。曾祖諱迂，祖諱宗，父諱登。

夏卿諱師，字夏卿，遇太上皇后慶壽，覃恩封迪功郎，及高宗再上萬壽，加封脩職郎。子男四人：義方，脩職郎；大方，早夭；知方，汝方。女二人，適商克中、趙悌。孫男九人：偘、憲、演、湮、淡、克、充、寬、競。孫女八人：嫁楊一之、蔣若拙、陳某、趙某、許公升、傅某、趙某，而公升新與計偕；幼未行。曾孫男女合十六人。汝方今名民獻，與偘入太學爲諸生。演嘗舉于鄉；而偘今再以姓名上禮部，即前誌所謂宏者。義方將以十一月三日壬申合葬，而亮實銘之曰：

少年慮事出人意表，至於危疑之際，爲人剖析無留難，而積善之報未嘗泯也。晚歲百事不以關心，至於園池之間，婆娑遊嬉無虚日，而釋老之書未嘗問也。鄉之善士，卒爲老成。言無枝葉，行有準繩。空其一鄉，喪此持平。孰昭斯詩，以淑我後生！

錢叔因墓誌銘

紹興辛巳、壬午之間，余以極論兵事，爲一時明公巨臣之所許，而反授以《中庸》、《大學》之旨，余不能識也，而復以古文自詭於時。道德性命之學亦漸開矣。又四五年，廣漢張栻敬夫、東萊吕祖謙伯恭相與上下其論，而皆有列於朝。新安朱熹元晦講之武夷，而强立不反，其説遂以行而不可遏止。齒牙所至，嘘枯吹生，天下之學士大夫賢不肖，往往繫其意之所向背，雖心誠不樂而亦陽相應和。若余非不願附，而第其品級不能高也；余亦自咎其有所不講而未敢怨。壬辰、癸巳而貧日甚，欲託於講授以爲資身之策，鄉閭識其素而不之信，衆亦疑其學之非是也。而浦江錢氏之子擴來，曰：『擴於時文末之能，雖能亦不願也。區區之意，欲學其所當學者。』余爲之有慨於心，曰：『我亦將從此而學也，試與吾子共學之。』因以爲：人眇然一身，與天地並立而爲三才，其闕一不可之本爲安在？又以爲：洪荒之初，聖賢繼作，道統日以修明，雖時有治亂，而道無一日不在天下也；而戰國、秦、漢以來，千五百年之間，此道安在？而無一人能識其用，聖賢亦不復作，天下乃賴人之智力以維持，而道遂爲不傳之妙物，儒者又何從而得之，以尊其身而獨立於天下？六經諸史，反復推究，以見天運人事流行參錯之處，而識觀象之妙，時措之宜，如長江大河，渾渾浩浩，盡收衆流而萬古不能盡也。而後知人之職分，聖賢之所用心，而人心之危不可以一息而不操也。苟有用心之地，則凡天下之學皆可因之以資吾之陟降上下焉。故易擴名曰廓而字叔因，以堅其共學之志，廓亦願自奮也。

廓於程文，亦姑以游戲云耳。癸卯之秋，與其儕輩試漕臺，亦復得之，冬十有一月九日，乃死於龍窟山寺中。其兄抑來，撫而哭之曰：『吾不信汝死也。汝死，是無天也。』遂取以去。余哭之過時而悲，自傷其孑孑而莫我助也。甲辰之春，余亦顛倒於禍患，凡十年，而世亦無察其始末者。某月某日，其兄始葬之其邑某鄉某所之原。念欲揭廓之志以刻諸墓上。其友淩堅數以趣余，曰：『是堅之責也。』

廓少孤，其祖良臣日以老，兄抑實任家事，督廓以學，而一錢不以假之，旁觀亦不能安。廓曰：『兄愛我者也。』人有言兄私自爲計，則憤然責數之曰：『何爲間我兄弟也？兄必不爾，終不能動吾心也。』錢物之到手有數，到，輒與朋友故舊，無分毫吝惜計較心。嘗以事爲人紿錢三十萬，僅得銀十餘兩，置之行篋中；暮夜入邸舍，發篋而又失之。人爲廓嘆息失聲，廓笑曰：『是固已失之物也。』其於世故澹泊，孝友慈愛，出於天資。使得共學以至於今，不但儕輩之不能及，固吾尊行之所共畏也。嘗與吾友瑞安葉適正則論後來學者，而有遺恨於廓。余嘗銘廓父贊之墓，故略其世系，而系近世問學之離合，求正則書之，使來者有考。余，永康陳亮也。銘曰：

三十而死，其志皎然。有子曰顥，以聽于天。

姚唐佐墓誌銘

君姓姚氏，諱汝賢，字唐佐，世居婺之永康。曾祖坎，祖孜，父源。君平生衣食粗足，不爲後日計；樂易好善，不求聞於人。教其子以學，而不冀其必成。優游卒歲，蓋適其真以生死者。娶沈氏。子男一人，怡也。怡爲太學諸生，無所遇而死。君哀之，越二年亦死，蓋紹熙壬子八月六日，得年七十有九。孫瑀甫冠，而兩喪停之屋下。怡之友林君大中、徐君木，傷其窮之至此也，於是林方入臺爲侍御史，不能必顧其私，命其弟大任相徐舉義以葬。而樓君城、徐君總、陳君志同與夏貢士師尹，和之尤力。龍川陳亮嘗入太學，於怡爲同舍；吴東陽竽，舊尉永康而善怡也。某施文，吴亦施字，以成諸君之盛舉，使知風義不泯，薄俗尚有激也；聖明在上，風化尚可考也。其地爲承訓鄉馬義原，其舉爲紹熙壬子十有二月丙午。銘曰：

失其子以及其身，世固有途窮之人。死於孫之手而歸骨於其子之友，法猶謂之有後。吾將各舉畚土於新阡之上，以觀造物之處此壤也。

何少嘉墓誌銘

少嘉，何氏，名大猷，少嘉其字也。世爲義烏著姓。初，少嘉之曾祖先既死，祖槩以武事强力起家以光其業。父恢茂宏，叔父恪茂恭，以文字自奮場屋，有聲諸公間。茂恭登庚辰進士第，未及爲時用而死；茂宏不上第亦死。少嘉時年二十許歲，輔伯兄大辯以當家，而家事悉禀命焉。仲兄大雅以疾不涉事，少嘉時其起居，使得徜徉以自養疾，門外之事，不問劇易，身悉自當之。

少嘉兄弟欲葬其父於旁家之浄明寺，葬有日矣，而寺僧梗不得葬。少嘉慨然曰：『我豈無一地以葬！是少我也，家不可立矣。』官爲杖之而止。又杖一惡少之無故爲梗者，而後門户爲之少寧。少嘉處宗族以順，待明友以信，接鄉黨以禮，協親戚以恩意。教詔童僕，而隨力使之；視租户如家人，而恤其輕重有無。及其死也，無一人不爲墮淚；而快其死者，兩僧及一惡少耳。内事則姑姊妹之既適人者，疾病而多方救療之，緩急而奔走扶助之，公濟其乏而私又不靳其所有；惟其無事則平處之。或怨其不均，則曰：『兄弟姊妹，豈有兩心乎！』未適人者，坐起必曰：『嫁爾而不及父在時，是爲死其父矣，爾伯兄必不然。』暇時，讀書有常課。暮夜欲慰暖其母，則卧榻之側，几案之旁，道及閭閻碎事，姊妹笑語。夜分母倦，始各散去，而母亦忘其爲寡居也。傾心一世之賢者，見輒尊事之，雖未見知，而不怠愈虔，曰：『吾未知前輩所謂不傳之學安在，而敢自棄乎！』嘗從余學，而其姊以爲『吾弟何所求於子而汲汲若此，盍有以大慰其心』。予笑謂其姊：『越鷄不能化鵠卵，惜吾之非魯鷄也。』其姊曰：『我不解子書語，吾弟滿意而去，則吾之願也。』未幾而當路欲以事見殺，少嘉自比於子弟，而營救不愛其力。浙江風濤之險，一日往復兩涉之，幾至覆舟，不悔。紹熙改元，冬十有二月，獄事再急，月之六日，少嘉無疾而死。予爲之驚呼曰：『我其不免於詔獄乎！少嘉死，是惡證也。』二年興獄，而僅能以不死。其兄將以癸丑二月二十三日，葬其園之南山。

少嘉娶俞氏麟之女。麟一時名士。得邑以死。少嘉年二十九歲，無子，愛其兄之少子已孫者，死以嗣其後，亦少嘉之志也。於是龍川陳亮銘其墓，晋安吴笋爲書之。銘曰：

兄之子，吾子也；百世之後，孰知其爲彼爲此也！宅兆之卜，惟其安也。以吾身而爲後日之計，則陰陽禍福之多端也。身無可擇之行，而道有未盡之精微。賫志地下，深藏而厚覆之，而鬼神莫之窺也。化爲堆土，溢爲精英。變動無時，其或爾克承。

劉和卿墓誌銘

金華劉範，十年前名淵，嘗與二三子從予學。居亡何，其母死，葬邑之慶雲鄉杉塘原，求予銘其墓。其後予久不見範，範能入太學爲諸生，與一時英俊相先後。一日，其父和卿名大聲訪予寶婺觀，爲予道範近事，喜甚。今年夏秋之交，予得第東歸，趨本郡謝，則聞君死矣。入弔君喪，甚悲。未幾，範衰絰跣行，以其同舍生袁州州學教授徐君正夫所述君行來告曰：『我父將以十月己酉合葬，往嘗辱銘吾母矣，可不哀吾父乎？』予自念投老蒙上誤恩，擢先衆俊，精神筋力往往盡矣，愧無以報稱也。將遺落世事，痛自畜養，以庶幾萬一焉，而敢費心思於文字間以重其羞！然聞範言，則拒之有所不忍。

蓋世有常言：『争名於朝，争利於市。』金華距行都一水，水湍流時，舟昨發今日至，行都無試則已爾，有則金華之士必多。君嘗學爲其文，而衆中未嘗有君之跡，孝友自將，祈無愧於鄉黨而已。君世居都城，乃傍城築室瞰溪，而南山森列，一望甚遠，縱横不過二三丈許，外未免於利名交鬭，而過數步則幽人逸士之居也。然君與人無甚交涉怨惡，亦以是取足而無他營。晚始作大室天寧寺傍，亦取其不涉鬧市耳。君氣貌偉然，宜於世無所不可，而利名之場，宜至死不休也；去朝密邇而不往争名，出入於市而不就争利，則其可書者衆矣。

君卒於紹熙四年六月壬寅，得年五十有七。曾大父賜，大父肇，父從政。先娶陳氏；繼季氏，贈朝議大夫訑之女。子男三人，長箕，次範也，少簡。女三人，適楊頙、李召甫、夏焕。孫男四人，女一人，皆幼。銘曰：

人生何爲？爲其有欲。欲也必争，惟日不足。粗足而休，惟君也獨。抱此入土，吉不必卜。

陳亮集卷之三十七

墓誌銘

先妣黄氏夫人墓誌銘

乾道九年十有二月二日，永康陳亮與其弟充，始克合葬其母夫人於龍窟卧龍山之下，蓋家君之志也。於是亮泣血磨石而書曰：

還山而葬，祔於其姑。是爲十有四歲而生子，生之二十三年而没，没九年乃葬，其子曰亮、充，而其出則黄氏武經郎諱大圭之女乎。不能從死，乃從以居。旦暮率妻孥以洒掃，絲竹終身不至其廬。天地無窮，不孝安贖！死則葬我墓之隅。後千百年，猶不廢其爲陳氏之墓，則必遇君子長者之人夫！

孫夫人周氏墓誌銘

始，孫貫從余游，余不知其母没若干年而其葬之與未也。於是時，余蓋七年弗克葬其母矣，蚤夜腐心疾首，不忍聞天下之有是事，惟恐其我告，而敢以問人乎！後二年，始克畢事，因顧謂其友：『即填溝壑無憾矣。』獨貫慘然於衆人之中，若不能自容者，蓋其母喪猶在殯也。貫家故貧，遇歲大旱，貫滋以恨恨。明年，淳熙乙未。謀掇其衣食之資，及秋而葬，且將乞銘於余，以告哀於百世之君子。立秋之一日，貫得疾不起。其父哭之，至於慟絶。少定，則祝曰：『吾不以汝死而不終汝志也。』竟以九月丙午，葬其母於距家一里馬雙塘之側。先事遣其仲子恪泣且拜曰：『子其重哀我亡兒！』余固哀之者，乃爲其銘曰：

來徙永康周其姓，資則有女序來聘。宜家宜子又賓敬，四十有二壽則竟。七年乃葬貧斯病，子知其罪制於命。父不忍欺情之正，我非其人銘豈稱！

商夫人陳氏墓碣銘

義烏商盤奉其父命，將以淳熙二年十二月二十日丁酉，葬其母夫人於去家五里橫塘之原。先事踵門升堂而再拜曰：『天不降不孝之罪於盤之身，而奪其母，淚徹九原而不能以有及。至於免喪，又不克即死。惟是得葬日月遷延至此，生死愧恨。敢丐一言以詔其墓於永久，以寬其萬分之罪。』余爲之惻然，答拜曰：『此孝子慈孫之請，昔之君子所不愛其力者也。然余嘗嘆：士之把筆爲文章以自名於時者，何嘗不爲不朽之慮，人亦往往樂得其言以自託，至或身未及殁而已無傳。其尤長者，由是而數十百年而零落盡矣。始望之不酬，所謂文者果足願乎！况余志念衰索，圖所以及身之計，懼不自保；雖欲應子之求，其何以應子之求！今子之邑已多賢士大夫，且吾亦誠懼夫不韙之罪。』盤無以答，而强請不已，又使吾之親友故舊交逼而致其辭。余不得自通其意，獨念其嗜好之不類，或者文之不足托，而後世當有悲其志者。

夫人姓陳氏。曾祖裕，祖鍠，父宗禼。年十七嫁同邑商君錡。子男頌，次則盤，浩先卒，巖、質。女六人，其婿樓知點、陳謙亨、喻憲；餘未行。孫男一、女一，皆幼。以乾道九年十月十七日歿。於是永康陳亮銘其墓曰：

夫不以窮自懟，而爲是邦之彥；子不以愛自驕，而爲處子之秀。得年四十有八，是爲夫人之壽。

章婦胡氏墓誌銘

故太常寺主簿縉雲胡權經仲，能以其學行奔走數州之士，士往往以不得從其游爲耻，然亦争好傳道其所爲。初，章德文侍郎有從子，年十許歲失父，精神已自能凌逼人，人固奇之，而亦以此不保其他日也。經仲獨託以女。稍長，名浩，而字曰養直。及胡氏女既歸，其姑殊愛之，養直亦更折節自愛。婦又事事可人意，以經仲故，相傳閭里。養直晚於家事乃有不自得於中者，時時以杯酒自放，婦蓋憂之，亦不敢傷其意也。然獨奉事其姑彌謹。一日，相其姑色微有不悦意，時蓋已屬疾矣，爲之數日不食，曰：『十四五年婦姑團圞之意，乃更以指尖事破壞耶！

我不足爲婦明矣。』且死，常若不釋然者。死時年三十六。

余與養直早相善，入弔，其二兒長短相去案上下間耳，慟哭對客，悲哀伏地如成人。旁有女奴抱一嬰兒以立，意慘慘泣下。余爲墮淚而出，有以知其母之可書者衆也。

養直於其死若干日，葬之某所之原，實淳熙三年九月某日。間泣爲余言：『甚矣，吾哀之不可紓也！吾婦今亡矣！』余使歸具石而次所聞焉。銘曰：

生而事姑，死猶不滿。此心昭然，其存彌遠。

胡夫人呂氏墓碣銘

往余聞呂氏母勞苦有功於家，晚以其女孫妻吾從叔次愈，蓋猶及識之。於是時年七八十歲，言語質實無飾，撫問其旁兒女子，諄諄有恩意。因嘆承平遺民，雖婦人猶能如此。其女孫之嫁胡氏者，有子從余游。聞其始嫁時蓋甚少，舅姑辛勤起家，冀得婦以相吾事，且又未有他婦，已自能勞苦以取其舅姑歡心。諸叔之幼小者，撫視加懇惻焉。其後各各有婦，常先後彌縫之，故上下無大闕失。要之，雖女訓久廢不用，彼其在父母家習見其尊上人所爲，宜不誤人家事也。

呂氏世居婺之永康，曾祖孟，祖該，父章。年十九嫁同邑胡汝弼。從余游之子名括，余愛其可與共學者也。下有二子，尚幼。一女，適東陽陳師古。嫁之二十九年，以淳熙二年三月二十五日卒。明年十有二月甲申，葬於去家二里先塋之側。先事，括拜且泣曰：『括無以自致於其母者，且傷吾母之德由是而澌盡矣，雖其邱壠，他日未可知也。』余無力以重之，爲書其石曰：

吾叙次夫人，以存其大母之遺風。吾因其大母，以著太平之遺民。銘乎遠矣，庶及其墳。

章夫人田氏墓誌銘

始余於送往事居之禮，缺然未知所圖，託於講授以自衣食，而章氏之子椿實左右之。明年，其弟與允相繼至，自是歲時往來如舊故。每見其父巨川終日對客，足未嘗越户限，而飲食以時，品具精潔，户内如無人聲，余固心知其得助矣。久而習知其家事，則又有異焉。

巨川少時頗自豪，視錢如糞土；已更折節以事生産。夫人不使户内有一毫滲漏，以發越其志而昌其家。及夫人之父春秋日以高，相其甘旨，使無闕而已，不欲其兄弟爲資人以生也。巨川課諸子以學，曰：『及吾尚健，家事不以累汝。』至於房闈細碎，夫人亦必爲之區處，曰：『無以分其心也。』聞其有稱焉，夫婦相對歡笑；否則失聲懊恨：『有子何業！』至女之已有歸者，問其能事人與否，而不及其他也。嗚呼！三綱五常，聖人致意於其間者詳矣。學之不講，自男子處之不能以得其道，况女訓之廢於今千載，如夫人之資性適有合者，余甚異焉。

夫人姓田氏，世居處之縉雲。曾祖玉，祖褒，父大亨。年二十，歸永康章濟巨川。後三十有三年，當淳熙乙未，以十一月二十三日卒。又三年正月十四日，乃克葬。子男三人，從予游者也。女三人：長適沈驥，次許嫁胡梓，次未笄。孫男女合六人，皆幼。三子者奉其父命與吾友徐元德居厚之書以來，曰：『願有述。』乃繫之以銘：

黄頊之原，四山壁立。幽固静深，夫人之室。

徐婦趙氏墓誌銘

余往貧不能自食，鄉人徐介卿欲以子碩屬余，而使食焉，余謝不敢。其後計窮，竟出此，而介卿之死久矣。自其故所往來，皆莫余助，其勢獨難於介卿在時，以是尤念介卿。已而聞碩聯姻皇之近族，冀得官以立門户，余竊嗟是非介卿之意也。然碩方務學不輟，晚又見其文日以進。今年春三月十有四日，其婦既歸，殊不類貴家兒女，上下相顧欣然，其姑大恨得婦之晚。余時爲客，亦以爲事往往出意料之外，介卿於是可以瞑目矣。甫二月，而其婦病。及余客臨安，得碩書，告以婦死，惟恨不孝不克事姑也。碩哭之過悲，將以九月之十日葬婦。未及有子，異時孰知其婦之爲可哀也！

曾祖某，嘉國公。祖某，集慶軍節度使。父某，今爲武翼郎，主管台州崇道觀。於是陳亮同甫與之銘，而葉適正則爲之書其石。銘曰：

徐氏再世之墓，其名曰季園。旁有小塚，是爲濮王六世之孫而碩之室。爲女二十有七歲，爲婦一百有三十日。生死宜之，是爲永畢。

喻夫人王氏改葬墓誌銘

往時義烏何茂恭以文稱，鄉人之欲銘其墓者必屬筆於茂恭。余猶記乾道初，余就姻茂恭家，見茂恭銘其從母王夫人之墓，其文工甚。茂恭口誦一二過，余能隨記其文，復爲客道之。茂恭撫掌歡笑：『世有强記如此者！』今十四五年矣。當淳熙庚子，夫人之夫喻君夏卿將以十月二十七日改葬夫人於智者鄉雷公山之下，以茂恭舊所爲銘文示余，求改葬誌。茂恭死八九年，其文愈可貴重，余讀其所爲銘文，爲墜淚久之。余安能誌人之墓，况又能於茂恭文外更着筆耶！第以夏卿一子三孫從余學，無辭以却夏卿之請。

夏卿四子。次子大方早夭，其孤遐老又夭，婦陳氏守義不去，以檜老爲嗣。夏卿與夫人又以長子義方之子槐老重慰安之，下至房幃碎事，夫人不使陳氏有所憾。義方早喪婦，一女又孤，夫人亦命陳氏母之，惟留子柟老一人，故義方安於再娶。知方有痼疾，夫人憐之，亦令得所配。夫人在時，有子檮老，今又有林老者。夫人最愛幼子汝方，勉使爲學而已，卒不以一事損其均平之德，獨以不及見其有子爲恨。今有子四人，曰櫸老、榆老、樠老、槿老，而汝方亦能以學問自見於鄉閭。柟老今名宏，有俊稱；檜老名憲，能經紀家事而不廢學；槐老名演，郡以其名上禮部：而夫人皆不能待。兩女，嫁商克忠、趙悌，豐約一取命於夏卿，夫人止計其女功所當爲者。彼其一家之所以和平而無間言，雖夏卿處之有道，而夫人之爲慮亦甚密。其大略之可言者如此，而余不及知其詳也。茂恭之所已載者，今皆不著。茂恭名恪。夏卿名上從師，下則余先祖私諱。而余永康陳亮也。銘曰：

一夫一婦，本無可言。有子及孫，如十指然。生既無一毫少憾，死以著夫人之賢。

陳亮集卷之三十八

墓誌銘

汪夫人曹氏墓誌銘

紹興癸亥歲，從事郎金華汪公浹，自江州德化縣主簿罷歸，久之，以是歲卒。其後葬邑之慶雲鄉所謂東彌塢者。又三十有五年，當淳熙丁酉三月辛亥，其配曹氏卒。子泌等將以己亥二月丙申舉而合葬焉。

先事，泌以母夫人《行實》一通哭授其子俊臣，奔走以告永康陳亮曰：『泌願有謁於子也。泌之母葬有日矣，惟是不得離其柩跣行以謁也。昔者先伯父有子，實婚於陳氏，於泌之母爲諸婦，閫内之事不能以欺子矣。吾子幸而賜之銘，以宣昭先懿，使後此千百載不知其爲汪氏之時猶賴以存其墓，豈惟以掩蔽其孤之不肖，而異時姓字又獲比數，故願吾子之哀泌也。』亮頓首對客以『不能』辭。又念君之力足以取一時有名位者之辭以自厭滿，假如足以及君所言，猶且不敢，況又非所及乎！俊臣奉其父命，縷縷不止。亮復以爲『意方熱時，忽忽不自覺爾，久後固將大悔，第歸熟計之』。

亮退而讀其狀，見其所載主簿公與其兄將仕義居三十年，閨門肅睦，如其爲父子之居者。將仕凡三娶，先後之姓不能以皆同，而夫人處之如一姒也。主簿歿時，夫人年方四十，四男兩女皆幼。夫人緝理門户，咸有節法，過者不知其寡居也。蚤夜自躬其勞，以進其男子於學，女子非女功不輒習。故泌與其弟天錫、澄、溥皆令入粟補官，以試其藝業於計臺。女之長者，以歸奉議郎通判寧國軍府事王統；次嫁時詮，詮固大家子。不幸天錫、澄、溥皆相繼先夫人而亡，夫人又爲之存撫其孤兒，使各各有立，視其父之存者。今其孫九人，曰正臣、表臣、俊臣、廷臣、堯臣、良臣、鼎臣、周臣、舜臣者，皆能不廢書册以自見。女孫十六人，其三人已嫁，楊深、王杞、曹蒙，其婿也。杞爲承務郎。使主簿而在，所以處其子若孫者，宜不過如此。然夫人不自以爲功，每曰：『是其先君之遺澤也。』晚歲，一切委事於二三婦，又如不諳其有家者。其他閨闈細碎，可紀尚多，與亮所聞皆合，然後知亮之果不足以任此銘也。既而泌以書來，曰：『泌寧獨不悔而已，苟不得，不止也。』乃叙次而使刻焉。

曹氏在金華爲良大家。曾大父隨，大父介，父韶。夫人享年若干歲。銘曰：

在昔夫存，視其弟昆。其居既寡，視子若孫。既老而休，則視諸婦。死則已矣，視此韻語。

周夫人黄氏墓誌銘

亮外大父閤門宣贊舍人黄公大圭，自其父訓武公琫，當妖賊熾甚時，以死捍鄉里，而舍人公亦能擒虜别將以自見，故黄氏在永康爲聞家。舍人六男，皆早世。長女嫁同邑陳氏，是爲我先夫人。次女年十有四，則嫁同邑周晄。三男：曰擴，曰揚，曰抗。兩女：一以歸亮之弟充，一歸縉雲潛萬中。又三十有三年，以淳熙己亥六月二十有四日卒。其年十有二月二十三日，葬于去家十里長蘭山之原。其地蓋屬縉雲。其女兄之子實銘其壙。銘曰：

痛父家之將遂淪墜，念夫家之未有顯者。覆厚土於其藏，爾後人其勿捨。

劉夫人陳氏墓誌銘

夫人陳姓，世居婺之金華。曾大父良直，大父忠，父文德。年十九，嫁同邑劉君大禮。生男三人：淮、淵、演。女三人，長適楊頵，次在室。嫁之三十二年，當淳熙壬寅七月二十五日卒。其年十有二月一日丁酉，葬邑之慶雲鄉杉塘原。先葬，淵以劉君之命問銘於永康陳亮。數年以來，亮以與世不合，甘自放棄於田夫樵子之間，誓將老死而不悔。一日，金華二三子相尋蕭寺中，問其舊學爲何事，使人惘然如有所失墜，思欲温舊起廢，而忘其志念之既落。其一人則淵也。

今年春，淵之母夫人疾既篤矣，然猶往來不輟，朝記夕省，若學之不可以頃刻已者。問其故，則曰：『吾母之志也。』未幾而遂死矣。余悲之。推此道也，則所以事其舅姑以及其夫者，宜其皆可觀，而其詳不得而具也。銘曰：

不自憫病，而淑其子。曰母之愛，則有餘美。是其藏也，可以詔千萬年者未耶！言之不文，理則近是。在爾後之人，尚其克嗣。

何夫人杜氏墓誌銘

始余聞東陽何君堅才善爲家，積資至巨萬，鄉之長者皆自以爲才智莫能及。然堅才方端居深念，平生爲學之志於是不酬矣，遣其子逮從一世士君子游。又招至邵康似之，使造、適、遇、述從之學。似之有聲學校中，及爲甲辰禮部榜首，世多知其人。似之亦善稱其四子，謂足以如堅才志。而堅才死，逮實主家事，帥其四弟以奉母夫人杜氏惟謹，而門户綱紀，一切聽之逮，如堅才在時。人往往言逮才有父風，或曰：『是四弟爲學之驗也。』余獨心知杜夫人之有異於人。夫母主於愛，愛之過則長幼必失其序，而家事莫適所主矣。今父死而五子以次聽命，余雖不及知夫人處家之詳，而其大略固足爲寡居者之法也。

夫人姓杜氏，世爲東陽儒家。曾大父義，大父伯忻，父杉。夫人年十九歸何君松，堅才也。以淳熙丙午閏月二十五日卒，享年五十有四。子男五人。女四人：長適同邑郭江，江兄弟爲東方學者；次適從政郎淮西江東總領軍馬錢糧所準備差遣鞏嶸，尋卒；餘未行。孫男三人：存、攄、恬。諸孤將以丁未十月二十九日合葬夫人於松山鄉寶山原堅才之墓。

先事，逮跣行以見永康陳亮而哭曰：『葬日迫矣，閨門之懿將隨葬而泯滅也。吾母早奉其姑勤甚，晚歲復迎外王母以歸養，示諸子以孝也。吾父死而我兄弟居喪，不使一日廢學，示諸子以無亡先志也。衣食足矣，而機杼之事雖老不置，示諸子以不忘本也。使令具矣，而鞭扑雖有不用，示諸子以尚寬也。至於平生妯娌之無間言，鄉閭親戚之有恩意，人人類能言之。吾子盍爲逮圖其所以永久者。』亮語之曰：『子之言皆是也，而我又有以知君之母，惜乎吾文之不逮也。』於是與之銘曰：

家政歸一，如父在時。非子之能，惟母之思。死則同穴，厚以培之。後千百年，銘其庶幾。

劉夫人何氏墓誌銘

紹興之季，余客臨安凡三歲，父母願其有室而命之歸也，義烏何茂恭欲妻以其兄之子。於是義烏之富言何氏。茂恭兄弟俱能文，而茂恭聲問尤偉。余貧甚，懼不得當也。諸凡茂恭姻黨皆以爲不然，獨武義劉君叔向力贊其說，且語吾父趣納幣。又明年，乾道改元，余往就姻焉，姻黨咸在，而叔向之妻，茂恭之女弟也。於是茂恭之母年七十餘，兩子一女，相與爲命。門户方張，和氣充滿，入其門者油然生敬。愛諸孫女如女然，而尤念吾妻爲類己，以故劉氏姑視之特好，而叔向於余亦加厚。

茂恭罷官吉之永新，諸公爭知其才，旁觀者亦以横飛直上爲不難也。而壬辰之春，一日無疾而死。又三四年，母亦下世。叔向與其妻會葬，而叔向死焉，茂恭之妻未幾亦死。吾妻之父以淳熙癸卯七月之晦，其死如茂恭。獨劉氏姑與吾外姑尚無恙。丙午之春，俱集於外氏。劉氏姑語余曰：『我生於七月二十八日，歲煩遺禮而不一顧我，如不遺也。』余笑曰：『是固其初心，今當償之耳。』及期而往，出門迎笑，大會親族，勸酬達旦，而意殊無已也。是夜，將繼之以樂，杯未行而舉手扶頭曰病，余往視之，則死矣。嗟夫！盛衰相尋，本不足計，而生死之際，其誰爲之？乃使其兄弟之死如一人，余亦不自知其哭之慟也。二十餘年之間，爲月凡幾，爲日凡幾，何氏、劉氏其變如此之亟，而余窮蓋如初。變通之道，獨至於余而遂息耶？是又可嘆也已！

夫人姓何氏。曾大父京，大父先，父渠。年十七歸劉氏，死時五十三矣。子男三人：三復，監衢州北較務；三友，三進。女三人：嫁黄華、黄述古，皆佳子弟，而述古嘗以國子上禮部；幼未行。孫男三人，女三人，尚幼。

夫人志意踈豁，語言明朗，遇親族上下，不問貧富貴賤皆有恩紀，大略似其父而不類婦人女子。然樂人之飲而不自飲，終日言笑而無可擇之言，閨門懿行雖處子不能過，豈其得陰之止德而無其幽吝之氣耶！此亦婦人之傑也。

始，叔向之葬，在家傍五里金塘之東原，諸孤將以丁未十一月二十三日合葬，而謂亮：『何以使吾母雖死而不亡乎？』亮固力不足者，將藉友朋以自助。銘曰：

志念豁然，賚之以死。葬從其夫，畀爾孫子。

姚漢英母夫人墓誌銘

余世居永康之村落間，雅不喜遊城市，遇友朋在焉，則過之。一日，過同舍生姚怡順道於闤闠中。入其門，桑柘環合，一徑幽長，如幽人逸士之居。升堂而拜其父，則風貌淳古，語言質實，使人失其所以欲富欲貴者。竹床瓦器，品具精潔，閨門濟濟，又若不待禮法而自合者。余雖不及請拜其母，而心知其閫内之懿矣。久之，而怡之母夫人死，死後乃知其爲故吏部尚書陳良祐之外兄弟。蓋其夫妻安貧，不以親戚之貴達而有賴焉，雖其子之友不得而知。夫人從子徐君之茂，登科從仕，日月有聞，而怡之友林君大中、徐君木亦浸浸有列於朝。獨怡蹭蹬太學，夫人亦不以是而愧其子，徒欲其學業之久且不怠也。

夫人姓沈氏。曾祖某，祖某，父某。婺之金華人。年若干歸永康姚君某。子男一人，怡也。女若干。孫男若干；女若干，適某。夫人以怡入太學，遇高宗皇帝慶壽覃恩，得封孺人。嫁之若干年，卒於某月某日。越一年，當淳熙戊申冬十一月十有八日，葬於邑之承訓鄉馬義弄之原。而以銘屬其友陳亮，辭不獲，則叙其略如此。銘曰：

不使其夫有賴於人，不使其子有羨於人，此其德之深且厚者，故所以宜其後人。銘以昭德，獨可非其人乎！

淩夫人何氏墓碣銘

浦江淩堅從余學。往十年時，余嘗弔其大父之喪，其伯父杞實任家事，而堅左右之。升堂而拜其母，則肅然端重，如五六十許人，令人生敬者。徐而問之，乃知堅失父時，母方二十而娠，及生堅，則毅然誓不再適，父母欲奪其志而不可，亦未知堅之必成立也。家政出於舅姑，而輔其内事惟謹，房户細碎，無不整辦。舅姑日以老，則一切聽之其夫之兄，纖毫以上，未之或與也。惟課堅以學，晝夜不使少怠，曰：『汝無死，乃父足矣。』及堅能與薦書，則曰：『是可少塞門户之責也。』堅不懈愈虔，卒能以姓名自見於諸君子之間，始爲之開眉曰：『吾之不死以待汝者，欲持以見汝父於地下也。汝其愈自力，使問學更有聞焉，則我死矣，自餘惟伯父之命是恭也。』及余奔走於禍患而莫之解，則聞堅之伯父死，余欲哭之而不能。未幾而堅母亦死，實紹熙改元十月之一日，得年五十有一，而求余銘其墓。堅於余，休戚每若相關者，余心許之而困於囚繫。小定，則堅來曰：『堅以其年十二月丁酉葬堅母於縣西三里德政鄉華表原先塋之側。墓内之誌已矣，何以相其墓上乎？』

堅母何氏，名道融，字處和，紹興諸暨人也。曾祖辨，祖滿，父新。年十九歸淩君楠。子男一人，堅也。孫男二人：鼎、泰。孫女嬌。堅數爲余言：『堅母好讀書，知義理。於先祖妣治生之際，能迎其意而奉承之；於先父既死之後，能廢琴不撫以撫其孤。敬上恤下，内外親屬皆有恩意，而寡居不自謂能也。』余爲誌其大者，則表裏本末皆隨以見。於是永康陳亮爲揭銘墓上，而晉安吴竽允成實書之。銘曰：

夫曷爲而死乎！子曷爲而成乎！成其子，不死其夫，曷爲而不得銘乎！銘非其人乎！銘當其義乎！因吾言以得其所不言，亦有以盡孝子之志乎！

吕夫人夏氏墓誌銘

夫人夏氏，世居婺之永康。曾大父恭，大父開，父琛。年二十有七嫁同邑吕君師愈。吕君先娶夏氏，生一男一女而殁，蓋夫人同族女兄也。夫人初歸吕氏，家道未爲甚裕，吕君不遺餘力，經理其家，至有田近數千畝，遂甲於永康。夫人節嗇於内，課女工甚悉，以輔成吕君之志。又贊吕君教其前母之子約，必使自見於士林，取其女若夫置屋傍，使能自昌其家，蓋繼爲人母者之所難也。

及夫人所生之子浩以賑濟得官，夫人不爲動。及用是而獲貢於漕臺，乃始爲之喜曰：『汝父本非私汝，直爲今日爾。更能自力以明父之志，迺吾心也。』約爲怨家所告，幾陷不測，語連吕君。浩詣闕告哀，請以所得官贖父兄之罪，朝廷義而許之。里閭族黨咸以浩年少不知事體，爲人所戲弄;自喪失一官,浩亦慚見其母,母語之曰:『汝今日不怠,自力於學,已能明父之心矣,尚將何求!』其後既許約居外以事生産,亦許浩自讀書於外。獨與少子源俱,曰:『汝歷事未多,讀書未廣,自力家事以代父之勞,所得亦既多矣。』

婦人女子之不溺於愛,區處其子切於事情,而無違夫之志,若夫人者能幾!而享年止於六十有四,以紹熙三年十二月二十七日卒。五年二月二十七日,葬于趙侯祠南山之原。孫男五人:季魯、季殊、季時、季懷、季恂。女三人,尚幼。

前事,約、浩、源扣予門而哭:『盍亦哀吾母而賜之銘,且吾父之志也。』余方叨被誤恩,褒嘉之語,非所宜蒙,訓誡之辭,不遑寧處,思所以休息暮年而報稱天地之造者,懼未之逮,而敢言文乎!獨欲使一世知予無所怨惡,而鄉閭幽閨之微往往具知之,故勉從約、浩之請而系之銘。銘曰:

婦貴於拙,拙不害成;母主於愛,愛惟其平。彤管所書,幽閨曷稱。因所自見,庶幾平生。在爾後之克紹,豈予言而後明。一石易朽,遺志可憑。深藏厚覆,莫之變更。

黄夫人樓氏墓誌銘

義烏黄耕子野,以壬辰歲入太學,與其同舍一時豪俊角銖積寸累之功以登舍選,於余爲同年進士。其入太學之四年,始娶同邑樓君若虛之女爲婦,年纔二十有二。而子野孀親在堂,不以違離自戚，亟欲爲其親一日之榮，時節不敢離學。故樓夫人見子野之日常少，子野亦覬得一官以終配儷之樂。有男一人，名初孫，而樓夫人以己酉十二月十五日死矣。

紹熙四年夏，子野與余同試殿廷下，登甲第，每爲余誦言其不滿。至十二月二十八日辛酉，葬樓夫人于邑之龍祈鄉菱塘先塋之側，求余書壙石以誌其哀。余，龍川陳亮也。銘曰：

三綱所在，人之至情。事或奪之，本心自明。是皦皦者，寧間死生！子野具石，余爲其銘。

陳亮集卷之三十九

詩

廷對應制

皇朝鋭意急英賢，虜據中原七十年。際遇風雲凡事别，積功日月壯心愆。管蕭器小誰能識，孔孟人存用即傳。慚負壽皇勤教育，奏篇半徹冕旒前。

及第謝恩和御賜詩韻

雲漢昭回倬錦章，爛然衣被九天光。已將德雨平分布，更把仁風與奉揚。治道修明當正宁，皇威震叠到遐方。復讎自是平生志，勿謂儒臣鬢髮蒼！

謫仙歌有序

清夜獨坐，天地無聲，星斗動摇。欣觀《李白集》，高吟數篇，皆古今不經人道語。騷章逸句，洒然無留思。寥寥數百年間，揚鞭獨步，吾所起敬起慕者，太白一人而已。感歎久之，恨無人能繼太白後。因成《謫仙歌》。是以祝太白，舉觴以酬太白。太白有靈，其聽我聲知我意矣。

李白字太白，清風肺腑明月魄。揚鞭獨步止一人，我誦太白手屢拍。嘗聞太白長庚星，夜半星在天上明。仰天高聲叫李白，星邊不見白應聲。又疑白星是酒星，銀河釀酒天上傾。奈無兩翅飛見白，王母池邊任解醒。欲遊金陵自采石，翫月乘舟歸赤壁。欲上箕山首陽巔，看白餐雪水底眠紫烟。又不知，在何處，漱瑶泉，酌霞盃。悵望不見騎鶴來，白也如今安在哉！我生恨不與同時，死猶喜得見其詩。豈特文章爲足法，懍懍氣節安可移。金鑾殿上一篇頌，沈香亭裏行樂詞，此特太白細事耳，他人所知吾亦知。脱靴奴使高力士，辭官妾視楊貴妃，此真太白大節處，他人不知吾亦知。歌其什，鬼神泣，解使青塚枯骨立。呼其名，鬼神驚，惟有群仙側耳聽。我今去取崑山玉，將白儀形好雕琢。四方上下常相隨，江東渭北休興思。會須乞我乾坤造化兒，使我筆下光焰萬丈長虹飛。

梅　花見《全芳備祖》前集卷一花部

疏枝横玉瘦，小萼點珠光。一朵忽先變，百花皆後香。欲傳春信息，不怕雪埋藏。玉笛休三弄，東君正主張。

贈劉改之

劉郎飲酒如渴虹，一飲澗壑俱成空。胸中磊磈澆不下，時吐勁氣噓青紅。劉郎吟詩如飲酒，淋漓醉墨濡其首。笑鞭列缺起豐隆，變化風雷一揮手。吟詩飲酒總餘事，試問劉郎一何有。劉郎才如萬乘器，落濩輪囷難自致。彊親舉予作書生，却笑書生敗人意。合騎快馬健如龍，少年追逐曹景宗。弓弦霹靂餓鴟叫，鼻尖出火耳生風。安能規行復矩步，斂袂厭厭作新婦。黄金揮盡氣愈張，男兒龍變那可量。會須斲取契丹首，金甲牙旗歸故鄉。

（見影印《詩淵》第一册，頁五一一三，轉引自《全宋詩》）

壽曾主管二首

累世名稱閥閱高，搢紳維復似英豪。宏才咸許致千里，小試先觀夢四刀。方正寧容遷嶽麓，清明端可鑒絲毫。文章政事傳家美，須信池中有鳳毛。

豫章此夕誕賢良，非霧非煙繞畫堂。正是庭蘭争秀發，更當隴麥弄輕黄。一杯爲壽滄溟窄，萬口同詞日月長。朝晚定知歸禁近，千年常得侍清光。

（見影印《詩淵》第六册，頁四五七九，轉引自《全宋詩》，按此爲本次出版時新增補）

詞

水調歌頭 送章德茂大卿使虜

不見南師久，謾説北群空。當場隻手，畢竟還我萬夫雄。自笑堂堂漢使，得似洋洋河水，依舊只流東。且復穹廬拜，會向藁街逢。　堯之都，舜之壤，禹之封。於中應有，一箇半箇恥臣戎。萬里腥羶如許，千古英靈安在？磅礴幾時通！胡運何須問，赫日自當中。

念奴嬌 至金陵

江南春色，算來是，多少勝遊清賞。妖冶廉纖，只做得，飛鳥向人偎傍。地闢天開，精神朗慧，到底還京樣。人家小語，一聲聲近清唱。　因念舊日山城，箇人如畫，已作中州想。鄧禹笑人無限也，冷落不堪惆悵。秋水雙明，高山一弄，著我些悲壯。南徐好住，片帆有分來往。

賀新郎 同劉元實、唐與正陪葉丞相飲

修竹更深處，映簾櫳，清陰障日，坐來無暑。水激泠泠知何許，跳碎危欄玉樹。都不繫，人間朝暮。東閣少年今老矣，况樽中有酒嫌推去。猶著我，名流語。　大家緑野陪容與，算等

間，過了薰風，又還商素。手弄柔條人健否？猶憶當時雅趣。恩未報，恐成辜負。舉目江河休感涕，念有君如此何愁虜！歌未罷，誰來舞？

滿江紅 懷韓子師尚書

曾洗乾坤，問何事雄圖頓屈？試著眼階除當下，又添英物。北向争衡幽憤在，南來遺恨狂酋失。算凄凉部曲幾人存，三之一。　諸老盡，郎君出。恩未報，家何恤！念横飛直上，有時還戢。笑我只知存飽煖，感君元不論階級。休更上百尺舊家樓，塵侵帙！

桂枝香 觀木犀有感寄吕郎中

天高氣肅，正月色分明，秋容新沐。桂子初收，三十六宫都足。不辭散落人間去，怕群花自嫌凡俗。向他秋晚，唤回春意，幾曾幽獨。　是天上餘香賸馥。怪一樹香風，十里相續。坐對花旁，但見色浮金粟。芙蓉只解添愁思，况東籬凄凉黄菊。入時太淺，背時太遠，愛尋高躅。

三部樂 七月送丘宗卿使虜

小屈穹廬，但二滿三平，共勞均佚。人中龍虎，本爲明時而出。只合是，端坐王朝，看指揮整辦，掃蕩飄忽。也持漢節，聊過舊家宮室。　西風又還帶暑，把征衫著上，有時披拂。休將看花淚眼，聞弦酸〔一〕骨。對遺民有如皎日，行萬里依然故物。入奏幾策，天下裏，終定于一。

校勘記

〔一〕『酸』字自明成化本至清刻諸本俱闕，應刻本宗廷輔《校記》謂陳氏《鑒成箴》有『警絃慘骨』句，而此詞此句第三字不應從側，乃定爲『酸』字。今從之。

水調歌頭　癸卯九月十五日壽朱元晦

人物從來少，籬菊爲誰黄？去年今日，倚樓還是聽行藏。未覺霜風無賴，好在月華如水，心事楚天長。講論參洙泗，盃酒到虞唐。　人未醉，歌宛轉，興悠揚。太平胸次，笑他磊磈欲成狂。且向武夷深處，坐對雲烟開斂，逸思入微茫。我欲爲君壽，何許得新腔？

念奴嬌　登多景樓

危樓還望，嘆此意，今古幾人曾會？鬼設神施，渾認作，天限南疆北界。一水横陳，連岡三面，做出争雄勢。六朝何事，只成門户私計！　因笑王謝諸人，登高懷遠，也學英雄涕。憑却江山管不到，河洛腥羶無際。正好長驅，不須反顧，尋取中流誓。小兒破賊，勢成寧問彊對！

賀新郎寄辛幼安，和見懷韻

老去憑誰説？看幾番、神奇臭腐，夏裘冬葛。父老長安今餘幾？後死無讎可雪。猶未燥當時生髮。二十五絃多少恨，算世間，那有平分月。胡婦弄，漢宮瑟。　樹猶如此堪重别，只使君，從來與我，話頭多合。行矣置之無足問，誰换妍皮癡骨！但莫使伯牙絃絶。九轉丹砂牢拾取，管精金、只是尋常鐵。龍共虎，應聲裂。

瑞雲濃慢六月十一日壽羅春伯

蔗漿酪粉，玉壺冰醑，朝罷更聞宣賜。去天咫尺，下拜再三，幸今有母可遺。年年此日，共道月入懷中最貴。向暑天，正風雲會遇，有恁嘉瑞。　鶴衝霄，魚得水。一超便直入神僊地。植根江表，開拓兩河，做得黑頭公未？騎鯨赤手，問如何長鞭尺箠？向來王謝風流，只今管是。

阮郎歸重午壽外舅

波光渺渺浸晴陂，有亭湖岸西。芰荷香拂柳絲垂，升堂獻壽巵。　紅約腕，緑侵衣，願祝届期頤。花間妙語欲無詩，一年歌一詞。

祝英臺近六月十一日送葉正則如江陵

駕扁舟，衝劇暑，千里江上去。夜宿晨興，一一舊時路。百年忘了旬頭，被人饞破；故紙裏，是争雄處！　怎生訴？欲待細與分疏，其如有憑據。包裹生魚，活底怎遭遇！相逢樽酒何時？征衫容易，君去也，自家須住。

蝶戀花甲辰壽元晦

手撚黄花還自笑，笑比淵明，莫也歸來早。隨世功名渾草草，五湖却共繁華老。　冷淡家生冤得道，旖旎妖嬈，春夢如今覺。管今歲華須到了，此花之後花應少。

水調歌頭和吴允成遊靈洞韻

人愛新來景，龍認舊時湫。不論三伏，小住便覺凛生秋。我自醉眠其上，任是水流其下，湍激若爲收。世事如斯去，不去爲誰留？　本無心，隨所寓，觸虚舟。東山始末，且向靈洞與沈浮。料得神僊窟穴，争似提封萬里，大小幾琉球？但有君才具，何用問時流！

念奴嬌　送戴少望參選

西風帶暑，又還是，長途利牽名役。我已無心，君因甚，更把青衫爲客？邂逅卑飛，幾時高舉，不露真消息。大家行處，到頭須管行得。　何處尋取狂徒？可能著意，更問渠儂骨。天上人間，最好是，鬧裏一般岑寂。瀛海無波，玉堂有路，穩着青霄翼。歸來何事？眼光依舊生碧。

卜算子　九月十八日壽徐子才

誚靜菊花天，洗盡梧桐雨。倍九週遭爛熳開，祝壽當頭取。　頂戴御袍黄，疊秀金稜吐。僊種花容晚節香，人願争先覩。

賀新郎　酬辛幼安，再用韻見寄

離亂從頭説，愛吾民、金繒不愛，蔓藤纍葛。壯氣盡消人脆好，冠蓋陰山觀雪。虧殺我、一星星髮。涕出女吴成倒轉，問魯爲齊弱何年月？丘也幸，由之瑟。　斬新換出旗麾别，把當時、一椿大義，拆開收合。據地一呼吾往矣，萬里摇肢動骨。這話欛，只成癡絶。天地洪爐誰扇鞴？算於中安得長堅鐵！淝水破，關東裂。

垂絲釣 九月七日自壽

菊花細雨，蕭蕭紅蓼汀渚，。景物漸幽，風致如許。秋未暮，又值吾初度。看天宇，正澄清，欲往登高未也，紅塵當面飛舞。幾人弔古，烏帽牢收取。短髮還羞覷。遐壽身，近五雲深處。

彩鳳飛 一作舞 十月十六日壽錢伯同

人立玉，天如水，特地如何撰？海南沉、燒著欲寒猶暖。算從頭、有多少厚德陰功，人家上、一一舊時香案，瞰經慣。小駐吾州纔爾，依然歡聲滿。莫也教、公子王孫眼見！這些兒、穎脱處，高出書卷。經綸自入手，不了判斷。

鷓鴣天 懷王道甫

落魄行歌記昔遊，頭顱如許尚何求？心肝吐盡無餘事，口腹安然豈遠謀！纔怕暑，又傷秋。天涯夢斷有書不？大都眼孔新來淺，羡爾微官作計周。

謁金門 送徐子宜如新安

新雨足，洗盡山城袢溽。見説好峰三十六，峰峰如立玉。四海英遊追逐，事業相時伸縮。入境德星須做福，只愁金詔趣。

天仙子 七月十五日壽内

一夜秋光先著柳，暑力平明羞失守。西風不放入簾幃，饒永晝，沈煙透，半月十朝秋定否？　指點芙蕖凝佇久，高處成蓮深處藕。百年長共月團圓，女進酒，男稱壽，一點浮雲人似舊。

水調歌頭 和趙周錫

事業隨人品，今古幾麾旌！向來謀國萬事，盡出汝書生。安識鯤鵬變化？九萬里風在下，如許上南溟。斥鷃旁邊笑，河漢一頭傾。　嘆世間，多少恨，幾時平！霸圖消歇，大家創見又成驚。邂逅漢家龍種，正爾烏紗白紵，馳騖覺身輕。樽酒從渠説，雙眼爲誰明！

洞僊歌 丁未壽朱元晦

秋容一洗，不受凡塵涴，許大乾坤這回大。向上頭些子，是鵰鶚搏空，籬底下，只有黄花幾朶。　騎鯨汗漫，那得人同坐！赤手丹心撲不破。問唐虞禹湯武，多少功名，猶自是、一點浮雲鏟過。且燒却、一瓣海南沈，任拈取千年，陸沈奇貨。

祝英臺近九月一日壽俞德載

嫩寒天，金氣雨，攬斷一秋事。仝〔一〕樣霏微，還作小晴意。世間萬寶都成，些兒無欠，只待與黄花爲地。　好招致，對此鬱鬱葱葱，新蒭未成醉。番手爲雲，造物等兒戲。也知富貴來時，一斑〔二〕呈露，便做出人中祥瑞。

校勘記

〔一〕『仝』，明成化本、嘉靖本均作『今』，據崇禎本改。

〔二〕『斑』，諸本均作『班』，今從應刻宗校改。

踏莎行懷葉八十推官

書册如仇，舊遊渾諱，有懷不斷人應異。千山上去夢魂輕，片帆似下蠻溪水。　已共酒杯，長堅海誓，見君忽忘花前醉。從來解事苦無多，不知解到毫芒未？

南鄉子謝永嘉諸友相餞

人物滿東甌，别我江心識俊游。北盡平蕪南似畫，中流，誰繫龍驤萬斛舟？　去去幾時休？猶自潮來更上頭。醉墨淋漓人感舊，離愁，一夜西風似夏不？

三部樂 七月二十六日壽王道甫

入脚西風，漸去去來來，早三之一。春花無數，畢竟何如秋實！不須待名品如麻，試爲君屈指，是誰曾出。十朝半月，争看搏空霜鶻。從來別真共假，任盤根錯節，更饒倉卒。還他濟時好手，封侯奇骨。没些兒嫛婗勃窣，也不是峥嶸突兀。百二十歲，管做徹元分人物。

賀新郎 懷辛幼安，用前韻

話殺渾閑説。不成教、齊民也解，爲伊爲葛？樽酒相逢成二老，却憶去年風雪。新著了、幾莖華髮。百世尋人猶接踵。嘆只今、兩地三人月。寫舊恨，向誰瑟？男兒何用傷離別！况古來、幾番際會，風從雲合。千里情親長晤對，妙體本心次骨。卧百尺高樓斗絶。天下適安耕且老，看買犁賣劍平家鐵。壯士淚，肺肝裂。

點絳唇 詠梅月

一夜相思，水邊清淺横枝瘦。小窗如畫，情共香俱透。清入夢魂，千里人長久。君知否？雨僝雲僽，格調還依舊。

水龍吟 春恨

鬧花深處層樓，畫簾半捲東風軟。春歸翠陌，平莎茸嫩，垂楊金淺。遲日催花，淡雲閣雨，輕寒輕暖。恨芳菲世界，游人未賞，都付與，鶯和燕。　寂寞憑高念遠，向南樓、一聲歸雁。金釵鬬草，青絲勒馬，風流雲散。羅綬分香，翠綃封淚，幾多幽怨！正銷魂，又是踈煙淡月，子規聲斷。

洞僊歌 秋雨追次李元膺韻

瑣窗秋暮，夢高唐人困。獨立西風萬千恨，又簷花落處，滴碎空階，芙蓉院，無限秋容老盡。　枯荷摧欲折，多少離聲，鎖斷天涯訴幽悶。似蓬山去後，方士來時，揮粉淚、點點梨花香潤。斷送得、人間夜霖鈴，更葉落梧桐，孤燈成暈。

虞美人 春愁

東風蕩颺輕雲縷，時送瀟瀟雨。水邊臺榭燕新歸，一口香泥，濕帶落花飛。　海棠糝徑鋪香繡，依舊成春瘦。黄昏庭院柳啼鴉，記得那人，和月折梨花。

眼兒媚　春愁

試燈天氣又春來，難説是情懷。寂寥聊似，揚州何遜，不爲江梅。　扶頭酒醒爐香灺，心緒未全灰。愁人最是，黄昏前後，煙雨樓臺。

思佳客　春感

花拂闌干柳拂空，花枝綽約柳鬟鬆。蝶翻淡碧低邊影，鶯囀濃香杪處風。　深院落，小簾櫳，尋芳猶憶舊相逢。橋邊攜手歸來路，踏皺殘花幾片紅。

清平樂　秋晚，伯成兄往龍興山中，意其登山臨水，不無閨房之思，作此詞惱之

銀屏繡閣，不道鮫綃薄。嘶騎匆匆塵漠漠，還過夕陽村落。　亂山千疊無情，今宵遮斷愁人。兩處香消夢覺，一般曉月秋聲。

滴滴金　梅

斷橋雪霽聞啼鳥，對林花，弄晴曉。畫角吹香客愁醒，見梢頭紅小。　團酥剪蠟知多少？向風前，壓春倒。江皞人煙畫圖中，有短篷香繞。

（以上七首見《中興以來絶妙詞選》卷四）

點絳唇聖節

電繞璇樞，此時昌運生真主。慶聯簪組，喜氣生綿宇。宴啟需雲，湛露恩均布。鏘韶濩，鳳歌鸞舞，玉斝飛香醑。

又

碧落蟠桃，春風種在瓊瑶苑。幾回花綻，一子千年見。香染丹霞，摘向流虹旦。深深願，萬年天算，玉顆常來獻。

又

煙雨樓臺，曉來獨上無滋味。落花流水，掩映漁樵市。酒聖詩狂，只遣愁無計。頻凝睇，問人天際，曾見歸舟未？

南歌子

池草抽新碧，山桃褪小紅。尋春閑過小園東。春在亂花深處鳥聲中。游鐙歸敲月，春衫醉舞風。誰家三弄學元戎？吹起閑愁，容易上眉峰。

好事近

籬菊吐寒花，香弄小園秋色。攜手畫闌西畔，憶去年同摘。小亭依舊鎖西風，往事已無跡。懶向碧雲深處，問征鴻消息。

又

横玉叫清宵，簾外月侵殘燭。人在畫樓高處，倚闌干幾曲。穿雲裂石韻悠揚，風細斷還續。驚落小梅香粉，點一庭苔緑。

又 詠梅

的皪兩三枝，點破暮煙蒼碧。好在屋簷斜入，傍玉奴横笛。月華如水過林塘，花陰弄苔石。欲向夢中飛蝶，恐幽香難覓。

浣溪沙

小雨翻花落畫簷。蘭堂香炷酒重添。花枝能語出朱簾。緩步金蓮移小小，持盃玉筍露纖纖。此時誰不醉厭厭！

采桑子

桃花已作東風笑，小蕊嫣然，春色暄妍，緩步煙霞到洞天。　一盃滿瀉蒲桃緑，且共留連，醉倒花前，也占紅香影裏眠。

朝中措

蓼花風淡水雲纖，倚閣捲重簾。索莫敗荷翠減，蕭疏晚□紅添。　魂銷天末，眉横遠岫，斜挂新蟾。誰信故人千里，此時却到眉尖！

柳梢青

柳絲煙織，掩映小池，鱗鱗波碧。幾片飛花，半簷殘雨，長亭愁寂。　憑高望斷江南，悵千里，疏煙淡月。鬭草風流，弄梅情分，教人思憶。

浪淘沙

霞尾卷輕綃，柳外風摇。斷虹低繫碧山腰。古往今來離别地，煙水迢迢。　歸雁下平橋，目斷魂銷。夕陽無限滿江皋，楊柳杏花相對晚，各自無聊。

又梅

院落曉風酸，春入西園。芳英吹破玉闌干。牆外紅塵飛不到，徹骨清寒。　清淺小堤灣，瘦竹團欒。水光疏影有無間。髣髴浣沙溪上見，波面雲鬟。

小重山

碧幕霞綃一縷紅。槐枝啼宿鳥，冷煙濃。小樓愁倚畫闌東，黄昏月，一笛碧雲風。　往事已成空。夢魂飛不到，楚王宫。翠綃和淚暗偷封。江南闊，無處覓征鴻。

轉調踏莎行上巳道中作

洛浦塵生，巫山夢斷。旗亭煙草裏，春深淺。梨花落盡，酴醾又綻。天氣也似尋常庭院。　向晚情懷，十分惱亂。水邊佳麗地，近前細看。娉婷笑語，流觴美滿。意思不到，夕陽孤館。

品　令詠雪梅

瀟灑林塘暮。正迤邐，香風度。一番天氣，又添作，瓊枝玉樹。粉蝶無蹤，疑在落花深處。深沈庭院，也卷起重簾否？十分春色，依約見了，水村竹塢。怎向江南，更説杏花煙雨？

最高樓 詠梅

春乍透，香早暗偷傳。深院落，鬬清妍。紫檀枝似流蘇帶，黄金鬚勝辟寒鈿。更朝朝，瓊樹好，笑當年。花不向，沈香亭上看；樹不著，唐昌宫裏翫。衣帶水，隔風煙。鉛華不御淩波處，蛾眉淡掃至尊前。管如今，渾似了，更堪憐。

青玉案

武陵溪上桃花路，見征騎，悤悤去。嘶入斜陽芳草渡。讀書窗下，彈琴石上，留得銷魂處。落花冉冉春將暮，空寫池塘夢中句。黄犬書來何日許？輞川輕舸，杜陵尊酒，半夜燈前雨。

訴衷情

獨凭江檻思悠悠，斜日墮林丘。鴛鴦屬玉飛處，急槳蕩輕舟。紅蓼岸，白蘋洲，夜來秋。數聲漁父，一曲水仙，歌斷還愁。

南鄉子

風雨滿蘋洲，繡閣銀屏一夜秋。當日纙塵何處去？溪樓，怎對煙波不淚流！　天際目歸舟，浪卷濤翻一葉浮。也似我儂魂不定，悠悠，宋玉方悲庾信愁。

一叢花　溪堂玩月作

冰輪斜輾鏡天長，江練隱寒光。危闌醉倚人如畫，隔煙村、何處鳴榔？烏鵲倦棲，魚龍驚起，星斗挂垂楊。　蘆花千頃水微茫，秋色滿江鄉。樓臺恍似遊仙夢，又疑是、洛浦瀟湘。風露浩然，山河影轉，今古照淒涼。

漁家傲　重陽日作

漠漠平沙初落雁，黄花濁酒情何限。紅日漸低秋漸晚。聽客勸，金荷莫訴真珠滿。　坐上少年差氣岸，題詩落帽從來慣。戲馬龍山當日燕，真奇觀，尊前未覺風流遠。

醜奴兒　詠梅

黄昏山驛消魂處，枝亞疏籬；枝亞疏籬，醞藉香風蜜打圍。　隔籬雞犬誰家舍？門掩斜暉；，門掩斜暉，花落花開總不知。

七娘子 三衢道中作

風流家世傳張緒，似靈和新種垂楊縷。綺席摛詞，銀臺奏賦，當年夢遶蓬山路。　賣花聲斷藍橋暮，記吟鞭醉帽曾經處。蜀郡歸來，荆州老去，心情零亂隨風絮。

醉花陰 重九，諸公招飲於兹者十有六人。偶掇醉花陰腔，折壓書之壁間，聊以誌時耳

峻極雲端瀟灑寺，賦我登高意。好景屬清遊，玉友黄花，謾續龍山事。　秋風滿座芝蘭媚，杯酒隨宜醉。行樂任天真，一笑和同，休問無攜妓。

又 再用前韻

姓名未勒慈恩寺，誰作山林意？杯酒且同歡，不許時人，輕料吾曹事。　可憐風月於人媚，那對花前醉！珍重主人情，聞説當年，宴出紅妝妓。

（以上二十八首見《宋元三十一家詞》本《龍川詞補》）

浣溪沙 南湖望中

爽氣朝來卒未闌，可能着我屋千間！不須拄笏望西山。　柳外霎時征馬駿，沙頭盡日白鷗閑。稱心容易足君歡。

（見《永樂大典》卷二二六五湖字韻引陳亮《龍川集》）

漢宮春 梅

雪月相投，看一枝纔爆，驚動香浮。微陽未放線路，説甚來由。先天一着，待闢開，多少旬頭。却引取春工入脚，争教消息停留。　官不容針時節，做一般孤瘦，無限清幽。隨緣柳緑柳白，費盡雕鎪。疏林外野水任横斜，誰與妝終？猛認得，些兒合處，不堪持獻君侯。

（見《全芳備祖》前集卷一梅花門）

暮花天 芍藥

天意微慳，春工多裕，長須末後殷勤。骨瘦攙先，肌匀恰好，花頭徑尺徐陳。紅黄粉紫，更牛家姚魏爲真。留幾種蒂彌中州，異時齊頓渾身。　承平當日開多少，笙歌何限，是甚人人！氣入江南，心知芍藥，仿佛前事猶存。名品應須認舊家，雨露方新。成一處，蓓蕾根株，賸看諸譜紛紛。

（見《全芳備祖》前集卷三芍藥門）

新荷葉 荷花

艷態還幽，誰能潔净爭妍？淡抹疑濃，肯將自在求憐？終嫌獨好，任毛嬙、西子差肩。六郎塗涴，似和不似依然。　赫日如焚，諸餘只恁光鮮。雨過風生，也應百事隨緣。香須道地，對一池，著甚沈煙！　根株好在，淤泥白藕如椽。

（見《全芳備祖》前集卷十一荷花門）

秋蘭香 菊

未老金莖，些子正氣，東籬淡佇齊芳。分頭添樣白，同局幾般黃？向閒處，須一一排行。淺深饒間新妝。那陶令，漉他誰酒，趁醒消詳。　況是此花開後，便蝶亂無花，管甚蜂忙。你從今，採却蜜成房。秋英試商量，多少爲誰，甜得清涼。待説破，長生真訣，要飽風霜。

（見《全芳備祖》前集卷十二菊花門）

桂枝香巖桂花

仙風透骨。向夏葉叢中，春花重出。駿發天香，不是世間尤物。占些空闊閒田地，共霜輪、伴他秋實。淺非冷蕊，深非幽艷，中無倚握。任點取，龍涎篤耨。兒女子看承，萬屈千屈。做數珠兒，刻畫無鹽唐突。不知幾樹欒團著，但口吻、非鳴雲室。是耶非也，書生見識，聖賢心術。

（見《全芳備祖》前集卷十三巖桂花門）

漢宮春見早梅呈吕一郎中鄭四六監嶽

雪滿江頭，怪一枝不耐，還漏微陽。詩人越樣眼淺，早自成章。群葩如繡，到那時，爭愛春長。須知道，未通春信，是誰飽試風霜？　堪笑紅爐畫閣，問從來寒氣，損甚容光？枝頭有花恁好，映帶新妝。寒窗愁絶，艱清芬，不料饑腸。都緣是，此君小異，費他萬種消詳。

（見《永樂大典》卷二八〇八梅字韻引陳亮《龍川集》）

水龍吟松

錢王霸圖成時，多應是百年遺樹。羞將高古，爲渠遮暎，魚鹽調度。且向空山，趁時多事，四垂盤踞。算興衰坐閱，權奇磊塊，世間□、□斤斧。　又見當天明聖，便彈丸，也難分土。

一番整頓，舊家草木，新來雨露。鐵石心腸，虬龍根幹，亭亭天柱。縱茯苓下結，蔦蘿高際，怎堪攀附？

臨江仙 松

五百年間非一日，可堪只到今年。雲龍欲化艷陽天。從來耆舊傳，不博地行仙。昨夜風聲何處度？典型猶在南山。自憐不結傍時緣。著鞭非我事，避路只渠賢。

（以上二首見《全芳備祖》後集卷十四松門）

賀新郎 人有見誑以六月六日生者，且言喜唱《賀新郎》，因用東坡『屋』字韻追寄

鏤刻黃金屋。向炎天，薔薇水洒，净瓶兒浴。溼透生綃裙微褪，誰把琉璃藉玉？更管甚，微涼生熟！磊浪星兒無着處，唤青奴、記度新翻曲。嬌不盡，蘄州竹。一泓曲水鱗鱗蹙。粉生紅、香臍皓腕，藕雙蓮獨。拂掠烏雲新妝晚，無奈纖腰似束。白篙搙，霞觴浮緑。三島十洲身在否？是天花、只怕凡心觸。纔亂墜，便簌簌。

又 又有實告以九月二十七日者，因和葉少蘊縷字韻并寄

昵昵駢頭語。笑黃花，重陽去也，不成分數。傾國容華隨時換，依舊清歌妙舞，苦未冷、都

無星暑。恰好良辰花共酒，鬬尊前、見在陽臺女。朝共暮，定何許？　蓼紅徙倚明汀渚。正蕭蕭、迎風夾岸，淡煙微雨。篤耨龍涎燒未也？好向兒家祝取。是有分、天工須與。以色事人能幾好？願衾裯、無縫休離阻。心一片，絲千縷。

（以上二首見《永樂大典》卷一四三八一寄字韻引陳亮《龍川先生集》）

佚文

送友人游武林序

古之達者求士，今之達者厭士，嗚呼，其世變愈下矣乎！古之士耕雲釣月，齒石耳泉，幅巾孤頂，扁舟斷涯，或悽歌而愴吟，或詠諧而笑吁，浩乎其自得而頹乎其處順也。與其闒伺于侯門，孰若北窗之高卧；與其乞憐之千言，孰若爐香之一卷？達者曰：是非可以利餌之也。遜辭以爲媒，厚禮以爲羅，庶乎其致之也。否則，彼有南山之南、北山之北而已，而吾君孰與共理哉！故古之達時宜者，非掠禮士之美名也。

自世變愈下，士無圭田，始喪所守，豢利欲而惡貧賤，蓋溺焉于茲者有年矣。自晉而觀，望塵之俗，人才衰陋，已不逮兩漢，尚何望其三代如也哉！於是公卿大夫過高，而一介之士過卑。過高者日以傲，過卑者日以諂；傲則不求即人，諂則求即於人。是以尊者勢益重，而卑者勢益輕。

國朝之初，公卿大夫猶有重士之意，今則亡矣。蓋自渡江以來，士之萃于吴越者肩摩袂錯，欲鋤無田、欲樵無山者十五六，則常産已亡矣；遷徙之無常，滫瀡之所迫，則常心莫能存矣。以其非所有之常產，加之以莫能存之常心，則隨染隨遷，不動而遷于俗者蓋寡。故授書獻記，過媚以圖悦，卑姝以取幸者，亦其勢之必然，無足怪也。又況今之取士，皆有定式。羔帛不逮於巖穴，而公卿大夫要以如格而止，又奚必勤勤焉過求繩墨之外，必如古之薦士也哉！有厭薄貧賤之意，而無寵藉後輩之心也宜。

今吾子之游武林也，武林士夫之叢薄也。子將往而謁之，吾懼子之遭厭薄而亟返也。然士夫之中亦有古人之風者，盍以吾説語之！

（録自王霆震《古文集成》前集卷一）

策

東南古有精兵。項籍以會稽兵八千而角鉅鹿之戰，今吴楚之兵是也。番君吴芮以百越之兵佐諸侯，今江湖之兵是也。粵王無諸以閩中兵共滅楚，今福建之兵是也。東甌王與無諸同率兵以佐漢，今永嘉之兵是也。此則東南之兵自古而精也。然則今果不如西北也哉？

（録自《群書會元截江綱》卷十三『郡國兵』）

策

山水寨。按六安故步二山中，原壑深遠，動數百里，奸民逃匿之藪也。比年以來，椎埋之盜，頗出其中，劫殺之風浸長不禁，此在山之桀黠者也，故謂之山寨。臨淮之桀黠者，謂之水寨。水寨之數少於山寨，多至數千人而已，謂之水寨忠勇，名籍於官，而身處於家，有統領主辨以彈壓之。山寨少不下萬人。此二寨之人，有人以按總之，則無事可以勉其安業，有事可以勵其立功；無人以按總之，安寧則爲盜賊，緩急則擇向背矣。

（録自《群書會元截江網》卷十四『兵民』）

策

能戰守而後可言和。猶之訟焉，己則欲止，而人制其權，則雖卑辭厚禮以求媚，而彼未必許；縱許而弗堅也。故凡不能以戰守而爲和者，是終不克以成和也。漢文帝有灌嬰、張武、欒布、董赫之師以出征，有雲中、飛狐、棘門、細柳之屯以固圉，而後能成『俱棄細過』之約。唐太宗有行軍總管，以奏涇陽之捷；有渭橋軍陣，以耀威武之盛，而後能破强敵之膽，以就白馬之盟。此所以謂戰守而爲和。若夫六國之從既散，乃争割其地以塞虎狼之欲；項羽之勢既蹙，始有折蓋世之氣，請爲鴻溝之約。以是爲和，則不足以爲和矣。夫能戰能守而後和，則和不和之權常在我；未能戰未能守而遽求和焉，則和不和之權常在人。權在我則我制人，權在人則我制於人。我制人，則其勢順，而其爲和也固；我制於人，則其勢逆，而其爲和也雖成而未可保。是則今之和議，有所未暇聞也。姑亦『修我戈矛，與子同仇』，赫赫然爲必戰之計；『徹彼桑土，綢繆牖户』，孜孜焉爲固圉之謀。且戰且守，盡其所以爲我之道；而和之一説，姑亦聽其發於彼可矣。

（録自《群書會元截江綱》卷二十四『戰守和』）

訊神文

癸卯九月癸丑，里人陳亮以文訊故兵部侍郎佑順侯胡公之神曰：

亮生之晚，不及侯時，顧亦托侯里，得瞻餘光而景前躅也。亮之心，侯其知之矣。苟有疑焉而不以告，是猶愛其情於侯，使侯於亮若不相入，是誠何心哉！侯嘗位於朝而從法駕矣，有正直稱。没爲神明以自福斯里，民不虔而怒，禱而應，如父兄子弟情連愛接，通有無休戚於一體，非若大賓之來，使人僕僕然費貲靡力於一飲一食而謂之勤也。里人之望侯過厚而尊侯，而實外之。遇歲或歡若豐，争與出力拔貧，爲是村妝社服，殊名異類，千百爲群，前呵後擁，頭强目瞪，手振足掉，顧影自喜。俚容鄙態，間見層出，使旁觀稍知理道者蓋澀汗下，叱叱失聲。間其名，甚至僭天子之威儀，悚然有惕於心也。顧乃謂侯樂於得此而錫之福，不爾，雨暘輒不應。心各生念，口轉相語，巧證曲驗，奔走從事，牢不可解，使侯不得自明。今若備容儀擁一人迎之道中，周旋回轉，無頃時寧歇，必且以其人爲病狂，是不惟外侯，病侯莫甚焉。民不自顧計其窘，一方騷動謂宜，則以侯故而反病侯，侯之心必不寧此。侯之受職於帝，猶吏之受職於君。

吏以所部奉己與否爲愛憎，金錢通爲威福，君有不聞，聞其謂何？使於三尺自擇爲，懼弗克免。雨暘之柄，帝實受之，而侯豈以其私哉？民之不爲侯地，殆侯無以自信於民也。民以誠禱於侯，侯請諸帝而不獲，則再三，而又不得命，帝寧不爲民之愛？侯之請終獲，民事侯永永無窮已。侯食斯里，以常不以怪。民之妄心不作，悔尤不生，草木之托其神，於侯增東少西者，擯斥棄絶而不自容矣。民於迎侯之事已心醉，夢人所憑，侯其自通之，無使亮之疑既告而不答，而轉疑侯之神不靈也。自夏徂秋不雨，民皇皇不自寧而寧於迎神，亮則不寧焉。方動訊神之念，而雨不克，躬持是文白於祠下，使即香火所寓以告。侯其鑑之！

（録自《永樂大典》卷二九五一神字韻上）

祭郭伯山母夫人文

嗚呼！風俗移人，甚於天賦。少而安焉，老無他慕。夫豈一朝一夕之故？聖賢所難，不改其度。婦德静重，肯輕舉措？事有巨細，不知何慮。桑麻絲枲，是爲先務。飲食祭祀，是曰内助。豈必奇節，藉以自著？雖有異能，亦德之蠹。惟其澹然，不愆於素。及其所難，不移風土。東白壯縣，昔稱健武。一夫憤發，勇於虓虎。抛擲瓦礫，無間小孺。室人俱前，以佐其怒。摇手鼓舌，非必有補。習俗使然，欲其無懼。至死不悔，以當門户。婦人女子，能識退步。於其中間，務爲淡伫。婦職之外，一毫不與。謹所當爲，安於極富。使其夫子，知足從恕。男則講學，莊靚惟女。夫人疑焉，坐以自護。地道無成，歸美有所。安得彤管，爲此韻語。載所難發，俾有依據。我識諸子，以及其父。不待登堂，德聲載路。侵尋晚景，死生萬緒。慶門亦復，零落而去。伯山丁憂，我亦聞訃。奔走繫囚，今未知處。朔風一號，有淚盈俎。

（録自《永樂大典》卷一四〇五〇祭字韻）

論作文之法

經句不全兩，史句不全三，不用古人句，只用古人意。若用古人語，不用古人句，能造古人所不到處。至於使事而不爲事使，或似使事而不使事，或似不使事而使事，皆是使他事，來影帶出題意，非直使本事也。若夫佈置開闔，首尾該貫，曲折關鍵，意思常新。若方若圓，若長若短，斷自有成，萬不可隨他規矩尺寸走也。苟自得作文三昧，又非常法所能盡也。

（録自陶宗儀《説郛》卷十五上引子俞子《螢雪叢説》卷上）

中庸説

子曰：『舜其大知也！舜好問而好察邇言，隱惡而揚善，執其兩端用其中於民，其斯以爲舜乎？』

古之知道之味者，無如舜，故曰『大知』。大智則非『知者過之』，常俯而合中，而後民有所

賴。如『好問』、『好察邇言』，此取諸人以爲善也；如『隱惡而揚善』，此與人爲善者也；如『執

其兩端用其中於民』，此善與人同者。孟子稱大舜有大，蓋得諸此。執兩端者，執而不用，所用

者惟中耳。民協於中，豈無自哉？

子曰：『回之爲人也，擇乎中庸，得一善，則拳拳服膺而弗失之矣！』

如回『擇乎中庸』，能體認之也。體認得分明，則得其固有之善，如失其故物而得之，敬而

守之，如恐不及，肯失之乎？兹回始可謂知。

子曰：『天下國家可均也，爵禄可辭也，白刃可蹈也，中庸不可能也。』

均天下國家之富以與人，辭爵禄而不受，蹈白刃而不顧，揆之人情至難也。適當其前，有

志類可爲之。中庸乃日用不易之理，至簡至易，體而得之，如反掌耳。彼猶可爲而此不可能，

可謂舍近而慕遠矣。『不』爲疑辭，直曰『不可能』者，甚之也，與『民可使由之，不可使知之』同

意。説者謂舉此三者以見中庸難能，非也。彼其奮然於是三者，必其心有所不欲，有所不爲。

達其所不欲於其所可欲，達其所不爲於其所可爲，則其至中庸也孰御？此聖人變動人心之

術，肯以日用之理爲難而絶之乎？

子路問强。子曰：『南方之强與？北方之强與？抑而强與？寬柔以教，不報無道，

南方之强也，君子居之；衽金革，死而不厭，北方之强也，而强者居之，故君子和而不流，强哉

矯！中立而不倚，强哉矯！國有道不變塞焉，强哉矯！國無道至死不變，强哉矯！』

子路問强，夫子開端以啓發，因强以明理，所以變動子路之强也。南方之强，孟施舍以之；北方之强，北宫黝以之。要之，皆守氣也。君子之强，即曾子之『大勇』、孟子『浩然之氣』，此守約之理。『强哉矯』，有卓立氣象，孟子所謂『至大至剛』，蓋有見於此。

子曰：『素隱行怪，後世有述焉，吾弗爲之矣。君子遵道而行，半塗而廢，吾弗能已矣。君子依乎中庸，遁世不見知而不悔，惟聖者能之。』

君子于日用間體認得實然不易之理，如飲食之知味，敬以守之。異行必弗爲，半塗必弗止。依乎中庸，與之俱也；遁世不見知而不悔，與之安也。至乎此，則聖人。其曰『惟聖者能之』，非絶人也，直以爲聖人成能在日用間耳。

君子之道費而隱。夫婦之愚，可以與知焉，及其至也，雖聖人亦有所不知焉。夫婦之不肖，可以能行焉，及其至也，雖聖人亦有所不能焉。天地之大也，人猶有所憾，故君子語大，天下莫能載焉；語小，天下莫能破焉。《詩》云：『鳶飛於天，魚躍於淵。』言其上下察也。君子之道，造端乎夫婦，及其至也，察乎天地。

惟費故隱。横渠曰：『聚則明，散則隱。』道以知爲始，以不知爲至。《詩》曰：『不識不知，順帝之則。』道以能行爲始，以不能爲至。《易》曰：『不疾而速，不行而至。』天地之大也，猶有所憾。《易》曰：『天地設位，聖人成能。』語大，道之全體；語小，道之致用。『鳶飛於天，魚躍於淵』，鼓萬物而無乎不在者，天理也。故君子無所不至。其察乎夫婦可以與知、可以能行之地也，天地有所不知、有所不能之地也。造端於可以與知、可以能行之地，此精義入神、利用安身之事也；致察於有所不知、有所不能之地，此過此以往、窮神知化之事也。要之，可以與知，便是有所不知之端；可以能行，便是有所不能之端，君子之學，動有依據，不如異端之倏然直指、泛然無著也。

君子素其位而行，不願乎其外。素富貴，行乎富貴；素貧賤，行乎貧賤；素夷狄，行乎夷狄；素患難，行乎患難。君子無入而不自得焉。在上位不陵下，在下位不援上，正己而不求於人則無怨。上不怨天，下不尤人。故君子居易以俟命，小人行險以僥倖。子曰：『射，有似乎君子：失諸正鵠，反求諸其身。』

素其位而行，道自行也，無所不通之謂行。富貴以順來，而道常公之；貧賤、夷狄、患難，極有窒處，而道常通之。回旋曲折，皆有樂地，如水由地中行，行因地而見，而行非地也。『居易以俟命』，信得及也，無所逃於天地之間。身者，天地萬物之準也，爲道之基也，修其身至於與道爲一。由是推之，無有不準，一豪不準，必有一豪不盡處。盍亦觀諸射乎？

天下之達道五，所以行之者三：曰君臣也，父子也，夫婦也，昆弟也，朋友之交也。五

者，天下之達道也。知、仁、勇三者，天下之達德也，所以行之者一也。或生而知之，或學而知之，或困而知之，及其知之一也；或安而行之，或利而行之，或勉强而行之，及其成功一也。子曰：『好學近乎知，力行近乎仁，知恥近乎勇。知斯三者，則知所以修身；知所以修身，則知所以治人；知所以治人，則知所以治天下國家矣。』

無所不通之謂達道，天下共由之謂達道。五品，通天下所共由者也。知其至，謂之知；至其至，謂之仁；力其至，謂之勇。是知、仁、勇，所以得夫吾心者也。通天下而共得之，故謂之達德。得之之要在誠其身，故曰所以行之者一。知者，知吾之有是達德、達道也；行者，行吾之達德、達道也。嘗試觀之，童孩之良能則生知安行，不獨于聖人而得也，聖人能不失耳。吾既已化物，而失之矣。喪心失靈，其誰之咎？能執其咎，則學而知，利而行，以復吾性之所固有。不然，則無恥也。既已無恥，固當自反。故困知勉行，知無恥之恥，卒亦復其所固有。有實於此，既失復得，與本不失者同。實既無缺，我亦何損？此聖人所以達而歸之於一，亦其本然也。反其本而示之恥，待其自至，而要其終不使天下有自棄之人。其聖人立言之本意也哉？雖然，知而不行不足爲知，行而不知不足爲行。生而知則安而行，學而知則利而行，困而知則勉而行，非二道。《中庸》所以兼言之，學不外馳，必能知其至；行所當行，必能至其至；恥其不及，必能力其至。至者何？以達德行達道也，推斯心以往，則知所以修身者在此。由身而推之人，推之國家，推之天下，無不在此。其道不既要矣乎？若夫由知、仁、勇而行，道自爾達，無所事乎推矣。

凡爲天下國家有九經。曰：修身也，尊賢也，親親也，敬大臣也，體群臣也，子庶民也，來百工也，柔遠人也，懷諸侯也。修身則道立，尊賢則不惑，親親則諸父昆弟不怨，敬大臣則不眩，體群臣則士之報禮重，子庶民則百姓勸，來百工則財用足，柔遠人則四方歸之，懷諸侯則天下畏之。齊明盛服，非禮不動，所以修身也；去讒遠色，賤貨而貴德，所以勸賢也；尊其位，重其禄，同其好惡，所以勸親親也；官盛任使，所以勸大臣也；忠信重禄，所以勸士也；時使薄斂，所以勸百姓也；日省月試，既稟稱事，所以勸百工也；送往迎來，嘉善而矜不能，所以柔遠人也；繼絶世，舉廢國，治亂持危，朝聘以時，厚往而薄來，所以懷諸侯也。凡爲天下國家有九經，所以行之者一也。

九經爲政，以德爲本也。堯、舜至治之所由出也，此一定不易之理。欲知其要，即是以心達心；欲知其道，只是居敬行簡。故九經必自吾身而出。『修身則道立』，有本也；『尊賢則不惑』，本固也；『親親則諸父昆弟不怨』，愛始達也；『敬大臣則不眩』，則民具爾瞻也；『體群臣則士之報禮重』，上下交孚也；『子庶民則百姓勸』，相勉於善也；『來百工則財用足』，經制有餘也；『柔遠人則四方歸之』，視猶父母也；『懷諸侯則天下畏之』，如臨師保也。

其次致曲。曲能有誠，誠則形，形則著，著則明，明則動，動則變，變則化。唯天下至

誠爲能化。

一室皆暗，必有容明之所。從其容明之處而辟之，此致曲之法也。

故至誠無息。不息則久，久則徵，徵則悠遠，悠遠則博厚，博厚則高明。高明所以載物也，高明所以覆物也，悠久所以成物也。博厚配地，高明配天，悠久無疆。如此者，不見而章，不動而變，無爲而成。天地之道，可一言而盡也。其爲物不貳，則其生物不測。今夫天，斯昭昭之多，及共無窮也，日月星辰繫焉，萬物覆焉。今夫地，一撮土之多，及其廣厚，載華嶽而不重，振河海而不泄，萬物載焉。今夫山，一卷石之多，及其廣大，草木生之，禽獸居之，寶藏興焉。今夫水，一勺之多，及其不測，黿鼉、蛟龍、龜鼈生焉，貨財殖焉。《詩》云：『維天之命，於穆不已！』蓋曰天之所以爲天也。『於乎不顯！文王之德之純！』蓋曰文王之所以爲文也，純亦不已。

『至誠無息』，運動不能自已也。其爲物不貳，則生物不測。一故生，生則烏可已。昭昭無非天，撮土無非地，卷石無非山，一勺無非水，一曲無非誠，不能積之，均棄物也。孟子曰：『日月有明。容光必照焉。』此至誠所以無息。子思發明詩人之意，謂『純亦不已』，以明文王即天，天與文王只是至誠，不已便是無息。

大哉聖人之道！洋洋乎！發育萬物，峻極於天。優優大哉！禮儀三百，威儀三

千，待其人而後行。故曰：苟不至德，至道不凝焉。故君子尊德性而道問學，致廣大而盡精微，極高明而道中庸。温故而知新，敦厚以崇禮。是故居上不驕，爲下不倍，國有道其言足以興，國無道其默足以容。《詩》曰：『既明且哲，以保其身。』其此之謂與！

待其人者，欲其實得之也。苟非實德，何以爲德之至？『凝』，與我爲一也。興如『綏之斯來，動之斯和』，容如『磨而不磷，涅而不緇』。

唯天下至誠，爲能經綸天下之大經，立天下之大本，知天地之化育。夫焉有所倚？肫肫其仁，淵淵其淵，浩浩其天。苟不固聰明聖達天德者，其孰能知之？

子思論夫子至聖之用，運而無私，要必有藏乎其中者，故又言天下之至誠，而論其實然不易之理。天下之大經，自有常序，便是經綸。天下大經，各正其序，則大本渾然藏乎其中，便是立；大本渾然藏乎其中，則化育分明在我，便是知。大經自正，化育自行，大本運動，闔辟渾然，而不與之俱往。故曰：『夫焉有所倚？』肫肫、淵淵、浩浩，不已之實也。其仁、其淵、其天，從而名之也。肫肫，厚也，而有純一之意；淵淵，深也，而有清明之意；浩浩，廣大也，而有運用不已之意，此天德也。非固其聰明聖知，安得到此地位？聰明聖知，如上所謂也。固，退藏於密也，惟其運用不已故密，不用則昭然矣。達如中心達於面目之達，達乎此則知乎此矣。

（以上十三篇輯自衛湜《禮記集説》中『永康陳氏曰』相關内容。按《禮記集説·名氏》：『永康陳氏亮，字同甫。』）

附録一

勑賜進士及第陳亮承事郎簽書建康軍節度判官廳公事〔一〕見宋刻本《攻媿集》卷三十二

樓　鑰

勑具官某：三歲大比，人徒知爲布衣進身之途，藝祖皇帝有言曰：『國家設科取士，本欲求賢以共治天下。』大哉王言！朕所當取〔二〕法也。廷策者再，乃始得汝。爾蚤以藝文首賢能之書，旋以論奏勤慈扆之聽，親閲大對，嘉其淵源，擢置舉首，殆留〔三〕以遺朕也。尚循故事，往佐帥幕，益楙遠業，以須登用。可。〔四〕

校勘記

〔一〕明成化本標題作『建康軍節度判官陳亮誥』，蓋正式文本然也。

〔二〕『取』，明成化本無。

〔三〕明成化本作『殆天留』。

〔四〕明成化本無『可』字，另行署『紹熙四年七月　日』。

龍川文集序見《水心集》卷十二

葉　適

同甫文字行於世者，《酌古論》、《陳子課藁》、《上皇帝四書》最著者也。子沆聚他作爲四十卷，以授予。

初，天子得同甫所上書，驚異累日，以爲絶出，使執政召問：『當從何處下手？』將由布衣徑唯諾殿上，以定大事，何其盛也！然而詆訕交起，竟用空言羅織成罪，再入大理獄，幾死，又何酷也！使同甫晚不登進士第，則世終以爲狼疾人矣。嗚呼，悲夫！同甫其果有罪於世乎？天乎！予知其無罪也。同甫其果無罪於世乎？世之好惡未有不以情者，彼於同甫何獨異哉？雖然，同甫爲德不爲怨，自厚而薄責人，則疑若以爲有罪焉可矣。

同甫既修皇帝王霸之學，上下二千餘年，考其合散，發其秘藏，見聖賢之精微常流行於事物，儒者失其指，故不足以開物成務。其説皆今人所未講，朱公元晦意有不與而不能奪也。吕公伯恭退居金華，同甫間往視之，極論至夜分，吕公歎曰：『未可以世爲不能用。虎帥以聽，誰敢犯子！』同甫亦頗慰意焉。予最鄙且鈍，同甫微言，十不能解一二，猶以爲可教者。病眊十年，耗忘盡矣。今其遺文，大抵斑斑具焉，覽者詳之而已。

嘉泰甲子春三月朔旦，龍泉葉適序。

書龍川集後見《水心集》卷二十九

葉適

余既爲同甫序《龍川文》，而太守丘侯真長刻於州學，教授侯君敞、推官趙君崇嵒，皆佐其役費。同甫雖以上一人賜第，不及至官而卒，於是二十年矣，遺藁未輯，愈久將墜。真長不惟收卹舊故，存其家聲，可以託生死，厲薄俗；至於趯然以其文字廢興任爲己事，僚友一時志同義合，相與扶立俊豪魁特之緒，使流風餘論猶能表見於後人，蓋知古太守職業者也。

同甫集有《春秋屬辭》三卷，倣今世經義破題，乃昔人連珠急就之比，而寄意尤深遠。又有長短句四卷，每一章就，輒自嘆曰：『平生經濟之懷，略已陳矣！』余所謂微言，多此類也。若其他文，海涵澤聚，天霽風止，無狂浪暴流，而回漩起洑，縈映妙巧，極天下之奇險，固人所共知，不待余言也。

陳同甫抱膝齋二首見《水心集》卷六

葉適

昔人但抱膝，將軍擁和鑾；徒知許國易，未信藏身難；功雖愆歲晚，譽已塞世間。今人但抱膝，流俗忌長嘆。儒書所不傳，群士欲焚刪。譏訶致囚箠，一飯不得安。珠玉無先容，松柏有後艱。內窺深深息，仰視冥冥翰。勿要兩髀消，且令四體胖。徘徊重徘徊，夜雪埋前山。

音駭則難聽，問駭則難答；我欲終言之，復恐來噂沓。培風鵬未高，弱水海不納。匹夫負獨志，經史考離合。手捩二千年，柔條起衰颯。念烈儻天回，意大須事匝。偶然不施用，甘盡齋中榻。寧爲楚人弓，亡矢任挽踏。莫作隋侯珠，彈射墜埃壒。

祭陳同甫文見《水心集》卷二十八

葉　適

嗚呼同甫！氣足蓋物，力足首事；天所畀也，孰可抑制！以智開物，以機動事；學而得之，又相比佽。載書以來，糾結披籍；解剥闔闢，遇其殊特。著於詞章，無後無前；啟蟄滌酲，獨爲時先。補空續高，扶英植豪；探海取鼇，惟己所操。回視世人，磨細研精；俯墨仰繩，用影律形；視人而行，服勞終身。□□□□，俎豆僅列。我漫一奏，韶壞雅闋。

嗚呼同甫！絶代之寶，衆豈同美。抵擲棄捐，亦其常理。子重受禍，嘻又已甚！寓矢以攻，殺者無禁。脱廷尉械，爲進士頭；天子第之，始莫我尤。謂天弗省，天乃終定；謂天既定，而弗永命。

嗚呼同甫！心事難平，寵光易滿；萬世之長，一朝之短。

余蚤從子，今也變衰；子有微言，余何遽知。畏子高明，痛子憔悴；鐫嗟無勇，和隨有罪。子不余謬，懸俾余銘；且曰必信，視我如生。疇昔之言，余不敢苟。哀哉此酒，能復飲否？

陳同甫王道甫墓誌銘見《水心集》卷二十四

葉　適

志復君之讎，大義也；欲挈諸夏合南北，大慮也；必行其所知，不以得喪壯老二其守，大節也：春秋戰國之材無是也。吾得二人焉：永康陳亮，平陽王自中。

亮字同甫。童幼時，周參政葵請爲上客。朝士白事，參政必指令揖同甫，因得交一時豪俊，盡其論議。隆興再約和，天下欣然幸復蘇息，獨同甫持不可。婺州方以解頭薦，著《中興五論》，奏入不報。後十年，同甫在太學，睨場屋士餘十萬，用文墨少異雄其間，非人傑也，棄去之。更名同，復上書至再。天子始欲召見，倖臣耻不詣己，執政尤不樂，復不報。又十年，親至金陵視形勢，復上書：『陛下試一聽臣，用其喜怒哀樂之權鼓動天下。』上顧内禪決矣，終不報。由是在庭交怒，以爲怪狂。前此鄉人爲讌會，末胡椒，特置同甫羹胾中，蓋村俚敬待異禮也。同坐者歸而暴死，疑食異味有毒，已入大理獄矣。民吕興、何廿四毆吕天濟，且死，恨曰：『陳上舍使殺我。』縣令王恬實其事，臺官諭監司選酷吏訊問，數歲無所得，復取入大理。衆意必死。少卿鄭汝諧直其冤，得免。未幾，光宗策進士，擢第一，既知爲同甫，則大喜曰：『朕親覽，果不謬。』授建康軍簽判。同甫雖據高第，憂患困折，精澤内耗，形體外離，未至官，病，一夕卒。哀哉！葬家側龍窟馬鋪山。世所謂陳龍川也。

自中，字道甫，岸谷深厚，山止時行。所歷雖知名勝人，或官序高重，逆占其無憂當世意，直嬉笑視，不與爲賓主禮。一日，赴丞相坐，有餽鹿至，請賦之，韻得『方』字，搖膝朗唱曰：『世間此物多謂馬，寶匣還宜出上方。』相慘愠，亟入，復出，出入數四，客皇恐不自得，道甫神色不異，飲啖自若。以此甚不悅於流俗。乾道四年，議遣歸正人，伏麗正門争論，且言：『今内空無賢，外虛無兵。當網羅英俊，廣募忠力，爲中原率。』坐斥徽州。每應試，皆陳實策，無一語類時文，或笑曰：『此劄子也。』然竟亦得乙第。中書舍人王藺薦於上；藺，上所厚，得召對。上壯其貌，親其言，改官爲籍田令，又使舉其所知。將用矣，以諫官蔣繼周疏罷。上徐悔，差通判郢州，道知光化軍。還朝，光宗曰：『壽皇以卿屬朕，姑爲郎相伴乎？』公謝：『臣已累壽皇，不敢復累陛下。』固請知信州。復召，以王恬疏罷。知邵州，以謝原明罷。知興化軍，以高文虎罷。

是其人之於二公，非有睚眦激發之憤，膚腠噆螫之苦也，相傳以嫉，望風而忌爾。然二公自料，苟其人志不復君之讎，慮不足挈諸夏、合南北，固不與並立矣，則進退離合之不相容，亦其勢也。然黨偏而方隅亂，説勝而白黑混，至使旁觀不敢平論，後世不能分別，又足悲夫！

道甫既罷興化而死。始道甫樂仙壇山北之原，即其葬焉。

外戚擅事累世，必其危漢者，劉向耳。宦官擅事累世，必其亡唐者，劉蕡耳。以窮鄉素士任百年復讎之責，余固謂止於二公而已。彼舅犯、先軫識略猶不到，公子勝、新垣衍奚繇知之！余固謂春秋戰國之材無是也。雖然，上，求而用之者也；我，待求而後用者也。不我用，則聲藏景匿而人不能窺；必我用，則智運術展而衆不能間。若夫疾呼而後求，納説而後用者，固常多逆而少順，易忤而難合也。二公之自處，余則有憾矣！

同甫稱信州韓筋柳骨，筆硯當獨步，自謂不能及；又嘆今日人材衆多，求如道甫髣髴，邈不可得。蓋亦指文墨少異者言之，猶前意也。今同甫書具在，芒彩爛然，透出紙外，學士争誦惟恐後。則既傳而信矣；道甫乃獨無有，是信而不傳也。鮑叔、管仲，友也。鮑卑而管貴，美在叔也。王猛、薛强，友也，王顯而薛晦，過在强也。同甫得無以死後餘力引而齊之，使道甫亦傳而信乎？是以併誌二公，使兩家子弟刻於墓。若世出，則碑陰叙焉。銘曰：

哦彼黍離，孰知我憂！竭命殫力，其爲宗周。

嘉定十四年正月□日。

陳亮言行録

李幼武

〔陳亮〕字同父，婺州永康人。壯歲首賢能之書，尋預璧水之選。孝宗朝，六達帝庭上書，論恢復大計。又伏闕論宰相非才，無以係天下望。垂拱殿成，進賦以頌德；又進《郊祀慶成賦》；皆不報。光宗即位，伏闕上《鑒成箴》，又不報。紹熙四年舉進士，上親擢之第一，授建康軍節度判官。次年卒，享年五十有五〔一〕。

公天資異常，俯視一世，常以經綸天下自任。壯歲應鄉舉，推爲褎然之選；繼而補太學博士弟子員。其生平議論，以虜仇未雪爲國大耻。六詣天闕上書，皆主於恢復。故及第後《謝恩詩》有『復讎自是平生志，勿謂儒臣鬢髮蒼』之句。其禀性忠誼，至老彌篤云。

淳熙戊戌正月丁巳，守闕上書，其略曰：『中國，天地之正氣也，天命之所鍾也，人心之所會也，衣冠禮樂之所萃也，百代帝王之所以相承也，豈天地之外夷狄邪氣之所可奸哉！不幸而能奸之，至於挈中國衣冠禮樂而寓之偏方，雖天命人心猶有所係，然豈所以久安而無事也！天地之正氣鬱遏於腥膻而久不得騁，必將有所發洩，而天命人心固非偏方之所可係也。方南渡之初，君臣誓不與虜俱生，卒能以奔敗之餘而勝百戰之虜；及秦檜倡邪議以沮之，忠臣義士斥死南方，天下之氣墮矣！自非逆亮送死淮南，亦不復知兵戈之爲何事也。今醜虜之植根既久，不可以一舉而遂滅；國家之大勢未張，不可以一朝而大舉；人情皆便於通和者，所以成上下苟安而爲安庸者兩售之地也。』書奏不報。

再上書，略曰：『陛下厲志復讎，不肯即安於一隅，是有大功於社稷也。然坐錢塘浮靡之隅以圖中原，則非其地；用東南習安之衆以行進取，則非其人；財止於府庫，則不足以通天下之有無；兵止於民籍，則不足以兼天下之智勇。是以遷延之計遂行，而陛下有爲之志乖矣。此臣所以不勝忠憤，而願得望見顔色，陳國家立國之本末，而開大有爲之略，論天下形勢之消長，而決大有爲之機，務合於藝祖皇帝經畫天下之本旨。然八日待命未有聞焉，臣恐天下豪傑得〔二〕以測陛下之意嚮，而雲合響應之勢不得而成矣！』

又曰：『臣妄意國家維持之具，至今日而窮，然變通之道有三：有可以爲遷延數十年之策，有可以爲五六十年之計，有可以爲復開數百年之基。事勢昭然而效見殊絶，非陛下聰明度越百代，決不能一一聽之。臣不泄之大臣，而大臣拱手稱旨以問，臣亦姑取其大體可言三事以答之。一曰：二聖北狩之禍，蓋國家之大耻，天下之公憤也。五十年之餘，雖天下之氣銷鑠頽墮，不復知讎耻之當念，正在主上與二三大臣振作其氣以泄其憤，使人人如報私讎。此《春秋》書「衛人殺州吁」之意也。其二曰：國家之規模，使天下奉規矩準繩以從事，群臣救過之不給，又何暇展布四體以求濟度外之功哉！其三曰：藝祖用天下之士人以易武臣之任事者，故本朝以儒立國，而儒道之振獨優於前代。今天下之士熟爛委靡，誠可厭惡，正在主上與二三大臣反其道而用之，作其氣而養之，使臨事不至於乏材，隨材皆有足用，則立國之規模不至戾藝祖之本旨，而東西馳騁以定禍亂，不必專在武臣也。臣所與大臣論者，大略如此，二三大臣已相顧駭然。踈遠草茅，寧復有路以望清光乎！

戊申歲再上書，略曰：『本朝以儒道治天下，以格律守天下，而天下之人知經義之爲常程，科舉之爲正路，法不得以自用其凡，人不得以自用其智，二百年之太平由此出矣。至於艱難變故之際，書生知議論之當正而不知事功之爲何物，知節義之當守而不知形勢之爲何用，宛轉文法之中，無人能自拔者。陛下雖欲得非常之人以共斯世，而天下其誰肯信乎！陛下用其喜怒哀樂之權以鼓動天下，使如臣者，得借方寸之地終前書之所言，而附寸名於竹帛之間，不使鄧禹笑人寂寂，而陛下得以發其雄心英略，與四海才臣智士共之。天生英雄，殆不偶然，而帝王自有真，非區區小臣所能附會也。』

紹熙初，上皇帝《鑒成箴》一首，其辭曰：『五閏失馭，僞主僭竊，綱常絲棼，宇縣瓜裂。干戈日尋，湯沸火熱，元元憔悴，無所存活。藝祖勃興，天爲民設。受命之日，兵刃不血。痛茲版圖，尚爾割截，丙夜不安，往就普説。獨立門外，衝冒風雪。謀定戈指，莫我敢遏。首征揚州，重進誅亟；旋征澤潞，李筠就殺。復掩湖南，保權力屈；爰取荆南，繼冲悚懾。一鼓孟昶，蜀城斯拔；徂征嶺南，劉鋹面縛。馳使江南，李煜踧踖；傳檄吴越，錢俶納國。十餘年間，憂慮危慄，頭若蓬葆，雨沐風櫛。東征西伐，天下始一。解兵修貢，降王在列。絁袴麻鞵，緣布衣褐。訓練六軍，法度陛級。太宗繼之，乾乾夕惕。親征河東，督勵士卒，人百其勇，城無全堞。下詔寬赦，繼元乃伏。收復漳泉，洪進屏息。真宗嗣之，二祖是法。契丹來寇，人心業業。決意親征，俯從準策。親御鞍馬，躬秉黄鉞。白旄一麾，王師奮發。我氣既盈，虜氣斯竭。稽首請和，干戈載戢。譬以禍福，實賴臣弼。於皇仁祖，善繼善述。未幾元昊，在西復悖。謀臣勇將，連年討伐。邊民既困，國用亦乏。厥後智高，忽爾猖獗。南嶺東西，擾擾數月。以時討平，狄青之力。靖康之難，言之汗浹。二帝北巡，狼窠熊窟。沙漠萬里，風霜冽冽，胡塵撲面，驚弦慘骨。國祚若旒，孰任其責？賴有高宗，克紹前烈。匆遽渡江，心膽欲折。皇天降監，風濤安帖。所至成市，暫都于淛。顔亮凶餤，震撼六合。投箠采石，意謂無越。幸而倒戈，自取夷滅。壽皇履位，求賢如渴。崇事高宗，孝心尤切。二十八載，始終無缺。高宗上仙，哀號哽咽。四方來觀，其容慘怛。王業艱難，坦然明白。今王嗣位，祖宗是則。無湎于酒，無沈于色：色能荒人之心，酒能敗人之德。以宰相爲腹心，以臺諫爲耳目，以將帥爲爪牙，以尚書爲喉舌。登崇俊良，斥退奸邪。勿謂天高，常若對越；勿謂民弱，實關治忽；勿俾禍起於蕭墻，勿使患生於倉卒；勿私賞以格公議，勿私刑以虧國律；勿侮老成之人，勿貴無益之物；勿妄費生靈之財，勿妄興土木之役；勿謂嚬笑之微而莫我知，勿謂號令之嚴而莫我逆。盡孝乃明主之治，論相乃人主之職，聖言不可侮，人心不可拂。傾耳乎公卿之言，游心乎帝王之術。勿謂和議已成而不慮乎遠圖，勿謂大位已得而不恤乎小失。當效夏王，寸陰是惜；當效文王，日昃不食。勿效夏王，瑶臺瓊室；勿效商王，斮涉剖直。如履薄冰，深虞没溺；如馭六馬，切虞奔軼。勿謂微過，當絶芽蘖；勿謂小患，當窒孔穴。左右前後，當用賢哲。王惟戒兹，民罔不悦。草茅作箴，敢告司闕。』

與晦翁書曰：『伊洛諸公謂三代以道治天下，漢唐以智力把持天下，其説固已不能使人心服；而近世諸儒遂謂三代專以天理行，漢唐只是人欲。信斯言也，千五百年之間，天地不過架漏過時，人心亦是牽補度日，萬物何以阜蕃，而道何以常存乎？諸儒之論，爲曹孟德以下諸人設，可也；以斷漢唐，豈不冤哉！』

又曰：『高祖、太宗，本君子之射也，惟御者不純乎正，故其射一出一入，而卒歸於禁暴戢亂、愛人利物而不可掩者，其本領宏大開廣故也。故某嘗有言：三章之約，非蕭曹之所能教；

而定天下之亂，又豈劉文靖之所能發哉！此儒者之所謂見赤子入井之心也。其本領宏大開廣，故其發處便可以震動一世，不止如見赤子時微眇不易推廣耳。天下大物也，不是本領宏大，如何擔當得去？惟其事變萬狀，而真心易以汩没，到得失枝落節處，其皎然者終不可誣耳。高祖、太宗蓋天地賴以常運而不息，人紀賴以接續而不墜；而謂「道之存亡非人之所預」則過矣。漢唐之君果無一毫氣力，則所謂卓然者果何物耶？使二程若在，猶當正色而辨明之。某之不肖，其不足論甚矣，然亦要做箇人，非專爲漢唐分疏也。正欲明天地常運而人爲常不息，要不可以架漏牽補度時日耳。願祕書平心以聽，惟理之從，盡洗天下之横竪高下、清濁黑白，一歸之正道，無使天地有棄物，四時有剩運。人心或可欺，而千五百年之君子皆可蓋也。』

又曰：『某大概以爲三代做得盡者也，漢唐做不到盡者也。若謂其假仁詐義以行之，竊恐待漢唐之君太淺狹，而世之君子有不厭于心者矣。匡章通國皆稱其不孝，而孟氏獨禮貌之，眼目既高，於駁雜之中有以得其心，故當波流奔迸，利欲百端，宛轉於其中而能察其真心之所在，此君子之道所以爲可貴耳。若萬慮不作，全體潔白，而曰真心在焉者，此始學之事耳。一生辛勤於堯舜相傳之心法，不能點鐵成金，而不免以銀爲鐵，使千五百年之間成一大空缺，人道泯息而不害乎天地之常運，而我獨卓然而有見，無乃甚高而孤乎？宜某之不心服也。』

晦翁答曰：『以兄之高明俊傑，世間榮悴得失，本無足爲動心者，而細讀來書，似未免有不平之氣。區區竊獨妄意，此殆平日才太高，氣太鋭，論太險，迹太露之過，是以困於所長，忽於所短。雖復更歷變故，顛沛至此，而猶未知所以反求之端也。』曰：『若高帝，則私意分數未甚熾，然已不可謂之無；太宗之心，則吾恐其無一念之不出於人欲也。直以其能假仁借義以行其私，而當時與之争者，才能智術既出其下，又不知有仁義之可借，是以彼善於此而得以成其功耳。若以其能建立國家，傳世久遠，便謂其得天理之正，此正是以成敗論是非，但取其「獲禽之多」，而不羞其詭遇之不出於正也。千五百年之間，正坐如此，所以只是架漏牽補，過了時日。其間雖或不無小康，而堯、舜、三王、周、孔所傳之道，未嘗一日得行於天地之間也。若論道之常存，却又初非人所能預，只是此箇自是亘古亘今常在不滅之物，雖千五百年被人作壞，終殄滅它不得耳。漢唐所謂賢君，何嘗有一分氣力扶助得他耶！』

『兄人物奇偉英特，恐不但今日所未見，向來得失短長，正自不須更挂齒牙、向人分説。但鄙意更欲賢者百尺竿頭進取一步，將來不作三代以下人物，省得氣力爲漢唐分疏，即更脱洒磊落耳。』

『夫人只是這箇人，道只是這箇道，豈有三代、漢唐之别？但以儒者之學不傳，而堯、舜、禹、湯、文、武轉相授受之心不明於天下，故漢唐之君雖或不能無暗合之時，而其全體却只在利欲上，此其所以堯、舜、三代自堯、舜、三代，漢祖唐宗自漢祖唐宗，終不能合而爲一也。今若必欲撤去限隔，無古無今，則莫若深考堯舜相傳之心法，湯武反之之工夫，以爲準則而求諸身，却就漢祖唐宗心術微處痛加繩削，取其偶合而察其所自來，黜其悖戾而究其所從起，庶幾天地之常經，古今之通誼，有以得之於我。』云云。

『且如約法三章固善矣，而卒不能除三族之令，一時功臣無不夷滅；除亂之志固善矣，而不免竊取宫人私侍其父；其他亂倫逆理之事，往往皆身犯之。舉其終始而言，其合於義理者常小而少，不合於義理者常大而多。後之觀者，於此根本工夫自有欠闕，故不知其非而以爲無害於理，抑或以爲雖害於理而不害其「獲禽之多」也。』

『若夫點鐵成金之譬，施之有教無類、遷善改過之事則可，至於古人已往之迹，則其爲金爲鐵固有定形，而非後人口舌議論所能改易矣。今乃欲追點功利之鐵以成道義之金，不惟費却閒心力，無補於既往，正恐礙却正知見，有害於方來也。

『聖人者，金中之金也；學聖人而不至者，金中猶有鐵也。漢祖唐宗用心行事之合理者，鐵中之金也；曹操、劉裕之徒，則鐵而已矣。金中之金，乃天命之固然，非由外鑠，淘擇不浄，猶有可憾。今乃無故必欲棄舍自家光明寶藏，而奔走道路，向鐵爐邊查礦中撥取零金，不亦悮乎！』

『大風吹倒亭子，却似天公會事發，彼洛陽亭館又何足深羡也。嘗論孟子説大人則藐之，孟子固未嘗不畏大人，但藐其巍巍然者耳。辨得此心，即便掀却卧房，亦且露地睡，似此方是真正大英雄人。然此一種英雄，却從戰戰兢兢、臨深履薄處做將出來，若是血氣麄豪，却一點使不着也。老兄志大宇宙，勇邁終古，伯恭之論無復改評。今日始於後生叢中出一口氣，蓋未足爲深賀；然出身事主，由此權輿，便不碌碌，則異時事業亦可卜矣。』

『兄高明剛決，非吝於改過者，願以愚言思之，紬去「義利雙行、王伯並用」之説，而從事於懲忿窒慾、遷善改過之事，粹然以醇儒之道自律，則豈獨免於人道之禍，而其所以培壅本根、澄原正本、爲異時發揮事業之地者，益光大而高明矣。』並晦翁書。

晦翁以道學爲一世師表，而公與之反覆議論，略不少假借，至謂『研窮理義之精微，辨析古今之同異。原心於杪忽，較禮於分寸，以積累爲工，以涵養爲主，睟面盎背，則某於諸儒誠有媿焉；至於堂堂之陣，正正之旗，風雨雲雷交發而並至，龍蛇虎豹變現而出没，推倒一世之智勇，開拓萬古之心胸，世俗所謂麤塊大臠，飽有餘而文不足者，自謂差有一日之長』。

紹熙，天子廷策多士，擢公第一。誥詞云：『某官：三歲大比，人徒知爲布衣進身之途；藝祖皇帝有言曰：「設科取士，本欲得賢，以共治天下。」大哉王言，朕所當法也。廷策者再，乃始得汝。爾蚤以藝文首賢能之書，旋以論奏動慈宸之聽。親閲大對，嘉其淵源，擢置舉首，殆天留以遺朕也。尚循故事，往佐帥幕，益茂遠業，以須登用。』

公少以文名于天下，至老方第。嘗抱不平之恨，故及第後謝宰執其啟云：『數十年窮居畎畝，未諧豹變之懷；五千言上徹冕旒，誤中龍頭之選。』又云：『如某者材不逮於中人，學未臻於上達，十年壁水，一几明窗。六達帝廷，上恢復中原之策；兩譏宰相，無輔佐上聖之能。荷壽皇之兼容，恢漢光之大度，留張齊賢以貽主上，俾宋廣平而冠群儒。静言叨冒之多，知自吹嘘之力。』又云：『某敢不益勵初心，重温舊業，以片言而悟明主，尚愧古人；設三表以繫單于，請從今日。』

公才氣超邁，下筆立就數千言，略無凝滯。議論風生，亹亹不倦。其視當世苟禄竊位之士，蔑如也。嘗自贊其畫像云：『其服甚野，其貌亦古。倚天而號，提劍而舞。惟禀性之至愚，故與人而多忤。歎朱紫之未服，謾丹青而描取。遠觀之一似陳亮，近眡之一似同甫。未論似與不似，且説當今之世，孰是人中之龍〔三〕，文中之虎！』

稼軒辛幼安祭之曰：『嗚呼！同父之才，落筆千言，俊麗雄偉，珠明玉堅。人方窘步，我則沛然。莊周李白，庸敢先鞭。同父之志，平蓋萬夫。横渠少日，慷慨是須。擬將十萬，登封狼胥。彼臧馬輩，殆其庸奴。天於同父，既豐厥禀，智略横生，議論風凛。使之早遇，豈愧衡伊。行年五十，猶一布衣。間以才豪，跌宕四出，要其所厭，千人一律。不然少眨，動顧規檢，夫人能之，同父非短。至今海内，能誦三書。世無楊億，孰主相如？中更險困，如履冰崖。人皆欲殺，我獨憐才。脱廷尉繫，先多士鳴，耿耿未阻，厥聲浸宏。蓋至是而世未知同父者，益信其爲天下之偉人矣。嗚呼！人才之難，自古而然。匪難其人，抑難其天。使乖崖公而不遇，安得征吴入蜀之休績？太原決勝，即異時落魄之齊賢。

方同父之約處，孰不望夫上之人，謂握瑜而不宣？今同父發策大廷，天子親置之第一，是不憂其不用；以同父之才與志，天下之事孰不可爲，所不能自爲者，天靳之年！閩浙相望，信問未絶，子胡一病，遽與我訣！嗚呼同父，而止是耶！而今而後，欲與同父憩鵝湖之清陰，酌瓢泉而共飲，長歌相答，極論世事，可復得耶！千里寓辭，知悲之無益，而涕不能已。嗚呼同父，尚或臨監之否？』

晦翁曰：『同父才高氣粗，故文字不明瑩。要之，自是心地不清和也。』又曰：『同父在利欲膠漆盆中。』

（見南宋李幼武《宋名臣言行録》外集卷十六）

校勘記

〔一〕『五十有五』，誤。陳亮享年只有五十二歲。

〔二〕『得』字，據正文補。

〔三〕『人中之龍』，據正文補。

奏請謚陳龍川劄子

喬行簡

臣聞褒崇既往，所以激勸方來。乾道淳熙之間，名儒輩出，其所植立，雖有不同，要皆有以垂於後。如朱熹、張栻、吕祖謙、陸九淵，既蒙國家錫以美謚，或録其子孫。而並時奮興，其才學適出前古，而乃有未經褒卹者焉。

臣伏見承事郎簽書建康軍節度判官廳公事陳亮，以特出之才，卓絶之識，而究皇帝王霸之略，期於開物成務，酌古理今，其説蓋近世儒者之所未講。平生所交，如熹、栻、祖謙、九淵皆稱之，曰：『是實有經濟之學。』所爲文號《龍川集》，行於世。當淳熙之戊戌，三上書，極論社稷大計。孝宗皇帝覽之感涕，召赴都堂審察，將以种放故事不次擢用。左右用事亟來謁亮，欲掠美市恩，而亮不出見之，故爲所讒沮而止。晚際光宗皇帝，親擢進士第一，曾未及小用而不禄。其遺文爲世所珍重。其淵微英特之論，雄邁超脱之氣，由晋、宋、隋、唐以後自成一家，惜不究其所藴，而僅見諸空言也。

臣竊謂亮之學，有遺文具存，學者尚知所宗。至若當渡江積安之後，首勸孝宗以修藝祖法度，爲恢復中原之本，將以伸大義而雪仇耻，其忠與漢諸葛亮、本朝張浚相望於後先，尤不可磨滅。當今國家多事，所少者忠義之士，苟褒其人，亦足以激昂人心。其人生長於婺，臣少壯接聞，取爲模範。今獨後死，遭時竊位，倘不引義一陳於上，使表見於明時，非惟有愧於前賢，抑亦無以垂示於後學。况如亮者，非所謂一鄉一國之士，乃天下之士，臣故敢冒昧以言。

臣竊照《謚法》：『聲問顯著者，雖無官爵，特聽令謚。』又淳熙《敕》：『勳德節義、聲實彰著者，不以官品，特與命謚。』若亮：識足以明義，氣足以折奸，可謂節義彰著矣；學足以名家，文足以傳後，可謂聲聞顯著矣。迹其所立，實應得謚。臣愚欲望聖慈憫其不遇，特頒睿旨，下有司定諡。庶幾天下之士，知朝廷風勸之意，翕然有所興起。臣無任拳拳之至。

（引自《金華叢書》本《龍川集》卷首）

宋史陳亮傳卷四三六

陳亮，字同甫，婺州永康人。生而目光有芒。爲人才氣超邁，喜談兵，議論風生，下筆數千言立就。嘗考古人用兵成敗之跡，著《酌古論》，郡守周葵得之，相與論難，奇之，曰：『他日國士也。』請爲上客。及葵爲執政，朝士白事，必指令揖亮，因得交一時豪俊，盡其議論。因授以《中庸》、《大學》，曰：『讀此可精性命之説。』遂受而盡心焉。隆興初，與金人約和，天下忻然幸得蘇息，獨亮持不可。婺州方以解頭薦，因上《中興五論》。奏入，不報。已而退修于家，學者多歸之，益力學著書者十年。

先是，亮嘗環視錢塘，喟然嘆曰：『城可灌耳。』蓋以地下於西湖也。至是，當淳熙五年，孝宗即位蓋十七年矣。亮更名同，詣闕上書曰：

臣惟中國，天地之正氣也，天命所鍾也，人心所會也，衣冠禮樂所萃也，百代帝王之所相承也。挈中國衣冠禮樂而寓之偏方，雖天命人心猶有所係，然豈以是爲可久安而無事也？天地之正氣鬱遏而久不得騁，必將有所發泄，而天命人心固非偏方所可久係也。

國家二百年太平之基，三代之所無也；二聖北狩之痛，漢唐之所未有也。方南渡之初，君臣上下痛心疾首，誓不與之俱生，卒能以奔敗之餘，而勝百戰之敵。及秦檜倡邪議以沮之，忠臣義士斥死南方，而天下之氣惰矣。三十年之餘，雖西北流寓皆抱孫長息於東南，而君父之大讎一切不復關念，自非海陵送死淮南，亦不知兵戈爲何事也。况望其憤故國之耻，而相率以發一矢哉！丙午、丁未之變，距今尚以爲遠，而海陵之禍，蓋陛下即位之前一年也。獨陛下奮不自顧，志於殄滅，而天下之人安然如無事時，方口議腹非，以陛下爲喜功名而不恤後患。雖陛下亦不能以崇高之勢而獨勝之，隱忍以至於今，又十有七年矣。

昔春秋時，君臣父子相戕殺之禍，舉一世皆安之。而孔子獨以爲三綱既絶，則人道遂爲禽獸，皇皇奔走，義不能以一朝安。然卒於無所遇，而發其志於《春秋》之書，猶能以懼亂臣賊子。今舉一世而忘君父之大讎，此豈人道所可安乎！使學者知學孔子之道，當導陛下以有爲，決不沮陛下以苟安也。南師之不出於今幾年矣，豈無一豪傑之能自奮哉？其勢必有時而發泄矣。苟國家不能起而承之，必將有承之者矣。不可恃衣冠禮樂之舊，祖宗積累之深，以爲天命人心可以安坐而久繫也。『皇天無親，惟德是輔；民心無常，惟惠之懷。』自三代聖人皆知其爲甚可畏也。春秋之末，齊、晋、秦、楚皆衰，吴越起於小邦，遂伯諸侯。黄池之會，孔子所甚痛也，可以明中國之無人矣。此今世儒者之所未講也。

今金源之植根既久，不可以一舉而遂滅；國家之大勢未張，不可以一朝而大舉。而人情皆便於通和者，勸陛下積財養兵以待時也。臣以爲通和者，所以成上下之苟安，而爲妄庸兩售之地，宜其爲人情之所甚便也。自和好之成，十有餘年，凡今日之指畫方略者，他日將用之以坐籌也；今日之擊毬射鵰者，他日將用之以決勝也。府庫充滿，無非財也；介胄鮮明，無非兵也。使兵端一開，則其跡敗矣。何者？人才以用而見其能否，安坐而能者不足恃也；兵食以用而見其盈虛，安坐而盈者不足恃也。而朝廷方幸一旦之無事，庸愚齷齪之人，皆得以守格令，行文書，以奉陛下之使令，而陛下亦幸其易制而無他也。徒使度外之士，擯棄而不得騁，日月蹉跎，而老將至矣。臣故曰：通和者，所以成上下之苟安，而爲妄庸兩售之地也。

東晋百年之間，南北未嘗通和也，故其臣東西馳騁，多可用之才。今和好一不通，朝野之論常如敵兵之在境，惟恐其不得和也，雖陛下亦不得而不和矣。昔者金人草居野處，往來無常，能使人不知所備，而兵無日不可出也。今也城郭宫室，政教號令，一切不異於中國，點兵聚糧，文移往返，動涉數月，一方有警，三邊騷動。此豈能歲出師以擾我乎？然使朝野常如敵兵之在境，乃國家之福，而英雄所用以争天下之機也，執事者胡爲速和以惰其心乎！

晋楚之戰於邲也，欒書以爲楚自克庸以來，其君無日不討國人而訓之於民生之不易，禍至之無日，戒懼之不可以忽；在軍無日不討軍實而申儆之於勝之不可保，紂之百克而卒無後。晋楚之弭兵於宋也，子罕以爲『兵所以威不軌而昭文德也，聖人以興，亂人以廢。廢興存亡，昏明之術，皆兵之繇也，而求去之，是以誣道蔽諸侯也』。夫人心之不可惰，兵威之不可廢，故雖成康太平，猶有所謂『四征不庭』、『張皇六師』者，此李沆所以深不願真宗皇帝之與遼和親也。況南北角立之時，而廢兵以惰人心，使之安於忘君父之大讎而置中國於度外，徒以便妄庸之人，則執事者之失策亦甚矣。陛下何不明大義而慨然與金絶也！貶損乘輿，却御正殿，痛自克責，誓必復讎，以勵群臣，以振天下之氣，以動中原之心。雖未出兵，而人心不敢惰矣；東西馳騁，而人才出矣；盈虚相補，而兵食見矣；狂妄之辭不攻而自息，懦庸之夫不却而自退縮矣；當有度外之士，起而惟陛下之所欲用矣。是雲合響應之勢，而非可安坐而致也。臣請爲陛下陳國家立國之本末，而開今日大有爲之略；論天下形勢之消長，而決今日大有爲之機。惟陛下幸聽之！

唐自肅代以後，上失其柄，藩鎮自相雄長，擅其土地人民，用其甲兵財賦，官爵惟其所命，而人才亦各盡心於其所事，卒以成君弱臣强，正統數易之禍。藝祖皇帝一興，而四方次第平定，藩鎮拱手以趨約束；使列郡各得自達於京師，以京官權知，三年一易；財歸於漕司，而兵各歸於郡；朝廷以一紙下郡國，如臂之使指，無有留難；自筦庫微職，必命於朝廷；而天下之勢一矣。故京師嘗宿重兵以爲固，而郡國亦各有禁軍，無非天子所以自守其地也。兵皆天子之兵，財皆天子之財，官皆天子之官，民皆天子之民，紀綱總攝，法令明備，郡縣不得以一事自專也。士以尺度而取，官以資格而進，不求度外之奇才，不慕絶世之雋功。天子蚤夜憂勤於其上，以義理廉耻嬰士大夫之心，以仁義公恕厚斯民之生，舉天下皆繇於規矩準繩之中，而二百年太平之基從此而立。

然契丹遂得以猖狂恣睢，與中國抗衡，儼然爲南北兩朝，而頭目手足，渾然無別。微澶淵一戰，則中國之勢浸微，根本雖厚而不可立矣。故慶曆增幣之事，富弼以爲朝廷之大耻，而終身不敢自論其勞。蓋契丹征令，是主上之操也；天子供貢，是臣下之禮也。契丹之所以卒勝中國者，其積有漸也。立國之初，其勢固必至此。故我祖宗常嚴廟堂而尊大臣，寬郡縣而重守令；於文法之内，未嘗折困天下之富商巨室；於格律之外，有以容奬天下之英偉奇傑；皆所以助立國之勢，而爲不虞之備也。慶曆諸臣，亦嘗憤中國之勢不振矣。而其大要，則使群臣争進其説，更法易令，而廟堂輕矣；嚴按察之權，邀功生事，而郡縣又輕矣。豈惟於立國之勢無所助，又從而朘削之。雖微章得象、陳執中以排沮其事，亦安得而不自沮哉！獨其破去舊例，以不次用人，而勸農桑，務寬大，爲有合於因革之宜，而其大要已非矣。此所以不能洗契丹平視中國之耻，而卒發神宗皇帝之大憤也。王安石以正法度之説，首合聖意，而其實則欲籍天下之兵盡歸於朝廷，別行教閲以爲强也；括郡縣之利盡入於朝廷，別行封樁以爲富也。青苗之政，惟恐富民之不困也；均輸之法，惟恐商賈之不折也。罪無大小，動輒興獄，而士大夫緘口畏罪矣；西北兩邊，至使内臣經畫，而豪傑耻於爲役矣。徒使神宗皇帝見兵財之數既多，鋭然南征北伐，卒乖聖意，而天下之勢實未嘗振也。彼蓋不知朝廷立國之勢，正患文爲之太密，事權之太分，郡縣太輕於下而委瑣不足恃，兵財太關於上而重遲不易舉。祖宗惟用前四者以助其勢，而安石竭之不遺餘力。不知立國之本末者，真不足以謀國也。元祐、紹聖，一反一覆，而卒爲金人侵侮之資，尚何望其振中國以威四裔哉！

南渡以來，大抵遵祖宗之舊，雖微有因革增損，不足爲輕重有無。如趙鼎諸臣，固已不究變通之理，况秦檜盡取而沮毁之，忍耻事讎，飾太平於一隅以爲欺，其罪可勝誅哉！陛下憤王業之屈於一隅，勵志復讎，不免籍天下之兵以爲强，括郡縣之利以爲富；加惠百姓，而富人無五年之積；不重征税，而大商無巨萬之藏：國勢日以困竭。臣恐尺籍之兵，府庫之財，不足以支一旦之用也。陛下蚤朝晏罷，冀中興日月之功，而以繩墨取人，以文法蒞事。聖斷裁制中外，而大臣充位；胥吏坐行條令，而百司逃責；人才日以闒茸。臣恐程文之士，資格之官，不足當度外之用也。藝祖經畫天下之大略，太宗已不能盡用，今其遺意，豈無望於陛下也！陛下苟推原其意而行之，可以開社稷數百年之基，而况於復故物乎！不然，維持之具既窮，臣恐祖宗之積累亦不足恃也。陛下試令臣畢陳於前，則今日大有爲之略，必知所處矣。

夫吴、蜀天地之偏氣，錢塘又吴之一隅。當唐之衰，錢鏐以閭巷之雄起王其地，自以不能獨立，常朝事中國以爲重。及我宋受命，俶以其家入京師而自獻其土。故錢塘終始五代，被兵最少，而二百年之間，人物日以繁盛，遂甲於東南。及建炎、紹興之間，爲六飛所駐之地，當時論者固已疑其不足以張形勢而事恢復矣。秦檜又從而備百司庶府以講禮樂於其中，其風俗固已華靡；士大夫又從而治園囿臺榭以樂其生於干戈之餘，上下晏安，而錢塘爲樂國矣。一隙之地，本不足以容萬乘，而鎮壓且五十年，山川之氣蓋亦發泄而無餘矣。故穀粟桑麻絲枲之利歲耗於一歲，禽獸魚鼈草木之生日微於一日，而上下不以爲異也。公卿將相大抵多江、浙、閩、蜀之人，而人才亦日以凡下；場屋之士以十萬數，而文墨小異已足以稱雄於其間矣。陛下據錢塘已耗之氣，用閩浙日衰之士，而欲鼓東南習安脆弱之衆，北向以爭中原，臣是以知其難也。

荆襄之地，在春秋時，楚用以虎視齊晋，而齊晋不能屈也；及戰國之際，獨能與秦争帝。其後三百餘年，而光武起於南陽，同時共事，往往多南陽故人。又二百餘年，遂爲三國交據之地。諸葛亮繇此起輔先主，荆楚之士從之如雲，而漢氏賴以復存於蜀。周瑜、魯肅、吕蒙、陸遜、陸抗、鄧艾、羊祜，皆以其地顯名。又百餘年，而晋氏南渡，荆雍常雄於東南，而東南往往倚以爲彊，梁竟以此代齊。及其氣發泄無餘，而隋唐以來遂爲偏方下州；五代之際，高氏獨常臣事諸國。本朝二百年之間，降爲荒落之邦，北連許、汝，民居稀少，土産卑薄，人才之能通姓名於上國者，如晨星之相望；况至於建炎、紹興之際，群盜出没於其間，而被禍尤極。以迄於今，雖南北分畫交據，往往又置於不足用，民食無所從出，而兵不可繇此而進。議者或以爲憂，而不知其勢之足用也。其地雖要爲偏方，然未有偏方之氣五六百年而不發泄者，况其東通吴會，西連巴蜀，南極湖湘，北控關洛，左右伸縮，皆足以爲進取之機。今誠能開墾其地，洗濯其人，以發泄其氣而用之，使足以接關洛之氣，則可以争衡於中國矣。是亦形勢消長之常數也。陛下慨然移都建業，百司庶府，皆從草創，軍國之儀，皆從簡略，又作行宫於武昌，以示不敢寧居之意，常以江淮之師爲金人侵軼之備，而精擇一人之沈鷙有謀、開豁無他者，委以荆襄之任，寬其文法，聽其廢置，撫摩振勵於三數年之間，則國家之勢成矣。

石晋失盧龍一道以成開運之禍，蓋丙午、丁未歲也。明年，藝祖皇帝始從郭太祖征伐，卒以平定天下。其後契丹以甲辰敗於澶淵，而丁未、戊申之間，真宗皇帝東封西祀以告太平，蓋本朝極盛之時也。又六十年，而神宗皇帝實以丁未歲即位，國家之事，於此一變矣。又六十年，丙午、丁未遂爲靖康之禍。天獨啟陛下於是年，而又啓陛下以北向復讎之志。今者去丙午、丁未近在十年間矣。天道六十年一變，陛下可不有以應其變乎？此誠今日大有爲之機，不可苟安以玩歲月也。

臣不佞，自少有驅馳四方之志。嘗數至行都，人物如林，其論皆不足以起人意。臣是以知陛下大有爲之志孤矣。辛卯、壬辰之間，始退而窮天地造化之初，考古今沿革之變，以推極皇帝王伯之道，而得漢、魏、晋、唐長短之繇，天人之際，昭昭然可考而知也。始悟今世之儒士自以爲得正心誠意之學者，皆風痺不知痛癢之人也。舉一世安於君父之讎，而方低頭拱手以談性命，不知何者謂之性命乎？陛下接之而不任以事，臣於是服陛下之仁。又悟今世之才臣自以爲得富國彊兵之術者，皆狂惑以肆叫呼之人也。不以暇時講究立國之本末，而方揚眉伸氣以論富彊，不知何者謂之富彊乎？陛下察之而不敢盡用，臣於是服陛下之明。陛下厲志復讎，足以對天命；篤於仁愛，足以結民心；而又明足以照臨群臣一偏之論，此百代之英主也。今乃委任庸人，籠絡小儒，以遷延大有爲之歲月，臣不勝憤悱，是以忘其賤而獻其愚。陛下誠令臣畢陳於前，豈惟臣區區之願，將天地之神，祖宗之靈，實與聞之。

書奏，孝宗赫然震動，欲榜朝堂以勵群臣，用种放故事，召令上殿，將擢用之。左右大臣莫知所爲，惟曾覿知之，將見亮，亮耻之，踰垣而逃。覿以其不詣己，不悦。大臣尤惡其直言無諱，交沮之，乃有都堂審察之命。宰相臨以上旨，問所欲言，皆落落不少貶。又不合。待命十日，再詣闕上書曰：

恭惟皇帝陛下厲志復讎，不肯即安於一隅，是有大功於社稷也。然坐錢塘浮侈之隅以圖中原，則非其地；用東南習安之衆以行進取，則非其人。財止於府庫，則不足以通天下之有無；兵止於尺籍，則不足以兼天下之勇怯。是以遷延之計遂行，而陛下大有爲之志乖矣。此臣所以不勝忠憤，齋沐裁書，獻之闕下，願得望見顔色，陳國家立國之本末而開大有爲之略，論天下形勢之消長而決大有爲之機，務合於藝祖經畫天下之本指。然待命八日，未有聞焉。臣恐天下豪傑有以測陛下之意向，而雲合響應之勢不得而成矣。

又上書曰：

臣妄意國家維持之具，至今日而窮，而藝祖皇帝經畫天下之大指，猶可恃以長久。苟推原其意而變通之，則恢復不足爲矣。然而變通之道有三：有可以遷延數十年之策，有可以爲五六十年之計，有可以復開數百年之基。事勢昭然，而效見殊絶，非陛下聰明度越百代，決不能一二以聽之。臣不敢泄之大臣之前，而大臣拱手稱旨以問，臣亦姑取其大體之可言者三事以答之。

其一曰：二聖北狩之痛，蓋國家之大耻，而天下之公憤也。五十年之餘，雖天下之氣銷鑠頽墮，不復知讎耻之當念，正在主上與二三大臣振作其氣以泄其憤，使人人如報私讎。此《春秋》書『衛人殺州吁』之意也。

其二曰：國家之規模，使天下奉規矩準繩以從事。群臣救過之不給，而何暇展布四體以求濟度外之功哉！

其三曰：藝祖皇帝用天下之士人，以易武臣之任事者，故本朝以儒立國，而儒道之振獨優於前代。今天下之士熟爛委靡，誠可厭惡，正在主上與二三大臣反其道以教之，作其氣而養之，使臨事不至乏才，隨才皆足有用。則立國之規模不至戾藝祖之本旨，而東西馳騁以定禍亂不必專在武臣也。

臣所以爲大臣論者，其略如此。

書既上，帝欲官之，亮笑曰：『吾欲爲社稷開數百年之基，寧用以博一官乎！』亟渡江而歸，日落魄醉酒，與邑之狂士飲。醉中戲爲大言，言涉犯上。一士欲中亮，以其事首刑部。侍郎何澹嘗爲考試官，黜亮，亮不平，語數侵澹，澹聞而嗛之，即繳狀以聞。事下大理，笞掠亮無完膚，誣服爲不軌。事聞，孝宗知爲亮，嘗陰遣左右廉知其事。及奏入取旨，帝曰：『秀才醉後妄言，何罪之有！』劃其牘於地。亮遂得免。

居無何，亮家僮殺人於境，適被殺者嘗辱亮父次尹，其家疑事繇亮，聞於官。笞榜僮，死而復蘇者數，不服。又囚亮父於州獄，而屬臺官論亮情重，下大理。時丞相淮知帝欲生亮，而辛棄疾、羅點素高亮才，援之尤力，復得不死。

亮自以豪俠屢遭大獄，歸家益勵志讀書，所學益博。其學自孟子後，惟推王通。嘗曰：『研窮義理之精微，辨析古今之同異，原心於杪忽，較理於分寸，以積累爲工，以涵養爲正，睟面盎背，則於諸儒誠有愧焉；至於堂堂之陳，正正之旗，風雨雲雷交發而並至，龍蛇虎豹變現而出没，推倒一世之智勇，開拓萬古之心胸，自謂差有一日之長。』亮意蓋指朱熹、吕祖謙等云。

高宗崩，金遣使來弔，簡慢。而光宗繇潛邸判臨安府。亮感孝宗之知，至金陵視形勢，復上疏曰：

有非常之人，然後可以建非常之功。求非常之功而用常才，出常計，舉常事以應之者，不待知者而後知其不濟也。秦檜以和誤國二十餘年，而天下之氣索然無餘矣。陛下慨然有削平宇内之志，又二十餘年，天下之士始知所向，其有功於宗廟社稷者，非臣區區所能誦説其萬一也。高宗皇帝春秋既高，陛下不欲大舉驚動慈顔，抑心俯首以致色養，聖孝之盛，書册之所未有也。今者高宗既已祔廟，天下之英雄豪傑，皆仰首以觀陛下之舉動。陛下其忍使二十年間所以作天下之氣者，一旦而復索然乎！

天下不可以坐取也，兵不可以常勝也，驅馳運動又非年高德尊者之所宜也。東宫居曰監國，行曰撫軍，陛下何以不於此時而命東宫爲撫軍大將軍，歲巡建業，使之兼統諸司，盡護諸將，置長史司馬以專其勞，而陛下於宅憂之餘，運用人才，均調天下，以應無窮之變。此肅宗所以命廣平王之故事也。

高宗與金有父兄之讎，生不能以報之，則死必有望於子孫，何忍以升遐之哀告諸讎哉？遺留報謝，三使繼遣，金帛寶貨，千兩連發。而金人僅以一使，如臨小邦，哀祭之辭，寂寥簡慢。義士仁人，痛切心骨，豈以陛下之聖明智勇而能忍之乎！陛下倘以大義爲當正，撫軍之言爲可行，則當先經理建業，而後使臨之。縱今歲未爲北舉之謀，而爲經理建康之計以振動天下，而與金絶。陛下之初志，亦庶幾於少伸矣。陛下試一聽臣，用其喜怒哀樂之權鼓動天下。

大略欲激孝宗恢復，而是時孝宗將内禪，不報。繇是在廷交怒，以爲狂怪。

先是，鄉人會宴，末胡椒，特置亮羹胾中，蓋村俚敬待異禮也。同坐者歸而暴死，疑食異味有毒，已入大理。會吕興、何念四毆吕天濟，且死，恨曰：『陳上舍使殺我。』縣令王恬實其事，臺官諭監司選酷吏訊問，無所得，取入大理。衆意必死。少卿鄭汝諧閲其單詞，大異曰：『此天下奇材也。國家若無罪而殺士，上干天和，下傷國脈矣。』力言於光宗，遂得免。

未幾，光宗策進士，問以禮樂刑政之要，亮以君道師道對，且曰：『臣竊嘆陛下之於壽皇，蒞政二十有八年之間，寧有一政一事之不在聖懷，而問安視寢之餘，所以察辭而觀色，因此而得彼者，其端甚衆，亦既得其機要而見諸施行矣，豈徒一月四朝而以爲京邑之美觀也哉！』時光宗不朝重華宫，群臣更進迭諫，皆不聽。得亮策，迺大喜，以爲善處父子之間。奏名第三，御筆擢第一。既知爲亮，則大喜曰：『朕擢果不謬。』孝宗在南内，寧宗在東宫，聞之皆喜。故賜第告詞曰：『爾蚤以藝文首賢能之書，旋以論奏動慈宸之聽。親閲大對，嘉其淵源，擢置舉首，殆天留以遺朕也。』授簽書建康府判官廳公事。未至官，一夕卒。

亮之既第而歸也，弟充迎拜於境，相對感泣。亮曰：『使吾他日而貴，澤首逮汝，死之日，各以命服見先人於地下足矣。』聞者悲傷其意。然志存經濟，重許可，人人見其肺肝。與人言，必本於君臣父子之義。雖爲布衣，薦士恐弗及。家僅中産，畸人寒士，衣食之不衰。卒之後，吏部郎葉適請於朝，命補一子官，非故典也。端平初，謚文毅，更與一子官。

隱居通議論陳龍川二則

劉壎

龍川功名之士

宋乾淳間，浙學興，推東萊呂氏爲宗。然前是已有周恭叔、鄭景望、薛士龍出矣，繼是又有陳止齋出，有徐子宜、葉水心出，龍川陳同父亮則出於其間者也。當是時性命之説盛，鼓動一世，皆爲微言高論，而以事功爲不足道，獨龍川俊豪開擴，務建實績。其告孝宗有曰：『今世之儒士自以爲得正心誠意之學者，皆風痹不知痛癢之人也。舉一世安於君父之讎，而方低頭拱手以談性命，不知何者謂之性命？』孝宗極喜其説。然亦以是不得自附於道學之流，而人惟稱其爲功名之士。至其雄才壯志，横騖絶出，健論縱横，氣蓋一世，與文公往覆辯論，每書輒傾竭浩蕩，河奔海聚，而文公亦娓娓焉與之商論，蓋一代人物也。惜中年後始中科舉爲狀元，不及仕而死矣。予閲其文集，宏偉博辨，足以立懦，而又惜其於道不純，故後之品藻人物者不以厠之鄭、薛、呂、葉之列云。

龍川學術

龍川之學，尤深於《春秋》。其於理學，則以程氏爲本；嘗採集其遺言爲一書，以備日覽，曰《伊洛正源》；又集二程、横渠所論禮樂法度爲一書，目曰《三先生論事録》。其辨析《西銘》，平易朗徹，見者蘇醒。其於《論語》，則曰：『《論語》一書，無非下學之事也。學者求其上達之説而不得，則取其言之若微妙者玩索之，意生見長，又從而爲之辭曰：「此精也，彼特其粗耳。」此所以終身讀之，卒墮於榛莽之中，而猶自謂其有得也。夫道之在天下，無本末，無内外。聖人之言，烏有舉其一而遺其一者乎！舉其一而遺其一，是聖人猶與道爲二者也。然則《論語》之書，若之何而讀之？曰：「用明於内，汲汲於下學，而求其心之所同然者。功深力到，則他日之上達，無非今日之下學也。」於是而讀《論語》之書，必知通體而好之矣。』其説如此，則其於理學固用心矣，豈徒曰功名之士！

（引自《叢書集成初編》本《隱居通議》卷二）

讀陳同甫上孝宗四書

方孝孺

予始讀陳同甫論史諸文，見其馳騁爲驚人可喜之談，以爲同甫特尚氣狂生耳，未必足用也。及觀其上孝宗四書，不覺慨然而嘆，毛髮森然上竪。嗚呼！同甫豈狂者哉！蓋俊傑丈夫也。

宋之不興，天實棄之。使孝宗之志不伸者，史浩沮之於前，湯思退敗之於後。及同甫上書之時，孝宗之初志已衰矣。當隆興間，孝宗苟聞此言，將不踰時而召用之，寧使同甫至四上而不報，死於布衣而不用哉！設用同甫，聽其言，從其設施，則未必無成功，而卒不用者，天也；宋之不復興者，亦孝宗也。興亡天命，非余所知，余所憾者，以同甫之才，而不得一展以死，又豈非天哉！展勿展不足以論同甫，予所深悲者，世愈下而俗愈變，士大夫厭厭無氣，有言責者不敢吐一詞，況若同甫一布衣乎！人不以爲狂，則以爲妄，得全身進退以死於牖下若同甫者，幸矣，尚何不用之怪乎！

世之相遠兩百餘年，而俗之相下如此，使同甫而見之，當何如耶？

（引自《金華叢書》本《龍川集》卷首）

龍川先生文集序

於倫

讀陳同父集，而二千年間英雄豪傑乃可得而見，聖人之意乃可得而明。

昔春秋時，夷狄之禍嘗岌岌矣，仲尼深憂之，故曰：『微管仲，吾其被髮左衽矣。』『一匡天下，民到於今受其賜。』蓋取其功也。『如其仁，如其仁』，蓋取其心也。夫古今英雄豪傑必皆有濟天下之心焉，有濟天下之心而後有濟天下之事，未有無其心而有其事者也。孟子曰：『仲尼之門，無道桓文之事者。』儒者直以爲鄙薄桓文而已；仲尼曰『人存政舉，人亡政息』，文武之政尚不足恃以爲有無，而况桓文之事乎！

夫唯事不足貴，而後知天下之事倚辦於人；聖人不常有，而後英雄豪傑出焉。撥天下之亂而返之治，其綱紀法度皆足以維持一世而開數百年太平之化，則亦豈非三代之英而仲尼之所有志未逮者哉！儒者曰：『豪傑者，假聖人之迹而行者也。』非也。惡有英雄豪傑而踐迹以行者哉？亦焉有踐迹而可謂之英雄豪傑哉？夫必踐迹而後謂之英雄豪傑，此世所以多僞儒也。

宋南渡時，何時也？其君臣比狃於偏安，如狼疾人失肩背不顧，而一時學士爲性命之學者遍天下。同父傷之，曰：『舉世方安於君父之仇、夷狄之禍，而徒低頭拱手以談性命，不知何者謂之性命乎？』故曰：『此皆風痺不知痛癢者也。』以是知夫子亟稱管仲之仁，蓋深取其知痛癢耳。而一切英雄豪傑皆可知矣。

夫子房始終爲韓，誅秦蹙項，憾洩而後去；諸葛孔明志在討賊，鞠躬盡瘁，死而後已；子儀之完唐，李綱、宗澤、岳飛之心宋：皆天常所賴以不墜，人紀所賴以肇修者，彼其心思明白，照耀古今，至今聞者猶堪墮淚，而儒者欲以『假』之一字盡絶之門外，獨何與？無怪當時有一同父而不能用也。則同父欲爲社稷開數百年之基可得耶？

同父集中如《上孝宗書》、《中興論》、《酌古論》及與晦菴諸書，英雄本色盡在兹矣。然一時已不能知，且不能容焉。始終知之者唯葉水心一人，猶曰『同甫微言十不能解一二』，至云『晦菴意有不與而不能奪也』，諒哉！今其文集蓋僅存焉，而學士家亦鮮有藏者，藏亦多訛脱。迴溪王公爲同父同邑，獨有味乎其書。一日，與予縱談其涯略，欲刻以惠學士大夫，而屬予校而叙之。予寡昧，何能知先生？而竊窺先生一念濟天下之心與濟天下之具，斷斷乎三代之英，而非世儒空談性命迂闊無當者比也。王公又語予曰：『予里中傳先生少名學能〔一〕，後慕諸葛孔明之爲人，故改名亮，字同父。』英雄期許如此，可以知同父矣。

或者以同父學期適用，至欲攬金銀銅錫鎔爲一器，其原本已不盡純，迹其行事，殆彌正平、孔北海之流。是又不然，此同父之學所謂識其大者也。同父既已講皇帝王伯之略，方自擎拳撑脚，獨來獨往於人世間，而顧可屑屑焉以迹求之乎！吾夫子不曰『狂簡斐然成章』乎？知夫子所以取管仲，又知所以取狂簡，而後同父之書可得而讀矣。

嗚呼！雖有至書，其不淪落於俗者有幾？此昔人所以欲待後世子雲也。王公蓋同父千載之子雲矣。後學齊安於倫謹撰。

校勘記

〔一〕『學能』，按當作『汝能』。

龍川先生文集序

郭士望

歲壬子，余偕王公典晋試。讎校之暇，間評隲古豪傑，王公語次津津稱同甫也。已來知吾黄，諸所以袵席黄者，亦既劇鉥其心腑矣。不二載，黄大治，以第一最，志氣所託，終不可易，慨然太息：『安得黄人士才高氣邁如同甫也者而慕用之！』如郡守周君奇同甫故事，暨周君執政日猶自交驩，而同甫聲價遂因是騰貴也。嗟嗟王公，知同甫哉！同甫正復不易耳。

當孝宗時，天下以恢復爲度外曠舉，符離之敗，懲噎忘餐。坐錢塘浮靡之域，即建康猶憚遷之，而豫、冀、幽、并、關、河、嵩、洛之羞，置不復念已。同甫胸饒兵略，咄咄懷恢復之想，故及第後《謝恩詩》有『復讎自是平生志，勿謂儒臣鬢髮蒼』之句，一時學者目攝之，而最所剽剥者，則吾考亭氏也。

考亭謂三代純理，漢唐純欲，以是同甫艴然力争之。余謂此難以口舌争也，請循其本。夫理豈浮游空虚之物，是從人心有之。寧有千五百年間窅不傳著人心者？理豈如阿閦國一現不復再現者耶？故此段論議，得不獨在考亭，失不獨在同甫也。且正心誠意之學，日陳黻扆，雅欲軼漢唐而三代之耳。竊恐人主之心意未開，而黄昏之胡塵滿城矣。夫以忠憤如東坡，忠勇如武穆，考亭猶力詆之不少貸，抑何有於同甫！乃曰夫『夫是向鐵爐邊查鑛撥取零金』者也，夫『夫在利欲膠漆盤中』者也。譆，亦過矣！

自王安石當國而宋室元氣促其大半，考亭則直謂其有骨力。同甫豈不足於骨力者！假令當國，有安石之骨而去其拗，宋之天下必有可觀者，迺復不以爲氣骨而以爲粗豪也！余謂宋儒無病，病在太精細；豪之一字，政宋儒對證之藥也。同甫之言曰：『浩然之氣，百鍊之血氣也。』此語當入孟氏膏肓，猶謂不細乎？故吾謂：宋儒知爲後世之人心慮，而不爲當時之國脈慮，惄然恐宇宙之闇曶不章，而儻然忘乾坤之腥羶未洗也。宋之儒，理有餘而氣不足者也。同甫其氣綽然，足支弱宋，盃酒淋漓，神色悲壯，一世之人鮮不以爲怪物，敢大言撼朝廷，坎壈以老，豈足異哉！或者謂一月四朝之説爲曲筆阿人主，不知人主束縛太急，責備太過，則患其顯有所出事而旁有所迕逸。假令光宗踈問視之節而斷然與金絶，日夕講求刷耻之務，則重華宮之青草，孰與夫五國城之悲孟婆、歎馬角者哉？故迂迴以之於正，此真善處人父子之間者矣。嗟嗟！豪傑獨抱英骨，懷一片任事苦心，與世齟齬不合，豈可勝道！

同甫平生有大志，十不究其一，悠悠數百年，誰知之者？知之者，王公也。王公當一統明盛，與處小朝異，而侘傺今古之際，獨睠懷同甫，且不忍其微言緒論與荒草零露同萎落也。此足覘王公之氣能任天下之重者矣。王公一日又舉以似余，余曰：『此君謂不能爲寧武之愚則可，謂不能爲漢之孔北海則不可。』

萬曆丙辰菊月，賜進士第、浙江按察司副使兼布政司右參議、前吏部考功司員外郎蘄陽郭士望拜撰。

龍川先生文集跋

王世德

余邑宋文毅公龍川陳先生文，其友人葉水心刊而序之行於世。世遷板燬，書亦散佚，間有存者，復爲當道持去，而原本不概見矣。先生實録，粗載本史，兹不復詳；其生平學問，止得大頭段，具在集中，可自領會也。耳食者謂與朱、吕牴牾，妄肆黄口，然其書問猶可覆閲，蓋亦殊途同歸云。余忝官於楚，索其書者甚衆，遂舉家藏本趣之梨棗以公同好。日星河嶽，萬古常新，則當世之識者自知之，非後學所敢測議也。萬曆丙辰春二月朔，迴溪王世德謹跋。

（以上三篇序跋文録自明萬曆刻本《龍川先生文集》）

刻龍川先生全集小引

鄒質士

立言居三不朽之一，故斲輪氏謂『其人與骨俱朽，獨其言在』，言真不朽者哉？迺惠施之書五車而不足多，則不朽者又不獨以言也。必其本之德性而能見諸事功，然後其言能歷萬古而不毁。陳龍川先生，當弱宋之世，挺然持華夷君父之大節，故其言有根本，卒能動人主之聽。使至今讀之者，覺行間猶勃勃有生氣，而可試之於實用而無疑。世間如此等書，是真可爲不朽者矣。

龍湖老人於《龍川集》摘而丹鉛之，雖自謂點睛手，取其一鱗一爪，亦足以鼓動雲霧，然而潛見惕亢之妙運於毫端者，非備觀之猶未易以盡其變。今故梓其全集，任有目者縱覽焉。不求文序，尊王言也，雖異代傑臣，不可以履加首。不用評點，洗時格也。且通人別愛，自能以磁吸鍼。所不全者飾，而所全者真，真物無贋，不可擇也。譬之靈木久存，其根幹枝葉都無朽法，豈必去枝葉而留根幹哉！雖然，群龍之見，仍未嘗以首示人。其言俱在，其妙不傳。觀其自贊爲『人中之龍，文中之虎』，亦自信其言之神明乎德，而能出而成非常不測之功歟！今之立言者，其有所師矣。

崇禎癸酉冬仲，錢塘鄒質士孝直父書於西湖之小築。

（見明崇禎刻本《龍川文集》卷首）

康熙刻本龍川文集序

姬肇燕

宇宙之垂以不朽者有三，曰事功，曰氣節，曰文章。三者合而分，分而合者也。事功不立，其氣節可知；氣節不立，其文章可知。然求之古今，往往難其人。竊謂永邑同甫陳公可以當之。

公以解頭而魁多士，於書無所不讀，無奇不搜，紫陽諸公往往敬而崇之。爲文汗牛充棟，其美不暇盡述。即如上宋帝四書，事功雖未大就，而其心即鞠躬盡瘁死而後已之心。卧龍、龍川，千古一轍，何多讓焉！至其氣節，雖屢遭刑獄，而百折不回，饒有銅肝鐵膽、唾手燕雲之志，所謂真英雄、真豪傑、真義士、真理學者，非其人耶？爲文章，上關國計，下係民生，以祖宗之業爲不可棄置，子孫之守爲不可偏安。其崇論宏議雖備見於全集，而此四書中爲尤備。豈與庸庸碌碌之輩，低頭而談性命無補於時者，所可同日語哉？

然文集之刻已不啻一而再。奈兵燹後梨棗遇災，其散見於人間者雖尚有傳書，設久而失傳，豈非後人之大過耶？今靈源後裔陳子良樫、應策等捐資而重刻之，固一姓之光，闔邑之光，實天下後世文人學士之幸。使同父事功炳於千秋，氣節昭於霄漢，文章如江河之流，日星之耀，山河有壯氣，今古有奇，豈不快哉！予宰兹土，景崇瞻拜，匪朝伊夕。然愧不能文，潛德幽光，末由闡發，而獲觀是刻之成，遂不覺喜而忘其拙也，爰濡筆而爲之序。其倡捐者，則嗣彦名世之寵昱世、盛懋、大懋、枝、璋、疇、希平也。

康熙四十八年歲次己丑菊月，後學知永康縣事金臺姬肇燕鶴亭氏題於桃溪署中。

道光刻本龍川文集跋

陳　坡

公世居永康之前黄，嘗遊義烏何茂恭公之門，偉其品學，妻以兄女。有丈夫子五，第四子肇十八府君諱焕，徙居義邑繡湖之濱。生次子諱林，登宋嘉定進士，任都昌令，子姓蕃衍，稱上市陳，實坡西門一派所由始也。

公集在永康向有刻本，板凡數易。嘗覓得三種。惟得於金郡者刻最工，而訛舛處則皆仍其舊。兹特商本派而重梓之。其訛舛之顯然者，與派孫新奏略爲訂正。内有脱句，苦無善本可對。及閲《朱文公集》有附刻公原作，始知落去十字，即從旁添註，以完文義。其見於他集者，補刻數篇。如《金華書目》所載毛晋跋本，有詞七首，從黄昇《花菴詞選》採入，語多纖麗，或疑贋作者，概從略焉。至朱子《經濟文衡》及《全集》有與公問答文十餘篇，則爲增刻附後，與原集吕成公答書並存，足見公當日雖與諸公各行其是，而仍不廢往復講明，無所爲門户之見也。刻成，略記緣起於簡末。

時道光二十九年嘉平月。

重刊龍川文集序

胡鳳丹

《龍川文集》三十卷，其後裔故明時吾邑陳某及國朝道光間義烏陳東屏司馬，皆嘗校刊行於世。此外湘蜀間亦間有録本，然不多覯也。今余家藏書數千百卷，憶自髫齡就外傅，心獨嗜陳氏文，時時誦習，竊嚮慕之。自咸豐辛酉粤賊遍躪江浙諸郡縣，曩時藏書焚如棄如，所至板本亦燬失，《龍川集》遂無存者。其後嘗游於皖，復自皖之鄂，往來求《龍川集》，不可得；又寓書湘蜀間求之，訖無有。

同治丁卯，余司鄂中書局，延監利王子壽比部總校讎事。一日，比部出一編授余，余觀之，則《龍川集》也。大喜不自勝，以近歲窮力蒐訪不可見者，而一旦乃得之乎！是本蓋亦明崇禎中錢塘鄒氏所刻，今秋比部回里，又檢寄一編，則國朝義烏陳司馬校刊，較鄒氏本多《補遺》五則。今余從《詞綜》中搜出朱竹垞先生採選《水龍吟》、《洞仙歌》、《虞美人》詞三首，附入《補遺·梅花》五律之後。所稱《龍川集詞》一卷，未窺全豹。兹合鄒、陳二編，互相讎校，其間時有訛誤，謹就所知者另纂《辨訛考異》二卷刊正之，其所不知，蓋闕如也。既乃付之梓人以廣其傳，凡五閱月蕆事，爰爲志其顛末如此。若其文之崇論宏議，體用賅備，固已如日月並行，江河不廢，前人具道之，無俟余之贅言也。同治戊辰八月，邑後學胡鳳丹月樵甫謹序。

（見《金華叢書》本《龍川集》卷首）

龍川文集辨譌考異跋

胡鳳丹

戊辰十月，《龍川文集》刊刻成書三十卷，附呂東萊、葉水心二公贈答諸篇於後。校原本者蕭金門刺史良駒，校繕本者王仲珊茂才樹之。閱六月而告成。雖經同人研究再三，余心猶耿耿未敢公諸同好。自秋仲至冬初，公餘之暇，反覆推求，漏至三下，秉燭搜尋，得味外味。集中遇廟諱、御名、聖諱，並恪遵國朝體例，敬謹缺筆。凡各本訛舛，有歧異者，有從同者，復檢經史群書暨各集之可考證，以理之最長者折衷之。明本有脱略之字，舛錯甚多。繡湖本，道光二十九年重刊，陳東屏司馬因刻是書覓得三種，惟得於金華者爲最工，其錯誤略爲訂正；明辨齋本，長沙余氏所刻，採選稀少。合觀諸本，亥豕魯魚，層見疊出，而俗字棼如，尤宜糾正。

是刻其顯然訛舛者，校正一二，其間深奥而湮晦者仍從其舊，以俟世之博學者講求而質正焉。同治七年冬，鄉後學胡鳳丹謹識於退補齋。

重刊龍川文集跋

王柏心

月樵都轉提舉崇文書局，柏心亦預讎校。暇語都轉曰：『陳龍川先生者，公鄉人也。兵後遺集猶存否？』都轉曰：『燬於兵燹矣。』柏心家有二藏本，一爲明刻，一爲國朝道光時刻，乃取授都轉，合二本校之。字晝舛誤，悉爲刊定，遂繕寫重刻。

夫龍川先生天下士也，以豪傑而有志聖賢，坎壈不遇，乃用文章顯，雖閲百世，其光芒魄力，如雷霆虹電，猶揮霍震爍於霄壤。都轉之汲汲刊行，非獨以興起鄉人，又將使天下俊偉雄傑之士，讀其書而慷慨奮發，遺棄委瑣卑陋，卓然思自躋於高明光大之域。則其有功於人心學術也，豈淺鮮哉！刻成，屬柏心紀其事，附諸末簡。同治戊辰秋仲，監利王柏心跋。

（右二跋見《金華叢書》本《龍川集》卷末）

同治己巳覆刊龍川文集跋

應寶時

寶時備兵海上，適當江浙兵燹之後，書籍散亡，棗梨殘燬。吾鄉《龍川先生集》版從金刀銅馬中奪存者，雖有斷爛漫漶，尚可補綴，遂命工完之。適宗孝廉廷輔自常熟來，爲言集多舊刊，因出篋中所攜崇禎本見示。寶時亦别覓得新舊本三種。公暇復輯有補遺一卷，附録二卷。將屬令覆校，而孝廉遽歸。次年春復來，始付之，成《札記》一卷，改定一千餘字，往來商校之札附焉。

嘗考先生平生著述，《三先生論事録》及《禮書補亡》皆當時手刊行世，《伊洛遺禮》即附《補亡》後，亦當刊行。《孟子提要》、《伊洛正源書》、《類次文中子》俱經東萊論定，其刊否不可知。《三國紀年》、《高士》以下諸傳則固僅成贊序，未有完書。乃細檢《宋史》，竝無一卷著録，何也？

《四庫全書》史評類存目收《三國紀年》一卷，詞曲類收《詞》一卷，已具見集中；總集類收《歐陽文粹》二十卷，今通行；别集類則收是集，以視原帙，乃十佚其三。嗟夫，先生之經濟既抑塞於生前，又復令其文章存亡滅没於身後，非後起者之咎歟！

寶時不敏，於先生之王霸作用未能窺見萬一，謹著覆刊之由於簡末，以俾有志斯道者得所辨正云。同治己巳五月，同邑後學應寶時跋。

龍川文集札記序

宗廷輔

《龍川集》刻亡慮十數本，大率以明成化書院本爲最古。今所見者成化本外，嘉靖之晋江史朝富本、崇禎之錢塘鄒質士本、道光之義烏陳坡本、同治之永康胡鳳丹本四刻而已。成化承殘闕之餘，繕刊草草。諸本雖遞有糾正，然亦得失參半。今一以成化元本爲主，參之以諸本。鄙見所及，亦附存一二，皆注明於下方；而其間譌字脱句，無可是正者，姑仍之。至諸本之舛奪糾紛，不復詳具云。同治己巳四月，常熟宗廷輔記。

致應寶時論龍川文集書

宗廷輔

敏齋方伯大人閣下：

輔海隅一書生耳，一言之善，獎許逾格，將徐誘掖之，俾至於大道，而駑駘之質，鞭之不前；又復恕其愚頑，俾竭所長以自效，虛懷下士，有加無已。他時身秉國鈞，吐握之誠知復何似。此誠當於古之君子求之者也。

承示龍川一集，竊嘗反覆讀之，知書賈之所謂宋版，實則明成化間所刊之書院版也。按《永康縣志》載，龍川書院在龍窟山小崆峒，明成化間里人朱彥宗建。則成化以前竝無書院可知。今集首卷末行題「龍川書院朱彥霖捐貲刊行」，疑「宗」乃「霖」字之譌。又每卷第二行稱「九世甥孫朱潤刊行」〔一〕，以字義核之，疑彥霖即潤之字，當取霖雨潤物也。且由紹熙數至成化，三百年而近，以先忠簡至輔二十五世計之，世數亦爲近似。惟第三行均經鏟去，而第七卷及第十六卷尚「有明邑後學汪海又似淵字補輯」八字，仿佛可認，則輯者汪海，刻者朱潤，字畫較然。卷末附録《書院記》，必是兩公所作，詳著創建之由；卷首亦當有序，申明覆刊之故。第以版式差近宋元，不知何時流入坊肆，奸黠書賈惡其害己，遂并刊去之以售其僞，此事之瞭然者也。所可疑者：今所行道光《永康縣志》，悉本舊時應、徐、沈三《志》，應《志》成於萬曆九年，距成化末不及百年，何以汪、朱均未載其人？《藝文》所收至在兩卷外，可謂富矣，《龍川書院記》、《詩》何以竝不收入？且《藝文》目録載《龍川集》，竝不著明卷數，一似未見其書者。輔嘗薄明以後邑志百無一是，此其一端矣。

又按葉水心《序》稱：『同甫文字行於世者，《酌古論》、《陳子課藁》、《上皇帝四書》最著者也。子沆聚他作爲四十卷，以授余。書院版如是，近本改四書爲三書，改四十卷爲若干卷，《水心集》亦然。蓋今通行之《水心集》已非宋時元本。余最鄙且鈍，同甫微言十不能解一二。』又《書集後》云：『同甫集有《春秋屬辭》三卷，倣今世經義破題，乃昔人連珠急就之比。又有《長短句》四卷，每一章就，輒自嘆曰：「平生經濟之懷，畧已陳矣。」余所謂微言，多此類也。』似《屬辭》、《長短句》均在四十卷以内，而《宋史·藝文志》集部別集類載《陳亮集》四十卷，《外集詞》四卷，與《文獻通考·經籍類》所載卷數合。又《通考》載陳振孫《書録解題》云：『亮平生不能詩，《外集》皆長短句。』則元刻四十卷當止是《龍川文藁》。今集三十卷，《春秋屬辭》已不存，詩詞又雜入其間，斷非當時舊第。拾遺補闕，誠後起事也。惟宋人總集傳世頗稀，昔吾鄉毛子晉刊《宋六十家詞》，《龍川詞》後補遺七首，僅從黄昇《花庵詞選》録入，《跋》疑《集》稱《詞選》，當爲亮子沈集作沆。蓋集序行書，作沆，字形與沈相似。亦可見子晉所見即是此本。特表乃翁磊落骨幹，有所刊削。而《提要》許爲言得其實，是均未知龍川元有四卷之本，爲失考矣。又書院本水心《序》，末題『嘉泰甲子春』，距龍川歿才十年，故其《書集後》云：『余既爲序龍川文，而太守邱侯真長刻於州學，教授侯君敞、推官趙君崇喦皆佐其役費。同甫雖以上一人賜第，不及至官而卒，於是二十年矣。』今廣東擺字版刻作嘉定十三年，是距龍川歿幾及三十年，安有二十年前轉有既序云云乎！率臆塗易，謬妄甚矣。又《言行外録》稱：龍川紹熙四年舉進士第一，授建康軍節度判官，次年卒。則卒在紹熙五年甲寅，至嘉定六年癸酉恰二十年。《金華府·官師志》：知婺州軍事邱壽雋，嘉定六年由朝奉大夫任。則真長當即壽雋之字。惟教授侯敞、推官趙崇喦均不著録。蓋府志官師，在宋惟州守及東陽令最詳整可觀，當由紹興洪氏遵《東陽志》、至正瞻氏思《續志》之舊，餘則從別處摭入，故參差不齊如是。否則，豈有趙宋一代州守至二百六人之多，而教授推官僅四人五人之理乎？

又按龍川著作宏富，《宋史·藝文志》均不存目，惟載陳亮《通鑑綱目》二十三卷。竊疑朱子所作，龍川豈不見之？而朱子《通鑑綱目》五十九卷，入史部編年類，此則入史鈔類，又與《何博士備論》、《葉學士唐史鈔》竝列。《備論》四庫入兵家類，又《唐史論斷》、《唐鑑》、《讀史管見》等書，《四庫》悉入史評類。《宋史》并入是類，則是書之爲評爲鈔，均未可定。然摘鈔史事以備程試之用，斷非龍川所爲，若以爲論斷其得失，而兩家尺一往來，何以畧不提及？今書既亡佚，存而勿論可矣。輔學殖淺陋，私心揣測恐未能有當萬一，伏惟惠而教之，幸甚。

校勘記

〔一〕『第二行』原作『第三行』，『甥孫』原脱『孫』字，均據明成化本核對改正。

又　書

使者來，辱示齊校《龍川集》一部，復續領到舊刻成化汪氏本、嘉靖史氏本、同治胡氏本各一，而輔篋中適攜有崇禎鄒氏本，因參錯讀之，曲折之故，可畧而言：

蓋龍川元集四十卷，邱侯真長刻於嘉定間者，流傳至成化，已閱二百六七十年，更歷兩朝，洊經兵燹，非獨版本久燬，即卷帙亦復叢殘，汪、朱兩君以創建書院之餘貲，復輯此編行世，豈非陳氏功臣？然讀書未深，復局於方隅之見，取《三國紀年》一編，改纂原文，回易次第，以求合於紫陽《綱目》，而東萊文字遂并罹其災。《樂府》四卷，選存三十闋，絀吟風弄月之辭不登隻字，而汲古跋尾至誤冤其子，凡此皆有意尊崇，轉成僭妄。一《進中興論劄子》也，而以爲《序》；一《授職謝表》也，而以爲《笏記》；文目全不相應。《問答》十二道，《謝安比王導》四論，《經書發題》七通，與問答相類，但有問無答耳，玩發題二字可見。《國子》、《傳注》等十策，疑即水心《序》所謂《陳子課藁》，當時私擬程試之作，與水心之《永嘉八面鋒》相似，今忽攙入《箴》、《銘》、《贊》有韻之文，前後絶不相蒙。別律於歌而類歌於詞；與范東叔一書也，析而爲二；與吴益恭明是兩篇，而一缺其尾，一缺其首，遂合爲一；凡此亦題署失當，編次無法。

至脱文，如《書林勳本政書後》、《與陳君舉》第二書、《祭徐子宜内子文》，今已補完。《東陽郭德麟哀辭》之類；誤字，如兢競、誤悟之類，皆未能補正，又無足論矣。然摹印之久，雖刓弊已甚，實有可證他本之譌者。試就嘉靖本勘之：「然後從而告之」，「告」脱「口」字，遂改爲「省」；《問答》九。「援上此議而光武從之」，「上」字左横微缺，似匕，而以爲重上「援」字；《酌古論》。「而珪獨察其有恥」，「有」字適在行末，誤加一横，而以爲「直」字；《王珪確論如何》。「董生之淵源王道」，「王」字蝕存上畫，而以爲「一」字；《蕭曹丙魏策》。「則煩廟論之平章」，「煩」字火旁中直缺，而以爲「頌」字；《謝留丞相啓》。「具言荆南非他比，又犯諸公之怒」，「具」一「犯」，口形尚存，而一改「常」字，一改「重」字；《與章德茂》、《與應仲實》。「奔風逸足」之「逸」，「紙尾所謂律法」之「尾」，版中裂，微刓，而「逸」誤爲「送」，「尾」認爲俗體之「笔」，改從「筆」；《復杜仲高》。「比我年二十有三」，「三」字中蝕，止存二畫，遂改爲「二」，則與《葬先妣墓銘》不合；《祭妹文》。「敢迯其責」，不知「迯」爲「逃」之俗體，而去「辶」爲「外」；《與應仲實》。「則各有力也」，誤「力」爲「办」而改「辦」爲「辦」；《問答九》。以及《三國紀年序》、《酌古》、《薛公》論，俱全行寒岡切。脱去。使非成化本尚在，烏從證之？復有覆刻既訛，讀不可通，因改而益訛者：《義士傳序》之「其民之姓氏」，民謂頑民也，嘉靖本誤「名」，而道光本遂改之爲「與」；《中興傳序》之「胡爲喜言此等狂生」，嘉靖本誤「喜」爲「余」，而道光本遂改此等爲「其人」；「婺州準備將劉幬」，人姓名也，嘉靖本「將幬」二字誤倒，道光本遂於「將」字下妄加「軍」字；

一『忭』字也，一誤『仆』，再誤『朴』，復改『朴』爲『樸』，字經三寫，烏焉成馬，則成化本之在今日，不可謂非碩果也。至道光本補遺五條，其二條從《百子金丹》録入者，毫不足據；《三先生論事録序》明載集之卷十四，而以爲不存，『天下不可以無此人』數語，王伯厚明言龍川科舉文，何義門疑即《上孝宗第三書》佚語，固未必然，然寥寥數言，不成片段；《梅花詩》之採從《金華詩録》，與同治本《水龍吟》三詞之採從《宋詞綜》相似，大抵皆未見元書，隨手掇拾。至改『閤門』爲『閤門』，改『宁廊』爲『宇廊』，改『流轉』爲『流傳』，以及屈完、烏桓、耿弇、耿舒、魏徵、公孫宏等之改從元字，未免失之不考，則同治本要未盡可據也。

今謹從先生恉，別輯《札記》一卷，一以成化本爲主，參以諸本，正其訛闕。至齊氏所録舊序，又有萬曆王氏本，康熙陳氏祠堂本，今均未見，闕之以俟後賢。輔見聞淺隘，凡所覼縷，鹵莽罅漏，亮所不免，惟祈曲加原宥，幸甚。

（右序跋文及書信二通録自清同治八年刻本《龍川文集》卷末）

汲古閣本龍川詞跋

毛　晋

同甫一名同，永康人。光宗策進士，群臣奏其卷第三，御筆擢第一，既知爲同甫，大喜，又有『天留遺朕』之詔。其恩遇如此。據葉水心序，其集云四十卷，今行本只三十卷，想尚多佚遺。其最著者莫如《上皇帝四書》及《酌古論》。《自贊》云，『人中之龍，文中之虎』，真無忝矣。

第本集載詞選三十闋，無甚詮次。如《寄辛幼安賀新郎》三首，錯見前後。予家藏《龍川詞》一卷，又每調類分，未知孰是。讀至卷終，不作一妖語媚語，殆所稱『不受人憐』者歟！湖南毛晋識。

龍川詞補跋

毛晋

余正喜同甫不作妖語媚語，偶閲《中興詞選》，得《水龍吟》以後七闋，亦未能超然，但無一調合本集者。或云贋作。蓋花庵與同甫俱南渡後人，何至誤謬若此！或花庵專選綺艷一種，而同甫子沈〔一〕所編本集特表阿翁磊落骨幹，故若出二手。况本集云『詞選』，則知同甫之詞不止於三十闋，即補此花庵所選，亦安得云全豹耶！姑梓之以俟博雅君子。湖南毛晋又識。

（右二跋録自汲古閣刊本《宋名家詞》）

校勘記

〔一〕『沈』應作『沆』。參看附録宗廷輔《致應寶時論龍川文集書》。

龍川詞跋《續金華叢書》

胡宗楙

《宋史·藝文志》載《龍川詞》四卷，久佚。兹集詞凡三十闋，在本集内，前後不甚詮次。

汲古閣毛氏由家藏舊刻内分調類編，摘出别行，又補遺七首，則從黄昇《花庵詞選》採入。花庵選多纖麗，或疑贋作，毛晋闢之，是矣。但以與本集殊，疑爲同甫子沈〔一〕特表阿翁磊落骨幹，似又近於臆測。永康應氏所刻《龍川文集》，有詞十五首入補遺。義烏陳坡刻本，删去《水龍吟》、《洞仙歌》七首，仍以贋作爲疑。家刻《陳龍川集》，係從《詞綜》宋詞録刊，僅三首，余此刻從汲古閣本録出别行。季樵胡宗楙。

校勘記

〔一〕「沈」應作「沆」。誤同前。

附録二

《永樂大典》所載《元一統志·陳亮傳》考釋

鄧廣銘

《永樂大典》卷三一五六陳字韻，首録《宋史·儒林傳·陳亮傳》的全文，其下緊接着就又引録了《元一統志》中有關陳亮生平的一大段文字，儘管這一大段文字既缺頭又缺尾，所載各事也間有不完不備或傳聞失實之處，但它既不是脱胎於南宋李幼武所編《宋名臣言行録外集》卷十六所載的《陳亮言行録》，也與《宋史·陳亮傳》的記事大不相同，究竟淵源於何書，很難考知。如果是從方志中轉抄來的，則最大的可能應爲宋元時修的《金華府志》或《永康縣志》，但從現在傳世的《金華府志》與《永康縣志》加以探索，却又全不見有任何蹤影、殘迹。所以對此問題我們只能暫置不論。在趙萬里先生所輯《元一統志》中已將這一大段文字逕標爲《陳亮傳》，故我亦沿用此一名稱。

現在我把這一大段有關陳亮生平的文字劃分爲幾個小段，先分别録出每一小段傳文，隨即進行一些考釋。

一

當乾道中，首上書：『請遷都金陵，以係中原之望。凡錢塘一切浮靡之習，盡洗清之。君臣上下作樸實工夫，以恢復爲重。若安於海隅，使士大夫溺湖山歌舞之娱，非一祖八宗所望於今日。況有大綱大領，又非紙筆所能盡。宜諭宰臣，呼臣至都堂，應所以問。』

又與宰相虞允文書：『故相張魏公薨已數年，老將在淮上唯李顯忠，又多疾；在關西唯吴拱，又地遠；自餘文臣諸子等，是肉食可鄙之流；禁衛諸軍等，是海鮮啖飽之輩。公忠貫日月，采石之勳已著，而規恢之任在公一身。若遷延歲月而不是究是圖，何以係中原士民之望？何以雪祖宗二百年之辱？何以副主上宵旰之託？當丞相有可治之時而不能爲，則後之人子安能爲此哉！』上諭允文曰：『陳亮屢上書，卿〔可〕呼至都堂，問大綱領爲何如。』允文召亮問，則曰：『先罷科舉百餘年，朝廷内外，專以厲兵秣馬爲務，以實心實意行實事，庶幾良機至而可爲。秀才徒能多言，無補於事。』允文壯其言；而參政梁克家由（倫）〔掄〕魁（按：掄魁即狀元及第）進，不謂然。翌朝，上問，允文未及奏，克家遽言：『不過秀才説〔話〕耳！』上默然。

〔考釋〕在這兩段文章中，説陳亮於孝宗乾道中曾上書建議移都金陵，以便把宋廷君臣的作風一齊振作起來，一洗在臨安養成的一切陋習，實心實意地爲報仇雪耻和收復失地做一些切實有用的工作。看來，這并不是指乾道五年奏進《中興五論》的事。因爲，在《中興五論》當中雖也於首篇提到應『徙都建業』，然而未再申論其應行『徙都』的原因所在，其下所論則爲《論開誠之道》、《論執要之道》等等，全是與遷都無涉的一些問題了。今查陳亮于光宗紹熙四年（一一九三）狀元及第之後，在其寫給丞相留正的《謝啟》（見增訂本《陳亮集》卷二六）有云：

> 如亮者，才不逮於中人，學未臻於上達。十年壁水，一几明窗。六達帝廷，上恢復中原之策；兩譏宰相，無輔佐上聖之能。荷壽皇之兼容，恢漢光之大度。……

此中所説的『六達帝廷，上恢復中原之策；兩譏宰相，無輔佐上聖之能』諸事，既都是『荷壽皇之兼容』的，可見此諸事都是發生在宋孝宗在位期内的。但在李幼武編《陳亮言行録》和《宋史·陳亮傳》中，在叙述了乾道己丑奏上《中興五論》之後，緊接着就都叙述淳熙五年戊戌上書一事，《元一統志》所載『當乾道中，首上書請遷都金陵』云云一事，却全被二者漏掉了。今據《元一統志》之文可以推知，在乾道五年（一一六九）奏上《中興五論》而未獲反應之後，不久即又再去臨安，在上疏於皇帝之後，還上書於宰相虞允文，責其不能及時有爲。其時間應爲乾道七年辛卯（一一七一）。因爲，只有這一年，虞允文獨任宰相之職，與陳亮書中所云『規恢之任在公一身』之句相合；而此年亦正梁克家自簽書樞密院除參知政事未久之時，故當受宋孝宗之命而召陳亮赴都堂詢問其議論綱領之時，梁克家得參與其事，且於翌朝争先告孝宗以『不過秀才説〔話〕耳』，而使孝宗爲之『默然』也。

據《宋史·梁克家傳》所載，梁克家是泉州晉江人，紹興三十年（一一六〇）廷試第一。這與《元一統志》説他『由掄魁進』也正相合。

宋孝宗看到了陳亮這次的奏章（可惜目前傳世陳亮文集中均失收此文）之後，向虞允文説：『陳亮屢上書，卿〔可〕呼至都堂，問大綱領爲何如。』也可藉知陳亮此次之上章，應是他『六達帝廷上書』的第二次，則其必在乾道五年奏進《中興五論》之後，也無可疑。

陳亮致虞允文書，也爲目前傳世各本陳亮文集所未收，從《元一統志》所摘録的話語看來，這就是他於狀元及第後寫給留正的《謝啓》中所説『兩譏宰相無輔佐上聖之能』的第一次，似乎也是可以斷言的。

二

後允文罷政宣威，累欲表亮以舍法特補官入幕府，亮對衆辭焉，曰：『候丞相進取中原，亮赴廷對，爲汴京狀首！』允文擊節再三。

〔考釋〕此爲《元一統志·陳亮傳》之第三段。據《宋史·宰輔表》及《宋宰輔編年録》諸書，虞允文乾道八年（一一七二）罷相，以武安軍節度使充四川宣撫使，即赴興元（今漢中）莅任。淳熙元年（一一七四）卒於任所。『宣威』當係宣撫使別稱。《建炎以來朝野雜記》乙集卷八《孝宗趣虞丞相出師恢復》條叙此事，亦書作『虞丞相再爲宣威』。同書還曾將宣撫使司稱作『宣威府』，宣撫使司幕府稱作『宣威幕府』（見甲集卷八《節度使以軍禮見宣撫》，乙集卷七《淳熙改元本用純字》）。一個宣撫使司，必然有各種名稱和職别的幕僚，可以由宣撫使自行辟用。陳亮是曾一度在太學讀書的人，而當時太學生徒是被區分爲上舍、内舍、外舍諸等級的，所以虞允文想要依照『舍法』特補陳亮以官，把他招聘到幕府中去。不料却遭受到陳亮的當衆反對，説要等虞允文督師把開封收復之後，他要到那裏去應進士考試，要去奪取那次科場的狀元。（據《宋史·虞允文傳》，當允文赴四川宣撫使任之前，陛辭時，孝宗『諭以進取之方』：由孝宗親自督率大軍由東路北上，由允文督率西路大軍由興元出發，約定期日，會師河南。并且説：『若西師出而朕遲回，即朕負卿；若朕已動，而卿遲回，即卿負朕。』當時用兵收復中原及汴京之心似極堅決，故陳亮亦對衆作此豪語也。）虞、陳二人間的這段因緣，雖僅見于《元一統志·陳亮傳》，其他任何書志均未載及，但我認爲它是一段可信的史料，因爲：第一，這番話與陳亮的那個『復仇自是平生志』的意志完全符合；第二，除開那個一心要『推倒一世之智勇』的陳亮，能順口説出這樣豪言壯語的，似乎也很難再有第二人了。

三

淳熙戊戌，亮又上書曰：『自故相虞允文再撫西師，風饕雪虐，經理兵事，不幸而薨于漢中。相曾懷，懷以理財進；相葉衡，衡以誕謾進；相史浩，浩主和議猶若也；相趙雄，〔雄〕能如虞允文以恢復爲念否？」

〔考釋〕此爲《元一統志·陳亮傳》之第四段。其中説「淳熙戊戌亮又上書」，這句話是不錯的。戊戌爲淳熙五年，《宋史·陳亮傳》所載其《上孝宗皇帝第一書》，就指明是此年所奏進的。但在此下所引述的奏章的内容，即「自故相虞允文再撫西師」以下一整段，却全非《上孝宗皇帝第一書》中文句，因知這裏必有錯誤：它與淳熙五年上書事無涉，乃是淳熙四年丁酉在太學應試時所發的一番議論。

陳亮在淳熙五年《上孝宗皇帝第三書》中有如下一段文字：

臣本太學諸生。自憂制以來，退而讀書者六七年矣。雖早夜以求皇帝王伯之略，而科舉之文不合於程式不止也。去年一發其狂論於小試之間，滿學之士口語紛然，至騰謗以動朝路，數月而未已。而爲之學官者迄今進退未有據也。臣自是始棄學校而决决歸耕之計矣。旋復自念……

陳亮自述的發生在太學考試時的這一事件，南宋李幼武編寫的《陳亮言行録》和《宋史·陳亮傳》均不載。他所説的在小試之間所發的「狂論」究竟是什么内容，當然更無法查知。但據我看來，《元一統志》所記「自故相虞允文再撫西師」云云一番話，被誤認作陳亮淳熙五年上書中的内容者，必即是他於太學試中所發的那番「狂論」。這次考試出的是什么題目，現雖無法考知，但既然所發爲『狂論』，可知其必非切題的文字，故惹得『滿學之士口語紛然』；既然能够使人『騰謗以動朝路』，必是因文章内容有涉及當政人物之處，這自然又可反證：那一段從虞允文説到曾懷，又説到葉衡，又説到史浩，最後則又問及繼史浩爲相的趙雄，『果能如虞允文以恢復爲念否？』必即是他的『狂論』中最重要的部分。

然而陳亮這次發『狂論』所招致的後果，似乎并不果真像他自己所説那樣嚴重。這從他的至交吕祖謙寫給他的一封覆信中可以得到一些消息。

《東萊吕太史外集》卷五《拾遺》載有吕祖謙《與陳同父》的書信數件，其中的一件與陳亮的此次太學試頗相關，兹録其全文如下：

祖謙碌碌，官况粗遣，無足云者。秋成，田間必多樂事。試闈得失，想自見慣。然諸公却自無心，非向者之比，只是唱高和寡耳。

漕臺却盡如人意，王道夫尤濟事也。

此月二日已畢芮氏姻事，祭酒夫人自送來，感念疇昔，不勝慨然。儒家清貧，次第須可供淡泊也。

試闈得失本無足論，但深察得考官却是無意，其間猶有誤認監魁卷子爲吾兄者，亦可一笑也。

歲事既結，田間必有佳况，亦時有著述否？書院中亦有一兩士子佳否？

李壽翁昇從班，差强人意，但又減李仁甫，殊可惜耳！　鄭文移過宗寺，君舉蹤迹遂安矣。

據《吕祖謙年譜》（見吕氏文集附録），吕祖謙於淳熙三年十月如臨安，任秘書省秘書郎，兼國史院編修官。故他致陳氏書中有『官況粗遣』語；《年譜》又載淳熙四年十一月二日娶芮氏故國子監祭酒燁之季女。此均可確證吕氏此書爲淳熙四年冬間所寫，故其中有『秋成』，『歲事既畢』諸語。是則信中所談『試闈得失』云云諸事，皆是指陳亮在此次太學中的考試而言，必亦無可疑者。書中既説陳氏這次考試的失敗只是緣于『唱高和寡』，而非考官有意與他爲難，并説考官中竟還有人『誤認監魁卷子爲吾兄者』。他對陳亮此次試闈的失利再三加以開解，一方面看出吕氏對陳氏友情的醇篤，另一方面也確可證明太學考官并没有對陳氏心懷敵意，如陳氏所懷疑的那樣。

不論怎麼説，這次太學考試失利，給予陳亮心情的打擊却是極爲沉重的。

四

雄罷，王淮爲丞相，亮上書指淮委靡不堪用。淮與亮爲同郡，而惡其譏己，會亮在佛寺與一二士友醉飲中，作君臣問答禮，劇談無所禁忌，其實酩酊中作戲耳。飛語聞，送詔獄，凡數月，理寺官言：『秀才醉中語，實無他也。』上曰：『亮每上書甚忠，况是醉中語，置之可也。』亮得脱，而忠憤不渝。

〔考釋〕此爲《元一統志·陳亮傳》之第五段。開頭第一句話，説的是趙雄於淳熙八年八月罷相之後，金華的王淮就在這同年同月自樞密使而登上相位，但仍兼任樞密使。據《宋史·宰輔表》所載，王淮自這年做了宰相，一直到淳熙十三年（一一八六），都是他一人獨相之局。到了淳熙十四年的二月，周必大才自樞密使除右丞相，與他分庭抗禮，到淳熙十五年五月，王淮罷左丞相出判衢州，前後居相位達八年之久，其間獨占揆席凡六年。

王淮居相位的時間雖不算短，但可以説他是碌碌無所作爲的，所以陳亮指責他『委靡不堪用』。只可惜，不知陳亮是否説過此話，如確曾説過，見於他的什麽文字當中，我們竟無法查得了。

説陳亮於醉酒酩酊中與士友作君臣對話之戲而有犯禁忌語言一事，雖也可説事出有因，然而其中却夾雜了傳聞失實的捕風捉影之談。這一樁傳聞失實的故事，最先用文字記載下來的，是南宋晚年的葉紹翁所著《四朝聞見録·甲集》内《天子獄》一條，其中叙及此事的一段文字是：

永康之俗，固號珥筆，而亦數十年必有大獄。龍川陳亮，既以書御孝宗，爲大臣所沮，報罷居里，落魄醉酒，與邑之狂士甲，命妓飲於蕭寺，目妓爲妃。旁有客曰乙，欲陷陳罪，則謂甲曰：『既册妃矣，孰爲相？』甲謂乙曰：『陳亮爲左。』乙又謂甲曰：『何以處我？』

曰：『爾爲右。吾用二相，大事其濟矣。』乙遂請甲位於僧之高座。二相奏事訖，降階拜甲，甲穆然端委而受。妃遂捧觴，歌《降黄龍》爲壽，妃與二相俱以次呼萬歲。蓋戲也。……乙亟走刑部上首狀……事下廷尉……笞亮無完膚，誣服爲不軌。案具，聞於孝宗。上固知爲亮，又嘗陰遣左右往永康廉知其事，大臣奏入取旨，上曰：『秀才醉了，胡説亂道。何罪之有！』以御筆畫其牘於地。亮與甲掉臂出獄。

居無何，亮又以家僮殺人於境外，適被殺者嘗辱亮父，其家以爲亮實以威力用僮，有司笞榜僮，氣絶復蘇者屢矣，不服，仇家……又囑中執法論亮情重，下廷尉。時王丞相淮知上欲活亮，以亮款所供『嘗訟僮於縣而杖之矣』，仇家以此尤亮之素計，持之愈急，王亦不能决。稼軒辛公與相婿素善，亮將就逮，亟走書告辛。辛公北客也，故不以在亡爲解，援之甚至，亮遂得不死。……

今按：據《陳亮集》中的一些信札和文章以及葉適爲陳亮所作《墓誌銘》加以考索，陳亮一生繫獄共爲兩次，一次在孝宗淳熙十一年（一一八四），另一次則在光宗紹熙初年（一一九〇）。因知《四朝聞見録》謂陳氏於孝宗在位期内曾兩次繫獄，已屬誣枉；而謂陳氏首次繫獄的緣由乃是醉後與士友合演一幕滑稽劇，扮演宰相，説了一些犯禁忌的話，被同伙人告發之故，則更是全然誣枉的。然而這一段繪聲繪影的記載，却又正是《元一統志·陳亮傳》第五段所概括描述的『於醉酒酩酊中與士友作君臣對話之戲』云云一事之所本。今查在與陳亮生同時、居同里的吕皓的《雲溪藁》中，有好幾篇書札奏章，全都是爲其父吕師愈、其兄吕約申辨冤案的。其《上孝宗皇帝書》中有云：

鯑人冤家，所競不滿百錢，至誣臣之兄以叛逆，誣臣之父以殺人……獄告具而無纖芥之實，卒以吏議，以累歲酒後戲言而重臣兄之罪，搜抉微文，以家人共犯而坐臣父之罪。夫酒後果有一二戲言，而豈有異意？此所謂言動之過，而非故爲之者也。深山窮谷之中，華門圭竇之下，一時之戲言固不宜盡律之以文法……且鯑怨告訐之情，累歲不可知之事，所不應治也。

其《上王梁二相書》中有云：

夫深山窮谷之中，閭閻敗屋之下，酒後耳熱，不識禁忌，此唐明皇所謂三更以後與五更以前者，若一一推尋而窮究之，則輾轉相訐，疑似相乘，人無置足之地矣。今以累歲不可知之事，恍惚誕謾之言，一時告訐而使坐之，其情何所逃罪！

據以上兩段引文，可知因酒後扮演鬪劇的主要人物乃是陳亮同里的吕約，而吕約在乾道七、八年（一一七一、一一七二）内即受業於陳亮（此據增訂本《陳亮集·孫貫墓誌銘》），則陳亮斷無與吕約共同演此鬪劇之理。可知葉紹翁所記和《元一統志·陳亮傳》所簡化了的『酒後酩酊』云云一事，與陳亮是全無干涉的。

然而陳亮在孝宗朝的一次繫獄，却畢竟是與同里吕氏一家有牽連的。吕皓的《雲溪藁·

上丘憲宗卿書》中有涉及此事的一段文字，説道：

鄉之奸民盧氏父子，屢假是非以疑上司州縣之聽而不已；既誣某之兄有狂悖等語，事方得直，又復誣某之父與同里陳公藥殺其父。……試以盧氏誣告之事平心而察之，使人當十目所視而且飲他人之酒，後有一人幾半月而死，病寢之日，醫卜交至其門而皆能證其狀，死且十日，其子忽聲於衆，謂『某與某藥殺我父』而聞之官……今以名世之奇士，與鄉閭之平民，皆職某之由，無故而屢遭械逮，尚復有面目俯仰乎天地之間耶！

吕皓文中所説『鄉之奸民』盧氏子誣告皓父與陳亮同謀藥殺其父的事，與《葉適集·陳同甫王道甫墓誌銘》所載『鄉人爲宴會，末胡椒，特置同甫羹胾中，蓋村俚敬待異禮也，同座者歸而暴死，疑食異味有毒』，遂致陳亮被逮捕，陷身大理獄中一事相合，故知此事與吕家有牽連。然而葉適的這段叙事未免過於簡單，事實是在置毒殺人一事之外，還有一些較複雜的情况的。

增訂本《陳亮集》卷二八載《甲辰秋致朱元晦(熹)書》，其中有一段説：

如亮今歲之事，雖有以致之，然亦謂之不幸可也。當路之意主於治道學耳，亮濫膺無鬚之禍：初欲以殺人殘其命，後欲以受賂殘其軀，推獄百端搜尋，竟不得一毫之罪，而撮其投到狀一言之誤，坐以異同之罪，可謂吹毛求疵之極矣！最好笑者，獄司深疑其挾監司之勢，鼓合州縣以求賂。亮雖不肖，然口説得，手去得，本非閉眉合眼、朦曈精神，以自附於道學者也；若其真好賄者，自應用其口手之力，鼓合世間一等官人，相與爲私，孰能禦者？亮何至假秘書諸人之勢，干與州縣以求賄哉！獄司吹毛求疵，若有纖毫近似，亦不能免其軀矣！

這段文字所表達的，是陳亮所經受的一些真情實況，是他在這段時期内所感覺到的真正的切膚之痛，也是只希望能從朱熹那兒得到一些理解的種種委屈情緒（雖然並未取得朱熹的認可和同情）。其中具有綱領性而且指明了總背景的語句則是：『當路之意主於治道學耳，亮濫膺無鬚之禍』。今且先就此稍作考釋。

這裏所説意在懲治道學的『當路』，實即指獨居相位的王淮而言。據《宋史·王淮傳》説：

初，朱熹爲浙東提舉（按：此爲淳熙八、九兩年内事），劾知台州唐仲友，淮素善仲友，不喜熹，乃擢陳賈爲監察御史，俾上疏言：『近日道學假名濟僞之弊，請詔痛革之。』鄭丙爲吏部尚書，相與協力攻道學。熹由此得祠。

又《宋史·鄭丙傳》亦載：

浙東提舉朱熹行部至台州，奏台守唐仲友不法事，宰相王淮庇之。熹章十上，丙雅厚仲友，且迎合宰相意，奏：『近世士大夫有所謂「道學」者，欺世盗名，不宜信用。』蓋指熹也。於是監察御史陳賈奏：『道學之徒假名以濟其僞，乞擯斥勿用。』

在黄榦所撰朱熹的《行狀》（見《勉齋集》卷三六）中對此事所述更較明晰：

〔淳熙〕九年，以賑濟有勞，進直徽猷閣，辭。知台州唐仲友，與時相王淮同里，爲姻家，遷江西提刑，未行，先生行部，訟者紛然，得其奸贓、僞造楮幣等事，劾之。奏上，淮匿不以聞。……論愈力，章至十上。事下紹興府鞫之，獄具情得，乃奪其新命授先生，先生以爲是蹊田而奪之牛，辭不拜，尋令兩易江東，辭，及辭職名。具言仲友雖寢新命，已具之獄竟釋不治，則是所按不實，難以復沾恩賞。並不許。授職名，再辭新任，且乞奉祠，言『所劾贓吏，黨與衆多，大者宰制斡旋於上，小者馳騖經營於下。若其加害於臣，不遺餘力，則遠至師友淵源之所自，亦復無故横事抵排』。時從臣有奉時相意，上疏毁程氏之學以陰詆先生者，故有是言。

上引的幾段資料都説明，在淳熙九年，朱熹因彈劾唐仲友（朱熹此事確實做得有些過分，此不具論）而得罪了唐的靠山王淮，王淮便藉其權勢地位而糾集了鄭丙、陳賈等人，對已經形成的道學界的首腦人物的朱熹進行打擊，而且株連到朱的好幾個朋友和生徒，陳亮便是其中的一人。

陳亮與朱熹的相識，很可能是由吕祖謙作介紹人的，其究竟開始於何時則難考知。但在淳熙八、九年内朱熹任浙東提舉常平使時，兩人有較多的來往則可以考得。朱熹對唐仲友的彈劾，陳亮并不是完全贊同的，他以爲朱熹在此事件的全過程中，總不免有受人利用、受人蒙蔽之處。此在陳亮於癸卯年秋致朱熹的信中曾有所表述：

台州之事，是非毁譽往往相半，然其爲震動則一也。……姦狡小人，雖資其手足之力，猶懼其有所附託，况更親而用之乎！物論皆以爲凡其平時鄉曲之冤一皆報盡，秘書豈爲此輩所使哉？爲其陰相附託而不知耳。……劉越石一世豪杰，乃爲令狐盛所附託，方知孔子所謂遠佞人者，是真不可不遠也。……

亮平生不曾會説人是非，唐與正乃相疑見譖，是真足當田光之死矣！

以此段引文與前面所引陳亮在甲辰年秋致朱熹書所説『當路之意主於治道學耳，亮濫膺無鬚之禍』云云一段合看，可知王淮之嗾使鄭丙、陳賈之論劾朱熹等人，確實是以朱熹之論劾唐仲友爲導火綫的，而在朱熹論劾唐仲友的過程當中，陳亮始終只作爲一個旁觀者而并未直接有所參與，所以他對朱熹的這一舉措能加以客觀的評論，並且説唐仲友懷疑他曾在朱熹面前以惡言相譖，真足當田光之死。這番話，足以證明，在朱熹論劾唐仲友時，陳亮的確是一直置身事外的。

然而，在一些不明此事真相的人，只因看到當朱熹任浙東提舉期内，朱、陳之間有較多的來往，便不但懷疑陳亮已經在思想上歸依於朱熹的理學派别之中，而且還把陳亮家况的日漸充裕，也誤認爲是假借朱熹的權勢在州縣中謀取賄賂所致。正是這樣一些風影之談，使陳亮陷身於囹圄之中達數十日之久。

誣枉的謡傳還有更甚於此，其虚構的情節也更有似於逼真的，則是周密《齊東野語》卷十七《朱唐交奏本末》那篇記事：

唐〔仲友〕平時恃才輕〔朱〕晦庵，而陳同父頗爲朱所進，與唐每不相下，同甫游台，嘗狎籍妓，囑唐爲脱籍，許之；偶郡集，唐語妓云：『汝果欲從陳官人耶？』妓謝，唐云：『當須能忍饑受凍乃可。』妓聞，大恚，自是陳至妓家，無復前之奉承矣。陳知爲唐所賣，亟往見朱，朱問：『近日小唐云何？』曰：『唐謂公尚不識字，如何作監司！』朱銜之，遂以部内有冤獄，乞再巡按，既至台，適唐出迎少稽，朱益以陳言爲信，立索郡印，付以次官，乃摭唐罪具奏，而唐亦作奏馳上。時唐鄉相王淮當軸，既進呈，上問王，王奏『此秀才争閒氣耳』，遂兩平其事。……而朱門諸賢所著《年譜》、《道統録》乃以季海右唐而并斥之，非公論也。

周密的這段記事，雖於文末説明他是直接『聞之陳伯玉』，而陳伯玉則『親得之婺之諸吕』，似乎根據確鑿，實際上却完全是傳聞失實的一條記載。今稍加考證如下：

這條記事中的一個最關鍵性的人物是台州的『籍妓』嚴蕊，陳亮請託知台州唐仲友爲嚴蕊脱籍而爲唐所賣，便於忿怒之下，亟走紹興去譖唐於朱，遂引惹出朱熹論劾唐仲友之一公案。就朱熹按劾唐仲友的奏狀中涉及嚴蕊的諸條稍加檢照，即可知其全屬無稽之談。在《按唐仲友第三狀》（見《朱文公集》卷一八）中涉及嚴蕊的有如下兩段：

一、仲友又悦營妓嚴蕊，欲攜以歸，遂令僞稱年老，與之落籍，多以錢物償其母及兄弟。據司理王之純供：今年五月滿散聖節，方知弟子嚴蕊、王惠、張韻、王懿四名，知州判狀，放令前去。即不曾承準本州公文行下妓樂司。

二、仲友自到任以來，寵愛弟妓。……行首嚴蕊稍以色稱，仲友與之媟狎，雖在公筵，全無顧忌，公然與之落籍，令表弟高宣教以公庫轎乘錢物津發歸婺州別宅。嚴蕊臨行時，係是仲友祖母私祭式假，却在宅堂安排筵會，餞送嚴蕊。

在《按唐仲友第四狀》（見《朱文公集》卷一九）中也有關涉到嚴蕊的兩段文字：

一、人户張見等狀訴，仲友與弟子行首嚴蕊情涉交通關節，及放令歸去。今據通判申，於黃巖縣鄭奭家追到嚴蕊，據供：每遇仲友筵會，嚴蕊進入宅堂，因此密熟，出入無間。上下合干人並無阻節。今年二月二十六日筵會，夜深，仲友因與嚴蕊逾濫，欲行脱籍，遣歸婺州永康縣親戚家，説與嚴蕊：『如在彼處不好，却來投奔我。』至五月十六日筵會，仲友親戚高宣教撰曲一首，名《卜算子》，後一段云：『去又如何去！住又如何住！但得山花插滿頭，休問奴歸處。』五月十七日，仲友賀轉官燕會，用弟子祇應，仲友復與嚴蕊逾濫。仲友令嚴蕊逐便，且歸黃巖住下來投奔我。遂得放令逐便。

二、據弟子行首王靜供：元係長行弟子，每遇祇應筵會，多在宅堂出入無間。今年三月内因公筵勸酒，遂與仲友男十八宣教逾濫，自後往來不絶。五月二十一日，十八宣教借馬三匹，與王靜、嚴蕊、沈玉乘騎，仍將官會五道與王靜支散馬下人。至二十三日，行首嚴蕊落籍，是王靜囑十八宣教稟復仲友，補充行首。……至六月十八日，王靜移過廟弄嚴蕊舊屋居住。

朱熹所提供的這幾條資料，應是有關嚴蕊的幾條最直接、最可信的資料（儘管其中有被朱熹逼迫承招的部分）。這幾條資料所提供給我們的信息是：自從唐仲友到台州任知州之日起，就與台州的營妓嚴蕊發生了較多較深較密的關係，甚至從開始就有要爲她脱籍、放令歸去的打算。到淳熙九年五月二十三日，唐仲友果然爲嚴蕊脱籍，遣歸黄巖，『放令逐便』。如果不是緊接着遭受到朱熹的彈劾，説不定真要『攜之而歸』呢！唐與嚴的關係既然如此親昵，而且這種親昵關係是從唐到台州上任之初便已開始，試想，怎麼還能容許陳亮插足其間，而陳亮竟又那樣呆頭呆腦地拜託唐仲友幫他的忙而爲嚴蕊脱籍呢！其爲情理之決不容有，豈不是極爲顯然的嗎！是則周密所記《朱唐交奏本末》乃全出傳聞之誤，陳亮是其中受誣最嚴重的一人，到此也都可水落石出般地清楚了。

在此附帶説明一事：抗日戰争前夕，我曾寫過《朱唐交忤中之陳龍川》一文，對唐仲友與嚴蕊的關係未加考論。因於此文此節特加詳考，也算作爲該文的補充論證。

在做了上面這一番迂回的論述之後，再回到《元一統志·陳亮傳》的第五段文字上來，我們可以歸結説，陳亮於淳熙十一年受誣繫獄，之所以不曾得到宰相王淮出力救援，看來未必是因爲陳亮曾指責王淮『委靡不堪用』之故，而是因爲，在朱熹出任浙東提舉期間，陳亮與他有較多的交往，王淮相信了風聞，認爲陳亮已經依附於朱熹道學派系之故。我認爲陳亮致朱熹書中所説『當路之意主於治道學耳，亮濫膺無鬚之禍』云云，是與當時的情事全相符合的。

這段文字所載宋孝宗於聞知陳亮繫獄後説過爲他辯解的話，我認爲也大可懷疑，因爲，如上文所考證，在醉後演鬧劇發狂言的，既爲吕約而非陳亮，則孝宗的那番話又怎會是爲陳亮而發的呢？

五

光宗登極，親友勉之赴廷對，紹熙四年始就，天子親擢爲第一。上知亮名舊矣，一見亮，甚悦，朝野慶得人。

〔考釋〕這是《元一統志·陳亮傳》的末段，其中於叙述了宋光宗登極後，即繼之以陳亮於紹熙四年再應進士舉而得中狀元事，并即結束了全傳。很明顯，這裏必然有大段的脱漏。因爲，在光宗即位後的紹熙元年，陳亮就又曾去臨安參加了一次進士考試，未能考中，陳亮且因發了一些牢騷話而得罪了同知貢舉的何澹，二人間結下了仇恨。而在這一年的歲末，就又發生了陳亮第二次被誣繫獄的事，而且來勢甚猛，而對陳亮結了仇怨的何澹這時已經做了諫議大夫，他便利用他的職位，『諭監司法選酷吏訊問』，以致人們都以爲陳亮這次必死無疑，直到紹熙三年二月，才被大理少卿鄭汝諧營救出獄。這在陳亮的生命歷程中也都是非同小可的事件，估計收入《元一統志》中這篇《陳亮傳》的作者是不會有意或無意地將其遺漏掉的，因而可以斷言，這裏必然是因輾轉傳寫之故而脱漏掉的。

在陳亮狀元及第之後，南宋朝廷即授以簽書建康府判官廳公事，陳於返回家鄉未久即病卒。此傳亦均未載及。故知其爲一篇缺頭少尾的傳記文字。

三十卷本《陳龍川文集》補闕訂誤發覆

鄧廣銘

一、陳集由四十卷減縮爲三十卷及其後諸刻本編次校勘中的一些問題

《陳龍川文集》是在陳亮死後，由他的兒子陳沆編成的。葉適的《水心文集》卷十二有一篇《龍川文集序》，叙述《龍川文集》的編輯經過説：

> 同甫文字行於世者，《酌古論》、《陳子課藁》、《上皇帝四書》，最著者也。子沆聚他作爲四十卷，以授予。……
>
> 予最鄙且鈍，同甫微言十不能解一二，猶以爲可教者。病眊十年，耗忘盡矣。今其遺文大抵斑斑具焉，覽者詳之而已。

陳亮死於紹熙五年（一一九四），葉適的序文寫於嘉泰四年甲子（一二〇四）的春季，則陳沆爲其父所編的四十卷本《文集》，至晚在嘉泰三年便已完成。

在《水心文集》中還有一篇《書龍川集後》，其中又談到了《龍川文集》刻印的事：

余既爲同甫序《龍川文集》，而太守丘侯真長（按，即丘壽雋）刻於州學，教授侯君敞、推官趙君崇嵒皆佐其役費。同甫雖以上一人賜第，不及至官而卒，於是二十年矣。遺稿未輯，愈久將墜。……

根據這篇《書後》的開頭兩句，知丘真長刻於州學的《龍川集》，必即是陳沆所編的那個四十卷本。而據『同甫不及至官而卒，於是二十年矣』兩句推算，知《文集》之刻成又較其編定恰恰遲了十年，則當爲嘉定七年（一二一四），或其稍前稍後的事。只是下面的『遺稿未輯，愈久將墜』二句，有些難以理解：既然四十卷本的《文集》已經編定、刻成，怎麼還説『遺稿未輯，愈久將墜』呢？若説不是指此四十卷本而言，然則又何所指呢？

南宋末年陳振孫的《直齋書録解題》卷十八所著録的，則在《龍川集》四十卷之外，還有《外集》四卷，其下所附《解題》的全文是：

永康陳亮同父撰。少入大學，嘗三上孝廟書，召詣政事堂。宰相無宏度，迄報罷。後以免舉爲癸丑進士第一，未禄而卒。所上書論本朝治體本末源流，一時諸賢未之及也。亮才甚高而學駁，其與朱晦翁往返書所謂金銀銅鐵混爲一器者可見矣。平生不能詩，《外集》皆長短句，極不工，而自負以爲經綸之意具在是，尤不可曉也。

葉適未遇時，亮獨先識之。後爲《集序》及《跋》，皆含譏誚，識者以爲議。

這段《解題》後來被馬端臨一字不改地抄入《文獻通考》的《經籍考》中。而元末所修《宋史·藝文志》中，也同樣作《陳亮集》四十卷，《外集》詞四卷。

據上引諸條記載，可以證知，從南宋末年到元朝末年，世上所流傳的《陳亮文集》，一直還只是由陳沆編定、葉適作《序》、丘真長刊行的那一個四十卷附外集四卷本。

直到明朝初葉，也還不見有人重刻過這部四十卷和外集四卷的陳亮詩文詞集。到明憲宗成化年間（一四六五—一四八七），宋代的那個刻本，在經歷了二百六七十年的漫長時期之後，傳本既皆殘缺不全，木版自更無可踪迹。這時，陳亮的故鄉永康縣有一個名叫朱潤的人，自稱是陳亮的『九世甥孫』，集資修建了一個龍川書院，並以餘資刊行了由同邑汪海[一]輯補的三十卷本《龍川文集》。在此以後，又有明世宗嘉靖年間福建晉江史朝富的一個刻本；明萬曆丙辰永康王世德的一個刻本（此本將卷二十二至二十五之祝文、祭文全都删除，故僅二十六卷），明末崇禎年間錢塘鄒質士的一個刻本；到清代，又有道光二十九年（一八四九）義烏縣陳坡的一個刻本，同治七年（一八六八）永康縣胡鳳丹的一個刻本和同治八年（一八六九）同縣應寶時的一個刻本，到一九七四年則又有中華書局的一個標點本。

出現在明成化以後的所有刻本，我都翻閱過，知其都是直接或間接沿襲汪海輯補、朱潤集資刊行的那個三十卷本而來的。所以，從陳亮文集之由幾絶而又得復續這一角度來説，汪海與朱潤二人所建立的功勞是應當予以承認的。

但是，這個汪輯朱刻的三十卷本，也給其後的所有刻本，及其後的所有讀者，有意無意地製造了許多混亂和足以貽誤之處。例如，汪海當時搜輯到的《龍川文集》大概已經是一個殘缺得很厲害的本子，所以葉適在《書龍川集後》中所提到的《春秋屬辭》三卷便未被收録，而原爲《外集》别行的長短句却又混入了這個本子之内。這自然是因爲收拾於殘篇斷簡之中，所得只限於此，便只好因陋就簡，抱闕守殘，既屬莫可奈何，自也應予諒解。但是，這個刻本中的問題，却並非只此一端，而是還另有一些經汪海、朱潤横加涂改和竄亂之處。這在清同治八年永康應寶時所刻《龍川文集》卷末所附常熟宗廷輔致應寶時的兩封信中即已多所揭發。他的第一封信中論證了最早出現的三十卷本《龍川文集》，曾被書賈僞稱爲宋元刻本者，實乃明代成化年間的一個刻本：

承示龍川一集，竊嘗反復讀之，知書賈之所謂宋版，實則明成化間所刊之書院版也。按《永康縣志》載，『龍川書院在龍窟山小崆峒，明成化間里人朱彦宗建』。則成化以前並無書院可知。今集首卷末行題『龍川書院朱彦霖捐貲刊行』，疑『宗』乃『霖』字之訛。（廣銘按：『彦宗』非『彦霖』之誤，宗氏此説非是。一九九一年冬，承永康友人龔劍鋒君示知，永康迄今尚存有《龍窟朱氏宗譜》，《譜》中載有《明處士匏庵君行狀》，謂處士朱海字彦宗，匏庵乃其别號，以貲産甲於鄉，捐餘積重刊《龍川文集》，並新其書院。他卒於成化七年〔一四七一〕閏九月，其時《龍川文集》大概並未刊成，故後來刊成時只列入其胞弟朱潤彦霖之名。）又每卷第二行稱『九世甥〔孫〕（據成化原刻本增）朱潤刊行』，以字義核之，疑彦霖，即潤之字，當取霖雨潤物也。……惟第二行均經鏟去，而第七卷及第十六卷尚有『明邑後學汪海輯補』八字，仿佛可認。則輯者汪海，刻者朱潤，字畫較然。卷末附録《書院記》，必是兩公所作，（廣銘按：《龍川書院記》今亦尚附存於《龍窟朱氏宗譜》中，其作者爲曾任金華提學使之劉釪，而非朱海、朱潤或汪海。《記》中略謂『里人朱希成』，嘗欲就陳亮所建書院舊址重建而未果，『其孫彦宗、彦霖昆季乃創書院三楹，捐膏田數畝入院，擇師儒，嚴教誨，合陳、朱二氏子弟洎遠方願學者居焉』。《記》中未道及朱氏昆季與汪海刊印《陳亮文集》事，可證重修書院事在前，刊刻文集事則在稍後。）詳著創建之由；卷首亦當有序，申明復刊之故。第以版式差近宋元，不知何時流入坊肆，姦黠書賈惡其害己，遂並刊去之以售其僞，此事之瞭然者也。……

其第二封信中則揭露了成化本中所存在的一些問題：

使者來，辱示齊校《龍川集》一部，復續領到舊刻成化汪氏本、嘉靖史氏本、同治胡氏本各一，而輔篋中適携有崇禎鄒氏本，因參錯讀之，曲折之故，可略而言。蓋龍川原集四十卷，邱侯真長刻於嘉定間者，流傳至成化，已閲二百六七十年。更歷兩朝，洊經兵燹，非獨版本久毁，即卷帙亦復叢殘。汪、朱兩君以創建書院之餘貲，復輯此編行世，豈非陳氏功臣？然讀書未深，復局於方隅之見，取《三國紀年》一編，改纂原文，回易次第，以求合於紫陽《綱目》，而東萊文字遂並罹其災；樂府四卷，選存三十闋，絀吟風弄月之辭不登隻字，而汲古跋尾至誤冤其子。凡此，皆有意尊崇，轉成僭妄。

一《進中興論劄子》也，而以爲《序》；一授職《謝表》也，而以爲《笏記》；文、目全不相應。

《問答》十二道，《謝安比王導》四論，《經書發題》七通（原注：與問答相類，但有問無答耳。玩『發題』二字可見），《國子》、《傳注》等十策，疑即水心《序》所謂《陳子課藁》，當時私擬程試之作，與水心之《永嘉八面鋒》相似，今忽攙入箴、銘、贊有韻之文，前後絶不相蒙。

別律於歌而類歌於詞；《與范東叔》一書也，析而爲二；《與吴益恭》明是兩篇，而一缺其尾，一缺其首，遂合爲一。凡此亦題署失當，編次無法。

至脱文，如《書林動本政書後》、《與陳君舉第二書》、《祭徐子宜内子文》（原注：『今已補完』）、《東陽郭德麟哀辭》之類；誤字，如兢競、誤悟之類；皆未能補正，又無足論矣。

然摹印之久，雖刓弊已甚，實有可證他本之訛者。……則成化本之在今日，不可謂非碩果也。（廣銘按：宗氏所見的這個成化本，今藏北京圖書館，經核對，書板鏟削諸處，與宗氏所指述者全合。）

宗廷輔在寫給應寶時的兩封信之外，還對成化本《龍川文集》全部進行了一番校勘工作，並寫成一篇很詳細的《札記》（實即校勘記），也一並附刻在應寶時刻本的後面。宗廷輔在作

《札記》時，參考了《古今合璧事類備要》、《宋名臣言行録别集》以及成化以後《龍川文集》的各種刻本，盡其可能做了一些發覆正謬的工作，可取之處頗多。所以，宗氏實在也可以算是對《龍川文集》立了大功的人。今僅鈔録《札記》中關係較重大的諸條於下：

（一）在原書卷十《上光宗鑒成箴》『誤我豐年』句下〔二〕，宗廷輔的《札記》是：

『誤』原誤『悟』，今正。按《集》中字以聲諧而誤者，若悟誤、常嘗、宜疑、尉慰、與於、軍君、帥率、番翻、猶由尤、固故顧、服伏覆之類；以形似而誤者，若少小、且其、因固、還遠、運連、辨辦、擔檐、彊疆、生主王、講構諱之類，幾乎連篇皆是。今悉核正。偶舉一二，以見其凡。

（二）在原書卷十二《三國紀年序》下，宗氏的《札記》是：

按先生撰《序》時，朱子《綱目》尚未出，仍首魏，次蜀，次吴。《序》當云：『魏氏之代漢也，得其幾而不以其道，變之大者也。先主君臣惓惓漢事之心庸可没乎？孫氏倔强江左，自爲一時之雄。於是乎魏不足以正天下矣。陳壽之《志》何取焉。魏實代漢，吾以法紀之。魏之條章法度，晋承之以有天下，於是乎有《書》；其詔若疏也有《志》；其臣若子也有《傳》。不關事幾世變之大者不載，一人之善惡不足載也。蜀實有紀，其體如傳，條章不爲書也，詔疏不爲志也。《志》曰《蜀略》，悲其君臣之志也。吴與蜀同，彼是（原注：『疑「此」字』）不嫌同體也。《志》曰《吴略》，著其自立也。吴蜀合而附之《魏書》，天下不可無正也。魏終不足以正天下，於是爲《三國紀年》終焉。』而昭烈以下五贊，亦當係《司馬懿》條後。明朱、汪二君恐其與朱子帝蜀宗旨不合，徑移易其文以就之，並涂抹東萊之文以證之，而『合漢魏吴而附之』之句終不可通。今東萊元書已見《附録》，而卷末改本仍不加刊削，以備參考。

（三）在原書卷二十五《祭李從仲母夫人文》的『豈黿趺之足徵』句下，宗氏的《札記》是：

『證』元作『正』。按宋人忌諱繁多，元本删削殆盡，然亦憖有存者。故景弁、耿弁，魏證、魏徵，往往錯出。今悉仍其舊，示慎也。惟此篇之『足正』及《何少嘉墓誌銘》之『是惡證也』之『證』，易於誤讀，悉改從『徵』。

從明朝的成化年間到清朝的同治年間，亦即從十五世紀的六十年代到十九世紀的六十年代，其間恰恰已經相隔了四百年。宗廷輔在極少憑藉的情况之下，深思熟慮，爲從明成化到清同治年間幾次刻印的《龍川文集》作了一個大部分論證諦當的總結，這確實是件很不容易的事。

另外還應提到的一事則是，陳亮文中多稱北方各少數民族以至女真人爲『虜』，這在明代諸刻本中當然全都照刻不誤，而清後期諸刻本中，則因避滿族統治者的忌諱，對『虜』字大都改换了。例如，在《上孝宗皇帝第一書》中，把『東晋百年之間未嘗與虜通和』改爲『東晋百年之間南北未嘗通和』，把『昔者虜人草居野處』改爲『昔者金人草居野處』。這類竄改，在應刻本中也都依照宗廷輔的校訂而一一恢復了成化本的原樣，這也應是宗廷輔的一大勞績。

然而畢竟還是因爲他取資參證的書物太少，即不但成化年間輯印《龍川文集》時所用的宋刻殘本，因已事隔四百年而無法看到，就連一些選録陳亮文章較多的幾種書籍，例如南宋人編選的《龍川水心二先生文粹》、明永樂中黄淮、楊士奇編輯的《歷代名臣奏議》，他都未見到，甚至與陳亮交往很多的一些人物的著作或有關記載，他參考所及的也極爲有限。在這樣的局限之下，宗廷輔所作《札記》及其寫與應寶時的信中所論述的，自然就難免有不盡完備、不中肯綮之處。今姑舉以下事例爲證：

（一）陳亮寫與朋友的書信，《文集》的各種刻本，大都只在標題中標舉其官稱或別號，宗廷輔一律要補入收信人的本名，這當然是一件好事；然竟不知章德茂名叫章森，范東叔名叫仲藝，石天民名叫斗文。

（二）宗廷輔詳細地揭發了成化本《龍川文集》的輯刻者對《三國紀年》的有意篡改其次第，以求合於朱熹的《通鑑綱目》，發覆之功，確堪稱許（盡管他想復原的陳亮原文也還未能盡與原文相合）；但在《文集》卷十的《酌古論》中，陳亮原作中的次第，是《曹公》、《孫權》、《劉備》，而從成化本起，却被顛倒爲《先主》、《曹公》、《孫權》了，這却未爲宗氏所察及。

（三）在道光年間刻本的最後，附録了王應麟《困學紀聞》卷十七的一條：『「天下不可以無此人，亦不可以無此書，而後足以當君子之論。」又曰：「天下大勢之所趨，天地鬼神不能易，而易之者人也。」此龍川科舉之文，列於古之作者而無愧。』其下即又引録清初何焯的話説：『今《龍川集》無此文。惟《上孝宗第三書》有「天下大勢之所趨，非人力之所能移也」二句，下云「臣之所以爲大臣論者如此」。同甫方以有爲望孝宗，不應作此語，此必爲俗本所節删也。當以厚齋所引，補而正之。』宗廷輔在其致應寶時第二書中批評何焯這段議論説：『「天下不可以無此人」數語，王伯厚明言龍川科舉之文，何義門疑即《上孝宗第三書》佚語，固未必然，然寥寥數言，不成片段。』這幾句話實在説得過於輕率。因爲，『天下不可以無此人』三句，乃是陳亮寫在《揚雄度越諸子》一文中的話，而此文在成化以來《龍川文集》的各刻本中無不收録；因而何焯所説『今《龍川集》無此文』者，只是指『天下大勢之所趨，天地鬼神不能易，而易之者人也』諸語而言。王應麟明説這是陳亮的科舉之文，而何焯却以爲是《上孝宗第三書》中被俗本删節之語，因此，倘若真個依照何焯意見而『以厚齋所引』來補正《上孝宗第三書》之文，那必將造成大錯。宗氏以爲何焯的論斷『固未必然』，已嫌語意含糊，而他竟不知道『天下不可以無此人』三句見於《揚雄度越諸子》一文中，却也認爲這是何焯所稱不見於今之《龍川集》者，豈不過於粗率了嗎？

陳亮《上孝宗第三書》中的『天下大勢之所趨，非人力之所能移』二句雖並非俗本所删改，而《上孝宗第三書》中却確有從成化刻本以來即被肆意竄改了的文句，所改文字雖亦無幾，文義所關却極爲重要。何焯所説不見於『今《龍川集》中』的那段文字，也只是不見於從成化以來《龍川集》諸刻本中，如果僅此一段，那也確是『不成片段』的，更不能成爲一篇，然其全篇迄今還完整存在，只是爲成化以來傳刻《龍川集》者，以及何焯、宗廷輔諸人的知見均所未及而已。

時至今日，上距陳亮去世的紹熙五年（一一九四）已經是七百九十年，距離四十卷本《龍川文集》的初次刊行，也有七百七十年了，距離成化年間朱潤、汪海所輯刊的三十卷本的印行，也有五百年了。四十卷本的《龍川文集》雖然更加無緣得見，然而我却有幸經美國友人亞利桑納大學的田浩教授，提供給我一部南宋人編刻的《圈點龍川水心二先生文粹》的縮微本，盡管還不可能根據此本來完全恢復四十卷本《龍川文集》的原貌，却可以補入不少的篇章。而對於三十卷本中所收録的文章，既可以補正其許多處脱文和錯字，更可藉以糾正從成化以來被朱潤、汪海所肆臆妄改的許多内容，例如，《上孝宗第三書》中妄改的文句和《三國紀年》的次第等等。一些五百年來的未發之覆，借此書而得以抉發出來，不禁爲之拍案稱快。

二、《圈點龍川水心二先生文粹》

陳亮卒於宋光宗紹熙五年，葉適卒於宋寧宗嘉定十六年（一二二三），陳集之最初編刻印行在嘉定年間，葉集之最初編刻印行則當爲理宗的寶慶（一二二五—一二二七）或紹定（一二二八—一二三三）年間。是則這部《二先生文粹》之刊行，最早也當在理宗端平元年（一二三四）以後，最晚也不得晚於度宗的咸淳之末（一二七四）。這也就是説，它必然還是南宋晚年的一個刻本。書前饒輝序謂刻於嘉定壬申（一二一二），頗可疑。因序文中全屬空洞的、不切實的語言，且有兩處謂『先生之文』如何如何，故知其絶非爲陳、葉二人之《文粹》而作，當爲書肆中人胡亂拼合、張冠李戴者。據此當可斷言，其文末所著年月，必與陳、葉二人《文粹》之刊行年月全不相干。

書中凡遇宋朝皇帝的名字，均一律避諱，例如『齊桓公』作『齊威公』，『一匡天下』作『一正天下』之類。另外，凡遇『國朝』、『祖宗』及『陛下』等字樣，也一律或提行，或空格。這也都可作爲南宋刻本的證明。

全書共四十一卷，分前後兩集：前集二十卷，後集二十一卷。每半葉十二行，每行二十一字。但中縫全不刻書名，亦不著卷數，更都没有刻工姓名。

此書各卷均有『文登于氏小鶼謨館藏書』印，在一九四九年前則是南京『中央圖書館』的藏書，在南京解放前被運往臺灣。

書中不是把陳、葉二人的文章截然分作前後兩個部分，而是把兩人的文章分卷交叉編輯的。兹將其前後兩集中收録陳文諸卷之目録抄録於下：

《圈點龍川水心二先生文粹》目録前集

卷之一至卷之三爲《書疏》。載陳亮上孝宗皇帝第一書　上孝宗皇帝第二書　上孝宗皇

帝第三書　戊申再上孝宗皇帝書
卷之六爲《史傳序》。載陳亮高士傳序　忠臣傳序　義士傳序　謀臣傳序　辯士傳序　英豪録序　中興遺傳序　二列女傳
卷之七爲《書》。載陳亮答朱元晦第一書　答朱元晦第二書　答朱元晦第三書　答朱元晦第四書　答朱元晦第五書
卷之八爲《三國紀年》。載陳亮三國紀年序　魏武帝贊　魏文帝贊　魏明帝贊　齊王、高貴鄉公、常道鄉公、陳留王贊　荀彧贊　荀攸贊　賈詡、程昱、郭嘉、董昭贊　鍾繇、華歆、王朗贊　陳登、田疇贊　崔琰、毛玠贊　袁涣贊　劉曄、蔣濟、劉放、孫資贊　夏侯玄、李豐、張緝贊　王凌、令狐愚、毌丘儉、諸葛誕贊　嵇康、阮籍贊　司馬懿、司馬昭、司馬師贊　漢昭烈皇帝贊　漢後主贊　諸葛亮贊　龐統、法正贊　關羽贊　吴武烈皇帝、長沙桓王贊　吴大皇帝贊　會稽王、景皇帝、歸命侯贊　張昭、周瑜贊　建安七子贊（孔融、陳琳、王粲、徐幹、陳瑀、應瑒、劉楨）　曹植贊（附録）　諸葛亮（附録）　鄧禹、耿弇（附録）　呂東萊書（附録）
卷之十七至二十爲《酌古論》。載陳亮酌古論序　光武　曹公　孫權　劉備　孔明上　孔明下　呂蒙　鄧艾　羊祜　苻堅　韓信　薛公　鄧禹　馬援　崔浩　李靖　封常清　馬燧　李愬　桑維翰

《圈點龍川水心二先生文粹》目録後集

卷之一至卷之五爲《策》。載陳亮廷對　問答上（凡十二道）　問答下（凡十二道）　任子宫觀牒試之弊　人法　子房賈生孔明魏證何以學異端　蕭曹丙魏房杜姚宋何以獨名於漢唐國子　銓選資格　變文格　傳註　度量權衡　江河淮汴　四弊（官民農商）　制舉

卷之六至卷之七爲《論》。載陳亮中興五論序　中興論　論開誠之道　論執要之道　論勵臣之道　論正體之道　謝安比王導　王珪確論如何　揚雄度越諸子　勉强行道大有功

卷之九至卷之十爲《漢論》。載陳亮七制　高帝　文帝　景帝　孝宣　光武　明帝　章帝

卷之十一至十三均爲《漢論》。三卷所載《論》題皆西漢高帝朝至平帝朝事，凡四十一道，文長不録。

卷之十四至十六爲《策》。載陳亮策問凡四十一道。

卷之十九爲《語孟六經發題》。載陳亮《發題》：易（闕）　書　詩　周禮　禮記　春秋　論語　孟子

卷之二十至二十一爲《序》。載陳亮書歐陽公文粹後　類次文中子引　書類次文中子後　書文中子附録後　伊洛正源書序　三先生論事録序　春秋比事序　書林勳本政書後　跋朱晦庵送寫照郭秀才序　送丘秀州序　三七叔祖主高安簿序　諸生赴補序　吴恭父知縣序　徐子才赴富陽序　陳童子序

三、五百年來的一些疑誤得到了解決

這部《圈點龍川水心二先生文粹》（以下簡稱《文粹》），既然有一個完整的本子一直流傳到今天，則在明清兩代必也有些學者可以看到它。在明英宗正統十三年（一四四八）黎諒收輯葉適的文章，要重新編刻《水心文集》時，他所訪求到的『遺本』，首先就是這部《文粹》，其事既極自然也極合理。然而，不但成化年間輯印《龍川集》的汪海、朱潤二人所不曾見到，即此後歷次傳刻《龍川集》者，包括宗廷輔、應寶時二人在内，也全都不曾見到過它，這就不免使我們既感到可怪，也感到惋惜了。不然的話，一則出現在《龍川集》中的屬於脱漏訛舛一類的問題可以稍少一些，二則經汪海、朱潤所肆意竄亂的一些問題也早可得到解決了。下邊，我從這兩類問題中分別舉述一些關係比較重大的例證。

第一類，屬於闕漏訛舛的，也就是説，是由客觀原因所造成，而非出於汪海、朱潤的有意製造的：

（一）陳亮的《上孝宗皇帝第二書》，見《文粹》前集卷二和三十卷本《龍川集》卷一。《文粹》本有一段文字是：

孔子傷宗周之無主，痛人道之將絶，而作《春秋》。其書天王之義嚴矣：書其出入之地者，示天王之不可置中國於度外也；書其有所求者，明天王之不可失其柄也。

其見於《龍川文集》者，則自成化以來的諸刻本，全都把『書其出入之地者，示天王之不可置中國於度外也』兩句脱漏掉了。

（二）成化本卷二十所載陳亮於淳熙十一年甲辰秋間致朱熹書中，在『孟子終日言仁義，而與公孫丑論一段勇如此之詳』兩句之上，有『夫人之所以與天地』八字，語意不完，明有脱漏。在清代的道光本以及宗廷輔的《札記》中，均稱據《朱子全集》而於八字之下補入『並立爲三者，以其有是氣也』十一字，今據《文粹》前集卷七所載此信，知在此八字之下所應補的乃是如下二十字：

並立而爲三者，仁智勇之達德具於一身而無遺也。

（三）王應麟得見四十卷本《龍川文集》，他從中引録了『天下大勢之所趨，天地鬼神不能易，而易之者人也』一段話，以爲可以『列於古之作者而無愧』。汪海、朱潤輯刻《龍川文集》時失收此文，遂致清初的何焯和清末的宗廷輔都作了一些推測，而又全都不得要領。在《文粹》後集卷四所收録的《策》共四篇，第一篇題爲《任子宫觀牒試之弊》，第二篇題爲《人法》，都是三十卷本《龍川集》卷十一《策》的門類中所未收的，而王應麟所稱贊爲『列於古之作者而無愧』的那幾句，正就是《人法》一文開始的話。《人法》一文，是論述人治和法治二者間的關係的，是陳亮文章中很有代表性的一篇，其值得稱許之處實不只開頭的幾句。全文一千三百餘字，今僅摘録其最前的一段和最後的三段（段落是由我區分的）於下：

天下大勢之所趨，天地鬼神不能易，而易之者人也。自有天地而人立乎其中矣。人道立而天下不可以無法矣。人心之多私，而以法爲公，此天下之大勢所以日趨於法而不可禦也。

（中略）

夫取士任官之法，未有密於今日者也。然藝祖立法之初，糊名、謄録未盡用，與其他所以防禁之嚴未盡舉，而進士高第多爲時名臣；磨勘、年勞未盡立，與其〔他〕所以陞轉之格未盡定，而當官任職皆有以自見。蓋取士貴得人，任官貴責效，立法以公而以人行法，未嘗敢曰無其人而法亦可行也。其後防人之多私而法日密，無其人而欲法之自行。蓋取士任官不勝其條目之多，而人愈苟且，豈非欲法自行之心有以取之乎！

治兵理財之法，亦未有密於今日者也。然藝祖立法之初，兵大較以嚴階級、慣馳驅爲本，而苛碎之禁尚多闊略，使人得以自奮；財大較以裕根本、謹廢置爲先，而隱漏之方尚多遺餘，使人得以取辦。蓋治兵貴制敵，理財貴寬民，立法以公而以人行法，亦未嘗敢曰無其人而法亦可行也。其後防人之多私而法日密，無其人而欲法之自行。蓋治兵理財不勝其條目之細，而事權愈輕，豈非欲法自行之心有以取之乎！

今儒者之論則曰：『古者不恃法以爲治。』而大臣之主畫，議臣之申明，則曰：『某法未盡也，某令未舉也，事爲之防不可不底其極也，人各有心不可不致其防也。』其說便於今而不合於古，儒者合於古而不便於今。所以上貽有國者之憂，而勤明執事之下問。而愚之説則曰：天下不可以無法也，法必待人而後行者也。多爲之法以求詳於天下，使萬一無其人而吾法亦可行者，此其心之發既出於私，而天下之弊所以相尋於無窮也。使立法者得是説而變通之，豈惟弊源之瘳有日，而三代立法之意，藝祖立法之初，當自今日而明矣。《詩》不云乎：『無念爾祖，聿修厥德。』『惟其有之，是以似之。』愚不勝惓惓。

宋朝的家法之一，是『不任官而任吏，不任人而任法』。其所以『不任官而任吏』，就是因爲，既然制定了繁密的條法，只須有一個熟悉這些條法的『吏』照章辦事就可以了，襲故蹈常是最穩妥的，而貪功喜事則是會出風險的。所要求於『吏』的既然只是奉行文書，那也就用不着區别他們的智愚賢否和才不才了。所以，實際上，『不任官而任吏』既是『不任人而任法』的一個先行條件，倒過來也可説它是『不任人而任法』的一種具體體現。然而陳亮認爲這是當時一切時弊的最大根源之所在，所以他在這篇文章的後半部分，推論到『取士任官』和『治兵理財』等問題，以爲專任條法的結果，取士則不貴於得人，任官則不責以行政的實效，治兵則不以制敵爲專務，理財則不考慮『寬民』的原則，以致『天下之弊』『相尋於無窮』。這裏所表達的是陳亮蓄之有素的意見，也是當時浙東學派中人大都具有的共同認識。

陳亮此文作於何時？這是有案可稽的。在吴子良的《荆溪林下偶談》卷三，有《陳龍川省試》一條，其全文如下：

陳龍川自大理獄出，赴省試，試出，過陳止齋，舉第一場《書義》破，止齋笑云：『又休了！』舉第二場《勉强行道大有功論》破云：『天下豈有道外之功哉！』止齋云：『出門便見哉，然此一句却有理。』又舉第三場《策》，起云：『天下大勢之所趨，天地鬼神不能易，而易之者人也。』止齋云：『此番得了！』既而果中榜。

這可見，此文乃是陳亮於宋光宗紹熙四年（一一九三）參加禮部的進士考試時（這次禮部考試後的殿試時，陳亮中了狀元），對第三場《策問》的答卷。所以王應麟在《困學紀聞》中說：『此龍川科舉之文也。』

（四）《文粹》後集卷十一至十三，全部皆是《漢論》。它是什麼時候寫成的，在陳亮的其他文章中竟找不到任何綫索。但其中的一些意見乃至詞句，與他和朱熹争辨王霸義利問題的書信中的意見和詞句頗多相同之處，疑即寫於淳熙十一年陳亮受誣繫獄之前，亦即淳熙八、九、十諸年，陳亮局處家鄉以教讀爲業的時期之内。在汪海、朱潤於成化年間輯印《龍川集》時，四十卷本中的《漢論》部分可能已斷爛得無法整補，所以就全部不予收録了。然而偌大的篇幅，即使殘闕斷爛，總不至連一點蛛絲馬迹也不存在吧？如還有一星半點的殘迹，何以竟不肯在序跋之中粗略地交代一下呢？

成化本《龍川集》中所存在的這類抱殘守闕的問題，在當時，既是由於客觀原因所造成，而非編刻者所特意製造（其實，上舉第一例中所脱漏的二十個字，也可能是在刻書時手民漏刻一行，而校勘疏忽未能察覺所造成的），我們雖然應予以體諒，但對於下面所要揭發的，出於汪海、朱潤之有意竄亂的那些篇章和語句，我們却只能步宗廷輔的後塵而大加譴責了。

第二類，屬於汪海、朱潤之故意竄改，以致貽誤後代學者垂五百年，因《文粹》的出現才得以揭穿其騙局的：

（一）宗廷輔在《札記》中斷言，陳亮《三國紀年》的原來次第，必是『首魏、次蜀、次吴』的，三十卷本中的《三國紀年》的次第，包括最前面的一篇《序》，則是經汪海、朱潤依照朱熹《通鑑綱目》的宗旨而徑加移易的。於是他又根據這一推理而把被顛倒了的那篇《序》文重新顛倒了一番，以求恢復陳文的原來面目。然而他終不敢自信其必能與陳亮原序全相合，故在應刻本中仍一依成化本之舊而未加改動。今取《文粹》相校，知宗氏所改確有未盡相合之處，而原序中還有被汪海、朱潤删落之句，宗氏當更無法補入了。今將《文粹》本所載原《序》中的這段文字抄録於下，以相比勘：

魏氏之代漢也，得其幾而不以其正，變之大者也。先主君臣惓惓漢事之心庸可没乎！孫氏倔强江左，自爲一時之雄。於是乎魏不足以正天下矣。陳壽之《志》何取焉。

今按，以上一段，成化本『先主』句與『魏氏』句次序顛倒，且將『君臣』誤爲『諸臣』。宗廷輔所改均是。

魏實代漢，吾以法紀之。魏之條章法度，晉承之以有天下，於是乎有《書》。其詔若疏也有志，其臣若子也有傳，不關事幾世變之大者不載，一人之善惡不足載也。

蜀實有紀，其體如傳。條章不爲書也，詔疏不爲志也，未成其爲天下也。志曰《漢略》，悲其君臣之志也。

今按，這一段首句中的『蜀』字，自成化本以來改爲『漢』字，且把全段移至『陳壽之《志》何取焉』句下，宗廷輔既把全段文字移至『一人之善惡不足載也』句下，並將『漢』字還原爲『蜀』字，這些改動全是正確的；但其間的『未成其爲天下也』一句，乃是承接上面『蜀實有紀』諸句而申述其所以這樣做的理由的，成化本嫌其有失蜀漢之尊嚴，遂從删除，宗廷輔自然不可能加以補正了。

吴與蜀同，彼是不嫌同體也。志曰《吴略》，著其自立也。

今按，宗氏以爲此段中之『彼是』當作『彼此』，意雖可取，惜與原作不合。

合而附之《魏書》，天下不可無正也。

今按，宗廷輔在『合』字下多加了『吴蜀』二字。

序文之後的各條目，陳亮原著本是以曹魏的君臣傳贊居前，其次方爲蜀漢君臣傳贊，再次則爲孫吴君臣傳贊；其見於成化本中的，則爲求其能與被竄亂移易的序文相應合，便把蜀漢君臣提在最前，與曹魏君臣交换位置了。

汪海、朱潤對《三國紀年》的《序》及其《傳》、《贊》之所以敢於『改纂原文，回易次第，以求合於紫陽《綱目》』，自必是因他們料度世人不可能再見到宋刻四十卷本的《龍川文集》，而他們二人又根本不知道還有一部别行的《文粹》之故。但陳亮原即附在《三國紀年》之後的吕祖謙的一封信，則見收於《東萊文集》當中，而《東萊文集》則一直流傳較廣，且一直未受殘損，而汪海、朱潤也竟悍然改易其前後次第，致使如宗廷輔所説，『而東萊文字遂並罹其災』。這就不能不算作掩耳盜鈴的蠢事了。我猜想，宗廷輔之所以能覺察成化本中的《三國紀年》已被『改纂原文，回易次第，以求合於紫陽《綱目》』，必即是先從吕祖謙的這封信找到缺口和破綻的。只因這已與陳亮文不全相干，在此也不再深論。

（二）陳亮的《酌古論》，是其早年的作品，其撰作時間更遠在朱熹編寫《通鑑綱目》之前，以蜀漢爲正統的觀念自然更不會出現。所以，在《酌古論》中論及三國時期的一些人物時，其先後次第如《文粹》卷十七的目録所載，是先之以《曹公》，繼之以《孫權》，最後才是《劉備》；然而在成化本中，也是爲了『求合於紫陽《綱目》』，竟把論《劉備》的一篇移易在《曹公》之前，而且改題爲《先主》。這一項竄改，不但爲成化以後的所有刻本所承襲，甚至也未爲宗廷輔所覺察。

（三）在十二世紀後半的南宋國境之内，自命得先聖不傳之絶學的程朱一派的理學家們，在政治上雖還不曾躋身於操權得勢的地位，在學術界和思想界，却是占有相當優勢的。然而，出生於當時浙東地區的一些學者，例如薛季宣、陳傅良等人，却並不依傍他們的門户。特别是永康縣的陳亮，真可算其時的一個特立獨行之士。他曾在寫給宋孝宗的一道奏章中，痛斥當時那些『自以爲得正心誠意之學』和『低頭拱手以談性命』的儒士『皆風痹不知痛癢之人』，然而他也承認儒家乃是孔子弟子子游、子夏等所建立的一個學派，而且是先秦各學派中聲勢較大的一個學派。他認爲一個『醇儒』並不等於一個完人（即『成人』）。所以，説陳亮是一個尊儒的人固不妥當，説他是一個反儒的人也同樣是不妥當的。這就是陳亮對儒家所持的真實態度。在這種思想指導之下，在他的《上孝宗皇帝第三書》中，便有如下的一段話：

> 故本朝以儒立國，而儒道之振獨優於前代。今天下之士爛熟委靡，誠可厭惡，正在主上與二三大臣反其道以教之，作其氣以養之，使臨事不至乏才，隨才皆足有用。則立國之規模不至戾藝祖皇帝之本旨，而東西馳騁以定禍亂，不必專在武臣也。前漢以軍吏立國，而用儒輒敗人事。要之，人各有家法，未易輕動，惟在變而通之耳。（此據《文粹》前集卷二）

這段文字的意義原極分明：是以北宋的治術與前漢的治術作對比的。他認爲，宋初重用儒家人物，故儒家所提倡的倫理道德大行於世，使得北宋前期的統治也大沾其光，但其産生的流弊却是天下之士皆委靡不振，文弱不堪，一旦遭遇禍亂，皆不足爲用。而前漢建立政權之初，則是依靠蕭何、曹參那樣一些刀筆吏。甚至文化水平比蕭曹更差的人而成事的，其間雖也有像酈食其那樣的儒生，並曾向劉邦建議封六國之後，然經張良借箸以籌，力言不可，劉邦又恍然大悟，駡酈食其説：『豎儒幾敗乃公事！』陳亮所説的『用儒輒敗人事』，即指此事而言。其下的『要之人各有家法』諸句，則是對上文的總結，意謂宋有宋的家法，漢有漢的家法。宋朝家法在奉行既久之後，雖也不能因爲出了流弊而輕易改動，但稍加變通却是應當的。

在明代汪海、朱潤的腦海中，大概只鑄定了一個儒術定於一尊的模式，也許根本不知道劉邦斥責酈生的那段故實，看到『用儒輒敗人事』一句，便不免覺得有些刺眼，且可能認爲此言出自陳亮之口也不是光彩的事，於是又逞肆其鹵莽滅裂之技，把這句話改爲『而用儒以致太平』。所改雖僅四字，意義却有霄壤之别了：原文説宋朝以儒立國，所以曾出現過『儒道之振優於前代』的情況；前漢以軍吏立國，對儒生的意見大多拒不采納，也就是説，在前漢前期的七八十年内，是不曾依靠儒術以爲治的。把『輒敗人事』改爲『以致太平』，豈不是北宋與前漢的兩種截然不同的『家法』，竟爾殊途同歸，獲致了全然相同的效果了嗎？ 此其一。 前漢到武帝統治之時，雖曾有董生的『罷黜百家，獨尊儒術』的獻策，但漢宣帝告誡他兒子時却還説『漢家自有制度，本以霸王道雜之』，何曾有『用儒以致太平』的事？ 四個字的篡改，竟把陳亮誣陷爲毫無歷史常識的人了。 此其二。 陳亮與朱熹進行王霸義利之辨時，在其致朱熹的信中曾説道：『漢唐之君，本領非不洪大開廓，故能以其國與天地並立，而人物賴以生存。』這就是説，漢唐的『家法』雖都不奉行儒道，然而也照樣都能立國久長，這與『用儒輒敗人事』的論點正是互相貫通的，既將此數字進行塗改，則相隔僅僅數年，而陳亮的議論竟前後判若兩人了。 此其三。 據此三者，可知汪海、朱潤的這一鹵莽滅裂行徑所造成的後果是如何荒謬，如何惡劣！ 世有『明人刻書而書亡』之説，雖或有過甚其詞之處，從上舉一些例證看來，却也不是無因而發的。

成化間輯刻的三十卷本《龍川文集》，竟被此後所有刊刻《龍川文集》者奉爲祖本，不但對它的一些脱漏錯誤之處少所訂正，即對其有意竄亂竄改之處，也都沿訛襲謬，懵然不察。以致五百年來的學者，對《龍川文集》傳誦稱引，爲汪海、朱潤所愚所欺而無所覺知。故今不憚煩瑣，臚舉例證，寫成此文，以補五百年來闕佚之文，以正五百年來未正之謬，以發五百年來未發之覆，我想，這也還是一樁具有深遠意義的事。

（原載《歷史研究》一九八四年第二期；收入《鄧廣銘學術論著自選集》及《鄧廣銘治史叢稿》）

注

〔一〕編者按，『汪海』應爲『朱海』。鄧廣銘先生二十世紀九十年代已於書中夾批修訂，亦可參見本書《陳龍川文集版本考》。下文不一一改出，以存其舊。

〔二〕編者按，『誤我豐年』爲《龍川文集》卷十《耘齋銘》語，《札記》誤繫於《上光宗鑒成箴》下，參見本書《陳龍川文集版本考》。

關於訂補《陳亮集》的經過

鄧廣銘

生活在南宋中葉的陳亮（一一四三—一一九四），是一個有志於『推倒一世之智勇，開拓萬古之心胸』的人，由於他在思想言論方面和社會實踐方面都不肯承受儒家倫常道德的束縛，而且公開倡言『孝悌忠信常不足以趨天下之變，而材術辯智常不足以定天下之經』，在他的生前和身後，便經常遭受到一些誤會、誤解、誣告和誣衊。他生前所遭受的崎嶇坎坷、凌辱迫害，已經由他本人付出了高昂代價。例如他剛過了五十一歲，剛剛狀元及第，正準備進入仕途之際即一病不起，這與他一生的艱辛歷程必定是分不開的。然而却有人專欺他『身後是非誰管得』，在『其人與骨俱已朽矣』之後，還繼續散佈他的謡言，或則説他因欲收納天台營妓嚴蕊之願未遂，便在朱熹面前大説唐仲友的壞話，造成朱唐交訌事件；或則説他狀元及第榮歸之後，肆意横行，以致被一個箍桶匠毆打致死；等等。對於這些無稽之談，我在半個世紀以前就曾寫過《朱唐交訌中之陳龍川》、《辨陳龍川之不得令終》等文，分别予以辯白了。

陳亮的文集也是在他身後由其子沆編定的，共四十卷，還收其詩詞爲外集四卷，統名之爲《陳龍川先生集》。這部集子大概印數不多，從元到明也無人重刻重印。於是，到明代中葉，流傳於世的便大都是殘闕不全的本子了。明憲宗成化中，有一個自稱陳亮九世甥孫的永康人朱潤與同邑人汪海〔一〕，把殘破缺損的《龍川集》收輯拼合，重編爲三十卷本，刊印行世。朱汪二人大概都是十分鄙陋的村學究，只知道明王朝大力提倡程朱一派的理學思想，便把文章中一部分與程朱思想不相符合之處加以篡改，要使其吻合於程朱理學家們的口徑。他們既不惜厚誣陳亮，也不顧貽誤後學，真所謂以好心做了壞事。另外，由於刻印時校勘工作做得過於潦草粗率，字句的訛誤脱漏之處也爲數甚多。這雖是一些無心之失，然而後來諸刻本都沿訛襲謬，也同樣産生了貽誤後學的不良後果。

朱潤和汪海不但對陳亮的文章肆意竄改，對於附録在陳亮文集中的其他學者的文章也同樣竄改。例如，陳亮的《三國紀年》本是依照《資治通鑑》的安排，把曹魏政權作爲三國的正統的，而朱、汪二人却硬要改從朱熹在《通鑑綱目》中的安排，把劉備的蜀漢政權擺在三國中的正統地位。於是，不但把《三國紀年》原來的文字序列加以改變，并且把原即附録在《三國紀年》後邊的吕祖謙與陳亮討論這篇文章的一封信也肆意加以竄改。他們似乎竟不知吕祖謙的文集是一部流傳較廣的書，從而他們的這種竄改也是極易被發現的事。果然，到清同治八年（一八六九）永康的應寶時準備重刻《龍川文集》時，先請常熟的宗廷輔把舊刻本進行校勘，宗氏首先就取《吕東萊集》加以對照而把朱潤、汪海竄改陳亮之文、吕祖謙之信的醜行揭穿，並試行把《三國紀年》的《序文》和篇章序列還其本來面目（結果只能做到近似）。

距今五十多年前，在我剛畢業於北京大學史學系之後，我到故宫博物院的文獻館去閲讀《歷代名臣奏議》，以其中所收陳亮的幾道奏章與通行的清人刻本《龍川文集》相比勘，見文集中既有有意的篡改，也有無意的脱漏。例如陳亮的《上孝宗皇帝第三書》，據《歷代名臣奏議》（卷九二）所載，有如下數語：

故本朝以儒立國，而儒道之振獨優於前代。……前漢以軍吏立國，而用儒輒敗人事。要之，人各有家法，未易輕動。

而在朱潤、汪海的重編本中，『而用儒輒敗人事』一句却改作『而用儒以致太平』了。這裏所改雖僅四字，但既與漢初史實不合，也使得這段文字的前後文理不够通順。這顯然是出於朱汪二人的妄改的。

《歷代名臣奏議》（卷九二）所載陳亮的《上孝宗皇帝第二書》中有如下數語：

> 孔子傷宗周之無主，痛人道之將絶，而作《春秋》。其書天王之義嚴矣：書其出入之地者，示天王之不可置中國於度外也；書其有所求者，明天王之不可失其柄也。

而見於朱、汪所編三十卷《龍川文集》中的此文，却把『書其出入之地者，示天王之不可置中國於度外也』二十字完全脱漏掉了。這雖非出於有心，但校勘如此疏失，却也是絶對不應該的。

從已經察覺到的一些出於有意或無意的錯訛脱漏，可以推知，在找不到别種文獻可資比勘的陳亮另外的大量文章當中，必也同樣存在着一些類似的問題。在抱持着這樣的疑慮過了許多年之後，一九八三年春，美國阿利桑那州立大學田浩教授，由美挈來一部《圈點龍川水心二先生文粹》的影印本，這對我來説，確實是如獲至寶，便亟取清同治八年（一八六九）由常熟宗廷輔校勘、永康應寶時刻印的《龍川文集》進行比對。結果是，不但如所推測，發現了成化本對《酌古論》中《曹公》、《孫權》、《劉備》三論的順序妄加移易，在卷二十所載《甲辰秋致朱晦庵書》中『夫人之所以與天地』八字之下，脱掉『並立而爲三者，仁智勇之達德具於一身而無遺也』二十字，等等；而且還發現了清代諸刻本把成化本中並非刻錯的字而妄加改易的，例如

《戊申再上孝宗皇帝書》中説孝宗即位初年對金的作戰，『惟其或失之太快，故書生得拘文執弦以議其後』，成化本此處無一誤字，而清代道光年間的義烏陳坡刻本和同治年間的永康應寶時刻本却都把『太快』臆改爲『太怯』。有了《文粹》這一最早最可靠的版本依據，這種種問題不待辭費就全部得到廓清了。

成化本編刻於殘闕斷爛之餘，它所失收的文章自然不少，其中必然也有一些重要篇章。即如宋末元初人王應麟在《困學紀聞》中有涉及陳亮文章的一條，説道：

『天下不可以無此人，亦不可以無此書，而後足以當君子之論。』又曰：『天下大勢之所趨，天地鬼神不能易，而易之者人也。』此龍川科舉之文，列於古之作者而無愧。

王應麟所見的《龍川文集》，當然是完整的四十卷本，而在四十卷本已經失傳，只有三十卷本行世之後，他所引録的第二段話，在其中便已不可得見。於是從清初的何焯開始，就對之作出一種設想的解答，説道：

今本《龍川集》無此文。惟《上孝宗皇帝第三書》有『天下大勢之所趨，非人力之所能移也』二句，下云『臣之所以爲大臣論者如此』。同甫方以有爲望孝宗，不應作此語，此必爲俗本所節删也。當以厚齊所引補而正之。

何焯以爲陳亮『以有爲望孝宗』，不應向他説天下大勢非人力所能移一類話語，這是完全正確的。我們今天讀這篇《上孝宗第三書》，也覺得這句話與上下文的語意並不互相承接，頗顯得有些突兀，似不如删掉爲宜。但《文粹》和成化本以及《歷代名臣奏議》所載全都如此，知其必爲陳亮原文如此，雖不可解，却决非『俗本所節删』。

《龍川水心二先生文粹》後集卷四，收有陳亮的《人法》一文，『天下大勢之所趨，天地鬼神不能易，而易之者人也』諸句，正就是這篇文章開頭的話。而根據南宋吴子良的《荆溪林下偶談》卷三《陳龍川省試》條所載，知其爲陳亮紹熙四年（一一九三）大魁前省試第三場策文的起句，與王應麟所説『此龍川科舉之文』一語正相符合。這又可知，如果真照何焯的意見，用這幾句話去補正《上孝宗第三書》中的那兩句話，那可就實在荒唐而且魯莽了。

《人法》一文可以説是三十卷本《龍川文集》所失收的一篇最重要的文章。除它以外，從《文粹》中也還可以找見三十卷本所失收的許多篇文字。因此，在我把《文粹》與三十卷本《龍川文集》進行了一番認真的比勘之後，就决定把《龍川文集》作一番增補和改編的工作，其結果，就是前年已經印行的那兩册增訂本《陳亮集》。

在排印增訂本《陳亮集》時，校勘工作也做得不够細緻。兩册中誤植之字近十來處，其最甚的是卷三十九的《謫仙歌》，在此歌的『他人所知吾亦知』句下，竟脱漏了『脱靴奴使高力士，辭官妄視楊貴妃，此真太白大節處，他人不知吾亦知』共四句二十八字。真覺對不起讀者。

近聞有幾位同志同時均在《永樂大典》殘卷及明初人所編《詩淵》中輯得陳亮的佚文、佚詩、佚詞各數篇，增訂本《陳亮集》近年内如有再版機會，當商請其中的一位將其所得補入集中。

一九九〇年三月二十日寫於北京大學之朗潤園

（原載《書品》一九九〇年第二期）

注

〔一〕編者按，『汪海』應爲『朱海』。鄧廣銘先生二十世紀九十年代已於書中夾批修訂，亦可參見《陳亮集·陳龍川文集版本考》。下文不一一改出，以存其舊。

再版後記

先父鄧廣銘於一九三二年考入北京大學史學系。一九三五年，選修胡適先生在中文系開設的『傳記專題實習』課程，作業《陳亮傳》獲得指導教師胡適先生高度評價。後即修訂《陳亮傳》，並以其作爲畢業論文。

當時正值中國遭受日本軍國主義嚴重威脅之際，國破家亡的憂患籠罩在每個愛國青年心頭，歷史上的鑒戒陰影揮之不去。在《陳亮傳》初稿講到傳主家世的第一部分，作者便沉痛地説，靖康之難『是在中國歷史上爲我們所永不能忘記的最慘痛的民族悲劇』，『國難在這陳姓一家，烙了一道深深的誌印』。

先父就讀北京大學期間，曾經選修蒙文通先生開設的宋史課程，當時即對充滿憂患的兩宋時代及其傑出人物十分關注，並且開始注意浙東學派，還曾撰寫書評，討論浙東學派探源問題。數十年間，他始終繫心於相關研究，直至二十世紀九十年代，還撰文討論陳亮的王霸義利觀。

陳亮是南宋時期著名的愛國志士，也是致力於事功的浙東學派之重要代表。作爲十二世紀後期一位『奇特強毅的英俊豪傑人物』，具有『推倒一世之智勇，開拓萬古之心胸』。先父敬佩其磊落，同情其孤零；一方面受其感奮激發，一方面以史家的嚴謹鄭重對其開展研究。他在畢業論文與其後多篇論著中，不僅對陳亮建功立業的恢弘志向，也對他在南宋文化史、思想史上獨樹一幟的地位給予了充分肯定。

一九四三年，抗日戰争慘烈進行，對於中國歷史上英雄豪傑人物的敬仰追思，成爲萬衆矚目的議題。先父修訂完成《陳龍川傳》，繼《韓世忠年譜》之後，在後方重慶由獨立出版社出版。同年他應傅斯年先生之邀，撰寫了《岳飛》一書，從此形成了通過人物傳記書寫歷史的治史特色。

陳亮研究的重要依據是其《龍川文集》。陳亮這部文集，是在其過世之後，由其子陳沆編成，其後婺州州學刻印爲文集四十卷、外集（詞集）四卷行世。當年葉適曾經稱道説：『今同甫書具在，芒彩爛然，透出紙外，學士争誦惟恐後。』但這個本子自元明以後已經湮没不傳，而今日可見之傳世本《龍川文集》，多以明成化年間永康龍川書院收輯拼合而成的三十卷本爲祖本。該本編校比較麄疎，訛誤舛亂甚多，更兼時有改竄，難稱善本，貽害讀者。

一九八三年，在美國思想史家田浩（Hoyt Tillman）教授協助下，先父得到了《圈點龍川水心二先生文粹》（以下簡稱《文粹》）刻本的縮微膠卷。《文粹》自膠卷列印爲紙本圖片，裝入一個個紙匣中，先父經眼後，認定應是南宋末年書肆中的刊行本。《文粹》儘管只是選本，却有明成化本未曾收録的篇章，且不似成化本有諸多訛脱竄亂。感覺到《文粹》本的可貴，先父即放下身邊事務，開始著手《陳亮集》的增訂工作。

一九八四年，先父在《歷史研究》第二期發表了《三十卷本〈陳龍川文集〉補闕訂誤發覆》一文。在其後撰成的《陳龍川文集版本考》中，他逐一比勘了《文粹》本、明成化本以及自明嘉靖、崇禎至清同治的諸多版本，決定儘量依據《文粹》本，匯校衆本，擇善而從。他以中華書局一九七四年校點本作工作本，把《文粹》中多出的部分補充進去，並且參考成化、同治三十卷本《龍川文集》，以及《永樂大典》殘卷等，憑藉對於陳亮生平及其思想研究的深厚基礎，通盤重新整理校點，希望通過增補校訂，形成一個儘可能接近南宋刻本《龍川文集》原貌的增訂本《陳亮集》。（惜當時所據照片缺失兩頁，以致遺漏卷十五《策問》中兩篇短文，而誤將前後文章片段拼合起來）此項工作於一九八五年春基本完成。應該説明的是，先父對於古籍整理的觀念和相對簡捷的處理方式，與今天嚴格的整理規範不盡相同。有學者稱，『鄧先生廣稽諸説，折中於一是，是非大學者不能爲』。

一九八七年，校點增訂本《陳亮集》由中華書局出版。此後多年中，先父又對其中部分文字（包括版本考訂及原文）做過多處訂補校正。一九九〇年，他撰寫了《關於訂補〈陳亮集〉的經過》一文（《書品》一九九〇年第二期）予以説明，準備日後再做訂正。二〇〇五年，河北教育出版社出版的《鄧廣銘全集》所收《陳亮集》，是以中華書局一九八七年版爲基礎，吸納了先父在書中夾條所做的一些改動；二〇一二年北京大學出版社出版的《儒藏》精華編、二〇二二年上海古籍出版社出版的《永康文獻叢書》都曾收録該書，也都進行了嚴肅認真的再度校核，補入了缺失文字。

浙江古籍出版社長期堅持弘揚優秀傳統文化，整理浙江文獻，推進『浙江文叢』出版。陳亮是浙東學派重要學者之一，希望此次修訂再版的《陳亮集》能夠讓家鄉父老對他有更多瞭解，也給學界帶來更多研究便利。非常感謝北京大學出版社武芳老師、《儒藏》編輯部李峻岫老師、北大歷史系博士徐陽在《陳亮集》再版過程中的辛勤付出與寶貴貢獻。此外，華東師範大學劉成國教授審讀了書稿，並建議將其所整理的陳亮佚文納入書中，以臻完帙，在此謹致謝忱。

鄧小南

二〇二四年七月二十日